El origen perdido

W9-CFQ-797

Biografía

Matilde Asensi nació en Alicante. Estudió periodismo en la Universidad Autónoma de Barcelona y trabajó durante tres años en los informativos de Radio Alicante-SER. Después pasó a RNE como responsable de los informativos locales y provinciales, ejerciendo simultáneamente como corresponsal de la agencia EFE, y colaborando en los diarios provinciales *La Verdad* e *Información*. En 1999 publicó su primera novela, *El Salón de Ámbar*, que ha sido traducida a diversos idiomas. Con *Iacobus* (2000), su siguiente novela, se situó en los primeros puestos de las listas de ventas, y desde entonces con cada nuevo título ha cosechado un gran éxito. *El último Catón* (2001), *El origen perdido* (2003) y *Peregrinatio* (2004) han confirmado a Matilde Asensi como la autora de su generación de mayor éxito de crítica y público.

Ha sido finalista de los premios literarios Ciudad de San Sebastián (1995) y Gabriel Miró (1996), y ha obtenido el primer premio de cuentos en el XV Certamen Literario Juan Ortiz del Barco (1996), de Cádiz, y el XVI Premio de Novela Corta Felipe Trigo (1997), de Badajoz.

Matilde Asensi
El origen perdido

© Matilde Asensi, 2003
© Editorial Planeta, S. A., 2008
  Avinguda Diagonal, 662, 6.ª planta. 08034 Barcelona (España)

Diseño de la cubierta: adaptación de la idea original del Departamento de Diseño
de Editorial Planeta
Ilustración de la cubierta: detalle del mapa de Piri Reis de 1513 (Museo del Palacio
de Topkapi, Estambul). Retoque digital de Enric Iborra
Fotografía de la autora: Miguel Perdiguero Gil
Ilustraciones del interior: Josep Lluís Ferrer
Primera edición en esta presentación en Colección Booket: noviembre de 2005
Segunda impresión: diciembre de 2005
Tercera impresión: enero de 2006
Cuarta impresión: mayo de 2006
Quinta impresión: noviembre de 2006
Sexta impresión: abril de 2007
Séptima impresión: octubre de 2007
Octava impresión: octubre de 2007
Novena impresión: junio de 2008
Décima impresión: agosto de 2008

Depósito legal: B. 38.348-2008
ISBN: 978-84-08-06185-4
Composición: Víctor Igual, S. L.
Impresión y encuadernación: Litografía Rosés, S. A.
Printed in Spain - Impreso en España

Cualquier tecnología suficientemente avanzada es indistinguible de la magia.

ARTHUR C. CLARKE

I

El problema que yo apenas vislumbraba aquella tarde mientras permanecía de pie, inmóvil entre el polvo, las sombras y los olores de aquel viejo y cerrado edificio, era que ser un urbanícola progresista, escéptico y tecnológicamente desarrollado de principios del siglo XXI me incapacitaba para tomar en consideración cualquier cosa que quedara fuera del ámbito de los cinco sentidos. En aquel momento, la vida, para un *hacker* como yo, sólo era un complejo sistema de algoritmos escritos en un lenguaje de programación para el cual no existían manuales. Es decir, que, aquella tarde, yo era de los que creían que vivir era aprender cada día a manejar tu propio e inestable programa de ordenador sin posibilidad de asistir a cursillos previos ni tiempo para pruebas y ensayos. La vida era lo que era y, además, muy corta, así que la mía consistía en mantenerme permanentemente ocupado, sin pensar en nada que no tuviera que ver con lo que llevaba a cabo en cada momento, sobre todo si, como entonces, lo que estaba haciendo era, entre otras cosas, un delito penado por la ley.

Recuerdo que me detuve un segundo para contemplar con extrañeza los ajados detalles de aquel plató que, en un tiempo para mí muy lejano (veinte o, quizá, treinta años), había resplandecido y vibrado con las luces de los focos y la música de las orquestas en directo. Aún no habían transcurrido por completo las últimas horas de aquel día de finales de mayo y ya no podía verse el sol por detrás de los contrafuertes de los antiguos estudios de televisión de Miramar, en Barcelona, que, aunque clausurados y abandonados, gracias a mis amigos y a mí estaban a punto de servir de nuevo al que fuera su propósito original. Mirándolos desde dentro, como hacía yo, y escuchando el eco de las famosas voces que siempre los habitarían, parecía imposible pensar que en pocos meses fueran a convertirse en otro hotel más para turistas de lujo.

A mi lado, *Proxi* y *Jabba* se afanaban montando el equipo sobre una veterana tribuna de madera despintada hasta la que llegaba con dificultad el resplandor de las farolas de la calle. Los pantalones de *Proxi*, negros y ceñidos, apenas le cubrían los tobillos y esos huesecillos afilados, esas aristas, lanzaban sombras descomunales sobre sus piernas, largas y llenas de ondulaciones, gracias a las linternas de neón que descansaban sobre la tarima. *Jabba*, uno de los mejores ingenieros de Ker-Central, conectaba la cámara al ordenador portátil y al amplificador de señal con habilidad y rapidez; a pesar de ser tan grande, grueso y gelatinoso, *Jabba* pertenecía a esa raza de tipos inteligentes, acostumbrados al contacto del aire y del sol, que, a pesar de haberse endurecido en mil batallas contra el código, aún conservaban algo de la desenvoltura del hombre primitivo en el hombre moderno.

—He terminado —me dijo *Jabba*, levantando la vista. Su cara redonda apiñaba los ojos, la nariz y la boca en el centro del círculo. Se había recogido las greñas de pelo rojo y largo detrás de las orejas.

—¿Las conexiones están operativas? —pregunté a *Proxi*.

—Dentro de un par de minutos.

Miré mi reloj. Las manecillas, que salían directamente de la nariz del barbudo capitán Haddock, marcaban las ocho menos cinco. En poco más de media hora todo habría terminado. De momento, la antena parabólica ya estaba orientada y el punto de acceso listo para abrirse, así que sólo faltaba que *Jabba* acabara de montar la conexión inalámbrica para que yo pudiera empezar a trabajar.

En ese momento descubrí qué era lo que, desde hacía un buen rato, me resultaba tan familiar de aquel plató: olía igual que el desván de la casa de mi abuela, en Vic, un olor de muebles viejos, bolsitas antipolillas y metal oxidado. Hacía mucho tiempo que no hablaba con mi abuela, pero de eso no tenía yo la culpa porque, siempre que tomaba la decisión de ir a verla, ella salía de viaje hacia algún lugar remoto del globo en compañía de sus locas amigas, todas viudas y octogenarias. Sin duda, hubiera estado encantada de visitar aquellos viejos estudios de Miramar porque en sus tiempos había sido una seguidora apasionada del programa de Herta Frankel y su perrita *Marylin*.

—Listo —anunció *Proxi*—. Ya estás dentro.

Me senté en el suelo mohoso con las piernas cruzadas y apoyé el portátil entre las rodillas. *Jabba* se acomodó a mi lado y se inclinó para ver la evolución del acceso en la pantalla. Me colé en los ordenadores de la

Fundación TraxSG utilizando mi propia versión del «Sevendoolf», un conocido caballo de Troya que permitía la entrada a sistemas remotos utilizando puertas traseras.

—¿Cómo conseguiste las claves? —quiso saber *Proxi*, colocándose en el lado opuesto a *Jabba* y adoptando su misma postura. *Proxi* era una de esas mujeres a las que jamás sabía cómo mirar. Cada parte de su cuerpo era perfecta en sí misma y su cara, enmarcada en un brillante y corto pelo negro, resultaba muy atractiva, con una preciosa nariz afilada y unos grandes ojos oscuros. Sin embargo, el conjunto no resultaba armonioso, como si los pies fueran de otro cuerpo, los brazos un par de tallas más grandes y la cintura, aunque fina, demasiado grande para sus escurridas caderas—. ¿Por la fuerza bruta? —aventuró.

—He tenido los ordenadores de mi casa haciendo pruebas desde que empezó todo este asunto —le respondí sonriendo. Jamás, ni bajo los efectos del pentotal, revelaría mis secretos más valiosos a otro *hacker*.

El sistema, que trabajaba con Microsoft SQL Server y usaba Windows NT para su red local, no disponía de la menor medida de seguridad. Por no tener, aquella red no tenía ni el antivirus actualizado. La última revisión era de mayo de 2001, justo un año atrás. Resultaba deprimente piratear así, sobre todo después del esfuerzo invertido en una operación de tal envergadura.

—Son unos inconscientes... —Para un buen *hacker*, uno de toda la vida como *Jabba*, había cosas que no eran ni humana ni técnicamente concebibles.

—¡Cuidado! —me advirtió de pronto *Proxi*, dejándose caer sobre mi hombro para contemplar mejor el monitor—. No toques ningún fichero. Deben de estar llenos de virus, gusanos y *spyware*. (1)

Proxi, que en la vida real trabajaba en el departamento de seguridad de Ker-Central, conocía con todo lujo de detalles las terribles consecuencias de unas pocas líneas de código malicioso. De hecho, ni siquiera hacía falta abrir esos cibertóxicos para activarlos; bastaba con pasar el cursor inadvertidamente por encima.

—Ahí tienes la carpeta de logos —me indicó *Jabba*, poniendo el índice sobre la pantalla de plasma, que onduló como una balsa de aceite.

No había tenido que esforzarse mucho para encontrarla. El ingeniero responsable del sistema informático de TraxSG, con muy buen criterio, había bautizado dicho subdirectorio como «Logos» y después, supuse, se había ido a tomar unas cervezas para celebrar su gran inteligencia. Me hubiera gustado dejarle algún mensaje de felicitación, pero me limité a examinar el contenido del ordenador y a transferir un nuevo juego de logos que sustituirían los famosos diseños de TraxSG —el nombre en vertical con letras de diferentes tipos, tamaños y colores—, dejando leer la frase «Ni canon, ni corsarios» cada vez que alguien en la Fundación pusiera en marcha un ordenador, arrancara un programa o, simplemente, quisiera desconectarse. Envié, además, un fichero ejecutable que permanecería escondido en las profundidades de la máquina y que renovaría las modificaciones cada vez que alguien intentara borrarlas, de

(1) Pequeñas aplicaciones de *software* que se instalan en los sistemas sin conocimiento de sus propietarios y que monitorizan todas las actividades del ordenador enviando esta información hacia servidores generalmente comerciales.

modo que les costara muchísimo tiempo y dinero recuperar su marca original. Este fichero, entre otras cosas, imprimiría en todos los documentos una calavera pirata sobre dos tibias cruzadas y, de nuevo, la frase «Ni canon, ni corsarios». Por último, hice una copia de todos los documentos que encontré relativos al dichoso canon que la Fundación había conseguido imponer a los fabricantes de software y los distribuí generosamente a través de internet. Ya sólo quedaba lanzar a la red, desde aquellos estudios de Miramar y por el tiempo que tardaran en localizar el equipo y apagarlo, la campaña diseñada por nosotros pidiendo el boicot a todos los productos de la TraxSG y animando a la gente a comprar esos mismos productos en el extranjero.

—Debemos irnos —avisó *Jabba* con voz de alarma mirando su reloj—. El guarda de seguridad pasará por el corredor dentro de tres minutos.

Cerré el portátil, lo dejé en el suelo y me puse en pie sacudiéndome los vaqueros. *Proxi* cubrió la tarima con una gruesa lona que ocultaría el equipo a los ojos de posibles mirones; esa cobija no evitaría que, antes o después, lo descubriesen, pero al menos le daría a la protesta unos cuantos días de prórroga. Iba a ser divertido ver la noticia en los periódicos.

Aprovechando los últimos segundos de nuestra estancia allí, mientras *Proxi* y *Jabba* se afanaban recogiendo los restos del material, saqué del macuto un pequeño spray de pintura roja, le puse la válvula *Harcore*, para trazos gruesos y grandes, lo agité hasta que escuché los golpecitos metálicos en el interior que indicaban que la mezcla estaba lista y, con una buena dosis de vanidad personal, sobre una de las paredes dibujé una esfera muy grande en cuyo interior, ocupando todo el espacio en sentido horizontal, tracé un largo y vertiginoso bucle y firmé con el apodo por el que era conocido: *Root*. Éste era mi *tag*, mi firma personal, visible en muchos lugares supuestamente inexpugnables. Si en esta ocasión no lo había incluido en los ordenadores de TraxSG —siempre lo dejaba en los lugares pirateados, reales o virtuales—, era porque no estaba solo ni trabajaba para mí.

—¡Vámonos! —urgió *Jabba* dirigiéndose a paso ligero hacia las puertas del estudio.

Apagamos las linternas y, con la única luz de los pequeños pilotos de emergencia como guía, atravesamos pasillos y bajamos escaleras rápida y sigilosamente. En los sótanos se encontraba el cuchitril de los transformadores que alojaba los antediluvianos cuadros eléctricos de los estudios. Allí, en el suelo, disimulada por nuestros útiles de espeleología, una plancha de hierro daba paso al extraño mundo subterráneo que se escondía bajo el asfalto de Barcelona: enlazado en múltiples puntos con los casi cien kilómetros de túneles de las líneas del metro y del ferrocarril, se hallaba el colosal entramado de galerías del alcantarillado que conectaba con todos los edificios, centros e instituciones oficiales de la ciudad. Como Nueva York, Londres o París, Barcelona escondía una segunda ciudad en sus entrañas, una ciudad tan viva y llena de misterios como la de arriba, la que recibía la luz del sol y las aguas del mar. Esta ciudad oculta, además de poseer sus propios núcleos habitados, su propia vegetación autóctona, sus propios animales y su propia unidad de policía (la llamada «Unitat de subsòl»), contaba también con numerosos turistas que acudían desde todos los lugares del mundo para practicar un deporte —naturalmente, ilegal— conocido como espeleología urbana.

Me quité la goma elástica con la que me recogía el pelo y me encajé en la cabeza el casco, ajustándome el barboquejo hacia delante. Nuestros tres cascos Ecrin Roc llevaban, sujetas en los clips, linternas frontales de *leds*, (2) que daban una luz mucho más blanca que las normales y eran mucho menos peligrosas en caso de escape de gases. Además, si se fundía uno de los *leds*, siempre habría otros funcionando, de manera que nunca podías quedarte completamente a oscuras.

Como un destacamento militar perfectamente sincronizado encendimos los detectores de gas, levantamos la plancha de hierro del suelo que exhibía la marca forjada de la compañía eléctrica, y nos lanzamos por una estrecha galería vertical que descendía a plomo un largo trecho provocando una opresiva sensación de claustrofobia —sobre todo a *Jabba*, que era el más grande de los tres—. La increíble extensión de la galería era debida a que los estudios de Miramar habían sido levantados en una de las dos montañas de Barcelona, Montjuïc, y, por tanto, se encontraban a mucha altura respecto al nivel del suelo. Como casi todo este tipo de conducciones, la galería estaba ocupada en una cuarta parte por cables eléctricos cuyos anclajes en el cemento utilizábamos para bajar. Llevábamos, pues, unos incómodos guantes de aislamiento que entorpecían aún más nuestro descenso.

Alcanzamos, por fin, el túnel de servicio que unía la Zona Franca con la plaça de Catalunya. En el subsuelo, si hay algo que impresiona de verdad no son las serpientes, ni las ratas, ni la gente fantasmal que puedas

(2) *Light Emitting Diode (L.E.D.).* Pequeño diodo emisor de luz.

encontrar en tu camino; lo que realmente te encoge el corazón y te retuerce el estómago es el rotundo silencio, la absoluta oscuridad y el intenso olor a humedad viscosa. Allí, en mitad de la nada, cualquier pequeño ruido se multiplica y distorsiona hasta el infinito y todos los lugares parecen iguales. En París, un par de años atrás, a pesar de que íbamos acompañados por un tipo del Grupo Francés de Espeleología Urbana que conocía las tripas de la ciudad mejor que la palma de su mano, mi equipo se había perdido durante siete horas en el gélido alcantarillado medieval que perfora la cuenca oriental del Sena. Nunca más me había vuelto a suceder, pero la experiencia fue lo bastante peligrosa como para obligarme a tomar, desde aquel día, todas las precauciones posibles.

Aún descendimos un poco más utilizando uno de los pozos rápidos del sistema de alcantarillas pero, a la altura de la calle del Hospital, después de desviarnos en el entronque de colectores del Liceo —donde, por cierto, mi *tag* aparecía dibujado justo al lado de la escalerilla que ascendía hasta la vieja sala de calderas—, una minúscula trampilla, sucia y corroída por la herrumbre, nos permitió acceder a la red de túneles del metro. Poca gente sabía, o recordaba, que a mediados de los setenta se había construido un pasadizo peatonal entre las estaciones de Liceu y Urquinaona con la idea de enlazar las líneas 3 y 4 y aliviar la abarrotada y laberíntica estación central de Catalunya. Treinta años después, aquel paso sólo era utilizado por nosotros y por unos cincuenta suburbanitas que habían hecho de aquella mugrienta e insalubre gusanera su lugar de residencia habitual. En su mayoría eran gentes silenciosas y sin edad entre las que había todo tipo de especímenes raros.

En el centro de aquel pasadizo, que hedía a orines y mugre, se encontraba la vieja puerta metálica que franqueaba la entrada a un nivel inferior de corredores. Nada más descender por unas escaleras metálicas, nos encaminamos hacia la boca del túnel que teníamos enfrente. Marchamos en hilera unos cien metros por el lado derecho de las vías, con los oídos atentos por si se aproximaba algún tren (lo que no hubiera sido nada extraño, pues avanzábamos por un tramo de la línea 4), y nos detuvimos frente a un estrecho portillo que difícilmente se reconocía en el ennegrecido muro. Con la llave que guardaba en uno de los bolsillos del vaquero lo liberé del candado y lo abrí, y, en cuanto estuvimos dentro, *Jabba* pasó los cerrojos de hierro que lo volvían inexpugnable desde fuera. A nuestros pies se abría la sólida trampilla metálica que dejaba a la vista el tiro vertical de quince metros por el que teníamos que descender. Ésa era siempre la última diversión de nuestras correrías. Enganchamos los descensores a los mosquetones ventrales y descendimos juntos a toda velocidad usando las cuerdas permanentemente instaladas en la boca. Por supuesto, cuando teníamos que subir, lo hacíamos por las escaleras.

Con gran estrépito pusimos, por fin, los pies en el suelo del viejo túnel abandonado en el que teníamos nuestro «Serie 100». Nadie, aparte de nosotros tres, conocía la existencia de aquella galería. Se trataba de uno de los primeros tramos de ferrocarril suburbano que hubo en la ciudad, construido poco después de 1925 para la Compañía del Gran Metro de Barcelona. Tenía forma de Y, y la bifurcación se localizaba, precisamente, en la calle Aragó, donde yo vivía y donde se encontraba mi empresa de software, Ker-Central. Disfrutando de la corriente de aire que llegaba a través de los imbornales de la bóveda, nos fuimos desembarazando del material de espeleología mientras remontábamos tranquilamente la caverna, tan ancha que hubiera permitido la circulación en paralelo de un par de grandes camiones. A nuestro alrededor, todo seguía estando oscuro, pues allí siempre era de noche y siempre era otoño, pero nos hallábamos en territorio seguro y conocido.

Quinientos metros más arriba encontramos el gigantesco cartel anunciador de color rojo en el que el actor Willem Dafoe, publicitando una marca de whisky, decía algo tan profundo como «Lo auténtico comienza en uno mismo». A instancias de *Proxi*, lo habíamos «adquirido» en la misma estación de metro de passeig de Gràcia que teníamos en ese momento sobre nuestras cabezas, ya que, según ella, venía perfectamente a cuento de nuestras actividades en el «Serie 100». *Jabba*, siguiendo un impulso irrefrenable nacido de su pasado como *graffitero*, había pintado sobre la monumental frente del actor la palabra *Bufanúvols*, (3) y se había quedado tan tranquilo mientras escuchaba la bronca que le largaba *Proxi*.

Justo en la bifurcación del túnel, casi chocando con el apeadero de passeig de Gràcia, se encontraba nuestro centro de operaciones clandestinas, el «Serie 100», un digno vagón que fue abandonado cuando se cerró aquella línea del Ferrocarril Metropolitano. El día que lo descubrimos fue nuestro gran día de suerte. Varado en sus raíles desde hacía al menos cuarenta años, el «Serie 100» —como rezaban las placas metálicas de sus costados—, se desmoronaba lustro tras lustro sin que

(3)   Vanidoso, en catalán.

19

nadie recordara su existencia. Hecho enteramente de madera, con numerosas ventanas ovaladas, un interior blanco donde permanecían todavía los asientos longitudinales y una iluminación de bombillas incandescentes que seguían colgando del techo, hubiera merecido estar en cualquier museo de trenes del mundo, pero, por suerte para nosotros, algún funcionario incompetente lo había dejado dormir el sueño de los justos, convirtiéndose con los años en albergue para ratas, ratones y toda clase de alimañas.

Pasamos mucho tiempo quitándole la mugre, lijando, barnizando y puliendo las maderas, reforzando los estribos y las juntas, bruñendo las placas y, cuando estuvo tan flamante que cegaba y tan firme como una piedra, lo llenamos de cables, ordenadores, monitores, impresoras, escáneres y toda suerte de equipos de radio y televisión. Iluminamos aquella zona del túnel y el interior del vagón y llenamos una pequeña nevera con alimentos y bebidas. De aquello hacía ya algunos años, durante los cuales le habíamos añadido nuevas comodidades y equipos más modernos.

Nada más entrar, y antes de que tuviera tiempo de soltar la mochila, el teléfono al que tenía desviadas las llamadas de mi móvil empezó a sonar.

—¿Qué hora es? —preguntó *Proxi* a *Jabba*, que irrumpía en ese momento en el vagón.

—Casi las nueve —respondió éste mirando con ansiedad las pantallas encendidas de los ordenadores. Había dejado en marcha un programa que intentaba romper, por la fuerza bruta (probando millones de posibles combinaciones alfanuméricas almacenadas en bases de datos), las claves de unos ficheros sobre arquitectura de sistemas.

La pantalla del teléfono avisaba de que era mi hermano quien me llamaba. Me quité, sacándolo por la cabeza a toda velocidad, el jersey negro de cuello alto y contesté mientras me recogía de nuevo el pelo en una coleta.

—Dime, Daniel.

—¿Arnau...? —Esa voz femenina no era la de mi hermano sino la de mi cuñada, Mariona.

—Soy yo, Ona, dime.

Proxi me puso una lata de zumo, abierta, en la mano.

—¡Llevo horas intentando localizarte! —exclamó con voz aguda—. Estamos en el hospital. Daniel se ha puesto enfermo.

—¿El niño o mi hermano? —Mariona y Daniel tenían un hijo de un año, mi único sobrino, que se llamaba igual que su padre.

—¡Tu hermano! —dejó escapar ella con tono de impaciencia. Y como si mi confusión fuera una estupidez incomprensible, aclaró—: ¡Daniel!

Por un momento me quedé paralizado, sin reacción. Mi hermano tenía una salud de hierro; ni siquiera cogía la gripe cuando todo el mundo andaba con el pañuelo en la mano y unas décimas de fiebre, así que la idea de que pudiera estar en el hospital no me entraba en la cabeza. Entonces... Un accidente. Con el coche.

—Estábamos en casa —empezó a explicarme Mariona— y, de pronto, se quedó como alelado, como ido... Sólo decía tonterías. Me asusté mucho y llamé al médico, y éste, después de examinarle durante un buen rato, llamó a una ambulancia para traerlo al hospital. Llegamos a urgencias sobre las siete de la tarde. ¿Por qué no contestabas el teléfono? Te he llamado a casa, al despacho... He llamado a tu secretaria, a Lola y Marc, a tu madre...

—¿Has... llamado a Londres? —estaba tan aturdido que no encontraba las palabras.

—Sí, pero tu madre había salido. He hablado con Clifford.

Para entonces, *Proxi* y *Jabba* se habían colocado a mi espalda, pendientes de mi conversación. No hacía falta ser muy listo para darse cuenta de que ocurría algo grave.

—¿En qué hospital estáis?

—En La Custòdia.

Miré el reloj, aturdido, y calculé cuánto tardaría en llegar hasta allí. Necesitaba una ducha, pero eso ahora era lo de menos. Tenía ropa limpia en el «100» y podía estar en el garaje en cinco minutos, coger el coche y plantarme en Guinardó en otros diez.

—Voy en seguida. Dame un cuarto de hora. ¿El niño está contigo?

—¡Qué remedio! —En su tono había una nota crispada que denotaba hostilidad.

—Ahora mismo voy. Tranquila.

Proxi y *Jabba* permanecían inmóviles, mirándome, a la espera de información. Mientras me cambiaba de jersey, zapatillas deportivas y tejanos, les conté lo que me había dicho mi cuñada. Sin dudarlo un momento, se ofrecieron a quedarse con el pequeño Dani.

—Nos iremos a casa en cuanto *Jabba* termine —declaró *Proxi*— pero, si nos necesitas antes, sólo tienes que llamarnos.

Abandoné el «100» como una exhalación, crucé el túnel hasta el extremo opuesto y ascendí por las escaleras verticales que llevaban directamente hasta el cuarto de los trastos de limpieza del sótano de Ker-Central. Una vez allí, cerré precipitadamente la tapa de hierro y salí al garaje, atravesándolo a la carrera hasta llegar a mi coche, el Volvo color burdeos aparcado junto a la Dodge-Ram roja de *Jabba* y *Proxi*, los únicos vehículos que quedaban en el recinto a esas horas de la noche. Taheb, el vigilante, que cenaba con toda placidez frente a un pequeño televisor dentro de su cabina de cristal blindado, me siguió con los ojos, impasible, y, por suerte, al parecer decidió que me abriría la cancela de seguridad y me dejaría salir sin soltarme uno de sus habituales discursos sobre la situación política del Sáhara.

En cuanto las ruedas del coche pisaron la acera, caí en la cuenta de que era la peor hora del día para circular por la ciudad. Cientos de personas deseosas de llegar a casa y cenar frente al televisor inundaban con sus coches la calle Aragó. Sentí que me subía la presión sanguínea y que comenzaba la transformación que me llevaría del ciudadano pacífico que todavía era al conductor agresivo incapaz de soportar el menor ultraje. Seguí la calle Consell de Cent hasta Roger de Llúria. Tuve que saltarme el semáforo en rojo de la esquina de passeig de Sant Joan con travessera de Gràcia por culpa de un Skoda que venía a toda velocidad detrás de mí, y en Secretari Coloma me pilló un atasco monumental que aproveché para llamar al móvil de mi hermano y decirle a Ona que ya estaba llegando y que saliera a buscarme.

La mole gris del viejo edificio de La Custòdia resultaba bastante deprimente. Parecía un amontonamiento de cubos llenos de diminutos agujeros. Si todo lo que podía ingeniar un arquitecto después de tantos años de estudio era aquello, me dije mientras buscaba la entrada de vehículos, más hubiera valido que se dedicara a tapar zanjas. Afortunadamente, una gran cantidad de coches estaba saliendo en aquel preciso instante —debía de ser la hora del cambio de turno de personal—, así que pude aparcar en seguida, librándome de dar vueltas y más vueltas en torno a aquel indignante paradigma de la vulgaridad. No había estado en aquel hospital en toda mi vida y no tenía ni idea de adónde debía dirigirme. Por suerte, Ona, que me estaba esperando, me había visto aparcar y, con el pequeño Dani dormido en los brazos, se fue acercando mientras yo salía del vehículo.

—Gracias por venir tan rápido —murmuró mientras, ladeada para no despertar al niño, me daba un beso y sonreía con tristeza. Envuelto en los pliegues de una pequeña manta de color azul, Dani apoyaba la cabeza sobre el hombro de su madre y tenía los ojos cerrados y el chupete en la boca. Su pelo, escandalosamente rubio y muy recortado, nacía tan erizado que, según como le diera la luz, parecía una aura eléctrica relampagueante. En esto, había salido a su padre.

—¿Y mi hermano? —pregunté caminando con ella hacia la escalinata de la entrada.

—Acaban de subirlo a la planta. El neurólogo todavía está con él.

Cruzamos las puertas del inmenso edificio y atravesamos pasillos y más pasillos de paredes desconchadas hasta llegar a los ascensores. El revestimiento de mármol del suelo original ya no era detectable, pues donde las placas no estaban totalmente desgastadas, se veían pegotes de algo parecido a caucho negro que hacían saltar por los aires las ruedas de las camillas que empujaban los celadores. Todas las esquinas exhibían rótulos con indicaciones hacia lugares poco deseables: «Cirugía», «Cobalto», «Rehabilitación», «Diálisis», «Extracciones de sangre», «Quirófanos»... Ni siquiera el chirriante ascensor en el que nos embutimos con otras quince o veinte personas, muy parecido en tamaño y forma a un contenedor portuario, se libraba de ese olor a vaya usted a saber qué, tan característico de los hospitales. Frías luces blancas de neón, laberintos de caminos y escaleras, puertas gigantescas con letreros misteriosos (UCSI, TAC, UMP), gentes con miradas perdidas y muecas de ansiedad, preocupación o dolor paseando de un lado a otro como si el tiempo no existiera... Y, de hecho, el tiempo no existía en el interior de aquel taller de reparación de cuerpos, como si la cercanía de la muerte detuviese los relojes hasta que el médico-mecánico diera el permiso para seguir viviendo.

Ona caminaba a mi lado cargando resueltamente con la bolsa de pertrechos de Dani y los casi diez kilos de su hijo. Mi cuñada era muy joven, apenas tenía veintiún años recién cumplidos. Había conocido a Daniel en el primer curso de carrera, en la clase de Introducción a la Antropología que aquel año impartía mi hermano en la facultad, y se fueron a vivir juntos poco después, en parte por amor y en parte, supongo, porque Mariona era de Montcorbau, un pueblecito del Valle de Arán, y no debían encontrarse muy cómodos compartiendo su intimidad con las otras cuatro estudiantes aranesas que se alojaban en el mismo piso de alquiler que Ona. Hasta entonces, Daniel había vivido conmigo, pero, de repente, un día, apareció en la puerta del salón con el monitor de su ordenador bajo el brazo, una mochila al hombro y una maleta en la mano.

—Me voy a vivir con Ona —anunció con una mirada alegre. Los ojos de mi hermano eran de un color sorprendente, un violeta intenso que no se veía con frecuencia. Por lo visto los había heredado de su abuela paterna, la madre de Clifford, y él estaba tan orgulloso de ellos que se había llevado un buen disgusto cuando los ojos de su hijo Dani, al ir aclarándose, se quedaron simplemente en azules. Para resaltar el diferente combinado genético del que procedíamos, los míos eran de color castaño oscuro, como el café, igual que mi pelo, moreno, aunque ahí terminaban las diferencias físicas.

—Enhorabuena —fue todo lo que le respondí aquel día—. Que os vaya bien.

No es que mi hermano y yo nos llevásemos mal. Todo lo contrario; estábamos tan unidos como podían estarlo dos hermanos que se quieren y que se han criado prácticamente solos. El problema era que, siendo ambos hijos de Eulàlia Sañé (antes, la mujer más habladora de Cataluña y, desde hacía veinticinco años, la de Inglaterra), teníamos que salir silenciosos a la fuerza. Y, al fin y al cabo, a lo largo de la vida, se aprende, se experimenta y se madura; pero cambiar, lo que se dice cambiar, no se cambia mucho porque uno es, en todo momento, el que siempre ha sido.

Mi padre murió en 1972, cuando yo tenía cinco años, después de permanecer en cama durante mucho tiempo. Apenas conservo en la memoria una imagen suya sentado en un sillón, llamándome con la mano, pero no estoy seguro de que sea real. Al poco, mi madre se casó con Clifford Cornwall y Daniel nació dos años después, cuando yo acababa de cumplir siete. Le pusieron ese nombre porque era idéntico en ambos idiomas, aunque nosotros siempre lo pronunciábamos a la inglesa, poniendo el acento en la «a». El trabajo de Clifford en el Foreign Office le obligaba a viajar incesantemente entre Londres y Barcelona, donde estaba el Consulado General, de modo que continuamos residiendo en la casa de siempre mientras él iba y venía. Mi madre, por su parte, se ocupaba de las amistades, la vida social y de seguir siendo —o considerándose— la musa espiritual del amplio grupo de viejos compañeros de mi padre de la universidad, en la que había sido catedrático de Metafísica durante veintitantos años (era mucho mayor que mi madre cuando se casaron, en Mallorca, de donde era originario), así que Daniel y yo tuvimos una infancia bastante solitaria. De vez en cuando nos mandaban unos meses a Vic, con la abuela, hasta que se dieron cuenta de que mis notas escolares empezaban a ser espantosas a fuerza de tanto faltar a clase. Entonces me matricularon como interno en el colegio La Salle y mi madre, Clifford y Daniel se fueron a vivir a Inglaterra. En un primer momento pensé que me llevarían con ellos, o sea, que nos iríamos todos, pero cuando me di cuenta de que no iba a ser así, asimilé sin problemas que tendría que aprender a sobrevivir solo y que no podía confiar en nadie más que en mi abuela, quien todos los viernes por la tarde me esperaba como un poste a la salida del colegio. Cuando monté mi primera empresa, Inter-Ker, en 1994, mi hermano, desesperado por alejarse de las faldas de nuestra madre, regresó a Barcelona para estudiar Filología Hispánica y, después, el segundo ciclo de Antropología en la Universidad Autónoma. Desde entonces, y hasta que se marchó diciendo «Me voy a vivir con Ona», habíamos compartido casa.

A pesar de ser tan introvertido como yo, la gente, en general, apreciaba mucho más a Daniel por su afabilidad y dulzura. Hablaba poco pero, cuando hablaba, todo el mundo prestaba atención y todos pensaban que nunca habían oído algo tan oportuno e interesante. Como su hijo, casi siempre mantenía una sonrisa en los labios, mientras que yo era hosco y taciturno, incapaz de sostener una conversación normal con alguien en quien no hubiera depositado desde muchos años atrás toda mi confianza. Es verdad que tenía amigos (aunque más que amigos eran, en realidad, conocidos cercanos) y que, por negocios, conservaba buenas relaciones con gentes de todo el mundo, pero eran tan raros como yo, poco dispuestos a comunicarse o a hacerlo sólo a través de un teclado, con vidas que transcurrían casi siempre bajo luz artificial y que, cuando no estaban frente a un ordenador, se dedicaban a aficiones tan pintorescas como la espeleología urbana o los juegos de rol, a coleccionar animales salvajes o a estudiar funciones fractales, (4) mucho más importantes, naturalmente, que cualquier persona viva que tuvieran cerca.

—... y repetía que estaba muerto y que quería que le enterrara —la garganta de Ona dejó escapar un pequeño sollozo.

Volví de golpe a la realidad, cegándome con las luces de neón como si hubiera estado caminando con los ojos cerrados. No me había enterado de nada de lo que me había estado contando mi cuñada. Los ojos azules de mi sobrino me miraban ahora atentamente desde el

(4) Parte de la Teoría del Caos. Las formas aparentemente caóticas de la naturaleza, tales como árboles, nubes, montañas, costas, etc., pueden describirse y reproducirse mediante sencillas fórmulas matemáticas.

hombro de su madre y por el borde del chupete se deslizaba un ligero reguero de baba que manaba de una somnolienta sonrisa. En realidad, más que mirarme a mí, lo que mi sobrino contemplaba era el diminuto pendiente que brillaba en el lóbulo de mi oreja. Como su padre llevaba uno igual, para el niño representaba un elemento familiar que nos identificaba.

—¡Hola, Dani! —murmuré, pasándole un dedo por la mejilla. Mi sobrino sonrió más ampliamente y la baba fluyó con libertad hasta el jersey de Ona.

—¡Se ha despertado! —exclamó su madre con pesar, deteniéndose en mitad del pasillo.

—Marc y Lola se han ofrecido a quedarse con él esta noche —le dije—. ¿Te parece bien?

Los ojos de mi cuñada se ensancharon, mostrando un agradecimiento infinito. Ona tenía el pelo castaño claro y lo llevaba muy corto, arreglado de tal manera que siempre parecía cómicamente despeinada. Una apreciable mecha teñida de color naranja le perfilaba la patilla derecha, resaltando sus pecas y el blanco intenso de la piel de su rostro. Aquella noche, sin embargo, más que una joven de aspecto fresco y llamativo, parecía una niña temerosa necesitada de su madre.

—¡Oh, sí! ¡Claro que me parece bien! —Con un movimiento enérgico incorporó a Dani y se lo puso cara a cara—. ¿Te vas a casa de Marc y Lola, cariño, sí...? —le preguntó demostrando una inmensa alegría y el bebé, sin saber que estaba siendo manipulado, sonrió encantado.

A pesar de que el hospital estaba lleno de carteles prohibiendo utilizar los teléfonos móviles, allí nadie parecía saber leer y menos que nadie el propio personal sanitario, de modo que, sin preocuparme demasiado, saqué el mío y llamé directamente al «100». *Jabba* y *Proxi* se encontraban en esos momentos a punto de salir. Mi sobrino, que sentía una especial predilección por esos pequeños artefactos que la gente se pegaba a la cara antes de empezar a hablar, alargó fulminantemente la mano intentando arrebatármelo pero, como yo fui más rápido y no pudo, se enfadó y soltó un sonoro gruñido de protesta. Recuerdo que en ese momento pensé que un hospital no era el lugar ideal para que estuviera un niño: primero, porque con sus gritos podía molestar a los enfermos y, segundo, porque el aire de esos centros estaba cargado de extrañas enfermedades; o eso me parecía.

Para quitar mi móvil de la vista de Dani mientras yo hablaba con *Jabba* y *Proxi*, Mariona se había sentado en una silla de plástico verde al lado de una máquina expendedora de botellas de agua, y jugaba con el pequeño ofreciéndole un paquete de pañuelos de papel que, por fortuna, pareció seducirle bastante. Las otras sillas que formaban la hilera de asientos estaban rotas o manchadas, ofreciendo un aspecto lamentable de ruina. Se decía por ahí que no había medicina mejor ni mejores médicos que los de la sanidad pública y, seguramente, sería cierto, pero en cuanto a instalaciones y hostelería, la privada le daba cuarenta vueltas.

—Llegarán en seguida —dije, sentándome a su lado y entregándole a mi sobrino el diminuto móvil con el teclado bloqueado. Ona, que había visto el teléfono de mi hermano volando por los aires y chocando estrepitosamente contra el suelo en varias ocasiones, intentó impedirlo, pero yo insistí; de manera radical, Dani dejó de existir a todos los efectos, entretenido con el preciado juguete.

—Si Lola y Marc van a venir a llevárselo —me explicó mi cuñada señalando al niño con un gesto de la barbilla—, podemos esperarlos aquí, por si sale el médico y quiere hablar con nosotros.

—¿Daniel está en esa planta? —me sorprendí, y giré la cabeza hacia un largo pasillo que se abría a nuestra izquierda y sobre cuyo vano de entrada podía leerse «Neurología».

Ona asintió.

—Ya te lo he dicho antes, Arnau.

Me había pillado in fraganti y no era cuestión de disimular. Sin embargo, no pude evitar el gesto automático de atusarme la perilla y, al hacerlo, noté que tenía el pelo áspero y grumoso por la humedad de las alcantarillas.

—Discúlpame, Ona. Estoy... desconcertado por todo esto. —Con la mirada abarqué el espacio—. Ya sé que pensarás que estoy loco, pero... ¿podrías volver a contármelo todo, por favor?

—¿Otra vez...? —se sorprendió—. Ya me parecía que no estabas escuchándome. Pues... A ver. Daniel vino de la universidad cerca de las tres y media. El niño se acababa de dormir. Estuvimos hablando un rato después de comer sobre... Bueno, no andamos muy bien de dinero y, ya sabes, yo quiero volver a estudiar, así que... En fin, Daniel se metió en su despacho como todos los días y yo me quedé leyendo en el salón. No sé cuánto tiempo pasó. Este pelmazo... —dijo refiriéndose a Dani, que estaba a punto de lanzar mi móvil contra la pared para comprobar cómo sonaba—. ¡Eh! ¡No, no, no! ¡Dame eso! ¡Devuélveselo a Arnau!

Mi sobrino, obediente, alargó la mano para entregármelo pero, en el último momento, se arrepintió, ignorando con elegancia las tonterías que le pedía su madre.

—Bueno... El caso es que me quedé dormida en el sofá —Ona titubeaba, intentando recomponer en su mente la cronología de los acontecimientos—, y sólo recuerdo que me desperté porque notaba que alguien me estaba respirando en la cara. Cuando abrí los ojos me llevé un susto de muerte: tenía a Daniel frente a mí, mirándome inexpresivo, como en una película de terror. Estaba de rodillas, a menos de un palmo de distancia. No solté un grito de milagro. Le pedí que dejara de hacer el idiota porque la broma no tenía gracia, y, como si no me hubiera escuchado, va y me dice que acaba de morirse y que quiere que le entierre. —Debajo de los ojos de Ona habían aparecido unos cercos oscuros y abultados—. Le di un empujón para ponerme de pie y salté del sofá. ¡Estaba muy asustada, Arnau! Tu hermano no se movía, no hablaba, tenía la mirada vacía como si de verdad estuviera muerto.

—¿Y qué hiciste? —me costaba mucho imaginar a mi hermano en una situación semejante. Daniel era el tipo más normal del mundo.

—Cuando vi que no era una broma de mal gusto y que no reaccionaba de verdad, intenté localizarte pero no pude. Él se había sentado en el sofá, con los ojos cerrados. Ya no volvió a moverse. Llamé a urgencias y... Entonces, me dijeron que lo trajera aquí, a La Custòdia. Les expliqué que no podría levantarlo, que pesaba treinta kilos más que yo y que se estaba dejando caer hacia adelante como si fuera un muñeco de trapo, que si no venían a ayudarme terminaría en el suelo con la cabeza abierta... —Los ojos de Ona se llenaron de lágrimas—. Mientras tanto, Dani se había despertado y lloraba en la cuna... ¡Dios mío, Arnau, qué pesadilla!

Mi hermano y yo medíamos lo mismo, casi un metro

noventa, pero él pesaba sus buenos cien kilos por culpa de la vida sedentaria. Difícilmente hubiera podido mi cuñada levantarle del sofá y trasladarle a cualquier parte; ya había hecho bastante con mantenerle erguido.

—El médico tardó media hora en llegar —siguió relatándome, llorosa—. Durante todo ese tiempo, Daniel sólo abrió los ojos un par de veces y fue para repetir que estaba muerto y que quería que le amortajara y le enterrara. Como una tonta, mientras le empujaba contra el sofá para que no se derrumbara, intenté razonar con él explicándole que su corazón seguía latiendo, que su cuerpo estaba caliente y que estaba respirando con total normalidad, y él me contestó que nada de todo eso quería decir que estuviera vivo porque era indiscutible que estaba muerto.

—Se ha vuelto loco... —murmuré con amargura, examinando la punta de mis deportivas.

—Pues eso no es todo. Al médico le dio la misma explicación, con algún nuevo detalle como que no tenía tacto, ni olfato, ni gusto porque su cuerpo era un cadáver. El doctor sacó entonces una aguja del maletín y, muy suavemente para no hacerle mucho daño, le pinchó en la yema de un dedo. —Ona se detuvo un instante y, luego, me sujetó por el brazo para atraer toda mi atención—. No te lo vas a creer: terminó clavándole la aguja entera en varias partes del cuerpo y... ¡Daniel ni siquiera se inmutó!

Debí de poner cara de imbécil porque si había algo que mi hermano no soportaba desde pequeño eran las inyecciones. Se caía redondo ante la visión apocalíptica de una jeringuilla.

—Entonces el doctor decidió pedir una ambulancia y traerlo a La Custòdia. Dijo que debía examinarle un neurólogo. Arreglé a Dani y nos vinimos. A él se lo llevaron para adentro y nosotros nos quedamos en la sala de espera hasta que una enfermera me dijo que subiera a esta planta porque lo habían ingresado en Neurología y que el médico hablaría conmigo cuando hubiera terminado de reconocer a Daniel. Estuve intentando localizarte por todas partes. Por cierto... —comentó pensativa, acurrucando al niño contra su pecho a pesar de las airadas protestas de éste—, deberíamos llamar a tu madre y a Clifford.

El problema no era llamarlos; el problema era cómo demonios recuperar mi móvil sin que mi sobrino montara una bronca descomunal, así que inicié un cauteloso acercamiento agitando en el aire las llaves del coche hasta que me di cuenta de que tanto el niño como mi cuñada me ignoraban y dirigían la mirada hacia un punto situado a mi espalda. Dos tipos con cara de funeral se dirigían hacia nosotros. Uno de ellos, el de mayor edad, vestía de calle con una bata blanca encima; el otro, de tamaño diminuto y con gafas, lucía el uniforme completo, zuecos incluidos.

—¿Son ustedes familia de Daniel Cornwall? —preguntó este último pronunciando el nombre completo de mi hermano con un correcto acento británico.

—Ella es su mujer —dije, poniéndome en pie; el mayor se me quedó a la altura del hombro y al otro le perdí por completo de vista—, y yo soy su hermano.

—Bien, bien... —exclamó el mayor, escondiendo las manos en los bolsillos de la bata. Aquel gesto, que guardaba cierto parecido con el de Pilatos, no me gustó—. Soy el doctor Llor, el neurólogo que ha examinado a Daniel, y éste es el psiquiatra de guardia, el doctor Hernández. —Sacó la mano derecha del bolsillo pero no fue para estrechar las nuestras sino para indicarnos el camino hacia el interior de la planta. Quizá mi aspecto, con el pendiente, la perilla y la coleta, le desagradaba; o quizá el mechón de pelo color naranja de Ona le resultaba deplorable—. Si fueran tan amables de pasar un momento a mi despacho, podríamos hablar tranquilamente sobre Daniel.

El doctor Llor se colocó sin prisa a mi lado, dejando que el joven doctor Hernández acompañara a Ona y a Dani unos pasos más atrás. Toda la situación tenía un no sé qué de ilusorio, de falso, de realidad virtual.

—Su hermano, señor Cornwall... —empezó a decir el doctor Llor.

—Mi apellido es Queralt, no Cornwall.

El médico me miró de una manera extraña.

—Pero usted dijo que era su hermano —masculló con irritación, como alguien que ha sido vilmente engañado y está perdiendo su valiosísimo tiempo con un advenedizo.

—Mi nombre es Arnau Queralt Sañé y mi hermano se llama Daniel Cornwall Sañé. ¿Alguna duda más...? —proferí con ironía. Si yo había dicho que Daniel era mi hermano, ¿a qué venía ese ridículo recelo? ¡Como si en el mundo sólo existiera un único e inquebrantable modelo de familia!

—¿Es usted Arnau Queralt? —se sorprendió el neurólogo, tartamudeando de repente.

—Hasta hace un momento lo era —repuse, sujetándome detrás de la oreja un poco de pelo que se me había soltado de la coleta.

—¿El dueño de Ker-Central...?

—Yo diría que sí, salvo que haya ocurrido algo imprevisto.

Habíamos llegado hasta una puerta pintada de verde que exhibía un pequeño letrero con su nombre, pero Llor se resistía a franquear el paso.

—Un sobrino de mi mujer, que es ingeniero de telecomunicaciones, trabaja en su empresa. —Por su tono intuí que acababan de cambiar los papeles: el tipo de la pinta rara ya no era un impresentable cualquiera.

—¿Ah, sí? —repuse con desinterés—. Bueno, y de mi hermano, ¿qué?

Se apoyó en la manija de la puerta y la abrió con actitud obsequiosa.

—Pase, por favor.

El despacho estaba dividido en dos zonas distintas por una mampara de aluminio. La primera, muy pequeña, sólo tenía un pupitre viejo lleno de carpetas y papeles sobre el que descansaba un enorme ordenador apagado; la segunda, mucho más grande, exhibía un formidable escritorio de caoba bajo la ventana y, en el extremo opuesto, una mesa redonda contorneada por mullidos sillones de piel negra. En las paredes no cabían más fotografías del doctor Llor con personajes célebres, ni más recortes de prensa enmarcados en cuyos titulares destacaba su nombre. El neurólogo, haciéndole una carantoña a Dani, apartó de la mesa uno de los asientos para que Ona se acomodara.

—Por favor... —murmuró.

El diminuto doctor Hernández se colocó entre Ona y yo, dejando caer sobre la mesa, con un golpe seco, una abultada carpeta que hasta entonces había llevado bajo el brazo. No parecía muy feliz, pero, en realidad, allí nadie lo era, así que, ¿qué más daba?

—El paciente Daniel Cornwall —empezó a decir Llor con voz neutra, calándose unas gafas que extrajo del bolsillo superior de su bata— muestra una sintomatología infrecuente. El doctor Hernández y yo estamos de acuerdo en que podría tratarse de algo parecido a una depresión aguda.

—¿Mi hermano está deprimido? —pregunté, asombrado.

—No, no exactamente, señor Queralt... —me aclaró, mirando al psiquiatra de reojo—. Verá, su hermano presenta un cuadro bastante confuso de dos patologías que no suelen darse a la vez en un mismo paciente.

—Por un lado —intervino por primera vez el doctor Hernández, que disimulaba mal su emoción por tener entre manos un caso tan raro—, parece sufrir lo que la literatura médica llama ilusión de Cotard. Este síndrome se diagnosticó por primera vez en 1788, en Francia. Las personas que lo padecen creen de manera irrefutable que están muertas y exigen, a veces incluso de manera violenta, que se les amortaje y se les entierre. No sienten su cuerpo, no responden a estímulos externos, su mirada se vuelve opaca y vacía, el cuerpo se les queda completamente laxo... En fin, que están vivos porque nosotros sabemos que viven pero reaccionan como si de verdad estuvieran muertos.

Ona empezó a llorar en silencio sin poder contenerse y Dani, asustado, se giró hacia mí en busca de apoyo pero, como me vio tan serio, terminó por echarse a llorar también. Si *Jabba* y *Proxi* no venían pronto a recogerlo, la cosa iba a terminar mal.

Como el llanto del niño impedía la conversación, Ona, intentando calmarse, se incorporó y empezó a pasear de un lado a otro consolando a Dani. En la mesa, ninguno de los que quedábamos abrimos la boca. Por fin, después de unos minutos interminables, mi sobrino dejó de llorar y pareció adormecerse.

—Es muy tarde para él —musitó mi cuñada volviendo a tomar asiento con cuidado—. Hace rato que debería estar durmiendo y ni siquiera ha cenado.

Crucé las manos sobre la mesa y me incliné hacia los médicos.

—Bueno, doctor Hernández —dije—, ¿y qué solución hay para esa ilusión de Cotard o como quiera que se llame?

—¡Hombre, solución, solución...! Se recomienda el ingreso y la administración de psicofármacos y el pronóstico, bajo medicación, suele ser bueno, aunque, para no engañarles, en casi todos los casos se dan recaídas.

—Los últimos estudios sobre la ilusión de Cotard —observó el doctor Llor, que parecía querer aportar su particular granito neurológico de arena— revelan que este síndrome suele estar asociado a un cierto tipo de lesión cerebral localizada en el lóbulo temporal izquierdo.

—¿Quiere decir que se ha dado algún golpe en la cabeza? —preguntó Ona, alarmada.

—No, en absoluto —rechazó el neurólogo—. Lo que quiero decir es que, precisamente sin mediar traumatismo, hay una o varias zonas del cerebro que no reaccionan como deberían o, al menos, como se espera que lo hagan. El cerebro humano está formado por muchas partes distintas que tienen funciones diferentes: unas controlan el movimiento, otras realizan cálculos, otras procesan los sentimientos, etc. Para ello, estos segmentos utilizan pequeñas descargas eléctricas y agentes químicos muy especializados. Basta que uno solo de esos agentes se altere levemente para que cambie por completo la forma de trabajar de una zona cerebral y, con ella, la forma de pensar, sentir o comportarse. En el caso de la ilusión de Cotard, las tomografías demuestran que existe una alteración de la actividad en el lóbulo temporal izquierdo... aquí. —Y acompañó la palabra con el gesto, apoyando su mano en la parte posterior de la oreja izquierda, ni muy arriba ni muy abajo, ni tampoco muy atrás.

—Como un ordenador al que se le estropea un circuito, ¿no es así?

Los dos médicos fruncieron las cejas al mismo tiempo, desagradablemente sorprendidos por el ejemplo.

—Sí, bueno... —admitió el doctor Hernández—. Últimamente está muy de moda comparar el cerebro humano con el ordenador porque ambos funcionan, digamos, de manera parecida. Pero no son iguales: un ordenador no tiene conciencia de sí mismo ni tampoco emociones. Ése es el grave error al que nos conduce la neurología. —Llor ni pestañeó—. En psiquiatría el planteamiento es totalmente diferente. No cabe duda de que existe un componente orgánico en la ilusión de Cotard, pero también es cierto que sus síntomas coinciden casi por completo con los de una depresión aguda. Además, en el caso de su hermano, no se ha podido verificar esa alteración en el lóbulo temporal izquierdo.

—Sin embargo, como el paciente está a mi cargo —ahora fue Hernández quien no movió ni un músculo de la cara—, he pautado un tratamiento de choque con neurolépticos, Clorpromacina y Tioridacina, y espero poder darle de alta antes de quince días.

—Hay, además, otro problema añadido —recordó el psiquiatra—, y es que Daniel presenta, junto a la ilusión de Cotard, que es lo más llamativo, signos evidentes de una patología llamada agnosia.

Sentí que algo dentro de mí se rebelaba. Hasta ese momento había conseguido convencerme de que todo aquello era algo pasajero, que Daniel sufría una «ilusión» que tenía cura y que, una vez eliminada, mi hermano volvería a ser como antes. Sin embargo, el hecho de que añadieran más enfermedades me producía una dolorosa impresión. Miré a Ona y, por la contracción de su cara, adiviné que estaba tan angustiada como yo. El pequeño Dani, arropado por la manta azul y por su madre, había caído, por fin, en un profundo sueño. Y fue una suerte que estuviera tan dormido porque, en ese momento, mi móvil, que seguía en sus manos, firmemente sujeto, comenzó a emitir las notas musicales que identificaban las llamadas de *Jabba*. Por fortuna, ni se inmutó; sólo emitió un largo suspiro cuando Ona, tras algunas dificultades, consiguió extirpárselo.

Preguntando por Daniel en urgencias, *Jabba* y *Proxi* habían conseguido llegar hasta el vestíbulo que daba entrada a la planta de Neurología. Tras acabar la breve charla, se lo dije a Ona y ésta, incorporándose lentamente, se dirigió hacia la puerta y salió.

—¿Esperamos a la mujer de Daniel o seguimos? —quiso saber Llor con cierta impaciencia. Su tono me llevó a recordar una cosa que leí una vez: en China, antiguamente, los médicos sólo cobraban sus honorarios si salvaban al paciente. En caso contrario, o no cobraban, o la familia les mataba.

—Acabemos de una vez —repliqué, pensando que los antiguos chinos eran realmente muy sabios—. Ya hablaré yo con mi cuñada.

El pequeño doctor tomó la palabra.

—Asociada al síndrome de Cotard, su hermano padece también una agnosia bastante acusada. —Se caló las gafas hasta las cejas y miró intranquilo al neurólogo—. Como le explicaba Miquel... el doctor Llor, la ag-

40

nosia, una patología mucho más común, aparece, básicamente, en pacientes que han sufrido derrames cerebrales o traumatismos en los que han perdido parte del cerebro. Como ve, éste no es el caso de su hermano ni tampoco el de los pacientes con Cotard y, sin embargo, Daniel es incapaz de reconocer objetos o personas. Para que lo entienda mejor, su hermano, que afirma estar muerto, vive en este momento en un mundo poblado de cosas extrañas que se mueven de manera absurda y hacen ruidos raros. Si usted le mostrara, por ejemplo, un gato, él no sabría lo que le está enseñando, como tampoco sabría que se trata de un animal porque no sabe qué es un animal.

Me pasé las manos por la cabeza, desesperado. Notaba una presión terrible en las sienes.

—No podría reconocerle a usted —continuó explicándome el doctor Hernández—, ni a su mujer. Para Daniel todas las caras son óvalos planos con un par de manchas negras en el lugar donde deberían estar los ojos.

—Lo malo de la agnosia —añadió Llor frotándose repetidamente las palmas de las manos—, es que, como se produce por un derrame o una pérdida traumática de masa, no tiene ni tratamiento ni cura. Ahora bien...

Dejó la frase en el aire, goteando esperanza.

—Las tomografías que le hemos hecho a su hermano revelan que el cerebro de Daniel se encuentra en perfectas condiciones.

—Ya le dije que ni siquiera aparecía la disfunción del lóbulo temporal —apuntó Hernández, exhibiendo por primera vez una leve sonrisa—. Daniel sólo presenta los síntomas, no las patologías.

Lo miré como si fuera idiota.

—¿Y quiere decirme qué diferencia hay entre sumar dos y dos y aparentar que se suman dos y dos? Mi hermano estaba normal esta mañana, fue a su trabajo en la universidad y volvió a casa para comer con su mujer y su hijo, y ahora está ingresado en este hospital con unos síntomas que *simulan* un síndrome de Cotard y una agnosia. —Contuve el aliento porque estaba a punto de soltar una retahíla de insultos—. ¡Bueno, ya está bien! Entiendo que ustedes van a hacer todo lo posible por curar a mi hermano, así que no discutiremos sobre este punto. Sólo quiero saber si Daniel volverá a ser el mismo o no.

El viejo Llor, sorprendido por mi súbito arranque de furia, se sintió obligado a sincerarse conmigo como si fuéramos colegas o amigos de toda la vida:

—Mire, por regla general, a los médicos no nos gusta pillarnos los dedos, ¿sabe? Preferimos no dar demasiadas esperanzas al principio por si la cosa no sale bien. ¿Que el enfermo se cura...? ¡Estupendo, somos grandes! ¿Que no se cura...? Pues ya advertimos al principio de lo que podía pasar. —Me miró con lástima y, apoyando las manos sobre la mesa, echó ruidosamente el sillón hacia atrás antes de ponerse de pie—. Le voy a decir la verdad, señor Queralt: no tenemos ni idea de lo que le pasa realmente a su hermano.

En ocasiones, cuando más ajeno estás a todo, cuando menos esperas que ocurra algo que altere tu vida, el destino decide jugarte una mala pasada y te golpea en la cara con guante de hierro. Entonces miras a tu alrededor, desconcertado, y te preguntas por dónde vino el golpe y qué ha pasado exactamente para que el suelo se esté hundiendo bajo tus pies. Darías lo que fuera por borrar lo que ha sucedido, añoras tu normalidad, tus viejas costumbres, quisieras que todo volviera a ser como antes... Pero ese *antes* es otra vida, una vida a la que, incomprensiblemente, ya no puedes regresar.

Aquella noche, Mariona y yo nos quedamos con Daniel. La habitación era muy pequeña y sólo disponía de un sillón abatible para el acompañante, sillón que, por cierto, estaba tan destrozado que dejaba al aire la gomaespuma del relleno por varios sitios. Sin embargo, era la mejor habitación de la planta y era individual, de modo que todavía teníamos que dar las gracias.

Mi madre llamó al poco de salir de la reunión con Llor y Hernández. Por primera vez en su vida fue capaz de mantenerse callada durante un buen rato y de prestar atención sin interrumpir continuamente para apoderarse del turno de palabra. En realidad, estaba paralizada. No resultó fácil explicarle lo que nos habían dicho los médicos. Para ella, todo lo que no fuera una enfermedad del cuerpo carecía de valor, de modo que tuvo que hacer un gran esfuerzo, despejar su entendimiento y aceptar la idea de que su hijo menor, a pesar de ser un hombretón con una salud de hierro, se había convertido en un enfermo mental. Al final, con voz temblorosa, y después de pedirme infinidad de veces que de ninguna manera le comentara nada a la abuela si me llamaba, me anunció que Clifford ya estaba reservando billetes para el vuelo que salía de Heathrow a las seis y veinticinco de la mañana.

No pudimos descansar en toda la noche. Daniel abría los ojos continuamente y hablaba sin parar con frases largas y bien construidas aunque erráticas, delirantes: a veces, se explayaba disertando sobre temas que debían de ser materia de su asignatura, como la existencia de un desconocido lenguaje primigenio cuyos sonidos eran consustanciales a la naturaleza de los seres y las cosas y, en otras ocasiones, explicaba minuciosamente cómo se preparaba el desayuno por las mañanas, cortando el pan con el cuchillo de mango azul, recogiendo las migas con la mano izquierda, programando el tostador dos minutos y el microondas cuarenta y cinco segundos para calentar la taza de café. No cabía duda de que ambos habíamos salido tan metódicos y organizados como la abuela Eulàlia, de quien (a falta de una madre como Dios manda) lo habíamos aprendido casi todo. Pero el argumento favorito de mi hermano era la muerte, la suya propia, y se preguntaba, angustiado, cómo iba a poder descansar si no sentía el peso de su cuerpo. Si le dábamos agua, bebía, pero decía que no sentía la sed porque los muertos no la sienten y, en una ocasión en que rozó el vaso con los dedos, se sorprendió mucho y nos preguntó por qué le colocábamos aquella cosa fría en la boca. Era como un títere desarticulado que sólo quería reposar un par de metros bajo tierra. No sabía quiénes éramos ni por qué nos empeñábamos en acercarnos a él. A veces se nos quedaba mirando y sus ojos parecían tan muertos como los ojos de cristal de un muñeco de juguete.

Por fin, sobre las siete de la mañana, el sol comenzó a iluminar el cielo. Los padres de Ona llegaron minutos más tarde y mi cuñada se marchó con ellos a desayunar, dejándome solo con mi hermano. Hubiera querido acercarme a él y decirle: «¡Eh, Daniel, levántate y vámonos a casa!» y, me parecía tan posible, tan factible, que apoyé varias veces las manos sobre los reposabrazos del sillón para ponerme en pie. Por desgracia, en cada una de esas ocasiones, mi hermano abrió súbitamente los ojos y me espetó tal retahíla de tonterías que me quedé hecho polvo y con el alma en los pies. Poco antes de que Ona y sus padres volvieran, mirando fijamente hacia el techo, empezó a hablar con voz monótona sobre Giordano Bruno y la posible existencia de infinitos mundos en el infinito universo. Observándole con cariño, me dije que su locura, su extraña enfermedad, de alguna manera podía compararse con una de esas páginas de código perfecto que se escriben pocas veces en la vida: ambas contenían una cierta forma de belleza que sólo podía percibirse por debajo de una apariencia ingrata.

Como tenía que pasar por casa antes de ir al aeropuerto, a las ocho, sin haber pegado ojo, me marché del hospital. Estaba cansado y deprimido, y necesitaba desesperadamente una ducha y otra ropa. No me apetecía pasar por el despacho de modo que, en lugar de utilizar uno de los tres ascensores de la empresa, usé el mío particular. Este ascensor, controlado por un ordenador con reconocimiento de voz, sólo tenía tres paradas: el garaje, la planta baja (donde estaban la recepción y el vestíbulo de Ker-Central) y mi casa, situada en la azotea del edificio, rodeada por un jardín de quinientos metros cuadrados protegido por mamparas opacas de material aislante. Aquél era mi paraíso personal, la idea de más difícil realización de todas las que había tenido en mi vida. Para poder construirla hubo que trasladar todos los servicios de refrigeración, calefacción y electricidad a la última planta, la décima, y cubrir el suelo del tejado con capas de impermeabilizante, aislante térmico, hormigón poroso y tierra cultivable. Contraté un equipo de profesionales en paisajismo y jardinería de la

Escuela Técnica superior de Arquitectura de Barcelona, y la empresa americana que construyó la vivienda —un chalet de doscientos metros cuadrados, de una sola planta—, estaba especializada en materiales ecológicos, domótica y seguridad inteligente. El proyecto me costó casi lo mismo que el resto del inmueble, pero sin duda valió la pena. Podía afirmar, sin mentir, que vivía en plena naturaleza en el centro de la ciudad.

Cuando las puertas del ascensor se abrieron, me encontré, por fin, en el salón de casa. La luz entraba a raudales por las cristaleras, a través de las cuales vi a Sergi, el jardinero, inclinado sobre los arbustos de adelfas. Magdalena, la asistenta, ya empujaba el aspirador por alguna habitación del fondo. Todo estaba limpio y ordenado, pero la sensación de extrañeza que llevaba dentro de mí se adhería a las paredes y a los objetos con sólo pasarles la mirada por encima. No sentí esa relajante conmoción que me invadía cada vez que llegaba. Ni siquiera el agua de la ducha se llevó por el desagüe la mugre de irrealidad; tampoco el desayuno, ni las conversaciones telefónicas con *Jabba* y con Núria, mi secretaria, ni el viaje hasta El Prat con las ventanillas del coche bajadas, ni ver a mi madre y a Clifford después de cinco meses, ni, desde luego, volver a contemplar, ahora bajo un sol radiante, la vieja mole de La Custòdia, subir sus escalinatas, entrar en uno de los ascensores gigantescos y chirriantes y regresar a la habitación donde estaba mi hermano.

Sobre las doce de la mañana dejé a Ona, a Dani (*Proxi* lo había llevado a primera hora al hospital) y a los padres de Ona frente al portal de su casa, en la calle Xiprer, y yo regresé a la mía. Por el camino, mi móvil empezó a sonar como cualquier día normal a esas horas. Pero no respondí; me limité a bloquearlo para que sólo pudieran entrar las llamadas de mi familia y las de *Jabba*, *Proxi* y Núria. El mundo de los negocios tendría que pararse por un tiempo. Yo era como un procesador tostado por una sobrecarga. Sólo recuerdo que, tras salir del ascensor, solté el equipaje de Clifford y mi madre en el pasillo y que me dejé caer como un fardo sobre la cama.

El teléfono estaba sonando. Yo no me podía mover. Por fin, se interrumpió y volví a dormirme. Instantes después, de nuevo, comenzó a sonar. Una vez, dos, tres... Silencio. Todo estaba oscuro; debía de ser de noche. El maldito aparato insistía. Di un salto en la cama y me quedé sentado, con los ojos muy abiertos. De repente, recordé... ¡Daniel!

—¡Luz! —exclamé; la lamparilla de la cabecera de la cama se iluminó. El reloj de la mesita indicaba que eran las ocho y diez de la noche—. Y manos libres.

El sistema emitió un chasquido suave para indicarme que acababa de descolgar el teléfono en mi nombre y que ya podía hablar.

—Soy Ona, Arnau.

Estaba aturdido y desubicado. Me froté la cara con las manos y me agité el pelo, adherido como un casco a la cabeza. El resto de luces de la habitación se fueron encendiendo suavemente de manera automática.

—Me he dormido —farfullé a modo de saludo—. ¿Estás en La Custòdia?

—Estoy en casa.

—Bueno, pues dame media hora y te recojo. Si quieres, cenamos allí, en la cafetería.

—No, no, Arnau —rehusó rápidamente mi cuñada—. No te llamo por eso. Es que... Bueno, verás, he encontrado unos papeles sobre la mesa de Daniel y... No sé cómo explicártelo. Es muy raro y estoy preocupada. ¿Podrías venir tú a verlos?

Tenía el cerebro abotagado.

—¿Papeles...? ¿Qué papeles?

—Unas notas suyas. Una cosa muy rara. A lo mejor estoy desvariando pero... Prefiero no contártelo por teléfono. Quiero que tú mismo lo veas y me des tu opinión.

—Vale. Ahora mismo voy.

Tenía un hambre de lobo, así que fui devorando por etapas, mientras me duchaba y me vestía, la cena que Magdalena me había dejado preparada. Estuve dudando mucho rato si ponerme vaqueros como siempre o quizá algún otro pantalón más cómodo para pasar la noche en el hospital. Al final, opté por lo segundo; los vaqueros son casi un estilo de vida, pero, a la hora de la verdad, resultan muy rígidos y, a las cinco de la madrugada, pueden convertirse en perversos instrumentos de tortura. De modo que me puse un jersey, los pantalones negros de uno de mis trajes de negocios y unos viejos zapatos de piel que encontré en el vestidor. Por suerte, todavía no necesitaba afeitarme, así que me recogí el pelo y listo. Saqué una chaqueta del armario, guardé el móvil en uno de los bolsillos, tomé el macuto, metí dentro el ordenador portátil por si esa noche podía trabajar un rato y me fui a casa de mi hermano.

La calle Xiprer era una de esas calles estrechas y arboladas en las que todavía podían encontrarse viejos chalets habitados y el ambiente vecinal de una ciudad pequeña. Había que dar muchas vueltas y subir y bajar muchas cuestas para llegar hasta allí pero, cuando creías que las dificultades habían terminado y que sólo restaba aparcar el coche, descubrías con horror que los vehículos se comprimían de tal manera a ambos lados de la calle que era casi imposible pasar de una acera a otra sin usar un abrelatas. Hubiese sido un milagro que aquella noche la situación fuera distinta, pero, claro, no fue así y terminé haciendo lo mismo de siempre, es decir, subiendo la mitad izquierda del coche a la acera de un chaflán.

La casa de mi hermano estaba en el cuarto piso de un edificio no demasiado antiguo. Yo estaba convencido de que allí habitaba una rama clónica de *Jabba* procedente de algún misterioso experimento genético porque, siempre que iba, me encontraba en el ascensor con alguna réplica suya casi exacta. No fallaba nunca y el fenómeno llegó a preocuparme hasta el punto de preguntarle a Daniel si también él se había dado cuenta. Mi hermano, obviamente, se había echado a reír y me había explicado que se trataba de una familia muy extensa que ocupaba distintos apartamentos del inmueble y que, efectivamente, todos sus miembros guardaban un cierto parecido con Marc.

—¿Cierto parecido...? —exclamé, indignado.

—¡Hombre, todos son enormes y pelirrojos, pero ahí termina la cosa!

—Pues, yo diría que son idénticos.

—¡No te pases!

Pero ahora mi hermano no estaba en su casa y no podía contarle, como hacía siempre, que había vuelto a encontrarme en el ascensor con uno de aquellos clones. Me abrió la puerta mi cuñada, que, aunque ya arreglada para irnos, estaba demacrada y con ojeras.

—Tienes mala cara, Arnau —me comentó ella con una sonrisa cariñosa.

—Creo que no he dormido muy bien —repuse mientras entraba en la casa. Por el pasillo que se abría frente a mí y que terminaba en el salón, una figura diminuta avanzaba con paso vacilante, arrastrando, como el Linus de *Snoopy*, una vieja toquilla con la que también se cubría media cabeza.

—Está muerto de sueño —me comentó Ona, bajando la voz—. No lo espabiles.

No tuve ocasión de hacerlo. A medio camino, la figura entoquillada decidió que no valía la pena el esfuerzo y dio media vuelta, regresando con sus abuelos, que estaban viendo la televisión. Como el sofá resultaba visible desde la entrada, saludé a los padres de Ona levantando la mano en el aire mientras mi cuñada tironeaba de mi brazo izquierdo para llevarme hacia el despacho de Daniel.

—Tienes que ver esto, Arnau —dijo mientras encendía la luz. El estudio de mi hermano era incluso más pequeño que mi vestidor, pero él se las había ingeniado para colocar por todas partes una cantidad ingente de altísimas estanterías de madera que rebosaban libros, revistas, cuadernos y archivadores. Ocupando el espacio central de todo aquel maremágnum estaba su mesa de trabajo, cubierta por pilas inestables de carpetas y papeles que rodeaban como altos muros unas cuartillas con anotaciones sobre las que descansaba un bolígrafo, y, al lado, el ordenador portátil apagado.

Ona se dirigió hacia la mesa y, sin mover nada, se inclinó sobre las hojas y puso un dedo sobre ellas.

—Lee esto, anda —murmuró.

Yo todavía llevaba el macuto al hombro, pero la urgencia que se transmitía en la voz de Ona me arrastró hacia la mesa. Allí donde ella señalaba con el índice estaban escritas unas frases con la letra de mi hermano que, aunque al inicio se entendían bastante bien, al final resultaban casi ilegibles:

«*¿Mana huyarinqui lunthata?* ¿No escuchas, ladrón?

»*Jiwañta* [...] Estás muerto [...], *anatatäta chakxaña*, jugaste a quitar el palo de la puerta.

»*Jutayañäta allintarapiña*, llamarás al enterrador, *chhärma*, esta misma noche.

»Los demás (ellos) *jiwanaqañapxi jumaru*, mueren todos por todas partes para ti.

»*Achakay, akapacha chhaqtañi jumaru*. ¡Ay, este mundo dejará de ser visible para ti!

»*Kamachi* [...], ley [...], *lawt'ata*, cerrado/a con llave, *Yäp...*»

Después, como si Daniel hubiera ido perdiendo el conocimiento mientras su mano seguía intentando escribir, aparecían una serie de líneas, de rayas inseguras que terminaban abruptamente.

Me quedé en suspenso unos segundos y, luego, incrédulo, releí aquellas notas un par de veces más.

—¿Qué me dices, Arnau? —preguntó Ona, nerviosa—. ¿No te parece un poco raro?

Abrí la boca para decir... no sé qué, pero de mi garganta no salió ni un sonido. No, no era posible. Simplemente, resultaba ridículo pensar que aquellas frases estuvieran directamente relacionadas con la enfermedad de Daniel. Sí, la describían punto por punto y, sí, también sonaban amenazadoras, pero, ¿qué mente en su sano juicio podría aceptar algo tan absurdo como que lo último que mi hermano escribió antes de enfermar pudiera tener algo que ver con lo que le había pasado? ¿Es que nos estábamos volviendo tan locos como él?

—No sé qué decirte, Ona —balbucí—. En serio. No sé qué decirte.

—¡Pero es que Daniel estaba trabajando en esto cuando...!

—¡Lo sé, pero no perdamos la cabeza! —exclamé. Mi cuñada apoyaba las manos sobre el respaldo del sillón de Daniel y lo apretaba con tanta fuerza que tenía los dedos crispados y los nudillos blancos—. Piénsalo, Ona. ¿Cómo podría este papel ser el causante de su agnosia y de su dichosa ilusión de Cotard...? Ya sé que parece tener alguna relación, pero es imposible, es... ¡grotesco!

Durante unos instantes eternos nos quedamos los dos en silencio, inmóviles, con la vista fija en las anotaciones de Daniel. Cuanto más leía aquellas letras, más crecía en mi interior un miedo aprensivo y receloso. ¿Y si aquello le había afectado de verdad? ¿Y si se había sentido tan impresionado por lo que quiera que fuese que leía y traducía que su inconsciente le había jugado una mala pasada, adoptando aquella especie de maldición y convirtiéndola en una enfermedad real? No quería dar alas a la imaginación de Ona, así que me abstuve de comentarle lo que estaba pensando, pero la idea de que mi hermano hubiera podido somatizar aquellas palabras por la razón que fuese hizo mella en mi interior. Quizá estaba demasiado cautivado por aquel trabajo o demasiado cansado de estudiar; quizá había rebasado el límite de sus fuerzas, dedicando más energía y tiempo de los debidos a su carrera profesional. Todo podía, y debía, tener una explicación racional, por más que aquellas cuartillas garabateadas parecieran indicar que Daniel había sido hipnotizado... O algo por el estilo. ¿Qué demonios sabía yo de estúpidas brujerías y encantamientos?

Giré lentamente la cabeza para mirar a Ona y descubrí que ella, a su vez, me estaba mirando con unos ojos llorosos y enrojecidos.

—Tienes razón, Arnau —susurró—. Tienes toda la razón. Es una tontería, ya lo sé, pero es que, por un momento, he pensado que...

Le pasé un brazo por encima de los hombros y la atraje hacia mí. Ella se dejó arrastrar blandamente. Estaba rota.

—Esto no es fácil para nadie, Ona. Tenemos los nervios destrozados y estamos muy asustados por Daniel. Cuando alguien tiene miedo, se refugia en cualquier cosa que le aporte un poco de esperanza y tú has creído que, a lo mejor, si todo era producto de una especie de maldición, con otro poco de magia podría curarse, ¿no es verdad?

Ella se echó a reír bajito y se pasó una mano por la frente, intentando quitarse aquellas ideas locas de la cabeza.

—Vámonos al hospital, anda —murmuró sonriendo y soltándose de mi brazo—. Clifford y tu madre estarán agotados.

Mientras cogía sus bártulos y se despedía de sus padres y su hijo, yo continué allí, frente a aquel condenado papel que me aguijoneaba el cerebro como un enjambre de mosquitos en verano.

Nos encontrábamos muy cerca de La Custòdia y no hubiera valido la pena utilizar el coche de no ser porque, a la mañana siguiente, cansados e insomnes, esos diez minutos de caminata nos habrían parecido una eternidad.

—¿En qué estaba trabajando Daniel? —le pregunté a Ona sin quitar los ojos del semáforo en rojo que nos acababa de detener en la Ronda Guinardó.

Mi cuñada suspiró largamente.

—En esa odiosa investigación sobre etnolingüística inca —manifestó—. Marta, la catedrática del departamento, le ofreció una colaboración en Navidad. «Un estudio muy importante», le dijo, «una publicación que dará renombre al departamento»... ¡Patrañas! Todo lo que quería era que Daniel le hiciera el trabajo sucio para, luego, quedarse con todo el mérito, como siempre. Ya sabes cómo funciona.

Mi hermano era profesor de Antropología del lenguaje en la UAB, la Universidad Autónoma de Barcelona, adscrito al Departamento de Antropología Social y Cultural. Siempre había sido un magnífico estudiante, un coleccionista de éxitos académicos y, con veintisiete años recién cumplidos, no podía llegar más lejos ni hacerlo más rápido. Curiosamente, a pesar de todo ello, sufría de una inexplicable rivalidad hacia mí; nada exagerado, naturalmente, pero sus frecuentes comentarios sobre mis negocios y mi dinero no dejaban lugar a dudas y, por eso (creía yo), se esforzaba de aquella manera en su trabajo. Tenía un brillante futuro por delante antes de caer enfermo.

—¿Has llamado al departamento para avisar de lo que ha ocurrido?

—Sí. Lo hice esta mañana antes de acostarme. Me han dicho que tengo que llevar la baja para que puedan contratar a un interino que le sustituya.

Entramos en La Custòdia atravesando una mara-

54

bunta de gente silenciosa. Volver allí me produjo una extraña sensación: era un lugar ajeno y triste en el que sólo había estado una vez en mi vida y, sin embargo, lo sentí como una prolongación de mí mismo, como un recinto familiar. Seguramente, la presencia de Clifford y mi madre contribuía bastante pero estaba seguro de que se trataba, más bien, de la carga emocional de la situación.

Daniel seguía exactamente igual que aquella mañana cuando nos marchamos. No había experimentado ninguna mejoría, me explicó mi madre, pero tampoco había empeorado y eso era muy positivo.

—A mediodía vino a verle el psiquiatra, el doctor Hernández —siguió contándonos sin levantarse del sillón; no parecía cansada en absoluto—. Por cierto, ¡qué hombre más encantador! ¿Verdad, Clifford? ¡Qué amable y qué simpático! Nos ha tranquilizado mucho, ¿verdad, Clifford?

Clifford, sin hacerle caso, permanecía de pie junto a la cama de su hijo. Supuse que apenas debía de haberse movido de allí en todo el día. Avancé unos pasos hacia él y me coloqué a su lado, contemplando también a mi hermano. Daniel tenía los ojos abiertos pero seguían sin vida y no parecía escuchar nada de lo que se decía a su alrededor.

—El doctor Hernández... Diego, nos ha asegurado que Daniel se pondrá bien muy pronto y nos ha explicado que los medicamentos que le están dando empezarán a hacerle efecto en dos o tres días, ¿verdad, Clifford? ¡La semana que viene lo tenemos de nuevo en casa, ya lo veréis! Ona, cariño, no dejes la bolsa en el suelo... Ahí tienes el armario. Por cierto, ¡qué horrible es este hospital! ¿Por qué no le llevasteis a una clínica privada? ¡Si ni siquiera podemos sentarnos todos! —protestó desde el sillón—. Clifford, anda, mira a ver si las enfermeras de este turno son más amables que las otras y nos dejan una silla. ¿Podéis creer que nos han dicho que no quedaban asientos libres en toda la planta? ¡Vaya mentira!, pero ya me contarás cómo se lo dices en la cara a una de esas... furias vestidas de blanco. ¡Qué gente tan desagradable! ¿Verdad, Clifford? Pero, ¿por qué no vas a preguntar, hombre? Seguro que ahora nos dejan al menos una banqueta o un taburete, no sé..., un escabel... ¡Cualquier clase de asiento estará bien!

Y sí, sí nos dejaron otro asiento, una silla de plástico verde como las de la sala de espera, pero sólo después de que mi madre hubiera salido por la puerta de la planta para no regresar hasta el día siguiente. Las enfermeras debían de habérselo tomado como una cuestión personal y, sinceramente, no me sorprendía lo más mínimo. Crucé los dedos para que Clifford y mi madre recordaran los códigos de acceso a mi casa porque, de no ser así, me veía rescatándoles de la comisaría de Via Laietana.

Ona ocupó el sillón y se concentró en un libro y yo acerqué la silla a esa especie de mostrador con suplemento abatible que hacía las veces de mesita de noche y de banco de trabajo para el personal de la planta. Aparté la caja de pañuelos de papel, la botella de agua, el vaso de Daniel y el dosificador del colirio que le teníamos que poner cada cierto tiempo porque se le secaban los ojos de no parpadear lo suficiente. Extraje mi pequeño ordenador del macuto (un ultraligero de gama alta, de poco más de un kilo de peso) lo abrí y lo coloqué de manera que pudiera teclear con cierta comodidad y que quedara espacio para situar cerca el teléfono móvil; necesitaba conectar con la intranet de Ker-Central, la red privada de la empresa, para echar una ojeada al correo, repasar los asuntos y las reuniones pendientes y estudiar la documentación que Núria me había dejado preparada.

Trabajé durante una media hora, abstrayéndome por completo de la realidad, concentrado en resolver lo mejor posible los asuntos urgentes de la compañía y, cuando menos lo esperaba, escuché una risa muy sombría que salía de la cama de Daniel. Levanté la mirada, atónito, por encima del monitor y vi a mi hermano con una extraña curva dibujada en los labios. Antes de que tuviera tiempo de reaccionar, Ona había saltado del sillón y se había colocado a su lado, inclinándose nerviosamente sobre él, que seguía sonriendo con tristeza y movía los labios como si estuviera intentando decir algo.

—¿Qué te pasa, Daniel? —le preguntó ella, acariciándole la frente y las mejillas.

—*Lawt'ata* —respondió él, y volvió a reír con el mismo desconsolado sonido de antes.

—¿Qué ha dicho? —quise saber, extrañado, acercándome.

—¡No lo sé, no le he comprendido!

—Estoy muerto —dijo Daniel con voz hueca—. Estoy muerto porque los *yatiris* me han castigado.

—¡Por el amor de Dios, cariño, deja de decir tonterías!

—¿Qué significa *lawt'ata*, Daniel? —le interrogué, apoyando una mano sobre la almohada para agacharme, pero mi hermano giró la cabeza en sentido contrario y ya no volvió a despegar los labios.

—Déjale, Arnau —repuso Ona, abatida, volviendo

al libro y al sillón—. No dirá nada más. Ya sabes lo cabezota que es.

Pero yo seguía preguntándome por qué Daniel se había reído de aquella manera tan extraña y había pronunciado aquellas palabras tan raras. ¿Qué lengua era ésa?

—Quechua o aymara —me aclaró Ona cuando se lo pregunté—. Seguramente, aymara. El quechua era la lengua oficial de los incas, pero en la zona sudeste del imperio se hablaba aymara. Daniel tuvo que aprender las dos para poder trabajar con Marta.

—¿En tan pocos meses? —me sorprendí, regresando a mi silla y girándola para sentarme mirando hacia Ona. El programa de administración de energía del portátil había apagado el monitor y parado el equipo para ahorrar batería. En unos pocos minutos, si no movía el ratón o pulsaba alguna tecla, desactivaría también el disco duro.

—Tu hermano tiene una facilidad inmensa para los idiomas, ¿no lo sabías?

—Aun así —objeté.

—Bueno... —murmuró frunciendo los labios y la frente—, lo cierto es que ha estado trabajando muy duro desde que empezó a colaborar con Marta. Ya te dije que estaba obsesionado. Llegaba de la universidad, comía y se encerraba en su despacho toda la tarde. De todas formas, el quechua lo abandonó pronto para dedicarse por entero al aymara. Lo sé porque me lo contó él.

—Ese texto... el que me enseñaste en tu casa, ¿también estaba escrito en aymara?

—Supongo que sí.

—Y ese trabajo de... ¿dijiste etnolingüística inca?

—Sí.

—¿Qué demonios es eso?

—La etnolingüística es una rama de la antropología que estudia las relaciones entre la lengua y la cultura de un pueblo —me explicó pacientemente—. Ya sabes que los incas no conocían la escritura y que, por tanto, toda su tradición era oral.

Eso de que yo ya lo sabía era mucho suponer por su parte. A mí aquello me sonaba al descubrimiento de América por Colón, las tres carabelas y los Reyes Católicos. Si hubiera tenido que situar en un mapa a los incas, los mayas y los aztecas, me hubiera hecho un lío terrible.

—Marta, la catedrática de Daniel, es una eminencia en el tema —siguió explicándome mi cuñada con cara de fastidio; no cabía la menor duda de que aquella tal Marta le caía como una patada en el estómago y que abominaba de la colaboración de Daniel con ella—. Ha publicado multitud de estudios, colabora con revistas especializadas de todo el mundo y participa como invitada en todos los congresos sobre antropología de América Latina. Es un personaje muy importante, además de una vieja estirada y prepotente. —Cruzó las piernas con aire de suficiencia y me miró—. Aquí, en Cataluña, además de ocupar la Cátedra de Antropología Social y Cultural de la UAB, dirige el Centre d'Estudis Internacionals i Interculturals d'Amèrica Llatina y es la presidenta del Institut Català de Cooperació Iberoamericana. Ahora ya puedes entender por qué Daniel tenía que trabajar a la fuerza con ella: rechazar su ofrecimiento hubiera significado el fin de su carrera como investigador.

Mi hermano se removía, inquieto, en la cama, volviendo la cabeza de un lado a otro y agitando las manos en el aire como si aleteara. De vez en cuando murmuraba de nuevo la inexplicable palabra que ya había pronunciado antes: *lawt'ata*. Debía de repetirla por alguna razón, pero, si tal razón existía, sólo la sabía él. Decía *lawt'ata* en voz baja y se agitaba intranquilo; volvía a decirla y se reía; luego, callaba un rato para, más tarde, comenzar de nuevo.

—Bueno, vale —asentí, pasándome las manos por las mejillas rasposas—. Pero, dejando al margen a esa tal Marta, explícame en qué consistía exactamente el trabajo.

Mi cuñada, que mantenía el libro abierto sobre uno de los reposabrazos del sillón, lo recuperó perezosamente, puso el punto de lectura entre las páginas y lo cerró, dejándolo caer de cualquier manera sobre sus piernas.

—No sé si debo... —manifestó, insegura.

—Ona, no pienso apropiarme de las ideas de Daniel y la catedrática.

Ella se rió y alargó las mangas de su jersey hasta que consiguió ocultar las manos dentro.

—¡Lo sé, Arnau, lo sé! Pero es que Daniel me advirtió mucho que no dijera nada a nadie.

—Bueno, pues tú verás... Yo sólo pretendo entender lo que está pasando.

Se quedó ensimismada unos segundos y, por fin, pareció tomar una decisión.

—No comentarás nada, ¿verdad? —quiso saber antes de revelar el gran secreto.

—¿Con quién quieres que hable sobre etnolingüística inca? —Me reí—. ¿Crees de verdad que un rollo semejante le puede interesar a alguno de mis amigos?

Ella se rió también, dándose cuenta de la tontería que había dicho.

—¡Dios mío, no! ¡Serían unos amigos muy originales!

—Pues ya te has contestado tú misma y, ahora, explícame eso que Daniel te pidió que no dijeras a nadie.

—Es una historia un poco complicada —empezó, y cruzó los brazos sobre el pecho sin sacar las manos de las mangas—. Una amiga de Marta, la profesora Laura Laurencich-Minelli, titular de la Cátedra de Civilizaciones Precolombinas de la Universidad de Bolonia, en Italia, tuvo conocimiento, a principios de los noventa, de unos misteriosos documentos del siglo XVII encontrados por casualidad en un archivo privado de Nápoles, los llamados documentos Miccinelli. Según me contó Daniel, estos documentos contenían muchos datos sorprendentes y extraños sobre la conquista de Perú, pero lo más extraordinario de todo, por lo que la profesora Laurencich-Minelli se puso inmediatamente en contacto con su amiga Marta Torrent, era que aportaban las claves necesarias para interpretar un olvidado sistema de escritura incaica que demostraba que aquélla no fue una civilización atrasada que carecía de alfabeto.

Lo que Ona acababa de contarme debía de ser algo extraordinario, sin duda, porque me ojeaba esperando una reacción de entusiasmo que, obviamente, no tuve.

—¿Has oído lo que te he dicho, Arnau? —inquirió, perpleja—. ¡Los documentos Miccinelli demostraban la falsedad de las crónicas españolas, afirmando con pruebas incuestionables la existencia de un lenguaje escrito entre los incas!

—¡Oh, vaya, qué... bien! —atiné a decir, sin comprender del todo la película.

Afortunadamente, se percató de mi ignorancia e intentó echarme un cable para reparar en lo posible el mal lugar en el que me estaba dejando. Resultaba evidente que a ella el tema le apasionaba; no en vano, recordé, había empezado a estudiar la carrera y, según me había confesado el día anterior, tenía la intención de terminarla.

—Verás, Arnau, demostrar que los incas escribían es como descubrir que el hombre no desciende del mono... Algo impensable, increíble y asombroso, ¿comprendes?

—Bueno, la teoría de Darwin no deja de ser sólo una teoría —comenté—. Si, a estas alturas, hubieran podido demostrarla, sería la ley de Darwin.

Mi cuñada perdió la paciencia. Era muy joven y carecía de la correa necesaria para aguantar las tonterías ajenas. Pero lo cierto era que a mí el tema de Darwin siempre me había interesado: ¿no resultaba sorprendente pensar que jamás había sido encontrado ni uno solo de los miles de supuestos eslabones perdidos que hubieran hecho falta para demostrar la teoría de la evolución, y no sólo de los seres humanos sino de todo tipo de animales o plantas? Algo querría decir eso y a mí me parecía muy curioso.

—¿Quieres que siga contándote en qué trabajaba Daniel o no? —explotó—. Porque, si no te interesa, me callo.

Hay ocasiones en las que es mejor apagar el ordenador que estrellarlo contra el suelo. Ona sólo era una cría con muchos problemas, el peor de los cuales estaba tumbado en la cama que ocupaba el centro de aquella habitación.

—Sigue, por favor —respondí con afabilidad—. Me interesa mucho. Sólo te pido que comprendas que no tengo ni idea de estas cosas.

Ella soltó una carcajada, aliviando la tensión que reinaba en el cuarto. Mi hermano también se había calmado y parecía dormir.

—¡Pobrecito! —bromeó sin malicia alguna—. ¡Daniel siempre dice que tú eres la prueba viviente de que no estudiar es muy rentable!

Sonreí bajando resignadamente la cabeza. Esa frase la había escuchado muchas veces de boca de mi hermano. A los dieciséis años, mi madre, que entonces ya vivía en Londres, me regaló mi primer ordenador, un pequeño Spectrum con el que empecé a programar en BASIC. Hacía aplicaciones muy simples que vendía, con ligeras modificaciones, a un sinfín de empresas que empezaban en aquello tan raro de la informática de gestión. Poco después compré un Amstrad y, casi en seguida, un 286 clónico con tarjeta gráfica. La demanda de programas informáticos por parte de compañías y organismos oficiales no hacía otra cosa que aumentar. Fui uno de los pioneros de internet, que entonces no era, ni de lejos, la conocida World Wide Web, (5) nacida en 1991, sino sólo una caótica red mundial de redes locales que se comunicaban entre sí con protocolos demenciales y resultados frustrantes. En septiembre de 1993, invirtiendo todo el dinero que había ganado como programador, monté el primer proveedor de internet de Cataluña, Inter-Ker, y puse en marcha un servicio de diseño de páginas Web escritas en HTTP. (6) Por aquel entonces nadie sabía nada de internet. Todo era absolutamente nuevo y desconocido, un mundo hecho por autodidactas que aprendíamos sobre la marcha, resolviendo los problemas a golpe de tecla. La em-

(5)   Significa, aproximadamente, telaraña global.
(6)   HyperText Transfer Protocol.

presa funcionó bien, pero resultaba evidente que aquello no tenía futuro: la World Wide Web era territorio comanche y, en muy poco tiempo, habría que darse de bofetadas con otros colonos por unas migajas del pastel. Por eso, cuando vendí Inter-Ker en 1996, decidí poner en marcha una página de finanzas, un portal que ofreciera toda esa información (cotizaciones bursátiles, datos sobre bancos, hipotecas y préstamos, tablón de inversiones y negocios, etc.) que las empresas para las que había programado aplicaciones debían obtener trabajosamente a través de diferentes medios. Se llamaba Keralt.com y tuvo un éxito inmediato. Al cabo de sólo un año, empecé a recibir ofertas de compra por parte de las empresas bancarias más importantes del mundo. En 1999, el mismo día que cumplí los treinta y dos años, me convertí en uno de esos tipos que en Norteamérica llaman ultra-ricos, al vender Keralt.com al Chase Manhattan Bank por cuatrocientos sesenta millones de dólares. Mi historia no fue ni la única de estas características ni la más sonada, ganándome en beneficios, por ejemplo, Guillermo Kirchner y los hermanos Casares, María y Wenceslao, de Argentina, quienes vendieron el setenta y cinco por ciento de su portal Patagon.com al Banco Santander Central Hispano por quinientos veintiocho millones de dólares. A fin de cuentas, lo importante de aquella transacción no fue tanto el dinero que recibí como el hecho de que me hubieran comprado una idea, sólo una de las muchas que yo podía concebir, de modo que, con los dólares bien invertidos, unos meses después empecé a construir mi casa y monté Ker-Central, dedicada, por un lado, a programar aplicaciones de seguridad para la red —antivirus y cortafuegos— y, por otro, a financiar proyectos innovadores en el campo de la inteligencia artificial aplicada a las finanzas (por ejemplo la creación de redes neuronales para el pronóstico avanzado de los precios de las acciones). Ker-Central recibía estos proyectos, los estudiaba y, si cumplían los requisitos y satisfacían al equipo asesor, los producía y financiaba, llevándose, obviamente, un porcentaje muy elevado de los beneficios. Lo que nadie de mi familia parecía comprender es que todo aquello me había costado muchos años de duro trabajo, de luchas a brazo partido y de estar robándole siempre horas al sueño. A sus ojos, la fortuna me había sonreído por caprichosa veleidad y, por lo tanto, mi suerte sólo era eso, suerte, y no el producto de un esfuerzo como el que había realizado Daniel para llegar hasta donde estaba.

—Los documentos Miccinelli —continuó Ona sin borrar la sonrisa de su boca—, escritos por dos jesuitas italianos, misioneros en Perú, se componían de trece folios, uno de los cuales, plegado, guardaba en su interior un quipu que...

—¿Qué es un quipu? —la interrumpí.

—¿Un quipu...? Pues, un quipu... —Parecía no encontrar las palabras adecuadas—. Un quipu es un grueso cordón de lana del que cuelgan una serie de cuerdas de colores llenas de nudos. Según la disposición de estos nudos, el grosor y la distancia entre ellos, el significado variaba. Los cronistas españoles sostuvieron siempre que los quipus incas eran instrumentos de contabilidad.

—Entonces, el quipu era una especie de ábaco —sugerí.

—Sí y no. Sí, porque realmente permitía que los incas llevaran minuciosamente las cuentas de los impuestos, las armas, la población del imperio, la producción agrícola, etcétera, y no, porque, según se desprendía de referencias halladas en documentos menores y en la crónica de Guamán Poma de Ayala, descubierta en 1908 en Copenhague, los quipus eran algo más que simples calculadoras: también narraban hechos históricos, religiosos o literarios. El problema fue que Pizarro y los sucesivos virreyes de Perú se encargaron de destruir todos los quipus que encontraron, que fueron muchos, y de masacrar a los *quipucamayocs*, los únicos que sabían leer aquellos nudos. Su interpretación se perdió para siempre y sólo se conservó el oscuro recuerdo de que los incas controlaban la administración del imperio con unas exóticas cuerdas enmarañadas. Cuando se descubría un quipu en algún enterramiento, se enviaba directamente a la vitrina de cualquier museo como una curiosidad. Nadie sabía leerlo.

Sonaron unos golpecitos presurosos en la puerta y, a continuación, entró en la habitación una enfermera de enormes ojos saltones y voz cascada que traía en la mano una batea llena de potingues.

—Buenas noches —saludó con amabilidad, dirigiéndose rápidamente hacia Daniel. Como la mesa auxiliar estaba ocupada por mi ordenador y mi móvil, dejó la batea sobre la cama—. Es la hora de la medicación.

Mi cuñada y yo le devolvimos el saludo y, como los espectadores de una obra de teatro que contemplan a los actores en el escenario, nos quedamos en nuestros asientos y la seguimos con la mirada. Conocíamos el ritual por haberlo visto la noche anterior. Después de hacer ingerir a mi hermano, con grandes dificultades por su falta de colaboración, el comprimido de Clorpromacina y las gotas de Tioridacina, le puso el termómetro de mercurio bajo uno de los brazos y, en el contrario, le ciñó el manguito del aparato de la tensión. Todo esto lo hacía con agilidad y pericia, sin errores, moviéndose con la destreza que dan los muchos años de experiencia. Concluida esta primera fase, pasó a una segunda que no conocíamos:

—¿Quieres dar un paseo, Daniel? —le preguntó con voz fuerte y grumosa, pegando literalmente su cara a la de mi hermano, que ahora tenía los ojos nuevamente abiertos.

—¿Cómo voy a querer si estoy muerto? —respondió él, fiel a su nuevo credo.

—¿Prefieres que te sentemos en una silla?

—¡Ojalá supiera lo que es una silla!

—Yo le levantaré —dije, incorporándome. No podía resistir por más tiempo aquella absurda conversación.

—No se preocupe —me indicó la enfermera bajando el tono de voz y haciéndome un gesto con la mano para que no me moviera—. Tengo que hacerle estas preguntas. Hay que comprobar su evolución.

—No parece que haya ninguna... —murmuró Ona, tristemente.

La enfermera le sonrió con afecto.

—Ya la habrá. Todavía es pronto. Mañana estará muchísimo mejor. —Luego, volviéndose hacia mí mientras soltaba el manguito del brazo de mi hermano y recogía el termómetro y el resto de sus bártulos, comentó—: Insista en preguntarle si quiere dar un paseo. Hágalo cada vez que le pongan las gotas en los ojos. Tiene que moverse.

—Ya no tengo cuerpo —afirmó Daniel poniendo la mirada en el techo.

—¡Sí lo tienes, cariño, y un cuerpazo muy hermoso, además! —exclamó ella, contenta, mientras salía por la puerta.

Ona y yo nos miramos intentando contener la risa. Al menos alguien conservaba el buen humor en aquel lugar infame. La cara de mi cuñada, sin embargo, cambió de pronto:

—¡Las gotas! —profirió con acento de culpabilidad.

Yo asentí con la cabeza y las cogí de encima de la mesilla, ofreciéndoselas. Mi portátil se había apagado del todo y el móvil había concluido automáticamente la conexión a internet.

Sin dejar de hablarle y de decirle cosas cariñosas, Ona vertió aquellas falsas lágrimas en los ojos color violeta de mi hermano. Yo les observaba atentamente, reafirmándome por enésima vez en mi inquebrantable decisión de no formar parte jamás de una comunidad afectiva de dos. Me resultaba insoportable la idea de ligar mi vida a la de otra persona aunque sólo fuera por un breve espacio de tiempo y si, arrastrado por las circunstancias, alguna vez había estado tan loco como para hacerlo, siempre había terminado harto de aguantar necedades y desesperado por recuperar mi espacio, mi tiempo y mi supuesta soledad, en la que me encontraba muy a gusto y muy libre para hacer lo que me diera la gana. Como el título de aquella vieja película de Manuel Gómez Pereira, yo siempre me preguntaba por qué lo llamaban amor cuando querían decir sexo. Mi hermano se había enamorado de Ona y era feliz viviendo con ella y con su hijo; a mí, sencillamente, me gustaba mi vida tal y como era y no me planteaba la necesidad de ser feliz, algo que me parecía una pretensión ajena a la realidad y una ficción sin fundamento. Me conformaba con no ser desgraciado y con disfrutar de los placeres pasajeros que la vida me ofrecía. Que el mundo tuviera sentido a través de la felicidad me sonaba a excusa barata para no afrontar la vida a pelo.

Cuando Ona regresó a su sillón, yo retomé el asunto de los quipus. Algo me decía que había que deshacer algunos nudos.

—Me estabas hablando antes de los documentos Miccinelli y del sistema de escritura incaica... —le dije a mi cuñada.

—¡Ah, sí! —recordó, subiendo las piernas al asiento y cruzándolas como los indios—. Bueno, pues la cuestión es que mientras Laura Laurencich-Minelli estudiaba la parte histórica y paleográfica de los documentos, Marta Torrent investigaba el quipu que venía cosido en el folio plegado y, de este modo, descubrió que había una relación directa entre los nudos y las palabras quechuas que aparecían escritas encima de las cuerdas. Dedujo, obviamente, que se encontraba ante una nueva Piedra de Rosetta, la que le permitiría encontrar la clave perdida para descifrar todos los quipus, pero se trataba de una tarea de años, de modo que, con el permiso de la propietaria del archivo de Nápoles, Clara Miccinelli, hizo copias de todo el material y se lo trajo consigo a Barcelona.

—Y, una vez aquí, nuestra querida Marta puso manos a la obra y empezó a desentrañar los misterios de aquel viejo sistema de escritura —comenté— pero, como era un trabajo titánico, buscó ayuda entre los mejor preparados y los más inteligentes de sus profesores y eligió a Daniel, a quien, inmediatamente, propuso colaborar en el proyecto.

El rostro de Ona mudó de expresión para recuperar el gesto furioso.

—Pero, Ona... —titubeé—, la catedrática no hizo más que ofrecerle a Daniel una oportunidad única. ¡Imagínate que se la hubiera brindado a otro! No entiendo por qué te molesta tanto que pensara en Daniel para algo tan importante.

—¡Marta Torrent sólo le ofreció a Daniel el trabajo duro del proyecto! —se irritó mi cuñada—. Tu hermano lo tenía muy claro, sabía desde el principio que ella le explotaría y que, luego, cuando llegara la hora de los reconocimientos y los méritos académicos, él no recibiría ni las gracias. ¡Siempre es así, Arnau! Se mataba a trabajar fuera del horario de clases para que ella recibiera, cómodamente sentada en su cátedra, los progresos que él hacía.

Me quedé un tanto sorprendido por aquella enérgica respuesta. Las cosas debían de andar muy mal por la universidad para que Ona se expresara de aquella manera. Habitualmente mi cuñada era una joven agradable y tranquila. No es que no hubiera oído comentar los abusos que se producían en los departamentos, pero jamás hubiese sospechado que mi propio hermano era uno de aquellos pobres desgraciados a los que sus superiores les chupaban la sangre. Aun así, fue la forma y no el fondo de las palabras de Ona lo que me chocó.

Daniel, probablemente alterado por el tono de nuestra conversación, se agitó de pronto con violencia y comenzó a repetir sin descanso la palabra que aquella noche le obsesionaba:

—*Lawt'ata, lawt'ata, lawt'ata...*

—Aún hay otra cosa que no entiendo, Ona —comenté, pensativo—. Si el quechua era la lengua oficial del Imperio inca y el quipu de Nápoles aportaba la clave también en quechua, ¿por qué abandonó Daniel el estudio de esta lengua para consagrarse por entero al aymara?

Mi cuñada enarcó las cejas y me miró con unos ojos muy grandes y desconcertados.

—Eso no lo sé —declaró, al fin, con voz apocada—. Daniel no me lo explicó. Sólo me dijo que debía centrarse en el aymara porque estaba seguro de que ahí encontraría la solución.

—¿La solución a qué? —objeté—, ¿a los quipus en quechua?

—No lo sé, Arnau —repitió—. Acabo de caer en la cuenta.

Cuando escribía el código de alguna aplicación, por sencilla que fuera, jamás cometía el error de suponer que, entre las miles de líneas que iba dejando atrás, no quedaba agazapado algún error fatal que impediría el funcionamiento del programa en el primer intento. Tras el esfuerzo de concebir el proyecto y de desarrollarlo durante semanas o meses, todavía quedaba la tarea más dura y apasionante: la búsqueda desesperada de esos imperceptibles fallos de estructura que daban al traste con el inmenso edificio costosamente levantado. Sin embargo, jamás me enfrentaba al código con las manos vacías pues, mientras escribía rutinas y algoritmos, un sexto sentido me iba indicando dónde quedaban esas zonas oscuras que, probablemente, más tarde serían la fuente de todos los problemas. Y nunca dudaba de la verdad de estas intuiciones. Cuando, al finalizar, aplicaba el compilador para comprobar el funcionamiento, siempre terminaba confirmando la relación entre los fallos finales y aquellas zonas oscuras. Buscarlas y encontrarlas resultaba mucho más interesante que corregirlas, porque corregir era algo simple y mecánico mientras que descubrir el problema, correr tras él llevado por una corazonada o una sospecha, tenía su parte de gesta, de Ulises intentando llegar a Ítaca.

Como si mi hermano Daniel fuera una aplicación de millones de líneas, mi valioso sexto sentido me estaba advirtiendo de la presencia de zonas oscuras relacionadas con los fallos de su cerebro. El problema era que yo no había escrito ese supuesto programa que representaba a Daniel, de modo que, a pesar de sospechar la existencia de esos datos incorrectos, no tenía forma de averiguar cómo localizarlos y repararlos.

Pasé el resto de aquella segunda noche trabajando y atendiendo a mi hermano, pero, para cuando la luz empezó a entrar por la ventana y Ona se despertó, ya había fraguado la decisión de meterme de lleno en el asunto y dilucidar (si es que mi sexto sentido tenía razón y si es que era factible) la posible relación entre la agnosia y el Cotard de Daniel, por un lado, y su extraño trabajo de investigación, por otro. Si me estaba engañando a mí mismo y, como le había dicho a Ona por la tarde, todo era producto de los nervios y del miedo que sentíamos, lo único que podía perder era el tiempo invertido y si, además, durante los días siguientes Daniel respondía al tratamiento y se curaba, ¿iba a ser tan idiota de hacerme reproches por correr tras un presentimiento seguramente ridículo...? Bueno, quizá sí, pero daba lo mismo.

Cuando llegamos a la calle Xiprer, subí con mi cuñada hasta su casa para recoger el papel escrito por Daniel porque quería estudiarlo aquella tarde, pero, al salir de allí, iba cargado con una montaña de libros sobre los incas y con las carpetas de los documentos de la investigación sobre los quipus.

Me acosté cerca de las nueve y media de la mañana, hecho polvo, con los ojos irritados y agotado como nunca antes en mi vida. Por culpa del cambio de horario del sueño y la vigilia, sufría de *jet lag* sin haber cruzado el Atlántico, pero, aun así, le dije al sistema que me despertase a las tres de la tarde porque tenía mucho que hacer y muy poco tiempo para hacerlo.

Estaba profundamente dormido cuando la música de Vivaldi, el *Allegro* del Concierto para mandolina, comenzó a sonar por toda la casa. El ordenador central seleccionaba, de entre mis preferidas, una melodía diferente para cada día según la época del año, la hora a la que me despertase o el tiempo exterior. Toda mi casa estaba construida en torno a mi persona y, con los años, se había producido una extraña simbiosis entre el sistema de inteligencia artificial que la regulaba y yo. Él aprendía y se perfeccionaba por sí mismo, de manera que había llegado a convertirse en una suerte de mayordomo telépata obsesionado por servirme y atenderme como una madre.

Las cortinas de las amplias puertaventanas que daban al jardín se fueron replegando suavemente dejando pasar una tenue luz verde ultramarino mientras la pantalla que cubría por completo la pared del fondo reproducía una visualización del cuadro *La iglesia de Auvers* de Van Gogh. Todavía era de día y todavía tenía un sueño mortal, de manera que apreté bien los párpados, me puse la almohada sobre la cabeza y bramé: «¡Cinco minutos más!», provocando la muerte súbita de los efectos especiales. Lo malo fue que Magdalena, la asistenta, inmune al sistema de reconocimiento de voz, ya estaba entrando por la puerta con la bandeja del desayuno.

—¿De verdad quieres seguir durmiendo? —preguntó, muy extrañada, mientras caminaba ruidosamente sobre la madera, arrastraba sillas, abría y cerraba las puertas de los armarios y ponía en marcha de nuevo la música pulsando el botón de mi mesilla; si no bailó sobre mi cabeza fue porque tenía más de cincuenta años pero, de haber podido, lo hubiera hecho—. He pensado que no te apetecería la comida que tenía preparada, así que te traigo el desayuno de siempre: zumo de naranja, té con leche y tostadas.

—Gracias —farfullé desde debajo de la almohada.

—¿Cómo estaba tu hermano anoche?

No sabía qué demonios andaría haciendo, pero los chirridos, golpes y ruidos varios continuaban.

—Igual.

—Lo siento —dijo con voz apenada. Magdalena ya trabajaba para mí cuando Daniel aún vivía conmigo.

—Hoy tienen que empezar a notarse los resultados del tratamiento.

—Ya me lo ha dicho tu madre esta mañana.

¡Plam! Puertas del jardín abiertas de par en par y corriente de aire fresco que entró como un huracán en la habitación. ¿Para qué demonios tenía un sistema de control de temperatura y renovación del aire en toda la casa? Según Magdalena, para nada. Menos mal que el día era bueno y que no faltaba mucho para la llegada del verano; aun así, comencé a estornudar una vez y otra, lo que terminó por despertarme del todo al verme en la necesidad de buscar un pañuelo en el cajón de la mesilla. Ser un urbanícola tecnológicamente desarrollado tenía sus inconvenientes y uno de ellos era la incapacidad adquirida para enfrentarse a la naturaleza a pecho descubierto, como estaba yo en ese momento, pues sólo llevaba los bermudas del pijama.

Desayuné rápidamente mientras ojeaba la selección de titulares de prensa que me enviaba Núria cada mañana a la pantalla de la habitación y, tal cual estaba, sin lavarme siquiera la cara, me dirigí al estudio —amplio concepto que englobaba tanto un despacho de trabajo como una sala de videojuegos— dispuesto a darme un atracón de cultura inca.

—Localiza a *Jabba* —le dije al ordenador mientras avanzaba por el pasillo. Un segundo después la voz neutra de *Jabba* me saludó cuando entraba en el estudio—. ¿Estás abajo? —le pregunté, sentándome en mi butaca y cogiendo un clip que comencé a retorcer entre los dedos.

—¿Dónde quieres que esté? —repuso.

—Necesito tu ayuda y la de *Proxi*.

—¿Qué pasa? —se alarmó—. ¿Cómo está Daniel?

—Esta mañana estaba igual. Sin cambios. —El pelo suelto y desgreñado me molestaba, así que me lo enrosqué sobre la cabeza y lo recogí dentro de una vieja gorra de los Barcelona Dragons. Desde hacía un mes tenía las entradas para el partido del próximo sábado contra los Rhein Fire de Düsseldorf que iba a celebrarse en el Estadio Olímpico de Montjuïc, pero, tal y como andaba la cosa, mucho me temía que no iba a poder asistir—. Necesito un favor.

—Pues pide.

—Tengo delante un montón de libros que debo hojear antes de irme al hospital.

—Supongo que no querrás que los lea por ti.

—No seas borde. No se trata de eso.

—Pues mete el turbo que tengo trabajo.

—Te libero de él. Tienes la tarde libre, y *Proxi* también.

—Vale. Genial. Precisamente teníamos que ir a comprar un sofá. Hala, adiós.

—¡Espera, idiota! —grité, sonriendo—. No puedes marcharte.

—¿Ah, no? ¿Entonces para qué me das la tarde libre?

—Para que investigues un asunto por mí. Necesito que *Proxi* y tú busquéis en internet todo lo que haya sobre una lengua inca llamada aymara.

El silencio más profundo reinó en mi estudio, tan profundo que casi era un hondo agujero. Empecé a tamborilear con los dedos sobre la mesa como señal auditiva de impaciencia, pero ni aun así me contestó. Al final, me harté.

—¿Estás ahí, capullo?

—No —respondió sin cortarse.

—¡Venga ya, hombre! No es tan difícil.

—¿Que no? —exclamó con su vozarrón de hierro—. ¡Pero si no he entendido ni lo que has dicho! ¿Cómo demonios quieres que lo investigue?

—Porque tú vales mucho. Eso lo sabemos todos.

—No me des jabón, anda.

—Necesito que lo investigues, Marc, en serio.

Se repitió el silencio de antes, pero sabía que estaba ganando la batalla. Escuché un largo resoplido que llegaba desde los altavoces.

—Explícame otra vez qué era eso que querías que buscáramos.

—Los incas, los habitantes del Imperio inca...

—Ya, los incas de Latinoamérica.

—Esos mismos. Bueno, pues esos tipos hablaban dos idiomas. El oficial del imperio era el quechua, mayoritario entre la población, y, el otro, el aymara, se hablaba en el sudeste.

—¿Qué sudeste?

—¡Y yo qué sé! —solté. ¿Es que *Jabba* creía que yo dominaba estos temas? ¡Si para mí era todo un galimatías!—. El sudeste del Imperio inca, digo yo.

—Bueno, entonces quieres saberlo todo sobre el aymara que se hablaba en el sudeste del Imperio inca.

—Exacto.

—Bien. Pues espero que tengas una buena razón para hacernos pasar la tarde a *Proxi* y a mí investigando el aymara del sudeste del Imperio inca porque, en caso contrario, hundiré tu empresa y haré que te metan en la cárcel.

Jamás deben tomarse en vano las palabras de un *hacker*.

—Tengo una buena razón.

¿La tenía...?

—Está bien. Voy a buscar a *Proxi* y nos pondremos a trabajar en el «100».

—De acuerdo. Llamadme cuando terminéis.

—Por cierto, no me has preguntado por el resultado de la campaña contra la TraxSG.

¡Lo había olvidado por completo! Tenía el disco duro mental formateado desde el lunes.

—¿Cómo ha ido? —pregunté con una sonrisa malvada en la boca.

—Genial. Está en todos los periódicos de hoy. Los de la TraxSG van a sudar sangre para salir de ésta con buen pie. Y no tienen ni idea del origen del boicot.

Solté una carcajada.

—Me alegro. Déjales que busquen. Bueno, espero tu llamada.

—Que sí. Adiós.

Estaba solo de nuevo en mi estudio y en silencio... Bueno, solo del todo no, porque tenía siempre conmigo la presencia sigilosa del ordenador central. Al principio, pensé ponerle un nombre apropiado, algo así como *Hal*, el ordenador loco de *2001: una odisea del espacio*, de Stanley Kubrick, o *Abulafia*, la pobre computadora de *El péndulo de Foucault*, de Eco, o, incluso, *Johnny*, por *Johnny Mnemonic*, pero no terminé de decidirme y no lo bauticé de ninguna manera. Si hubiera sido un perro, le habría llamado simplemente *Perro*, pero se trataba de un potente sistema de inteligencia artificial. Finalmente quedó establecido que, sin mediar denominación alguna, cualquier orden pronunciada en voz alta que no estuviera claramente dirigida a Magdalena, sería para el sistema.

Eché una mirada melancólica a mi fantástica colección de películas en DVD y a mis consolas de videojuegos, abandonadas sobre la pequeña mesa de ratón, y alargué la mano hasta la pila de libros que había traído de casa de mi hermano. Por decisión propia, mi estudio era lo más parecido que podía encontrarse a la cabina de una nave espacial (otra concesión a mi espíritu lúdico). Además de la pantalla gigante que, como en el resto de las habitaciones de la vivienda, ocupaba por completo una de las paredes, tenía un equipo parecido al del «100», aunque sólo con tres monitores, un par de teclados, algunas grabadoras, dos impresoras, una cámara digital, un escáner, un DVD y mis consolas de juegos. Todo era del color del acero inoxidable o de un blanco impecable, con sillones, mesas y librerías fabricados en aluminio, titanio y cromo. Las luces eran halógenas, de un tono celeste tan frío que conferían al estudio el aire de una cueva excavada en el hielo. Las largas filas de libros de las estanterías y la pequeña mesa baja de ratán eran, pues, las únicas excepciones coloristas en el interior de aquel aparente iceberg, pero de ninguna manera iba a renunciar a tener allí parte de mis libros y, desde luego, tampoco a la mesa, que era un viejo recuerdo de mi antigua casa del que no estaba dispuesto a deshacerme.

Con un bufido de resignación, abrí el primero de los tochos de historia de Daniel y comencé a leer. Después de un buen rato abrí otro y, una hora después, otro más. La verdad es que, al principio, no entendí demasiado y eso que yo no era lo que podría decirse tonto precisamente. Los historiadores que habían escrito aquellas sesudas obras se empeñaban en no computar el tiempo de la manera habitual y hablaban de «Horizontes» en lugar de épocas —«Horizonte Temprano», «Horizonte Medio», «Horizonte Tardío» y sus períodos intermedios—, con el resultado de que, al menos para un inexperto como yo, era imposible ubicar lo que estaban contando en un momento conocido de la historia. Cuando, por fin, encontré un cuadro aclaratorio de fechas, resultó que el Imperio inca, uno de los más poderosos imperios del mundo, que llegó a tener treinta millones de habitantes y a ocupar un territorio que se extendía desde Colombia hasta Argentina y Chile, pasando por Ecuador, Perú y Bolivia, había durado menos de cien años y había caído en manos de un miserable ejército español de apenas doscientos hombres al mando de Francisco Pizarro, un tipo que, increíble-

mente, no sabía ni leer ni escribir y que había sido por-
querizo en su Extremadura natal, de la que se marchó
muy pronto en busca de fortuna.

Pizarro había salido de Panamá en 1531, coman-
dando una expedición de varios barcos que fueron descendiendo desde Centroamérica hacia el sur por el Pacífico, descubriendo tierras a su paso y fundando
ciudades en las islas y las costas de Colombia y Ecuador. Nadie que no fuera un habitante original de aquellos lugares —es decir, nadie que no fuera indio— había cruzado los Andes todavía, ni lo haría hasta muchos
años después, como tampoco nadie había cruzado la
selva amazónica ni visto nunca Perú, ni Bolivia, ni Tierra de Fuego. La conquista del Nuevo Mundo se hizo,
básicamente, desde la estrecha cintura del continente
(desde Panamá, llamado entonces Tierra Firme), ex-
tendiéndose hacia arriba y hacia abajo por el litoral, de
modo que, todo lo que Pizarro contemplaba desde su
barco mientras se dirigía en aquel siglo XVI hacia un
misterioso Imperio inca rebosante de oro del que había
oído hablar a los indígenas, era *Terra Incognita*, territorio desconocido.

Al parecer, el término «Inca» designaba solamente
al rey, es decir, que llamar incas a todos los pobladores
del Imperio había sido un error por parte de los españoles. Aquel Estado recibía, entre sus habitantes, el
nombre de Tihuantinsuyu, el Reino de las Cuatro Regiones, y había comenzado en el año 1438 de nuestra
era bajo el gobierno del Inca Pachacuti, el noveno de
los doce únicos Incas que existieron hasta la llegada de
Pizarro en 1532, quien se encargó de matar vilmente al
que iba a ser el último de ellos, el Inca Atahualpa. Antes del Inca Pachacuti la memoria era confusa e incom-

pleta ya que, según afirmaban todos los historiadores, era totalmente imposible reconstruir lo que había ocurrido dada la carencia de documentos escritos en las culturas andinas. Por supuesto, la arqueología había desvelado, y seguía haciéndolo, gran parte de ese oscuro pasado, dejando muy claro el período de miles de años transcurridos desde que los primeros pobladores cruzaron un congelado y transitable estrecho de Bering y colonizaron el continente americano... ¿O no había sido así? Pues no, porque los últimos descubrimientos hablaban de grandes migraciones llegadas por mar desde la Polinesia. ¿O tampoco había sido así? No estaba claro, porque la profesora Anna C. Roosevelt, directora del Departamento de Antropología del Field Museum of Natural History de Chicago, acababa de descubrir en el Amazonas un yacimiento de piezas de fabricación humana que tenían unos mil años más de los debidos y que daban al traste, en principio, con las teorías anteriores. En fin, la cuestión era que las revelaciones arqueológicas también diferían bastante en lo sustancial, dejando el asunto tan incierto y borroso como al principio. Uno tras otro, los investigadores y eruditos terminaban reconociendo en algún lugar de sus libros que, realmente, no existían certezas de nada y que los datos barajados hasta ese momento podían cambiar con el próximo descubrimiento arqueológico.

Tampoco había acuerdo en las suposiciones generales extraídas de las mitologías y leyendas recogidas por los españoles, pero, en líneas generales, se podía afirmar que, por mayoría, la versión final era algo parecido a esto: alrededor del año 1100 de nuestra era, un insignificante y belicoso grupo de incas se desplazó desde el sudeste, desde las tierras altas de la cordillera central de los Andes, hasta el valle de Cuzco, al norte, donde, durante los 300 años siguientes pelearon sin cesar con las tribus que habitaban la zona hasta hacerse con el poder absoluto. A principios del siglo xv iniciaron lo que sería conocido como el Tihuantinsuyu, que terminó a principios del siglo xvi con Pizarro. O sea, poca cosa para tanto esfuerzo.

En cuanto a la religión, los incas adoraban como deidad suprema a Inti, el Sol, de quien se consideraban hijos, aunque desde el reinado del famoso Inca Pachacuti esta categoría se trasladó, más o menos, a Viracocha, llegando ambos a confundirse. Viracocha era un dios ciertamente extraño al que la gente llamaba «el anciano del cielo» pero que, sin embargo, había emergido de las aguas del lago Titicaca, procediendo a continuación a crear por dos veces a la humanidad porque no le había gustado el resultado del primer intento: esculpió en piedra una raza de gigantes y les dio vida, pero pronto comenzaron a pelear entre ellos y Viracocha los destruyó. Unos decían que lo hizo con columnas de fuego que cayeron desde el cielo y otros, que con un terrible diluvio que los ahogó, pero el caso es que el mundo se había quedado a oscuras después de semejante hecatombe. Destruidos los primogénitos, y mientras Viracocha iluminaba de nuevo el mundo sacando al sol y a la luna del lago Titicaca, la segunda raza humana construyó y habitó la cercana ciudad de Tiwanacu (o Tiahuanaco), las ruinas arqueológicas más antiguas de toda Sudamérica. Había decenas de versiones diferentes pero, al margen de si la creación de la segunda raza había tenido lugar antes o después del diluvio —un hito que también aparecía ampliamente reflejado en todas las leyendas andinas—, lo más destacado era el pequeño detalle de que Viracocha había sido un hombre-cillo de mediana estatura, piel blanca y dueño de una hermosa barba. Lo de la piel blanca no tenía mucha explicación, desde luego, pero lo de la barba era lo que desconcertaba por completo a los investigadores porque, de manera incuestionable, todos los indígenas americanos han sido desde siempre completamente imberbes. Por eso, cuando Pizarro y sus hombres, de piel blanca a pesar de la mugre, y ciertamente barbudos, hicieron acto de presencia en Cajamarca, los incas se quedaron tan perplejos que los confundieron con dioses.

Finalmente, según contaban las leyendas con infinitas variaciones, Viracocha había enviado a sus propios hijos, Manco Capac y Mama Ocllo, hacia el norte para que fundaran la ciudad de Cuzco, capital del imperio, y dieran origen a la civilización inca. Los descendientes directos de aquellos hijos de Viracocha fueron los auténticos Incas, los reyes o miembros de la familia real, por cuyas venas circulaba una preciosa sangre solar que debía mantenerse pura a toda costa, por lo que, habitualmente, llevaban a cabo matrimonios entre hermanos. A estos soberanos y aristócratas —hombres y mujeres—, se les llamaba Orejones, porque la costumbre ordenaba perforar los lóbulos de las orejas a los jóvenes de estos linajes para diferenciarlos de las demás clases sociales. Cuando los agujeros estaban lo suficientemente ensanchados, insertaban en ellos grandes discos de oro con forma de sol, adorno que simbolizaba su origen y la alta dignidad de la persona.

Conforme fui conociendo la historia y definiendo en mi mente una tabla cronológica de los acontecimientos, pude ir rellenando aquel primer esquema general. Como si de pintar un gran cuadro se tratara, en el lienzo blanco ya era capaz de bosquejar al carboncillo la escena íntegra con su perspectiva correcta; sin embargo, todavía me faltaban los colores, pero no iba a poder entretenerme buscándolos: leyendo sin descanso se me había pasado la tarde y, a las ocho, el ordenador me recordó que debía cenar y prepararme para salir.

La realidad me cayó encima de golpe. Parpadeé, aturdido, levantando la mirada de los libros y, en décimas de segundo, me vino a la mente, no sólo que debía ducharme, vestirme y comer algo, sino que *Proxi* y *Jabba* estaban en el «100» y que Ona me esperaba en su casa en menos de una hora. Pero, como no quería abandonar la lectura hasta el día siguiente, cogí otra mochila del perchero de la entrada y metí dentro, precipitadamente, aquellos volúmenes que todavía no había examinado y que, por razones obvias, eran los de apariencia más tediosa y soporífera: la *Nueva crónica y buen gobierno* de Guamán Poma de Ayala —el libro del que Ona me había hablado la noche anterior—, los *Comentarios reales*, del Inca Garcilaso de la Vega, *La crónica del Perú*, de Pedro de Cieza de León y *Suma y narración de los Incas*, de Juan de Betanzos. El macuto, generosamente engrosado, pesaba una tonelada.

Mientras cenaba me llamó mi madre para preguntarme cuánto íbamos a tardar. Por lo visto, Clifford no se encontraba bien y querían venirse pronto a casa.

—Tu hermano no ha mejorado nada —me explicó con una voz que dejaba entrever cierta preocupación—. Diego dice que hoy todavía era pronto para ver resultados y que habrá que esperar un poco más, pero Clifford se ha puesto nervioso y le ha dado una de sus jaquecas.

En la familia nadie se atrevía a reconocerlo en voz alta, pero no dejaba de ser significativo que aquellas te-

84

rribles jaquecas de Clifford hubieran comenzado poco después de su boda con mi madre.

—¿Quién es Diego? —pregunté, engullendo sin masticar el trozo de lenguado que acababa de meterme en la boca.

—¡El psiquiatra de Daniel, Arnau! Para las cosas importantes siempre estás en las nubes, cariño —me reprochó una vez más, y todo porque yo era incapaz de memorizar los nombres, apellidos y linajes que a ella tanto le gustaban y que dominaba como una virtuosa a pesar de su larga ausencia—. También ha venido Miquel... el doctor Llor, ¿te acuerdas?, el neurólogo. ¡Oh, qué hombre tan bueno! ¿Verdad, Clifford? ¡Pobre..., ni contestarme puede por el dolor de cabeza! El caso es que Miquel nos ha preguntado mucho por ti y nos ha contado que un sobrino de su mujer trabaja en Ker-Central y... Bueno, Clifford me está pidiendo que cuelgue. No tardéis mucho Ona y tú, ¿de acuerdo? Estamos cansados y quisiéramos acostarnos pronto. Por cierto, *Arnie*, ¿cómo le digo a esa máquina que gobierna tu casa que no me apague la luz de la mesita de noche mientras estoy leyendo? Es que, anoche... ¡Sí, ya cuelgo, Clifford, ya cuelgo! Luego me lo explicas, cariño. No tardéis mucho.

Para cuando el sistema cortó la comunicación, ya había terminado de cenar y estaba entrando en la ducha. Extrañado por el silencio de *Proxi* y *Jabba*, que no habían dado señales de vida en toda la tarde, arramblé con los bártulos y salí zumbando hacia el garaje. A las nueve menos cuarto llegué a casa de mi hermano, pero esta vez no me hizo falta buscar aparcamiento porque Ona me esperaba en la puerta con los brazos cruzados. Se había puesto un jersey negro y una falda con un ancho cinturón de cuero. Durante el breve trayecto hasta La Custòdia me estuvo contando que apenas había podido dormir un par de horas en todo el día por culpa de la baja de Daniel, ya que, primero, había tenido que ir al médico de cabecera para recogerla y, luego, desplazarse hasta Bellaterra para entregarla en la secretaría de la facultad.

Clifford tenía realmente muy mala cara cuando Ona y yo entramos en la habitación de Daniel. Su piel exhibía un preocupante tono oliváceo y bajo los ojos se le hinchaban dos grandes bolsas oscuras. Tampoco mi hermano ofrecía aquella noche su mejor aspecto: precisaba con urgencia que alguien le pasara una maquinilla por la cara y me dio la impresión de que estaba algo demacrado, con las mejillas hundidas y los huesos de la frente más pronunciados. Por contraste, mi madre se mostraba tan saludable y estupenda como siempre, pletórica de energía y vigor, y eso que, según contó, habían estado recibiendo visitas sin parar durante todo el día (sus amigos de siempre, sus menos amigos, sus conocidos, los conocidos de sus conocidos...) y que su intensa guerra privada con las enfermeras y auxiliares de la planta estaba en pleno apogeo. También Miquel y Diego (el doctor Llor y el doctor Hernández) habían participado de la activa vida social de la habitación, y mi abuela, sin que nadie supiera cómo se había enterado, había llamado desde Vic para preguntar por su nieto y para anunciar que llegaría a primera hora de la mañana del día siguiente.

—Y claro, con todo este jaleo —concluyó mi madre mirando con lástima a su marido, que languidecía silenciosamente sentado en la silla de plástico—, Clifford se ha puesto fatal. ¿Y mi pequeño Dani, Ona? ¿Crees que mañana podría verlo un rato? ¡Claro que si tus padres están tan cansados como nosotros...! Un niño cansa mucho. ¡Seguro que, con él, no hay manera de parar en todo el día! Estoy pensando —se cogió la barbilla con la mano para indicarnos que su reflexión era realmente profunda— que, si mi madre también se queda en casa de Arnau, podría hacerse cargo de Dani, ¿no crees, Clifford? Sería una solución fantástica.

—Mamá, Clifford no está bien, tiene mal aspecto —le dije—. Deberíais marcharos.

—Es cierto —comentó despreocupadamente, levantándose—. Vámonos, Clifford. Por cierto, Arnau, explícame qué tengo que hacer para que tu casa me obedezca. ¡Es que no hay manera con estas nuevas tecnologías! No consigo que nada funcione. ¿No podrías tener una casa normal, como todo el mundo? Mira que eres raro, hijo mío. ¡Quién me iba a mí a decir que acabarías dedicándote a todas estas tonterías infantiles de los ordenadores y los videojuegos...! No crecerás nunca, *Arnie* —me reprochó; no tenía ni idea de lo que yo hacía realmente en mi empresa, y tampoco le interesaba demasiado saberlo—. Venga, dime qué tengo que hacer porque si no, al final, me tocará irme a un hotel: cuando entro en alguna habitación, ese sistema tan inteligente no me enciende las luces; si quiero ducharme, el agua me sale fría; las puertas de los armarios no se abren y me cambia constantemente los canales de la televisión. Esta mañana, mientras me vestía, ha empezado a sonar un redoble de tambor que sólo se ha detenido cuando ha llegado Magdalena y...

—Mamá —la atajé con voz firme—. Llévate a Clifford.

—Tienes razón. Tienes razón. Vámonos, Clifford.

¿Cómo podía seguir teniendo ganas de hablar después de haber pasado el día entero conversando con unos y con otros?

—¿Pero no me vas a decir qué hago con lo de tu casa? —insistió, antes de salir.

—Sí —repuse—. Intenta mantenerte callada. Estás volviendo loco al ordenador.

Se quedó en suspenso unos segundos y, por fin, estalló en una alegre carcajada.

—¡Arnau, Arnau! ¡Mira que eres malo! —Y, diciendo esto, desapareció de nuestra vista mientras Clifford se despedía con un afectuoso cabeceo y cerraba la puerta.

—¡Por fin! —exclamó Ona, que había permanecido junto a Daniel desde que llegamos—. Perdóname, Arnau, pero tu madre es agotadora.

—¡A mí me lo vas a decir!

Mi cuñada se inclinó sobre mi hermano y le dio un suave beso en los labios. Me llamó la atención descubrir que no se había atrevido a hacerlo antes, delante de sus suegros. Daniel, sin embargo, giró la cabeza hacia la ventana con brusquedad, rehuyendo el contacto.

—¿Sabes qué? —le dije acercándome a ella, que se había quedado petrificada por el desdén—. Vamos a levantarle y a afeitarle.

Pero Ona no reaccionaba, así que la tomé del brazo y la zarandeé suavemente.

—Vamos, Ona. Ayúdame.

Cuando, después de incontables esfuerzos y peleas, conseguimos sentar a Daniel en el borde de la cama, sonaron unos golpecitos en la puerta. Mi cuñada y yo miramos en aquella dirección, esperando ver entrar a la primera enfermera de la noche, pero, en lugar de eso, sonaron de nuevo los golpes.

—No estamos esperando a nadie, ¿verdad? —murmuró ella.

—No —confirmé—. Y espero que no sea ni Miquel ni Diego.

—Adelante —invitó ella, alzando la voz.

Me quedé de una pieza cuando vi aparecer por la puerta las figuras de *Proxi* y *Jabba*. Se les notó inmediatamente en la cara la dolorosa impresión que les producía ver a Daniel hecho un pelele y embutido en aquel horrible pijama de hospital.

—Pasad —les dije, haciéndoles un gesto con la mano para que avanzaran.

—No queremos molestaros —farfulló *Jabba*, que llevaba una gruesa cartera de documentos debajo del brazo.

—No nos molestáis —les aseguró, sonriente, mi cuñada—. Venga. No os quedéis ahí.

—Es que parece que os hemos pillado en un mal momento... —comentó *Proxi* sin dar un paso.

—Bueno, íbamos a... —Me detuve en seco porque, de repente, me di cuenta de que Lola y Marc no hubieran acudido por sorpresa al hospital a aquellas horas sin un buen motivo—. ¿Ocurre algo?

—Sólo queríamos enseñarte unas cosas —manifestó *Jabba*, apurado, propinando unos golpecitos al voluminoso cartapacio—, pero podemos dejarlo para mañana.

Sus miradas, no obstante, indicaban todo lo contrario y que, lo que fuera que habían venido expresamente a enseñarme, era muy urgente.

—¿Se trata del boicot a la TraxSG?

—No, eso sigue yendo bien.

O sea, que se trataba del aymara que se hablaba en el sudeste del Imperio inca.

—¿Te importa que volvamos a acostar a Daniel? —le pregunté a mi cuñada—. No tardaré mucho.

—Tranquilo —me animó ella, tumbando de nuevo a mi hermano con cuidado; era más fácil acostarle que levantarle—. Vete con ellos. No te preocupes.

Pero sí estaba preocupado y no por Daniel precisamente.

—Estaremos en la cafetería de la planta baja —le dije—. Llámame al móvil si me necesitas.

Apenas salimos al pasillo y después de cerrar despacio la puerta detrás de mí, miré patibulariamente a aquellos dos.

—¿Qué demonios ocurre?

—¿No querías saberlo todo sobre el aymara? —me espetó *Proxi*, con el ceño fruncido; una vez fuera de la habitación, habían dejado de andarse por las ramas.

—Sí.

—¡Pues prepárate! —declaró *Jabba*, iniciando la marcha hacia la salida de la planta—. ¡No sabes dónde te has metido!

—¿De qué está hablando? —le pregunté a *Proxi*.

—Mejor será que esperes a que nos sentemos. Es un consejo de amiga.

No pronunciamos ni una palabra más hasta llegar a la cafetería e hicimos todo el trayecto caminando a buen paso detrás de *Jabba*, que parecía avanzar impulsado por un motor a reacción.

A pesar de no haber demasiada gente, todas las mesas estaban ocupadas por solitarios familiares de enfermos que cenaban con la vista puesta en las bandejas que tenían delante. La comida, dispuesta en grandes fuentes de aluminio encajadas en la barra, tenía un aspecto desagradable bajo los focos de calor, como si la hubieran preparado con restos de rancho carcelario. Sin embargo, la gente que cenaba —sobre todo, mujeres de cierta edad educadas en la creencia de que la enfermedad y la muerte no eran cosas de hombres— la ingería en silencio, aceptando con resignación las inconveniencias de una hospitalización familiar.

Al fondo del amplio comedor, una camarera vestida con un ridículo uniforme a rayas azules y blancas pasaba un paño húmedo sobre el tablero de formica que acababa de abandonar una de tantas ancianas. Cargando con la bandeja en la que se tambaleaban las bebidas que acabábamos de comprar, nos dirigimos hacia allí y tomamos posesión de la mesa bajo la antipática mirada de la camarera.

—Bueno, a ver. ¿Qué es eso tan grave que habéis descubierto?

—No, grave no —me aclaró *Proxi*—. Más bien extraño.

Jabba abrió la cartera y sacó un fajo de folios que descargó en el centro de la mesa.

—Toma —dijo—. Échale una mirada a esto.

—¡Venga, hombre! —repuse, devolviéndole las hojas—. No estamos en una reunión de trabajo. Cuéntamelo.

Parecía no saber por dónde empezar a abordar el asunto y echaba largas miradas a *Proxi* mientras se mesaba el pelo rojo.

—Al principio no encontramos nada raro —empezó ella, más decidida—. Cuando *Jabba* me explicó lo que querías pensé que te habías vuelto loco, en serio, pero, como siempre que tienes una idea de las tuyas pienso lo mismo, no te insulté demasiado... De todos modos, te pitarían bastante los oídos.

Jabba afirmó repetidamente con la cabeza.

—En fin —continuó ella—, nos fuimos al «100» y pusimos manos a la obra. El asunto parecía enrevesado pero, descomponiéndolo por partes, como si fuera un problema de estrategia en programación, se simplificaba mucho. Teníamos varias palabras clave: aymara, incas, lenguaje, idioma... Había abundante información en la red sobre el tema. El aymara es una lengua que todavía se habla en buena parte del sur de Perú y en Bolivia, y sus hablantes, los aymaras o aymaraes, son un pacífico pueblo andino, de poco más de un millón y medio de personas, que formó parte del Imperio inca. Por lo visto, aunque el aymara ha convivido con el quechua durante siglos, no son lenguas hermanas, es decir, no proceden de la misma familia lingüística.

—En realidad, el aymara no... —empezó a decir Marc, pero *Proxi* le atajó.

—¡Espera un poco, que le vamos a marear!

—Bueno.

—Tú escúchame a mí, *Root*.

—Lo estoy haciendo, *Proxi*.

—El aymara... Bueno, ¿conoces el rollo ese del origen de las lenguas y todo eso?

—¿Estás hablando de la Torre de Babel?

Los dos me miraron de forma extraña.

—Algo así. Los lingüistas opinan que las cinco mil lenguas que existen hoy sobre el planeta probablemente tuvieron un origen común, una especie de protolenguaje original del que derivaron todos los demás, incluso los que se perdieron para siempre. Ese protolenguaje sería el tronco de un árbol del que salen muchas ramas y, de cada rama, otras más, y así hasta las cinco mil lenguas de hoy, que se agrupan en grandes familias lingüísticas... ¿lo entiendes?

—Perfectamente. Ahora, háblame del aymara, si no te importa.

—¡No seas borrico y escúchala! —me exigió *Jabba*.

—A este protolenguaje original...

—¿La lengua de Adán y Eva? —bromeé, pero *Proxi* me ignoró.

—...se le conoce como lenguaje nostrático y se calcula que existió hace unos trece mil años. Grandes cerebros de las mejores universidades del mundo se queman las neuronas desde hace medio siglo intentando reconstruirlo.

—Muy interesante —dejé escapar, aburrido.

—Pues ahora vas a saber cuánto, ignorante —me espetó *Jabba*—. Hay toda una línea dentro de la lingüística que trabaja sobre la teoría de que el aymara podría ser aquella primera lengua madre. El tronco... ¿Lo pillas?

Me quedé helado y mi cara debió de reflejarlo, porque el mal humor de mi amigo desapareció.

—De hecho —dijo *Proxi*, retomando la palabra; los ojos le brillaban de una forma extraña—, el aymara está muy lejos de ser una lengua cualquiera. Estamos hablando de *la* lengua perfecta, una lengua cuya estructura lógica es tan extraordinaria que parece más el resultado de un diseño preconcebido que el de una evolución natural. Los aymaras llamaban a su lengua *Jaqui Aru*, que significa «Lenguaje humano» y la palabra *aymara* quiere decir «Pueblo de tiempos remotos».

—Escucha esto... —dijo *Jabba* rebuscando desesperadamente en los documentos que tenía sobre la mesa;

por fin, tras mucho escarbar encontró lo que quería y me miró triunfante—. El tipo ese que escribió *El nombre de la Rosa*, Umberto Eco, por lo visto es un semiólogo de primera categoría en el mundo entero y, entre otros, tiene un libro titulado *La búsqueda de la lengua perfecta* en el que dice: «El jesuita Ludovico Bertonio publicó en 1603 un *Arte de la lengua aymara* y en 1612 un *Vocabulario de la lengua aymara*, y se dio cuenta de que era una lengua de una extraordinaria flexibilidad, dotada de una increíble vitalidad para crear neologismos, especialmente adecuada para expresar abstracciones, hasta el punto de infundir la sospecha de que se tratase del efecto de un artificio. Dos siglos después de Bertonio, Emeterio Villamil de Rada (7) hablaba de ella definiéndola como una lengua adánica, expresión de "una idea anterior a la formación de la lengua", basada en "ideas necesarias e inmutables" y, por lo tanto, lengua filosófica, si es que alguna vez las hubo.» —*Jabba* me miró triunfante—. ¿Qué dices a esto, eh?

—Pero no acaba ahí la cosa —apuntó raudamente *Proxi*.

—¡No, no, ni mucho menos! Eco sigue explicando a continuación las características por las cuales el aymara podría calificarse como un lenguaje perfecto, aunque sin comprometerse del todo con la idea de que sea un lenguaje artificial.

—Pero, ¡cómo un lenguaje artificial! —exploté—. ¡Eso son tonterías!

—Para que lo entiendas —dijo pacientemente *Proxi*—: hay un montón de estudiosos por el mundo que coinciden en afirmar que el aymara es una lengua que

(7) *La lengua de Adán*, 1870.

94

parece diseñada conforme a las mismas reglas que se siguen hoy día para escribir lenguajes de programación informática. Es una lengua con dos elementos básicos, raíces y sufijos, que, por sí mismos, no tienen ningún significado pero que, uniéndose unos a otros en cadenas largas, los crean todos... ¡Igual que un lenguaje matemático! Además —añadió a toda velocidad al ver que yo abría la boca para volver a oponerme—, el profesor boliviano Iván Guzmán de Rojas, un ingeniero informático que lleva muchos años trabajando en este asunto, afirma que las combinaciones de los sufijos aymaras obedecen a una regularidad con propiedades de estructura algebraica, una especie de anillo de polinomios con tal cantidad de abstracción matemática que es imposible creer que sea producto de una evolución natural.

—Sin olvidar, por supuesto —añadió *Jabba*—, que el aymara no ha evolucionado. Esa maldita lengua, increíblemente, se ha mantenido casi intacta desde hace siglos o milenios... Unos trece milenios si fuera el nostrático.

—¿No ha variado nada, no ha cambiado? —me sorprendí.

—Parece que no. Ha tomado algunas palabras del quechua y del castellano en los últimos siglos, pero muy pocas. Los aymaras creen que su lengua es sagrada, una especie de regalo de los dioses que pertenece a todos por igual y que no debe modificarse bajo ningún concepto. ¿Qué te parece?

—¿Viracocha les regaló su idioma? —quise saber sin bajar la guardia.

—¿Viracocha...? —se sorprendió *Proxi*—. No, no. Viracocha no aparece por ningún lado en las leyendas aymaras. Al menos en lo que hemos leído, ¿no, *Jabba*? La religión aymara se basa en la naturaleza: la fecundidad, el ganado, el viento, las tormentas... Vivir en armonía con la naturaleza significa estar en armonía con los dioses, de los que tienen uno para cada fenómeno natural, aunque por encima de todos está la Pachamama, la Madre Tierra, y, si no recuerdo mal, antiguamente tenían también a un tal Thunupa, dios de... ¿de qué, *Jabba*?

—¿De la lluvia o algo así? —sugirió éste, inseguro.

—Eso. De la lluvia y el relámpago. Puede que, por influencia de los incas, crean en Viracocha, no sé —continuó *Proxi*—. Lo que sí afirman es que son los descendientes directos de los constructores de Tiwanacu, una ciudad muy importante junto al lago Titicaca que ya estaba en ruinas cuando los españoles la descubrieron. Por lo visto, Tiwanacu era una especie de monasterio religioso, el centro sagrado más importante de los Andes, y sus gobernantes, los Capacas, eran sacerdotes-astrónomos.

—El problema es que nadie sabe nada —señaló *Jabba*—. Todo son elucubraciones, sospechas y teorías más o menos infundadas.

—Pues pasa lo mismo con los incas —dije yo, recordando mis lecturas de la tarde—. No puedo comprender que, estando como estamos en el siglo XXI, todavía seamos tan incapaces de explicar ciertas cosas.

—Es que esto no le interesa a nadie, *Root* —me aclaró *Proxi* con pena—. Sólo a cuatro pirados como tu hermano. Porque todo esto es por Daniel, ¿verdad?

Me removí en la silla, un tanto nervioso, y aproveché aquellos pocos segundos para decidir si les contaba mis tontas sospechas o no.

—Suéltalo —me ordenó mi grueso amigo.

No le di más vueltas. Fui relatándoles todo lo que sabía sin omitir detalle, ofreciéndoles datos y no opiniones para que su juicio, más imparcial que el mío, me ayudara a salir de la confusa maraña de disparates en la que me había metido. Sus miradas, mientras les explicaba la historia de los Documentos Miccinelli, los quipus y la maldición escrita en el papel encontrado sobre la mesa de Daniel, me hacían sentir incómodo. Ellos me conocían como alguien con una buena mente analítica capaz de idear el proyecto más complejo en un par de segundos y de encontrar una aguja lógica en un pajar de incoherencias, de modo que, a través de sus ojos, me estaba viendo como un auténtico botarate. Cuando, por fin, cerré la boca y, por hacer algo, cogí el vaso con la bebida y me lo acerqué, estaba seguro de haber caído para siempre en el más oscuro abismo de ridículo.

—Ya no eres el de antes, *Root* —me dijo *Jabba*.

—Lo sé.

—Estaba pensando lo mismo —añadió *Proxi*.

—Lo comprendo.

—Hubiera esperado mucho más de ti. Mucho más.

—Vale, *Jabba*, ya está bien.

—No, *Root. Jabba* tiene razón. Has hecho el peor análisis de tu vida.

—Tiene miedo.

—Eso está claro.

—¡Bueno, se acabó! —exclamé, riéndome con nerviosismo—. ¿Qué demonios pasa aquí?

—No quieres verlo, amigo mío. Lo tienes delante de la nariz y no quieres verlo.

—¿Qué es lo que tengo delante de la nariz?

—Daniel descifró la clave de los quipus y tradujo la maldición. Estás perdiendo tu olfato de *hacker*.

Se echó hacia atrás el pelo rojo, que clareaba bajo la luz blanca de neón y me observó con aires de suficiencia.

—Ya te he dicho —protesté— que los quipus estaban escritos en quechua y que mi hermano sólo sabía aymara.

—¿Lo has comprobado?

—¿Qué tenía que comprobar?

—Si la maldición estaba en aymara —apuntó *Proxi*.

—No, no lo he hecho.

—Entonces, ¿por qué seguimos hablando? —arguyó *Jabba*, molesto.

Proxi le censuró con la mirada y, luego, me dijo:

—Daniel tuvo que encontrar algo que le hizo cambiar del quechua al aymara. Nos has contado que él le dijo a Ona que la solución estaba en esta última lengua. La pregunta es... ¿la solución a qué? Probablemente a algún quipu que no respondía a las reglas en quechua que iba encontrando. ¿Miraste todo lo que había en el despacho de tu hermano?

—No. Pero me llevé mucho material a casa. Mañana le echaré una ojeada.

—¿Ves como ya no eres el de antes? —insistió *Jabba*, chasqueando la lengua con desprecio.

—No hay que olvidar, además, otros dos pequeños detalles —siguió diciendo *Proxi*—. Primero, el aymara es una lengua extraña que puede tener algo más que un simple parecido de forma con los lenguajes de programación. ¿Acaso no recordáis que los brujos, los magos y todo ese tipo de gente realizaba encantamientos pronunciando extrañas palabras? *Mary Poppins*, sin ir más lejos... ¡Siempre me acordaré!: *Supercalifragilisticoespialidoso* —entonó a lo Julie Andrews sin vergüenza alguna.

—Y, más recientemente, *Harry Potter* —propuso *Jabba*.

—¡Oh, es fantástico! —exclamó *Proxi*, soñadora—. *¡Alohomora! ¡Obliviate! ¡Relaxo!*

¿Aquélla era mi mejor mercenaria, la fabulosa y experta ingeniera a la que le pagaba una fortuna al año por encontrar fallos de seguridad en nuestros programas y agujeros en los programas de la competencia?

—Y también *La bruja novata.*

—¡Eso! —grité—. ¡Tú dale alas a la loca esta!

—*Treguna, Mekoides, Trecorum Satis Dee...* —canturreó ella, sin apercibirse de que todo el mundo en la cafetería la estaba observando con una sonrisa en los labios—. *Treguna, Mekoides, Trecorum Satis Dee...*

—¡Basta ya! He pillado la idea, en serio. Las palabras. Está clarísimo.

—Pero hay algo más —continuó *Jabba*—. Díselo, *Proxi.*

—Buscando información sobre los aymaras y su lengua, encontramos un documento muy extraño sobre unos médicos de la antigüedad que curaban con hierbas y palabras. Por lo visto tenían un lenguaje secreto y mágico. Creíamos que era una de tantas supersticiones y no le hicimos caso, pero ahora...

—¡Aquí está el papel! —dijo *Jabba* sacando una hoja del montón—. Los yatiris, descendientes directos de la cultura Tiwanacota, reverenciados por los incas, que los consideraban de noble alcurnia. Eran aymaras, por supuesto, y, entre los suyos, se les honraba como a sabios o filósofos de grandes conocimientos. «Muchos etnolingüistas afirman —leyó, nervioso— que la lengua que utilizaban los yatiris no era sino el idioma secreto que la nobleza inca Orejona hablaba entre los suyos, empleando el quechua común para el resto.»

—¡Yatiris! —dejé escapar, alarmado.

—¿Qué pasa? —preguntó *Proxi.*

—¡Es lo que dijo Daniel ayer! ¡Dijo que estaba

muerto porque los yatiris le habían castigado! Repetía también otra palabra: *lawt'ata.*

—¿Qué significa? —quiso saber *Jabba.*

—No tengo la menor idea. Tendré que comprobarlo.

—Antes lo habrías hecho inmediatamente.

—Sé comprensivo, *Jabba* —intercedió *Proxi*—. Su hermano está enfermo e ingresado en este hospital desde hace dos días.

Marc resopló.

—Por ahí se salva. Pero se está convirtiendo en un ordenador sin sistema operativo, en un teclado sin Enter, en un triste monitor de fósforo verde, en...

—¡Marc! —le reprendió *Proxi*—. Ya es suficiente.

Pero *Jabba* tenía razón. Mi cerebro no estaba funcionando con la claridad habitual. Quizá era cierto que tenía miedo de meter la pata y de quedar como un tonto. Me estaba moviendo por un terreno muy resbaladizo, a medio camino aún entre mi mundo, racional y ordenado, y el mundo de mi hermano, confuso y enigmático. Yo me había proyectado hacia el futuro mientras que él lo había hecho hacia el pasado y, ahora, no sólo debía cambiar mi forma de pensar y mi escala de valores, sino también romper con unos cuantos prejuicios básicos y seguir una corazonada que no estaba fundamentada en la realidad sino en extrañas imprecisiones históricas.

—Dejadme todo este material. Voy a estudiarlo esta noche y, mañana, examinaré con mucha atención lo que cogí de casa de mi hermano. También iré allí para revisar lo que dejé. Si dentro de un par de días Daniel todavía no ha mejorado —declaré, mirándolos con determinación—, iré a hablar con la catedrática que le encargó el trabajo y le pediré ayuda. Ella tiene que saber más que nadie de todo esto.

II
—

Para nuestra desesperación y la de los médicos, Daniel
no mejoró en absoluto durante los dos días siguientes.
Diego y Miquel estaban tan perplejos por la ineficacia
de los fármacos que, el viernes a última hora, decidieron cambiarle el tratamiento, pese a lo cual Miquel reconoció ante mi madre que, a esas alturas y viendo la
total falta de evolución en cualquier sentido, albergaba
ciertas dudas sobre una rápida y completa recuperación de mi hermano; a lo sumo, dijo, cabía esperar una
ligera mejoría para finales de la siguiente semana o
principios de la otra. Quizá estaba curándose en salud,
exagerando por si las moscas, preparando el terreno
por lo que pudiera pasar, pero, en cualquier caso, nos
dejó destrozados, sobre todo a Clifford, que envejeció
diez años en apenas unos minutos.

La presencia de mi abuela alivió mucho la presión
que sufría la familia ya que, a las pocas horas de llegar,
había organizado los turnos de tal manera que podíamos reconstruir nuestras vidas casi con normalidad,
salvo por unos pequeños ajustes que a nadie molesta-
ban porque se trataba de estar con Daniel. Mi abuela

era una mujer fuerte y recia como un roble, con una gran capacidad de gestión y una cabeza infinitamente mejor amueblada que la de mi madre, a la que siempre ponía firme en cuanto se desmandaba en su presencia. Rápidamente se apoderó del relevo de la noche, enviándonos a Ona y a mí de vuelta a casa para dormir a las horas correctas. No pude evitar sospechar que, en breve, haría un montón de amigas y conocidas en la cafetería del hospital y que, pronto, aquel lugar se parecería a la plaza de Vic un domingo por la mañana después de misa.

Estaba citado a la una con Marta Torrent en su despacho de la universidad. Era sábado por la mañana —el mismo sábado, 1 de junio, en que los Barcelona Dragons jugaban el partido contra los Rhein Fire de Düsseldorf— y hacía un tiempo espléndido, una de esas mañanas luminosas que invitan a echarse a la calle para pasear con la excusa de comprar un buen libro o un CD de buena música. Mientras atravesaba con mi coche los túneles de Vallvidrera en dirección a la Autónoma, con las gafas de sol bien caladas sobre la nariz, seguía intentando descubrir la clave que diera sentido a las piezas del jeroglífico que había encontrado entre los papeles y en el despacho de mi hermano. Esperaba con toda mi alma que la catedrática pudiera ayudarme a resolverlo porque mi confusión todavía era mayor que la que sentía la noche que hablé con *Jabba* y *Proxi* en la cafetería.

Al día siguiente de aquella conversación, regresé al piso de Xiprer con los libros y los documentos que me había llevado dispuesto a trabajar las horas que hicieran falta hasta comprender en qué demonios se había metido Daniel. Después de registrar cajones, estanterías, carpetas y todo aquello que cayó en mis manos, hice una nueva clasificación, por montones, en los que separé todo lo inca de lo aymara y, dentro de ellos, todo lo que tuviera que ver con la historia, por un lado, y con el lenguaje y la escritura, por otro. Luego, hice un montón más con todo aquello que carecía de filiación y, aquí, el material era tan abundante que también hube de distinguir entre documentos escritos y documentos gráficos, pues había diagramas, mapas, fotografías, fotocopias de fotografías y esquemas garabateados por mi hermano. Quizá mi distribución no fuese la más ortodoxa académicamente hablando, pero era el único criterio que yo podía utilizar en aquel momento.

Lo primero que me llamó la atención fue la imagen de un cráneo alargado en cuyas cuencas todavía quedaban partes secas de los ojos. Sobrepuesto de la desagradable impresión de aquella mirada siniestra, la forma que tenían los huesos me desconcertó: en lugar de la redondez habitual que parte de la frente y llega hasta la nuca, aquella calavera se prolongaba hacia arriba como el capirote de un nazareno, con una forma cónica de proporciones desmesuradas. Junto a esta imagen, otras parecidas indicaban que el tema había preocupado bastante a Daniel. Dentro de la misma carpeta encontré, además, la fotografía de un muro de piedra con multitud de cabezas esculpidas en relieve y muy erosionadas por el tiempo, así como una ampliación digitalizada y borrosa de un extraño hombrecillo sin cuerpo, todo cabeza (de la que salían los brazos, delgaduchos, y unas piernas como ancas de rana), adornado con una espesa barba negra y un enorme gorro rojo. Cabezas y más cabezas... Otro enigma sin lugar en el mundo. Para remate, descubrí, plegada, la ampliación de una gran cara tallada en piedra, de forma cuadrangular y con grandes y redondos ojos negros, que yo hubiera jurado que había visto mil veces en mi vida pero que era completamente incapaz de situar. Debía de ser inca, sin duda alguna, pero, como mi hermano no había hecho ninguna anotación al respecto, podía tratarse tanto del logotipo de una marca comercial como de un sol —pues a eso recordaba, ya que de la cara salían rayos— esculpido en alguna pared de Cuzco, Machu Picchu, Tiwanacu, Vilcabamba o cualquiera de las innumerables ruinas repartidas por el territorio del viejo Imperio que ya empezaban a resultarme familiares.

También encontré, entre otras cosas igualmente inútiles, un dibujo hecho a mano (con rotulador rojo) por el propio Daniel en el que podía verse, esquemáticamente representada, una pirámide escalonada de tres pisos en cuyo interior aparecía una especie de vasija cuadrada de la que salían cuatro largos cuellos con cabezas de felino por la parte superior y seis que terminaban en cabezas de pájaro por los laterales y la base. Dentro de la vasija se removía una pequeña serpiente con cuernos. Mi hermano había anotado en la parte inferior: «Cámara», y le había hecho muchos y gruesos subrayados.

Otro tema que parecía obsesionar a Daniel era el de los tejidos incas. Tenía, en otra carpeta, decenas de reproducciones de paños decorados con diminutos cuadrados y rectángulos de un colorido excepcional. Cada una de esas pequeñas formas geométricas presentaba en su interior un diseño diferente y, en conjunto, la vista se perdía en aquel sinnúmero de casillas enfiladas y encolumnadas. Los paños eran muy distintos entre sí, a pesar de pertenecer al mismo estilo, un estilo que también podía observarse en seis o siete fotografías de cerámicas —vasos y jarrones— que guardaba en otra carpeta distinta. Tampoco en esta ocasión había la menor referencia escrita a lo que podía ser cada cosa, así que me quedé como estaba.

En todo aquel maremágnum de información baldía, destacaban un par de grandes fotocopias que aparecieron dobladas dentro de otro portafolio sin marcar. Eran las reproducciones de unos mapas antiguos, bastante estropeados, que me resultaron incomprensibles. En el primero de ellos, después de esforzarme mucho, reconocí, a la derecha, la forma de la península Ibérica y la costa occidental de África, rellenas ambas de numerosas figurillas humanas y animales casi indistinguibles, sobre las que pasaban (y se cruzaban) líneas procedentes de varias rosas de los vientos de distintos tamaños. Mejor situado ya en la geografía de la imagen, deduje, por lo tanto, que lo que se veía a la izquierda era la costa americana, con sus ríos y afluentes, muchos de los cuales partían de una espina dorsal montañosa, los Andes, que ponía fin al diseño por aquel lado, pues faltaba el perfil de la costa del Pacífico, sustituida por un largo párrafo escrito con diminuta letra árabe. En el segundo de los mapas, bosquejado sobre una especie de sábana de bordes deshilachados, se veía un gran lago rodeado de marcas y señales que parecían pisadas de hormigas y, en lugar relevante, el burdo trazado de una ciudad, al sur del lago, bajo la cual podía leerse, con alguna dificultad por lo historiado de la vieja grafía: «Camino de yndios Yatiris» y, debajo, «Dos mezes por tierra», y más abajo todavía, con letra más pequeña, «Digo yo, Pedro Sarmiento de Gamboa, ques verdad. En la ciubdad de los Reyes a veinte y dos de febrero de mill e quinientos y setenta y cinco».

Aquello empezaba, por fin, a encarrilarse un poco: yatiris era una palabra que conocía y que mi hermano empleaba con frecuencia en su delirio. Habría que investigar más a los yatiris, me dije, porque parecían disfrutar de un papel protagonista en la historia y, además, y esto era lo curioso, según aquel viejo hidalgo español, Pedro Sarmiento de Gamboa, tenían un camino propio que, después de dos meses de recorrerlo, vaya usted a saber adónde iría a desembocar.

El grueso de la biblioteca de Daniel estaba compuesto por libros de antropología, historia y gramáticas varias. En los estantes más cercanos a su mesa, tanto a la derecha como a la izquierda, había dispuesto cómodamente los volúmenes sobre los incas y un montón de diccionarios, entre los que se encontraban el publicado en 1612 por el jesuita Ludovico Bertonio, *Vocabulario de la lengua aymara*, y el de Diego Torres Rubio, *Arte de la lengua aymara*, de 1616. Era el momento de averiguar qué demonios quería decir *lawt'ata*. Después de volverme loco durante un rato (porque no tenía ni idea de cómo se escribía en realidad), conseguí localizar el término a fuerza de mirar, una a una, todas las voces que empezaban por la letra ele, y así averigüé que era un adjetivo y que significaba «cerrado con llave», lo que me condujo de nuevo hasta el mensaje de la supuesta maldición, en cuya última línea, recordé, aparecían estas palabras. Esto, por supuesto, no vino a resolver nada, pero, al menos, sentí que había despejado una incógnita. Seguía teniendo pendiente echar un vistazo a las viejas crónicas españolas porque, entre otras razones además de una inmensa desgana, había dedicado todo mi tiempo a estudiar lingüística y, más en concreto, lingüística aymara, haciendo alguna que otra incursión en la red a la caza y captura de informaciones más precisas sobre este lenguaje.

Todo lo que *Jabba* y *Proxi* me habían contado se quedaba corto al lado de lo que, en realidad, era el aymara. Estaba claro que yo no sabía tantos idiomas como Daniel y que, si me sacaban del catalán, el castellano y el inglés, me quedaba tan desorientado como un recién nacido, de modo que pocas comparaciones podía hacer con otras lenguas naturales. Pero lo que yo sí dominaba eran los lenguajes de programación (Python, C/C++, Perl, LISP, Java, Fortran...) y, con ellos, me bastaba y me sobraba para darme cuenta de que el aymara no era una lengua como las demás. No podía serlo de ninguna manera porque se trataba de un auténtico lenguaje de programación. Era tan precisa como un reloj atómico, sin ambigüedades, sin dudas en sus enunciados, sin espacios para la imprecisión. Ni un diamante puro inmejorablemente tallado hubiera igualado sus propiedades de integridad, exactitud y rigor. En el aymara no cabían frases como aquellas tan tontas que, de pequeños, nos hacían reír por la incongruencia que albergaban, como «el pollo está listo para comer», por ejemplo. No, el aymara no consentía este tipo de absurdos lingüísticos y, además, era cierto que sus reglas sintácticas parecían construidas a partir de una serie invariable de fórmulas matemáticas que, al ser aplicadas, daban como resultado una extraña lógica de tres valores: verdadero, falso y neutro, al contrario que cualquier lengua natural conocida, que sólo respondía a verdadero o falso según la vieja concepción aristotélica de toda la vida. De modo que, en aymara, las cosas podían ser, de verdad y sin equívocos, ni sí, ni no, ni todo lo contrario, y, por lo visto, no había más idiomas

107

en el mundo que permitieran algo semejante, lo cual, por otro lado, no era de extrañar, pues parte de la riqueza que las lenguas adquirían con los siglos de evolución estribaba precisamente en su capacidad literaria para las confusiones y las ambigüedades. De modo que, mientras los aymaras que todavía empleaban esta lengua en Sudamérica se sentían avergonzados por ello y marginados como pobres y atrasados indígenas sin cultura, su lengua pregonaba a los cuatro vientos que procedían de alguna civilización mucho más adelantada que la nuestra o, al menos, capaz de crear un lenguaje basado en algoritmos matemáticos de alto nivel. No me sorprendía nada que Daniel se hubiera quedado fascinado con estos descubrimientos y que hubiera abandonado el estudio del quechua para dedicarse por completo al aymara; lo que sí me llamaba poderosamente la atención era que no hubiera contado conmigo para que le ayudase a comprender todos aquellos conceptos tan abstractos y tan alejados de las materias que él conocía y había estudiado. Que yo recordara, me había pedido en varias ocasiones que le escribiese algunos programillas sencillos y muy específicos para guardar, clasificar y recuperar información (bibliografías, datos estadísticos, archivos de imágenes...), pero incluso esas pequeñas aplicaciones le parecían complejas y difíciles de manejar, así que dudaba mucho de que él solo hubiera sido capaz de reconocer las similitudes que presentaba el aymara con los modernos y sofisticados lenguajes de programación.

Tampoco encontré por ninguna parte el famoso quipu en aymara imaginado por *Jabba* y *Proxi*. Por un lado, en materia de quipus, sólo localicé un grueso archivador que contenía las copias de los Documentos

Miccinelli, pero daba la sensación, por el lugar donde se hallaba sepultado y por la fina pátina de polvo que se veía en el interior de las cubiertas, que Daniel no lo había tocado en mucho tiempo; por otro, si ese conjunto de cuerdas con nudos o, mejor, su reproducción gráfica se encontraba en algún lugar de aquel despacho, sólo podía ser en el interior del ordenador portátil de mi hermano, el flamante IBM que yo le había regalado en Navidad y que todavía permanecía conectado a la red eléctrica alimentando una batería suficientemente cargada. Pulsé el botón de arranque y, de inmediato, el pequeño disco duro volvió a la vida con un suave ronroneo y la pantalla se iluminó desde el centro hacia los bordes mostrando las breves líneas de instrucciones de los ficheros del sistema antes de exhibir la pantalla azul de Windows. Me arrellané en el asiento, a la espera de que terminara el proceso y, mientras me frotaba los ojos cansados, un inesperado destello de luz anaranjada me advirtió de algún proceso anormal en la puesta en marcha del sistema operativo. Parpadeando nerviosamente para enfocar la mirada después del restregón, me encontré con una sorprendente petición de clave de acceso. No se trataba de la clave de las BIOS ni tampoco de la inútil clave de red de Windows; era un programa completamente distinto que yo no había visto nunca y que, por su diseño, parecía haber sido escrito por algún astuto programador que, obviamente, no había sido yo. Me quedé de una pieza. ¿Para qué necesitaba mi hermano semejante protección en su máquina?

El programa no daba pista alguna sobre la longitud y el tipo de clave requerida, así que reinicié Windows en modo a prueba de fallos para ver si, de este modo, podía saltarme la dichosa petición. Mi sorpresa fue en aumento al descubrir que ni con este truco ni con otros parecidos —a través de las BIOS— podía puentear la barrera y que, por lo tanto, la puerta iba a seguir cerrada hasta que contara con mejores armas para abrirla. Existían mil modos de romper aquella ridícula medida de seguridad pero, para ello, debía llevarme el portátil a casa y aplicarle unas cuantas herramientas básicas, así que, para evitar tanto lío, decidí probar primero con la lógica, ya que partía de la convicción absoluta de que me iba a resultar muy fácil averiguar la clave. Mi hermano no era un *hacker* y no tenía necesidad de protegerse de manera exagerada. Estaba seguro de que había conseguido aquel *software* en alguna revista de informática o a través de algún compañero de trabajo, lo que me aseguraba, de entrada, la ruptura de la encriptación en apenas un suspiro.

—¡Ona! —grité a pleno pulmón, girando levemente la cabeza hacia atrás. De inmediato escuché un chillido feliz de mi sobrino que debía haber penado lo suyo por tener que permanecer alejado del despacho. Sus pisadas, acercándose velozmente por el pasillo, me alertaron del peligro—. ¡Ona!

—¡Ven aquí, Dani! —escuché decir a mi cuñada, que había salido en pos de mi sobrino para interceptarle el paso—. Dime, Arnau.

—¿Conoces la clave del ordenador de Daniel?

—¿La clave...? —se sorprendió, asomando por la puerta con Dani en brazos, que pugnaba por soltarse y bajar al suelo—. No sabía que le hubiera puesto una clave.

Arqueé las cejas y miré de nuevo la pantalla anaranjada.

—¿Y cuál supones que podría ser?

Ella sacudió la cabeza.

—No tengo la menor idea, en serio. ¡Estáte quieto, Dani, por favor...! Imagino que no quería que nadie del departamento curioseara su trabajo mientras estaba dando clase. —Sujetó con fuerza las dos manos de su hijo, que le tironeaba del pelo para exigirle libertad, y se alejó hacia el salón—. Pero no creo que sea un obstáculo insalvable para ti, ¿no es cierto?

No debería serlo. Estadísticamente, casi el setenta por ciento de las claves que la gente utilizaba eran alfabéticas, es decir, formadas sólo por letras y, de manera general, se trataba de nombres propios, tanto de personas como de lugares u objetos. La extensión de la clave alfabética no solía superar los ocho caracteres, encontrándose casi siempre entre seis y ocho, y rara vez se utilizaban las mayúsculas. De modo que, conociendo un poco a la persona cuya clave se quería averiguar, antes o después terminaba dándose en la diana probando con los nombres de sus familiares, de sus aficiones, de su lugar de nacimiento o residencia, etc. Sin embargo, después de intentarlo sin éxito varias veces, descubrí que Daniel no parecía encontrarse entre ese setenta por ciento de incautos: ninguna de las palabras que utilicé sirvió para quitar el cerrojo y eso que creía conocerle lo suficiente como para no dejarme nada importante en el tintero.

Decidí probar con las reglas básicas de las claves numéricas. Casi el ciento por ciento de ellas tenía invariablemente seis dígitos y no porque a la gente le gustaran más las cifras de esta longitud, sino porque se utilizaban las fechas de los cumpleaños más significativos. Probé con el de Daniel, el de Ona, el de nuestra madre, el de Clifford, el de Dani... y, finalmente, desesperado, recurrí a las claves más tontas que tan frecuentemente suelen encontrarse por la red: «123456», «111111», y otras simplezas por el estilo. Pero tampoco funcionaron. No me quedaba más remedio que llevarme el portátil a casa y estrenar un nuevo sentimiento de respeto hacia mi hermano, al que hasta entonces había considerado un usuario informático más bien torpe y poco imaginativo.

Sin embargo, empecé a sospechar lo muy equivocado que había estado cuando, ya en el estudio de casa, comprobé que ninguno de los ataques acometidos con los potentes programas de averiguación de claves surtía el menor efecto. Mis diccionarios de *passwords* eran los más completos que podían encontrarse y los programas usaban la fuerza bruta con una insuperable potencia de cálculo, pero aquella pequeña aplicación seguía resistiéndose a facilitarme la llave de acceso al ordenador. Estaba realmente confundido y sólo acertaba a pensar que Daniel hubiera utilizado una palabra en aymara de bastante longitud, lo que convertiría en casi imposible su identificación. Después de un par de horas, poco más me quedaba por hacer que recurrir al desciframiento incremental, basado en combinaciones aleatorias de letras o números o de letras y números juntos, pero, si no quería dedicar a ello el resto de mi vida, debía poner a trabajar, a la vez, todos los ordenadores de Ker-Central y cruzar los dedos para que el proceso no se prolongara indefinidamente. El problema era que muchas de las máquinas de la empresa seguían procesando tareas durante la noche, de modo que programé el sistema desde casa para que utilizara sólo las disponibles y los tiempos muertos de las ocupadas.

Aquella mañana de sábado, mientras conducía hacia

112

la Autónoma, todavía no había obtenido la clave, pero ya no podía faltar mucho y con esa esperanza me dirigía a mi cita con la catedrática mientras disfrutaba del sol, de la luz y de la sensación de normalidad que me devolvían la carretera y mi coche. Me había dejado el pelo suelto, que ya sobrepasaba de largo los hombros, y me había puesto uno de mis nuevos trajes, el de color beige, con una camisa de cuello tunecino y zapatos de piel. Si aquella mujer era tan dura como Ona decía, mi aspecto debía ser el de un serio y respetable empresario.

La Autónoma era un sitio que me gustaba bastante. Cuando acudía allí para alguna reunión con los del Institut d'Investigació en Intel·ligència Artificial, sentía que me encontraba en una especie de gran ciudad, moderna y acogedora, por cuyas aceras y jardines deambulaban los profesores y los estudiantes, que también se desparramaban con sus libros sobre la hierba buscando la sombra de los árboles. En invierno, la escarcha o la nieve cubrían por la mañana las zonas verdes hasta que el sol de mediodía dejaba el campo brillante y anegado; pero, en primavera, podían verse grupos numerosos dando clase al aire libre, bajo los rayos del sol. Lo único que no terminaba de agradarme de aquel lugar era un cierto tipo de edificio, en concreto las facultades más antiguas, que habían sido construidas siguiendo la triste moda arquitectónica de los años setenta, tan amante de los feos mazacotes de cemento, aluminio y cristal que dejaban al aire los tubos-venas de su estructura.

Deseché con un cabeceo estos pensamientos y decidí preguntar a diestro y siniestro para no tener que rondar de un lado a otro durante todo el día, aunque, como era de esperar, terminé perdiéndome, ya que las abundantes señalizaciones del campus de Bellaterra más que orientar, extraviaban. Menos mal que tenía tiempo de sobra porque en una ocasión me encontré saliendo en dirección a Sabadell y, en otra, a Cerdanyola. Por fin, encontré el aparcamiento semisubterráneo y pude dejar el coche, iniciando un agradable paseo, cartera en mano, hacia la Facultad de Filosofía y Letras, donde se encontraba el Departamento de Antropología Social y de Prehistoria en el que trabajaban tanto mi hermano como Marta Torrent.

Por desgracia, aquella facultad era de las antiguas, así que me vi recorriendo largos pasillos grisáceos (cubiertos de posters, pintadas y pasquines variados) en busca de algún bedel que pudiera echarme una mano. No tuve éxito, quizá porque era sábado, pero tropecé con un grupo de estudiantes que salían de un examen y ellos me indicaron cómo moverme por aquel laberinto. Subí escaleras, torcí pasillos, pasé por donde ya había pasado y, finalmente, en el Edificio B, me encontré frente a una puerta tan anodina como las demás en la que un letrero me anunciaba que, tras una difícil navegación sin brújula, había conseguido arribar a buen puerto. Saqué la mano izquierda del bolsillo y golpeé suavemente la madera. Detrás se oían voces y ruidos, así que no me esperaba recibir la indiferencia por respuesta, pero eso fue exactamente lo que obtuve a cambio de mi llamada. El segundo intento me convenció de que no había nada que hacer; allí nadie me abriría la puerta, de modo que tenía dos opciones, o la abría yo sin contemplaciones o reanudaba los golpes con mucha más energía. Y eso fue lo que hice. Ni corto ni perezoso golpeé con tanta fuerza que detrás se hizo automáticamente el silencio más profundo y unos pasos ligeros acudieron a recibirme. Cuando la entrada quedó despejada, vi a cuatro o cinco personas que, completamente inmóviles, me observaban con enorme expectación.

—¿Sí? —dijo por todo saludo la chica delgaducha de pelo corto y negro que me había franqueado la puerta. Ella y las otras mujeres presentes me examinaron de arriba abajo mientras se les dibujaba una sonrisilla en los ojos, que no en los labios. Aunque ya estaba acostumbrado a ver esta reacción en casi todas las mujeres que no eran amigas ni de la familia, no por ello dejaba de gustarme siempre que se producía. La humildad no es negar lo que uno tiene de bueno —eso es hipocresía—, sino reconocerlo y aceptarlo.

—Busco a Marta Torrent.

—¿A la doctora Torrent...? —repitió la chica, añadiendo el título académico por si lo había olvidado—. ¿De parte de quién?

—Soy el hermano de Daniel Cornwall. Tengo una cita con ella a l...

—¡El hermano de Daniel! —exclamaron varias voces al unísono, pronunciando el nombre como se dice aquí, con el acento en la última sílaba. Y, como si aquel nombre hubiera sido una inmejorable tarjeta de visita, todos se levantaron de sus asientos y se me acercaron.

—Te pareces muchísimo a tu hermano... ¡Aunque en moreno! —dejó escapar una joven de barbilla pronunciada y largo flequillo mientras me tendía la mano—. Yo soy Antonia Marí, compañera de Daniel.

—Todos lo somos —me aclaró un hombrecillo de grandes entradas canosas y gafas de níquel—. Pere Sirera. Encantado. Yo fui quien habló contigo cuando llamaste pidiendo una entrevista con Marta.

Me estrechó también la mano y dejó sitio a la siguiente.

—¡Así que tú eres el informático ricachón, ¿eh?! —soltó una mujer de unos cuarenta años que avanzó hacia mí asomando el cuello desde el interior de un estrambótico vestido floreado estilo Josefina Bonaparte—. Soy Mercè Boix. ¿Cómo está Daniel?

—Igual, gracias —repuse devolviéndole el saludo.

—Pero, ¿qué le ha pasado exactamente? —insistió la tal Mercè.

—Sabemos que Mariona vino a traer la baja, pero la doctora Torrent no nos ha explicado nada —dijo la chica de la puerta, cerrándola por fin e incorporándose al grupo.

—Sólo ha dicho que está ingresado en La Custòdia y que no ha sido un accidente —pronunció lentamente Pere Sirera. Parecía estar pensando que, quizá, no era buena idea aquel interrogatorio. Y tenía razón.

—¿Podemos ir a verle? —quiso saber Mercè.

—Bueno... —¿Cuántos de aquellos eran amigos de Daniel y cuántos sus enemigos, rivales o adversarios? ¿Quién estaba preocupado de verdad y quién ansiaba saber si iba a tener tiempo de ocupar su puesto antes de que volviera?—. De momento no recibe visitas... —Carraspeé—. Se desmayó. Perdió el conocimiento y le están haciendo algunas pruebas. Los médicos dicen que podrá regresar a casa esta semana.

—¡Me alegro! —afirmó con una sonrisa Josefina Bonaparte—. ¡Estábamos bastante preocupados!

Me golpeé suavemente el pantalón con la rígida cartera de cuero, comunicando mi impaciencia. Quería ver a la catedrática y no podía pasar lo que quedaba de mañana charlando en aquella especie de sala comunal llena de mesas, sillas y armarios.

—Tengo una cita con la doctora Torrent —murmuré—. Debe de estar esperándome.

—Yo te acompaño —dijo Antonia, la del flequillo largo, dirigiéndose hacia un estrecho pasillo, casi invisible tras unos altos archivadores.

—¡Dale recuerdos nuestros a Daniel!

—Por supuesto. Gracias —murmuré siguiendo a mi anfitriona.

Un póster con la imagen gibosa de un Neanderthal y con el lema «Del mono al hombre. Sevilla. VI Jornadas de Antropología Evolutiva» aparecía pegado junto a la puerta del despacho de la catedrática. Antonia dio un par de golpecitos sobre la hoja de madera y la entreabrió, introduciendo la cabeza por la rendija.

—Marta, ha venido el hermano de Daniel.

—Dile que entre, por favor —concedió una voz grave y modulada, tan musical que me pareció estar escuchando a una locutora de radio o a una cantante de ópera. Pero la voz me engañó porque, cuando la joven del flequillo se hizo a un lado para dejarme pasar, descubrí que Ona no había exagerado respecto a la edad y el carácter de la doctora Torrent. Lo primero que vi fue un pelo corto a punto de ser completamente blanco y, entre éste y unas cejas también blancas, un terrible ceño fruncido que me puso en guardia. Ciertamente, el ceño desapareció en cuanto sus ojos, cubiertos por unas modernas gafas de montura azul, muy estrechas y con un cordoncillo metálico que le colgaba de las patillas, se apartaron de los papeles que estaban examinando para fijarse en mí, pero yo ya me había llevado una desagradable impresión que no me abandonaría durante mucho tiempo. Si Ona había dicho que era una bruja, así debía de ser, porque, de entrada, no me había parecido otra cosa.

Amablemente, aunque sin exagerar, se quitó las gafas, se puso en pie y rodeó su mesa, deteniéndose a mitad de camino sin hacer el menor gesto de saludo. Tampoco sonreía; parecía como si yo le resultara indiferente, y aquella entrevista, sólo uno de los tantos inconvenientes que comportaba su cargo. Había que reconocerle una cosa: vestía con una elegancia impropia de alguien que se dedica al estudio y la investigación. Siempre había imaginado que las profesoras universitarias de cierta edad tendían a no ir muy arregladas, pero, si eso era cierto, la señora Torrent —que tendría unos cincuenta años y un cuerpo pequeño y delgado—, no se ajustaba al patrón. Llevaba un traje de chaqueta de ante, con unos tacones muy altos y, por todo complemento, un collar de perlas a juego con los pendientes y una ancha pulsera de plata. No le vi reloj por ninguna parte. Ahora, eso sí: debía de acudir todos los días a tomar rayos UVA porque morena, lo que se dice morena, lo estaba y mucho, hasta el punto de no necesitar maquillaje.

—Adelante, señor Cornwall. Tome asiento, por favor —dijo con aquella hermosa voz que parecía corresponder a otra persona.

—Me llamo Arnau Queralt, doctora Torrent. Soy el hermano mayor de Daniel.

Si le sorprendió la diferencia de apellidos no lo manifestó, limitándose a ocupar de nuevo su sillón y a mirarme fijamente a la espera de que yo diera comienzo a la charla. Por desgracia, como buen *hacker*, mi bagaje de habilidades sociales —que no intelectuales ni laborales— era mínimo y mis recursos procedían exclusiva-

118

mente de la determinación y la fuerza de voluntad, así que dejé la cartera en el suelo, junto a mí, y me quedé en silencio, preguntándome por dónde empezar y qué debía decir. Lo malo fue que ese silencio se prolongó durante muchísimo tiempo porque la doctora Torrent era, desde luego, una mujer dura, con una flema fuera de lo normal, capaz de permanecer impertérrita en una situación que se estaba volviendo, por segundos, más y más violenta.

—Espero no molestarla demasiado, doctora Torrent —dije, al final, cruzando las piernas.

—No se preocupe —murmuró tan tranquila—. ¿Cómo está Daniel?

Ella también pronunciaba el nombre de mi hermano poniendo el acento en la última sílaba.

—Exactamente igual que el día que enfermó —le expliqué—. No ha mejorado.

—Lo lamento.

Fue precisamente entonces, ni un segundo antes ni un segundo después, cuando descubrí que me hallaba en el despacho de una demente y, lo que era aún peor, en su arriesgada compañía. No sé por qué pero, hasta ese momento, mi atención se había centrado exclusivamente en la catedrática, sin percatarme de que había entrado en la celda psiquiátrica de una loca peligrosa. Si mi hermano tenía centenares de libros y carpetas en su pequeño despacho de casa, aquella mujer, disfrutando del doble o el triple de espacio, tenía la misma congestión literaria pero, además, en los huecos había incrustado los objetos más delirantes que se pueda imaginar: lanzas con puntas de sílex, jarras de cerámica toscamente pintadas, ollas rotas con tres patas, vasos con caras humanas de ojos saltones, extrañas esculturas de granito tanto de hombres como de animales, fragmentos de toscos tejidos coloreados colgados en la parte alta de las paredes como si fueran refinados tapices, largas hojas de cuchillos desportillados, ídolos antropomórficos con unos curiosos gorritos parecidos a los cubiletes para jugar a los dados, y, por si faltaba algo, sobre una peana, en un rincón, una pequeña momia reseca, encogida sobre sí misma, que miraba hacia el techo con un gesto descompuesto y un grito inacabado. De haber podido, yo hubiera hecho lo mismo que ella porque, además, colgando de invisibles hilos de nailon, a media altura del cuarto se balanceaban un par de hermosas calaveras —¡de cráneo alargado!— movidas por los torbellinos del aire acondicionado.

Supongo que debí de dar un buen respingo en el asiento porque a la catedrática, a modo de carcajada, se le escapó de golpe el aire por la nariz y esbozó el leve rictus de una sonrisa. ¿Acaso la Conselleria de Sanitat no tenía una rigurosa legislación sobre el enterramiento obligatorio de cadáveres o, en todo caso, sobre su conservación en los museos...?

—¿De qué quería usted hablar conmigo? —preguntó, recuperada ya la compostura, como si no hubiera todo un cementerio a nuestro alrededor.

A punto estuve de no poder pronunciar ni una palabra, pero adiviné que aquella extraña decoración formaba parte de un juego privado en el que sólo ella se divertía y controlé de tal modo mis gestos y mi voz que, al menos por esa vez, no obtuvo su trofeo.

—Es muy sencillo —dije—. No sé si lo sabe, pero mi hermano sufre dos patologías llamadas agnosia e ilusión de Cotard. La primera, no le permite reconocer a nadie ni a nada y la segunda le hace creer que está muerto.

Sus ojos se abrieron enormemente, incapaces de disimular la sorpresa, y yo pensé que aquel tanto era mío.

—¡Caramba! —murmuró, sacudiendo la cabeza como si no pudiera creer lo que oía—. No..., no lo sabía... no sabía nada de todo esto. —La noticia la había afectado bastante, así que deduje que debía de apreciar un poco a mi hermano—. Desde secretaría de la facultad me informaron de que ya teníamos la baja médica pero... no me leyeron los diagnósticos y Mariona tampoco me dio muchos detalles.

Al hablar, la doctora dejó ver una blanquísima hilera de dientes irregulares.

—No parece responder a los medicamentos, aunque ayer empezaron a administrarle un tratamiento distinto y aún no sabemos qué pasará. Hoy, desde luego, tampoco ha habido cambios.

—Lo siento muchísimo, señor Queralt. —Y parecía sentirlo de veras.

—Sí, bueno... —Mientras con la mano derecha recogía la cartera del suelo, con la izquierda me retiré el pelo de la cara, echándolo hacia atrás—. La cuestión es que Daniel delira. Pasa el día y la noche pronunciando palabras extrañas y hablando de cosas raras.

No movió ni un solo músculo de la cara. Ni siquiera parpadeó.

—El psiquiatra que le está llevando, el doctor Diego Hernández, de La Custòdia, y el neurólogo, Miquel Llor, no se explican muy bien el origen de esos delirios y suponen que pueden tener alguna relación con su trabajo.

—¿Mariona no les ha contado...?

—Sí. Mi cuñada nos ha explicado, más o menos, en qué consistía la investigación que Daniel estaba haciendo para usted.

Permaneció impertérrita, aceptando glacialmente aquella imputación. Yo continué:

—No obstante, los médicos piensan que podría tratarse de algo más que de la presión sufrida por un exceso de trabajo. Sus delirios en un extraño lenguaje...

—Quechua, sin duda.

—...así parecen confirmarlo —proseguí—. Quizá había algo, algún aspecto determinado de la investigación que le preocupaba, alguna circunstancia que, por decirlo de algún modo, terminó por cortocircuitarle el cerebro. Los doctores Llor y Hernández nos han pedido que averigüemos si había tenido problemas, si había encontrado alguna dificultad específica que hubiera podido afectarle demasiado.

Desde que había decidido concertar aquella entrevista, la posibilidad de compartir con la catedrática mis verdaderos (y seguía pensando que también ridículos) temores había quedado excluida, de modo que monté una coartada relativamente verosímil en la que, a la fuerza, tenía que involucrar a los médicos.

—No sé cómo podría yo ayudarles en eso —declaró ella con tono neutro—. Desconozco esos detalles que me pide. Su hermano me informaba muy de tanto en tanto. Estoy por decirle que durante el último mes no vino a verme ni una sola vez. Si lo desea, podría confirmárselo consultando mi agenda.

Aquel pequeño detalle todavía resaltaba más el secretismo llevado por Daniel.

—No, no es necesario —rehusé abriendo la cartera y extrayendo algunos de los documentos que había encontrado en el despacho de mi hermano—. Sólo necesito que me oriente un poco respecto a este material que he traído.

Una corriente eléctrica atravesó repentinamente la habitación. Sin levantar la cabeza pude percibir que la catedrática se había envarado en el asiento y que una chispa de agresividad salía despedida de su cuerpo.

—¿Esos papeles son parte de la investigación que realizaba su hermano? —preguntó con un timbre afilado que me encogió el estómago.

—Bueno, verá —manifesté sin alterarme y manteniendo el pulso firme mientras sujetaba aquellas copias frente a ella—, he tenido que estudiar a fondo el trabajo de Daniel durante esta semana para intentar responder a las preguntas que nos han hecho los médicos.

La catedrática estaba tensa como la cuerda de un violín y pensé que no tardaría en coger uno de aquellos cuchillos de las estanterías para extraerme el corazón y comérselo aún caliente. Creo que todas las desconfianzas y traiciones posibles pasaron por su cabeza a la velocidad del rayo. Aquella mujer llevaba, bien visibles, los estigmas de la infelicidad.

—Discúlpeme un momento, señor Queralt —dijo poniéndose en pie y saliendo de detrás de su mesa—. Vuelvo en seguida. Por cierto, ¿cómo dijo que se llamaba?

—Arnau Queralt —repuse, siguiéndola con la mirada.

—¿A qué se dedica usted, señor Queralt?

—Soy empresario.

—¿Y qué hace su empresa? ¿Fabrica algo? —preguntó ya desde la puerta, a punto de dejarme solo con todos aquellos muertos.

—Podría decirse así. Vendemos seguridad informática y desarrollamos proyectos de inteligencia artificial para motores de internet.

Dejó escapar un «¡Oh, ya veo!» muy falso y salió precipitadamente, dando un pequeño portazo. Casi podía escucharla a través de las paredes: «¿Quién demonios es este tipo? ¿Alguien sabe si Daniel tiene, de verdad, algún hermano con diferente apellido que se dedica a la informática?», y no debí de equivocarme mucho en mis suposiciones porque un murmullo de voces y risas atravesó los frágiles muros y, aunque no conseguí entender las palabras, el tono de la charla unido a los temores de la catedrática y, sobre todo, a la forma como me miraba cuando volvió (examinando mis rasgos uno por uno para comprobar el parecido), certificaron mis sospechas. No podía acusarla de ser excesivamente suspicaz: los papeles que yo traía en la cartera formaban parte de su propio trabajo de investigación, un trabajo de gran repercusión académica según Ona, y, a fin de cuentas, yo era un completo desconocido que venía haciendo preguntas sobre algo que, en principio, no me importaba en absoluto.

—Lamento la interrupción, señor Queralt —se disculpó con el aplomo recobrado, mientras tomaba asiento de nuevo sin quitarme los ojos de la cara.

—No pasa nada —rechacé con una amable sonrisa—. Como le decía, sólo necesito que me dé algunas indicaciones. Pero antes, déjeme tranquilizarla: no quisiera que se preocupara pensando que voy a utilizar inadecuadamente este material. Lo único que quiero es ayudar a mi hermano. Si todo esto vale para algo, pues muy bien; si no es así, al menos habré aprendido un par de cosas interesantes.

—No estaba preocupada.

¡Ya! Y yo no me llamaba Arnau.

—¿Puedo, entonces, mostrarle algunas imágenes?

—Naturalmente.

—Antes de nada, ¿podría explicarme por qué las calaveras que ha puesto en el techo tienen esa forma puntiaguda?

—¡Ah, se ha fijado! La mayoría de la gente, después de descubrirlas, no vuelve a levantar la vista y procura salir de mi despacho lo antes posible —sonrió—. Sólo por eso ya valen su peso en oro aunque, en realidad, forman parte del material didáctico del departamento, como esa momia de ahí —y la señaló con la mirada—, pero a mí me sirven de perfecto repelente para moscas y mosquitos.

—¿En serio? —inquirí asombrado. Ella me miró con incredulidad.

—¡No, hombre, no! ¡Era una forma de hablar! Por moscas y mosquitos quería decir visitas desagradables y estudiantes pesados.

—¡Ah, algo así como yo!

Sonrió de nuevo sin decir absolutamente nada. Había quedado bastante claro. Levanté la vista otra vez para examinar las calaveras y repetí mi pregunta. Tras un leve suspiro de resignación, abrió uno de los cajones de su mesa y sacó un paquete de cigarrillos y un mechero. Sobre la mesa tenía un pequeño cenicero de cartón aluminado con la marca de una conocida cadena de cafeterías, lo que indicaba que su vicio de fumar era clandestino, algo cuyas pruebas debían poder hacerse desaparecer rápidamente. Además del miserable cenicero, tenía también algunas carpetas y los papeles que estaba examinando a mi llegada. El único objeto personal era un marco de plata de mediano tamaño cuya foto sólo ella podía contemplar. ¿Dónde tendría el ordenador? Ya no era concebible una oficina sin él y, menos aún, el despacho de una autoridad de departamento universitario. Aquella mujer era tan rara como un cable coaxial en un silbato.

—¿Fuma?

—No. Pero no me molesta el humo.

—Estupendo —estaba seguro de que le hubiera dado lo mismo que me molestara; aquél era su despacho—. ¿Su interés por las calaveras tiene algo que ver con lo que trae en la cartera?

—Sí.

Asintió suavemente, como asimilando mi respuesta, y, luego, declaró:

—Muy bien, veamos... La deformación del cráneo era una costumbre de ciertos grupos étnicos del Imperio inca, que la utilizaban para distinguir a las clases altas del resto de la sociedad. La deformación se conseguía aplicando unas tablillas a las cabezas de los bebés, sujetándolas fuertemente con cuerdas hasta que los huesos adoptaban la apariencia deseada.

—¿Qué grupos étnicos tenían estas prácticas?

—Oh, bueno, en realidad, se trata de una costumbre anterior a los incas. Los primeros cráneos deformados de los que se tiene constancia han sido encontrados en los yacimientos arqueológicos de Tiwanacu, en Bolivia. —Se detuvo un instante y me miró, dudosa—. Discúlpeme, no sé si ha oído hablar de Tiwanacu...

—No había oído casi nada hasta hace unos pocos días —le aseguré, descruzando y cruzando de nuevo las piernas en sentido contrario—, pero últimamente creo que no hablo o leo sobre otra cosa.

—Ya me imagino... —exhaló el humo del cigarrillo y se echó hacia atrás, apoyándose en el respaldo, con las manos colgando de los extremos de los brazos del sillón—. Bueno, Tiwanacu es la cultura más antigua de Sudamérica y su centro político-religioso estaba en la ciudad del mismo nombre, situada en las proximidades del lago Titicaca, hoy dividido en dos por la frontera entre Bolivia y Perú.

De las aguas del lago Titicaca, recordé, había surgido Viracocha, el dios de los incas, para crear a la humanidad y ésta, a su vez, había construido Tiwanacu. Pero también había visto otro lago —¿otro lago o el mismo lago?— en el mapa dibujado por Sarmiento de Gamboa, aquel del «Camino de yndios Yatiris. Dos mezes por tierra». Más tarde volvería sobre eso. Ahora debía terminar con los cráneos y las cabezas.

—Me estaba contando usted —evoqué para que retomara el hilo— que los habitantes de Tiwanacu fueron los primeros en deformar las cabezas de los recién nacidos para distinguir unas clases sociales de otras.

—Cierto. Otras culturas también lo hicieron, pero fue por imitación y nunca de la misma manera. En Wari, por ejemplo, se aplastaban la nuca, y en la costa oriental del Titicaca se hundían la frente, haciendo sobresalir las sienes.

—¿Wari...? ¿Qué es Wari? —pregunté.

Sé que estuvo a punto de mandarme a tomar vientos porque, para ella, dar una clase de párvulos era inapropiado y, además, aburrido. Podía comprenderla. Era como si a mí me preguntaran cómo cerrar las ventanas de Windows.

—El Imperio wari fue el gran enemigo del Imperio de Tiwanacu —repitió con voz de haberlo explicado mil veces—. Se cree que Tiwanacu comenzó en torno al año 200 antes de nuestra era con algunos primitivos asentamientos de una cultura llamada Pukará, un pueblo del que lo desconocemos casi todo, incluso si realmente fundó Tiwanacu, hipótesis que, por cierto, cada día se vuelve más improbable... En fin, nueve siglos más tarde, esos asentamientos alcanzaron la condición de imperio. Wari apareció más tarde, en el valle de Ayacucho, al norte, y, por razones desconocidas, se enfrentó a Tiwanacu, que parece haber sido una cultura de carácter eminentemente religioso, dominada por alguna clase de casta sacerdotal. Lo cierto es que de Wari sabemos poco. Los incas jamás los mencionaron. Por cierto, no sé si sabe que llamar incas a todos los habitantes del imperio es un error, los Incas eran los reyes y se consideraban descendientes de una estirpe divina originaria de Tiwanacu.

—Sí, sabía todo eso. De modo —recapitulé—, que las clases privilegiadas de las culturas andinas anteriores a los incas se deformaban el cráneo de una manera u otra para emular a los tiwanacotas, que eran una especie de árbitros de la elegancia, pero no me ha dicho la procedencia de estos cráneos cónicos. —Y señalé con el índice hacia el techo—. ¿Son de Tiwanacu?

—Sí, en efecto, son de Tiwanacu. La deformación frontoccipital, que produce esta forma cónica, fue históricamente la primera que se realizó y era exclusiva de los tiwanacotas.

—¿Y los incas? ¿Practicaron también esta deformación?

—No, los incas no. Los únicos que la continuaron fueron los collas, los descendientes de los antiguos habitantes de Tiwanacu.

—¿Los collas? —Yo ya tenía un desbarajuste mental imposible de aclarar—. Pero, ¿los descendientes de los tiwanacotas no eran los aymaras?

—Los collas y los aymaras son el mismo pueblo. Collas fue el nombre que les dieron los españoles porque a su territorio, la zona del altiplano que rodea el Titicaca, lo llamaron, castizamente, El Collao, ya que los incas lo habían bautizado previamente como Collasuyu. Esa zona abarcaba, además, los altos de Bolivia y el norte de Argentina. Estos cráneos que ve usted ahí arriba son de Collasuyu, en concreto, como ya le he dicho, de Tiwanacu.

No cabía la menor duda de que todo era sencillo y claro en la historia del continente americano. Primero fueron —o no— los pukará, que dieron origen —o no— a los tiwanacotas, que, a su vez, eran los aymaras pero también los collas, aunque ahora volvían a llamarse aymaras. Al menos esto lo entendía, de modo que lo sujeté con clavos en mi memoria antes de que se me desdibujara como un sueño.

Ante el peligro de que la cosa continuara complicándose indefinidamente, decidí que ya estaba bien de calaveras deformes y, sin pensármelo más, extraje del montón de fotocopias de Daniel la del muro de piedra con las incontables cabezas en relieve y se la alcancé a la catedrática, que apagaba su cigarrillo contra el pequeño y endeble cenicero como si estuviera matando la colilla. Tras una primera ojeada, el gesto de su cara expresó disgusto.

—¿Sabe qué es eso, doctora?

—Tiwanacu —dijo un poco molesta, poniéndose las gafas con un gesto rápido y examinando cuidadosamente el papel; no sé por qué su respuesta no me sorprendió demasiado—. Las llamadas Cabezas Clavas, es decir, cabezas antropomorfas de piedra incrustadas en las paredes. Se encuentran en los muros del Qullakamani Utawi, conocido como Templete semisubterráneo, un gran patio abierto situado en las cercanías del recinto Kalasasaya. Ya sabe que Tiwanacu es un conjunto arquitectónico en el que todavía quedan restos visibles de unos dieciséis edificios, lo que apenas viene a suponer un cuatro por ciento del total. El resto se halla bajo tierra.

No sabía qué podía haber causado aquel patente malestar que la catedrática reprimía educadamente. Mientras le entregaba la ampliación digitalizada del hombrecillo sin cuerpo, el antepasado barbudo del Humpty Dumpty de *Alicia en el país de las maravillas*, anoté mentalmente que no debía preguntarle nada más sobre Tiwanacu; lo que quisiera saber, lo buscaría en internet, especialmente páginas con fotografías.

—No sé qué es esto —me dijo mirándome por encima de las gafas—. No lo había visto en mi vida.

—¿No es inca? —me sorprendí.

Ella lo examinó con mucha atención, acercando y alejando la imagen de su cara, así que deduje que las gafas debían funcionarle sólo de modo intermitente, como una bombilla floja. Eso, o necesitaba una revisión óptica con urgencia.

—No, no es inca —aseguró—. Ni inca, ni pukará, ni tiwanacota, ni wari, ni, desde luego, aymara.

—Y, ¿no tiene idea de cuál podría ser su origen?

Volvió a mirar con atención y frunció los labios como si fuera a dar un beso, sumamente concentrada, dejándolos así durante unos segundos. Lamentablemente, el gesto se disolvió en la nada y yo me tragué la risa como si me hubiera tragado un chicle por accidente.

—Sólo puedo decirle que es demasiado figurativo. El personaje está perfectamente dibujado, con colores muy vivos y sombras y degradados que le proporcionan volumen. La barba lo sitúa claramente en Europa o Asia y, por todo esto, no debe de ser anterior al siglo XIV. Seguramente formará parte de una representación mucho más grande, ya que los bordes recortan lo que parece un paisaje de piedras y ramas. Lo único que me resulta vagamente familiar es ese sombrero rojo, que podría parecerse a los típicos gorros collas que cubrían los cráneos deformes. Fíjese en aquellos ídolos —me pidió, señalando las estatuillas tocadas con cubiletes—. Si lo desea, también puede examinarlos con más detalle en la obra de Guamán Poma de Ayala, *Nueva crónica y buen gobierno*. Su hermano debe de tener un ejemplar.

—Sí, en efecto —dije mientras recogía al hombrecillo con una mano y, con la otra, le entregaba la fotocopia de la cara cuadrangular con rayos solares.

—Tiwanacu —repitió nada más echar una ojeada y, de nuevo, el gesto de su cara volvió a torcerse y su voz, tan peculiar, adoptó un timbre oscuro—. Inti Punku, la Puerta del Sol. Durante siglos se pensó que esta figura, que corona la pieza, era una representación del dios Viracocha. Los descubrimientos de Wari han hecho tambalear esta hipótesis y ahora prefiere hablarse de un desconocido Dios de los Báculos adorado por ambas culturas.

—Con razón me resultaba tan familiar —comenté yo, inclinándome ligeramente sobre la mesa para contemplar la imagen invertida—. La Puerta del Sol. Es muy famosa.

Se puso en pie como si alguna idea importante le rondara la cabeza y se acercó a una de las estanterías de la que extrajo un libro de gran tamaño que colocó sobre la mesa, delante de mí. Era un volumen de fotografías, uno de esos que apenas tienen texto, en cuyas páginas abiertas, nada más apartarse ella, divisé, a la izquierda, la reproducción de un bloque de piedra con un vano a modo de puerta en cuya parte superior se veían, labradas, tres bandas horizontales partidas por una figura central de gran tamaño cuya cara era, sin posibilidad de error, la que Daniel había ampliado en la fotocopia. En la página de la derecha podía verse, con todo detalle, la misma figura mucho más grande, de manera que no sólo reconocí su cara sino también, inesperadamente, lo que había debajo de sus pies —si por pies podía entenderse un par de pequeños muñones que le salían de la cintura—, y lo que había no era otra cosa que la pirámide escalonada de tres pisos dibujada con rotulador rojo por mi hermano. ¿Por qué Daniel había ampliado, concretamente, la cabeza y delineado en rojo el suelo del Dios de los Báculos?

—Eso es la Puerta del Sol, que en quechua se llama Inti Punku y en aymara Mallku Punku, o Puerta del Cacique —me explicó. Yo no la estaba observando en ese momento y, por lo tanto, no podía ver su expresión, sin embargo, su voz seguía llenándose de tonalidades sombrías cargadas de enojo, lo que me obligó a levantar los ojos del libro para descubrir con sorpresa que tenía la cara tan imperturbable como una estatua y que sólo sus manos estaban contraídas por la tensión—. Es el monumento más famoso de las ruinas de Tiwanacu. Está fabricado con un bloque monolítico de roca volcánica de más de trece toneladas de peso que mide unos tres metros de alto por cuatro de largo y cincuenta centímetros de grosor. El tallado de la piedra es perfecto, preciso... Los arqueólogos y los expertos aún no se explican cómo pudo ser realizado por un pueblo que no conocía ni la rueda, ni la escritura, ni el hierro, ni, lo que es más sorprendente todavía, el número cero, tan necesario para los cálculos astronómicos y arquitectónicos.

Quizá la catedrática era una mujer dura, quizá, incluso, una arpía; seguramente Ona no se equivocaba en sus opiniones y comentarios sobre ella, pero yo hubiera añadido, además, que estaba como una cabra. En cuestión de minutos había pasado de la tirantez a la normalidad y otra vez a la tirantez sin que yo pudiera explicarme los motivos. La doctora Torrent no podía disimular un acusado carácter ciclotímico y no podía hacerlo porque, aunque controlara sus movimientos y los gestos de su cara, su voz, tan grave y peculiar, la delataba. Ése era su talón de Aquiles, la grieta que daba al traste con la muralla. Buscando una razón lógica que hubiera podido provocar su malhumor, pensé que, quizá, quizá, había prolongado excesivamente mi visita y que sería conveniente marcharme cuanto antes. En ese momento, fijó sus ojos helados en mí y, tan glacial era su mirada, que a punto estuve de emprender la huida hacia la puerta caminando humildemente de espaldas y haciendo reverencias como los cortesanos chinos al despedirse del emperador.

—¿Qué más trae en ese montón de papeles? —me preguntó a bocajarro.

—¿Quiere que se lo cuente o desea mirarlo usted misma?

—Déjeme verlo —ordenó, extendiendo el brazo para que le entregara el fajo de documentos. No quedaba mucho por examinar: además de las fotografías de los cráneos tiwanacotas, que ella no había llegado a ver, sólo faltaba el dibujo de la pirámide escalonada, las reproducciones de los tejidos y jarrones decorados con filas y columnas de cuadrados, y las fotocopias de los mapas de las rosas de los vientos y de Sarmiento de Gamboa. Sin embargo, se entretuvo mucho tiempo mirándolo todo, como si aquello fuera nuevo para ella y enormemente interesante. Al cabo de cinco o seis eternos y aburridos minutos, abrió uno de los cajones de su mesa y sacó una gran lupa como la de Sherlock Holmes pero de madera oscura y profusamente tallada, que, así, de pronto, se me ocurrió que debía de valer un dineral. Un objeto semejante no podía encontrarse fácilmente en las tiendas de antigüedades de Barcelona. Con las gafas apoyadas en una arruga de la frente y mirando a través de la lente, estuvo contemplando los mapas antiguos con un interés poco común, hasta el punto de hacerme pensar que había cometido el error más grande de mi vida concertando aquella entrevista. Si mi hermano se curaba con el nuevo tratamiento y aquella mujer, por mi culpa, se apropiaba de su material de investigación, habría metido la pata más allá de lo imaginable y era posible, incluso, que mi hermano dejara de dirigirme la palabra durante el resto de su vida... o de la mía, según quién se muriera antes.

Por fin, después de muchísimo tiempo, la doctora Torrent emitió un largo suspiro, dejó la lupa y los papeles sobre la mesa y se quitó las gafas para mirarme directamente a los ojos.

—¿Todo esto lo encontró usted en casa de Daniel? —dijo modulando su radiofónica voz de tal manera que me recordó el silbido de una serpiente (o, al menos, a como sonaba el silbido de una serpiente en las películas).

—En su casa, sí —admití, dispuesto a salir pitando de allí con toda la documentación.

—Permítame que le haga una pregunta... ¿Cree usted que todo esto está relacionado con esas enfermedades que padece su hermano?

Chasqueé la lengua antes de responder a aquella pregunta tan directa y, en ese breve espacio de tiempo, apenas unas décimas de segundo, decidí que no debía decir ni media palabra más sobre nada.

—Ya le expliqué que los médicos quieren saber si Daniel podía haber tenido problemas con el trabajo.

—Ya... Pero no me refiero a eso exactamente. —Puso las dos manos sobre el borde de la mesa y se incorporó—. Verá, este material, tomado en conjunto, revela que su hermano seguía una línea de investigación muy diferente a la que yo le confié. No quisiera que se lo tomara usted a mal, ni mucho menos, pero, de alguna manera que no puedo ni imaginar, Daniel tomó prestados todos los documentos de este mismo despacho. Sin comunicármelo.

¿Estaba insinuando que mi hermano le había robado? ¡Menuda imbécil! Me levanté del asiento yo también y me encaré con ella. A pesar de que la ancha tabla nos separaba, mi estatura me permitía mirarla desde muy arriba con todo el frío desprecio del que era capaz. Y era capaz de mucho en situaciones como aquélla. Durante una fracción de segundo, involuntariamente, dirigí la mirada hacia la fotografía enmarcada que descansaba sobre la mesa y que ahora quedaba expuesta a mis ojos con toda claridad, y mis retinas retuvieron el destello de un hombre mayor y sonriente, con barba, que pasaba los brazos sobre los hombros de dos muchachos de veintitantos años. La típica familia feliz al estilo americano. Y Doris Day se atrevía a insultar a mi hermano, la persona más honrada y decente que había conocido en mi vida. La única ladrona que había allí era ella misma, que quería apoderarse, de la manera más sucia, del trabajo de Daniel.

—Escuche, doctora Torrent —silabeé, amenazante—. No suelo perder los papeles a menudo, pero si lo que está diciendo es que mi hermano Daniel es un ladrón, usted y yo vamos a terminar muy mal esta conversación.

—Lamento que se lo tome así, señor Queralt... Sólo puedo decirle que no va a llevarse de nuevo esta documentación. —Tenía redaños, la doctora—. Si Daniel estuviera bien, mantendría con él una larga conversación y estoy segura de que resolveríamos este lamentable asunto, pero, como está enfermo, tengo que limitarme a recuperar lo que es mío y a pedirle que sea respetuoso y que, por el bien de su hermano, guarde completo silencio respecto a esta cuestión.

Sonreí y, de un manotazo rápido, recuperé los documentos que ella había dejado sobre la mesa, supuestamente fuera de mi alcance. Jamás he aguantado las majaderías y, aún menos, los insultos, y si algún estúpido (o estúpida, como era el caso) se imaginaba que podía tomarme el pelo e impedir que yo hiciera lo que me diera la gana, se equivocaba por completo de una manera lamentable.

—Escúcheme bien, doctora. No he venido con la intención de mantener un altercado con la jefa de mi hermano, pero tampoco voy a consentir que usted se invente una película en la que Daniel es un ladrón y usted una pobre víctima desvalijada. Lo siento, señora Torrent, pero me marcho con todo esto. —Y, diciéndolo, introduje de nuevo en mi cartera todas las fotocopias y reproducciones, encaminándome después hacia la puerta—. Cuando mi hermano se encuentre mejor, ya resolverán ustedes dos este tema. Buenos días.

Abrí con gesto brusco y me marché dando un portazo. Ya no quedaba nadie en el departamento. Mi reloj del capitán Haddock indicaba que eran casi las dos y media de la tarde. Hora de comer y, por qué no, hora de escupir todos los insultos que conocía contra aquella imbécil a la que debieron de pitarle los oídos durante los cuarenta minutos que tardé en llegar a casa y en borrarla para siempre de mi vida.

No fui al partido, ni falta que me hizo. Pasé la mayor parte de la tarde en el hospital, con Daniel y, luego, me fui a cenar con *Jabba*, *Proxi* y Judith, una amiga de *Proxi* con la que, años atrás, estuve saliendo durante unos meses. Judith era una persona estupenda en la que, ciertamente, se podía confiar pero, aunque no hubiera sido así, habría dado lo mismo porque, antes de encontrarnos en el restaurante, *Proxi* ya le había contado todo lo que había que contar. Así las cosas y ante los hechos consumados, me explayé a gusto criticando a la catedrática y, a base de hacer bromas sobre ella, terminó por pasárseme el cabreo. Lo único malo de la noche fue que, si no hubiera tenido mi casa llena de gente que decía ser mi familia, Judith se habría quedado conmigo, porque seguíamos conservando la buena química y a ninguno le gustaba desaprovechar las ocasiones. Pero, en fin, no era mi día de suerte y ahí se quedó la cosa. Para animarme, y como no tenía sueño, a las dos de la madrugada, después de comprobar que los ordenadores de la empresa continuaban buscando la dichosa contraseña de Daniel, decidí que era tan buen momento como cualquier otro para arriesgarme, por fin, con las malditas crónicas de los conquistadores españoles. Ya no se trataba sólo de confirmar una estrafalaria teoría; aquello se había convertido para mí en un desafío, en una cuestión de lealtad a mi hermano. Le había fallado exponiendo su trabajo a la rapacidad de su jefa y debía compensarle de alguna forma. Si llegaba a curarse, bien con la magia de las palabras de la que hablaban *Jabba* y *Proxi* (y también Judith, que se sumó entusiasmada a la idea), bien con los medicamentos de Diego y Miquel (lo que sería más probable), yo quería tener algo interesante que ofrecerle, una idea que él pudiera explorar, un espejismo que, quién sabe, a lo mejor podría hacerle ganar algún día un premio Nobel que humillara muchísimo a la necia de su jefa.

Empecé, obviamente, por la *Nueva crónica y buen gobierno* escrita por el tal Felipe Guamán Poma de Ayala a principios del siglo XVII. Sentí que el alma se me caía a los pies al encararme con los tres volúmenes que formaban la inmensa obra de aquel indio de la nobleza peruana que creyó poder conmover el alma piadosa y cristiana del rey Felipe III de España contándole la verdad de lo que estaba pasando en el viejo Imperio inca desde los primeros años de la conquista. Eso, al menos, era lo que refería la introducción, además del azaroso peregrinaje del manuscrito hasta que fue descubierto en Copenhague a principios del siglo XX. Di un par de sorbos desesperanzados a mi botella de agua, y eché una rápida mirada a las hojas de notas que mi hermano había dejado, plegadas, entre las páginas del primer libro. Por fortuna, Daniel había escrito aquellos borradores con el ordenador —imprimiéndolos, por detrás, en papel usado de la Divisió d'Antropologia Social—, salvándome así de uno de los dos principales escollos con los que temía enfrentarme: descifrar su letra y enterarme del contenido. En cuanto empecé a leer, me abstraje de todo cuanto me rodeaba y, sin darme cuenta, en ese mismo instante dejé de caminar a ciegas y empecé a recorrer, pisando las huellas de Daniel, la senda que él había explorado en solitario apenas unos meses atrás.

Por lo visto, desde el preciso momento en que Colón descubrió América en 1492 a los reyes españoles se les planteó un dilema jurídico sorprendente: debían justificar la necesidad de la conquista y de la posterior colonización de América porque, en cualquier otro caso, la legislación de la época (como la de ahora) no permitía que un Estado arrasara y usurpara por las buenas lo que no le correspondía. Había algo llamado Ley Natural que amparaba el derecho de cada pueblo a la soberanía sobre sus tierras. De modo que los doctísimos letrados castellanos del siglo XVI tuvieron que devanarse los sesos para encontrar torpes excusas y motivos sin fundamento que permitieran afirmar incuestionablemente que las Indias Occidentales no pertenecían a nadie cuando Colón arribó a sus costas porque los indígenas allí encontrados ni eran legítimos ni tenían reyes verdaderos que pudieran certificar la propiedad natural del territorio. A tal efecto, en 1570, el nuevo virrey del Perú, don Francisco de Toledo, cumpliendo un mandato de Felipe II, ordenó una Visita General a todo el territorio del Virreinato con el fin de elaborar unas *Informaciones* en las que se demostrara que los incas habían robado la tierra a unos desdichados, incultos y salvajes indígenas que, desde entonces, habían malvivido bajo su tiranía, lo que justificaba «legalmente» la apropiación del Imperio incaico por la corona española. Esto, por supuesto, dio lugar a numerosos desmanes, a la falsificación de datos y a la deformación de la historia que los visitadores recogían de boca de los, en realidad, civilizados, bien alimentados y, en su mayoría, felices pobladores del imperio que, de entrada, desconocían el dinero porque no les hacía falta, tenían reservas de alimentos para más de seis meses en todos los pueblos y no establecían grandes diferencias sociales entre hombres y mujeres, aunque cada uno realizara tareas distintas.

Mis ojos se detuvieron, de improviso, en una frase curiosa: «En la Visita General ordenada por el Virrey, actuaba como historiador y Alférez General un tal Pedro Sarmiento de Gamboa, quien, durante cinco años, viajó exhaustivamente por el Perú colonial recogiendo, de los indígenas más ancianos de cada lugar, datos sociales, geográficos, históricos y económicos.» ¿Pedro Sarmiento de Gamboa...? ¿El mismo Pedro Sarmiento de Gamboa del «Camino de yndios Yatiris. Dos mezes por tierra»...? Me sentí tan eufórico que no pude evitar ponerme en pie y mover un poco el esqueleto al son de una samba inexistente y silenciosa. ¡Tenía una pieza del rompecabezas! Las cosas empezaban a encajar. Era una satisfacción pírrica, pero era más de lo que tenía antes.

Dejándome llevar por la intuición, hice una búsqueda rápida en la red sobre el tal Pedro Sarmiento y cuál no sería mi sorpresa al descubrir que aquel tipo había sido alguien muy importante en el siglo XVI, una figura destacada que, según el contenido de la página por la que pasara, aparecía como navegante, cosmógrafo, matemático, militar, historiador, poeta y estudioso de las lenguas clásicas. No sólo había explorado el Pacífico y descubierto más de treinta islas, entre ellas las Salomón, sino que fue el primer gobernador de las provincias del Estrecho de Magallanes, participó en las guerras contra los incas rebeldes, realizó la Visita General al Virreinato de Perú, inventó un instrumento de navegación llamado ballestrilla que servía para calcular, de una manera aproximada, la longitud (un dato desconocido en su época), escribió una *Historia Incaica*, y, además, fue raptado por el pirata Richard Grenville y conducido a Inglaterra, donde hizo amistad con sir Walter Raleigh y la reina Isabel, con la que se comunicaba en un perfecto latín. Pero, por si algo le faltaba a un personaje como éste, en dos ocasiones tuvo que vérselas con la Santa Inquisición, que estaba dispuesta a quemarlo vivo en cualquier plaza pública de Lima (llamada entonces Ciudad de los Reyes) por brujo y astrólogo aunque, concretando un poco más, por la fabricación de unos anillos de oro que atraían la buena suerte. Acusado de nigromancia y de «prácticas mágicas con instrumentos», tuvo que escapar a uña de caballo y refugiarse en Cuzco y, diez años más tarde, exactamente por los mismos cargos (con la diferencia de que, esta vez, se trataba de una tinta capaz de provocar el amor o cualquier otro sentimiento en quien leyera lo que con ella se escribía), acabó en las cárceles secretas del Santo Oficio.

Pues bien, había llegado al punto de poder explicar el mapa que Daniel había fotocopiado o, al menos, de poder situarlo históricamente con bastante precisión porque Pedro Sarmiento de Gamboa acabó la Visita General en 1575, cinco años después de iniciada, y se desplazó (o fue llevado) a la Ciudad de los Reyes, donde, a principios de ese mismo año fue juzgado por la Inquisición y encarcelado en julio. Sarmiento afirmaba haber terminado el mapa del «Camino de yndios Yatirís» el veintidós de febrero y, según un documento del Tribunal de la Santa Inquisición de Lima, (8) en el inventario de objetos incautados a Sarmiento el treinta de julio por el alguacil del Santo Oficio don Alonso de Aliaga, aparecían «tres lienços pintados de lugares de yndios y tierras».

Según las crípticas notas de mi hermano, aquellos *lienços* salieron hacia España muchos años después junto con otros objetos y documentos de Sarmiento de Gamboa y permanecieron en el Archivo de Indias de Sevilla durante casi un siglo, reapareciendo brevemente en la Casa de Contratación de esta misma ciudad antes de culminar su viaje, vaya usted a saber por qué, en el Depósito Hidrográfico de Madrid, donde, al parecer, se encontraban en aquel momento y donde, deduje, los había descubierto Daniel.

Sólo me faltaba adivinar cuál era el lago del que partía el «Camino de yndios Yatirís», pero eso fue lo más fácil de todo cuanto había llevado a cabo aquella madrugada porque me bastó con buscar en la red un mapa del altiplano boliviano para descubrir que los perfiles del Titicaca se correspondían exactamente con los dibujados por Sarmiento de Gamboa y que la gran ciudad que él había trazado al sur se ajustaba como un clavo a la ubicación de las ruinas de Tiwanacu. Lo que ya

(8) *Historia del tribunal de la Inquisición de Lima:* 1569-1820. Tomo II, Apéndice documental del historiador peruano Carlos A. Mackehenie (Biblioteca Virtual Miguel de Cervantes, Universidad de Alicante).

no quedaba tan claro era el recorrido del camino que, partiendo de allí, descendía los cuatro mil y pico metros de altitud a que se encontraba la ciudad para internarse en la selva, corriendo paralelo al curso de un río sin nombre que no pude identificar en el mapa de mi pantalla debido a la complejidad de afluentes que, como en el sistema circulatorio de un cuerpo humano, se tejían, trenzaban y entrecruzaban hasta formar un amasijo de hebras de agua imposibles de separar. El dibujo quedaba bruscamente interrumpido por la rasgadura de lo que, en un principio, yo había tomado por una sábana de bordes deshilachados así que, en realidad, tampoco era posible saber adónde conducía aquel camino de pisadas de hormiga que se internaba en el Amazonas. En cualquier caso, daba lo mismo porque no era significativo para mi búsqueda; lo significativo ya lo había encontrado y era el hecho de que, durante aquellos cinco años que Pedro Sarmiento de Gamboa estuvo recorriendo Perú para escribir las *Informaciones* de la Visita General, se encontró con los yatiris en Tiwanacu y dibujó un mapa que mi hermano había considerado importante y, nada más terminar el mapa, la Inquisición lo encerró por elaborar una tinta mágica. De nuevo tropezaba con la magia de las palabras, el *Supercalifragilisticoespialidoso* que tanto le gustaba a *Proxi*.

Resultaba obvio que mi hermano había dejado aquellas notas dentro del primer volumen de la *Nueva crónica y buen gobierno* porque alguna relación tenían al margen de que el indio Felipe Guamán se hubiera visto en la necesidad de escribir casi mil doscientas páginas para refutar las mentiras de las *Informaciones* de la Visita General, así que me cargué de valor, miré el reloj —eran casi las cuatro de la madrugada— y afronté la lectura. No tenía sueño pero, aunque lo hubiera tenido, me habría despejado igualmente con sólo echar un vistazo a las prodigiosas ilustraciones de aquel libro. Acostumbrado a las modernas imágenes digitales diseñadas por ordenador, con vectores en movimiento y millones de colores, capaces, incluso, de recrear virtualmente la realidad, el choque con los toscos dibujos en tinta negra de Guamán Poma fue brutal, devastador, como si una descarga eléctrica me hubiera formateado el disco duro del cerebro dejándome inerme frente a aquellas burdas pinturas —de las que había cuatrocientas en total, intercaladas en el texto—. Era como un cómic, donde la acción se visualiza y desarrolla en las viñetas, con la única diferencia de que aquella obra tenía cerca de cuatrocientos años.

Me llamó la atención, en primer lugar, un dibujo en el que se veía a Viracocha (en el quechua de Guamán, *Vari Vira Cocha Runa*) vestido con hojas de árboles bajo un brillante sol de rostro jovial, parecido a uno de esos —en jerga— *smileys* o *emoticones* que circulan por la red para expresar, de manera rápida y sencilla, con signos de puntuación, estados de ánimo o actitudes. Por lo que pude ver, todos los soles que pintaba Guamán tenían cara y todos manifestaban con muecas de *emoticón* su parecer sobre lo que podía verse en la escena. Pero lo más significativo del dibujo era la barbita que, para recordar su origen divino y no indio, le había puesto a Viracocha: cuatro pelos en el bigote y una perilla como la mía. Otra imagen destacable era la del escudo con las primeras armas reales o emblemas de los Incas. Resultaba evidente que la forma era un remedo de los escudos españoles y no de los rectangulares *walqanqa*, pero había algo genial en esa mezcla de un campo cuartelado en cruz encerrado en adornos de volutas barrocas con esos ingenuos retratos de un sol barbudo llamado *Inti*, una luna llamada *Quya*, una estrella refulgente de dieciséis puntas, *Willka*, y un ídolo antropomórfico situado sobre una colina.

Aturdido por esta borrachera iconográfica en blanco y negro donde cada escena era un mundo de detalles en el que perderse, me quedé sin visión periférica, ignorando por completo el color amarillo fosforescente de los fragmentos resaltados por mi hermano del mismo modo que hubiera ignorado con toda tranquilidad un semáforo en rojo si hubiese estado conduciendo. Hay imágenes, o estilos de imágenes, músicas, olores, sabores o texturas que tienen la poderosa capacidad de arrancarnos del mundo real, de modo que, hasta que no me recuperé de la impresión no descubrí que Daniel había vuelto a señalarme el camino destacando en amarillo luminoso las palabras, frases o párrafos importantes.

La primera marca que pude encontrar estaba situada junto al dibujo de otro escudo barroco con los segundos emblemas reales (un pájaro, cierto tipo de palmera, una borla y dos serpientes), y resaltaba una frase en la que se afirmaba que «ellos», los Incas, habían salido de «la laguna del Titicaca y de Tiauanaco» y que, partiendo del «Collau», los ocho hermanos y hermanas «Yngas» originales habían llegado a Cuzco y fundado la ciudad. En el párrafo siguiente, Guamán Poma, con la biliosa colaboración de Daniel C., afirmaba, nada más y nada menos, que todos cuantos tenían «orexas», o sea, orejas, se llamaban Incas y que los demás no. En un primer momento, me quedé preocupado ante la idea de que los veintinueve millones y pico de habitantes del Tihuantinsuyu que no formaban parte de la realeza hubieran podido ser unos desorejados, pero de inmediato recordé la leyenda que decía que los descendientes directos de los hijos de Viracocha formaban la nobleza «Orejona», que se distinguía de los que no tenían sangre solar insertándose grandes discos de oro en los lóbulos de las *orexas*. Y, efectivamente, así era, porque, pasando la hoja de los segundos emblemas, en la siguiente se veía al primer Inca, Manco Capac («Capac» quería decir *poderoso*), con una pieza redonda a cada lado de la cabeza a modo de enorme pabellón auditivo. De repente recordé un detalle curioso. ¿No había dicho *Proxi* que los sacerdotes-astrónomos que gobernaban Tiwanacu se llamaban «Capaca»? ¿No sería Capac una derivación de Capaca? Sólo había una forma de comprobarlo y era usando el diccionario de Ludovico Bertonio que mi hermano tenía... en su casa. No me quedó más remedio que hacer una búsqueda en internet, pero la suerte me acompañó y no tardé en encontrar un acceso libre al diccionario a través de la biblioteca virtual de la Universidad de Lima, en Perú, y un Bertonio transcrito al lenguaje de las páginas Web me confirmó, efectivamente, que «Capaca» quería decir *Rey* o *Señor*, aunque matizaba que era una palabra muy antigua (él lo decía en 1612) y que ya no se utilizaba. De modo que, quizá, las leyendas incas tenían su parte de razón y, a lo mejor, Manco Capac, o Capaca, y su hermana-esposa, Mama Ocllo, procedían efectivamente de Tiwanacu y desde allí subieron al norte para fundar Cuzco y el Imperio inca.

Manco Capac aparecía elegantemente ataviado. Llevaba un gran manto sobre el vestido, un cíngulo alrededor de la cabeza que le sujetaba un adorno sobre la frente, sandalias abiertas, lazos bajo las rodillas y, en las manos, un curioso quitasol y una lanza. Pero lo que más me llamó la atención fueron los adornos del vestido: una banda de tres líneas de pequeños rectángulos como los de las fotocopias de tejidos de Daniel, que cruzaban horizontalmente la tela por la cintura. Esta vez, sin embargo, me fijé mejor y descubrí en el interior de ellos diminutas estrellas, pequeños rectángulos, tildes alargadas, rombos con puntos en el centro... Los motivos se repetían tres veces cada uno, en diagonal, y me pregunté qué podrían tener de insólito estos diseños textiles para que mi hermano se hubiera empeñado en coleccionarlos.

Me sobresaltó la luz de la pantalla grande de la pared, que se encendió de pronto para informarme de que mi madre acababa de despertarse. Mientras me giraba para observar, la imagen se dividió por la mitad y, en la ventana derecha, pobremente iluminada, apareció ella saltando de la cama con su discreto camisón de raso color verde. Mi casa, obviamente, estaba dotada de todo tipo de sensores de movimiento pero, además, el sistema de identificación distinguía perfectamente a cada uno de los miembros de mi familia.

Suspiré notando una oleada de creciente desesperación mientras la veía avanzar por los pasillos como el *Titanic* hacia el hielo. Incluso cuando ya notaba su mirada sobre mi nuca y su imagen en el visor me indicaba que estaba exactamente detrás de mí, en el umbral de la puerta, todavía albergaba yo la inútil esperanza de que tomara otro rumbo y desapareciera.

—¿Se puede saber qué estás haciendo a estas horas? —me increpó, avanzando un poco más y deteniéndose frente a la pantalla en la que podía verse a sí misma con los brazos en jarras, el camisón verde, los pelos de punta y la cara de enfado—. ¿Y se puede saber por qué me espías? ¡No recuerdo haberte enseñado a espiar cuando eras pequeño!

—Estoy leyendo.

—¿Leyendo...? —se indignó—. ¡No, si ya verás como al final tendré que hacer lo mismo que hacía cuando tenías diez años! ¡Apagarte la luz por las buenas!

Me eché a reír.

—Pues encenderé una linterna, como hacía entonces.

Ella sonrió también.

—¿Crees que no lo sabía? —preguntó, acercando un sillón y acomodándose; la noche estaba perdida—. Todavía recuerdo las pilas de petaca, los cables y aquellas bombillas diminutas con las que te fabricabas las linternas para leer debajo de las mantas. ¿Sabes que tu hermano te copió la idea? Cuando vivíamos en Londres y tú estabas interno en La Salle, él hacía lo mismo, salvo que tú leías cómics y él, libros de verdad. ¡Era tan listo para su edad...! —¿Había comentado ya que Daniel era el hijo favorito de mi madre?—. Chaucer, Thomas Malory, Milton, Shakespeare, Marlowe, Jonathan Swift, Byron, Keats...

—Vale, mamá. Siempre he sabido lo inteligente que era mi hermano.

Para ella, la cultura se reducía al campo de las humanidades. Lo que yo hacía jamás había alcanzado la categoría de «respetable» y, por supuesto, jamás sería otra cosa que un pasatiempo adolescente. Mi madre miraba con mejores ojos a un zapatero remendón o a un pintor de brocha gorda que a mí; al menos, el zapatero y el pintor hacían algo útil. Por supuesto, desde esa perspectiva, Daniel siempre salía ganando: antropólogo, profesor de universidad, erudito, con pareja y con un hijo precioso. ¿Qué título tenía yo?, ¿qué era eso de internet?, ¿por qué seguía soltero y sin compromiso?, ¿por qué no le daba nietos? En su última visita había dejado muy claro que, por mucho dinero que yo tuviera, siempre sería el fracaso más grande de su vida y en aquel preciso momento me daba la impresión de que estaba a punto de repetir el desagradable comentario.

—Tienes que hacer algo de una vez, *Arnie* —me reprochó cariñosamente—. No puedes, de ninguna manera, seguir así. Ya tienes treinta y cinco años. Eres un hombre y es hora de que tomes decisiones importantes. Clifford y yo hemos pensado hacer testamento... Sí, ya sé que todavía es pronto, pero Clifford está empeñado y yo, claro está, no voy a negarme. Sería una tontería, ¿no te parece? Te lo digo porque hemos pensado dejarle a Daniel una parte mayor que a ti... Espero que no te importe, cariño. Él no tiene tantos recursos como tú y ya se sabe que los profesores no ganan dinero. Además, tiene un hijo y, probablemente, tenga más porque tanto Ona como él son jóvenes todavía. Así que...

—No me importa, mamá —afirmé, convencido. ¿Qué más me daba? Además, por lo que yo sabía, mi madre llevaba mucho tiempo ayudándole con pequeñas cantidades mensuales y pagándole la hipoteca del piso de la calle Xiprer. Me parecía acertado que mi hermano recibiera más que yo, aunque no podía dejar de ver una maniobra de Clifford detrás de todo aquello. Clifford era un buen hombre y ambos nos apreciábamos, pero Daniel era su hijo y yo no. En cualquier caso, a mí, afortunadamente, no me hacía falta el dinero y a

149

mi hermano, tanto si se recuperaba como si no, siempre le vendría bien.

—Naturalmente, si tuvieras hijos esta cuestión ni se habría planteado. Para nosotros, los dos sois exactamente iguales. Ya sabes lo que te quiere Clifford. Pero, desde luego, mientras sigas soltero no hay discusión. De todos modos, no nos vamos a morir, por supuesto. No todavía. Ahora que..., también te digo otra cosa: si, en unos pocos años, encuentras a una buena chica como Ona y te casas o te juntas o como se diga, y tienes hijos, pues nada, se rehace el testamento y en paz.

Yo no salía de mi asombro.

—¿Estás diciendo que si me caso y tengo hijos me dejarás más dinero en herencia?

Mi madre siempre conseguía desconcertarme. ¿Acaso creía que con ese argumento, totalmente inútil, podía obligarme a cambiar mi vida? El laberinto de sus pensamientos era un auténtico sinsentido.

—¡Por supuesto! ¿Crees que yo, ¡yo!, sería tan injusta como para discriminar a los nietos de un hijo en beneficio de los nietos del otro? ¡Jamás! ¡Todos serían iguales para mí! ¿Cómo se te ha ocurrido tal cosa? ¡Arnau, por favor! ¡Parece que no conozcas a tu madre, hijo mío!

No llevábamos hablando ni cinco minutos de reloj y yo ya estaba mareado y con una angustia terrible en la boca del estómago.

—Ven conmigo, mamá —le dije, poniéndome en pie y tendiéndole una mano como si fuera una niña pequeña. De hecho, sólo tenía sesenta años recién cumplidos y se conservaba estupendamente, mucho mejor que la doctora Torrent, por ejemplo, que, con ese pelo blanco, parecía una vieja; mi madre, gracias a la gimnasia, la cirugía estética y los tintes, apenas aparentaba los cincuenta.

—¿Adónde vamos? —quiso saber mientras se incorporaba para seguirme.

—A la cocina. Yo voy a prepararme un té y tú te tomarás un vaso de leche caliente.

—¡Desnatada!

—Por supuesto. Y, después —le susurré avanzando por el pasillo, llevándola de la mano—, te irás a la cama y me dejarás trabajar, ¿de acuerdo?

Soltó una risita feliz (le encantaba que Daniel y yo la tratáramos de aquella manera) y se dejó llevar dócilmente sin despegar los labios.

Di gracias a Viracocha cuando vi que se bebía la leche sin chistar y que me daba un beso rápido en la mejilla antes de perderse de nuevo en la penumbra. Eran las cinco y media de la madrugada del domingo. Sentí tentaciones de salir al jardín y contemplar el cielo, pero Guamán Poma me estaba esperando y ya no quedaba mucha noche por delante. No podía irme a la cama sin saber un poco más.

Cuando mi madre volvió a acostarse, el sistema borró del monitor de la pared las imágenes de las cámaras de su habitación. Sabiendo que podía hacerse de día sin que me diera cuenta, le dije al ordenador que me avisara a las siete y le pedí información sobre los progresos en la búsqueda de la clave de Daniel. La respuesta se proyectó tanto en la pantalla gigante de la pared como en los tres monitores que tenía repartidos por el estudio: la clave debía de ser ya una cadena superior a los seis dígitos pues, por debajo de eso, ninguna combinación había dado resultado. Tecleé un par de órdenes para capturar una instantánea del proceso y comprobar qué tipo de series verificaba el sistema en ese momento. Unas cincuenta palabras de siete dígitos aparecieron sobre el fondo negro, alternando tanto mayúsculas como minúsculas, números, espacios en blanco y símbolos especiales (admiraciones, paréntesis, guiones, comillas, corchetes, barras, tildes, todo tipo de puntos, todo tipo de acentos, etc.). El asunto se complicaba por momentos porque las combinaciones de nueve o diez dígitos podrían arrastrar y consumir todos los recursos del sistema. Si la clave no aparecía pronto, iba a tener que pedir ayuda.

Giré el asiento y, sujetándome con las dos manos al borde de la mesa donde tenía los libros, tiré con fuerza y me deslicé hasta allí patinando sobre las ruedecillas del sillón para seguir mirando dibujos mientras aparecían, poco a poco, las frases resaltadas por mi hermano con rotulador fosforescente.

El segundo Inca, Cinche Roca, aparecía dos páginas después de su antecesor vestido de forma muy similar y, naturalmente, con sus grandes orejeras bien visibles. Las varias líneas destacadas en la página adyacente me aportaron una valiosa información: decía Guamán Poma de Cinche Roca que había gobernado el Cuzco y conquistado a todos los orejones y ganado toda Collasuyu con muy pocos soldados porque los collas eran «flojos y pusilánimes, gente para poco». Un hijo de este Inca, el capitán Topa Amaro, «conquistaba, mataba y sacaba los ojos» a los collas principales y, para que no hubiera dudas de cómo lo hacía, Guamán Poma lo ilustraba detalladamente con otro dibujo en el que se veía al capitán con unas largas pinzas en las manos pinchando un ojo a un pobre cautivo que permanecía arrodillado ante él y que lucía en su cabeza un curioso gorrito con forma de estilizado macetero. ¡Así que aquél era un colla-aymara!, me dije examinándolo con gran curiosidad. La verdad era que me parecía conocerlo de toda la vida.

Sobre Cinche Roca Inca (el título real se ponía detrás del nombre) el cronista aún aportaba otros datos más reveladores. Describiendo minuciosamente su vestimenta, Poma de Ayala decía que el *awaki* de su vestido, el diseño que podía verse en el dibujo, llevaba «tres vetas de *tukapu*» o, lo que venía a ser lo mismo, tres filas de pequeñas formas rectangulares rellenas de signos muy parecidos a los símbolos especiales del ordenador.

Giré el asiento, me deslicé rápidamente hacia el teclado y lancé una búsqueda general en internet sobre *tukapus*. Para mi desgracia, sólo aparecieron dos documentos que, al final, resultaron ser el mismo en inglés y en español. Era un estudio titulado *Guamán Poma y su crónica ilustrada del Perú colonial: un siglo de investigaciones, hacia una nueva era de lectura*, de la doctora Rolena Adorno, profesora de Literatura Latinoamericana de la Universidad de Yale, en Estados Unidos. El trabajo apabullaba por su erudición y profundidad. Lo leí con atención y, entre otras muchas cosas interesantes que la doctora Adorno decía sobre Guamán, encontré un párrafo en el que hacía referencia a los trabajos sobre tukapus de un tal Cummins, el cual insistía en que este cronista desvelaba muy poco sobre el significado secreto de esos diseños textiles abstractos y menos aún sobre el sentido codificado de, por ejemplo, el ábaco que aparecía en el dibujo del khipukamayuq, o secretario del Inca que llevaba la cuenta de los khipus de información dinástica y estadística. Comprender que los khipus eran los quipus, es decir, las cuerdas de nudos de las que me habló Ona en el hospital, no me costó demasiado, ya me estaba acostumbrando a ver la misma palabra escrita de mil formas diferentes, pero tardé un poco más en darme cuenta de que el khipukamayuq era el quipucamayoc del que también me había hablado mi cuñada. Esta idea me llevó, obviamente, a otra muy parecida: si khipus podía ser quipus y khipukamayuq podía ser quipucamayoc, ¿por qué los tukapus, o sea, las casillas con simbolitos de los tejidos, no podía ser tucapus o tucapos o tocapus...? Sin embargo, al lanzar la búsqueda de la primera opción sólo aparecieron algunos documentos de poca utilidad y la segunda alternativa dio todavía menos resultados, así que sólo me quedaba probar con la tercera antes de rendirme. Pero esa vez sí tuve suerte: más de sesenta páginas contenían la palabra «tocapus» y di por sentado que alguna de ellas me explicaría por qué mi hermano estaba tan interesado (más que Rolena Adorno y el tal Cummins) en esos curiosos diseños textiles andinos que parecían tener unos significados secretos que Guamán Poma no había querido revelar.

Afortunadamente, apenas deslicé la mirada por los títulos de las primeras páginas tropecé con un nombre conocido: Miccinelli, documentos Miccinelli... ¿Acaso no eran ésos los manuscritos descubiertos por la amiga de la doctora Torrent en un archivo privado de Nápoles que contenían el quipu de nudos sobre el que trabajaba mi hermano? ¡Pues claro que sí, no cabía la menor duda! Pinché el vínculo, cargué la página y allí estaba: «Actas del coloquio *Guamán Poma y Blas Valera. Tradición Andina e Historia Colonial*. Nuevas pistas de investigación», por la profesora Laura Laurencich-Minelli, titular de la Cátedra de Civilizaciones Precolombinas de la Universidad de Bolonia, Italia. ¿Y qué tenía que decir la profesora Laurencich-Minelli sobre los tejidos con bandas de tocapus...? ¿Acaso no se ocupaba de los quipus? No, recordé, de los quipus se ocupaba Marta Torrent y, por delegación, mi hermano Daniel; la profesora Laurencich-Minelli estudiaba la parte histórica y paleográfica de los documentos.

Los documentos Miccinelli, descubiertos a mediados de los ochenta, eran dos manuscritos jesuíticos, *Exsul Immeritus Blas Valera Populo Suo* e *Historia et Rudimenta Linguae Piruanorum*, escritos en los siglos XVI y XVII y encuadernados en un solo volumen en 1737 por otro jesuita, el padre Pedro de Illanes quien, poco después, lo vendió a Raimondo de Sangro, príncipe de Sansevero. Probablemente, el efímero rey de España, Amadeo I (1870-1873), de la casa de Saboya, los hizo llegar a su nieto, el duque Amadeo de Saboya Aosta, quien los regaló al Mayor Riccardo Cera, tío de la actual propietaria, Clara Miccinelli, en cuyo archivo privado, el Archivo Cera, los encontró ella misma en 1985. Parte del segundo manuscrito, *Historia et Rudimenta Linguae Piruanorum*, estaba redactado en Lima, entre 1637 y 1638, por el padre italiano Anello Oliva, quien agregó tres medios *folia* en los cuales estaba dibujado el quipu literario *Sumac Ñusta* y, pegadas, unas cuantas cuerdas con nudos que formaban parte del mismo, confeccionadas en lana. Sin duda, se trataba del quipu que Daniel estaba estudiando por encargo de la doctora Torrent.

El asunto era serio: los documentos venían a decir que Guamán Poma era el pseudónimo adoptado por un jesuita mestizo llamado Blas Valera (escritor, lingüista experto en quechua y aymara e historiador) y que los *Comentarios Reales* del Inca Garcilaso de la

Vega eran un plagio de una obra inédita del mismo Valera que éste le había confiado durante el tiempo que anduvo en terribles juicios con la Inquisición por ser el líder de un grupo que, además de pretender mantener viva la cultura inca, acusaba a los españoles de los mayores abusos, robos y crímenes imaginables contra los indios. Pero, lo que todavía era más grave: los documentos afirmaban de manera tajante que Francisco Pizarro había derrotado al último Inca, Atahualpa, no en una verdadera batalla como contaba la historia que había ocurrido en Cajamarca, sino envenenando a sus oficiales con vino moscatel mezclado con rejalgar que, por lo visto, era como se denominaba en aquella época al arsénico. La profesora Laurencich-Minelli acompañaba cada uno de estos asuntos con una amplia batería de bibliografía documental que demostraba y complementaba tales aseveraciones pero, por muy interesante que me resultase el tema, lo que yo necesitaba eran las referencias a los enigmáticos tocapus y no otro puñado más de misterios.

Por fin, llegué a la parte del ensayo en la que aparecía lo que yo buscaba y, nada más leer el subtítulo de la sección, supe por qué mi hermano, un antropólogo del lenguaje, se había interesado tanto por los tejidos incas y sus diseños. En el fondo, a esas alturas no me hubiera debido costar tanto deducirlo, vista la línea general de los datos, pero, para un profano, todos los mares parecen iguales por el simple hecho de no haberlos navegado nunca. El subtítulo rezaba *La escritura mediante quipus y textiles* y, sólo con eso, ya hubiera debido sentirme idiota de remate no sólo por mi ceguera sino también por algo que, ahora, resultaba palmariamente claro: la catedrática conocía el asunto de los tocapus tan bien como el de los quipus porque, sin duda, sabía lo mismo que sabía yo en aquel momento —o más—, no en vano, los documentos Miccinelli habían pasado por sus manos y la autora de aquel ensayo que yo leía era su amiga y asociada.

Pues bien, según decía aquella amiga de la doctora Torrent, los documentos Miccinelli afirmaban que tanto los quipus de nudos como los textiles con tocapus eran como nuestros libros y, aunque ella hacía mucho más hincapié en los quipus, en una frase mencionaba la necesidad de estudiar atentamente las ilustraciones de la *Nueva crónica y buen gobierno* de Guamán Poma-Blas Valera porque, «en su nivel más secreto», contenían textos escritos con los tocapus dibujados como adornos en las vestiduras que, disponiendo de los adecuados medios humanos y técnicos, se podrían llegar a descifrar.

Pensativo, regresé al libro de Guamán (si es que ése era el verdadero nombre de su autor) y repasé cavilosamente las imágenes que tanto me habían impresionado. Miré aquellas bandas de tocapus en las ropas con unos nuevos ojos, como si mirara una pared llena de jeroglíficos egipcios que no porque yo no supiera leerlos dejaban de ser un lenguaje escrito formado por palabras y repleto de ideas. Sólo una duda me quedaba y la verdad era que no me sentía capaz de resolverla aquella noche: ¿en qué lengua estarían escritos los tocapus? Ya no cabía ninguna duda de que los nudos servían para escribir en quechua, el idioma de los Incas y de sus súbditos, pero daba la impresión de que los tocapus también. ¿Dos sistemas de escritura, igualmente misteriosos, para la misma lengua...? Entonces, ¿dónde demonios entraba el aymara en esta historia?

—Correo para *Jabba* —exclamé con desánimo, sin moverme. Los monitores se pusieron en blanco y el cursor negro parpadeó al inicio de una plantilla para *mailes* escritos mediante el sistema de reconocimiento de voz—. Buenos días a los dos —empecé a dictar; las palabras fueron apareciendo mecánicamente en las pantallas—. Mirad la hora a la que os envío este *mail* y adivinaréis la noche que he pasado. Necesito que sigáis investigando más cosas sobre el lenguaje aymara. En concreto, cualquier relación del aymara con algo llamado tocapus. —La máquina se detuvo después de «llamado»—. Deletreo: t de Toledo, o de Orense, c de Cáceres, a de Alicante, p de Palencia, u de Urgell y s de Sevilla. —La palabra se visualizó de inmediato, correctamente escrita—. Memorizar: tocapu. Significado: diseño textil inca. Plural: tocapus. Continúo dictando correo para *Jabba*. Sólo me interesa el quechua si aparece relacionado con los tocapus y el aymara, si no, no. Me levantaré a mediodía y, por la tarde, estaré en el hospital con Daniel por si queréis localizarme. En otro *mail* os envío parte del material que no he conseguido descifrar, por si también podéis echarme una mano. Feliz domingo. Gracias de nuevo. Saludos, *Root*. Fin del correo para *Jabba*. Codificación normal. Prioridad normal. Enviar.

Extraje de la cartera de cuero las fotocopias del mapa de las rosas de los vientos y del hombrecillo barbudo sin cuerpo (Humpty Dumpty) y las pasé por el escáner más potente para darles toda la resolución posible. Los ficheros resultantes eran enormes, pero mejor así, porque, de ese modo, *Jabba* y *Proxi* no tendrían problemas añadidos de pérdida de nitidez.

—Seleccionar imágenes uno y dos —concluí, arrellanándome en el sillón y apoyando la cara sobre el puño izquierdo—. Correo para *Jabba*. Adjuntar ficheros seleccionados. Fin del correo para *Jabba*. Codificación normal. Prioridad normal. Enviar.

Los monitores se apagaron y yo, que seguía frente a la *Nueva Crónica*, continué pasando maquinalmente páginas hasta que localicé otro párrafo resaltado con rotulador amarillo, pero, en ese momento, los monitores volvieron a iluminarse, apareciendo un mensaje del sistema recordándome que eran las siete de la mañana y, a continuación, haciendo un magistral fundido, mostró uno de mis cuadros preferidos: *Harmatan*, de Ramón Enrich. Como si aquel aviso hubiera hecho sonar alguna alarma interior, de manera automática sentí un agotamiento infinito y el entumecimiento de todos los músculos de mi cuerpo. ¿Cuánto tiempo llevaba allí sentado, navegando entre apuntes y libros? Ya no recordaba la hora a la que había comenzado. Mientras bostezaba ruidosamente y me estiraba en el sillón todo lo largo que era hasta quedar convertido en un recio travesaño, me vinieron a la cabeza las innumerables noches que había pasado en blanco mientras permanecía frente al ordenador *hackeando* sistemas. Eran retos apasionantes que, una vez conseguidos, te dejaban el ego por las nubes, la vanidad en el hiperespacio y una satisfacción personal que no podía compararse con ninguna otra cosa de este mundo. Pues bien, aquella noche, a pesar del cansancio (o quizá debido a él) me sentía igual de omnipotente y, en un delirio final antes de caer en la cama rendido por el sueño, decidí que, a partir de aquel momento, cambiaría mi *tag* por algún acrónimo de Arnau Capac Inca, o Poderoso Rey Arnau.

Sonaba francamente bien. Tan bien como la suave y algo triste pieza de piano de Erik Satie con la que me dormí, el fragmento número uno de *Gymnopédies*. Satie siempre dijo que *Gymnopédies* significaba «danza de mujeres espartanas desnudas», pero casi todo el mundo estaba seguro de que se lo había inventado. A mí, en realidad, más que en mujeres desnudas, me hacía pensar en los millares —si no millones— de personas que murieron en América luchando contra la tiranía y la opresión de la corona y la iglesia españolas.

Cuando me desperté a mediodía, escuché ruidos extraños en la casa. En un primer momento supuse que sería mi abuela que se había levantado pronto, pero mi abuela era una mujer muy considerada y jamás hubiera organizado un escándalo semejante mientras alguien estuviera durmiendo. Desde luego, podía tratarse de mi madre, que jamás guardaba tales miramientos, pero mi madre y Clifford debían de estar en el hospital desde primera hora de la mañana o sea, que, de la lista de los posibles culpables, sólo quedaban Magdalena y Sergi, el jardinero, que estaban automáticamente excluidos porque era domingo. Esta escalonada reflexión a lo Sherlock la hice todavía más dormido que despierto, pero no hay nada como un buen razonamiento lógico acompañado por un fondo de detonaciones para terminar de despejar al cerebro más agotado.

Salté de la cama y, con los ojos cerrados, avancé a tientas por el pasillo dirigiéndome a trompicones hacia el origen del estrépito. Menos mal, pensé, que mi abuela dormía como un tronco. Dice la ciencia médica que las personas de edad avanzada necesitan menos horas de sueño que la gente más joven pero, con sus más de ochenta años, doña Eulàlia Monturiol i Toldrà, toda inteligencia, semejante a uno de esos brillantes cristales de cuarzo llenos de aristas, dormía sus diez u once horas todos los días sin que nada, ni siquiera atender durante la noche en el hospital a uno de sus nietos, alterara esta saludable costumbre. Sostenía que su bisabuela, que había vivido hasta los ciento diez años, dormía todavía más y que ella pensaba superar esa edad con diferencia. Mi madre, horrorizada por semejante despilfarro de vida, la recriminaba duramente y le aconsejaba reducir el tiempo de sueño a las siete horas recomendadas por los especialistas, pero mi abuela, terca como ella sola, decía que los médicos de ahora no tenían ni idea de lo que era la calidad de vida y que, de tanto pasarse el tiempo luchando a brazo partido contra las enfermedades, se habían olvidado de lo que era la norma básica para la buena salud, a saber: vivir a cuerpo de rey.

Entreabrí los ojos con esfuerzo cuando alcancé el punto álgido del ruido y descubrí a *Jabba* y a *Proxi* tirados en el suelo de mi estudio rodeados de cables, torres de ordenadores —que identifiqué como procedentes del «100»— y elementos diversos de *hardware*. Había olvidado que también ellos tenían acceso libre a mi casa.

—¡Ah, hola, *Root*! —me saludó *Jabba* apartándose las greñas rojas de la cara con el antebrazo.

Solté un taco bastante grueso y les maldije repetidamente mientras me adentraba en el estudio y me clavaba en la planta del pie derecho un pequeño y afilado multiplicador de puertos USB, lo que me hizo seguir escupiendo pestes.

—¡Parad de una vez! —fue lo primero coherente que dije—. ¡Mi abuela está durmiendo!

Proxi, que no me había hecho ni caso durante mi explosión tabernaria, levantó la cabeza de lo que fuera que estaba haciendo y me miró espantada, dejándolo todo.

—¡Para, *Jabba*! —clamó, incorporándose—. No lo sabíamos, *Root*, en serio. No teníamos ni idea.

—¡Venid conmigo a la cocina y, mientras desayuno, me contáis qué demonios estabais haciendo!

Me siguieron dócilmente por el pasillo y entraron delante de mí con gesto contrito. Cerré la puerta sigilosamente para que pudiéramos hablar sin molestar a nadie.

—Bueno, venga —dije con acritud, avanzando hacia la estantería donde estaban los tarros de cristal y las especias—. Quiero una explicación.

—Hemos venido a ayudarte... —empezó a decir la voz de *Proxi*, pero *Jabba* la interrumpió.

—Sabemos de dónde ha salido tu hombrecillo cabezudo.

Con el tarro del té en la mano me giré como un molinillo para mirarles. Se habían sentado en lados opuestos de la mesa de la cocina. No hizo falta que les preguntara: el gesto de mi cara era, literalmente, una enorme interrogación.

—Lo sabemos casi todo —se pavoneó mi supuesto amigo con aires de suficiencia.

—Sí, es cierto —corroboró *Proxi*, adoptando la misma actitud—, pero no te lo vamos a contar porque no nos has ofrecido nada, ni siquiera un poco de ese café que vas a prepararte.

Suspiré.

—Es té, *Proxi* —le anuncié mientras ponía la cantidad exacta de agua en la menuda jarra de cristal. El gusto por el té me había venido impuesto por mi madre que, a la fuerza, nos había acostumbrado a todos desde que se fue a vivir a Inglaterra. Al principio lo odiaba pero, con el tiempo, terminé acostumbrándome.

—¡Ah, entonces no quiero!

Esperé a que estallasen las pequeñas burbujas para cerciorarme de que la medida de agua era la correcta y, al comprobar que faltaba todavía un poco, dejé caer un hilillo que resbaló desde la boca de la botella de agua mineral.

—Yo te preparo un café —le dijo *Jabba* poniéndose en pie y dirigiéndose hacia la cafetera italiana que se veía en uno de los estantes—. A mí también me apetece. Es que, en cuanto terminamos de comer —me explicó—, nos vinimos en seguida hacia aquí.

—Sírvete tú mismo —mascullé mientras metía la jarra en el microondas y programaba el tiempo en la pantalla digital. *Jabba* rellenó con agua del grifo el depósito inferior de la cafetera. Era bebedor compulsivo de café pero, incluso para esto, carecía por completo de paladar—. ¿Quién me lo cuenta todo? —insistí.

—Yo te lo cuento, tranquilo —repuso *Proxi*.

—¿Dónde está el café?

—El café está en el tarro de cristal que hay al lado del hueco dejado por el tarro del té. ¿Lo ves?

—Tu «Cabeza de huevo», *Root* —continuó la mercenaria de la seguridad—, es uno de los minúsculos dibujitos que aparecen en el mapa que nos enviaste anoche.

—Di, mejor, esta mañana —objeté, ajeno a la información que acababa de recibir.

—Bueno, pues esta mañana —concedió mientras el hombre de su vida echaba cestos de café jamaicano en el platillo del filtro y lo comprimía con toda su alma antes de enroscar la parte superior. Apreté los labios y me dije que sería mejor no seguir mirando si no quería acabar peleándome con aquel pedazo de animal.

Y, entonces, caí en la cuenta de lo que *Proxi* había dicho.

—¿El hombrecillo barbudo estaba en el mapa de las letras árabes...? —dejé escapar, absolutamente perplejo.

—¡Está situado justo encima de la cordillera de los Andes! —precisó *Jabba*, soltando una carcajada—. ¡Con los piececitos sobre los picos, en la zona donde debería aparecer Tiwanacu!

—Desde luego, es muy pequeño, apenas se distingue. Tienes que fijarte muy bien.

—O mirar con una lupa muy grande, como hemos hecho nosotros.

—Por eso Daniel realizó una ampliación digitalizada.

Durante unos segundos me quedé sin habla, pero, luego, a pesar de que el microondas estaba pitando, salí de la cocina como un rayo y regresé al estudio en busca de la carpeta en la que había guardado el maldito mapa después de escanearlo. Salté por encima de las piezas sueltas que se escampaban por el suelo y lo rescaté con ansiedad, desplegándolo. Sí, aquella mancha era el cabezudo, en efecto. Pero no podía distinguirlo bien.

—¡Luz, más luz! —exclamé como Goethe en su lecho de muerte, y, de inmediato, el sistema aumentó la intensidad lumínica del estudio. Allí estaba. ¡Allí estaba el dichoso Humpty Dumpty, con su barba negra, su gorro colla y sus ancas de rana! Era tan pequeño que apenas resultaba visible, de modo que saqué la ampliación de Daniel para examinarlo como si fuera la primera vez que lo veía. ¡Vaya con el «Cabeza de huevo»! Había estado delante de mis narices todo el tiempo.

—Vuelve a coger el mapa y ven a la cocina —me rogó *Proxi* desde la puerta.

Jabba permanecía de pie frente a la vitrocerámica contemplando la cafetera como si el fuego necesario para calentar el agua no fuera otro que el de sus ojos.

—¿Ya lo has visto? —se apresuró a preguntar en cuanto cerramos otra vez la puerta.

—¡Es increíble! —exclamé, sacudiendo la hoja de papel como un paipay.

—¿Verdad que sí? —convino ella, dirigiéndose al microondas. Llevaba unos pantalones elásticos muy ceñidos y floreados y, arriba, una gruesa camisa de leñador, abierta, que dejaba ver una camiseta blanca de tirantes sobre la que chispeaban las cuentas de varios collares—. Siéntate, anda. Yo terminaré de prepararte ese té nauseabundo.

Se lo agradecí de corazón. Aunque le repugnara el té, a *Proxi* siempre le salía buenísimo.

—Vale —declaró mi amigo—, pues, ahora, límpiate bien las orejas y escucha con atención lo que vamos a contarte. Si lo del aymara era fuerte, esto ya es increíble.

—Por eso, precisamente, hemos decidido ayudarte.

—Sí, verás, todo esto es demasiado para ti, *Root*. Demasiadas cosas, demasiados libros, demasiados documentos... *Proxi* y yo hemos llegado a la conclusión de que el asunto requería el esfuerzo combinado de nuestras tres cabezas. Así que, dando por sentado que no te negarás, vamos a tomarnos una semana de vacaciones en Ker-Central y a venir aquí todos los días para echarte una mano.

—¿Tanto tiempo vamos a necesitar? —le interrumpí—. Además, te recuerdo que ya tengo la casa llena de gente.

—¿Por qué trabajamos para este tipo, *Proxi*? —masculló *Jabba*, rencoroso.

—Porque nos paga una pasta.

—Es verdad —se lamentó él, levantando la tapadera de la cafetera italiana para ver cómo iba la cocción.

—Y porque nos cae bien —continuó ella, terminando de echar el agua caliente en la tetera de porcelana—, porque le gustan las mismas cosas que a nosotros, porque está tan loco como tú y porque nos conocemos desde hace ya... ¿Cuántos? ¿Diez años? ¿Veinte...?

—Él y yo, toda la vida —señalé, aunque no era exactamente así—. Tú llegaste hace sólo tres, cuando monté Ker-Central.

—Cierto. Está claro que se me ha hecho eterno.

A *Jabba* lo encontré en la red. A pesar de vivir no demasiado lejos (él era de un pequeño pueblo de Girona) estuvimos años programando y pirateando juntos sin conocernos personalmente, llevando a cabo sonadas hazañas que manteníamos en secreto, no como esos *hackers* de pacotilla que siempre andan alardeando de sus pequeños triunfos sin recordar que por la boca muere el pez. Los dos éramos tipos raros que no querían ni necesitaban demasiado contacto con seres de carne y hueso, quizá por timidez o, quién sabe, quizá por ser dueños de una pasión por la informática y los ordenadores que nos hacía sentirnos distintos a los demás. Yo no supe su verdadero nombre hasta que no le contraté para trabajar en Inter-Ker en 1993. Hubiera podido afirmar sin mentir que aquel adolescente grueso, grande y pelirrojo que entró en el bar donde habíamos quedado aquella tarde para vernos por primera vez era el mejor amigo que había tenido nunca y, sin duda, yo también era el suyo pero, hasta ese momento, no nos habíamos visto las caras jamás. Hablamos poco. Le conté mi proyecto para la empresa y me dijo que sí, que trabajaría para mí siempre y cuando pudiera seguir con sus estudios. Él era cinco años más joven que yo y sus padres, que eran agricultores, estaban empeñados en que fuera a la universidad aunque tuvieran que llevarlo a bofetones. Así comenzó la segunda fase de nuestra amistad. Cuando vendí Inter-Ker me siguió a Keralt.com y, después, a Ker-Central, ya como ingeniero informático, y fue entonces cuando ambos conocimos a *Proxi*, que entró a trabajar en el departamento de seguridad pocos meses después de montar la empresa. Lo de ellos dos fue lo que se dice una verdadera cursilada, un flechazo, amor a primera vista. Mi amigo entonteció, perdió los papeles, se volvió medio idiota por aquella informática esmirriada y desconcertante que nos daba vuelta y media en recursos. Pero ella no se quedó atrás. Aunque no hacía mucha falta que se esforzara, le acosó descaradamente hasta que el pobre no pudo más y cayó rendido a sus pies. La cuestión fue que encajaron a la perfección y que, desde entonces —hacía ya tres años—, no se habían vuelto a separar más que para trabajar en despachos diferentes de la empresa.

—En fin... —siguió diciendo ella, acercándome la taza y la tetera rebosante—, la cuestión, *Root*, es que vamos a regalarte una semana de nuestras escasas y siempre cortas vacaciones anuales para descubrir en qué estaba metido Daniel, porque, cuanto más sabemos, más extraño se vuelve todo.

—Acepto vuestro ofrecimiento —declaré, observando cómo *Jabba* cogía la cafetera por el asa para reti-

167

rarla bruscamente de la placa—, pero, ¿por qué aquí, en casa? ¿por qué no en el «100»? Estaríamos más cómodos.

—¡Cómodos, dice! —se burló él, dejando caer un hilo de humeante y aromático brebaje en dos tazas pequeñas.

—Cuando llamaste a *Jabba* para pedirle que investigáramos la lengua aymara, le contaste que tenías un montón de libros que hojear.

—Y ya hemos visto cómo tienes el estudio. ¡No podemos llevarnos todo eso al «100»!

—¿Cuánto has avanzado con las crónicas?

—Poco, muy poco —reconocí, centrando la taza en el platillo.

—Tenemos que trabajar aquí porque en el «100» no hay sitio para tantos libros, papeles y carpetas. Allí no hay una sola mesa libre. Y, para no empezar a discutir por los ordenadores, hemos decidido traer unos cuantos de abajo y conectarlos al sistema.

Cuando *Proxi* terminó de hablar, los tres estábamos, por fin, tranquilamente sentados. Deslizándolo sobre la madera, atraje hacia mí el dichoso mapa de las rosas de los vientos y las letras árabes.

—Bueno, bueno... —murmuré, observando al diminuto Humpty Dumpty—. Contadme qué habéis averiguado.

—Ese papelucho —empezó *Jabba*—, es una reproducción de lo que queda de un gran mapamundi dibujado en 1513 por un famoso pirata turco llamado Piri Reis.

—¿Cómo lo sabes? —inquirí.

—¿Que cómo lo sé? —refunfuñó—. Pues porque *Proxi* y yo nos hemos tomado la molestia de visitar todas las páginas de cartografía antigua que hay en la red. En realidad, no quedan tantos mapas viejos como podrías suponer. Hay muchísimos de los últimos dos o tres siglos, pero si retrocedes más, el número se reduce tanto que puedes contarlos con los dedos de unas pocas manos.

—Una vez que supimos que se trataba del mapa de Piri Reis, empezamos a buscar todo lo que había sobre él.

—Y, por más que te esfuerces —sentenció *Jabba*—, nunca imaginarás lo que encontramos.

—En una de las direcciones había una lista de los objetos, personas y animales que aparecen en el mapamundi y, allí, mencionado, se encontraba tu «Cabeza de huevo», descrito como un monstruo barbudo y sin cuerpo, de naturaleza demoníaca.

—O sea, que no lo habéis descubierto usando una lupa grande.

—¡Sí lo hemos descubierto con la lupa! —protestó, bravucón, *Jabba*—, aunque admito que después de saber que estaba allí. Pero encontrarlo en el mapa ha sido como buscar la pieza de un puzzle en una bolsa en la que hay otras cinco mil.

—Bueno, probablemente no tanto —rehusó *Proxi*—, pero nos ha costado lo suyo.

—Y, ahora, te vamos a contar un cuento. El cuento más raro que hayas oído en tu vida. Pero, ¡cuidado! —observó, levantando en el aire los índices de ambas manos—, en este cuento todo es verdad. Hasta el último detalle. Aquí no hablamos de Hobbits ni de Elfos. ¿Vale?

—Vale —asentí, en ascuas. Sin embargo, no fue *Jabba* quien me lo contó sino *Proxi*, después de dar un pequeño sorbo al café y dejar la taza sobre el platillo.

—Tras la caída del Imperio otomano... —empezó a relatar.

—¿A que parece que lo haya estado haciendo toda su vida? —me preguntó *Jabba*, fingiendo una profunda admiración.

Me reí y asentí con firmeza.

—¿Ha dicho romano u otomano? —recabé cándidamente.

—Sois un par de imbéciles —declaró ella, asqueada—. Los imbéciles más imbéciles del mundo. Tras la caída del Imperio otomano después de la primera guerra mundial, los gobernantes de la nueva República de Turquía decidieron rescatar los valiosos tesoros que habían permanecido ocultos durante siglos en el gigantesco palacio de Topkapi, la antigua residencia del sultán, en Estambul. Haciendo el inventario de los fondos, en noviembre de 1929 el director del Museo Nacional, Halil No-sé-qué, y un teólogo alemán llamado Adolf Deissmann, descubrieron un viejo mapa incompleto pintado sobre cuero de gacela.

—Como verás, se ha pasado la mañana estudiando —comentó alguien que, a continuación, se llevó un buen capirotazo en su roja cabeza.

Yo enmudecí, por si seguían repartiendo aquellas cosas entre la concurrencia.

—Como ya te ha comentado este ignorante —prosiguió ella, impasible—, se trataba de los restos del gran mapamundi del almirante de la flota turca, cartógrafo y famoso pirata, Piri Reis, dibujado por él mismo en 1513. El mapa representaba Bretaña, España, África Occidental, el océano Atlántico, parte del norte de América, el sur y la costa antártica. Es decir, exactamente lo que puedes ver en esta reproducción.

170

Entorné los ojos para fijar la mirada y busqué todas las zonas que ella había mencionado. Desde luego, el Atlántico, que ocupaba ampliamente el centro de la imagen con su pálido color azulino, se veía con total claridad, lleno de barquitos, rosas de los vientos, líneas, islas, etc. Bretaña, sin embargo, no aparecía por ninguna parte, pero me abstuve de comentarlo. A la derecha, se apreciaba España sin ningún problema y, debajo, la costa occidental y barriguda de África, mostrando en su interior lo que parecía un elefante rodeado de reyes magos sentados con las piernas cruzadas. Norteamérica era un litoral difuso pegado al límite izquierdo del supuesto cuero de gacela, como si estuviera inclinado hacia ese lado y se perdiera de vista por la circunferencia de la Tierra, pero Sudamérica se reconocía perfectamente, con sus ríos principales, su cordillera de los Andes (su hombrecito tocado con el gorro rojo), sus animalitos... Sólo el cono sur resultaba raro porque, donde debería estar el estrecho de Magallanes, uniendo el Atlántico con el Pacífico, la tierra, sin fragmentarse, daba un giro y regresaba hacia el este, como buscando el extremo meridional de África, de lo que deduje que debía de tratarse de la costa antártica, aunque mal representada. Pero, bueno, a pesar de todo ello, podía decirse que *Proxi* tenía más o menos razón.

—¿Notas algo raro?

—Pues sí —dije muy convencido, poniendo el dedo sobre el ausente estrecho de Magallanes—, esto está mal. Además, Norteamérica está torcida. ¡Ah! Y este elefante africano es demasiado delgado, apenas tiene barriga. Parece un galgo con trompa.

—Todo eso es correcto, *Root* —me animó *Jabba*, unidos de nuevo frente a una adversaria común—, pero hay mucho más. Recuerda todo lo que sabes sobre Pizarro y los incas, sobre el descubrimiento de Perú.

—No le des más pistas, Judas —resopló *Proxi*.

—¡Mujer, no seas así! —imploró él.

Mientras ellos continuaban su parloteo, yo observé de nuevo Sudamérica en aquel mapa de Piri Reis. ¿Qué tenía de raro? Desde luego, Humpty Dumpty no era muy normal, pero la llama que aparecía a su lado estaba bastante bien dibujada, así como los ríos y las montañas. ¿Qué fallaba bajo mis ojos? A ver... Pizarro había conquistado a los incas en 1532, en Cajamarca, a unos mil kilómetros al norte de Cuzco, posiblemente envenenando a todos los nobles Orejones y capturando al último de sus monarcas, Atahualpa Inca, al que mató poco después. A partir de ahí dio comienzo el Virreinato de Perú y la destrucción sistemática del antiguo imperio, la implantación del cristianismo y de la Inquisición, la redacción de las primeras crónicas... ¿Qué demonios se me estaba escapando?

—¿No se te ocurre nada? —preguntó *Proxi*.

—Pues no, la verdad es que no —murmuré sin dejar de buscar, atusándome despacio la perilla mientras me inclinaba sobre la gran fotocopia como un alumno aplicado.

—¡Venga, ánimo! —me alentó *Jabba*, deseoso de una victoria por mi parte.

—Te repito el dato crucial: el mapa fue dibujado en 1513.

—¿Y con eso, qué? —inquirí, mosqueado; pero se trataba más de una protesta que de una verdadera pregunta. No quería ayuda, no deseaba una solución, y ambos lo sabían. Por lo visto, tenía en la cabeza los datos necesarios para resolver el enigma, así que debía de-

172

jarme guiar por la intuición, como si trabajara en una de esas zonas oscuras de código donde sólo las corazonadas te llevan a buen puerto. De nuevo era un intrépido Ulises intentando conducir mi nave hasta Ítaca, un osado *hacker* luchando por abrir algo que estaba *lawt'ata*, «cerrado con llave».

Aunque me fastidiase, gracias a *Proxi* sabía que debía empezar por las fechas. Tenía dos: 1513, año del mapa, y 1532, año en el que Pizarro llegó, por fin, hasta Cajamarca para iniciar la conquista del Imperio inca. Entre 1513 y 1532 había diecinueve años de diferencia... curiosamente, a favor del mapa. Según lo poco que yo sabía, cuando Pizarro salió de Panamá en 1531, nadie había visto todavía Perú, ni Bolivia, ni Chile, ni Tierra de Fuego. Por lo tanto, era imposible que, en 1513, se conocieran la forma y la extensión de la cordillera de los Andes y el trazado de los grandes ríos y, desde luego, era igualmente imposible que alguien hubiera contemplado jamás la zona del lago Titicaca y Tiwanacu y, mucho menos, que conociera a los collas y sus gustos en cuestión de sombreros.

Pero, además, aquel mapa había sido trazado en 1513 ¡por un turco! Vale que Colón no fuera el descubridor original del continente americano —pocas dudas quedaban, con el rollo ése de los vikingos—, pero, ¿los turcos...? ¡Venga ya!

—Este mapa es falso —afirmé, convencido—. Este mapa es cronológicamente incorrecto y, por lo tanto, si de verdad es antiguo, sólo puede tratarse de una falsificación apolillada.

Mis dos atentos espectadores sonrieron con orgullo satisfecho. Los ojos de *Proxi* se estrecharon hasta quedar convertidos en dos finas líneas de pestañas.

—¡Sabía que te darías cuenta! —exclamó.

—Entonces, ¿es realmente un fraude? —pregunté, arqueando las cejas, sorprendido por lo fácil que había sido.

—¡Pero qué fraude ni qué niño muerto! —saltó *Jabba* despectivamente—. ¡El mapa es auténtico! Dibujado en Gallípoli, cerca de Estambul, por el mismísimo e histórico Piri Reis en 1513.

—No. No puede ser.

—¿No te advertí que, en esta historia, todo era verdad hasta el último detalle? Te dije: «Aquí no hablamos de Hobbits ni de Elfos.» ¿Verdad que sí?

—¡Pero no tiene sentido! —objeté, empezando a cabrearme—. En 1513 no se sabía cómo era el territorio del Nuevo Mundo. Es más, estoy por jurar que todavía creían que habían llegado a la India-India, la de Oriente.

—¡Tienes razón! Y ahí está, precisamente, el *quid* de la cuestión. ¿Cómo pudo hacerse este mapa? Que no es una falsificación lo demuestra su reconocimiento y catalogación por parte de los organismos especializados, además de las múltiples comprobaciones históricas que se han efectuado para corroborar todo cuanto tiene relación con él, con su autor y con los muchos datos que el propio Piri Reis aporta en esas cuantiosas anotaciones que puedes ver distribuidas por todo el diseño, escritas en turco-otomano con caracteres árabes.

—¡Ya empezamos con las tonterías! —me sulfuré—. ¿Otra vez juegos de magia? ¡Por favor! Este mapamundi es falso y no hay más que hablar. Debió de trazarse varios años después de lo que afirma Piri Reis.

—¿Años después, eh? —me espetó *Proxi*, muy ufana—. ¿Entonces por qué ha sido admitido como auténtico por todas las organizaciones cartográficas del mundo, por qué los expertos, a pesar de lo incómoda que resulta su existencia, no han podido demostrar que se trate de una falsificación? Sólo tú, Arnau Queralt, te atreves a afirmar tal cosa. ¡Vaya listo!

—¡Bueno, muy bien! ¡Supongamos que es auténtico! Explícame cómo demonios consiguió ese tal Piri Reis dibujar los Andes cuando aún no se conocían.

Podía aceptar, con reservas, que el aymara fuera un lenguaje algorítmico y matemático porque, a fin de cuentas, seguíamos hablando de algo computable y serio, pero me habían educado para considerar menospreciable cualquier mito absurdo, cualquier concepto erróneo que oliera ligeramente a heterodoxia. Si hubiera vivido en la Edad Media o el Renacimiento quizá el mapa de Piri Reis me hubiera servido para entablar una cruzada libertaria contra las versiones oficiales de una Iglesia represora, como hizo, por ejemplo, Giordano Bruno con esa teoría del universo infinito de la que hablaba Daniel en sus delirios. Pero yo vivía en la Edad de la Ciencia, en la Era del Positivismo Científico, que se encargaba de marcar claramente los límites de lo aceptable a través de la lógica y la verificación. Nos había costado demasiados siglos librarnos de los grilletes de la superstición y la ignorancia como para, ahora, dar pábulo a despropósitos fantásticos.

Jabba, nervioso, se puso en pie y empezó a pasear por la cocina. Sus vaqueros estaban tan viejos y astrosos como flamante e impecable su camisa azul comprada en Bergdorf Goodman, Quinta Avenida de Nueva York.

—Vayamos por partes —propuso, ajustándose mecánicamente a la cintura los rozados pantalones—. El mapa de Piri Reis contiene muchos secretos, no sólo la discrepancia de fechas. Quizá analizándolos todos encontremos algo que nos dé alguna pista. Saca la chuleta, *Proxi*... El Cabezudo no está ahí por casualidad, ni tampoco Daniel guardaba por nada una copia del mapamundi.

—¿Y no te parece ya bastante raro que un turco, y pirata por más señas, dibujara el continente americano en 1513? ¡Vamos, ni que Colón le hubiera llevado en su carabela!

—En eso tienes parte de razón —convino *Proxi*, alisando con la palma de las manos una cuartilla que había extraído, plegada, del bolsillo superior de su camisa de leñador—. La zona de las Antillas está copiada, según él mismo afirma, de un mapa de Cristóbal Colón. En una de las inscripciones reconoce haber utilizado cuatro planos portugueses contemporáneos, otros planos más antiguos de la época de Alejandro Magno y algunos más basados en las matemáticas.

—¡Ahí lo tienes! —afirmé triunfante—. No hay nada raro en el mapamundi de Piri Reis.

—Al margen de las fuentes utilizadas —siguió, imperturbable—, que, si te fijas, no son lo que se diría muy concretas, cabe destacar los siguientes aspectos del fragmento recuperado en el palacio Topkapi, a saber: en el mapa aparecen las islas Malvinas, que no se descubrieron oficialmente hasta 1592. Aparecen los Andes, que, como sabemos, no fueron pisados por Pizarro hasta 1524, en su primera e incompleta exploración hacia el sur. Aparece dibujada una llama, mamífero desconocido en 1513, así como el nacimiento exacto y el trazado del río Amazonas. A la altura del ecuador, surgen del mar dos grandes islas que no existen en nuestros días; los modernos sondeos submarinos han demostrado la presencia, en estos lugares, de dos cimas montañosas pertenecientes a la cordillera que atraviesa el fondo del Atlántico de norte a sur y lo mismo ocurre con un grupo de islas que no fueron descubiertas hasta 1958 bajo los hielos antárticos.

Me embargó una sensación de rigidez generalizada. En aquella cocina no se movía ni el aire. Creo que hasta el sistema, siempre a la escucha, prestaba en ese momento una especial atención.

—Pero no es esto lo mejor del mapa de Piri Reis —declaró *Proxi*, levantando los ojos de la chuleta y mirándome sin expresión—. Todavía queda lo más fuerte. Como tú mismo notaste, *Root*, el extremo sur de Tierra del Fuego no termina para dejar paso al mar, comunicando los dos océanos a través del estrecho de Magallanes. En el mapa de Reis, el extremo sur del continente se prolonga y se une, mediante un puente de tierra, a una extraña Antártida sin hielos. Bien, cuando se descubrió el mapa en 1929, este dato fue considerado una más de sus imprecisiones, producto de la ignorancia de la época en la que fue elaborado. Sin embargo...

—¿Sin embargo...? —la animé.

—Sin embargo, sondeos acústicos realizados en la zona por barcos oceanográficos han demostrado que ese puente de tierra que une Sudamérica y la Antártida existe tal y como puede verse en el mapa de Piri Reis, aunque ahora se encuentra bajo el nivel del mar. Por lo visto, fue antes de la última Era Glacial cuando estuvo fuera del agua y transitable. Al margen de que la última Era Glacial durase, según dicen, dos millones y medio de años, con sus variaciones y épocas cálidas por en medio, la cuestión es que terminó hace unos diez mil u once mil años. De modo que, hablando en sentido figurado... o quizá no —matizó—, la Antártida es una península del continente americano.

Mascullé un disparate mientras me frotaba enérgicamente la cara con las manos y *Jabba* soltaba una sarcástica risita ahogada.

—Pero la sorpresa alcanzó su punto máximo cuando, con ayuda de la tecnología de los satélites, se descubrió que bajo el hielo antártico también había tierra firme, detalle que no se conoció hasta 1957, y se comprobó que el trazado de las costas, las montañas, las bahías y los ríos que aparecían en las fotografías infrarrojas tomadas desde el espacio coincidían, exactamente, con lo que ves ahí, dibujado por la mano de nuestro amigo, el pirata turco. No hay errores. Piri Reis había copiado la Antártida de otros mapas, no cabe duda, pero de unos mapas que debían de ser asombrosamente antiguos porque reflejaban este continente no como es desde hace diez mil años, sino como era antes de ser cubierto por los hielos.

Fruncí los labios, con gesto de perplejidad, y tardé una eternidad en poder articular dos palabras seguidas.

—Y, claro —balbucí, finalmente—, habiendo sido descubierto el mapa en Estambul en 1929, quedaba eliminada la posibilidad de una falsificación hecha con los datos obtenidos por los satélites en 1957.

—Eliminada, en efecto —confirmó *Jabba* sin dejar de pasear—. Sigue, *Proxi*, que todavía quedan algunas cosas.

—¿Más...? —exclamé.

—Sí, hijo, sí... Pero ya termino —se llevó la taza a los labios y bebió, aunque su café debía de estar frío—. El dichoso mapamundi utiliza un sistema de medición llamado de los «ocho vientos». No me preguntes qué es porque, aunque he intentado comprenderlo, no he podido. Sólo sé que funciona centrando con un compás las diferentes partes del mapa en ángulos de veintitantos grados, o algo así. La cuestión es que utiliza este, por lo visto, arcaico sistema, así como una medida griega llamada estadio, que equivale a 186 metros de los nuestros. Una vez hecha la adaptación a magnitudes geográficas modernas, el mapamundi es, atiende bien —y puso el dedo índice de su mano derecha en el centro de mi aturdida frente—, absolutamente exacto en todas sus proporciones y distancias. Aunque, a simple vista, te parezca un mapa deformado e irreal, lleno de falsedades geográficas, resulta que es tan preciso como el mejor de nuestros mapas actuales, y refleja perfectamente la latitud y la longitud de todos los puntos del globo. La latitud era conocida y utilizada desde tiempos inmemoriales, porque sólo se necesitaba la ayuda del sol, pero el cálculo de la longitud no pudo realizarse hasta el siglo XVIII, en concreto hasta... —miró sus notas—, hasta 1761, eso es, porque hacían falta conocimientos de trigonometría esférica e instrumentos geodésicos que no existieron hasta esa fecha. Sin embargo, Piri Reis, o los mapas antiguos de los que copió, indicaban puntualmente los meridianos terrestres y sus cálculos eran absolutamente correctos, lo cual se da de bofetadas con lo que sabemos hoy día.

Plegó cuidadosamente su hojita y volvió a guardarla en el bosillo de la camisa, dando por terminada la explicación.

Mi cabeza daba vueltas intentando encontrar algún sentido a todo aquello. Estábamos volando sin paracaídas por unos cielos llenos de turbulencias y nos faltaba muy poco para caer en picado y estrellarnos contra el suelo. ¿Cómo diablos se habría metido Daniel en una historia semejante? ¿Qué hacía mi hermano, mi sensato y cuadriculado hermano, vagando por estos andurriales?

—¿Sabes por qué los informáticos somos tan malos amantes? —preguntó *Jabba*, tomando asiento de nuevo frente a su vacía taza de café.

—Mal amante lo serás tú —discrepé, preparándome para escuchar con resignación un nuevo y terrible chiste de informáticos. Pero *Jabba* estaba lanzado.

—Porque siempre estamos intentando hacer el trabajo lo más rápidamente posible y, cuando lo terminamos, creemos haber mejorado la versión anterior.

—¡No, por favor, no! —gemí echándome sobre la mesa con un gesto de desesperación que hizo desternillarse a *Proxi*.

Estábamos descomprimiéndonos. La tensión acumulada, añadida al desconcierto, nos acercaba a ese estado de presión insoportable del que hay que escapar abriendo válvulas. Miré distraídamente mi reloj y vi que ya eran las seis menos cuarto de la tarde.

—Mi abuela está a punto de despertarse —comenté, con la mejilla pegada a la madera.

—¿Y qué? —bufó *Jabba*—. ¿Acaso ahora muerde?

Proxi seguía riendo sin ton ni son, como si hacerlo le limpiase el cerebro de brumas.

—No seas cretino. Es, simplemente, que yo debería estar ya en el hospital.

—Pues vete. Nosotros seguiremos trabajando en tu estudio.

—¿A qué hora volverás? —preguntó ella, cruzándose de brazos y acomodándose en el asiento.

—Pronto. En realidad, no hago ninguna falta. Ona, mi madre, Clifford y mi abuela forman un equipo compacto y bien organizado. Pero quiero saber cómo está Daniel.

—Pues entonces —canturreó la voz de mi abuela desde la puerta, haciendo que *Jabba* diera un brinco y que yo me incorporara de golpe—, vente conmigo, le ves y te vuelves.

No la habíamos oído entrar y, de pronto, allí estaba, de pie, mirándonos, con los pelos blancos perfectamente peinados, su elegante bata de colores y sus zapatillas a juego.

—¡Abuela! ¿Cómo has conseguido levantarte sin que el sistema se haya dado cuenta?

Doña Eulàlia Monturiol avanzó hacia la cafetera con paso de reina.

—Pero, Arnauet —mi abuela me llamaba Arnauet desde que era pequeño—, si sólo es un vulgar sensor de movimiento como el que tengo en mi casa para los ladrones. Basta con moverse despacito.

Jabba y *Proxi* no pudieron contener las carcajadas.

—¡Pues muy despacito te has tenido que mover! —protesté.

—De eso nada, que lo tengo muy bien estudiado. Deberías subirle la sensibilidad —y sonrió, satisfecha, mientras se servía una gran taza de café con leche que introdujo en el microondas—. Hola, Marc. Hola, Lola. Disculpad que no os haya dicho nada.

—No te preocupes, Eulàlia —repuso, amablemente, *Proxi*—. Llevas una bata preciosa. Me gusta mucho.

—¿Sí? ¡Pues si supieras lo barata que me costó!

—¿Dónde la compraste?

—En Kuala Lumpur, hace dos años.

Proxi me miró, encantada, enarcando brevemente una de sus cejas.

—Entonces, abuela —tercié para no desviar el tema—, dices que te lleve al hospital, que me quede un rato y que me vuelva.

—Pues claro, hombre —aprobó con un cabeceo de sus cardados rizos—. No sé qué os traéis entre manos, pero, por vuestras caras, parece muy interesante.

Proxi abrió la boca pero sólo exhaló una bocanada de aire sin sonido porque el pisotón que le di por debajo de la mesa —y eso que iba descalzo— desarticuló las palabras que iba a pronunciar.

—Es trabajo de la empresa, abuela.

Ella se giró hacia mí, cargada con su servilleta, su tazón de café con leche y su tarro de galletas, y yo empecé a menguar lentamente bajo su mirada mientras se acercaba a la mesa.

—A ver qué día descubres, Arnauet —silabeó con acento afilado, sentándose—, que a tu abuela no puedes contarle mentiras.

—¡No voy a explicarte nada, abuela! —advertí, creciéndome de nuevo.

—¿Te he pedido yo que lo hagas? Sólo repito lo que siempre te he dicho: tu abuela tiene rayos-x en los ojos.

—Ah... Eso lo has sacado de alguna película, ¿verdad, Eulàlia? —interrumpió *Jabba*, tan impulsivo como siempre.

Mi abuela se echó a reír mientras mordisqueaba una galleta.

—¡Hala, venga, salid de la cocina y dejadme desayunar a gusto!

Pero no podía contener la risa y la oímos toser, atragantada, mientras avanzábamos por el pasillo en dirección al estudio.

—Cuando estoy con tu abuela, *Root* —comentó

Jabba, perplejo—, me siento como si tuviera diez años otra vez.

—Hay que atarla corto —concluí—. Si no la frenas, acaba haciéndote bailar al son que ella quiere.

—¡Es una dulce ancianita muy peligrosa! —se rió *Proxi*—. Pero tú la tienes dominada, ¿eh, Arnauet?

—Pues sí —concedí—. Me ha costado bastante, pero sí.

—Ya se ve, ya... ¿Por qué no vamos al jardín?

—¿Para qué? —quiso saber *Jabba*.

—Para airearnos un poco, para despejar la cabeza.

—Podríamos bajar a la habitación de juegos de Ker-Central y usar un rato el simulador. ¿Te apetece, *Root*?

—¡No vamos a jugar con el simulador! —rechazó *Proxi*, tajante—. Ya jugamos bastante entre semana. Necesito respirar aire libre y ver un poco de cielo. Tengo el cerebro atascado.

—Salid vosotros —dije—. Yo, mientras, me daré una ducha y me vestiré.

—Pues estás muy bien así. No veo la necesidad de...

—*Proxi*... —la reconvino *Jabba*.

—Te esperamos en el jardín.

Me alejé de ellos sonriendo, dispuesto a quedarme bajo el agua durante un buen rato. El monitor del cuarto de baño se empeñaba en mostrarme una y otra vez a mi abuela registrando todos y cada uno de los armarios y cajones de la cocina. No sé qué demonios estaría haciendo pero no podía ser nada bueno. *Jabba* y *Proxi*, por su parte, paseaban tranquilamente, cogidos de la mano, charlando como si en sus vidas no hubiera sucedido nada digno de mención durante los últimos días. Viéndolos, nadie diría que se habían enfrentado a dos misterios de las proporciones del lenguaje aymara y del mapa de Piri Reis. En ese momento, dejé de sentir los pequeños dardos de agua caliente a pesar de que caían sobre mí con una fuerte presión.

Todo era una locura. Todo. ¿Acaso nos estábamos volviendo paranoicos? Una extraña maldición escrita en un lenguaje de diseño matemático; un pueblo misterioso, el aymara, que hablaba ese lenguaje y que parecía haber sido el origen del Imperio inca; un mapa de existencia imposible dibujado por un pirata turco, con una enorme y monstruosa cabeza sobre unos Andes que aún no se conocían; una catedrática chalada que acusaba de ladrón a mi hermano; dos extrañas enfermedades mentales, de síntomas tan sólo *aparentes*, que se relacionaban con la extraña maldición. Círculo cerrado. Volvíamos al principio, dejando de lado los quipus, los tocapus, los yatiris, las deformaciones craneales, Tiwanacu, el Dios de los Báculos de Tiwanacu, su cabeza, su pedestal, Sarmiento de Gamboa... Es decir, todas las cosas que seguían *lawt'ata*. ¡Si Daniel pudiera decirme algo! ¡Si mi hermano pudiera echarme una mano, hacer un poco de luz en aquella oscuridad...! ¿Qué había dicho la primera noche que Ona y yo nos quedamos con él en el hospital? Había hablado sobre un lenguaje, el lenguaje original, de eso estaba casi seguro, pero no podía recordar sus palabras. En aquel momento creí que deliraba y no había prestado atención. Apoyando las manos contra los mosaicos de la ducha, apreté los párpados con fuerza y fruncí la frente en un vano intento por rescatar del olvido aquellas pocas frases que tan importantes me parecían ahora, sólo seis días después. Era algo relativo a los sonidos de ese lenguaje, pero ¿qué?

Mientras me secaba y me vestía, seguía dando vueltas en torno al huidizo recuerdo, rozándolo con las puntas de los dedos sin llegar a alcanzarlo. Y, entonces, sonó el teléfono. Examiné la pantalla de mi habitación y pude ver el número y el nombre de la persona que me llamaba, pero no reconocí ni uno ni otro. Jamás había oído hablar de Joffre Viladomat No-sé-qué.

—Rechaza la llamada —le dije al sistema, mientras utilizaba un calzador para introducir los pies en las deportivas sin tener que deshacer los nudos y los lazos. Pero, treinta segundos después, Joffre Viladomat insistió—. Rechaza la llamada —repetí, y el ordenador dio tono ocupado por segunda vez. Pero ni aun así Viladomat se dio por vencido. Supongo que si las circunstancias hubieran sido otras, habría ordenado un rechazo sistemático de todas las llamadas procedentes de ese número, pero debía de estar con la guardia muy baja porque, al tercer intento, aunque cabreado, contesté. Me quedé de piedra al escuchar la inolvidable voz de contralto de una mujer absolutamente detestable.

—Señor Queralt... —¿Por qué la naturaleza dotaba de instrumentos tan perfectos como aquella voz a personas tan vulgares como aquella catedrática?—. Buenas tardes. Soy Marta Torrent, la directora del departamento de su hermano.

—La recuerdo perfectamente, doctora Torrent. Dígame qué desea.

No salía de mi asombro.

—Espero que no le moleste que Mariona me haya dado su número de teléfono —dijo con una perfecta modulación.

—¿Qué desea? —repetí, ignorando su prosopopeya.

Permaneció un segundo en silencio.

—Ya veo que está molesto y, sinceramente, creo

que no tiene ningún motivo. Soy yo quien debería estar enfadada y, sin embargo, le estoy llamando.

—¡Doctora Torrent, por favor, dígame de una vez qué es lo que desea!

—Muy bien... Verá, no puedo dejar en sus manos el material que me mostró ayer en el despacho. Usted cree que yo intento robar el trabajo de investigación de Daniel, pero está muy equivocado. Si pudiéramos hablar con más tranquilidad...

—Discúlpeme, pero me pareció que usted acusaba a Daniel de ladrón.

—Sólo una parte de la documentación es mía, lo reconozco; la otra, pertenece por entero a Daniel, aunque es obvio que la obtuvo después. Se trata de una situación muy delicada, señor Queralt, hablamos de un trabajo muy importante que ha costado muchos años de investigación. Quisiera que comprendiera que, sólo con que uno de los papeles que usted conserva se perdiera o cayera en las manos equivocadas, sería una catástrofe para el mundo académico. Usted es informático, señor Queralt, y no puede imaginarse, ni de lejos, la importancia que tiene ese material. Devuélvamelo, por favor.

No sólo su voz era radiofónica; su forma de expresarse, también. Pero ni su voz ni su expresión podían ocultar la urgencia que la embargaba. La catedrática tenía prisa por hacerse con la documentación.

—¿Por qué no espera a que Daniel se recupere?

—¿Se recuperará...? —preguntó, irónica—. ¿Cree usted, de verdad, que se recuperará? Piénselo bien, señor Queralt.

Marta Torrent acababa de sobrepasar otra vez la línea y, ahora, de manera definitiva.

—¡Si quiere la documentación, presente una denuncia en el juzgado! —proferí con rabia, pulsando la tecla de Escape para cortar en seco la comunicación—. Rechaza todas las llamadas que procedan de este número —troné— y también todas las que procedan del titular del número, sea quien sea; las de Marta Torrent y las del departamento de Antropología de la Universidad Autónoma de Bellaterra.

Salí de mi habitación a grandes zancadas, preguntándome por qué diablos tenía que verme involucrado con gente de esa calaña. Suponiendo que Daniel fuera realmente un ladrón, cosa que yo no podía creer de ninguna de las maneras, y suponiendo que todo lo que decía aquella bruja fuera cierto, ¿no había otra manera de reclamar la documentación? ¿Tenía que insultar a mi hermano, llamarme a mi casa un domingo por la tarde e insinuar que Daniel no iba a ponerse bien nunca? Pero, ¿quién demonios se había creído que era aquella mujer? ¿Es que no tenía conciencia? Lo del juzgado se lo había dicho muy en serio. Sólo si recibía la citación empezaría a creerla y, aun así, dudaba mucho que yo pudiera llegar a sospechar ni remotamente que mi hermano Daniel fuera capaz de apropiarse de un material de investigación que no le pertenecía. ¡Pero si cuando éramos pequeños y me cogía algo me dejaba una nota! Mi hermano era incapaz de robar nada, de aprovecharse de nada que no fuera suyo y de eso estaba completamente seguro, por lo tanto, la única conclusión posible era que la señora Torrent hubiera visto algo en la documentación de Daniel que le había interesado muchísimo, algo por lo que estaba dispuesta a herir, a insultar y a mentir como una bellaca. Quizá a Ona hubiera podido convencerla; a ella o a cualquier otra persona con menos carácter que yo, pero la catedrática había tenido la mala suerte de tropezar conmigo y lo iba a tener muy difícil para apoderarse del trabajo de mi hermano. Uno no llega a director de un departamento universitario teniendo un corazón de oro. Sólo los trepas, los verdaderos tiburones, son capaces de medrar en ambientes muy competitivos y la gente buena, como mi hermano, solían ser sus víctimas, los escalones que pisaban para subir. Yo había acudido a ella en busca de ayuda y no había hecho otra cosa que despertar al monstruo. Jamás debí sacar a la luz el material de Daniel, pero ya era tarde para lamentarlo. Ahora, se trataba de averiguar lo más rápidamente posible qué había visto la catedrática en los papeles para que se hubiera despertado de aquel modo su ambición.

El lunes por la mañana me desperté a las ocho dispuesto a comenzar una larga y dura jornada de trabajo. Pero no sentía la pereza normal de un inicio cualquiera de semana. De hecho, casi nada era lo mismo que antes de caer enfermo Daniel. Esa mañana no tenía que bajar a mi despacho y escuchar a Núria recitando la retahíla de entrevistas y reuniones previstas para el día mientras yo tomaba posesión de mi sillón y el sistema me conectaba a los canales de información económica y bursátil del mundo. No tenía que celebrar videoconferencias con Nueva York, Berlín ni Tokio y tampoco tenía que reunirme con técnicos y programadores de sistemas expertos, redes neuronales, algoritmos genéticos o lógica difusa. Mi única obligación era desayunar tranquilamente al sol y esperar la llegada de *Jabba* y *Proxi* —acordada para las nueve la noche anterior, antes de que se marcharan a su casa dejando mi estudio hecho una pena, que todo hay que decirlo.

Mi abuela llegó puntual del hospital mientras yo daba sorbos al té y disfrutaba en el jardín de la incipiente mañana. Por su forma de taconear, de resoplar y de hablar con Magdalena y Sergi mientras avanzaba inexorablemente hacia donde yo me encontraba, adiviné que traía el humor revuelto y el disco duro bloqueado.

Entró como un huracán en el jardín, todavía quitándose la gruesa chaqueta que le gustaba ponerse por la noche en el hospital. Su cara alterada cambió al verme y esbozó una cariñosa sonrisa mezclada aún con un redoble de suspiros entrecortados.

—¡Debí de quedarme muy a gusto el día que traje a tu madre al mundo! —fue lo primero que dijo mientras tomaba asiento a mi lado y me pasaba la mano por la peluda mejilla a modo de saludo.

—No deberías tomarla en serio, abuela —exclamé mientras me desperezaba levantando los brazos hacia el cielo, espléndidamente azul. Estaba comprobado que, en cuanto mi madre y mi abuela pasaban juntas un par de días, comenzaba la tercera guerra mundial. En esta ocasión el inicio de las hostilidades había sufrido un cierto retraso porque apenas se habían visto, pero, al final, y como era de esperar, la oportunidad se había dado en uno de los breves encuentros para el relevo—. Ya sabes cómo es.

—¡Por eso mismo lo digo! ¿Cómo pude tener una hija tan tonta, Señor...? Reconozco que su padre era un poco tarambana, pero siempre tuvo la cabeza en su sitio. ¿A quién habrá salido esta niña...? ¡Si supieras la de veces que me lo he preguntado!

189

La niña, como ella decía, había sobrepasado ya la frontera de los sesenta.

—¿Qué tal la noche? —le pregunté para cambiar de tema.

Mi abuela bajó la mirada hacia la tetera y arregló con pena la esquina de mi servilleta.

—Daniel ha estado muy inquieto —me contestó—. No ha parado de hablar.

Nos quedamos en silencio, contemplando el paso discreto de Sergi junto a las adelfas.

—¿Quieres tomar algo? —le pregunté.

—Un vaso de leche caliente.

—¿Desnatada?

—¡Quita, por Dios, valiente agua sucia! No, leche entera, la de toda la vida.

No tenía que molestarme en pedirla. El sistema retransmitiría la orden a Magdalena en cualquier parte de la casa en que ésta pudiera encontrarse.

—Pues anoche estaba muy tranquilo —comenté, recordando mi breve visita.

—Anoche, sí —asintió, ahuecándose con las manos el pelo aplastado con un gesto de cansancio—, pero, luego, no sé qué le pasó que no hubo forma de hacerle dormir ni con las pastillas esas que le dan. Ha sido terrible.

—¿Se movía? —quise saber, esperanzado.

—No, no se movía —murmuró mi abuela tristemente—. Estaba obsesionado con su entierro. Quería que le amortajáramos y le sepultáramos. Menos mal que, cuando le expliqué que esas cosas ya no se llevan y que ahora se incinera a los muertos, no insistió más. ¿Por qué tendrá esa manía tan rara?

—Es el síndrome de Cotard, abuela.

Ella hizo un rictus extraño con la boca y me miró, rechazando mis palabras con suaves negaciones de cabeza.

—Dime una cosa, Arnauet —vaciló—. Eso que Lola, Marc y tú estáis haciendo, está relacionado con Daniel, ¿verdad?

Un rayo de sol se acercó lentamente hacia mi taza y, de repente, saltó desde allí hasta mis ojos con un destello. Estrechando los párpados, asentí. Ella volvió a suspirar.

—¿Serviría de algo que te contase lo que dice tu hermano por las noches o sería una tontería?

¡Qué mujer más lista e intuitiva! Siempre conseguía sorprenderme. Sonreí mientras me retiraba el pelo de la cara.

—Cuéntame, genio. —Y me incliné para darle un beso estruendoso en la frente. Ella manoteó en el aire para apartarme, pero ni siquiera me rozó.

—Te lo contaré con la condición de que me dejes fumar un cigarrillo sin amargarme la vida.

—¡Abuela, por favor! —protesté—. ¡A tu edad ya no deberías hacer estas cosas!

—¡A mi edad, precisamente, es cuando puedo hacerlas!

Y, sin mediar más palabras, extrajo del bolso una preciosa pitillera de piel y sacó un cigarrillo de boquilla dorada.

—Los jóvenes de ahora no tenéis ni idea de lo que es bueno.

—No me evangelices.

—¿Acaso estoy hablando de religión? ¡Hablo de disfrutar! Además, si vas a darme la tabarra, me voy a mi habitación y en paz. No te cuento nada de lo que dice Daniel.

Me tragué mis protestas y, con la frente fruncida para dejar patente mi disgusto, la vi exhalar la primera nube de humo. Lo curioso es que había empezado a fumar muy tarde, cerca de los sesenta años, influida por sus locas amigas, y no había comida ni celebración en la que no sacara, al final, su pitillera.

—Mariona me ha explicado que esas palabras raras que dice son de un lenguaje en el que estaba trabajando para la universidad —empezó, reclinándose en el sillón de mimbre—. Quechua, me dijo, o aymara. No está segura. No me pidas que te las repita porque no sería capaz. Pero también habla mucho de una cámara que hay debajo de una pirámide, sobre todo cuando está más nervioso. Entonces habla de esa cámara y dice que allí está escondido el lenguaje original.

Me incorporé de golpe, apoyando los codos sobre la mesa y la miré fijamente.

—¿Y qué dice de ese lenguaje original?

Mi abuela pareció sorprenderse por mi reacción, pero en seguida volvió a perder la mirada en los arbustos que nos rodeaban.

—Habla mucho de eso, pero yo creía que eran tonterías, la verdad. En fin, lo que repite a menudo es que el lenguaje original está formado por unos sonidos raros que tienen propiedades naturales, o algo parecido —dilató las fosas nasales y apretó los labios intentando ahogar discretamente un bostezo—. También dice que esos sonidos están en la cámara, que la cámara está debajo de una pirámide y, me ha parecido entender aunque no me hagas mucho caso, que la pirámide tiene una puerta encima. —Suspiró con desolación—. ¡Qué triste, Dios mío! ¡Mi pobre nieto Dani! ¿Tú crees que se curará?

Magdalena apareció por las puertas que daban al salón con una bandeja en la mano sobre la que descansaba un platillo con un vaso de leche. Tras ella, enmarcándola como una sombra gigantesca, venía *Jabba* y, a su lado, *Proxi*, vestida con unos vaqueros elásticos que hacían parecer sus largas piernas mucho más interminables y estilizadas. Ambos lucían el pelo extrañamente acharolado, como si se hubieran echado litros de gel fijador y, como *Jabba* lo tenía muy rojo y *Proxi* muy negro, el contraste resultaba, cuando menos, curioso.

—¡Buenos días, buenos días! —exclamó *Jabba*, dejándose caer, pletórico y expansivo, en uno de los sillones de mimbre, que crujió como si fuera a despanzurrarse. Menos mal que era recio y que tenía buenos y mullidos almohadones de lona—. ¡Es fantástico no tener que ir a trabajar!

Proxi se situó entre mi abuela y yo, dándole la espalda al sol, sin dejar de mirar, asombrada, el cigarrillo que aquélla fumaba y del que se desprendía el humo en suaves volutas.

—¿Llegas ahora del hospital, Eulàlia? —le preguntó. Mi abuela dibujó una sonrisa desfallecida.

—Ahora mismo, pero, si no os importa, me voy a dormir. —Fue poniéndose lentamente en pie, como si el cuerpo le pesara una tonelada—. Sé que es una descortesía marcharme justo cuando acabáis de llegar, pero me encuentro muy cansada. Daniel ha pasado mala noche. Tú se lo cuentas, ¿de acuerdo, Arnauet?

—No te preocupes, abuela. Que descanses.

—Descansa, Eulàlia —le deseó *Proxi*.

—Buenas noches, niños —murmuró mi adormilada antepasada llevándose con ella el vaso de leche y los restos de su dosis de alquitrán y nicotina.

—¿Queréis desayunar? —les pregunté a aquellos dos una vez que mi abuela hubo desaparecido en el interior de la casa.

—No, gracias, *Root*. Venimos servidos —me explicó *Proxi*—. Además, no tendrías comida suficiente para ofrecerle a este troglodita. Se lo come todo por las mañanas.

—¿Daniel ha pasado mala noche? —inquirió *Jabba* con ganas de cambiar rápidamente de tema. La gruesa capa de lípidos que le abrigaba era algo muy íntimo para él. De hecho, su hermano mayor había empezado a llamarle *Jabba* después de ver en *La Guerra de las Galaxias* al enorme y fofo gusano que, con ese nombre, dirigía la mafia intergaláctica y perseguía a Harrison Ford (Han Solo) para cobrar el dinero que éste le debía.

—Ha estado muy inquieto —les expliqué, girando mi asiento hasta quedar en dirección al sol. Era muy agradable sentirlo así, en el jardín de casa, sin tener prisa por bajar al despacho—, pero no ha recuperado el movimiento. Sin embargo, mi abuela me ha contado algunas de las cosas que farfulla mientras delira y me parece que el cerebro de mi hermano no está tan perdido como todos creen.

—¿Qué cosas son ésas? —preguntó *Proxi*, interesada.

—Habla sobre el lenguaje original.

—¡Qué dices! —saltó *Jabba*, acercando su asiento hasta quedar pegado a mí—. ¿Del lenguaje original, del aymara?

—No, él no menciona el aymara. Sólo afirma que hay un lenguaje original que está formado por sonidos naturales. La primera noche que estuvo ingresado comentó algo parecido delante de Ona y de mí, pero, hasta ahora, no había conseguido recordar sus palabras.

Daniel dijo textualmente que existía un lenguaje primigenio cuyos sonidos eran inherentes a la naturaleza de los seres vivos y de los objetos.

—¿El aymara? —insistió el grueso gusano mafioso.

—¡Que no, que él no dice nada del aymara! —vociferé, cabreado.

—¡Vale! Pero estoy seguro que se refiere al aymara.

—¿Y de qué más habla?

—¿Estáis bien sentados? Vale, pues dice mi abuela que Daniel no deja de repetir que esos sonidos están escondidos en una cámara, que esa cámara está debajo de una pirámide y que esa pirámide tiene una puerta encima.

Se hizo tal silencio en el jardín que casi podía escucharse, a pesar de las pantallas protectoras, el ahogado ruido del tráfico que subía desde la calle. Como impulsados por un pensamiento común que se materializó en significativos cruces de miradas, sin decir palabra nos pusimos en pie al mismo tiempo y nos dirigimos hacia mi estudio. Había un dibujo hecho a mano por mi hermano que debíamos comprobar, uno en el que se veía una pirámide escalonada de tres pisos con una serpiente cornuda en su interior y que tenía anotada, debajo, la palabra «Cámara». Yo ya sabía, porque lo había visto en el despacho de la doctora Torrent, que esa pirámide no era sino el pedestal sobre el que se apoyaba el Dios de los Báculos de la Puerta del Sol de Tiwanacu, de manera que ya teníamos perfectamente localizada la cámara con la serpiente en el interior de la pirámide; lo único que fallaba era que la puerta no estaba en la cúspide. Por supuesto, podía tratarse de un dibujo simbólico, algo así como un plano, en cuyo caso, debajo de la Puerta del Sol podía encontrarse la mencionada pirámide.

—Bueno... —musitó *Proxi* entre dientes tras examinar el boceto—, creo que las piezas siguen encajando. Debemos liquidar el asunto de las crónicas antes del mediodía.

Obedecimos como corderillos. En tanto que yo retomé los tres tomos de la *Nueva crónica y buen gobierno*, *Jabba* se apoderó de los dos impresionantes volúmenes de los *Comentarios Reales de los Incas* y *Proxi* de *La crónica del Perú* de Pedro de Cieza de León y de la *Suma y narración de los Incas*, de Juan de Betanzos. Ellos se sentaron en un par de amplios sillones y yo en mi habitual lugar de trabajo, frente a la mesa. En aquel momento podía parecer una estupidez haber conectado tantos ordenadores porque, aunque encendidos, sólo servían para ondear sincronizadamente en sus pantallas el logo de Ker-Central, pero ¿qué otro recurso se le podía haber ocurrido a unos informáticos que se disponían a trabajar duramente enfrentándose a temas extravagantes y desconocidos? Yo, a veces, pensaba que por mis venas no circulaba sangre sino un torrente de bits (pequeñas unidades de información similares a nuestras neuronas) y que mi material físico estaba compuesto por líneas de código. Siempre decía, en broma, que mi cuerpo era el *hardware*, mi mente el *software* y mis órganos sensoriales los periféricos que dejaban entrar y salir los datos. ¿Había existido alguna vez un mundo sin ordenadores? ¿Cómo era la gente antes de poder conectarse a través de la red? ¿En la Edad Media sobrevivían sin teléfono móvil? ¿Los incas no tenían fibra óptica, ni DVD...? ¡Qué extraño era el pasado! Sobre todo porque aquellas personas no habían sido tan diferentes de nosotros. Sin embargo, a pesar de nuestros avances técnicos, el mundo que nos había tocado en suerte era bastante absurdo y nuestra época estaba tan plagada de despropósitos —ataques terroristas, guerras, mentiras políticas, contaminación, explotación, fanatismos religiosos, etc.—, que la gente ya no era capaz de creer que pudieran pasarle cosas extraordinarias. Sin embargo, allí estábamos nosotros para demostrar que sí, que ocurrían de verdad, y ¿qué podíamos hacer sino dejarnos arrastrar por ellas?

Estuve mirando la crónica de Guamán durante toda la mañana, pasando página tras página y recreándome con los dibujos, buscando, con ayuda de los índices, la menor referencia a los collas, los aymaras y Tiwanacu (que, en esta edición venía como Tiauanaco, nombre que sumé a la colección: Tiahuanaku, Tiahuanacu, Tihuanaku, Tiaguanacu y Tiahuanaco), pero ya no encontré más frases subrayadas por mi hermano ni tampoco más datos significativos, aunque sí muchas curiosidades que no tenían nada que ver con nuestra investigación: la descripción minuciosa de las torturas y castigos impuestos a los indios por los gobernadores o la Iglesia era digna del mejor cine de terror y la división social y racial sobrevenida por la aparición de todas las combinaciones posibles de españoles, indios y «negros de Guinea» era increíble.

Pero si yo no encontré nada realmente útil, *Proxi* desechó a Juan de Betanzos con las manos vacías en menos de media hora y *Jabba* apenas tuvo algo más de suerte con Garcilaso de la Vega. El Inca parecía confundir a los aymaras con otro pueblo muy diferente situado en un lugar llamado Apurímac, a mucha distancia del Collao y del lago Titicaca y, de los collas, sólo hablaba para referirse a las derrotas de las que fueron objeto por parte de los incas o para escandalizarse cristianamente de lo muy libres que eran sus mujeres para hacer lo que quisieran con su cuerpo antes de casarse. La información que daba sobre Tiwanacu apenas aportaba datos sobre los edificios y el diseño del lugar, limitándose a hablar sobre las dimensiones megalíticas de los sillares utilizados: «...piedras tan grandes que la mayor admiración que causa es imaginar qué fuerzas humanas pudieron llevarlas donde están siendo, como es verdad, que en muy gran distancia de tierra no hay peñas ni canteras de donde se hubiesen sacado aquellas piedras», «Y lo que más admira son unas grandes portadas de piedra hechas en diferentes lugares. Y muchas de ellas son enterizas, labradas de una sola piedra por todas cuatro partes», «Y estas piedras tan grandes y las portadas son de una pieza, las cuales obras no se alcanza ni se entiende con qué instrumentos o herramientas se pudieran labrar». Después, con toda la flema del mundo, reconocía haber copiado la información de la crónica de Pedro de Cieza de León, en la que *Proxi* estaba trabajando en ese momento. El único dato curioso —o revelador, según se mire— que *Jabba* encontró en Garcilaso, fue una frase entre paréntesis aparecida al principio del libro VII en la que el autor, descendiente de Orejones por parte de su madre, explicaba que los Incas habían mandado que todos los habitantes del imperio aprendiesen por la fuerza la «lengua general», o sea, el quechua, para lo cual pusieron maestros en todas las provincias. Entonces, como si tal cosa, afirma: «(Y es de saber que los Incas tuvieron otra lengua particular que hablaban entre ellos, que no la entendían los demás indios ni les era lícito aprenderla, como lenguaje divino.)»

—Juraría —murmuró *Jabba*, pensativo— que ya hemos leído algo sobre esto.

—Pues claro —afirmé, y *Proxi* asintió con la cabeza—. Tú mismo me dijiste que, buscando información sobre los aymaras y su lengua, habías encontrado un documento en el que se decía que la lengua que utilizaban los yatiris para curar enfermedades era el idioma secreto que los Orejones hablaban entre ellos.

—¡Ah, claro! —profirió, dándose un golpe en la frente con la palma de la mano—. ¡Qué burro soy! ¡Los yatiris!

«Estoy muerto porque los yatiris me han castigado», repitió en ese momento la voz de mi hermano dentro de mi cabeza. Y, de pronto, sin saber muy bien cómo, hice una chocante asociación de ideas a la velocidad de la luz: los yatiris, esos aymaras de noble alcurnia descendientes directos de la cultura Tiwanacota, reverenciados por los incas y considerados por los suyos como grandes sabios y filósofos, eran también, curiosamente, unos extraños médicos que sanaban con palabras como los brujos, ya que, al parecer, poseían un lenguaje secreto y mágico que compartían con los Orejones, los de la sangre solar y todo aquel rollo. Si curaban con palabras, ¿por qué no podían también hacer enfermar con palabras? ¿Y si, acaso, el lenguaje divino del que hablaba Garcilaso no era otro que el aymara, la lengua perfecta, matemática, el idioma original cuyos sonidos procedían de la naturaleza misma de los seres y las cosas? Pero, ¿por qué iban los yatiris a castigar a Daniel?

—Las piezas siguen encajando una tras otra —observó de nuevo *Proxi* que no se había dado cuenta de mi breve ausencia—. ¿Sabéis qué creo...? Creo que todo lo que vamos encontrando converge hacia dos únicos puntos: Tiwanacu y los yatiris. Dejad que os cuente por encima lo que dice Cieza de León.

Pero mi cerebro seguía trabajando en segundo plano: Pedro Sarmiento de Gamboa estuvo recorriendo Perú desde 1570 hasta 1575 para escribir las *Informaciones* de la Visita General y, durante esos cinco años, se encontró con los yatiris en Tiwanacu —aunque la ciudad sólo era ya un cúmulo de ruinas— y dibujó un mapa en el que reflejaba un camino que, desde allí e internándose después en la selva, conducía hasta algún lugar seguramente importante. Y, apenas terminado el mapa, la Inquisición le acusó de practicar la brujería y le encerró en las cárceles secretas que el Santo Oficio tenía en Lima por elaborar una tinta que provocaba cualquier tipo de sentimiento en quien leyera lo que se escribía con ella.

—A Cieza le nombraron Cronista Oficial de Indias en 1548 —explicó *Proxi* a modo de introducción, apoyando la suela de sus zapatos en el filo de la vieja mesa de ratán—, y, a partir de entonces, se dedicó a visitar los lugares más importantes de Perú narrando hasta el último detalle de lo que veía y oía.

—¿También cuenta lo libertinas que eran las mujeres collas antes del matrimonio? —pregunté con sorna.

—También —admitió *Proxi* de mala gana—. Y eso que no era cura. ¡Menos mal que he nacido en esta época! —exclamó a pleno pulmón—. Creo que me hubiera muerto si llego a tener que aguantar a tanto retrógrado machista.

—Bueno, ¿y qué más dice de los collas? —atajó rápidamente *Jabba* antes de que los disparos se volvieran contra él.

—Pues, por ejemplo, que se deformaban las cabezas.

—¿Ah, sí? —aquello me interesaba mucho.

—Escucha: «En las cabezas traen puestos unos bonetes a manera de morteros, hechos de su lana, que nombran *chullos* —leyó—; y tienen todos las cabezas muy largas y sin colodrillo, porque desde niños se las quebrantan y ponen como quieren, según tengo escrito.»

—¡El gorrito se llama *chullo*! —exclamé, muy risueño.

—¿Qué es colodrillo? —quiso saber *Jabba*.

—La parte posterior de la cabeza —le explicó *Proxi*.

—Hay algo que no me cuadra —dije—. ¿Por qué dice que todos los collas se quebrantaban la cabeza desde pequeños? A mí, la catedrática me dijo que la deformación del cráneo se utilizaba sólo entre las clases altas, como señal de distinción.

—Aquí cada uno dice una cosa distinta —rezongó la mercenaria—. Cada arqueólogo y cada antropólogo tiene su propia y diferente versión de los hechos, y, luego, con todo ese batiburrillo, los historiadores se montan una especie de teoría general que no aborda determinado tipo de cuestiones para no pillarse los dedos.

—¿Y por qué no se coordinan? —protestó *Jabba*—. ¡Nuestra vida sería más sencilla!

—No le pidas peras al olmo, Marc —sentencié—. Si quieres, te vuelvo a contar la bronca que tienen montada con los documentos Miccinelli.

—No, muchas gracias —se apresuró a responderme con cara de terror—. *Proxi*, rápido, sigue con Cieza.

—A ver dónde estaba... Aquí. Mira, voy a haceros un resumen y luego entraremos a fondo con Tiwanacu, ¿de acuerdo? Bueno, los collas le contaron a Cieza de León que ellos descendían de una civilización muy antigua, anterior al diluvio, pero que no sabían mucho de aquellos antepasados. Aseguraban haber sido una nación muy grande que, antes de los incas, tenía grandes templos y veneraba mucho a los sacerdotes, pero, luego, abandonaron a sus antiguos dioses y creyeron en Viracocha, que salió un día de la gran laguna Titicaca para crear el sol y acabar con las tinieblas en las que había quedado sumido el mundo después del diluvio. Como los egipcios, veneraban y momificaban a sus muertos y les levantaban importantes edificaciones de piedra llamadas *chullpas*.

—¿Y qué dice de Tiwanacu? —pregunté viendo que *Proxi* había terminado el resumen.

Ella bajó los ojos al libro, pasó un par de hojas hacia delante y hacia atrás, buscando algo, y, cuando lo encontró, alisó bien las páginas con la palma de la mano y empezó a leer:

—«Yo para mí tengo esta antigualla por la más antigua de todo el Perú; y así, se tiene que antes que los ingas reinasen, con muchos tiempos, estaban hechos algunos edificios destos; porque yo he oído afirmar a indios que los incas hicieron los edificios grandes del Cuzco por la forma que vieron tener la muralla o pared que se ve en este pueblo.»

—¡Vaya manera de hablar! ¡No se entiende nada!

—¡Cállate, *Jabba*! Sigue leyendo, *Proxi*, por favor.

—«Yo pregunté a los naturales, en presencia de Juan Varagas (que es el que sobre ellos tiene encomienda), si estos edificios se habían hecho en tiempos de los ingas, y riéronse desta pregunta, afirmando lo ya dicho, que antes que ellos reinasen estaban hechos, mas que ellos no podían decir ni afirmar quién los hizo, mas de que oyeron a sus pasados que en una noche remaneció hecho lo que allí se vía.»

—¿Qué narices se supone que ha querido decir? —bramó *Jabba*, que se removía en el sillón como una fiera en su jaula.

—Que los collas aseguraban que Tiwanacu se construyó mucho antes de la llegada de los incas y que, según sus antepasados, toda la edificación se levantó en una sola noche.

—Cieza, además —siguió, imperturbable, *Proxi*—, hace una detallada descripción de las ruinas tal y como él las vio en su visita.

—¿Tienes algún plano de Tiwanacu, *Root*?

—Hasta ahora no me había hecho falta.

—Pues si tenemos que situar la Puerta del Sol y entender lo que dice Cieza, deberíamos bajarnos uno de internet.

—Luego lo haremos —le dije, sin moverme—. Es la hora de comer.

Su rostro se iluminó e hizo el conato de saltar del sofá como si sufriera toda el hambre del mundo, pero el breve arpegio musical que acompañó al mensaje que apareció en las pantallas, frustró bruscamente su intento.

Después de casi cuatro días de búsqueda incesante a toda potencia, el sistema acababa de completar la clave de acceso al ordenador de Daniel.

Si alguien me hubiera asegurado que mi hermano sería algún día el presidente de Estados Unidos probablemente no le hubiese creído. Si me lo hubiera jurado, dado por cierto y mostrado documentos acreditativos de tal suceso, al final, hubiera tenido que aceptarlo, claro, pero habría mantenido mis reservas hasta el día de su toma de posesión, e incluso entonces hubiera pensado que aquello era un sueño raro del que terminaría despertándome.

Pues bien, exactamente eso fue lo que sentí cuando tuve ante mis ojos la palabra clave elegida por mi hermano para proteger su ordenador:

(‾`Dån¥ëL´‾)

Doce caracteres ni más ni menos, el doble de lo normal, y, encima, los más impredecibles e imposibles de adivinar. Nadie usaba ese tipo de claves, nadie tenía tanta imaginación —o tanta prudencia—, nadie era, en definitiva, tan rebuscado, sobre todo porque escasas aplicaciones te permitían utilizar cadenas tan largas y, mucho menos, símbolos tipográficos tan pintorescos. Sólo programas muy sofisticados o, por el contrario, programillas cutres escritos por *hackers* de medio pelo permitían semejante exhibicionismo criptográfico, pero, incluso teniéndolo permitido, lo que me admiraba era que Daniel hubiera hecho ese alarde de fantasía y de cautela informática tan impropio de él. Vivir para ver...

Jabba y *Proxi* no daban crédito a sus ojos. Ambos mostraron, primero, su mayor asombro y, segundo, su absoluta seguridad en que esa clave no la había inventado Daniel.

—No te ofendas, *Root* —me dijo *Proxi* como experta en la materia, dejando caer una mano sobre mi hombro—, pero tu hermano no tiene el nivel informático necesario para conocer la existencia de estas claves en ASCII. (9) Pondría la mano en el fuego a que la copió

(9) American Standard Code for Information Interchange (ASCII). El código ASCII reúne todos los caracteres de texto y todos los signos de puntuación en una tabla estándar, representándolos como números.

de alguna parte, fíjate, y estoy segura de que no me quemaría.

—En cualquier caso, da igual —balbuceé, todavía ofuscado por el descubrimiento.

—Sí, desde luego. Eso es lo que menos importa en este momento —afirmó *Jabba*, subiéndose los pantalones hasta donde su barriga se lo permitía—. Lo que ahora tenemos que hacer es guardar una copia de seguridad de la clave e irnos a comer.

Por supuesto, no le hicimos el menor caso, de modo que así se quedó, pregonando su hambruna en el desierto mientras *Proxi* y yo nos adentrábamos en las tripas del portátil con un extraño sentimiento de inseguridad por lo que fuera que nos esperaba allí adentro. En cuanto tuve el control de la máquina, le eché una ojeada al contenido del disco duro y me llamó la atención la gran cantidad de memoria que tenía ocupada para tan pocas carpetas como se veían en el directorio raíz, pero el misterio quedó pronto aclarado al comprobar que, dentro de esas carpetas, los subdirectorios se ramificaban hasta el infinito con incontables archivos de imágenes y con gigantescas aplicaciones (una de las cuales era la barrera de clave de acceso) que, rápidamente, pasamos al ordenador central para poder reventarlas a seis manos desde distintos terminales.

Cuando se utiliza cualquier programa de ordenador, por regla general se pone en marcha en su forma ejecutable, es decir, traducido al frío lenguaje binario que emplea la máquina: largas series de ceros y unos cuyo sentido es imposible de entender para un ser humano. Por eso se utilizan lenguajes intermedios, lenguajes que, en forma de código algebraico, le dicen al ordenador lo que el programador quiere que haga. En ese código suelen insertarse comentarios y explicaciones que el procesador ignora a la hora de trabajar y que sirven para ayudar a comprender el funcionamiento de la aplicación a otros programadores así como para facilitar la tarea de revisión. Pues bien, en cuanto tuvimos delante el código del programa de claves de acceso, comprendimos que teníamos que vérnoslas con algo bastante inesperado.

Un programa de ordenador presenta muchas similitudes con una obra musical, un libro, una película o un plato de cocina. Su estructura, su ritmo, su estilo y sus ingredientes permiten identificar o, al menos, acercarse mucho, al autor que está detrás. Un *hacker* no es sino una persona que practica la programación informática con un cierto tipo de pasión estética y que se identifica con un cierto tipo de cultura que no se reduce simplemente a una forma de ser, vestir o vivir, sino también a una manera especial de ver el código, de comprender la belleza de su composición y la perfección de su funcionamiento. Para que el código de un programa presente esa belleza sólo tiene que cumplir dos normas elementales: simplicidad y claridad. Si puedes hacer que el ordenador ejecute una orden con una sola instrucción, ¿para qué utilizar cien, o mil? Si puedes encontrar una solución brillante y limpia a un problema concreto, ¿para qué copiar pedazos de código de otras aplicaciones y malcasarlos con remiendos? Si puedes clasificar las funciones una detrás de otra de forma clara, ¿para qué complicar el código con saltos y vueltas que sólo sirven para ralentizar su funcionamiento?

Sin embargo, lo que teníamos delante era el trabajo sucio de uno o varios programadores inexpertos que habían metido la tijera en otras aplicaciones y que habían llenado con miles de líneas de código inútil un programa que, casi de milagro, funcionaba bien. Parecía uno de aquellos trabajos de colegio que se hacían copiando páginas enteras de libros y enciclopedias hasta conseguir un pastiche legible que se adornaba con una lujosa opinión final.

—¿Qué diablos es esta porquería? —aulló *Jabba*, espantado.

—¿Habéis visto los comentarios del código? —preguntó *Proxi* poniendo el índice sobre su pantalla.

—Me suena... —murmuré, mordiéndome los labios—. Me suena mucho. Esto ya lo había visto antes.

—Y yo también —confirmó la mercenaria, pulsando los cursores para moverse arriba y abajo rápidamente.

—Juraría que viene de Oriente —aventuré—. Pakistán, India, Filipinas...

—Filipinas —sancionó *Proxi* sin la menor duda—. De la Facultad de Informática de la Escuela Universitaria AMA, de Manila.

—Recuérdame que te suba el sueldo.

—¿Cuándo quieres, exactamente, que te lo recuerde?

—Sólo era una manera de hablar.

—¡No, no, de eso nada! —*Jabba* no iba a dejar pasar la ocasión—. ¡Yo he oído cómo se lo has dicho!

—¡Bueno, vale, está bien! —farfullé, girando mi asiento para quedar frente a ellos—. Hablaremos del tema cuando acabemos con esta historia, en serio. Ahora, dame más datos sobre los programadores, *Proxi*.

—Estudiantes del último curso de Informática. La Escuela Universitaria AMA es la más prestigiosa de Filipinas, se encuentra en el distrito financiero de Makati y de sus aulas han salido auténticos genios como el deplorable Onel de Guzmán, autor del virus «I Love You», que infectó cuarenta y cinco millones de ordenadores de todo el mundo y que me tuvo trabajando como una loca durante un mes para impedir que nuestros sistemas se contagiaran. Estos chicos programan para pagarse los estudios o para conseguir trabajo en Occidente. Son listos, son pobres y tienen acceso a internet. Necesitan ganar dinero y llamar la atención.

—¿Y cómo consiguió Daniel un programa de este tipo?

—He registrado los comentarios del código en busca de pistas —precisó *Jabba*—, pero no hay nada y dudo mucho que se publicase en alguna revista de informática porque suelen ser bastante cuidadosas con lo que sacan. El nombre del programa tampoco dice mucho: «JoviKey»... ¿Quizá «La llave de Jovi»? Imposible de saber. Lo único que se me ocurre es que Daniel lo encontrase en internet, pero me extrañaría porque los programas que se ponen en la red para uso gratuito suelen llevar copyright y éste no lo tiene.

—Y eso no es normal —apostilló *Proxi*, levantando el dedo en el aire a modo de pantocrátor.

—No, no lo es —admití, perplejo.

A regañadientes, hicimos un descanso para comer en la terraza alrededor de las tres de la tarde pero antes de media hora habíamos vuelto al despacho para seguir desbrozando el contenido del portátil. Magdalena nos trajo el té y el café al estudio y la tarde pasó como una exhalación abriendo aplicaciones, estudiándolas y examinando fotografías y textos.

Y allí estaba todo. No nos habíamos equivocado. Habíamos seguido los pasos de Daniel con una precisión milimétrica, reproduciendo en una intensa y difícil semana lo que él, completamente solo, había investigado durante seis meses. Pero su esfuerzo había valido la pena porque los descubrimientos que encontramos en la documentación archivada eran realmente impresionantes. Había realizado un trabajo brillante, inmenso, de modo que no era de extrañar que hubiera terminado agotado y con los nervios rotos.

Según dedujimos de sus caóticas notas y esquemas, trabajando en el quipu quechua de los documentos Miccinelli que Marta Torrent le había entregado, mi inteligente hermano tropezó una y mil veces con grandes dificultades que le llevaron al convencimiento de que no era el quechua puro el idioma que se utilizaba normalmente para escribir con nudos. Investigando, descubrió en Garcilaso de la Vega la referencia al lenguaje secreto de los Orejones, que, aunque con influencias e infiltraciones del quechua, resultó ser básicamente el aymara. A partir de ese momento —y como después haríamos nosotros tres—, descubrió todo lo que de extraño tenía esta lengua y, así, abandonó las cuerdas para centrarse en los tocapus, los cuadraditos objeto de diseños textiles, ya que sus lecturas de Guamán Poma y los demás cronistas le llevaron a pensar que éste era el sistema de escritura de la «Lengua Sagrada», como él la denominaba. Estudió con ahínco y, cuanto más aprendía, más seguro estaba de que todo aquello encerraba un antiguo misterio relacionado con el poder de las palabras. Descubrió a los yatiris, descubrió Tiwanacu, y, para nuestra sorpresa, descubrió una extraña veneración a las cabezas por parte de los aymaras que él relacionaba con el mencionado poder de las palabras. Por eso se dedicó a coleccionar fotografías de cráneos deformados y por eso le llamó la atención el mapa de Piri Reis. Daniel suponía que, en tiempos muy antiguos, quizá algunos milenios antes de nuestra era, los aymaras (o collas, o pucaras) habían adorado a algún dios parecido al Humpty Dumpty cabezón y por eso se había empeñado en desvelar la antigüedad del mapa, para descubrir en qué momento histórico los aymaras habían desarrollado esa devoción por un dios megalocefálico que él identificaba con un ulterior y más humanizado Dios de los Báculos, aunque no estaba seguro de que esa representación simbolizara realmente a un dios, como todo el mundo decía, y, mucho menos, a Viracocha, de quien afirmaba que era un invento inca de creación muy cercana a la llegada de los españoles.

Debió de realizar multitud de intentos para interpretar los textos escritos en tocapus, porque había cientos de reproducciones escaneadas de textiles y objetos de cerámica con esta decoración. Almacenaba desesperadamente ejemplos y más ejemplos en busca de la clave que le permitiera confirmar que aquellos diseños geométricos eran, en realidad, un sistema de escritura. Los subdirectorios con estas reproducciones en formato digital eran interminables y su catalogación no parecía tener el menor sentido, ya que sus nombres estaban formados por largas ristras de cifras no correlativas.

Pero, entonces, encontramos el programa informático que, finalmente, le desveló la clave. Se llamaba «JoviLoom» (¿quizá «El telar de Jovi»?) y, como su hermano gemelo, «JoviKey», carecía de copyright y estaba formado por millones de instrucciones obviamente robadas y, encima, mal estructuradas y peor unidas; aunque, de nuevo, e inesperadamente, el engendro funcionaba e invadía, él solo, la casi totalidad del disco duro. Hubiéramos necesitado unas cuantas cabezas más y algunas semanas de trabajo para poder revisarlo por entero. Sin embargo, con las indagaciones que hicimos tuvimos suficiente y nuestra primera y obvia conclusión fue que aquellos *hackers* filipinos eran admiradores de Bon Jovi, la famosa banda de rock duro de New Jersey.

«JoviLoom» era, básicamente, un programa de gestión de bases de datos. Hasta ahí, todo normal. Tampoco resultaba espectacular el hecho de que gestionara imágenes en lugar de secuencias de información, porque había cientos de programas que también lo hacían. De nuevo, todo correcto. Lo curioso era que, al abrirlo, se desplegaban dos ventanas verticales, una junto a la otra, y que, en la primera, aparecía un muestrario de más de doscientos pequeños tocapus ordenados en filas de tres que podían ser seleccionados uno a uno con el cursor y arrastrados hasta la ventana contigua para reproducir el diseño de cualquier paño. Entonces, tras confirmar que habías terminado de «tejer» el texto que querías, el programa convertía el boceto en una línea continua de tocapus y rastreaba esta veta en busca de cadenas idénticas. Si encontraba dos iguales, partía la línea en pedazos empezando por la primera letra (o tocapu) de la cadena (o palabra) encontrada y reiniciaba la búsqueda comenzando por el segundo tocapu del diseño. Lo que, en resumidas cuentas, venía a hacer «JoviLoom» era algo parecido a lo que se realizaba en esos pasatiempos llamados sopas de letras, buscando coincidencias de secuencias, incluso, en sentido vertical, diagonal o inverso. Así, de un manto rectangular, por ejemplo, decorado con un número determinado de tocapus, podían extraerse incontables combinaciones y permutaciones que daban, como resultado final, una serie de matrices (igual que en el pasatiempo) que encerraban las supuestas palabras localizadas y que «JoviLoom» recolocaba y separaba siguiendo un orden lógico conforme a su emplazamiento original. Una vez compuesto el texto de este modo, es decir, adaptado a la forma gramatical latina, ya sólo faltaba traducirlo, pero eso no lo hacía «JoviLoom», que se limitaba a ofrecer generosamente una anárquica versión formada por raíces y sufijos aymaras en aparente tumulto. Por lo visto, un solo tocapu podía representar tanto una letra (por cierto, consonantes a secas) como una sílaba de dos, tres y hasta cuatro letras, o, incluso, una palabra completa, de lo que dedujimos que cada uno de ellos podía tener un sentido simbólico, al representar un concepto o cosa, y un sentido fonético, al representar un sonido. Pero «JoviLoom» también unía, a veces, dos o tres tocapus a la hora de ofrecer un único sufijo o raíz.

—A mí me parece —empezó a decir *Jabba*, muy puesto en su papel— que tienen que ser palabras compuestas, como «puntapié» o «cuentakilómetros».

—¡Apaga el cerebro, listillo! —le ordenó *Proxi*.

Por si la queríamos, «JoviLoom» también nos ofrecía una versión impresa del resultado, pero, para lo que nosotros sabíamos de aymara, venía a darnos lo mismo.

—¿Y si este puñado absurdo de consonantes no fuera aymara? —pregunté, alarmado de repente.

—¿Y qué demonios iba a ser? —repuso *Jabba*.

Pero, a partir de ahí, cayó sobre nosotros la duda en forma de pesado silencio. Fuimos conscientes de que estábamos atrapados porque no teníamos manera de confirmar que aquel galimatías sin vocales se correspondiera con el lenguaje de los collas. Y en ese desgraciado momento mi abuela tuvo la ocurrencia de entrar a despedirse antes de marcharse al hospital, de manera que la pobre se fue sin que nadie se dignara dirigirle otra cosa que gruñidos.

Afortunadamente, poco después, encontramos, en los ficheros almacenados en una de las carpetas del programa, un montón de sopas de letras ya fraccionadas y, junto a ellas, en ficheros de texto con el mismo nombre, su versión en caracteres latinos formando palabras reconstruidas y completadas por Daniel y, ¡oh, sorpresa!, el escrito resultante sí que estaba en aymara. Por supuesto, estas reconstrucciones seguían siendo pura jerigonza para nosotros pero, por lo menos, ya podíamos consultar algunos términos en los diccionarios de Ludovico Bertonio y de Diego Torres Rubio y comprender lo que querían decir. Además, algunos de estos ficheros estaban también traducidos por mi hermano, pero, en vista de su contenido (por ejemplo, *Amayan marcapa hiuirinacan ucanpuni cuna huchasa camachisi*, o lo que es lo mismo, «Del muerto en su pueblo los mortales en ese siempre algún pecado se realiza»), decidimos que los que habían llegado a un punto muerto por ese día éramos nosotros tres, sobre todo porque la noche se nos había echado encima y Clifford y mi madre llevaban más de una hora esperándonos para cenar.

Sin embargo, a pesar de que la jornada había sido sumamente fructífera, el hallazgo más espectacular lo hicimos al día siguiente, martes, poco después de empezar a trabajar. Casi por casualidad, tropezamos, en el interior del ordenador de Daniel, con un documento bastante grande llamado *Tiwanacu.doc*, archivado de forma incomprensible en uno de los abarrotados subdirectorios de imágenes, y cuál no sería nuestra sorpresa al descubrir que se trataba de una curiosa recopilación de traducciones de textos aymaras cuyos originales, dedujimos, debían de encontrarse en la amplia colección fotográfica de textiles y cerámicas. Los fragmentos eran de tamaños distintos, unos muy grandes y otros pequeños, de apenas una o dos líneas, pero todos hablaban de un lugar místico y sagrado llamado Taipikala, así que, al principio, no entendimos por qué narices el fichero se llamaba Tiwanacu. Taipikala, según Daniel, quería decir, «Piedra de en medio» o «Piedra central», y allí, en Taipikala, se había producido el nacimiento del primer ser humano, hijo de una diosa venida del cielo, llamada Oryana, y de alguna clase de animal terrestre. Después de parir setenta criaturas y, por tanto, cumplida con creces su curiosa misión, la diosa se marchó, regresando a las profundidades del universo de las que había venido. Pero su numerosa descendencia —al parecer, gigantes que vivían cientos de años—, levantó Taipikala en su honor y allí siguió adorándola durante milenios hasta que un terrible cataclismo (tan grande que hizo desaparecer el cielo, el sol y las estrellas) y un posterior diluvio que ahogó en agua la «Piedra central» y a casi toda su población, acabó para siempre con la raza de los gigantes, cuyos enfermizos y debilitados descendientes empezaron a crecer menos en cada nueva generación y a morir mucho antes. Pero, como conservaron las enseñanzas de Oryana y sabían utilizar los sonidos de la naturaleza y hablar el lenguaje sagrado, siguieron siendo yatiris.

Creo que fue en este punto cuando empezamos a tener claro de qué iba todo aquello. Si desbrozábamos el mito y nos quedábamos con ciertos datos significativos, la leyenda recogida en fragmentos dispersos de tocapus venía a ratificar lo que nosotros, por nuestra cuenta, habíamos descubierto. Aceptamos también que Taipikala

214

tenía todas las papeletas para ser Tiwanacu, y esto lo fuimos corroborando con los datos que vinieron a continuación.

Mucho tiempo después del diluvio, Willka, el sol, reapareció por fin y lo hizo surgiendo de las tinieblas en un punto situado en el centro de la gran laguna llamada Kotamama (¿Titicaca?), pegada a Taipikala. Allí se le vio por primera vez y los agotados —y, probablemente, congelados— seres humanos, temerosos de que pudiera producirse una nueva desaparición, le adoraron de todas las formas posibles, ofreciéndole ceremonias y sacrificios de cualquier talante imaginable. La ciudad de Taipikala renació lentamente de sus cenizas bajo el gobierno de los yatiris más sabios, llamados Capacas, que convirtieron el culto al sol en el eje central de su nueva y asustadiza religión. Willka no podía volver a desaparecer; la continuidad del ser humano dependía de ello. Si Willka se marchaba de nuevo, morirían, y, con ellos, tal y como habían estado a punto de poder comprobar, la naturaleza al completo. De modo que el sol se convirtió en dios y Taipikala en su ciudad-santuario. Allí, con gran ceremonia, se ataba a Willka a la piedra de los solsticios, la llamada «piedra para amarrar al sol», con una larga y gruesa cadena de oro que lo sujetaba al espacio-tiempo. A pesar de todo, de vez en cuando el sol se soltaba de la cadena y desaparecía, y el terror invadía a los habitantes de Taipikala. Pero los Capacas volvían a sujetarlo fuertemente a la piedra y no lo dejaban marchar. No olvidaron a Oryana, pero ella ya no estaba y Willka era, a efectos prácticos e inmediatos, mucho más importante y necesario. Como importante y necesario era también Thunupa, otro nuevo dios nacido del miedo que simbolizaba el poder del agua y del rayo que anuncia la tormenta. Thunupa no era tan significativo como Willka, pero ambos se complementaban en la tarea de evitar un nuevo desastre. Además, desde el diluvio, las épocas de las lluvias habían cambiado de una manera extraña y la abundancia anterior de los cultivos no había vuelto a darse. Willka y Thunupa, el sol y el agua, eran los dioses fundamentales del panteón de Taipikala.

Los yatiris se convirtieron en los depositarios y guardianes de la sabiduría antigua y, por tanto, pronto se encontraron en la cima del poder social y religioso. El mundo había cambiado mucho; incluso la laguna Kotamama, que antes llegaba hasta los muelles del puerto de Taipikala, ahora se encontraba a una considerable distancia, pero ellos seguían teniendo la capacidad de sanar las enfermedades y de retener al sol en el cielo día tras día. Pronto constituyeron una casta aparte: hablaban un lenguaje propio, estudiaban el firmamento minuciosamente, podían predecir los acontecimientos y enseñaban la manera de llevar el agua desde la gran laguna hasta los lejanos cultivos para obtener grandes cosechas a pesar del frío que, desde el diluvio, azotaba la zona. El lugar más sagrado de Taipikala era la Pirámide del Viajero, un lugar apartado del resto de edificios en el que se custodiaban unas grandes planchas de oro sobre cuyas lisas superficies se escribió, para que nunca se olvidara, la memoria de la creación del mundo, la llegada de Oryana, la historia de los gigantes, del diluvio, el renacer de la humanidad tras el regreso del sol, y todo cuantos los yatiris sabían del universo y la vida. La Pirámide del Viajero contenía, además, importantes dibujos que mostraban el firmamento y la tierra antes y después del cataclismo, así como el cuerpo mismo del viajero y su equipaje para recorrer los mundos que le esperaban en el más allá hasta su regreso. Todo esto estaba pensado, por lo visto, para ayudar a una próxima Humanidad en caso de que volviera a suceder alguna catástrofe.

Aunque la lectura de todas aquellas leyendas aymaras resultaba muy entretenida, había que reconocer que sólo eran fábulas para niños que no nos aportaban ningún dato realmente interesante. Muchos fragmentos de texto, entre los recogidos devotamente por mi hermano, elogiaban la sabiduría, el valor y los extraordinarios poderes de los yatiris y sus Capacas, pero, dado que toda la información procedía de textiles y cerámicas de fecha muy posterior, resultaba obvio que aquello estaba necesariamente teñido por el mito y por la belleza que proporciona la nostalgia, de modo que no nos servía de nada. Los yatiris hacían muchas cosas, sí, ¿y qué? Mejor para ellos. Punto.

Pero cuando ya *Proxi* estaba empezando a farfullar palabrotas contra Taipikala y *Jabba* se había largado a la cocina en busca de algo para comer, apareció, por fin, el primer fragmento realmente provechoso: los yatiris, sacerdotes de Willka y descendientes directos de los gigantescos hijos de Oryana, eran poseedores de una sangre sagrada que no podían mezclar y, por lo tanto, estaban obligados a reproducirse sólo entre ellos.

—¡Cuánto me alegro, caramba! —exclamó *Proxi*, presa de una súbita satisfacción—. ¡La casta de los yatiris no era sólo de hombres!

—Es evidente que había mujeres —aceptó *Jabba*, devorando una bolsa de galletas—. Pero hasta ahora ningún documento lo había dicho.

—¡Ése es siempre vuestro error! —Y *Proxi* nos se-

217

ñaló a ambos con el dedo, acusatoriamente—. Dais por sentado que las palabras sin género se refieren sólo a los hombres.

—No es cierto —salté—. Lo que pasa es que Daniel pone el artículo plural masculino delante de «yatiris».

—¿Y Daniel qué es...? —gruñó, despectiva—. ¡Otro hombre! Si no falla nunca. ¿Tú te acuerdas, *Jabba*, de lo que leímos sobre el uso del género cuando estábamos buscando información sobre el aymara?

Jabba asintió con la boca llena, sin dejar de masticar frenéticamente. Ella continuó:

—En esta lengua perfecta, no existe diferencia de género para las personas gramaticales. No existe ella o él, ni nosotras o nosotros, ni vosotras o vosotros.

—Es... lo mismo —farfulló *Jabba*, lanzando al aire partículas de galleta desmenuzada.

—Tampoco los adjetivos tienen género —siguió *Proxi*—. No existe, por ejemplo, diferencia alguna entre nuevo y nueva o guapo y guapa.

—Es... lo mismo.

—¡Exactamente! Así que la palabra «yatiris» puede referirse tanto a hombres como a mujeres.

—Aunque eso fuera cierto —me atreví a comentar aun a riesgo de morir en el intento—, no es lo que nos importa en este momento. Vale, había mujeres entre los yatiris, pero a mí me llama mucho más la atención el rollo ese de la sangre sagrada que no se podía mezclar. ¿No os recuerda a los Orejones?

Jabba, que tenía la boca llena, casi se atragantó al intentar responderme. Después de carraspear varias veces, dándose golpes con la mano en el pecho, y de dejar la bolsa de galletas sobre la mesa para alejar la tentación, me dijo, ceñudo:

—Pero, ¿no te has dado cuenta de que es la misma historia que nos contaste sobre Viracocha, pero sin Viracocha? Aquello de las dos razas humanas, la de los gigantes, que él destruyó con columnas de fuego y con el diluvio, y la otra, de la que salieron los incas. Las leyendas coinciden hasta en lo del sol. ¿No nos dijiste que Viracocha lo había hecho salir del lago Titicaca para iluminar el cielo después del diluvio?

Solté una andanada de exabruptos por mi falta de reflejos. *Jabba* volvía a tener razón y yo llegaba tarde al argumento, pero lo disimulé mirando hacia la pantalla del portátil, como si fuera la sorpresa la que desataba mi lengua.

Mientras nosotros dos continuábamos leyendo, *Proxi* se puso a trabajar en otro de los ordenadores cercanos. La vi afanarse con distintos buscadores de internet mientras la historia confeccionada por mi hermano con su selección de textos escritos con tocapus seguía adelante. No le preguntamos lo que estaba haciendo porque, cuando encontrara lo que buscaba, nos lo diría.

En algún momento de la historia, seguía contando la crónica elaborada por Daniel, se produjo un espectacular seísmo en el altiplano que acabó con la vida de cientos de personas y dio al traste con los principales edificios de Taipikala, ya debilitados por los años y el antiguo cataclismo y posterior diluvio. La ruina fue completa. Ante la magnitud del desastre hubo que tomar una serie de decisiones importantes, lo que motivó una fuerte bronca entre los Capacas gobernantes. El largo poema o canción en el que se narraba el suceso —casi dos hojas de versos con sus oportunos y machacones estribillos— no explicaba las razones del altercado pero recordaba lo doloroso que fue el enfrentamiento y lo dignos y honrados que fueron los bandos entre sí. La trifulca acabó con la marcha de la ciudad de un nutrido grupo de Capacas, yatiris y campesinos que iniciaron un éxodo hacia el norte a través de la cordillera. Por fin, después de mucho tiempo, llegaron a un valle rico y soleado y los Capacas decidieron que era el lugar idóneo para fundar una segunda Taipikala, a la que dieron el nombre de Cuzco, el «ombligo del mundo», por semejanza de sentido con «la piedra central». Pero las cosas no funcionaron como se había previsto y la necesidad de guerrear continuamente con los pueblos vecinos acabó por provocar la aparición de un líder militar: el yatiri Manco Capaca, conocido también como Manco Capac. Ni más ni menos que el primer Inca.

La realidad y la leyenda volvían a cruzarse ante nuestros ojos mientras íbamos conociendo la versión aymara de la historia. Pero aún había más: los Capacas de Cuzco que conservaron su papel sacerdotal y curandero pasaron a denominarse, con el tiempo, kamilis y su origen, en apariencia, se perdió en el transcurso de la formación del gran imperio que vino después. Se fundieron (o confundieron) con unos médicos llamados kallawayas, que trataban a la nobleza inca Orejona y que se ganaron fama de tener una lengua propia, un lenguaje secreto que nadie entendía y que les servía como seña de identidad. Su pista se difuminaba irremediablemente mientras que los textos que hablaban de los yatiris de Taipikala dejaban constancia de su pervivencia a pesar de las grandes dificultades a las que tuvieron que enfrentarse. La ciudad nunca volvió a ser lo que fue tras el terremoto. Sus pobladores y las gentes que habían vivido en las inmediaciones se desperdigaron poco a poco y aparecieron pequeños estados soberanos (Canchi, Cana, Lupaca, Pacaje, Caranga, Quillaca...) a modo de reinos de Taifas.

—¡Lo tengo! —exclamó *Proxi*—. Escuchad lo que he encontrado en una revista boliviana: «Los indígenas la llamaban Tiwanaku. Relataban que un día, un siglo antes, el Inca Pachakutej contemplaba las antiguas ruinas y, viendo llegar un mensajero, le dijo: *Tiai Huanaku* (siéntate, guanaco). Y la frase acuñó el nombre. Posiblemente, nadie quería contarles a los nuevos conquistadores que el nombre de la ciudad perdida en el tiempo era Taipikala (la piedra del medio). Menos aún que se decía que allí el dios Viracocha inició la creación y que aquélla era la piedra del medio, pero del medio del universo.» (10)

—Creo que esa tontería de «Siéntate, guanaco» también la cuenta Garcilaso de la Vega —comentó *Jabba* con desprecio.

—Bueno, pues hemos confirmado —dije— que Taipikala era el nombre original de Tiwanacu, aunque la verdad es que cabían pocas dudas.

—Sólo me falta comprobar un detalle —anunció *Proxi*, volviendo a su ordenador—. Quiero estar segura de que Taipikala-Tiwanacu tenía un puerto para las aguas del Titicaca.

—Va a ser difícil encontrar algo así —observé—. Sobre todo por el cambio de nombre del lago.

—¿Más difícil que algo de lo que hemos buscado hasta ahora? —preguntó con una sonrisilla irónica. Sus preciosos ojos oscuros brillaban con inteligencia. Podía

(10) «Tiwanacu. Historia del asalto al cielo», R. Sagárnaga. Revista *Escape*, 18-10-02. Arqueología. Diario *La Razón digital*, Bolivia.

comprender qué había visto *Jabba* en ella, al margen de los extraños peraltes y desniveles de sus formas.

—No, más difícil no —repuse.

—Pues, hala, dejadme trabajar en paz un rato.

—Pero te estás perdiendo todo lo de los yatiris —le advirtió *Jabba*, cogiendo de nuevo la abandonada bolsa de galletas.

—Luego me lo contáis.

Los yatiris que habían permanecido en Taipikala tras el terremoto tuvieron que reorganizar la vida de la ciudad, que ya no era más que un recuerdo de lo que fue. Lucharon por mantener sus antiguos conocimientos y se adaptaron a la vida en las ruinas. Habilitaron algunos templos para las ceremonias y algunas estancias para vivir, pero ya no podían mover las grandes piedras con la facilidad con que lo hicieron sus antepasados, los gigantes, de modo que Taipikala no volvió a brillar bajo la luz del sol aunque conservaba las placas de oro y plata en sus puertas y muros, y todas las piedras preciosas en sus estelas, relieves y esculturas; tampoco sus suelos y terrazas, de color rojo y verde en las épocas de esplendor, lucían como antes, porque ahora el recinto estaba prácticamente abandonado. Los yatiris se refugiaron en sus estudios sobre el firmamento y continuaron con sus investigaciones. Seguían practicando la curación con las palabras y adivinando el futuro, por lo que supieron antes que nadie que un gran ejército invasor estaba a punto de llegar y que su mundo se había terminado. Entonces se prepararon para el acontecimiento.

—¡Si todo esto fuera cierto, colega! —murmuró *Jabba* a mi lado.

—Y si lo fuera, ¿qué?

—¡Cuántos libros de historia habría que cambiar! —dijo, y soltó una carcajada tan ruidosa que temí por el sueño de mi abuela.

—Me preocuparía más el hecho de incluir a los gigantes en los programas de estudio.

—Bueno, vale. Todo es mentira. ¿Te gusta más?

No dije nada pero sonreí. En el fondo, y pese a todo, siempre me había atraído poderosamente la idea de convertirme en un partisano zapatista y no podía negarse que, en la forma, era un auténtico *hacker*, así que cambiar todos los libros de historia y que los niños estudiaran en los colegios a los gigantes, el mapa de Piri Reis y todo lo que pusiera en solfa la verdad establecida, me parecía una gran idea.

Los textos que Daniel había traducido y ordenado se acababan (el fichero tenía unas treinta páginas y ya estábamos en la número veinticinco), pero, conforme se acercaba el final, las cosas se iban poniendo más interesantes. Un largo pasaje explicaba que, ante el reiterado aviso de las estrellas de que se acercaba un gran ejército enemigo, los yatiris de Taipikala decidieron esconderse entre la población de los reinos collas cercanos, haciéndose pasar por campesinos y comerciantes. Pero, antes de abandonar para siempre los muros de Taipikala, tenían que hacer algo muy importante que se explicaba en fragmentos posteriores. La tarea fundamental era esconder al Viajero. No podían marcharse sin dejarlo bien protegido, a él y a todo cuanto contenía de importante su tumba, que era mucho, porque, además, la pirámide y la cámara sepulcral aparecían claramente reflejadas en los relieves de la puerta que remataba el edificio. De manera que quitaron dicha puerta, sustituyéndola por otra sin adornos y, durante dos años, se afanaron en levantar una colina de tierra y piedras para ocultar la pirámide pero, cuando por fin terminaron la tarea, dos lluvias de estrellas cayeron una noche del cielo, siendo la segunda mucho más grande que la primera y dejando importantes estelas resplandecientes que advirtieron a los yatiris de la llegada de un segundo ejército que acabaría con el primero y que cambiaría el mundo para siempre. Entonces escribieron todo eso en planchas de oro y dejaron dicho en ellas dónde se esconderían hasta que pasara la destrucción. Accedieron de nuevo a la cámara por uno de los dos corredores que llegaban hasta la pirámide desde lugares que sólo los yatiris conocían, dejaron allí las planchas y volvieron a sellarlo todo, añadiendo más protecciones y defensas. Ellos intentarían que Willca no desapareciera de nuevo, pero, si lo hacía, los humanos supervivientes podrían encontrar su legado.

Y, entonces, llegaron los Incap rúnam... (11)

—Serán los incas, claro.

—Serán.

Los yatiris les vieron pasar mezclados entre la gente de las poblaciones y ciudades conquistadas. Al mando iba Pachacuti (o Pachakutej, como lo llamaba la revista boliviana), el noveno Inca, muy alto y de rostro redondo, ataviado con un vestido rojizo que llevaba dos largas vetas de tocapus desde el cuello hasta los pies y cubierto con un gran manto verde. Taipikala perdió su nombre y pasó a llamarse Tiwanacu, sin que se diera razón de por qué. Así la denominaban los Incap rúnam y

---

(11)   Según Blas Valera, citado por Garcilaso de la Vega (Libro I, cap. VI), «vasallos del Inca», ciudadanos del Tihauntinsuyu, el Reino de las Cuatro Regiones.

así quedó hasta la llegada de los viracochas, (12) los hombres blancos y barbudos que hablaban una lengua extraña que sonaba como un riachuelo cayendo sobre un lecho de piedras. La gente sentía un pánico atroz de los viracochas, seres ambiciosos que robaban el oro, la plata y las piedras preciosas, que esclavizaban y mataban a los hombres y a los niños y violaban a las mujeres. Como los Incap rúnam años atrás, que trajeron a Viracocha, los españoles traían también a su propio dios, pero lo imponían por la fuerza del látigo y los palos, destruyendo los viejos templos y, con sus piedras, construyendo iglesias por todas partes.

—En esta magnífica época —comenté, al hilo de mis pensamientos— debió de ser cuando Pedro Sarmiento de Gamboa se encontró con los yatiris en El Collao, en la zona de Tiwanacu. Estamos hablando, por lo tanto, del año 1575.

—Cuarenta años después de que Pizarro matara al último Inca en Cajamarca y conquistara el imperio —dijo *Proxi*.

—Exacto.

Pero, aún peor que la esclavitud, las torturas y la nueva religión fueron las fiebres ponzoñosas que empezaron a diezmar a la población tras la llegada de los conquistadores. Por donde estos pasaban, los naturales morían a miles, atacados por unas misteriosas enfermedades que los yatiris no habían visto antes y no podían curar. También ellos empezaron a morir y, entonces, antes de que ya no quedara nadie que conservara la antigua sabiduría, decidieron seguir adelante con el pro-

(12)   Así llamaban los incas a los españoles, por su parecido físico con el dios Viracocha.

pósito que los había animado a salir de Taipikala y, un día, simplemente, se marcharon. Nadie sabía adónde, pero un par de poemas de pocos versos expresaban la alegría de los aymaras porque habían logrado ponerse a salvo.

Y eso era todo. Daniel ya no había añadido nada más. Buscamos y rebuscamos en el disco duro por si quedaba más información, pero no encontramos ningún otro documento significativo. Ni siquiera dimos con la transcripción de la maldición hecha por «Jovi-Loom», lo cual nos sorprendió bastante.

—¿Sabéis lo que me explicaba mi madre cuando yo era pequeño? —nos preguntó *Jabba* a *Proxi* (que seguía a lo suyo) y a mí—. Que nosotros no habíamos sido tan bestias con los indios de Sudamérica como los ingleses con los de Norteamérica; que lo único que habíamos hecho era tener hijos mestizos y que, por eso, en el norte, que los mataban, no quedaban más que unos pocos en las reservas mientras que en el sur vivían felizmente como buenos cristianos en sus propios países.

Aunque la madre de *Jabba* era madrileña, la mía también me había contado la misma película cuando yo tenía pocos años. Esa peregrina idea de nuestras madres era, sin duda, el resultado de los planteamientos hispanistas y católicos de la época franquista. Debía de haber sido un argumento repetido hasta la saciedad durante mucho tiempo para acallar nuestras conciencias. Si los ingleses eran peores que nosotros, entonces los españoles no éramos tan malos; podíamos, incluso, y por comparación, ser hasta buenos y haberlo hecho de maravilla. Cataluña no participó junto a Castilla en la conquista de América —el reino de Castilla, lógicamente, quería toda la riqueza, ya que había descubierto el continente—, pero desde el principio, desde el segundo viaje de Colón, los catalanes, aragoneses y valencianos viajamos a las Indias y nos establecimos allí.

—¿Qué dices de toda esta historia de los yatiris, *Jabba*? —le pregunté, alisándome la perilla con la mano.

—No sé, no sé, es... —Se quedó pensativo un momento y, luego, enarcó las cejas, asustado—. ¡Un momento! ¿No tendremos que ir a Tiwanacu para buscar la Pirámide del Viajero, verdad?

A mí ni se me había pasado por la cabeza.

—Pues, ahora que lo dices... —repuse.

Su rostro se ensombreció. La perspectiva de coger un avión le paralizaba. Volaba, desde luego; viajaba a cualquier parte del mundo sin negarse ni poner trabas, pero con el absoluto convencimiento de que iba a morir, de que no volvería a pisar tierra firme. Para él, cada viaje en avión era una aceptación resignada de la muerte.

—Deberíamos estudiar a fondo Tiwanacu —propuso— y localizar la Pirámide del Viajero. ¡Lo mismo la abrieron hace siglos y hoy ya no contiene nada!

—Lo mismo.

Proxi carraspeó de forma sonora y contundente.

—¿Cuántos mapas de Tiwanacu queréis? —dijo.

—¿Cuántos tienes? —le pregunté, inclinándome sobre el teclado de mi ordenador. *Jabba* hizo lo mismo con otra de las máquinas.

—Tres o cuatro bastante aceptables. El resto no vale nada.

—Lánzalos por la impresora.

—Deja que primero los retoque un poco. Son bastante pequeños y de baja resolución.

—Yo leeré todo lo que haya sobre Tiwanacu —le

indiqué a *Jabba*—. Tú busca por Tiahuanacu, Tiahuanaco y el resto de variaciones posibles.

—Yo os ayudaré —apuntó la mercenaria.

La impresora láser estaba escupiendo los pedazos
del segundo mapa cuando Magdalena nos avisó de que
la comida estaba lista. Llevábamos un par de días fre-
néticos y todavía teníamos un trabajo impresionante
por hacer: la búsqueda de Tiwanacu en internet me había proporcionado más de tres mil trescientos documentos para revisar y *Jabba* y *Proxi* no habían tenido
mejor suerte. O empezábamos a aplicar filtros o nos haríamos viejos en el intento. Pero, antes que cualquier
otra cosa, había que comer.

Con el café ardiendo en las tazas volvimos al estudio,
sabiendo que nos esperaba una tarde muy larga por delante. Regresamos a nuestros años de colegio haciendo
trabajos manuales para recomponer los mapas con pe-
gamento y cinta adhesiva y, una vez restaurados, los sujetamos con chinchetas a las paredes para hacernos una
mejor idea de lo que era el conjunto arqueológico. Api-
ñados en el centro, con el norte hacia arriba y el sur hacia abajo, había tres monumentos principales: el más
importante del recinto, el más colosal y majestuoso, era
Akapana, una gigantesca pirámide de siete escalones
con una base de cerca de doscientos metros de largo y
algo menos de ancho, de la que actualmente no quedaba casi nada, apenas el diez por ciento de las piedras
originales. Según los expertos, había servido como depósito de agua y materiales, y también para celebrar ritos de carácter religioso, aunque en otros lugares leímos que su función principal fue la de observatorio

astronómico. Recientemente, los arqueólogos habían descubierto en su interior una compleja red de extraños canales zigzagueantes que habían sido definidos como vulgares cañerías, aunque, claro, volvía a ser sólo una hipótesis. En un primer momento creímos que Akapana podía querer decir Viajero, pero nos llevamos un chasco porque su traducción literal podía significar tanto «Desde aquí se mide» como «Aquí hay un pato silvestre blanco».

—¡Ojalá tuviésemos a Daniel para echarnos una mano! —suspiró *Proxi*.

—Si tuviésemos a Daniel, no estaríamos haciendo todo esto —repuso *Jabba*, y yo asentí.

Sobre Akapana, al norte, se veían dos edificaciones más: una, la de la derecha, muy pequeña, que resultó ser el Templete semisubterráneo —aquel que tenía las paredes llenas de cabezas clavas—, y otra, mucho más grande, que era Kalasasaya, un templo ceremonial a cielo abierto construido con arenisca roja y andesita verdosa, de ciento y pico metros de largo por ciento y pico metros de ancho, edificado a modo de plataforma sobre el suelo y encerrado por un muro de contención en cuyo interior existía un gran patio rectangular al que se llegaba bajando una escalinata de seis peldaños tallada en una sola roca. Por lo visto, este enorme templo estaba construido con bloques de más de cinco metros de altura y cien toneladas de peso, los cuales, según decía la página oficial del Museo de Tiwanaku, habían sido acarreados desde distancias de hasta trescientos kilómetros.

—¡Uf...! ¿Cómo pudieron...? ¡Pero si no conocían la rueda!

—Olvídalo, *Proxi* —le exigí—. No tenemos tiempo para resolver tantos misterios.

—Pues a mí todo esto me suena a las pirámides de Egipto —comentó *Jabba*—. Las mismas piedras ciclópeas, el mismo misterio sobre la forma de moverlas, el mismo tipo de construcción, el desconocimiento de la rueda...

—Y la sangre sagrada —dije, burlándome—. No te olvides de la sangre sagrada. Los faraones egipcios se casaban con sus hermanas porque también tenían que preservar la pureza de la sangre y también se creían hijos del sol. ¿Cómo se llamaba? ¿Atón...? ¿Ra...?

—¡Eso, tú ríete! ¡Pero quien ríe el último ríe mejor!

—Pues escuchad esto... —murmuró *Proxi*, que miraba fijamente su pantalla.

—¿Alguna otra cosa rara? —pregunté.

—He encontrado información sobre un tal Arthur Posnansky, un ingeniero naval, cartógrafo y arqueólogo que escribió más de cien obras sobre Tiwanacu durante la primera mitad del siglo XX. Este arqueólogo estudió las ruinas a lo largo de toda su vida y llegó a la conclusión de que fue construida por una civilización con tecnología y conocimientos muy avanzados respecto a nosotros. Después de medir, cartografíar y analizar todo el recinto, aplicando complicados cálculos y utilizando el cambio en la posición de la tierra respecto a su órbita con el sol, llegó a la conclusión de que Tiwanacu había sido construida catorce mil años atrás, lo que encajaría con la historia de los yatiris.

—Supongo que la arqueología académica rechaza de plano esa teoría —comenté.

—¡Naturalmente! La arqueología académica no puede aceptar que hubiera una cultura superior hace diez mil años, cuando se supone que el hombre vestía con pieles y vivía en cuevas para protegerse del frío de la última era glacial. Pero hay un gran sector de arqueólogos que no sólo la acepta como buena sino que la sostiene contra viento y marea. Por lo visto, el tal Posnansky, que murió hace mucho tiempo, sigue siendo toda una celebridad en Bolivia.

—¿Podría haber sido construida hace catorce mil años? —se asombró *Jabba*.

—Vete a saber... —repuse—. En Tiwanacu todo es muy extraño.

Una vez bajada la escalinata del templo Kalasasaya, se cruzaba una gran puerta de roca maciza y, muy al fondo, a la derecha, se podía divisar la silueta de la Puerta del Sol, con el relieve del Dios de los Báculos y del supuesto plano de la cámara de los sonidos naturales, pero, por unanimidad, decidimos posponer su examen hasta que conociéramos al dedillo los demás restos arqueológicos y, así, andar sobre seguro. Pues bien, bajando la escalinata, en el centro mismo del patio de Kalasasaya, había una extraña escultura humana llamada Monolito Ponce, de unos dos metros de altura, que representaba a un extraño ser de ojos cuadrados. Ciertos arqueólogos, bastante categóricos en su interpretación, afirmaban que era la imagen de un monarca o de un sacerdote, pero lo cierto era que no se sabía. En el patio existían, asimismo, unas curiosas estatuas de hombres, de una etnia desconocida, con grandes mostachos y perillas muy parecidas a la mía.

—Pero, ¿Kalasasaya quiere decir viajero o no? —se impacientó *Jabba*.

—No —le respondió *Proxi*—. Acabo de leer que significa «Los pilares derechos».

—Vaya, hombre.

También el pequeño Templete semisubterráneo, situado al este de Kalasasaya, tenía estelas de hombres con barba.

—Empiezo a pensar —comentó *Jabba*— que hay demasiado barbudo por aquí y, sin embargo, los indios de América no tienen pelo en la cara, ¿verdad?

—Verdad —repuse.

—¡Pues nadie lo diría viendo Tiwanacu!

Pegado al templo Kalasasaya, a la izquierda, había otra pequeña construcción de tamaño similar al Templete semisubterráneo. Era Putuni, «El sitio adecuado», un palacio cuadrangular del que sólo se conservaban algunos sillares de la fachada y el portalón de la entrada que, en el pasado, quedaba sellado por una gran piedra que lo convertía en inexpugnable. Los conquistadores, viendo semejante protección, creyeron que allí se escondían grandes tesoros y provocaron importantes desperfectos sin encontrar absolutamente nada, ya que lo único que había era un montón de oquedades, en forma de cajas de piedra, de un metro treinta centímetros de ancho por uno cuarenta de largo y uno de alto. A pesar de la forma casi cuadrada y del tamaño, los españoles creyeron que eran sepulcros, y Putuni fue conocido desde entonces como el Palacio de los Sepulcros, sin que hubiera pruebas a favor o en contra de tal suposición. Se dio por hecho que, en cada uno de aquellos huecos, había habido una momia con todos los enseres necesarios para su tránsito por el más allá, puesto que los aymaras creían que la muerte era una especie de viaje con billete de ida y vuelta a la vida, algo parecido a la reencarnación. Para ellos, un muerto era sólo un *sariri*, un viajero.

—¡Lo tenemos! —vociferé.

—¡No seas idiota, Arnau! —me espetó *Proxi* con un

232

bufido—. No tenemos nada. Putuni no es una pirámide, ¿vale?

—¿Y el viajero, qué?

—¡*Jabba*, por favor, dile que se calle, anda!

—Cállate, *Root*.

La Pirámide de Akapana, el Templete semisubterráneo, el Templo de Kalasasaya y el Palacio Putuni formaban un núcleo compacto de edificaciones en el centro del área excavada de Tiwanacu pero, dispersas a su alrededor y en mejor o peor estado de conservación, había otras muchas, la mayoría de las cuales ni siquiera aparecían citadas en las páginas sobre el complejo arqueológico ni, por descontado, reflejadas en los planos y mapas. Sin embargo, los nombres de cuatro de aquellos lugares surgían, por aquí y por allá, con alguna frecuencia: Kantatallita, Quirikala, Puma Punku y Lakaqullu. Con desánimo pensamos que, si tampoco alguno de ellos se correspondía con la descripción dada por Daniel en sus delirios, íbamos a tener un grave problema, pues excavar en Tiwanacu era algo que quedaba fuera de nuestras posibilidades, tanto legales, como económicas y de tiempo.

De Kantatallita, o «Luz del amanecer», no quedaba nada, tan sólo algunos vestigios desperdigados por el lugar donde debió de levantarse pero, entre ellos, había una curiosa puerta culminada en arco. Las diversas fuentes afirmaban que Kantatallita había sido un edificio de cuatro paredes orientadas a los cuatro puntos cardinales, con un patio central en el cual, según unos, se encontraba el taller donde trabajaban los arquitectos de Tiwanacu —se habían encontrado maquetas de algunos palacios, adornos y elementos de construcción—, y, según otros, se celebraban ceremonias en honor a

Venus, el astro más brillante del cielo después del sol y la luna, conocido también como Lucero del Alba por ser muy visible a esas horas, lo que armonizaba con el nombre del lugar. Además, para confirmar esta segunda teoría, entre los elementos ornamentales allí encontrados destacaban y abundaban los motivos alegóricos a Venus. En fin, quizá servía como templo y como taller a la vez. Nadie podía confirmar una u otra cosa.

Quirikala, o Kerikala, «El horno de piedra», era, supuestamente, el palacio-residencia de los sacerdotes tiwanacotas. Apenas había sido investigado y sólo subsistían algunos muros bastante estropeados que no decían nada. Como muchas de las piedras del resto de los edificios de Tiwanacu, las de Quirikala habían sido utilizadas para construir antiguos edificios en La Paz y en otras ciudades cercanas y, las más pesadas, fueron voladas en pedazos por los barrenos para emplearlas como cascotes en las obras de la vía férrea Guaqui-La Paz (así desaparecieron Putuni, Kalasasaya y la mayoría de las estatuas).

Puma Punku ya era otra cosa. No es que quedara mucho en pie, para variar, pero daba la impresión de haber sido un lugar importante. Puma Punku («La Puerta del Puma») aparecía definida como el segundo templo en importancia después de Kalasasaya, aunque la mayoría de las informaciones la describían como una pirámide idéntica a la de Akapana, igual de gigantesca y majestuosa, con la que formaría una especie de pareja en la distancia porque entre ambas había un kilómetro de separación, con Puma Punku al sudoeste. Según las prospecciones arqueológicas, la pirámide seguía casi entera bajo tierra y, por tanto, susceptible de ser recuperada algún día, cuando hubiera dinero para sacarla. También Puma Punku habría tenido siete terrazas coloreadas alternativamente en rojo, verde, blanco y azul, y, a su alrededor, habría existido un amplio recinto al que se accedía a través de cuatro pórticos, parecidos a la Puerta del Sol, de los que sólo quedaban tres y destrozados, que presentaban relieves con motivos solares. Entre los escombros y fragmentos que, sin orden ni concierto, se esparcían por el lugar, podían verse todavía algunos de los sillares de piedra que habían formado parte del suelo del recinto y que alcanzaban tranquilamente las ciento treinta toneladas de peso, siendo los bloques más colosales extraídos de las canteras de toda Sudamérica. Pero «La Puerta del Puma» albergaba otros secretos que alegraron a *Proxi*:

—¡Por fin! —clamó—. ¡Esto era lo que estaba buscando!

—Casi no lo encuentras, ¿eh? —la mortificó *Jabba*.

Parte del perímetro de Puma Punku estaba sorprendentemente delimitado por dos grandes dársenas portuarias que, en la actualidad, daban a tierra seca y a riscos montañosos, convirtiendo el paisaje en un espacio incongruente. A pesar de que el lago Titicaca distaba casi veinte kilómetros, los estudios geológicos llevados a cabo en la zona habían detectado importantes acumulaciones de sedimentos marinos y fósiles de origen claramente acuático, y las decoraciones encontradas entre los restos de Puma Punku mostraban innumerables frisos con motivos de peces.

—¡La historia de los yatiris reconstruida por Daniel es real! —exclamó, satisfecha—. La laguna Kotamama-Titicaca llegaba hasta los muelles del puerto de Taipikala-Tiwanacu. ¿No es fantástico?

—¡Repítelo, por favor! —me reí—. Te ha salido un trabalenguas perfecto.

—No montéis tanta bulla, insensatos —gruñó de mala manera el grueso y apestoso gusano—. Todavía no hemos encontrado nuestra Pirámide del Viajero y sólo nos queda por estudiar esa miseria de Lakaqullu.

—Tranquilo. Seguro que está ahí —me sentí obligado a decir, pero, en cuanto empezamos a buscar información sobre «El montón de piedras» (que tal era la traducción del nombre), deseé haberme tragado esas palabras: Lakaqullu era, por decirlo de alguna manera, un minúsculo promontorio perdido al norte del recinto de Tiwanacu, muy por encima del resto de las edificaciones, que tenía, como único aspecto destacable, una puerta tallada en piedra conocida como la Puerta de la Luna (por oposición a la Puerta del Sol, aunque estéticamente no tenían nada que ver la una con la otra).

—Primer requisito, cumplido —anunció *Proxi*.

—¿De qué hablas? —le pregunté.

—¡Bah, tonterías mías! No me hagas caso.

Aunque en la actualidad no lo pareciera en absoluto, Lakaqullu había sido, por lo visto, el lugar más sagrado y temido de Tiwanacu. A pesar de no haberse llevado todavía a cabo excavaciones en la zona, hundidos a cierta profundidad se habían encontrado, en la pequeña colina, infinidad de huesos humanos de cientos de años de antigüedad, especialmente calaveras.

—Segundo requisito, cumplido —volvió a pregonar *Proxi*.

Y ya no hizo falta que dijera más. *Jabba* y yo comprendimos automáticamente que nos estábamos acercando al objetivo: según la crónica de los yatiris, la Pirámide del Viajero se encontraba apartada del resto de los edificios y era el lugar más sagrado de Taipikala. La mención a las calaveras era un punto más a su favor.

Según todos los expertos, la Puerta de la Luna era una obra inconclusa, circunstancia que se daba también en Puma Punku y en otras edificaciones, como si los constructores hubieran tenido mucha prisa por marcharse, dejando abandonado el cincel y el martillo de la noche a la mañana. Esa peculiaridad le daba el triste aspecto de un simple vano de aire recortado por un dintel liso y dos jambas de piedra sin relieves ni adornos.

—Tercer requisito, señores —anunció triunfante.

—Éste no lo he pillado —comenté nervioso.

—Los yatiris salieron zumbando de Taipikala porque vieron en el cielo que venían los Incap rúnam y, luego, los españoles. Para ocultar la Pirámide del Viajero levantaron encima, a toda marcha, una colina de tierra y piedras, quitaron la puerta original, que mostraba en sus relieves la pirámide y la cámara que había debajo, y colocaron otra sin adornos en la cúspide. No creo que tuvieran tiempo de dejar todo aquello muy bonito. Por cierto, *Jabba*, tú que estás más cerca de los diccionarios, ¿qué palabra utilizaban los aymaras para decir «pirámide»? O sea, ¿cómo dirían «Pirámide del Viajero»?

—¡Qué pesada eres, cariño! —se quejó Marc, retorciéndose para alcanzar los libros.

—Entonces... —farfullé—, debajo de ese promontorio tendría que encontrarse la pirámide de tres pisos que aparece dibujada a los pies del Dios de los Báculos.

—Tú ayuda a *Jabba* y yo veré qué encuentro por ahí.

Cuando *Proxi* organizaba el trabajo, nadie cuestionaba las órdenes, ni siquiera el jefe (que era yo), de modo que cogí uno de los diccionarios y empecé a buscar. Al cabo de un rato, y después de consultar en voz baja con *Jabba* para no molestar a *Proxi*, hicimos un nuevo descubrimiento que le contamos a la mercenaria cuando, por fin, la vimos alisar el ceño: los aymaras no utilizaban la palabra «pirámide», para ellos, esas construcciones eran montañas, imitaciones de montañas, y por lo tanto así era como las llamaban: colinas, cerros, montañas, montones, promontorios...

—¿En resumen...?

—En resumen —expliqué—, la palabra que utilizaban en lugar de pirámide era «qullu».

—¿Como en Lakaqullu?

—Como en Lakaqullu —asentí—, que, además de «montón de piedras», significa también «pirámide de piedras».

—Exactamente lo que hicieron los yatiris para ocultar al Viajero: una pirámide de tierra y piedras.

—Y tú, ¿encontraste lo tuyo? —le preguntó *Jabba*, en plan competitivo.

—¡Claro que sí! —exclamó ella risueña—. El gobierno de Bolivia tiene un portal de utilidades muy bueno con una página estupenda de información turística. Si buscas Tiwanacu —pulsó rápidamente un par de teclas para pasar el artículo a primer plano—, puedes encontrar maravillas como ésta: «La Puerta de la Luna se sitúa sobre una pirámide cuadrada de tres terrazas.»

—¿Nada más? —inquirí tras una pausa—. ¿Sólo eso?

—¿Qué más quieres? —se sorprendió—. Date por satisfecho, muchacho. ¡Hemos localizado la única pirámide de tres terrazas de todo Tiwanacu —dijo mirando a *Jabba*— y él pregunta si la nota sobre la Puerta de la Luna dice algo más! ¡Hijo, *Root*, qué raro eres!

—Es que toda esta porquería me crispa.

—¿Te crispa? —me preguntó *Jabba*—. ¿Qué demonios es lo que te crispa?

—¿Es que no os dais cuenta? —repliqué, levantándome—. ¡Esto va en serio! ¿No lo veis? ¡Toda esta locura es cierta! Hay una maldición, hay un lenguaje perfecto, hay unos tipos que dicen descender de gigantes y que tienen el poder de las palabras... ¡Y hay una maldita pirámide de tres pisos en Tiwanacu! —rugí para terminar, lanzándome como un loco, a continuación, sobre las carpetas y revolviendo todos los papeles hasta dar con el que buscaba, mientras *Proxi* y *Jabba*, paralizados, me seguían con los ojos. Supongo que lo que me pasaba era que había descubierto, de manera irrefutable, que la historia que nos traíamos entre manos como si fuera un juego era algo muy real y peligroso—. ¡Mi hermano no tiene ni agnosia ni Cotard...! «¿No escuchas, ladrón? —empecé a leer acaloradamente sin bajar el volumen—. Estás muerto. Jugaste a quitar el palo de la puerta. Esta misma noche, los demás mueren todos por todas partes para ti. Este mundo dejará de ser visible para ti. Ley. Cerrado con llave» —agité el papel en el aire—. ¡Esto es lo que tiene mi hermano!

Me dejé caer en uno de los sofás y enmudecí. *Jabba* y *Proxi* tampoco dijeron nada. Cada uno se quedó a solas con sus pensamientos durante unos minutos muy largos. No estábamos locos, pero tampoco parecíamos cuerdos. La situación resultaba demencial y, sin embargo, entonces más que nunca la fantasía de curar a Daniel con aquellas malditas artes mágicas se volvía cierta. Mi hermano no iba a recuperarse nunca con medicamentos, pensé. No existía ningún medicamento contra una programación cerebral escrita en código aymara por los yatiris. La única manera de desprogramarlo era utilizando el mismo lenguaje, aplicando la misma magia, brujería, hechicería o lo que demonios fuera que poseían las palabras secretas empleadas por los sacerdotes de la vieja Taipikala. Por alguna razón que no alcanzaba a comprender, en aquel texto (probablemente extraído de alguno de los cientos de textiles con tocapus copiados en el ordenador de Daniel, transformado al alfabeto latino por el maldito «JoviLoom» y traducido a medias por mi hermano) alguien había puesto una maldición para castigar a un ladrón que había robado algo que se escondía detrás de una puerta... o debajo de una puerta.

—¡Eh! —grité, levantándome—. ¡Se me acaba de ocurrir una idea!

Aquellos dos, con más cara de muertos que de vivos, me miraron a su vez.

—Daniel estaba trabajando exclusivamente sobre material relacionado con Tiwanacu, ¿no es cierto?

Ambos asintieron.

—¡La maldición procede de Tiwanacu! Mi hermano sabía lo de la cámara. Él mismo nos dejó un dibujo del pedestal del Dios de los Báculos señalando muy claramente dónde se encontraba escondido el oro de los yatiris con todos sus conocimientos. Y sabe, porque no deja de repetirlo en sus delirios, que en esa cámara se guarda el secreto del poder de las palabras. Había descubierto la existencia real de la Pirámide del Viajero: la cámara está en una pirámide, dice, y la pirámide tiene una puerta encima. ¡Lakaqullu, colegas, Lakaqullu! Él sabía cómo llegar y, cuando lo descubrió, tropezó con la dichosa maldición, la maldición que protege la cámara.

Proxi parpadeó, intentando asimilar mis palabras.

—Pero... —vaciló—, ¿por qué no nos afecta a nosotros?

—¡Porque no sabemos aymara! Si desconocemos el código, no puede afectarnos.

—Pero tenemos la transcripción del texto en aymara —insistió— y la hemos leído.

—¡Sí, pero sigo diciendo que no nos perjudica porque no sabemos aymara! El código funciona con sonidos, con esos dichosos sonidos naturales. Nosotros podemos leer el texto en aymara, pero jamás conseguiríamos pronunciarlo de la manera correcta. Daniel sí, y lo hizo. Por eso le afectó.

—O sea —balbuceó *Jabba* haciendo un gran esfuerzo—, que el código, en realidad, contiene una especie de virus.

—¡Exacto! Un virus dormido que sólo se activa en determinadas condiciones, como esos virus informáticos que empiezan a borrar el disco duro en el aniversario de un acto terrorista o los viernes que son día trece del mes. En este caso, la condición que ejecuta lo programado es el sonido, algún tipo de sonido que nosotros no somos capaces de reproducir.

—Entonces, a los aymarahablantes, o a cualquiera que sepa aymara, sí les afectaría —aventuró *Proxi*—. A Marta Torrent, sin ir más lejos, ¿no?

Me quedé en suspenso unos segundos, inseguro de mi respuesta.

—No sé... —dije—. Imagino que, si lo oyera o lo leyera en voz alta, sí.

—Es cuestión de probarlo —propuso *Jabba*—. Vamos a llamarla.

Proxi y yo sonreímos.

—En cualquier caso —dije—. Se impone ir a Tiwanacu y entrar en la cámara.

—¡Pero...! ¡Tú estás loco! —exclamó Marc, saltando de su asiento y encarándoseme—. ¿Te has parado a pensar la majadería que acabas de decir?

Le miré con toda la sangre fría del mundo antes de responder.

—Mi hermano no va a curarse si no entramos en esa cámara y buscamos una solución; lo sabes igual que yo.

—¿Y qué haremos una vez que estemos allí? —replicó—. ¿Coger una pala y empezar a cavar? ¡Oh, lo siento, señor policía boliviano, no sabía que esto era un área arqueológica protegida!

—¿Acaso no te acuerdas de lo que decía la crónica de los yatiris? —le preguntó *Proxi*.

Jabba estaba tan nervioso que la miró sin comprender.

—Después de terminar la montaña que hoy es Lakaqullu, esos tipos se vieron en la necesidad de regresar a la cámara, y lo hicieron, cito de memoria, por uno de los dos corredores que llegaban hasta la pirámide desde lugares que sólo ellos conocían, añadiendo, al salir, más defensas y blindajes.

—La palabra no era exactamente blindajes —la corregí.

—Bueno, pues la que fuera —gruñó—. Creía que hablaba con personas inteligentes.

—¿Y quieres que nosotros encontremos esos corredores? —le preguntó *Jabba*, incrédulo—. Te recuerdo que ha llovido mucho desde entonces, y no lo digo sólo en sentido figurado.

Proxi, que hasta entonces había permanecido sentada, se irguió y avanzó hasta los mapas de Tiwanacu suspendidos de la pared.

—¿Sabéis...? —dijo sin mirarnos—. Mi trabajo consiste en encontrar fallos en los sistemas informáticos, agujeros de seguridad en los programas más potentes que existen en el mercado, incluidos los nuestros. No estoy diciendo que sea la mejor, pero soy muy buena y sé que en Taipikala hay una brecha que puedo encontrar. Los yatiris fueron magníficos programadores, pero no escondieron su código para que permaneciera oculto eternamente. ¿Qué sentido tendría haber escrito todas aquellas planchas de oro destinadas a una supuesta humanidad superviviente de un segundo diluvio universal? —Puso los brazos en jarras y meneó la cabeza con decisión—. No, la entrada hasta la cámara existe, estoy segura, sólo está disimulada, enmascarada para que no sea descubierta antes de que su contenido resulte necesario. Ellos la dejaron protegida contra los ladrones pero no contra la necesidad humana. Es más, no tengo la menor duda de que el acceso a la cámara está abierto y disponible, incluso diría que lo tenemos delante de nuestras narices. El problema es que no lo vemos.

—Quizá porque no hemos analizado todavía la Puerta del Sol —insinuó *Jabba*.

—Quizá porque sólo podremos encontrarlo buscándolo allí mismo, en Tiwanacu —contrarresté.

Un destello de brillante lucidez atravesó los ojos negros de *Proxi* cuando se volvió hacia nosotros.

—¡Venga, manos a la obra! —exclamó—. Tú, Marc, busca todas las fotografías de la Puerta del Sol que puedas encontrar e imprímelas en alta calidad; tú, *Root*, busca toda la información sobre la Puerta y apréndetela de memoria. Yo me encargaré del Dios de los Báculos.

Sin disimular su satisfacción, *Jabba* me miró triunfante. Su opción había resultado la ganadora... por el momento, pensé.

Segundos después, mi abuela se asomó discretamente para decirnos adiós pero, esta vez, fuimos un poco más educados y respondimos con sonrisas amables aunque distraídas. Si en aquel momento hubiera sabido que iba a tardar tanto tiempo en volver a verla, con toda seguridad me hubiera levantado para darle un beso y decirle adiós, pero no lo sabía, de modo que se fue y yo no le dije nada. Eran poco más de las siete de la tarde y mi cuerpo empezaba a crujir como una silla vieja.

—¿Por qué no buscamos algún documento que comente, aunque sea de pasada, si la Puerta del Sol pudo haber estado alguna vez en Lakaqullu? —preguntó *Jabba* de repente.

Proxi le miró con una sonrisa:

—Es una buena idea. Yo lo hago.

—Utiliza filtros para limitar la búsqueda —le sugirió *Jabba*, acercándose a ella y doblándose por la mitad para apoyarse de codos sobre la mesa.

—¿«Tiwanacu», «Lakaqullu» y «Puerta»?

—¡Y algo más, mujer! Añade también «Puerta del Sol» y «mover», por ejemplo, ya que los yatiris la cambiaron de sitio.

—Vale. Allá va.

Yo seguía trabajando en lo mío, buscando todo lo relativo a la Puerta, que era mucho.

—¿Sólo cinco documentos? —oí decir a *Jabba*—. Qué pocos, ¿no?

Pero *Proxi* no le contestó. Entonces me giré y la vi mover la mano y poner el dedo sobre la pantalla, señalando algo. Recuerdo que pensé que iba a dejar una huella digital del tamaño de un camión. Luego, ambos se inclinaron al unísono sobre el monitor sin decir palabra y permanecieron inmóviles durante mucho tiempo, tanto que, al final, me cansé de ver los fondillos de *Jabba* frente a mi cara y me incorporé para acercarme.

—¿Qué pasa? —pregunté.

Ahora eran ellos los que no parecían tener ganas de hablar.

—¡Eh, que estoy aquí! —dije, acercándome. Entonces *Jabba* se apartó un poco para dejarme ver la pantalla y yo me incrusté entre ambos. Lo primero que vi fue una foto bastante benévola de la doctora Torrent, de primer plano, en la que exhibía una ligera sonrisa. La página era de un diario de Bolivia, *El nuevo día*, y el titular informaba de que la famosa antropóloga española acababa de llegar a La Paz para sumarse a las nuevas excavaciones de Tiwanacu. El resto de la noticia, que llevaba fecha de aquel mismo martes, 4 de junio, contaba que Marta Torrent, quien había sido tan amable de atender al periodista nada más bajar del avión a pesar del cansancio del largo viaje, iba a sumarse al equipo del arqueólogo Efraín Rolando Reyes, quien había iniciado recientemente las excavaciones en Puma Punku con la intención de sacar a la luz la pirámide gemela de Akapana o, al menos, parte de ella. Esta incomparable mujer, antropóloga de profesión pero arqueóloga de vocación, había conseguido incluir la pirámide de Puma Punku en el plan de financiación del Programa de Investigación Estratégica en Bolivia (PIEB) gracias a sus magníficos contactos con el gobierno boliviano y a su gran influencia en los sectores culturales y económicos del país. «Tenemos un enorme laburo por delante de varios meses de duración. Habrá que mover toneladas de tierra», había dicho. La catedrática española, a quien gustaba más el trabajo de campo que el de despacho, procedía de una familia de arqueólogos con larga tradición de exploraciones en Tiwanacu, como su tío abuelo, Alfonso Torrent, estrecho colaborador de don Arturo Posnansky, y su padre, Carlos Torrent, que pasó más de media vida junto a las ruinas intentando reconstruir el período preincaico y estudiando la Puerta del Sol. Ella había heredado la pasión de la familia y su apellido la ponía a salvo de los muchos obstáculos con los que tan a menudo se encontraban otros investigadores. Prueba de ello era la autorización para iniciar excavaciones preliminares en Lakaqullu obtenida pocos días antes, por teléfono, desde España. «Nadie hace caso a Lakaqullu por ser un monumento menor, pero vengo dispuesta a demostrar que todos se equivocan.» «Lo conseguirá», acababa diciendo el periodista.

—¡Está... en Bolivia! —tartamudeó *Proxi*, espantada.

Jabba escupió una retahíla de improperios tal, que a la catedrática debieron de pitarle los oídos al otro lado del Atlántico. Yo no me quedé corto. Los dije en catalán y castellano, y hasta solté todos los que sabía en inglés. Sentí que la sangre me hervía en las venas: el rápido viaje de la catedrática a Bolivia confirmaba su intención de aprovecharse de los descubrimientos realizados por mi hermano.

—Ha ido a buscar la cámara —mascullé cargado de veneno.

—Sabe lo de Lakaqullu... —dijo *Jabba*, perplejo.

—¡Lo sabe todo, la muy...!

—Tranquila, *Proxi*.

—¿Tranquila...? ¿Cómo puedes decirme que me quede tranquila, Marc? ¿Es que no ves que va a entrar en la cámara antes que nosotros? ¡Puede dejarnos sin la ayuda para Daniel!

—Iniciar la excavación de Lakaqullu le va a llevar

cierto tiempo —comenté, echándome las manos a la cabeza, no sé si para retirarme el pelo o para contener los pensamientos asesinos.

—Ése es nuestro plazo para llegar a Tiwanacu —comentó *Proxi* con firmeza. *Jabba* se puso súbitamente muy pálido y pareció quedarse desencajado.

—¡Localiza a Núria! —le grité al sistema.

El monitor de la pared mostró cómo se marcaban varios números de teléfono simultáneamente hasta que, en uno de ellos, hubo respuesta. Núria estaba en su casa desde hacía dos horas y su voz demostraba la alarma que mi inesperada llamada le había causado. La tranquilicé diciéndole que no sucedía nada malo, que sólo tenía que pedirle un favor:

—Necesito que consigas tres billetes en el próximo vuelo que salga para Bolivia.

—¿Quieres que vaya a la oficina? —me preguntó.

—No, no hace falta. Conéctate al sistema y hazlo desde casa.

—¿Los quieres para ayer o me das algún margen?

—Para ayer.

—Lo suponía. Vale, en unos minutos te mando las reservas.

Jabba y *Proxi*, con las caras serias, se habían puesto en pie y me observaban.

—¿Cuánto se tarda en llegar a Bolivia? —preguntó *Jabba*, con el ceño fruncido.

—No lo sé —dije, y era cierto; yo no había viajado nunca al continente americano—, pero no debe de ser mucho. Piensa que, si Marta Torrent me llamó el domingo por la tarde, debió de salir hacia allí esa misma noche o, como muy tarde, ayer, lunes, por la mañana, y que llegó a tiempo para hacer una entrevista que sale hoy en el periódico. O sea, unas ocho o diez horas, supongo.

—¡Qué poco sabes de la vida, *Root*! Olvidas un pequeño detalle —me espetó él, volviendo a tomar asiento frente al ordenador—. En el mejor de los casos, hay un desfase de seis o siete horas con el continente americano.

—Lo que Marc intenta decirte —me explicó *Proxi*, imitándole—, es que, cuando en España son las nueve de la noche, en Bolivia los relojes marcan, aproximadamente, las tres de la tarde y que, si Marta Torrent salió ayer por la mañana y llegó ocho o diez horas después, a eso hay que sumar la diferencia, de manera que el tiempo real de vuelo podría ser de unas dieciséis horas.

Pero no, no duraba dieciséis horas. Cuando Núria me llamó para informarme de los detalles, la cosa resultó muchísimo peor. No había vuelo directo a Bolivia desde España. La mejor opción era viajar a Madrid por la mañana y, desde allí, coger un avión hacia Santiago de Chile, donde, si no había retrasos, podríamos embarcar en un vuelo con escalas hasta La Paz. Duración estimada del viaje: veintidós horas y veinte minutos. La otra alternativa era salir desde Barcelona hacia Amsterdam y, allí, coger un vuelo a Lima, Perú, y, luego, otro hasta La Paz. Total: veintiuna horas y cincuenta y cinco minutos. La cara de *Jabba* era como una de esas máscaras japonesas que se ponen los actores para representar al demonio o a un espíritu maligno que vuelve a la Tierra para buscar venganza.

—¿Cuándo sale el vuelo hacia Amsterdam?

—A las siete menos veinte de la mañana. ¡Ah!, y no necesitas visado. Dadas las buenas relaciones entre ambos países —me explicó Núria—, con el pasaporte tienes suficiente y puedes quedarte hasta tres meses usando sólo el documento nacional de identidad.

—Haz las reservas para Marc, para Lola y para mí, y búscanos un buen hotel en La Paz, por favor. Y deja abierta la fecha de los billetes de regreso.

—¿Cuánto tiempo vais a estar fuera?

—Si volvemos... —masculló *Jabba*.

—Ojalá lo supiera —repuse yo.

III

Describir como una pesadilla aquel largo viaje con Marc sería quedarse muy corto. Durante el primer tramo, desde Barcelona hasta el aeropuerto de Schiphol, en Amsterdam, no conseguimos que abriera los ojos ni una sola vez, ni tampoco que aflojara las garras de los apoyabrazos del asiento, ni, por descontado, que articulara una sola palabra. Era un fardo rígido con un gesto de suprema angustia en la cara. *Proxi*, que ya estaba acostumbrada, disfrutó enormemente del viaje y sin cesar proponía nuevos temas de conversación, insensible al drama que se desarrollaba a su lado; pero yo, que no había viajado en avión con *Jabba* en toda mi vida, no podía dejar de mirarle, atónito, por la fuerza con que ceñía la frente, apretaba los párpados, contraía los labios y se sujetaba al asiento. Estaba fascinado por el espectáculo. Daba igual que le dirigieras la palabra o que le ofrecieras un vaso de agua: sus músculos no se relajaban ni por un segundo. Cuando llegamos al inmenso aeropuerto de Schiphol, alrededor de las nueve de la mañana, estaba agotado por la tensión, pálido, sudoroso y tenía una mirada vidriosa que parecía la de un enfermo terminal. Mirando tiendas y tomando algo en una de las cafeterías del aeropuerto (nuestro próximo vuelo salía a las once), se animó un poco y volvió a ser el *Jabba* corrosivo y ácido que tan bien conocíamos. Pero sólo fue un espejismo porque, en cuanto los altavoces nos convocaron para embarcar en el vuelo de la KLM con destino a Aruba y Lima, volvió a convertirse en una gruesa estatua de sal que avanzaba con movimientos de robot. Quiso la mala suerte que, a medio viaje, atravesáramos una zona de turbulencias que duró al menos cuarenta y cinco minutos. Los dientes de *Jabba* comenzaron a rechinar, sus brazos y sus manos se crisparon aún más, y presionaba con tanta fuerza el reposacabezas que pensé que terminaría arrancándolo del sitio. Nunca había visto sufrir tanto a una persona y llegué a la conclusión de qué, si yo fuera él, ni borracho montaría en un avión aunque mi vida entera dependiera de ello. Sinceramente, no valía la pena. Era inhumano que alguien tuviera que pasar por algo semejante, y más un tipo grande, fuerte y perdonavidas como *Jabba*. Volar no tenía por qué gustarle a todo el mundo.

Hicimos escala en el aeropuerto Reina Beatrix de Aruba, en las Antillas, en torno a las tres de la tarde, hora local, aunque allí eran ya como cinco horas menos que en España, y volvimos a despegar a las cuatro. Por el momento, cumplíamos con la agenda prevista, así que, si no había contrariedades, llegaríamos a Perú con el cielo todavía claro. Resultaba curioso eso de viajar en la misma dirección que el sol, llevándolo siempre al lado, casi en la misma posición. El día pasaba pero, para nosotros, revivía continuamente. El pobre *Jabba*, que no aceptó la comida que le ofrecieron, era ya sólo un guiñapo humano cuando, por fin, pusimos el pie en el aeropuerto Jorge Chávez de Lima. Quince horas reales de vuelo era mucho más de lo que podía soportar. Tenía el pelo del color del barro, por el sudor, y pegado a la cabeza como un casco.

—Pero, ¿es que le ha pasado algo alguna vez en un avión y no me lo ha contado? —le pregunté a *Proxi* mientras subíamos al autobús que nos llevaría hasta la terminal. Hacía frío en Perú, mucho más que en España, así que me levanté el cuello de la chaqueta y noté que respiraba con un poco de fatiga.

—No, nunca le ha pasado nada —me aclaró—. El miedo a volar no tiene necesariamente un motivo. Puede tenerlo, por supuesto, pero en realidad es un trastorno de ansiedad. *Jabba* no puede controlarlo. Creo que es mejor que dejes de preocuparte por él, *Root*; no vas a curarle.

—Pero... Mírale —susurré en su oreja para que el interesado no me escuchara—. Parece un muerto viviente. ¡Y lleva así desde que salimos de El Prat esta mañana!

—Hazme caso, Arnau —me ordenó—. Déjale. No hay nada que pueda aliviarle. Él está convencido de que avión es sinónimo de muerte y se ve continuamente a sí mismo, y a mí, en esos últimos minutos de pánico mientras caemos al vacío en vertical hasta explotar contra el suelo. Cuando lleguemos a Bolivia se le pasará.

—El mono loco —murmuré.

—¿Qué dices?

—Leí una vez que los antiguos griegos llamaban así a la imaginación desbocada, esa que provoca fantasías que nos aceleran el corazón y nos obsesionan destructivamente.

—Sí, es una buena definición. Me gusta. El mono loco —repitió, mientras se sujetaba a una de las barras verticales del autobús, que ya estaba completamente lleno. El vehículo arrancó y cruzó las grandes pistas diáfanas bajo una luz que ya era de atardecer. Disponíamos de poco más de una hora antes de nuestro próximo y último vuelo.

—Debería llamar a mi abuela —dije pensativo—. No he podido despedirme y quiero saber cómo está Daniel.

—En España ya es más de medianoche, *Root* —me dijo ella echando una ojeada a su reloj de pulsera.

—Lo sé, por eso precisamente voy a llamarla. Ahora estará en el hospital, leyendo.

—O durmiendo.

—O charlando en el pasillo con alguien de su quinta, que será lo más probable.

—Estoy mareado —comentó en ese momento *Jabba*, sorprendiéndonos.

—Es puro agotamiento —le dijo *Proxi*, pasándole una mano por la cara.

Después de una hora y media en un bar sin que nos llamaran a embarcar hacia Bolivia, nos acercamos hasta uno de los mostradores de información para preguntar qué estaba pasando. Y menos mal que lo hicimos, porque, de otra manera, no nos hubiéramos enterado de que el avión de la Taca Airlines que debía llevarnos hasta La Paz sufría un retraso de dos horas por problemas técnicos desconocidos. Durante ese tiempo aproveché para charlar con mi abuela, que me contó que Daniel se encontraba igual que siempre, sin variaciones para bien ni para mal y que iban a cambiarle otra vez el tratamiento. Se mostró muy interesada por mi estado de salud porque notó mi respiración fatigosa, y cuando le conté que *Jabba* se encontraba mal porque sufría de miedo a volar y que estaba bastante mareado por la tensión nerviosa, se alarmó sobremanera:

—¡Dios mío, y aún no habéis llegado a La Paz! —exclamó preocupada—. Acércate ahora mismo a cualquier mostrador y pide oxígeno para los dos —ordenó.

—Pero, ¿qué tonterías estás diciendo, abuela?

—¡El soroche, Arnauet, el soroche, que es muy malo! Te lo digo yo, que lo he pasado varias veces. Haced el favor de caminar muy despacito y de respirar muy lentamente. Y bebed agua sin parar, ¡dos o tres litros cada uno, como mínimo!

¿Cómo no se nos había pasado por la cabeza el maldito soroche? ¡Por las prisas! Era de sentido común recordar que, cuando se viaja a un país andino, se sufre el desagradable mal de altura por falta de oxígeno en el aire, que es muy pobre. Lo raro era que *Jabba* subía montañas de tres mil metros casi todos los fines de semana, aunque, claro, estaba hecho un asco con lo de los aviones.

—Si te da vergüenza pedir el oxígeno —concluyó ella—, en cuanto lleguéis a La Paz tomaros una infusión de coca. Mate de coca le llaman ellos, como los argentinos. Ya verás como os sentís mejor inmediatamente.

Aunque sabía que a ella le daría lo mismo, me abstuve de hacerle ningún comentario sarcástico porque preferí no imaginar a mi santa abuela ingiriendo alcaloides.

Por fin, cerca de la medianoche en Bolivia, aterrizamos en el aeropuerto de El Alto, en La Paz. El nombre era muy apropiado porque se encontraba a más de cuatro mil metros de altitud y, como consecuencia, el frío era mucho más que insoportable y nuestras ropas resultaban, a todas luces, grotescamente insuficientes. Hacía casi veinticuatro horas que habíamos salido de Barcelona y, sin embargo, para nosotros seguía siendo el mismo día, el miércoles, 5 de junio. Durante el último vuelo nos habían informado puntualmente de los efectos del mal de altura y nos explicaron los remedios para combatirlo, que eran los mismos que me había dicho mi abuela. Pero, mientras viajábamos en un radio-taxi particular hacia el hotel, situado en el centro de la ciudad —curiosamente, en la calle Tiahuanacu—, nuestro estado comenzó a volverse alarmante: nos sentíamos mareados, con sudores fríos, dolor de cabeza, zumbidos en los oídos y taquicardias. Por fortuna, en cuanto cruzamos la puerta del hotel se hicieron cargo de nosotros entre sonrisas amables y gestos de comprensión.

—Ahorita mismo sube el doctor a verles —nos dijo el recepcionista— y el servicio de habitaciones les llevará unos *matesitos* de coca. Ya verán qué bien. Y, si me permiten, les voy a dar este consejo que decimos a todos los extranjeros: «Comer poquito, andar despacito y dormir solito.» Que disfruten su visita a La Paz.

Pese a lo que pueda parecer, los bolivianos no tenían un acento excesivamente recargado. Me sorprendió porque yo esperaba algo más fuerte, pero no fue así. Por supuesto, hablaban con giros, expresiones y un seseo peculiar, pero no sólo no resultaba chirriante sino que estoy por afirmar que era, incluso, más suave que la entonación canaria, por ejemplo, a la que estamos tan acostumbrados. Al poco, ni siquiera me daba cuenta de ello y, curiosamente, nosotros mismos desarrollamos una cadencia especial, catalano-boliviana, que nos acompañó durante mucho tiempo.

Es cierto que el áspero mate de coca y el Sorochipil, las pastillas que nos recetó el médico del hotel, paliaban los desagradables síntomas, pero no consiguieron revitalizarme lo suficiente como para hacerme salir de la habitación hasta dos días después. El cuerpo me pesaba como si fuera de plomo y respirar era un esfuerzo agotador. Mi abuela me llamaba con frecuencia para saber cómo estaba, pero apenas podía responderle más que con gemidos ahogados. *Proxi*, que se recuperó pronto, venía a verme a menudo y me contaba que *Jabba* dormía tan profundamente que no conseguía despertarle ni echándole agua en la cara. Lo único que puedo decir es que, desde el lecho del dolor, yo comprendía muy bien a mi colega, al que me sentía hermanado en la distancia. Al menos, aquellos dos días sirvieron para adaptarnos al cambio de horario y para que *Jabba* olvidara el mal trago del viaje.

El viernes, por fin, pudimos salir a dar una vuelta por la tarde. La Paz es una ciudad tranquila, en la que apenas existe otra delincuencia que los pequeños hurtos a turistas despistados, de modo que, con nuestra documentación y dinero a buen recaudo en bolsillos interiores, deambulamos tranquilamente por las calles del centro, disfrutando de un entorno tan distinto al nuestro y tan lleno de olores y colores diferentes. Allí el ritmo general era lento (quizá por la falta de oxígeno, quién sabe), y la vida transmitía una sensación de calma completamente desconocida. Casi desde cualquier calle podían verse, al fondo, las lejanas y altas montañas nevadas que rodeaban la hondonada en la que había sido construida La Paz. Según nos habían dicho en el hotel, la población era mayoritariamente india, sin embargo, en las calles que recorrimos también abundaban

257

los blancos y los cholos (mestizos), pero nuestra sorpresa fue tremenda cuando caímos en la cuenta de que aquellos a quienes allí llamaban indios, sin más, no eran otra cosa que aymaras de pura cepa, descendientes de los antiguos dueños y señores de todas aquellas tierras, poseedores de una lengua prodigiosa que, de manera increíble, era despreciada como signo de analfabetismo e incultura. Nos costó bastante asimilar estas absurdas ideas y nos quedábamos absortos mirando a cualquier vendedor callejero de piel oscura y pelo negro-azulado, o a cualquier chola vestida con su amplia pollera y su bombín inglés, como si fueran auténticos yatiris de Taipikala. Tan entusiasmado estaba que me acerqué a uno de los que se parapetaba tras una mesa de objetos para turistas y le pedí que nos dijera algunas frases en aymara. El hombre no pareció entenderme bien al principio pero, luego, en cuanto vio los billetes de bolivianos, (13) se lanzó a recitar una especie de poesía que, por supuesto, no comprendimos ni falta que nos hizo porque, ¡por fin!, estábamos oyendo hablar aymara, el auténtico aymara, y era la lengua más endiabladamente escabrosa que había escuchado en mi vida: sonaba como los tambores de Calanda pero sin ritmo, a golpes irregulares, con extrañas aspiraciones y gorgoteos de aire en algunas sílabas, chasquidos de lengua y emisiones explosivas de sonidos desde la garganta o la boca. Por unos segundos nos quedamos sin reacción, incrédulos ante aquella catarata de efectos acústicos inverosímiles y, cuando reaccionamos, fue para despedirnos del vendedor, que nos dejó ir con un amable *¡Jikisinkama!* (algo así como «¡Hasta la vista!»), y para seguir nuestro pa-

(13)   Moneda nacional de Bolivia.

seo por las inmediaciones de la iglesia de San Francisco con la sensación de estar de nuevo bajo los efectos del soroche. A nuestro alrededor, los cuentacuentos narraban sus fábulas en el centro de los pequeños círculos de oyentes que se detenían a escucharlos y los puestos de telas, objetos mágicos, collares, figuritas y gorros de alpaca atraían a un número cada vez mayor de compradores locales y turistas como nosotros.

—¿Ésos eran —se atrevió, por fin, a comentar *Proxi*, muy extrañada— los famosos sonidos naturales?

Los tres íbamos bien enfundados en nuestras chaquetas y abrigos, porque mientras que en España el verano estaba dando sus primeros pasos con un tiempo magnífico, allí, en el hemisferio sur, daba comienzo el crudo invierno de la estación seca.

—No cabe duda de que sí lo eran —murmuré, pisando con cuidado el suelo de adoquines. Por la angosta calle, llena de gente, sólo circulaban algunas motocicletas a paso de tortuga. La Paz era una ciudad de muros ocres y marrones sobre los que se superponían los vistosos colores de los ponchos, las polleras, los sombreros y las mantas de los aymaras. En todas las calles, las casas bajas tenían balconcillos enrejados, llenos de macetas con flores y ropa puesta a secar.

—El lenguaje original —masculló *Jabba*, mirando hacia delante con determinación—. El posible lenguaje de Adán y Eva cuyos sonidos son los de la naturaleza y están formados por los mismos elementos que los seres y las cosas. ¡Pues vaya materia prima si el resultado es éste!

—Parece increíble que aquel tipo pudiera producir tales silbidos y detonaciones con la boca y la garganta —añadí admirado—. Y, encima, se supone que son palabras con sentido. ¡Menudo galimatías!

—Pues lo siento por vosotros —comentó la mercenaria mientras se acercaba a uno de los puestos—, pero ese galimatías es la lengua más perfecta del mundo, sea o no la de Adán y Eva, y es el auténtico código de programación que contiene los secretos de los yatiris.

El vendedor del puestecillo callejero, que había escuchado las últimas palabras de *Proxi*, se emocionó visiblemente y comenzó a gesticular con entusiasmo:

—Oigan, ¿se fijaron en estos bellos productos? Yo soy yatiri y puedo ofrecerles los mejores fetos de llama y los más eficaces amuletos. Miren, miren... ¿Quieren hierbas medicinales?, ¿bastones de Viracocha?, ¿hojas de coca? Se los puedo asegurar: no las hay mejores en todo el mercado.

—¿Usted es yatiri? —le preguntó *Proxi*, poniendo cara de boba.

—¡Claro que sí, señorita! Éste es el Mercado de los Brujos, ¿no es cierto? Todos aquí somos yatiris.

—Creo que deberíamos adquirir unas cuantas guías turísticas de Bolivia —me susurró *Jabba* en la oreja—. O estamos más perdidos que un pulpo en un garaje o aquí hay algo que huele a chamusquina.

—No hemos venido de turismo —repuse, frotándome la helada nariz—. Estamos aquí para entrar en la cámara secreta de Lakaqullu.

Mientras hablaba, estuve a punto de comprarle al «yatiri» un bastón de Viracocha, no tanto por afán investigador como por llevarle un regalo a mi sobrino cuando volviéramos a casa. Los bastones de Viracocha eran una triste reproducción en madera de los báculos del Dios de la Puerta del Sol pintados de colorines chillones y con borlas de lana de llama colgando de uno de sus extremos. No lo hice porque pensé que Ona me tiraría de cabeza por el hueco de la escalera si le daba a su hijo el arma perfecta para destrozarle la casa.

—Vale. Nada de turismo. Pero te advierto que, mientras tanto, estamos haciendo el ridículo.

En una terminal de buses, como allí llamaban a las casuales paradas de las viejas movilidades, o furgonetas para el transporte urbano, encontramos una caseta de información turística y nos hicimos con un plano de la ciudad y algunos folletos informativos, pero no tardamos mucho en darnos cuenta de que el plano resultaba bastante inútil si las calles no exhibían los rótulos con sus respectivos nombres y que los folletos apenas aportaban datos sobre lo que teníamos delante y mucho menos sobre algo tan necesario como un buen restaurante para comer o cenar. Pese a ello, en una reseña descubrimos algunos datos sobre el Mercado de los Brujos, donde al parecer habíamos estado, en el que los yatiris, «nombre aymara de los curanderos» según el folleto, vendían productos tradicionales para la salud y la suerte. De modo que, al borde de la depresión, decidimos disfrutar un rato más del paseo por aquel laberinto de callejuelas empedradas de inconfundible aire colonial, abarrotado de elegantes edificios y numerosas iglesias de estilo barroco andino llenas de curiosos motivos incas bastante paganos.

Conseguimos cenar, por fin, en el bar de un viejo hotel llamado París, situado en una esquina de la plaza Murillo, y nos pusimos ciegos de todo lo que nos sirvieron, que era mucho y muy picante: empezamos con una sopa de choclo (maíz), yuca y quinoa que no podía estar mejor y, luego, seguimos con el plato llamado Paceño que tenía papas, habas y queso, y con una Jakhonta de carne que *Proxi* y yo apenas pudimos probar y de la que dio buena cuenta, sin cortarse un pelo, un *Jabba* completamente recuperado y con hambre de tres días. La mesera que nos atendió —así llamaban a las camareras; y, a los camareros, garsones—, y que se presentó a sí misma como Mayerlin, nos recomendó visitar una peña cercana, La Naira, en la calle Jaén, donde podríamos tomar unos *matesitos* antes de retirarnos y escuchar a Enriqueta Ulloa, una famosa cantante aymara, y al grupo Llapaku, el mejor en cuestiones de música folclórica andina.

En la calle, aún colmada de gente, se oía un tumulto de voces en castellano y aymara, y, sobrepasándolo, los gritos de los niños boleteros, recitando el largo recorrido de las movilidades de transporte, de cuyas puertas desvencijadas se sujetaban peligrosamente colgando por el exterior, aunque a nadie parecía preocuparle su seguridad. Los comerciantes de los mercadillos populares que antes habíamos atravesado se retiraban ya para sus hogares, cargados con bultos a la espalda que fácilmente les doblaban o triplicaban en peso. Era un mundo extraño donde no se veía a la gente hablando sin parar por el teléfono móvil, ni corriendo con prisas de un lado para otro, ni tampoco desviando las miradas si, por casualidad, se cruzaban con las nuestras. No, allí te miraban fijamente y te sonreían, dejándote cortado y fuera de juego. A veces, aquello que convierte a las cosas en sorprendentes no es tanto lo que se ve, por muy distinto que sea del paisaje habitual, como lo que se percibe inconscientemente a través de los otros cuatro sentidos, y todas las señales que nosotros recibíamos nos indicaban bien a las claras que estábamos en un universo diferente y en otra dimensión.

En la peña La Naira, llena hasta los topes, disfrutamos, en un ambiente cargado, de la hermosa música que Llapaku interpretaba con instrumentos típicos de las cumbres de los Andes (el charango, el siku de doble fila de cañas, los tambores...) y de las canciones de Enriqueta Ulloa, que tenía una voz realmente prodigiosa, vibrante y llena de armónicos. Con pena, nos marchamos pronto porque, al día siguiente, teníamos que madrugar, pero llegamos al hotel bastante animados y cargados de energía para afrontar lo que se nos avecinaba.

Siguiendo las indicaciones de uno de los gerentes del hotel, nos levantamos a las seis de la mañana (aún noche cerrada) para estar listos alrededor de las siete y coger un taxi particular hasta Tiwanacu. El problema de los taxis en La Paz es que son colectivos, es decir, que actúan como pequeños autobuses. Para evitarlo, hay que llamar a alguna compañía de radio-taxi y advertir desde el principio que estás dispuesto a pagar los bolivianos que te pidan con tal de que no te metan a nadie en el hueco de al lado. El hecho de ir en taxi hasta las ruinas también tenía su peculiar explicación: los, llamémosles, autobuses que hacían el recorrido de setenta kilómetros eran, en realidad, viejos y potentes camiones en los que se viajaba en compañía de personas, productos del mercado y animales, todos amontonados en el mismo y reducido espacio. Pero si creímos que por viajar en vehículo privado iríamos como en nuestros coches por Barcelona, nos equivocamos por completo: la carretera era estrecha y llena de baches y nuestro conductor se empeñó en adelantar peligrosamente a cualquiera que se nos pusiera por delante, sin importarle que estuviéramos en plenas pendientes altiplánicas ni que las ruedas rechinaran en las curvas contra el borde mismo del pavimento. Tardamos casi dos horas en llegar a Tiwanacu y, cuando descendimos del taxi, teníamos los músculos agarrotados por el pánico y los cerebros entumecidos.

Pero allí estábamos. En Tiwanacu. O, mejor aún, en Taipikala, «La piedra central», un lugar que habíamos investigado tanto que nos parecía conocerlo como nuestra propia casa. Las montañas nevadas seguían rodeándonos, con cumbres inverosímiles entre las que destacaba la del Illimani, un monte sagrado de más de seis mil metros de altitud. Me faltaba la costumbre de mirar a través de espacios tan amplios, ya que, en la ciudad, los edificios limitan agradablemente la vista y, en el trabajo, lo hacen las pantallas de los ordenadores, así que tanta cima blanca en la distancia y tanto cielo despejado me aturdieron un poco. Nuestro taxista, que ostentaba el pomposo nombre de Yonson Ricardo, nos dejó al pie de la entrada principal del recinto y prometió volver por nosotros a la hora de comer; él pasaría la mañana en el cercano pueblito de Tiahuanaco, construido en su mayoría con piedras extraídas de las ruinas.

Agradeciendo el tibio calor del sol en aquella mañana helada, iniciamos el suave ascenso hacia Taipikala. Una barrera de alambre de espino protegía todo el recinto arqueológico hasta donde la vista se perdía. Iba a ser difícil colarse en aquel lugar fuera de las horas de visita. Saqué la cartera para pagar el tíquet de entrada y, entonces, súbitamente, caí en la cuenta de un pequeño detalle:

—¿Y si nos encontramos de narices con la catedrática? —pregunté, volviéndome hacia *Jabba* y *Proxi*, que, bajo la atenta mirada de los dos guardias de seguridad que vigilaban apostados tras la verja, intentaban reunir las monedas para los quince bolivianos por cabeza que costaba el boleto.

Me miraron desconcertados un par de segundos y, luego, *Jabba* se encogió de hombros y *Proxi*, más pragmática, descolgó de un expositor de ventas un sombrero panamá y me lo encasquetó en la cabeza. En aquella cabina de boletos, como rezaba el letrero que había sobre la ventanilla, tenían toda clase de artículos chocantes a disposición de los turistas, desde gorras y gafas para el sol hasta paraguas y bastones que se convertían en sillas plegables.

—Arreglado —dijo—. Recógete la melena y ocúltala bajo el sombrero. No creo que te reconozca si está por aquí.

—No, claro —repuse, cabreado—. Y menos aún si me corto las piernas y mido medio metro menos.

—¡Pero, *Root*, que hoy es sábado y los sábados no se trabaja! Estará en La Paz, tranquilízate.

—Pero, ¿y si está por aquí y me la tropiezo? —insistí.

—Pues la saludas si te da la gana y si no, no —dijo *Jabba*.

—Pero se dará cuenta de que hemos venido buscando lo mismo que ella —objeté, cabezón. El hombre de la taquilla empezaba a impacientarse.

—¡No seas pesado y compra la entrada de una vez! —me gritó *Jabba*—. Ella sólo te conoce a ti y, como nosotros la hemos visto en foto, podemos descubrirla antes de que te vea.

Más calmado por esta idea, pagué y crucé el umbral que daba paso a Tiwanacu. Al instante olvidé todo cuanto hubiera podido pasarme por la cabeza desde el día de mi nacimiento. Taipikala era grandiosa, inmensa, impresionante... No, en realidad era mucho más que eso: era increíblemente hermosa. El viento discurría libremente por aquellos ilimitados espacios cubiertos de ruinas. Frente a nosotros, un camino serpenteante llevaba hacia el Templete semisubterráneo, que se veía como un agujero cuadrado en el suelo de tierra, a la derecha del cual, con unas dimensiones inconcebibles, se encontraba la plataforma elevada del templo de Kalasasaya, del que podíamos distinguir, pese a la distancia, sus bloques de más de cinco metros de altura y cien toneladas de peso. Todo allí era colosal y rezumaba grandeza y energía, y la hierba silvestre que lo cubría no le quitaba ni un ápice de majestuosidad.

—Estoy sufriendo alucinaciones —murmuró la mercenaria mientras caminábamos hacia el Templete—. Me parece estar viendo a los yatiris.

—No eres la única —musité.

Sin hablar, recorrimos la hondonada del Templete, de unos dos metros de profundidad, observando las extrañas cabezas clavas que sobresalían de la pared. *Jabba* fue el primero en detectar algo extraño:

—A ver... —exclamó a pleno pulmón—. ¿Eso que veo ahí no es la cabeza de un chino?

—¡Venga ya! —se burló *Proxi*.

Pero yo estaba mirando en la dirección que señalaba *Jabba* y, sí, aquella cabeza era claramente la de un oriental, con unos ojos oblicuos incuestionables. Dos o tres cabezas más arriba había otra que mostraba rasgos inequívocamente africanos: nariz ancha, labios gruesos... Después de un rato de dar vueltas mirando arriba y abajo, ya no nos cupo la menor duda de que, entre las ciento setenta y cinco cabezas que el librito informativo que habíamos comprado decía que había, se encontraban representadas todas las razas del mundo: pómulos salientes, labios gruesos y finos, frentes anchas y estrechas, ojos saltones, redondos, rasgados, hundidos...

—¿Qué dice la guía de esto? —quise saber.

—Da varias interpretaciones —leyó *Proxi*, que se había apoderado del libro—. Dice que, probablemente, era costumbre de los guerreros tiwanacotas exhibir aquí las cabezas cortadas de los enemigos después de los enfrentamientos bélicos y que, con el paso del tiempo, debieron de hacerlas en piedra para que duraran. También que este lugar podía ser una especie de facultad de medicina donde se enseñaba a diagnosticar las enfermedades que, supuestamente, están representadas en estas caras. Pero, en fin, como no hay pruebas ni de una cosa ni de la otra, acaba diciendo que, lo más probable es que se trate de una simple muestra del contacto de Tiwanacu con diferentes culturas y razas del mundo.

—¿Con los negros y los chinos? —se extrañó *Jabba*.

—Eso ni lo menciona.

—Hijo mío... —dije poniendo una mano paternal en el hombro a mi amigo—, sobre esta ciudad misteriosa no tienen ni puñetera idea, así que tonto el último en dar su versión de los hechos. Ni caso. Nosotros, a lo nuestro.

Era una lástima, pensé, que Bolivia no dispusiera de suficiente dinero para emprender unas excavaciones a fondo en Tiwanacu y era una vergüenza que los organismos internacionales no aportaran los fondos necesarios para ayudar al país en esta tarea. ¿Acaso nadie estaba interesado en descubrir qué se ocultaba en aquella extraña ciudad?

—¿Y el tipo éste con barba? —insistió *Jabba* señalando con el dedo a una de las tres estelas de piedra que se erguían en el centro del recinto. Era la más alta y tenía tallada la imagen de un hombre de ojos enormes y redondos con un gran bigote y una hermosa perilla. Iba vestido con un largo manto y, a ambos lados, se distinguían las siluetas de un par de serpientes que se alzaban desde el suelo hasta los hombros.

—La guía dice que es un rey o un sacerdote principal.

—¡Imaginación al poder! ¿No podrían variar de argumento? Empiezo a aburrirme.

—También dice que lleva esas serpientes porque son el símbolo del conocimiento y la sabiduría en la cultura tiwanacota.

—Entonces, eso es lo que quiere decir el reptil cornudo del interior de la cámara de Lakaqullu.

—Vámonos de aquí —ordené, dando los primeros pasos hacia la escalera para dirigirme hacia Kalasasaya. Éramos cuatro gatos y medio recorriendo las ruinas, más un grupo de escolares que visitaban Tiwanacu acompañados por sus profesores y que armaban un jaleo tremendo a corta distancia de nosotros. Ante tal soledad humana, mi temor a encontrarnos con la catedrática se agudizó: si tantos recursos políticos tenía aquella mujer en Bolivia, con una simple llamada a la policía acusándonos de ladrones de piezas arqueológicas le sobraba para quitarnos de en medio, impidiendo que llegásemos a la cámara antes que ella. Y sería su palabra contra la nuestra.

Subiendo con cautela la gran escalinata de Kalasasaya, fue apareciendo poco a poco frente a nuestros ojos una figura familiar y majestuosa que resultó ser el Monolito Ponce, llamado así por el arqueólogo que lo descubrió, Carlos Ponce Sanjinés. Sin embargo, a pesar de su imponente presencia, que parecía dominar la inmensa explanada del Kalasasaya, nuestras miradas y pasos se dirigieron de manera automática y directa hacia el lejano lindero del templo donde, a la derecha, se divisaba la forma inconfundible de la Puerta del Sol. Toda la historia había comenzado allí, en los relieves de aquella puerta, con la copia hecha a mano por Daniel de la pirámide de tres pisos que servía de soporte al Dios de los Báculos. En aquel momento, sin dejar de caminar y sin poder evitarlo, sentí que se me formaba un nudo en la garganta. ¡Cuánto habría disfrutado mi hermano viendo sus ideas puestas en marcha y sus hallazgos a punto de confirmarse! Casi podía notarlo a mi lado, callado, silencioso, pero con una sonrisa de satisfacción de oreja a oreja. Él había trabajado como un negro para desvelar el secreto de los yatiris y, cuando estaba a punto de conseguirlo, había caído prisionero de sus propios descubrimientos. Algún día, cuando se curase, haría de nuevo aquel viaje con él.

Seguimos avanzando hacia la gran Puerta y, conforme los metros que nos separaban de ella fueron reduciéndose, los tres entramos en una especie de campo magnético que nos atraía con la misma fuerza con que la gravedad nos pegaba al suelo. A la vista de aquella silueta recortada contra el cielo, mi mente dio un salto hasta la noche anterior a nuestro viaje, poco después de pedirle a Núria que nos reservara los vuelos y el hotel. Como aún teníamos tiempo para trabajar un rato antes de la hora de la cena y de que *Jabba* y *Proxi* se marcharan a su casa para hacer los equipajes, reemprendimos la búsqueda de la información sobre la Puerta, que era lo único de Tiwanacu que nos faltaba por investigar. Marc se dedicó a buscar imágenes y a imprimirlas, Lola a investigar al misterioso Dios de los Báculos y yo a recopilar toda la información existente sobre el monumento.

La catedrática me había dicho que la Puerta pesaba más de trece toneladas y así parecían confirmarlo las páginas de internet que hablaban sobre el tema. Las dimensiones ya eran más variadas, aunque, por regla general, rondaban los tres metros de alto por cuatro de largo. Sobre la anchura no encontré discusión: medio metro de forma unánime.

La Puerta del Sol representaba el paso entre ninguna parte y la nada. Su ubicación era absolutamente ficticia y nadie parecía saber su procedencia real: unos decían, por su lejano parecido, que era la cuarta puerta de Puma Punku, la que faltaba, otros que venía de algún monumento desaparecido, otros que de la Pirámide de Akapana... Nadie estaba seguro, pero lo que resultaba un verdadero misterio era cómo una piedra de trece toneladas había podido ser movida de su sitio y dejada caer, boca abajo, en aquel recinto de Kalasasaya en el que hoy se encontraba. El monumento presentaba una grieta ancha y profunda desde la esquina superior derecha del vano hacia arriba, en diagonal, partiendo el friso en dos. La leyenda decía que un rayo era el causante de aquel destrozo pero, aunque las tormentas eléctricas eran frecuentes en el altiplano, difícilmente tal fenómeno hubiera podido ocasionar en un bloque de durísima traquita una resquebrajadura semejante. Lo más probable era que, al caer boca abajo, se hubiera partido, pero tampoco estaba claro.

En la parte posterior de la puerta había cornisas y hornacinas tan perfectamente trabajadas que era difícil comprender cómo podían haber sido hechas sin la ayuda de maquinaria moderna y lo mismo podía decirse del friso de la fachada principal, con su impresionante Dios de los Báculos en el centro. El dios era asunto de

Proxi, pero, a la hora de leer las descripciones de la Puerta, costaba mucho separar lo que se decía del dios de todo lo demás. De ese modo descubrí que la práctica totalidad de los documentos afirmaba que la figurilla sin piernas representaba a Viracocha, el dios inca, lo que me llevó a plantearme de nuevo la absoluta desinformación que existía sobre la materia. La mayoría de expertos había desechado esta teoría desde hacía tiempo, según me había contado la catedrática, y, sin embargo, pocos eran los que se daban por enterados. El Dios de los Báculos seguiría siendo Viracocha durante mucho tiempo y las cuarenta y ocho figurillas que lo flanqueaban —veinticuatro a cada lado, en tres filas de ocho cada una— continuarían siendo cuarenta y ocho querubines por el mero hecho de tener alas y una rodilla doblada en actitud de carrera o de reverencia. Daba igual que algunas de ellas lucieran hermosas cabezas de cóndor sobre cuerpos humanos: mientras nadie demostrara lo contrario, muchos seguirían viendo en aquellos personajes zoomorfos unos geniecillos alados equiparables en todo a los ángeles.

Algunos de los más reconocidos arqueólogos exponían, sin el menor recato, la extraña teoría de que el friso era un calendario agrícola y de que los personajes del friso no simbolizaban otra cosa que los treinta días del mes, los doce meses del año, los dos solsticios y los dos equinoccios. Quizá fuera verdad, pero había que tener mucha imaginación —o, seguramente, mejores conocimientos que los míos— para aventurar semejante propuesta, sobre todo porque algunos de tales expertos aseguraban también que el calendario de la Puerta del Sol, además de agrícola, podía ser venusino, con doscientos noventa días distribuidos en diez meses.

No obstante, en el momento en que mi escepticismo y mi desconfianza rozaban los límites de lo soportable, me llevé una sorpresa mayúscula. Estaba yo leyendo tan tranquilo cuando tropecé con una afirmación que me chocó. Un investigador llamado Graham Hancock había descubierto que en la Puerta del Sol aparecían representados un par de animales supuestamente extinguidos muchos miles de años atrás, en una época en la que, según la ciencia oficial, Tiwanacu aún no existía. Por lo visto, en la parte inferior del friso, en una cuarta banda de adornos que no me había llamado la atención, podían distinguirse con toda claridad las cabezas de dos Cuvieronius, una en cada extremo de los cuatro metros del dintel y, en algún otro lado, una cabeza de toxodonte. Lo increíble de esto era que ambas especies habían desaparecido de la superficie del planeta —junto con otras muchas en todo el mundo— entre diez mil y doce mil años atrás, al final del período glacial, sin que nadie supiera explicar por qué.

Me levanté de mi asiento y cogí todas las ampliaciones fotográficas de la Puerta del Sol que *Jabba* estaba sacando por la impresora láser. A pesar de distinguir la cuarta banda, no pude ver sino ciertas formas imprecisas de relieves, así que, después de pensar un momento, me dirigí hacia la habitación de mi abuela con la esperanza de encontrar alguna de sus gafas para leer y tuve suerte porque, en la mesilla de noche, tenía dos dentro de sus fundas. De vuelta al estudio con las improvisadas lupas, le pasé una de ellas a *Jabba*, que ya me seguía la pista como un setter que ha olfateado la presa. Al toxodonte, un herbívoro muy parecido al rinoceronte aunque sin cuerno en la nariz, no lo encontramos por ningún lado, quizá porque no supimos verlo, pero a los

Cuvieronius, que eran idénticos a los elefantes actuales, los localizamos en seguida, inconfundibles con sus grandes orejas, sus trompas y sus colmillos. Estaban, efectivamente, bajo las columnas tercera y cuarta de geniecillos alados, contado desde los márgenes. Resultaba asombroso contemplarlos, confirmando sin discusión que la Puerta del Sol tenía más de diez mil años de antigüedad ya que era imposible que los artistas tiwanacotas hubieran llegado a ver un elefante en toda su vida porque nunca habían existido en Sudamérica; sólo podía tratarse del Cuvieronius, un mastodonte antediluviano cuyos restos fósiles sí atestiguaban su presencia en el continente hasta su repentina e inexplicable desaparición diez mil o doce mil años atrás.

—Y, ¿cuándo dicen los arqueólogos que se construyó Tiwanacu? —preguntó confundido *Jabba*.

—Doscientos años antes de nuestra era —repuse.

—O sea, hace dos mil doscientos años, ¿no es así? Asentí con un gruñido gutural.

—Pues no encaja... No encaja con estos animalitos, ni con el mapa de Piri Reis, ni con la supuesta antigüedad del lenguaje aymara, ni con la historia de los yatiris...

En aquel momento, *Proxi* dio un brinco de entusiasmo en su asiento y se giró velozmente para mirarnos. Tenía los ojos brillantes.

—Os ahorraré todo lo inútil e iré directamente a lo que nos interesa —exclamó—. Según los últimos estudios sobre el tema, el Dios de los Báculos podría ser, en realidad, Thunupa, ¿os acordáis?, el dios del diluvio, el de la lluvia y el rayo.

—¡Caramba! Tiwanacu es un pañuelo, ¿eh? —dije con sorna.

—Parece que esas marcas que tiene en las mejillas son lágrimas —siguió explicando— y los bastones simbolizarían su poder sobre el rayo y el trueno. Nuestro amigo Ludovico Bertonio aporta un dato muy curioso en su famoso diccionario: Thunupa, después de la conquista, se transformó en Ekeko, un dios que, actualmente, sigue teniendo muchos adeptos entre los aymaras porque, según el arqueólogo Carlos Ponce Sanjinés, (14) la lluvia, por escasa, ha pasado a ser sinónimo de abundancia y Ekeko es el dios de la abundancia y la felicidad.

—Muy imaginativo —masculló *Jabba*. Ella ni se inmutó.

—Así que los aymaras siguen adorando a Thunupa después de tantos miles de años. ¿No es fantástico? La cuestión es que, como sabéis, el mapa de la cámara se encuentra bajo los piececitos de este dios y... —arrastró largamente el sonido mientras subía el tono para destacar lo que iba a decir—, resulta que el nombre del dios tiene un significado muy especial. —Su rostro se ensanchó con una amplia sonrisa de satisfacción—. ¿Sabéis lo que quiere decir *Thunu* en aymara?

—Si me dejas consultar el diccionario de Bertonio... —dije, haciendo el gesto de ir a levantarme.

—Puedes consultar lo que quieras pero, antes, deja que yo te lo cuente. *Thunu*, en aymara, significa algo que está oculto, escondido como el bulbo de una planta bajo la tierra, y la terminación *Pa* pone a *Thunu* en relación con la tercera persona singular. O sea, que

(14)   C. Ponce Sanjinés, *Thunupa y Ekeko: Estudio Arqueológico acerca de las efigies precolombinas de dorso adunco*, Academia Nacional de Ciencias de Bolivia, La Paz, 1969.

Thunupa quiere decir que hay algo oculto bajo la figura del dios. El dios señala el lugar.

Jabba y yo nos quedamos callados durante unos instantes, asimilando el hecho de que las piezas seguían encajando unas con otras de manera sorprendente.

—Quizá es así de simple —observó *Jabba*, con voz insegura.

—¡No es simple! —exclamó *Proxi*, sin dejar de sonreír—. Es perfecto.

—¡Pero eso no nos dice nada nuevo! —objeté con energía—. Ya sabíamos que el dios señalaba el lugar. ¿Dónde están las entradas a la cámara?

—Utiliza la lógica, Arnauet: si, hasta ahora, todo viene reflejado en el friso de la Puerta del Sol, las entradas a los corredores secretos también deben aparecer allí. Y si aparecen, como cabría esperar, las hemos tenido delante de las narices desde el principio, ¿no crees?

Yo la miraba con ojos de loco, abiertos de par en par.

—Observa esta ampliación del Dios de los Báculos —continuó ella, impertérrita, alargándome un papel que yo recogí—. Descríbeme la pirámide de tres pisos.

—Pues... Como su nombre indica, es una pirámide y tiene, en efecto, tres pisos. Dentro aparecen una serie de bichos extraños y un cuadrado con una serpiente cornuda.

—¿Qué más? —me animó *Proxi*, en vista de que me quedaba callado.

—Nada más —repuse—, aunque si quieres que también te describa al dios, lo hago.

—¿Ves lo que tiene el dios en las manos?

—Los báculos.

—Y, ¿hacia dónde señalan los báculos?

—¿Hacia dónde van a señalar...? —masculló exasperado, pero, entonces, me di cuenta de algo—. Deberían señalar hacia arriba, ¿no es cierto?

Ella sonrió.

—Pero, en realidad, es como si el dios los llevara al revés: los picos de los cóndores, o lo que sean, señalan hacia...

—¿Hacia...?

—Hacia abajo. Es un poco extraño, ¿no?

—¿Y hacia dónde señalan esos báculos invertidos? —insistió.

—Hacia estas cosas raras que sobresalen de..., de la pirámide. Vaya... Tú tenías razón —murmuré devolviéndole el papel, que ella abandonó sobre la mesa.

Me cabreé conmigo mismo. ¿Cómo podía ser tan imbécil? Había estado viendo aquellas prolongaciones de la pirámide desde que descubrí el dibujo de mi hermano y, aunque resultara increíble, precisamente por ser tan raras, no les había prestado la menor atención. Eran un adorno, un ornamento más. Mi cerebro las había ignorado por completo por resultarle inexplicables.

—Como ves, del escalón inferior de la pirámide —terminó ella— parte una línea horizontal a derecha e izquierda que debería representar el suelo pero que, curiosamente, al poco, vuelve a elevarse hacia arriba dibujando una especie de chimeneas a ambos lados que están cubiertas por dos objetos estrafalarios y sin sentido.

—Son como... —murmuró *Jabba* examinando otra reproducción del dios—. ¡La verdad, no sé cómo son! ¿Podrían simbolizar cascos de guerreros?

—Sí, y también animales extraterrestres o naves espaciales —se burló *Proxi*—. Observa que cada uno tiene un único ojo redondo y profundo idéntico a los ojos del dios. Pero, bueno, ¿qué más da? En realidad, no creo que sean otra cosa que una marca. Allá donde aparezcan estas cosas en Tiwanacu, estarán los accesos a los corredores. ¿Tú qué dices, *Root*?

Ya no recordaba exactamente lo que le había contestado aquella noche pero, obviamente, supongo que me mostré conforme. Toda aquella conversación, sostenida poco antes de hacer las maletas para venirnos a Bolivia, había vuelto a mi mente en el breve plazo que tardamos en recorrer la distancia que nos separaba de la auténtica y verdadera Puerta del Sol. Quizá el soroche había borrado dos días completos de mi vida pero, sin duda, había respetado aquella última hora de trabajo en Barcelona. Y, ahora, allí estábamos, frente a la Puerta, separados de ella tan sólo por la endeble alambrada que la protegía. Mis ojos se incrustaron directamente en la figura central del dios, que, en vivo y en directo, con sus relieves y sus sombras producidas por la luz del sol, parecía un pequeño monstruito de malvadas intenciones. Aquél era Thunupa, el dios del diluvio, el que escondía un secreto... Sus ojos redondos miraban hacia ninguna parte, sus brazos en V sujetaban los báculos (un propulsor y una honda, decía la guía que llevaba *Proxi*) y, de sus codos, colgaban cabezas humanas, igual que de su cinturón. En el pecho, sobre el pectoral, se repetía la imagen de la pequeña culebra que aparecía a sus pies, en la cámara secreta que intentaríamos alcanzar aunque aún no supiéramos muy bien cómo. Y allí estaba la pirámide de tres terrazas, con su interior lleno de corredores acabados en cabezas de pumas y de cóndores, con las dos entradas laterales que parecían chimeneas cubiertas por esos extraños cascos de guerreros que también podían ser animales extraterrestres o naves espaciales dotadas de ojos.

Jabba, que no paraba de moverse a izquierda y derecha de la Puerta, soltaba exclamaciones de admiración a la vista de sus amigos los elefantes-Cuvieronius, inconfundibles hasta el punto de clamar al cielo por la indiferencia que provocaban en la ciencia oficial, una ciencia que decía regirse por lo empíricamente verificable. Pues bien, ahí estaba la prueba indiscutible de que al menos la Puerta tenía que haber sido hecha cuando aquellos mastodontes pululaban por el Altiplano, es decir, un mínimo de once mil años atrás. Sin embargo, como al mapa de Piri Reis, nadie parecía hacerles caso. No pude evitar preguntarme una vez más por qué. Tenía que existir alguna razón. El miedo al ridículo académico no podía ser un motivo tan fuerte como para negarse a investigar la verdad. Ciertamente, en la Edad Media la Inquisición castigaba la herejía con la muerte pero, ahora, ¿qué razón podía haber?

—Bueno, pues aquí estamos —comentó *Proxi* disparando fotografías con su minúscula cámara digital. Habíamos traído con nosotros un buen equipo informático de reducidas dimensiones que nos permitiría trabajar en el hotel en caso necesario. Sólo teníamos que descargar las imágenes en uno de los portátiles y podríamos obtener las ampliaciones e impresiones que nos hicieran falta. Lo cierto era que, por culpa del soroche, aún no habíamos instalado nada y yo empezaba a sentir remordimientos por el montón de correos que me habría enviado Núria y que estarían esperando respuesta.

—Parece mentira —comenté— que hace una semana ni siquiera pensáramos en venir a Taipikala y hoy estemos aquí.

—Espero que todo el esfuerzo haya servido para algo —dijo *Jabba*, rencoroso, justo en el momento de pasar junto a nosotros en su ir y venir entre Cuvieronius.

—Venga, no perdamos más tiempo —declaré—. Tenemos mucho que ver todavía.

La verdad era que de Akapana no quedaba demasiado, sólo un par de enormes terrazas de piedra saliendo de una colina cubierta de hierba. Aquello de que era una pirámide de siete pisos lo creímos por fe, porque no había ninguna pista que lo indicara. En la parte superior de la colina, a la que subimos por detrás, podía verse una especie de hoyo que era, presuntamente, el depósito en el que se recogía el agua de la lluvia para hacerla circular por los recién descubiertos canales zigzagueantes que nadie sabía de verdad para qué servían. Pero, puestos a hacer canalizaciones, ¿por qué con aquella forma tan extraña si total no iban a verse?

Proxi soltó una risita borde.

—Pues si creéis que esto es un desastre —nos advirtió—, esperaos a Lakaqullu, que no puede ser mucho mejor.

—Será peor, seguro —confirmé con desaliento, recordando que Lakaqullu estaba enterrada por completo bajo tierra.

Según ascendía el sol en el cielo y avanzaba la mañana, la temperatura se volvía más agradable. Terminamos por desabrocharnos las chaquetas y quitarnos los jerseys, anudándolos a la cintura para que no nos dieran calor. Llegó un momento en que hasta me sentí afortunado por llevar en la cabeza el sombrero panamá y lo que, desde luego, agradecimos hasta el infinito fue el cómodo calzado que nos permitía ascender colinas, caminar sobre tierra y roquedos y superar con facilidad los afilados fragmentos de viejas piedras talladas que abundaban por todas partes. El número de visitantes aumentaba también con el calor y ya se veían grupos dispersos por aquí y por allá. Los ruidosos colegiales que nos precedían desaparecieron de nuestra vista y nuestros oídos, seguramente para desarrollar alguna actividad escolar sedentaria y, en su lugar, empezaron a ensordecernos las cigarras, con sus monótonas carracas.

La ruta por las ruinas nos llevó a continuación hasta Puma Punku, a un kilómetro de distancia de su supuesta gemela, Akapana, donde, además de comprobar que, efectivamente, los motivos ornamentales eran marinos y que, sin duda, por la perfección, la piedra había tenido que ser trabajada con lo que fuera que los aymaras utilizaran como taladro mecánico, nos encontramos con un poco más de lo mismo: caos total en un mar de piedras gigantescas. Sólo tropezamos con algo inesperado al doblar un recodo de la colina: una valla metálica que circunvalaba una zona en la que, sin lugar a dudas, se estaba llevando a cabo una excavación. Había gente dentro del perímetro, todos uniformados con gorras o sombreros vaqueros o panamás, camisetas, pantalones cortos y recias botas de las que les sobresalían los calcetines. En total habría una docena de personas subiendo y bajando escaleras de mano y transportando cajas de un lado para otro. En uno de los extremos del vallado se levantaba una gran tienda militar de lona (el cuartel general, probablemente) con el emblema de la UNAR, la Unidad Nacional de Arqueología Regional.

—¿Conque los sábados no se trabaja, eh? —pregunté con ironía.

—Calla y retrocede —farfulló *Jabba* a mi lado, cogiéndome por el brazo.

—Pero, ¿qué pasa?

—Que ella está ahí, ¿no la ves? —murmuró *Proxi*, dando la espalda al campamento y caminando lentamente en dirección contraria—. Es la que lleva la camiseta roja.

Antes de girarme para seguir a mis amigos, tuve tiempo de vislumbrar a la mujer que decía *Proxi*, pero me pareció imposible que fuera Marta Torrent.

—No es ella —murmuré, mientras nos alejábamos con aires de turistas despistados—. Ésa no es la catedrática.

—Le he visto la cara, así que no te detengas y sigue caminando.

—Pero, ¿queréis no ser burros, por favor? —exclamé cuando hubimos rodeado la colina y quedado fuera del campo visual de la excavación—. Esa mujer de la camiseta roja no tenía el cuerpo ni la pinta de una cincuentona estirada y pija, ¿vale? Estaba cubierta de tierra y lucía unas piernas estupendas.

—¿No te está diciendo *Jabba* que le hemos visto la cara? ¡Pero si hasta le sobresalía el pelo blanco por debajo del sombrero!

—Me juego el cuello a que los dos os habéis equivocado.

Yo recordaba a una mujer mayor, elegantemente vestida con un traje de chaqueta de ante, calzada con unos zapatos de tacón muy fino, pendientes y collar de perlas, una ancha pulsera de plata, y unas gafas estrechas de montura azul con cordoncillo metálico que le cubrían los ojos. Sus movimientos eran distinguidos y su voz y su forma de hablar un tanto góticas. ¿Qué demonios tenía todo eso que ver con aquella mujer mucho más joven, de sombrero vaquero, botas mugrientas, camiseta sucia de manga corta y pantalones militares cortos y viejos que cargaba cajas con aires de estibador? ¡Por favor! Ni que fuera el doctor Jekyll y mister Hyde.

—Vale, nos hemos equivocado, pero vámonos de aquí por si se le ocurre venir.

Caminamos de regreso hacia Akapana como si nos persiguiera el diablo.

—Quizá deberíamos marcharnos —murmuró pensativo *Jabba*.

—Yonson Ricardo vendrá por nosotros a partir de las horas catorce —recordó *Proxi*, repitiendo la expresión que nos había dicho el taxista y que nos había dejado sin aliento—, y todavía faltan dos horas y pico.

—Pero tenemos su número de celular —dije yo, imitando también la forma de hablar del boliviano.

—No, no nos iremos —atajó ella, muy decidida—. Buscaremos las entradas a la cámara de Lakaqullu y organizaremos la manera de hacerlo, tal y como teníamos pensado, aunque estaremos muy pendientes de la gente que se nos acerque.

En el siguiente cruce de caminos de tierra torcimos hacia la izquierda, dirigiéndonos hacia Putuni, el Palacio de los Sepulcros. Según la guía, allí habían vivido los sacerdotes de Tiwanacu, en unas habitaciones de muros coloreados situadas junto a las extrañas oquedades del suelo. Esta información nos sorprendió bastante porque, según habíamos leído nosotros estando en Barcelona, la supuesta residencia de los Capacas y los yatiris había sido Kerikala, el edificio que íbamos a visitar a continuación. En fin, lo cierto es que tampoco quedaba mucho que ver, pues ni siquiera podía advertirse ya aquella supuesta puerta inexpugnable que confundió a los conquistadores haciéndoles creer que allí se escondían grandes tesoros.

Kerikala fue el penúltimo desengaño, aunque no debería llamarlo así porque, puestos a ser jueces del pasado, también la Acrópolis de Atenas podía considerarse un resto menospreciable de lo que fue en su época de esplendor. Sin embargo, lo que no podía negarse era que, entre conquistadores y oriundos, habían hecho un gran trabajo de sistemática y tenaz destrucción. Quizá el cercano pueblo de Tiahuanaco (especialmente su catedral) y la vía férrea Guaqui-La Paz fueran un motivo de orgullo nacional o tuvieran una función social realmente importante, pero nada justificaba la devastación que habían ocasionado en un lugar tan importante e irremplazable como Taipikala.

Y, por fin, arribamos a Lakaqullu, situado al norte de Kerikala. Apenas podíamos creernos que estuviésemos de verdad allí, aunque ese *allí* se resumiera en dos palabras: un montículo de tierra rojiza con cuatro escalones de piedra que daban a una puerta de andesita verdosa tan simple y falta de adornos que bien hubiera podido salir de cualquier fábrica moderna de ladrillos. A nuestro alrededor el campo aparecía cubierto por matorral alto justo hasta el vallado de espino que rodeaba Tiwanacu. Forzando un poco la vista, tras el cercado se distinguían camiones y autobuses circulando por la carretera.

—¿Esto es todo? —pregunté de mal humor. No sé qué había esperado, quizá algo más vistoso, más bello o, por el contrario, algo tan feo que llamara la atención. De todo lo que habíamos inspeccionado aquella mañana en Taipikala, Lakaqullu era lo más pobre y miserable. No había nada y, cuando digo nada, quiero decir literalmente nada.

Estábamos solos frente a los escalones. El resto de turistas que visitaban el lugar ni siquiera se dignaban acercarse: quedaba lejos del resto de ruinas y, realmente, no había mucho que ver.

—Oye, *Root* —me dijo *Proxi*, desafiante—, ¿tienes los pies en el suelo?

—Claro. ¿Quieres que flote?

—Pues debajo de tus zapatos está el secreto que puede devolverle la cordura a tu hermano.

Me quedé sin reacción. *Proxi* tenía razón: debajo de mis pies, a no se sabía qué profundidad, había una cámara sellada por los yatiris antes de marcharse al destierro y allí se escondía el secreto de su extraño lenguaje de programación. Si alguna esperanza tenía mi hermano de recuperar su vida se encontraba, como había dicho la mercenaria, debajo de mis zapatos. Aquél era un lugar sagrado, el lugar más importante de Taipikala. Los yatiris habían dejado allí muchas cosas valiosas a la espera de regresar algún día o para que sirvieran de ayuda a una humanidad en apuros. Y nadie lo sabía salvo nosotros y, quizá, la catedrática, que había anunciado a bombo y platillo que estaba dispuesta a demostrar al mundo que Lakaqullu era un lugar importante.

—Muy bien —empecé a decir, lleno de una nueva energía—. Vamos a dividirnos. Se supone que por aquí tienen que estar las señales que nos indicarán la entrada a las chimeneas.

—La Puerta es el centro —indicó *Jabba* subiendo los escalones y poniéndose frente a ella al tiempo que abría los brazos y tocaba las jambas con las manos—. Si la pirámide de tres pisos es cuadrada, como leímos, y las chimeneas son dos, como aparece reflejado en el pedestal del dios Thunupa, debemos suponer que la orientación la marca esta puerta. O sea que tú, *Root*, vete hacia la derecha —y con la mano derecha me señaló la dirección— y tú, *Proxi*, vete hacia la izquierda.

—Oye, guapo —protestó ella, poniendo los brazos en jarras—, ¿y qué se supone que vas a hacer tú?

—Vigilar por si viene la catedrática. ¡No querréis que nos pille!, ¿verdad?

—¡Vaya morro que tienes...! —exclamé muerto de risa mientras comenzaba a caminar en línea recta desde el lado derecho de la Puerta de la Luna, hacia el este.

—¡No lo sabes tú bien! —gritó *Proxi*, alejándose en dirección contraria.

Me interné en la maleza, que me llegaba hasta las rodillas, con una molesta sensación de aprensión. Mi hábitat natural era la ciudad, con su contaminación, su cemento y su ajetreo, y mi suelo habitual, el asfalto. El profundo silencio de fondo y el constante canto de las cigarras que atacaban mis oídos no me sentaban bien, como tampoco caminar por el campo pisoteando matojos en los que se advertía la alarmante presencia de bichos desconocidos. Nunca fui un niño que coleccionara escarabajos, gusanos de seda o lagartijas. En mi actual casa de Barcelona no entraba ni una mosca, ni una hormiga, ni ninguna otra clase de insecto, y eso a pesar del jardín, ya que Sergi llevaba buen cuidado en evitarlo. Yo era un urbanícola acostumbrado a respirar contaminación y aire acondicionado, a conducir un buen coche por calles atestadas y a comunicarme con el mundo a través de las tecnologías más avanzadas, de modo que la naturaleza en vivo no resultaba saludable para mi cuerpo. Dadme un punto de apoyo y moveré el mundo, dijo Arquímedes; dadme a mí una pista de fibra óptica y un ordenador y desafiaré al mundo o lo cambiaré de arriba abajo, pero no me hagáis caminar por el campo como Heidi porque me sentiré enfermo.

Pues bien, allí estaba yo, arrastrándome entre hierbajos con el espinazo doblado como un esclavo recolector de algodón y separando los matorrales con las manos desnudas para poder examinar el suelo de tierra en busca de algo que se pareciera a un casco de guerrero, un animal extraterrestre o una nave espacial. Vaya tela.

—¡Te estás torciendo, Arnau! —me gritó *Jabba*—. ¡Gira un poco a la derecha!

—Ya podías estar tú aquí, capullo... —mascullé con los dientes apretados, haciendo lo que me decía.

Avanzaba paso a paso, muy despacio, esquivando los cantos de piedra que salpicaban el terreno y que se ocultaban en la maleza, intentando que las descomunales hormigas no me mordieran los dedos.

Habría recorrido apenas unos treinta metros cuando escuché una exclamación a mi espalda y me giré para ver como *Jabba* descendía velozmente los escalones y echaba a correr en dirección a *Proxi*. No lo pensé dos veces y también yo eché a correr como un loco con la esperanza de que a ella no le hubiera pasado nada y de que todo aquel alboroto estuviera motivado porque habíamos encontrado una de las entradas. Cuando les alcancé, *Proxi* estaba inclinada, con una rodilla en el suelo, limpiando con la mano lo que parecía una pequeña placa conmemorativa, una de esas que tienen un texto rimbombante grabado en la piedra. *Jabba* hincó también la rodilla en tierra y yo hice lo mismo, resoplando por el esfuerzo de la carrera. Allí estaba, en el centro de la plancha, nuestro casco de guerrero o nave espacial, el mismo dibujo que aparecía en la pirámide de tres pisos a los pies de Thunupa. Si no hubiéramos sabido que todo aquello obedecía a un propósito estratégicamente ideado quinientos o seiscientos años atrás, la placa nos hubiera parecido uno de tantos fragmentos de piedra de los que alfombraban Taipikala. Sin embargo, a pesar de sobresalir apenas del suelo y de estar oculta por la maleza y cubierta por tierra roja y broza, era, ni más ni menos, la cerradura que nos permitiría (o impediría) descender hasta la cámara de los yatiris.

—Bueno, y ahora ¿qué? —pregunté, limpiando también la piedra con la palma de la mano.

—¿Intentamos levantarla? —propuso *Jabba*.

—¿Y si nos ve alguien?

—*Proxi*, vigila.

—¿Por qué yo? —objetó ella, poniendo cara de mosqueo.

—Porque levantar piedras —le explicó *Jabba*, con un tono que sonaba paternal— es un trabajo de hombres.

Ella se incorporó despacio y, mientras se sacudía las manos en el pantalón, murmuró:

—Mira que sois idiotas.

Jabba y yo empezamos a tirar de la placa hacia arriba, cada uno por un lado, pero aquel pedrusco, obviamente, no se alzó ni un milímetro.

—¿Idiotas...? —farfullé, cogiendo impulso de nuevo y estirando—. Idiotas, ¿por qué?

El segundo envite tampoco sirvió de nada, así que, los dos a una, empezamos a empujar hacia un lado, para ver si conseguíamos moverla ya que, a lo mejor, no era muy profunda.

—Porque una clave secreta puede descubrirse empleando la fuerza bruta, como hicimos con la clave del ordenador de Daniel, pero un código sólo puede entenderse usando la inteligencia. Y no necesito recordaros que los yatiris trabajaban con código, listillos. Se trata de un lenguaje, y los idiomas no se aprenden memorizando millones de palabras al azar pensando que, entre ellas, están las de la lengua que queremos aprender, que es lo que, en resumidas cuentas, estáis haciendo vosotros dos en este momento.

Un tanto deslomado, me incorporé para mirarla, llevándome las manos a los riñones.

—¿Qué quieres decir con todo ese rollo?

—Que dejéis de hacer el burro y empecéis a utilizar los cerebros.

Bueno, tenía sentido. Toda aquella historia era un juego de luces y sombras de modo que, efectivamente, emprenderla a lo bestia contra la placa podía no servir de nada.

—¿Y cómo la abrimos? —pregunté. *Jabba* se había sentado en el suelo con las piernas cruzadas, como un buda barrigón.

—No lo sé —murmuró *Proxi*, frunciendo el ceño y fotografiando la placa desde varios ángulos con su cámara—, pero todo está en la Puerta del Sol, así que sería buena idea que volviéramos a examinarla. Tiene muchos detalles a los que todavía no hemos prestado atención.

—El problema es que son casi las horas catorce —dije mirando mi reloj.

Los tres nos quedamos en silencio, pensativos.

—Y yo tengo un hambre terrible —anunció *Jabba*, como si eso fuera una novedad.

—Vámonos —resolvió *Proxi*—. Le diremos a Yonson Ricardo que nos lleve a comer a algún sitio cercano y volveremos esta tarde.

Me incliné para echar sobre la placa la tierra que habíamos quitado, con el fin de ocultarla, y Marc arregló la maleza a guantazos. Después emprendimos el camino hacia la salida.

—¿Os dais cuenta de que se va cumpliendo todo lo que descubrimos en Barcelona? —preguntó *Proxi* con un deje de íntima satisfacción mientras pasábamos frente a la taquilla de boletos.

No le respondimos. Tenía razón y era una sensación fantástica.

Allí mismo nos estaba esperando Yonson Ricardo, con una amplia sonrisa en la boca, apoyado contra una de las puertas de su radio-taxi. Desde luego podía estar contento porque, sin hacer prácticamente nada, ese día iba a ganar un montón de dinero. Así que, cuando le dijimos que nos llevara a comer cerca de allí porque queríamos regresar por la tarde, se le iluminó la cara.

Conduciendo como un loco, para variar, nos llevó hasta el pueblo de Tiahuanaco, a escasos minutos de las ruinas, y lo cruzó como una exhalación. El pueblo era bonito, de casas bajas y aspecto limpio y agradable. Las vendedoras aymaras, con sus voluminosas polleras multicolores, sus mantas con flecos y sus largas trenzas negras saliendo de debajo de sus bombines, menudeaban por las calles vendiendo ajíes secos, limones y papas moradas. Según nos explicó Yonson Ricardo, si las mujeres aymaras llevaban el bombín ladeado significaba que estaban solteras y si lo llevaban bien puesto sobre la cabeza era porque estaban casadas.

—¡La catedral de Tiahuanaco, señores! ¡San Pedro! —nos informó de pronto, mientras pasábamos frente a una pequeña iglesia de estilo colonial con muchas bicicletas aparcadas junto a su verja.

Naturalmente, apenas tuvimos tiempo de echar una ojeada porque, para cuando había terminado de gritar, ya estábamos a bastante distancia. Me hubiera gustado visitarla para comprobar si sus piedras guardaban restos de antiguas tallas tiwanacotas, pero Yonson Ricardo, levantando una gran polvareda de tierra, ya estaba deteniendo el auto frente a una casita color ocre que, con letras blancas pintadas en la fachada, se anunciaba como «Hotel Tiahuanacu». En el muro exterior, se exhibía un gran cartel de Taquiña Export, la cerveza más famosa de Bolivia.

—¡El mejor restaurant del pueblo!

Cruzando las miradas para comunicarnos discretamente las serias dudas que albergábamos al respecto, descendimos del coche y entramos en el local. Yonson Ricardo desapareció en la cocina del restaurante después de presentarnos a don Gastón Ríos, el propietario del hotel, quien, muy amablemente, nos acompañó hasta una mesa pequeña y nos recomendó la trucha a la plancha. El sol entraba por las ventanas y el salón-comedor estaba bastante lleno de gente que charlaba con mucha animación, produciendo un molesto ruido de fondo que nos obligaba a hablar a gritos.

—Parece que nuestro taxista saca su comisión en la cocina por traer aquí a los turistas —vociferó *Proxi*, con una sonrisa.

—En este país tienen que espabilarse —dije yo—. Son muy pobres.

—Los más pobres de toda Sudamérica —asintió ella—. Mientras estabais enfermos de soroche, estuve leyendo los periódicos y resulta que más del setenta por ciento de la población vive por debajo del umbral de la pobreza. Los gobiernos dictatoriales que tuvieron durante los años setenta dispararon la deuda externa por encima de los cuatro mil millones de dólares, pero lo más fuerte es que ese dinero no se destinó al país, sino que, según un tipo (15) que salía en un artículo, casi las tres cuartas partes fueron depositadas en cuentas personales de bancos norteamericanos. Por lo tanto, desde entonces, los bolivianos pagan más impuestos, han perdido sus trabajos, apenas tienen cobertura sanitaria, no reciben educación, etc., y todo para devolver un dinero que se quedaron cuatro mangantes. Los más pobres de todos, los que viven en la miseria más extrema, son los indígenas, a los que no les queda más remedio que dedicarse al cultivo de la coca para sobrevivir.

—¡Yo es que no lo entiendo! —bramó *Jabba*, enfadado—. En España pides un préstamo a un banco y te exigen hasta la fe de bautismo de tu madre. Pero cualquier país dirigido por sinvergüenzas pide préstamos multimillonarios al Fondo Monetario Internacional o al Banco Mundial y, oye, sin problemas: aquí están los millones, amigos, para que hagáis lo que os dé la gana. Ahora, eso sí, luego todo el mundo tiene que apechugar para devolverlos aunque sea muriéndose de hambre. ¡Os juro que no lo entiendo!

Indignados y cabreados seguimos dándole vueltas al tema, ideando soluciones que no estaban al alcance de

(15)   Gregorio Iriarte, economista, citado en «Bolivia: las consecuencias de la deuda externa», por Marie Dennis. NACLA, North American Congress on Latin America, vol. 31, n.o 3, noviembre/diciembre de 1997.

tres miserables individuos perdidos en el mundo y, así, nos comimos sin enterarnos una especie de sopa con unas patatas muy raras y muchas especies. Cuando nos estaban cambiando los platos, poniéndonos delante las truchas, la puerta del comedor se abrió una vez más para dar paso a un numeroso grupo de gente vestida con camisetas, pantalones cortos y recias botas de cuero. Y, sí, la catedrática iba al frente junto a un tipo con la cabeza rapada al cero, gafas y una corta barba grisácea. Iban charlando animadamente, seguidos por una tropa de jóvenes arqueólogos que armaban más escándalo ellos solos que todo el comedor junto. Don Gastón, con una amabilidad que destilaba respeto y devoción se dirigió hacia ellos y les acompañó hasta una gran mesa, al fondo, que parecía estar esperándolos.

Me quedé sin sangre en las venas. Si nos veía, estábamos perdidos. Mis amigos también se habían dado cuenta de su llegada y los tres nos quedamos petrificados como estatuas siguiendo a la catedrática con la mirada. Ella, afortunadamente, no nos había descubierto, distraída como iba por la charla con don Gastón y el calvo. Tomaron todos asiento alrededor de la larga mesa y siguieron montando bulla con gran animación. Parecían contentos.

—No podemos quedarnos aquí —murmuró *Proxi*. No conseguimos escucharla.

—¿Qué dices?

—¡Que no podemos quedarnos aquí! —gritó.

—Pero tampoco podemos irnos —le advertí—. Si nos levantamos, nos verá.

—¿Y qué hacemos? —titubeó *Jabba*.

Pero ya era tarde. Por el rabillo del ojo pude distinguir cómo Marta Torrent pasaba la mirada, abstraída, por todas las mesas del comedor y cómo, bruscamente, la detenía en la nuestra y, luego, en mí, examinándome con atención y cambiando el gesto de la cara de alegre a serio y reconcentrado.

—Me ha visto.

—¡Joder! —exclamó mi amigo, dando una palmada en la mesa.

No valía la pena seguir comportándonos como criaturas que juegan al escondite. Tenía que afrontar aquella mirada y devolver el reconocimiento, así que giré la cabeza, la observé con la misma seriedad con que ella me examinaba y aguanté el tirón con toda la frialdad del mundo. Ninguno hizo el menor gesto de saludo y ninguno desvió los ojos hacia otro lado. Yo ya conocía su juego, así que, esta vez, no me pilló desprevenido. No sería yo quien retrocediera o se amilanara. Y así estuvimos durante unos segundos que, como en ninguna otra ocasión de mi vida, se me hicieron, de verdad, eternos.

Cuando la situación era ya insostenible, el calvo se inclinó hacia ella y le dijo algo. Sin dejar de mirarme fijamente, la catedrática le respondió y, a continuación, se puso en pie, echando la silla hacia atrás y empezando a recorrer la mesa en sentido horizontal. Venía hacia mí, de modo que también yo, como un espejo, me levanté del asiento, dejé la servilleta arrugada junto a mi plato y avancé. Pero no mucho. No como para encontrarnos a mitad de camino. Era ella quien debía acercarse a mi territorio, así que me detuve a dos pasos, dándoles la espalda a *Jabba* y a *Proxi*. Estoy seguro de que ella se dio cuenta de mi intención.

Mis amigos habían acertado de lleno cuando la reconocieron en la excavación de Puma Punku y fui yo quien se equivocó, bloqueado por una idea preconcebida sobre cómo debía ser y vestir aquella mujer. Lamentablemente, con su nuevo aspecto parecía mucho más humana y joven, mucho más persona, y eso me fastidiaba. Por suerte, seguía contando con esa mirada de hielo que me devolvía la tranquilidad al sentir que reconocía al enemigo. Llevaba el pelo blanco revuelto, con la marca circular del sombrero, y sus ropas de trabajo le quitaban, de golpe, casi diez años de encima. Aquella sorprendente transformación no me pasó inadvertida, sobre todo porque ya la tenía frente a mí, a muy poca distancia. Debíamos de ofrecer una imagen curiosa porque su cabeza me llegaba, exactamente, a la altura del cuello, a pesar de lo cual no daba la impresión de ser más baja que yo. Tal era la fuerza que desprendía.

—Sabía que le vería por aquí muy pronto, señor Queralt —entonó con su grave y hermosa voz a modo de saludo.

—Y yo estaba seguro de encontrarla en cuanto viniera a Tiwanacu, doctora Torrent.

Permanecimos callados unos instantes, observándonos con desafío.

—¿Por qué está aquí? —quiso saber, aunque no parecía albergar ninguna duda al repecto—. ¿Por qué ha venido?

—Ya sé que a usted le da lo mismo —repuse, cruzando los brazos sobre el pecho—, pero, para mí, mi hermano es la persona más importante del mundo y estoy dispuesto a hacer cualquier cosa con tal de ayudarle.

Me miró de una manera rara y, sorprendentemente, esbozó el inicio de una sonrisa.

—Así pues, o Daniel me robó más documentación de la que usted trajo a mi despacho, o usted y sus amigos... —dijo, mirando levemente hacia la mesa, detrás de mí—, son muy listos y han conseguido en pocos días lo que a otros nos ha costado años de duro trabajo.

—Pasaré por alto su repetida acusación de robo porque no vale la pena discutir con usted, doctora Torrent. El tiempo pondrá a todos en su sitio y usted lamentará, de un modo u otro, haber insultado de esta forma a mi hermano. Por cierto... —observé, echándome a un lado y utilizando un tono exageradamente educado—. Éstos son mis amigos, Lola Riera y Marc Martí. Ella es la doctora Torrent, de la que tanto os he hablado.

Ambos, puestos en pie, le tendieron las manos y la catedrática las estrechó sin alterar el gesto adusto de la cara. En realidad, ninguno sonreía. Luego, se volvió hacia mí.

—Como usted ha dicho, el tiempo nos pondrá a todos en nuestro sitio, señor Queralt. No lo dude. Pero, mientras lo hace, y dado que no puedo saber cuáles son sus verdaderas intenciones, déjeme recordarle que cualquier excavación realizada en Tiwanacu sin las autorizaciones legales necesarias es un delito muy grave que, en este país, se paga con penas que podrían mantenerles a usted y a sus amigos en la cárcel durante el resto de sus vidas.

—Muy bien, doctora, pero déjeme recordarle, a mi vez, que el robo, plagio o lo que sea, de material de investigación académica, también está castigado en España y que su prestigio podría hundirse para siempre junto con su cargo en la universidad y su buen nombre.

Ella sonrió con ironía.

—No olvide sus palabras —dijo y, dándose la vuelta, se alejó despacio, con esos andares elegantes que ya le había visto en Barcelona y que no pegaban nada con su aspecto actual.

Me moví rápidamente, regresando a mi asiento, mientras Marc y Lola seguían de pie como esos muñecos que llevan un peso en la parte inferior y que, por mucho que los empujes, siempre vuelven a ponerse rectos.

—¿Queréis sentaros de una maldita vez? —les dije, enfadado—. Aquí no ha pasado nada, ¿vale? Así que, venga, a comer, que las truchas se nos están quedando frías.

—Es alucinante —balbució *Proxi*, dejándose caer como un saco en su silla—. ¡Qué fuerte! ¿Habéis oído cómo nos ha amenazado?

—¿Que si lo he oído...? —vaciló *Jabba*—. Todavía tengo las tripas revueltas de imaginarme, con sesenta años, en una cárcel boliviana.

—¡Ni caso, venga! ¿No os dije cómo era? ¿Acaso no os avisé? ¡Pues ya habéis podido comprobarlo vosotros mismos! ¡Está dispuesta a cualquier cosa con tal de que no le arruinemos el descubrimiento! ¡Un descubrimiento que es de mi hermano!

Marc y Lola me miraron de tal manera que supe que la catedrática había conseguido hacerles dudar.

—¿Estás seguro, Arnau? —me preguntó *Proxi*—. No te ofendas, por favor, pero... ¿Estás completamente seguro?

Hice un chasquido con la lengua y suspiré.

—Tú conoces a Daniel, Lola. No puedo ofrecerte nada más.

Ella bajó la cabeza, apesadumbrada.

—Tienes razón, perdóname. ¡Es que esa mujer habla con tal convicción que es capaz de hacer dudar hasta al mismísimo Espíritu Santo!

—Por más que me esfuerce —añadió *Jabba*, malhumorado—, no puedo imaginar a Daniel robando. Pero debo reconocer que esa imbécil me ha hecho desconfiar de él.

—Entonces, ¿vamos a volver a Tiwanacu o no? —preguntó *Proxi*, mirándome.

—Por supuesto que vamos a volver. Aunque hoy no consigamos nada, al menos seguiremos estudiando la forma de entrar.

Terminamos de comer envueltos en un hosco silencio y, tras pagar la cuenta, nos marchamos de allí sin dirigir ni una mirada hacia la catedrática. Yonson Ricardo nos devolvió a las ruinas y prometió regresar a las horas seis para llevarnos de vuelta a La Paz. Pero ya no teníamos el mismo buen humor que por la mañana. Andábamos cabizbajos y serios, notando cómo el frío se iba haciendo más intenso según caía la tarde.

Como maltrechos supervivientes de un naufragio regresamos a la Puerta del Sol y, con la luz del día declinando, nos dedicamos a examinar los muchos detalles que aquella maravillosa obra de arte ocultaba en sus dibujos, especialmente en la recargada figura del dios Thunupa. Cualquier pequeño detalle parecía estar lleno de significación, pero el problema real era que, al menos yo, tenía la mente en otro sitio y me costaba concentrarme en lo que andábamos buscando. Mi cabeza divagaba, atrapada por la mirada maliciosa de los ojos redondos del dios, unos ojos que parecían bucear en mi interior haciendo resonar ecos familiares de un pasado tan lejano como desconocido. Yo sabía que allí había una verdad, pero carecía de las armas necesarias para poder interpretarla. Me sentía desvalido en mi ignorancia; quería saber por qué personas tan normales y corrientes como Marc, Lola o yo habían adorado a aquel ser sin piernas miles de años atrás, por qué lo que ahora sólo era una figura que atraía a los turistas había sido un dios poderoso —quizá temido, quizá amado—, portador de unos báculos invertidos que nadie sabía interpretar, y por qué la ciencia era tan temerosa de su propia imagen de infalibilidad y sentía tanto miedo de aceptar verdades que escapaban a su comprensión o de plantearse preguntas que pudieran conducirla a respuestas incómodas.

Cansado de estar de pie y también de respirar un aire tan pobre en oxígeno, me dejé caer sobre la tierra desnuda y crucé las piernas como un indio frente a la misma valla de alambres, sin importarme si las hormigas gigantes me subían por las piernas. Estaba harto de no comprender y me daba lo mismo si la catedrática, o cualquiera, pasaba por allí y me veía tirado en el suelo como un visitante grosero. *Jabba* y *Proxi* se habían alejado para escudriñar desde una cierta distancia, pero yo estaba sentado casi debajo de la Puerta y no pensaba moverme más. Hastiado por haber llegado hasta allí para acabar fracasando, levanté la mirada hacia el dios como esperando que él me aclarara el entuerto.

Y lo hizo. Fue un chispazo de comprensión, un deslumbramiento. El lugar en el que estaba sentado me colocaba casi a los pies de Thunupa y, al mirar hacia arriba, de repente, la perspectiva de la puerta cambió, ofreciéndome una nueva imagen del dios que, inesperadamente, lo aclaraba todo. ¿Cómo no se nos había ocurrido antes? ¡Había que suplicar!

—¡Hay que suplicar! —grité, como un loco—. ¡Venid, venid! La clave está aquí. ¡Hay que suplicar la ayuda del dios!

Jabba y *Proxi*, que ya se acercaban corriendo, entendieron inmediatamente lo que quería decirles y se dejaron caer, de rodillas, a mi lado, mirando hacia arriba, levantando los ojos hacia Thunupa, el dios del diluvio al que había que pedir ayuda si una catástrofe similar se volvía a producir.

—¿Lo veis? —aullé—. ¿Lo veis? ¡Mirad los báculos!

Desde nuestra posición, los picos de los cóndores que remataban los báculos se clavaban en los agujeros redondos y profundos que, a modo de ojos idénticos a los del dios, tenían los cascos, naves o animales extraterrestres que cubrían las chimeneas. Lo que veíamos con toda claridad era al dios empuñando aquellos bastones e incrustándolos con fuerza en las cavidades redondas.

—Eso era, eso era... —salmodiaba *Proxi*, fascinada—. Tan sencillo como eso.

—¡Pero había que suplicar! —exclamé, entusiasmado—. Sólo arrodillándose frente al dios podía descubrirse el mensaje.

—Y tiene todo el sentido del mundo —convino *Jabba*—. Como tú dijiste, *Proxi*, los yatiris, al marcharse, ocultaron la forma de entrar en la cámara sólo hasta que su contenido resultara necesario. Y la necesidad lleva a la súplica. Además, observa la posición de los monigotes ésos de las bandas laterales: parecen estar arrodillados, implorando. Teníamos que habernos fijado antes.

—Tienes razón —admití, examinando a los falsos querubines alados—. Ellos decían lo que había que hacer. ¿Cómo no lo vimos?

—Porque no les hemos hecho caso. Los yatiris lo dejaron todo a la vista.

—No, no... Algo no funciona. Esta puerta es mucho más antigua —objetó *Proxi* pensativa—, miles de años más antigua que la llegada de los incas y los españoles.

—Es muy posible que todo esto estuviera planeado desde el diluvio —dije yo, incorporándome y sacudiéndome los pantalones— y que los Capacas y yatiris del siglo XVI cumplieran un plan fraguado miles de años atrás. No olvidéis que ellos poseían secretos y conocimientos que se transmitían de generación en generación, y muy bien podía ser éste uno de aquellos secretos. Eran unos seres especiales que sabían lo que había ocurrido diez mil años atrás y sabían también lo que tenían que hacer en caso de una catástrofe o una invasión.

—¡Estamos especulando! —protestó *Jabba*—. En realidad, ni siquiera sabemos si vamos a poder abrir las entradas, así que, ¿a qué viene tanta pregunta sobre cosas que jamás podremos conocer?

—*Jabba* tiene razón —murmuró *Proxi*, levantándose también—. Lo primero es comprobar que podemos incrustar un báculo con pico de cóndor en el ojo de la figura de la placa.

—¡Como si eso fuera tan fácil! —me sorprendí—. ¿Dónde demonios...? —Y, de repente, recordé—. ¡Los báculos que venden los yatiris en el Mercado de los Brujos de La Paz!

—Cruza los dedos para que mañana, domingo, funcione el dichoso mercado —refunfuñó *Jabba*.

—Entonces, vámonos —dije—. De todas formas, hoy sólo habíamos venido para examinar el terreno. No estamos preparados para entrar.

—Mañana tenemos mucho que hacer —confirmó *Proxi*, empezando a cruzar la explanada de Kalasasaya en dirección a la salida—, así que llama al celular de Yonson Ricardo y dile que venga a buscarnos.

El domingo por la mañana nos levantamos tarde y desayunamos tranquilamente antes de irnos al mercado que, por suerte, según nos informaron en el hotel, «se desempeñaba» todos los días. Así que nos dirigimos, paseando y disfrutando del sol, hacia la calle Linares, cerca de la iglesia de San Francisco, dispuestos a encontrarnos con los yatiris del siglo XXI, ajenos, al parecer, a su auténtico origen y sus ancestros. El mercado estaba tan abarrotado de gente que apenas podíamos hacer otra cosa que dejarnos llevar por la marea, una marea que, para nuestra desesperación, avanzaba con la lentitud de un glaciar. Tendrían que saber aquellos bolivianos lo que era una tarde de sábado en las Ramblas o en el passeig de Gràcia de Barcelona.

—¿Quiere que le vea su destino en las hojas de coca, señor? —me preguntó desde su tenderete una yatiri de cara redonda y mejillas como manzanas. No dejaba de llamarme la atención la normalidad y alegría con la que circulaba la coca por aquellos lugares. Tuve que recordarme a mí mismo que allí era un producto consumido desde hacía miles de años para evitar el hambre, el cansancio y el frío.

—No, muchas gracias —le respondí—. Pero, ¿tendría bastones de Viracocha?

La mujer me miró de una manera indescifrable.

—Eso son tonterías, señor —repuso; la corriente humana me alejaba—, recuerdos para turistas y yo soy una auténtica kallawaya... una yatiri —me aclaró, creyendo que mi cara de sorpresa obedecía a la ignorancia, cuando era por todo lo contrario: recordaba muy bien cómo la crónica de los yatiris de Taipikala explicaba que los Capacas que marcharon a Cuzco y conservaron su papel de médicos de la nobleza Orejona pasaron a

301

ser conocidos como kallawayas—. Puedo ofrecerle cualquier medicina que usted necesite —siguió diciéndome—. Tengo las hierbas para sanar todos los males, hasta los del amor. Amuletos contra los espíritus malignos y ofrendas para la Pachamama.

—No, gracias —repetí—, sólo quiero bastones de Viracocha.

—Entonces vaya a la calle Sagárnaga —me dijo amablemente—. Allí los encontrará.

—¿Y qué calle es ésa? —le pregunté, doblando la cabeza hacia atrás para mirarla, pero ya no me oía, pendiente de otros posibles clientes que pasaban frente a su tenderete.

Las mesas de los puestos estaban cargadas de productos de lo más variopinto pero en todas abundaban los fetos de llama, que resultaban bastante repugnantes a la luz del sol. Eran como pollos momificados, aunque con cuatro patas y la piel negruzca por el secado o el ahumado. El caso es que se exhibían como trofeos, en grupos, y los puestos más grandes y ricos eran los que más tenían, colocados junto a bolsas de celofán que parecían contener caramelos envueltos en brillantes papeles de colores pero que no eran eso en absoluto, o al lado de botellas que imitaban a las de champán, con una capa de aluminio amarillo o rojo ocultando el tapón, y que resultaban ser de vino espumoso con extrañas mezclas de hierbas, o colgando de ganchos sobre cantidades ingentes de sobrecillos que daban la impresión de contener semillas para plantar flores pero que tampoco eran de semillas sino que escondían mejunjes para hacer hechizos o para escapar de los mismos. En fin, aquello había que verlo para creerlo. Y, al frente de cada puesto, una o un yatiri-kallawaya, feliz de sus conocimientos y de su lugar en el mundo, consciente del poder sagrado de sus productos.

Proxi no paraba de tomar fotografías a diestro y siniestro: ahora era un niño aymara que vendía globos llenos de agua y, luego, una anciana que ofrecía tejidos multicolores con diseños muy parecidos, aunque no iguales, a los tocapus con los que antiguamente se comunicaban por escrito sus antepasados. *Jabba*, sin embargo, dispuesto a correr todos los riesgos, se metía en la boca cualquier cosa que le ofrecieran a probar, sin importarle la higiene ni los posibles efectos secundarios. No era probable que cayera enfermo porque tenía un estómago a prueba de bomba, pero yo no y sólo de verle chupetear huesecillos de origen desconocido y tragar pastas de colores inciertos ya me estaba poniendo malo. Por suerte, nada más doblar una esquina, empezamos a ver casetas con artículos diferentes, más de usar que de comer, tales como *chullos* de lana, muñecos de piernas cortas, collares, colonias baratas, unas figurillas femeninas muy raras...

—¿Has visto eso? —me preguntó *Jabba*, señalando con el dedo las diez o quince pequeñas estatuas que representaban a una mujer embarazada con grandes orejas y cabeza cónica—. ¡Oryana!

—¿Quieren una Madre Orejona? —nos preguntó rápidamente el vendedor, dándose cuenta de nuestro interés.

—¿Madre Orejona? —repetí.

—La diosa protectora del hogar, señor —explicó el yatiri levantando una de aquellas imágenes en el aire—. Cuida del hogar, de la familia y, especialmente, de las embarazadas y de las madres.

—Es increíble —farfulló *Jabba* en voz baja—. ¡Siguen adorando a Oryana después de miles de años!

—Sí, pero no saben quién es en realidad —repuse, haciéndole un gesto al vendedor con la mano para indicarle que me mostrara los muñecos de piernas cortas; uno de aquellos monstruos podía ser el regalo perfecto para Dani.

—¿Quiere el señor un Ekeko, el dios de la buena suerte?

Jabba y yo nos miramos significativamente mientras el vendedor ponía en mis manos un monigote de plástico que representaba a un hombrecito de raza blanca, con bigote y unas piernas tan cortas como las del Viracocha de Tiwanacu. Y no era de extrañar, pues, según sabíamos, el Dios de los Báculos no era otro que Thunupa, el dios de la lluvia y el diluvio, que había cruzado los siglos convertido en Ekeko. El muñeco llevaba el típico gorro andino de lana, con forma de cono y orejeras, y una espantosa guitarra española entre las manos.

—No irás a comprar eso, ¿verdad? —se alarmó *Jabba*.

—Necesito un regalo para mi sobrino —le expliqué muy serio, pagándole al vendedor los veinticinco bolivianos que me pedía.

—Lo que necesitas es un psiquiatra. El pobre crío va a tener pesadillas durante años.

¿Pesadillas...? No es que el Ekeko tuviera mucha gracia, la verdad, pero estaba seguro de que Dani sabría apreciarlo en lo que valía y que disfrutaría de lo lindo destrozándolo.

—¡Aquí, aquí! —nos llamó de repente *Proxi*, señalando un puesto en el que se veían un montón de bastones de Viracocha.

Sobre la mesa de madera del tenderete, decenas de báculos acabados en cabezas de cóndores se exhibían para su venta y, con gran alegría del yatiri, adquirimos cinco, es decir, todos los que medían entre ochenta centímetros y un metro, ya que ésas eran, a ojo, las dimensiones del Thunupa de la Puerta y de sus báculos originales.

Comimos en un restaurante de la zona y seguimos deambulando como turistas el resto de la tarde, hasta la hora de volver al hotel. Teníamos mucho trabajo, de modo que pedimos que nos subieran la cena a la habitación de *Jabba* y *Proxi*, que era más grande, y nos concentramos en los aspectos prácticos de la tarea que llevaríamos a cabo al día siguiente. Pero antes me conecté a internet para bajar mi correo. Tenía veintiocho *mailes*, la mayoría de Núria, así que los leí todos y resumí en uno muy largo las múltiples respuestas. Mientras tanto, *Proxi* había enchufado la cámara digital al otro portátil y estaba descargando las fotografías que había tomado en Tiwanacu. Hizo una ampliación a tamaño real de la placa del suelo de Lakaqullu y la imprimió en fragmentos en la pequeña impresora de viaje.

En caso de tener suerte y de que realmente funcionara lo de clavar el báculo en la hendidura del casco de guerrero, lo que venía a continuación era un completo misterio pero, aun así, había ciertos detalles que teníamos claros: circularíamos por corredores que no habían sido pisados en quinientos años, careceríamos de iluminación, quizá nos toparíamos con alimañas o con trampas, y, lo más importante de todo, necesitaríamos llevar el «JoviLoom», porque, en caso de alcanzar la cámara del viajero, de nada nos serviría haber llegado hasta allí si no éramos capaces de leer las planchas de oro. Así que el traductor era imprescindible y, por lo tanto, todas las baterías del ordenador portátil (la original y las de repuesto) debían estar cargadas y listas.

Hicimos una lista con lo que tendríamos que comprar al día siguiente antes de salir hacia Tiwanacu, teniendo muy presente que el material debía ocupar el menor espacio posible para no despertar la curiosidad de los guardias de la puerta, a los que habíamos visto registrando ocasionalmente carteras y mochilas. Según decían las guías, era frecuente que algunos turistas poco escrupulosos intentaran llevarse piedras como recuerdo. La idea de colarnos por la noche, fuera del horario de visita, tal y como habíamos pensado hacer en un principio, la descartamos en seguida porque, después de haber estado allí, los tres coincidíamos en que resultaría un suicidio vagar a oscuras por aquel pedregoso terreno con el riesgo de herirnos o rompernos la crisma. De modo que lo haríamos por la tarde, con luz, aprovechando la soledad de Lakaqullu y la escasa seguridad del recinto.

A la mañana siguiente, recorrimos el centro de La Paz de un lado a otro así como los lujosos barrios residenciales de Sopocachi y Obrajes, en la parte baja de la ciudad, donde había centros comerciales, bancos, galerías de arte, cines... Allí, en tiendas distintas, adquirimos tres linternas frontales de leds marca Petzl, otras tres Mini-Maglite (finas como un bolígrafo y no más largas que la palma de la mano), un par de delgados rollos de cuerda de espeleología, guantes antiabrasión, unos pequeños prismáticos Bushnell, una brújula Silva modelo Eclipse-99 y unas cuantas navajas multiusos Wenger. Podrá parecer un contrasentido que encontrásemos fácilmente estas marcas tan caras en un país tan pobre y endeudado pero, dejando al margen que Bolivia era un destino típico para alpinistas, resultaba que, por su cercanía con los Estados Unidos, disponía de los mejores y más modernos productos mucho antes, incluso, de que llegaran a España, y eso lo comprobamos con nuestros propios y atónitos ojos en las tiendas de informática de Sopocachi. Otra cosa distinta era que la mayoría de la población pudiera comprarlos —que no podía, obviamente—, pero allí estaban, a disposición de la gente adinerada del país y de los turistas con fondos.

A mediodía regresamos al hotel y llamamos a Yonson Ricardo para preguntarle si, esa tarde, podía volver a llevarnos a Tiwanacu.

—No, no voy a poder —nos dijo sin asomo de pena— porque hoy es feriado para mi equipo de taxis y podría buscarme problemas con el sindicato, pero los voy a dejar en buenas manos, en las de mi hijo Freddy, que les llevará con su coche particular y ustedes le abonan el mismo monto que me dieron a mí el otro día. ¿Les parece bien?

Muy justo no resultaba porque al padre le habíamos pagado por un día completo de trabajo y de aquel lunes ya había transcurrido casi la mitad y, además, Freddy no era taxista, pero no valía la pena complicarse la vida por minucias ni discutir por una cantidad de bolivianos que, en euros, salía ridícula, así que aceptamos.

Freddy resultó un conductor más temerario que su padre pero estábamos tan preocupados por lo que teníamos que hacer que casi nos daba lo mismo que se estrellara contra cualquier viejo vehículo cargado de animales o que nos sacara de la carretera dando vueltas de campana por el Altiplano. Afortunadamente, no ocurrió nada de todo esto y aterrizamos vivos en Taipikala, con nuestros bastones de Viracocha en las manos a modo de graciosos recuerdos, como visitantes que llegaban directamente del Mercado de los Brujos. Nadie nos detuvo ni nos registró las bolsas. Pagamos los boletos y entramos tan campantes, dispuestos, en primer lugar, a echar una mirada a la excavación de Puma Punku para comprobar si la catedrática andaba por allí. Y sí, estaba: pude verla con toda claridad a través de los prismáticos, sentada frente a una mesa, escribiendo en un gran cuaderno. De modo que nos encaminamos hacia Lakaqullu dando un largo rodeo por el Templete semisubterráneo para no ser descubiertos.

En cuanto dejamos atrás el palacio de Putuni, nos quedamos solos en la vasta extensión de terreno que nos separaba de nuestro objetivo. No se veía ni un alma y el viento frío se hizo más fuerte al no encontrar edificios que le impidieran el paso, zarandeando la maleza sin piedad en una dirección y en otra. Caminábamos en silencio, aturdidos por lo que se nos avecinaba, por lo que íbamos a hacer. *Jabba* y *Proxi* se cogieron de las manos; yo, me encerré más y más en mi interior, me hice pequeño dentro de mí mismo, como siempre que sentía miedo. No me asustaba saltarme alguna norma que otra en España, ni dejar mi *tag* en los lugares más protegidos y vedados, ni colarme con mi ordenador en sistemas oficiales para conseguir lo que me hubiera propuesto, pero jamás en la vida se me hubiera ocurrido invadir un monumento arqueológico con riesgo de dañarlo y, encima, en un país extranjero, como era el caso. No tenía ni idea de lo que podría pasar, sentía que no controlaba la situación, y eso me ponía nervioso y me asustaba, aunque no lo exteriorizase en absoluto porque mi paso seguía siendo firme y mis gestos decididos. Con sarcasmo pensé que, en eso, la catedrática y yo nos parecíamos bastante: ambos sabíamos ocultar nuestros verdaderos pensamientos.

La segunda placa con el casco de guerrero la encontramos a la misma distancia de la Puerta de la Luna que la primera, pero en dirección este. Pensamos que sería buena idea localizarla antes de empezar a clavar bastones por si acaso hacía falta hincarlos en las dos a la vez. Era exactamente igual que la otra, aunque mucho más estropeada, y, ya que estábamos, decidimos empezar allí mismo para no perder más tiempo. *Jabba* sujetó con fuerza el bastón más pequeño, el de ochenta centímetros, y lo incrustó despacio en el ojo del animal extraterrestre hasta que el borde de la circunferencia puso el límite y, entonces, la placa, junto con el metro cuadrado de maleza que estaba a su alrededor, empezó a hundirse lenta y silenciosamente con *Jabba* y uno de mis pies encima. Amedrentados, nos echamos hacia atrás de un salto para salir del pequeño ascensor que se perdía en las profundidades de la tierra mientras *Proxi* soltaba una exclamación de júbilo y se agachaba para mirar.

—¡La entrada! —gritó por encima del lejano ruido de piedras que venía del fondo.

A mí el corazón me latía a mil por hora así que, dado el poco oxígeno del que podía disponer, sentí que me mareaba y que tenía que sentarme a toda prisa. Pero no fui el único: Marc, blanco como el papel, se dejó caer al suelo al mismo tiempo que yo.

—Pero, ¿qué os pasa? —preguntó, sorprendida, *Proxi*, mirándonos alternativamente a uno y a otro. Como ella se había inclinado para mirar, nuestras tres cabezas estaban a la misma altura.

—¡Vaya porquería de aire que tienen en este país!
—dejó escapar *Jabba*, dando bocanadas como un besugo sobre la cubierta de un pesquero.

—Eso —resoplé—, échale la culpa al aire.

Nos miramos y nos echamos a reír. Ahí estábamos los dos, como patos mareados, mientras *Proxi* resplandecía llena de entusiasmo.

—No valemos nada —me dijo *Jabba*, recuperando poco a poco el color en la cara.

—Estoy de acuerdo contigo.

Del fondo de aquel agujero salía un tufillo a tumba que acobardaba, una vaharada de humedad terrosa que revolvía el estómago. Me incliné junto a *Proxi* para mirar y vi unos escalones de piedra peligrosamente inclinados que se perdían en las sombrías profundidades. Saqué la linterna de mi bolsa y la encendí: los escalones descendían tanto que no podía verse el final.

—¿Tenemos que meternos ahí dentro? —farfulló *Jabba*.

No le contesté porque la respuesta era obvia. Sin pensarlo dos veces me puse en pie, rodeé mi cabeza con el cordón del frontal de leds, lo encendí y, como un minero, comencé a bajar con mucho cuidado por aquella estrecha y apurada escalinata que parecía llevar hacia el centro de la Tierra. Ni siquiera me cabía un pie completo en cada peldaño, de modo que tenía que girarlos un poco y ponerlos de lado para no perder el equilibrio a las primeras de cambio. Conforme descendía, la pared que tenía enfrente se iba convirtiendo en techo, elevándose y reduciendo su ángulo respecto a la superficie, lo que me iba a dejar pronto sin punto de apoyo. Me detuve unos segundos, indeciso.

—¿Qué sucede? —preguntó la voz de *Proxi* desde una altura considerable.

—Nada —contesté, y seguí bajando mientras sofocaba los gritos desesperados de mi instinto de supervivencia. Sentía el pulso en las sienes y un frío helado en la frente. Para que mis pies siguieran descendiendo, me obligué a pensar en mi hermano, allá en Barcelona, acostado en su cama de hospital con el cerebro chamuscado.

—Ya no tengo donde sujetarme —avisé—. El pozo se ha hecho demasiado ancho para que llegue a ninguna parte con las manos.

—Ilumina bien a tu alrededor.

Pero, por más que iluminara girando la cabeza de un lado a otro, a mi alrededor no había otra cosa que espacio vacío delimitado, más allá de mis brazos, por muros de piedras perfectamente encajadas como las que se veían por toda Tiwanacu. Por suerte, los escalones empezaron también a ensancharse y a prolongarse.

—¿Todo bien, *Root*? —el vozarrón de *Jabba* llegó hasta mí rebotando en los muros de aquella chimenea.

—Todo bien —exclamé con fuerza, pero era una de esas frases que se dicen por decir cuando no lo tienes nada claro.

El descenso se prolongó durante más tiempo del que me hubiera gustado. Al lado de aquello, cualquiera de las galerías verticales del subsuelo de Barcelona era una autopista de ocho carriles. Tenía las palmas de las manos sudorosas y echaba de menos mis útiles de espeleología: el menor resbalón con aquel jabonoso musgo negro que lo cubría todo daría con mis huesos contra las piedras del fondo y, si seguía vivo, *Jabba* y *Proxi* lo iban a tener muy crudo para sacarme de allí. Por eso descendía lentamente, tomando todas las precauciones posibles, afianzando muy bien un pie antes de colocar el siguiente y con todos mis sentidos alerta para evitar cualquier vacilación.

La primera señal que tuve de que aquello se acababa fue un cambio sutil en el aire: de repente se volvió menos pesado, más fluido y seco, y supe que me acercaba a un espacio grande. Un minuto después, mi linterna frontal iluminaba el final de la chimenea y el principio de un corredor lo suficientemente amplio para que cupiésemos los tres holgadamente.

—Veo el final —anuncié—. Hay un pasadizo.

—¡Por fin se acaba esta maldita escalera! —oí tronar a *Jabba*.

En aquel momento yo estaba dejando atrás el último escalón e iluminaba el túnel que tenía enfrente. No había más remedio que seguirlo y avanzar. *Proxi* me alcanzó y el ruido de los pies de *Jabba* anunció su inminente aparición a nuestro lado.

—¿Adelante? —inquirí, aunque no se trataba en realidad de una pregunta.

—Adelante —repuso ella, animosa.

En el mismo orden con el que habíamos descendido, tomamos el túnel. Era larguísimo, casi tanto como la chimenea, pero en sentido horizontal y perfectamente cúbico. El suelo, el techo y los muros estaban construidos también con grandes sillares encajados unos con otros. No sé qué esperaba encontrar al final de aquel largo pasillo que no se terminaba nunca pero, desde luego, no fue lo que descubrí. Con el susto, casi se me heló la sangre en las venas. Noté que *Proxi* se colocaba en silencio junto a mí y se cogía con fuerza de mi brazo mientras nuestros dos frontales enfocaban una gigantesca cabeza de cóndor que nos miraba con ojos ciegos desde el fondo del pasadizo.

—¡Vaya! —murmuró ella, reponiéndose del sobresalto—. ¡Es impresionante!

Escuché un silbido agudo y vi un tercer foco luminoso sobre el monstruo y supe que *Jabba* había llegado y que estaba contemplando también la enorme cabeza que clausuraba el corredor a unos tres metros delante de nosotros.

—¿Y ahora qué hacemos? —preguntó mosqueado.

—No tengo ni idea —farfullé.

Desde lo alto del túnel, la piedra se curvaba dibujando la frente del animal y deslizándose hasta los grandes ojos redondos, un par de círculos perfectos colocados sobre un pico enorme que caía en vertical, afilándose, hasta casi rozar el suelo. A ambos lados podía verse una pequeña porción de la parte inferior del pico. *Proxi* disparó varias fotografías con la cámara digital que, debido a la oscuridad, calibró automáticamente la intensidad del flash al máximo y soltó unos fogonazos impresionantes.

—Pues por ahí no se puede pasar —siguió diciendo *Jabba*.

—Eso ya lo veremos —afirmó *Proxi*, muy decidida, guardando la cámara y avanzando hacia la colosal escultura que parecía ir a comérsela en un abrir y cerrar de pico.

—¡Espera! ¡No seas loca! —exclamó *Jabba*. Yo me giré, raudo, para mirarlos, y, en aquel momento de confusión, los rayos luminosos de las linternas bailaron sobre el cóndor y las paredes. En un parpadeo, me pareció ver algo junto a la cabeza del ave, así que, ignorando a mis colegas, hice un nuevo barrido por la zona con mi luz y vi, a la derecha, un extraño panel de grabados.

—Oh, oh... —dejó escapar *Proxi* al divisarlo.

—Espero que no se trate de una de esas maldiciones aymaras —dijo *Jabba*.

—Recuerda que no podría afectarnos —musité.

—No sé qué decirte.

Nos fuimos acercando con todas las precauciones del mundo, por si las moscas, y, por fin, nos detuvimos frente a cinco tocapus labrados en la roca y enmarcados por una pequeña moldura. A nuestra espalda, el gigantesco perfil derecho del pico del cóndor resultaba de lo más amenazador.

—Bueno, venga, saca el portátil —me surigió *Proxi*, con la cámara de nuevo entre las manos, lista para tomar más fotografías—. Esto hay que traducirlo con el «JoviLoom».

—¡A ver si vamos a tener un disgusto! —se alteró el gusano cobarde.

Mirando con aprensión la escultura, me senté en el suelo y apoyé la espalda contra ella mientras sacaba el ordenador de la bolsa y lo ponía en marcha. Crucé las piernas y, cuando el sistema estuvo listo, arranqué el programa traductor de mi hermano. Las dos ventanas se abrieron y, arrastrándolos con el pequeño ratón del portátil, fui trasladando de una a otra los cinco tocapus que aparecían en el muro. El primero contenía un rombo, el segundo una especie de reloj de sol con una raya horizontal en el centro, el tercero algo parecido a una tilde alargada pero más sinuosa, el cuarto un asterisco formado por tres pequeñas líneas cruzadas en el centro y, el quinto, dos rayas horizontales paralelas, muy cortas, semejantes a un signo de igual.

Confirmé que había terminado de «tejer» y el programa empezó sus particiones y alineamientos. No tardó mucho en ofrecer el extraño resultado: «Seis cortado en dos raíz de tres.»

—¿«Seis cortado en dos raíz de tres»? —exclamé en voz alta, sorprendido.

—¿Una división...? —*Jabba* no daba crédito a lo que oía. Tenía los ojos abiertos como platos—. ¡Una división! ¿Y qué demonios se supone que tenemos que hacer con una ridícula y absurda división? ¿En qué nos ayuda saber que seis dividido entre dos es igual a tres?

—No es eso exactamente lo que dice —objeté.

—¡Pero es lo que quiere decir!

—No lo sabemos.

—¿Me vas a contar tú a mí que...?

—¡Aquí hay más! —gritó *Proxi* desde el otro lado del cóndor.

Sujeté el portátil por la cubierta y me puse en pie de un salto, corriendo en pos de *Jabba*, que había salido disparado. En el lado izquierdo del bicho, labrados en el muro, otros cinco tocapus casi idénticos a los anteriores aparecían también enmarcados por la misma pequeña moldura.

—¡Menuda historia! —exclamé, acercándome al nuevo panel. Los tocapus primero, cuarto y quinto eran iguales mientras que el segundo y el tercero diferían. Cuando las miradas de mis colegas confluyeron interrogativamente sobre mí, supe que tenía que volver a sentarme en el suelo e introducir las piezas en el telar de Jovi. La traducción resultó, de nuevo, un completo galimatías: «Seis crecido en cinco raíz de tres.»

—Bueno, me da lo mismo si los yatiris decoraban sus paredes con fórmulas matemáticas —dijo *Jabba*—.

La cuestión es que este pequeño pajarito —y propinó unas sonoras palmadas al monstruoso pico— pone fin al pasadizo. Se acabó. Punto. Volvamos a la superficie.

—Quizá se trate de resolver algún problema —razoné.

—Exactamente. Y si somos tan listos como para resolverlo, la cabeza del cóndor se abrirá como una puerta y podremos cruzar al otro lado. ¡Pues vaya manera de ayudar a una supuesta humanidad en problemas! Menuda pandilla de...

—Escuchadme los dos —nos interrumpió *Proxi*, zanjando la discusión—, tenemos dos planteamientos claros y sencillos: por un lado «Seis cortado en dos raíz de tres» y, por otro, «Seis crecido en cinco raíz de tres». El mismo número, es decir, el seis, se corta en dos y crece en cinco dando como resultado en ambos casos el tres. Obviamente, hay gato encerrado.

—Sí —admití—, lo hay, pero ¿cuál?

—La diferencia. Tiene que ser la diferencia —señaló ella—. Los tocapus divergentes son los que aportan información.

—Pues, venga —la animé—. Quizá haya que pulsarlos o algo así. Inténtalo, a ver qué pasa.

Muy decidida, se acercó al panel frente al que nos encontrábamos y apretó los tocapus segundo y tercero. No sucedió nada.

—En realidad —explicó—, no se hunden bajo la presión. Están fijos.

—Vamos a intentarlo en el panel de la derecha —propuse.

Nos encaminamos hacia allí y *Proxi* repitió la operación. Pero tampoco ocurrió nada.

—Igual que en el otro —murmuró—. No pueden pulsarse.

—¿Y los demás? —pregunté.

Lo intentó y, luego, sin volverse, agitó la cabeza en sentido negativo.

—Volvamos al otro panel para presionar los tocapus que nos faltan —murmuré.

Pero de nuevo topamos con el fracaso más absoluto. Ninguno de los diez tocapus respondía a la presión de la mano. No eran piezas sueltas. Estaban tallados directamente en el muro.

—No lo entiendo... —se quejó la mercenaria—. Y, ahora, ¿qué?

—Quizá nos falta algo por encontrar —razoné—. Quizá estos dos paneles son sólo un ejemplo, una muestra para indicarnos cómo encontrar la solución.

—Claro, y luego se la gritamos al viento —se burló *Jabba*—. ¡Esto es absurdo!

—No, no lo es. Déjame pensar —repliqué—. Tiene que tener algún sentido.

—Pero, ¿qué sentido quieres que tenga? —siguió protestando él—. Se supone que los yatiris escondieron su secreto para que pudiera recuperarlo una humanidad destruida y necesitada, ¿no es cierto? ¡Pues esto parece una carrera de obstáculos! Y, además, ¿quién nos dice que se trata de una prueba? ¡No podemos saberlo!

—No te equivoques, *Jabba* —le expliqué—. Lo que hay ahí dentro no es comida. Los yatiris no eran la Cruz Roja. No hay medicinas ni mantas. Lo que escondieron antes de irse era un conocimiento, una enseñanza... Si, como suponemos, se trata del poder de las palabras, de un código oral de programación, tiene sentido que pusieran claves cifradas de acceso. Quizá no se trata de una prueba, es verdad. Quizá están enseñándonos algo. Creo que resolviendo este enigma aprenderemos alguna cosa que nos será útil más adelante.

—No te esfuerces, *Root* —se burló el gusano, poniendo los brazos en jarras y mirándome aviesamente—. ¿O es que no te das cuenta? Si estos dos paneles son la muestra, tendría que haber otro para introducir la solución. ¿Y dónde está, eh?

—¡Aquí! —gritó *Proxi* desde algún lugar indeterminado.

—¿Qué diablos...? —empecé a decir, siguiendo velozmente a *Jabba*, que ya corría en busca de *Proxi*. Por suerte, la recia espalda de mi colega, que se tambaleaba por el frenazo, detuvo también mi carrera porque, al tomar la curva del pico, hubiéramos tropezado con el cuerpo de la mercenaria, que estaba tumbada boca arriba en el suelo, con la cabeza metida bajo la cabeza del pájaro.

—Aquí hay nueve tocapus —dijo ella, y su voz sonó amortiguada por la escultura—. ¿Te los describo, *Root*, o vienes a verlos?

Aquella mujer era tan temeraria como el demonio.

—¿Y por qué no los memorizas y los metes tú en el ordenador? —le respondí.

—Vale. Buena idea —dijo saliendo del escondite.

—¿Cómo se te ha ocurrido meterte ahí debajo, loca? —la increpó *Jabba*.

—Pues, porque era lógico, ¿no? Faltaba un panel y tenía que estar en algún lado. La cabeza del cóndor era lo único que nos quedaba.

—Pero te has tirado al suelo sin pensarlo dos veces. ¿Y si lo hubieran puesto allá arriba? —señalé.

318

—Bueno, era el siguiente paso, claro —convino, muy tranquila, quitándome el portátil de las manos. La observamos mientras trasteaba con el telar informático y la vimos suspirar profundamente antes de levantar la cabeza para echarnos una mirada de estupefacción.

—«Dos cortado en dos raíz de uno» —murmuró—. «Dos crecido en cinco raíz de...»

—¿De qué? —la urgí.

—De no se sabe. Te recuerdo que sólo hay nueve tocapus y en los dos paneles laterales hay diez.

—Pues eso es lo que hay que averiguar —dije—. Y no puede ser tan difícil... En realidad, si nos fijamos bien en los cuatro textos de los que disponemos, se puede adivinar la lógica oculta de la clave. Veamos —cogí el portátil y arranqué el procesador de textos, escribiendo, a continuación, las cuatro premisas—. «Seis cortado en dos raíz de tres», «Seis crecido en cinco raíz de tres», «Dos cortado en dos raíz de uno», «Dos crecido en cinco raíz de...», vamos a poner equis, ¿vale? Pasémoslo a números. Supongamos que *Jabba* tenía razón cuando dijo que eran simples divisiones y multiplicaciones. Seis dividido entre dos es igual a tres y seis multiplicado por cinco es igual a treinta.

—No, la frase dice tres, no treinta —matizó él, puntilloso.

—Ya, pero hay un factor con el que no hemos contado: según me dijo la catedrática, los incas y las culturas preincaicas, a pesar de sus grandes conocimientos matemáticos y astronómicos, desconocían el número cero y, por lo tanto, no usaban el guarismo que representa la nada, el vacío.

—Vale, *Root*, de acuerdo —admitió *Proxi*, yendo, como siempre, a lo concreto—. Pero las culturas que desconocían el cero, que eran muchas, sabían representar perfectamente las decenas, las centenas, los millares... Simplemente, utilizaban símbolos distintos o repetían el mismo tantas veces como hiciera falta. Tu teoría falla.

—No, no falla —insistí—, porque estamos hablando de raíces, de la parte irreductible e inalterable de una palabra o de una operación matemática, y recuerda que el lenguaje aymara está formado por raíces a las que se agregan sufijos *ad infinitum* para formar todas las palabras posibles. Observa las frases: «Seis cortado en dos raíz de tres», «Seis crecido en cinco raíz de tres». Si eliminas el cero en el resultado de la multiplicación por cinco, la raíz es la misma que en la división por dos.

—Lo que quiere decir que añadir ceros no altera la raíz numérica —convino *Proxi*, reflexionando en voz alta—. La raíz sigue siendo la misma, utilices el signo o notación que utilices para representar las decenas y las centenas.

—¡Exacto! —asentí—. Y observa la segunda operación: «Dos cortado en dos raíz de uno», es decir, dos dividido entre dos igual a uno, y «Dos crecido en cinco raíz de» equis, como dijimos, o sea, dos multiplicado por cinco igual a diez. Raíz, por tanto, el uno.

—Lo único que veo claro —comentó *Jabba*— es que, si quitas los ceros, dividir por dos es lo mismo que multiplicar por cinco.

—¿A que parece absurdo? —sonreí.

—No —declaró *Proxi*—, es coherente con un simbolismo numérico: si quitas el vacío, la nada, que es el cero, y te quedas con lo importante, que es la raíz, ¿qué más da dividir que multiplicar? El resultado es el mismo.

—Vale, está bien —arguyó *Jabba*—. Pero, ¿de qué nos sirve saber esto?

Lola, con una sonrisa, se inclinó ligeramente hacia él y, sujetándole la cabezota con las dos manos, le dio un pequeño beso en la mejilla. No solían ser muy expresivos delante de los demás, así que me sorprendió.

—Aunque no lo parezca —me dijo—, dentro de este cuerpo de luchador de sumo hay un alma sensible e inteligente.

Luego, mientras el atónito *Jabba* se tomaba su tiempo para reaccionar, se incorporó y, con un gesto ágil, se tiró de nuevo al suelo, en plancha, y se metió debajo del pico del cóndor, al que no parecía tenerle el menor respeto. Una vez allí, se giró para quedar boca arriba y la vimos tantear la piedra con mucha seguridad. En aquel momento no sabíamos lo que estaba haciendo, aunque era fácilmente presumible, pero, de repente, la enorme pieza formada por la frente, los ojos y la parte superior del pico, se levantó en el aire con un estruendo de roca y metal que recordaba al que hacía una losa de piedra friccionando contra otra o un puente de hierro bajo el peso de un camión en marcha. Aunque, claro, lo que chirriaba y crujía no podía ser hierro porque el hierro era desconocido en la América precolombina.

Jabba, asustado, saltó a tal velocidad hacia *Proxi* que no pude ver sus movimientos; sólo le distinguí después, cuando ya la arrastraba por los pies para sacarla de debajo de la cabeza. Yo, por mi parte, estaba completamente agarrotado. Toda la escena resultaba un tanto surrealista: sentado en el suelo con las piernas cruzadas, observaba a *Jabba* tirar de *Proxi* mientras la boca del cóndor se abría como la visera de un casco en medio de un ensordecedor ruido que no estaba lejos de ser el del fin del mundo. ¿Iba a devorarnos a los tres? Porque yo hubiera sido incapaz de moverme para salvar la vida.

Pero no, no nos devoró. Se detuvo justo a la altura del techo y allí se quedó, dejando a la vista un nuevo corredor, idéntico a aquel en que nos encontrábamos. *Jabba*, pálido y resoplando como un caballo, se encaró con *Proxi*:

—¿Qué demonios has hecho, eh? —le gritó—. ¿Es que no estás bien de la cabeza? ¡Podías haberte matado y habernos matado a nosotros!

—En primer lugar, no me grites —repuso ella, sin mirarle, poniéndose en pie—, y, en segundo, sabía perfectamente lo que hacía. Así que cálmate, anda, que vas a volver a marearte.

—¡Ya estoy mareado! ¡Mareado de pensar que podías haber muerto aplastada por esa vieja piedra!

Ella, muy tranquila, se dirigió hacia la boca del pájaro.

—Pero no he muerto, y vosotros tampoco, así que, venga, vamos.

—¿Qué hiciste, *Proxi*? —le pregunté, siguiéndola al interior del pico abierto. *Jabba* permanecía furioso en el mismo lugar.

—Lo único obvio que podía hacerse: si la raíz de «Dos crecido en cinco» era el uno, sólo había un tocapu entre los diecinueve que representara ese número, el que indicaba el resultado de «Dos cortado en dos raíz de uno», de manera que volví a meterme bajo la barbilla del cóndor y, en efecto, el tocapu que el «JoviLoom» señalaba como signo del uno se hundió bajo la presión de mi mano. Después ya sabes lo que ocurrió.

Mientras me daba esta explicación, cruzamos la boca del pájaro y llegamos al nuevo corredor. Me disponía a darle un grito a *Jabba* para que se apresurara y viniera con nosotros de una maldita vez cuando me pareció escuchar un «clic» metálico y, sin mediar lapso alguno, el pico del cóndor comenzó a cerrarse. *Proxi* se volvió, asustada:

—¡Marc! —gritó a pleno pulmón, pero el ruido de las piedras era demasiado ensordecedor—. ¡Marc, Marc!

Antes de que la visera de piedra volviera a cerrarse, mi gordo amigo se lanzó a través de la abertura como si se estuviera lanzando a una piscina. Por un instante vi peligrar sus piernas, que quedaron del otro lado, pero, sin tiempo para reaccionar, y mientras *Proxi* y yo le cogíamos de las manos y tirábamos de él desesperadamente, un muro lateral de casi un metro de ancho que salió de la pared izquierda empezó a clausurar la parte posterior de la cabeza. Por suerte, aunque *Proxi* tuvo que retirarse a toda prisa para no ser aplastada, en el último momento conseguí dar el tirón definitivo del brazo de *Jabba*, que salió entero aunque sucio y vapuleado.

Me dejé caer al suelo, exhausto, y contemplé el techo del corredor, iluminado por mi linterna frontal, cuyo haz de luz se movía al ritmo acelerado de mi respiración. Aquel aire tan pobre en oxígeno nos destrozaba, convirtiendo cualquier esfuerzo en una tarea sobrehumana que nos hacía escupir el corazón por la boca.

—No vuelvas a hacerme esto, Marc —oí murmurar a *Proxi*—. ¿Me oyes bien? No vuelvas a hacer el burro de esta forma.

—Vale —repuso él con voz compungida.

Intenté incorporarme y no pude; me costaba un mundo. No me hubiera importado quedarme allí un ratito descansando y recuperando el aliento pero, claro,

¿quién podía tumbarse a descansar en el interior de una pirámide tiwanacota sepultada bajo tierra desde hacía cientos de años, sobre un duro suelo de piedra que se adivinaba lleno de bichos y con la única salida anulada por un muro corredizo y una gigantesca cabeza de cóndor? No era plan, la verdad, así que, haciendo acopio de toda mi fuerza de voluntad, conseguí quedar sentado en el suelo, con la cabeza apenas un poco por encima de las rodillas dobladas.

Y, entonces, supe con total claridad dónde me hallaba. En mi mente se dibujó el plano escondido en el pedestal de Thunupa, en la Puerta del Sol, y recordé que, de la cámara central en la que se escondía la serpiente cornuda, salían cuatro largos cuellos con cabezas de puma por la parte superior y seis que terminaban en cabezas de cóndor por los laterales y la base. Es decir, que acabábamos de cruzar la primera cabeza de cóndor de la derecha (dado que habíamos entrado por la chimenea situada al este de la Puerta de la Luna) y nos encontrábamos en el cuello. Si no me equivocaba, después de una pequeña subida hacia el corazón de la pirámide, llegaríamos a los muros de la cámara.

—¡Eh, vosotros dos! —exclamé sonriente—. Si dejáis de hacer el tonto un rato os cuento algo muy interesante.

—Suéltalo.

Les expliqué lo del cuello del cóndor, pero no parecieron muy impresionados. Claro que tampoco era una novedad: ya sabíamos que el pedestal era un mapa, pero por mi cabeza no había pasado hasta ese momento que el suelo que estaba pisando se correspondía con el diseño exacto de lo que aparecía tallado debajo del Dios de los Báculos.

—Venga, vámonos —propuse, poniéndome en pie con dificultad—. Ahora tendríamos que encontrar una escalinata o algo así.

—Espero que sea eso y no otra prueba del demonio —graznó *Jabba*.

—¿Qué acabas de prometerme? —le increpó *Proxi*, mirándole de mala manera.

—¡Que sí, vale! No voy a quejarme más.

—Pues no se nota —le dije, poniéndome en marcha.

—¡Yo siempre cumplo mis promesas!

—A ver si es verdad, porque mi abuela sería más llevadera que tú.

—¡Yo los canjeaba ahora mismo! —celebró *Proxi*, soltando una carcajada.

Y, entonces, mientras me cargaba la bolsa al hombro, vi el pilar de piedra justo a mi derecha, casi pegado a la pared. Parecía una de esas fuentes de los parques que tienen la altura adecuada para que los críos puedan beber (con ayuda) pero no jugar con el agua. Me acerqué despacio y vi que sobre ella, a modo de libro en un atril, había una especie de tableta de piedra del tamaño de un folio llena de pequeños agujeros perforados sin orden.

Jabba y *Proxi* se acercaron a mirar.

—¿Qué es eso? —preguntó él.

—¿Tú crees que yo he venido enseñado a este sitio? —protesté, poniéndome la piedra sobre la cabeza—. Un sombrero.

—No te queda nada bien —comentó *Proxi*, mirándome con ojos expertos y dejándome ciego, a continuación, con un destello de flash.

—¿Nos lo llevamos?

—Pues claro —afirmó ella—. Yo diría que estaba

ahí precisamente para que lo cogiéramos. ¿Quién sabe? A lo mejor lo necesitamos más tarde.

Así que lo guardé en mi bolsa y, cuando volví a ponérmela al hombro, noté que su peso se había decuplicado.

Caminamos durante un buen rato, pendientes de los menores detalles, pero, pese a mi convicción de encontrar rápidamente una escalinata o una rampa, el pasadizo seguía plano y no se apreciaba subida alguna.

—Esto no me cuadra —murmuré al cabo de quince minutos de caminata.

—Ni a mí —convino *Proxi*—. Deberíamos estar subiendo por el cuello del cóndor para alcanzar el muro exterior de la cámara y, sin embargo, llevamos mucho tiempo avanzando en sentido horizontal.

—¿Cuánto tardamos en recorrer el pasillo anterior? —preguntó *Jabba*.

—Unos diez minutos —repuse.

—Pues ya nos estamos pasando.

Y, por hablar, en cuanto mi amigo cerró la bocaza, otra cabeza de cóndor se divisó frente a nosotros. Era bastante más pequeña que la anterior y sobresalía desde el centro de un sólido muro de piedra. Noté que me cambiaba el humor de gris a negro cuando vi que a derecha e izquierda de la cabeza, la pared estaba completamente llena de unos tocapus bastante grandes. La sospecha de otra emboscada aymara se me atascó en el cerebro.

—Bueno, pues ya estamos aquí —dijo *Proxi* cuando los tres nos detuvimos con caras inexpresivas frente al animalito—. Saca el portátil, *Root*.

—Iba a hacerlo ahora mismo —repliqué, pero la verdad era que estaba cavilando que, si aquella pequeña cabeza de piedra era el conducto por el que debíamos pasar, *Jabba* tendría muchas dificultades para atravesarla.

—No, no, espera —exclamó él de repente, alejándose—. Fíjate. ¡Son las figuras arrodilladas que hay a los lados del Dios de los Báculos!

Y, mientras lo decía, iba poniendo el dedo índice sobre algunos de los tocapus que aparecían en la pared de la derecha. Señalaba arriba, abajo, a un lado... Los geniecillos alados que algunos tomaban por ángeles brotaban, sin orden ni concierto, del texto aymara.

—Los de este lado tienen todos cabezas de cóndor.

—Sí, como en la puerta —confirmé.

—Y los de aquí —*Proxi* se había colocado a la izquierda—, cabezas humanas.

—¿Siguen alguna frecuencia? ¿Son simétricos? —quise saber, echándome hacia atrás para abarcar todo el muro con la mirada. Conté los tocapus que había en la fila superior de cada panel (cinco) y los que había en las primeras columnas (diez), de modo que, en total, había cien tocapus, cincuenta a cada lado, y diez de ellos eran geniecillos alados: cinco con cabeza de cóndor a la derecha y otros cinco con cabeza humana a la izquierda. Y no hizo falta que nadie respondiera a mis preguntas porque, con la visión panorámica, y una vez localizados los diez elementos discordantes, la forma que trazaban era fácilmente reconocible: la punta de una flecha a cada lado que señalaba hacia la cabeza del centro. Si ésta no hubiera estado separándolas, habrían formado una equis.

—Ya lo ves —comentó Proxi—. Simetría perfecta.

—Deberíamos traducir el texto para saber qué dice —propuso *Jabba*.

Un lejano fragor de rocas llegó desde el fondo del corredor, sobresaltándonos.

—¿Qué demonios ha sido eso? —dejé escapar.

—Tranquilo, amigo —me dijo *Jabba*, provocador—, no puede pasarnos nada malo: ya estamos encerrados aquí dentro. Por si no te habías dado cuenta, si no conseguimos resolver este nuevo enigma nos quedaremos atrapados en este sitio hasta que nos pudramos vivos.

Me quedé mirándolo sin decir ni una palabra. Esa maldita idea ya había pasado por mi cabeza pero no había querido darle importancia. No íbamos a morir allí, estaba seguro. Un sexto sentido me decía que aún no había llegado mi hora, y me negaba a considerar siquiera la posibilidad de que no seríamos capaces de solventar cualquier dificultad que nos surgiera. Costara lo que costase, llegaríamos hasta la cámara.

La quietud y frialdad de mi mirada debieron de afectarle. Bajó los ojos, avergonzado, y se giró de nuevo hacia los tocapus de la derecha. No era momento para enfadarse ni para malos rollos, así que pensé que debía ayudarle a salir de la embarazosa situación en la que se había metido él solo.

—¿Qué decimos siempre en Barcelona? —le pregunté; él no se volvió—. El mundo está lleno de puertas cerradas y nosotros nacimos para abrirlas todas.

—Esa frase la tengo puesta en la pared de mi despacho —comentó *Proxi* con voz alegre, echándole también un cable a *Jabba*.

—Vale —repuso él, girándose para mirarnos con una media sonrisa en los labios—. Habéis conseguido despertar mi parte de animal informático. Luego, no me pidáis responsabilidades.

Cogió el portátil y se sentó frente al panel de la izquierda, el que tenía las figuras aladas con cabeza humana, y comenzó a copiar los tocapus en el «Jovi-Loom» mientras *Proxi* y yo examinábamos la pared y los personajillos zoomorfos. Lo cierto era que ni en las fotografías que habíamos visto en casa ni en la misma Puerta del Sol habíamos podido apreciar los curiosos detalles que presentaban esos hombrecitos. Parecían correr si querías verlos correr, pero también podías verlos arrodillados si imaginabas que su actitud era suplicante. El artista que los había creado buscó con toda seguridad esa ambigüedad en el gesto, para que no quedara tan clara su indicación de que se debía suplicar a Thunupa para encontrar la forma de entrar en Lakaqullu. Todos ellos tenían alas, unas alas muy grandes, aunque, ahora que teníamos la oportunidad de verlas de cerca, también podían considerarse como capas movidas por el viento. Todos llevaban, además, un báculo invertido idéntico al de la mano izquierda de Thunupa, pero no terminaba en una cabeza de cóndor sino en la de un animal que parecía un pato con el pico chafado hacia arriba o un pez de boca enorme. Los que tenían cabezas de pájaro, situados a la derecha, miraban hacia arriba, hacia el cielo y sus cuerpos estaban girados hacia el centro, hacia el cóndor de piedra; los que tenían cabezas humanas, frente a los cuales estaba sentado *Jabba* con el ordenador, tenían el cuerpo y la vista puestos en la gran cabeza del muro.

—Bueno —dijo, por fin, *Jabba*—, la traducción es literal y no queda muy clara, pero el texto dice algo así como «Las personas se sujetan al suelo, hunden sus rodillas en la tierra y colocan sus ojos en lo inútil».

—¡Qué barbaridad! —exclamé, perplejo—. ¡El mundo no ha cambiado nada en cientos de años!

Jabba se puso en pie y se fue hacia el segundo panel, enfrascándose de nuevo en el trabajo. Su cambio de actitud resultaba tranquilizador.

—¿Las personas se sujetan a la tierra, se arrodillan y colocan sus ojos en lo inútil? —me preguntó *Proxi* como si yo tuviera la respuesta al dilema. Me limité a levantar los hombros con un gesto que venía a decir algo así como que yo sabía lo mismo que ella, es decir, nada. Los geniecillos alados seguían atrayendo mi atención. Si su aspecto ya era raro de por sí, más extraños eran los dibujos que aparecían dentro de sus cuerpos, como la larga serpiente en el interior de las alas-capas o los pequeños laberintos en sus pechos, y los cuellos y cabezas que salían de sus piernecillas, brazos y tripas y, todo eso, sin mencionar las inexplicables palancas y botones que aparecían en sus caras y los símbolos de sus tocados. Eran medio hombres, medio animales y medio máquinas. Desde luego, algo indefinible y muy extravagante.

—Ahí va el segundo texto —informó *Jabba*—: «Los pájaros se levantan para volar, escapan veloces y colocan sus ojos en el cielo.»

—Creo que todo eso no nos sirve de nada —comenté.

—Yo creo que sí —me rebatió *Proxi*—. Aún no sabemos cómo usarlo, pero estoy segura de que no son frases puestas al azar.

—¿Unos tipos que dominan el poder de las palabras —me increpó *Jabba,* con el ardor de un nuevo converso— van a colocar sentencias filosóficas sin sentido en una puerta cerrada que debemos abrir? ¡Venga, *Root,* usa el cerebro!

—¡Vale, de acuerdo! —admití a regañadientes—. Seguramente son la clave para abrir el pico de este cóndor.

—Pues, hala, a pensar —dijo él, llamándonos con las manos para que tomáramos asiento a su lado.

—Antes debo contaros algo que he descubierto —anunció *Proxi*, dirigiéndose al panel de los cabezas de pájaro—. Todos los tocapus están grabados en el muro, pero las figuras son botones que se pueden pulsar, como en la prueba anterior, en la que el tocapu que representaba el número uno podía apretarse para poner en marcha el mecanismo. Aquí hay, sin duda, que marcar una combinación digital como en los cajeros automáticos.

Y, diciendo esto, empezó a oprimir las figuras, una detrás de otra, para demostrarnos que se hundían y que eran, en realidad, como las teclas de un cuadro de mandos.

—¡No! —gritó una voz desesperada a nuestras espaldas—. ¡Pare! ¡Quieta! ¡No siga!

En cuestión de décimas de segundo, y antes de que tuviéramos tiempo siquiera de reaccionar a los gritos, el suelo comenzó a temblar y a desgajarse como si un terremoto lo estuviera sacudiendo. Los sillares acoplados con aquella perfección que deslumbraba a los expertos se desnivelaron y apenas tuvimos tiempo de salir de los que se hundían para saltar y agarrarnos como locos a los que permanecían en su sitio. Y, de pronto, tras unos segundos angustiosos —pues no duró mucho más el seísmo— un silencio total asoló el lugar, indicando que el desastre había terminado. Yo no podía mover ni un músculo, tumbado boca abajo como estaba contra la losa de piedra a la que me había encaramado al comprender que la que tenía bajo los pies se sumergía en las profundidades.

—¿Están bien? —preguntó desde el fondo del corredor la voz que antes había gritado para advertirnos del peligro y que, ahora, al oírla de nuevo, me resultó terriblemente familiar y conocida: aquel timbre grave de contralto y aquella cadencia no podían ser de otra persona que de la catedrática, Marta Torrent. Pero en mi mente no había espacio para ella, para mosquearme o preguntarme qué demonios hacía allí, porque, ante todo, tenía que averiguar qué había sido de *Proxi* y *Jabba*.

—¿Dónde estáis? —grité, levantando la cabeza—. ¡Marc! ¡Lola!

—¡Ayúdame, Arnau! —aulló mi amigo desde algún punto detrás de mí. Me incorporé a toda prisa y, debajo de una tenue nube de polvo, distinguí el corpachón de *Jabba* tumbado boca abajo sobre una losa separada de la mía por un salto de un metro. Su cabeza y sus brazos se hundían en el vacío—. ¡*Proxi* se cae! ¡Ayúdame!

Salté hacia él y me tiré al suelo, a su lado. Creo que nunca había sentido tanta angustia como cuando vi la cara espantada de Lola mirándonos a ambos desde una grieta sin fin de cuyo fondo sólo la separaba la mano de Marc que sujetaba la suya. Me arrastré hasta el borde todo lo que pude y extendí el brazo para aferrarla por la muñeca y tirar de ella con todas mis fuerzas. Poco a poco, entre los dos empezamos a izarla, pero costaba muchísimo, como si una fuerza invisible la arrastrara hacia abajo multiplicando su peso. Sus ojos nos miraban fijamente, suplicando una ayuda que su boca no pedía, cerrada por el pánico. Noté que alguien ponía el pie junto a mi costado porque me rozó y luego vi otro brazo que se tendía hacia *Proxi* y que agarraba su mano para ayudarnos a sacarla. Con la fuerza de tres personas, Lola ascendió rápidamente y puso el pie, por fin, en la losa en la que todos nos encontrábamos. Sólo en-

tonces, abrazada a *Jabba*, empezó a sollozar callada-
mente, desahogando el pánico que aún sentía, y sólo
entonces, vislumbré a la catedrática que, con los brazos
en jarras, respiraba afanosamente por el esfuerzo y contemplaba a mis amigos con el ceño fruncido.

Puse una mano sobre el hombro de Lola y ésta, girando la cara hacia mí, se soltó de *Jabba* para abrazarme
sin dejar de llorar. Le devolví el abrazo fuertemente,
notando cómo se iban calmando los latidos de mi corazón. Aunque resultara increíble, *Proxi* había estado a
punto de morir ante nuestros propios ojos. Cuando me
soltó para regresar a los brazos de *Jabba*, me volví hacia
la catedrática.

—Gracias —me sentí obligado a decir—. Gracias
por su ayuda.

—Fue una imprudencia lo que hizo —dijo, tan amable como siempre.

—Es posible —repliqué—. Seguramente, usted no
se ha equivocado nunca y por eso no puede comprender los errores de los demás.

—Yo me he equivocado muchas veces, señor Queralt, pero llevo toda mi vida en excavaciones arqueológicas y sé lo que no debe hacerse. Ustedes no tienen ni
idea. Hay que ser muy prudente y desconfiado. Nunca
se debe bajar la guardia.

Miré a mi alrededor. El suelo del corredor, hasta
donde alcanzaba la luz de mi linterna frontal, se había
convertido en un puñado discontinuo de sillares de
piedra a modo de islas separadas no por el mar sino por
anchas grietas. Por fortuna, el camino no había quedado cerrado; de hecho, podía saltarse de una piedra a
otra sin demasiado peligro, pero, honestamente, la situación había cambiado de forma radical para mí, y no

digamos para Marc y Lola: ahora sabíamos que había peligro, un auténtico peligro mortal, en lo que estábamos haciendo.

—¿Hasta dónde llegan los hundimientos? —le pregunté a la catedrática.

—Unos diez metros —me respondió, acercándose—. A partir de allí, el suelo sigue firme.

—¿Podemos regresar a la superficie?

—No lo creo —su voz sonaba tranquila, desprovista de ansiedad—. La primera cabeza del cóndor y el muro posterior han sellado la salida por ese lado.

—Por lo tanto, debemos seguir.

Ella no dijo nada.

—¿Cómo nos ha descubierto? —pregunté sin volverme—. ¿Cómo ha llegado hasta aquí?

—Sabía que vendrían —repuso—. Sabía lo que pensaban hacer, de modo que estaba preparada.

—Pero la vimos trabajando en la excavación y no había nadie cerca cuando descubrimos la entrada.

—Sí que había. Uno de los becarios estaba apostado en la colina de Kerikala. Le pedí que vigilara Lakaqullu con prismáticos y que me avisara en cuanto ustedes aparecieran. Aunque la maleza ocultaba la entrada, no me fue difícil encontrarla porque les vi meterse en ella y desaparecer.

Entonces sí me giré para mirarla. Estaba serena y, como siempre, parecía muy segura de sí misma y de sus decisiones.

—¿Y se metió usted sola en la chimenea y en el corredor?

—Caminaba a poca distancia de ustedes. De hecho, seguía las luces de sus linternas. Llegué a tiempo de escuchar cómo contaba usted a sus amigos lo que yo le había explicado en mi despacho sobre la ignoracia del cero en la cultura tiwanacota.

O sea, que le habíamos servido en bandeja la solución para abrir la primera cabeza de cóndor.

—¿Y cuándo pensaba comunicarnos la alegre noticia de su presencia? —pregunté con rabia mal disimulada.

—En el momento oportuno —declaró sin inmutarse.

—Naturalmente.

Estábamos todos en un buen lío. Por un lado, ella seguía obstinadamente empeñada en aprovecharse hasta el final de nuestros descubrimientos y los de mi hermano; por otro, una sola palabra suya podía dar con nuestros huesos en la cárcel por haber transgredido las leyes bolivianas vulnerando un monumento arqueológico único en el mundo y, además, Patrimonio de la Humanidad. La balanza mostraba el fiel en el centro y los platillos equilibrados; al menos, hasta que saliéramos de Bolivia. Si salíamos.

—Mire, doctora —me dolía un poco la cabeza, así que cerré los ojos y me masajeé suavemente la frente—, hagamos un trato. Yo sólo quiero encontrar una solución para la enfermedad de mi hermano. Si usted nos ayuda —por no decirle, «si no nos denuncia y nos permite seguir»—, podrá quedarse con el mérito de todo lo que descubramos, ¿de acuerdo? Estoy seguro de que Daniel preferirá renunciar al éxito académico que quedarse como un vegetal el resto de su vida.

La catedrática me miró de forma indefinible durante unos segundos y, por fin, esbozó una sonrisa. ¿Quién no sonreiría cuando le regalan lo que más ambiciona?

—Acepto su oferta.

—Bueno, ¿qué sabe usted de toda esta historia?

Aquella cínica mujer volvió a sonreír enigmáticamente y permaneció callada un buen puñado de latidos.

—Mucho más de lo que usted se imagina, señor Queralt —dijo, al fin—, y, sin duda, mucho más que usted y sus amigos, de modo que no perdamos el tiempo y pongamos manos a la obra. Tenemos que abrir una cerradura aymara, ¿recuerda?

Jabba y *Proxi*, cogidos por la cintura, nos contemplaban con ojos atónitos. Por el gesto de sus caras adiviné que estaban de acuerdo con mi decisión de integrar pacíficamente a la doctora en nuestro equipo. No era momento para pulsos de fuerza ni para desafíos en disparidad de condiciones. Ahora bien, en cuanto volviéramos a casa, pensaba contratar al mejor equipo de abogados de España para ponerle el pleito más gordo de la historia del mundo y acabar con ella para siempre. Eso no lo esperaría la doctora, de modo que, por el momento, podíamos reducir hostilidades. Todo a su tiempo.

La catedrática saltó cuidadosamente de piedra en piedra hasta situarse lo más cerca posible del muro con la cabeza de cóndor. A mis pies había dejado una mochila vieja y deteriorada.

—Veamos... ¿Qué tenemos aquí? —murmuró examinando los tocapus—. «Las personas permanecen en el suelo, se arrodillan y fijan sus ojos en lo superfluo» —leyó con una soltura pasmosa—. «Los pájaros levantan el vuelo, se impulsan veloces y fijan sus ojos en lo alto.»

Nos quedamos perplejos. La catedrática leía el aymara como si fuera su propia lengua, dejando la traducción del telar de Jovi a la altura del tacón. Pero, además, quizá por su deseo de demostrar hasta qué punto controlaba el tema, siguió explicando en voz alta su razonamiento:

—Estas frases —dijo, cruzando los brazos sobre el pecho— son un juego de palabras cuya finalidad es oponer las ideas de pasividad y estancamiento a las de movimiento y transformación: los humanos permanecen estables en la tierra, mientras que los pájaros evolucionan sustituyendo la tierra por el cielo. En resumidas cuentas, estamos hablando del uso de las fuerzas dinámicas para la obtención de un cambio.

No sé si esperaba que dijéramos algo pero, como hablaba igual que si estuviera impartiendo una clase, nos mantuvimos callados.

—En cualquier caso, las figuras de los adoradores de la Puerta del Sol aparecen mezcladas con el texto formando figuras triangulares con vértices que apuntan a la cabeza de cóndor. Si considerásemos ambas tablas como una sola y numerásemos las filas y las columnas del uno al diez, como si se tratara de un tablero de ajedrez... —se pinzó el labio inferior con el pulgar y el índice, pensativa—, la figura cambiaría radicalmente porque entonces tendríamos dos líneas diagonales cruzadas en el centro, una formada por dos pájaros y tres humanos y otra por dos humanos y tres pájaros.

—Cinco —se le escapó a *Proxi*, que seguía la explicación con gran interés—. Las dos líneas diagonales suman cinco figuras cada una. Lo digo porque estoy convencida de que todo esto tiene que ver con la prueba anterior, la de multiplicar por cinco y dividir por dos.

—Sin duda se trata de una progresión en conocimientos y habilidades —repuso la doctora Torrent—. Nos enseñan algo y nos piden que lo apliquemos de manera práctica. ¿Somos dignos de acceder a un poder superior o, por el contrario, nuestra incapacidad mental nos cierra las puertas?

Yo estaba alucinado escuchándolas a las dos, sobre todo a la catedrática. Tenía una forma de razonar absolutamente científica y una manera de explicarse definitivamente pedagógica, y *Proxi*, nuestra *Proxi*, captaba la onda como un receptor de radar, reaccionando en sintonía.

—Oiga, doctora... —la interrumpió *Jabba*—. ¿Usted no sabe hablar como las personas normales? ¿Siempre tiene que ser tan rebuscada?

Marta Torrent le miró achicando los ojos, como si se concentrara para enviarle rayos gamma que lo convertirían en un charquito de plasma, y pensé que allí se iba a montar una buena si no intervenía para detenerlo. Sin embargo, aquella fue la ocasión en que aprendí que los ojos achinados de la doctora eran el paso previo a su risa incontenible. En lugar de ofenderse y reaccionar como una Némesis enfurecida, sus carcajadas repicaron en la galería de suelo agujereado y rebotaron por los muros, multiplicándose. Al final, parecía que nos hubiera rodeado un coro de bacantes.

—¡Oh, lo... siento, señor...! —quiso disculparse mientras intentaba dejar de reír—. No... no recuerdo su nombre, perdóneme.

—Marc. Me llamo Marc —respondió él de mala gana.

Yo pensé: «Bond. James Bond.» Pero me callé.

—Marc, perdóneme. No quería molestarle. Es que, ¿sabe?, mis hijos y mis alumnos siempre se están burlando de mí por la forma que tengo de hablar. Por eso me ha hecho gracia. Espero no haberle ofendido.

Jabba sacudió la cabeza, denegando, y le dio la espalda para dejar bien clara su indiferencia, pero yo, que le conocía bien, sabía que le había gustado la respuesta. Aquella situación empezaba a resultar bastante incómoda.

—Muy bien, veamos —murmuró *Proxi*, colocándose junto a la catedrática—. Si numeramos las filas y las columnas como usted ha dicho, del uno al diez, tenemos que la diagonal con tres cóndores y dos humanos tiene sus cinco figuras situadas en las casillas 2-2, 4-4, 6-6, 8-8 y 10-10, mientras que la diagonal con tres humanos y dos cóndores las tiene en 1-10, 3-8, 5-6, 7-4 y 9-2. Por lo tanto, la más regular es la de los tres cóndores.

Para entonces yo ya había hecho varias rápidas operaciones mentales con los números, y estaba llegando a la conclusión de que la serie irregular carecía de sentido matemático mientras que la regular se correspondía, limpiamente, con los cinco primeros números enteros cuyo resultado, al dividir por dos y multiplicar por cinco, tenían la misma raíz.

—Hay que pulsar las cinco figuras de la diagonal con tres cóndores —dijo en ese momento el gusano rechoncho.

—Y eso, ¿por qué? —pregunté, molesto. Otra vez se me había adelantado.

—¿Es que no lo ves, *Root*? —me recriminó *Proxi*—. Dos, cuatro, seis, ocho y diez son divisibles por dos y multiplicables por cinco con la misma raíz, mientras que la otra serie carece de lógica.

—Sí, ya lo había notado —observé, acercándome—, pero ¿por qué hay que pulsar las cinco figuras?

—Porque son cinco, señor Queralt, cinco repartidas en dos tablas. Cinco y dos, los números de la primera prueba, y, además, siguiendo la idea contenida en las frases, los cóndores implican movimiento mientras que los humanos sugieren inmovilidad. En la diagonal de las cinco cifras divisibles por dos y multiplicables por cinco hay tres cóndores, mientras que en la otra hay tres humanos.

—Quizá el número tres tenga algo que ver con la siguiente prueba —comentó *Jabba*.

Proxi frunció el ceño.

—¡A ver si somos más positivos! —le recordó.

—¿Qué he dicho? —protestó él.

—Bueno, pero... ¿y si pulsamos esa combinación y resulta que el suelo termina de hundirse bajo nuestros pies? —comenté yo con aprensión.

—El suelo no se va a hundir —rezongó *Proxi*—. El razonamiento es perfectamente lógico y coherente. Tan limpio como un bucle infinito.

—¿Qué es eso del bucle infinito? —quiso saber la catedrática.

—Un grupo de instrucciones en código que remiten unas a otras eternamente —le explicó—. Algo parecido a «Si Marc es pelirrojo entonces saltar a Arnau y si Arnau tiene el pelo largo, entonces volver a Marc». Nunca termina porque es un planteamiento absoluto.

—Salvo que yo me cortase el pelo y Marc se tiñese de rubio. Entonces dejaría de ser absoluto.

Era un buen chiste, pero a ellas no pareció hacerles la menor gracia, así que nosotros dos, que nos habíamos echado a reír, nos callamos.

—De todas formas —propuse reprimiendo la última y desgraciada sonrisa y hablando lo más juiciosamente que pude para recuperar la dignidad perdida—, tres de nosotros deberíamos retroceder hasta la zona del corredor en la que el suelo permanece entero y uno, asegurado con la cuerda, se quedaría aquí para pulsar la combinación. En caso de que el suelo terminara de hundirse, los otros tres lo sujetaríamos.

—¿Qué es eso de «lo sujetaríamos»? ¿Ya te estás escaqueando? —insinuó discretamente *Jabba*.

—Ni tú ni yo podemos ser esa persona porque pesamos demasiado. ¿Lo entiendes? Debe ser una de ellas dos. No es una cuestión de valor sino de sobrecarga.

—Ha quedado muy claro, señor Queralt —convino la catedrática, sin inmutarse—. Yo pulsaré los tocapus. —Y ante el inicio de un gesto de protesta por parte de *Proxi*, levantó la mano en el aire, deteniéndola—. No es por ofenderla, Lola, pero yo estoy más delgada y, por lo tanto, peso menos. Se acabó la discusión. Denme esa cuerda y aléjense.

—¿Está segura, Marta? —inquirió *Proxi*, no muy convencida—. Yo practico la escalada y podría defenderme mejor.

—Eso está por ver. Llevo toda mi vida trabajando en excavaciones y sé ascender y descender por una soga, así que márchense. Venga. No perdamos más tiempo.

En un abrir y cerrar de ojos, le fabricamos a la catedrática un arnés con la cuerda y nos retiramos hacia el fondo del túnel saltando de losa en losa hasta alcanzar territorio seguro, entonces nos sujetamos nosotros también de manera que pudiéramos ejercer la máxima tensión si ocurría el accidente. Desde la distancia a la que nos encontrábamos, nuestras luces apenas iluminaban la pared del fondo, de manera que no vimos lo que hacía la catedrática y yo estaba aún esperando a que todo saltara por los aires, con los músculos rígidos, cuando un ruido como de trueno que empieza en la lejanía se desató sobre nuestras cabezas. Al levantar la mirada, los frontales enfocaron una estrecha franja del techo, el centro mismo, que, como una cinta adhesiva que se despega, comenzaba a descender justo encima de nosotros.

—¡Doctora Torrent! —grité a pleno pulmón—. ¿Se encuentra bien?

—Perfectamente.

—¡Pues venga hacia aquí para que podamos soltar la cuerda y alejarnos de la que se nos viene encima!

—¿Qué ocurre? —preguntó; su voz sonaba más cercana.

—¡Mire, señora! —bramó *Jabba*—. ¡No es momento para explicaciones! ¡Corra!

La cuerda se aflojó en nuestras manos y la fuimos recuperando hasta que vimos a la doctora Torrent dar el último salto hacia nosotros. Para entonces, la pétrea banda de cielo raso estaba a punto de aplastarnos, de modo que nos dispersamos hacia los muros laterales y nos pegamos a ellos como si fuéramos sellos y, aun así, la cosa aquella estuvo a punto de rasurar, por muy poco, la barriga del más gordo de nosotros. Sólo entonces caímos en la cuenta de que el descenso había sido en diagonal, es decir, que se trataba en realidad de una escalera de increíble longitud que partía justo desde encima de la pequeña cabeza de cóndor y que terminaba a nuestros pies invitándonos a subir por ella. Pero no por el hecho de ver con claridad la situación nos decidíamos a despegarnos de las paredes. Allí nos quedamos, con los ojos vidriosos por el pánico y las aletas de la nariz batiendo enloquecidas el polvo que se había desprendido del techo.

La primera de nosotros cuatro en reaccionar fue *Proxi*.

—Señoras, señores... —musitó aprensiva—, el cuello del cóndor.

—¿Del primero o del segundo? —inquirió *Jabba*

con una voz que no le salía del cuerpo. Permanecía adherido al muro encogiendo la barriga.

—Del primero —afirmé sin moverme—. Recuerda el dibujo del mapa de Thunupa.

La catedrática nos examinó a los tres con un gesto oscuro en el rostro.

—¿Son ustedes tan listos como parecen —preguntó— o todo esto lo han sacado de los supuestos papeles de su hermano, señor Queralt?

Pero, antes de que pudiera responderle, *Proxi* se me adelantó:

—Suponemos que Daniel lo había descubierto porque su documentación nos dio las pistas necesarias para averiguarlo. Pero no estaba todo en los papeles.

—Jamás escribo todo lo que sé —murmuró ella, pasándose las manos por el pelo para quitarse la tierra que le había caído encima.

—Probablemente porque no lo sabe todo —concluí, dirigiéndome hacia el primer peldaño de la escalera, del que partían dos gruesas cadenas que ascendían hacia lo alto—, o porque no sabe nada.

—Será eso —repuso con fría ironía.

Empecé a subir con cuidado por aquellos dientes de sierra sin pasamanos que habían caído del cielo.

—¿Esto es oro? —oí que preguntaba *Proxi*, mosqueada. Me giré y la vi examinando una de las cadenas.

—¿Es oro? —repetí, asombrado.

La catedrática pasó una mano por los eslabones para quitar la pátina de suciedad y la luz de su linterna frontal, mucho más grande y antigua que las nuestras, iluminó un dorado brillante. *Proxi*, para variar, empezó a disparar fotografías. Si salíamos de allí, íbamos a tener un álbum fantástico de nuestra odisea.

—Sí, lo es —afirmó Marta Torrent, tajante—. Pero no debe sorprendernos: el oro abundaba por estas tierras hasta que llegamos los españoles y, además, los tiwanacotas lo consideraban sagrado por sus asombrosas propiedades. ¿Sabían que el oro es el metal precioso más extraordinario de todos? Es inalterable e inoxidable, tan dúctil y fácilmente maleable que puede transformarse en hilos tan finos como capilares o en gruesos y resistentes eslabones como éstos. El tiempo no le afecta, ni tampoco ninguna sustancia presente en la naturaleza. Es un conductor eléctrico inmejorable y no provoca alergias ni es reactivo, sin olvidar que tiene uno de los índices de reflexión de la luz más altos del mundo, ya que devuelve hasta los rayos infrarrojos. Es tan fuerte que los motores de las naves espaciales están cubiertos de oro porque es el único metal capaz de aguantar las altísimas temperaturas generadas en su interior sin derretirse como el chocolate en la mano.

En la crónica de los yatiris que mi hermano había elaborado con textos dispersos ya se mencionaba que éstos habían dejado escrito su legado en oro porque era el metal sagrado que duraba eternamente. Pero, ¿por qué una antropóloga especialista en etnolingüística había realizado semejante investigación sobre dicho metal? Ella nos miró a los tres y debió de leer la pregunta en nuestras caras.

—Me llamó mucho la atención descubrir que los yatiris redactaban sus textos sobre planchas de oro, como ya sabrán. No podía comprender la razón. Pensaba que si querían dejar mensajes en un soporte realmente resistente hubieran podido utilizar la piedra, por ejemplo. Sin embargo, mostraban un exagerado interés por escribir sobre oro y eso me intrigó. Pero, sin duda, es infinitamente preferible a la piedra. Mucho más seguro, inalterable y resistente.

—Por eso escribieron en planchas de oro —comentó *Proxi*— y las guardaron en la cámara del Viajero antes de abandonar Taipikala.

La doctora Torrent volvió a sonreír.

—Taipikala, en efecto. Y el Viajero... Vaya, ¡pero si lo saben todo!

—¿Nos vamos a quedar aquí para siempre? —aduje, reiniciando mi lento y cauteloso ascenso por la escalera.

Nadie me respondió, pero todos se pusieron en camino, siguiéndome. ¿Por qué la catedrática nos había proporcionado aquella abundante información sobre el oro? No podía preguntar lo que sabíamos de forma directa; eso hubiera sido un error, claro, así que nos había tendido una trampa. Había reaccionado de forma ostensible cuando habíamos mencionado a Thunupa, reconociendo el apelativo menos divulgado del Dios de los Báculos, haciéndonos saber que sus conocimientos estaban al nivel de los nuestros (cuando hablé con ella en su despacho no lo citó). Luego, había hecho lo mismo con el nombre secreto de Tiwanacu, Taipikala, y con el Viajero. De alguna manera, estaba intentando transmitirnos que ella conocía perfectamente la historia. Pero no podía olvidar su frase: «Me llamó mucho la atención descubrir que los yatiris redactaban sus textos sobre planchas de oro, como ya sabrán.» Ese «como ya sabrán» no había sido una pregunta, sino una afirmación. Todo lo que nos había contado sobre el metal precioso eran datos accesibles para cualquiera, información intrascendente. Menos esa frase. Estaba claro que esperaba una reacción por nuestra parte. ¿Quería confirmar que sabíamos lo de las planchas de oro? Lo más gracioso era que, de algún modo, había obtenido lo que andaba buscando: *Proxi* le había respondido con dos datos importantes, Taipikala y el Viajero. Ahora intuía perfectamente hasta dónde llegaban nuestros conocimientos y, por si nos interesaba, nos había dicho también, a su manera, lo que sabía ella, de forma que quedara claro que era mucho más de lo que sabíamos nosotros porque había investigado en profundidad detalles tan nimios como el del oro. Estaba exhibiendo sus fronteras y tanteando las nuestras. Era lista como el demonio.

¿Y aquellos misteriosos yatiris? ¿Por qué habían protegido tanto sus conocimientos más importantes? En la crónica se decía claramente que si volvía a producirse un cataclismo y un diluvio como los que habían tenido lugar en la época de los gigantes, los humanos supervivientes podrían encontrar su legado, un legado que les proporcionaría un código de un poder impresionante. Quizá no les ayudase a sobrevivir, o a comer o a no enfermar, pero, al menos, transmitiéndolo, no se perdería para siempre; alguien podría conservarlo. Así que ésa era la meta de aquellos tipos con todo aquel montaje de la Pirámide del Viajero: no pretendían ayudar a una humanidad en problemas, como habíamos creído siguiendo una línea de pensamiento trazada por mi hermano, sino impedir que lo que ellos sabían se perdiera para siempre. De algún modo, también les daba lo mismo el uso que pudiera hacerse de dicho poder. Lo fundamental era que perdurase.

Me quedé helado al descubrirlo. Con cada nuevo peldaño que ascendía, mi perspectiva de la situación iba modificándose. Habíamos acudido allí con una idea equivocada, una idea que nos había cegado para comprender la verdad. Ninguno de nosotros se había planteado que, accediendo a los conocimientos secretos de los yatiris, íbamos a entrar en posesión de un poder único en el mundo, capaz de cosas tan extraordinarias como lo que le había pasado a mi hermano. Pero había alguien que quizá sí lo había pensado y que por eso plantaba cara de aquella forma tan agresiva a los posibles competidores. ¿Actuaba así la doctora Torrent porque pretendía saber hasta dónde ambicionábamos aquel raro y peligroso privilegio? ¿Era ella quien lo codiciaba? Y, si era así, ¿para qué? ¿Para publicar su descubrimiento en revistas de antropología y conseguir galardones académicos? Desde esta nueva faceta, aquellos propósitos parecían ridículos. ¿Qué gobierno del mundo iba a dejar una capacidad semejante en manos de una catedrática universitaria? ¡Con razón me había dicho, cuando me llamó por teléfono a mi casa, que no podía dejar en mis manos el material de Daniel y que se trataba de una situación muy delicada! ¿Cuáles habían sido sus palabras exactas...? «Si sólo uno de los papeles que usted conserva se perdiera o cayera en las manos equivocadas, sería una catástrofe para el mundo académico.» ¿Para el mundo académico o para el mundo en general? «No puede usted imaginarse la importancia que tiene ese material.» No, quizá en aquel momento no pudiera imaginarlo, pero ahora sí, y era vital que la catedrática no tuviera acceso al conocimiento de los yatiris.

Cuando la escalinata terminó, me encontré frente a un impresionante muro de sillares en mitad de un oscuro corredor que se perdía tanto a derecha como a izquierda. Si nuestros cálculos eran correctos, aquel muro era la pared exterior de la cámara del Viajero, la cámara de la serpiente cornuda, de modo que los pasillos formarían un deambulatorio cuadrado a su alrededor y tanto por un lado como por otro llegaríamos a la puerta de entrada.

—¡Por fin! —suspiró *Proxi* cuando llegó junto a mí. Me incliné hacia ella rápidamente y le hablé al oído.

—Lola, escúchame con atención: la catedrática no puede entrar en la cámara con nosotros.

—¿Estás loco? —exclamó, separándose para mirarme. Su foco me cegó por unos instantes. Parpadeé, viendo mil lucecitas grabadas en mi retina.

—No podemos consentir que entre, Lola. Quiere el poder de las palabras.

—Nosotros también.

—¿Qué cuchicheáis vosotros dos? —preguntó *Jabba* con voz potente cuando pisó el último peldaño. La catedrática apareció justo detrás.

Lola me miró como si me hubiera vuelto loco y se giró hacia él.

—Nada. Tonterías de *Root*.

—Pues no digas más tonterías, *Root*.

—¿*Root*...? —se extrañó Marta Torrent—. ¿Por qué le llaman «Raíz»?

—Es mi... —¡Vaya fastidio, tener que explicar a una neófita los apodos de la red!—. Mi *nick*, mi *tag*. En internet, nos llamamos entre nosotros con seudónimos. Todo el mundo lo hace. *Root* viene del nombre del directorio principal de cualquier ordenador, el directorio raíz. En los ordenadores con sistema operativo Unix, se refiere al usuario principal.

—¿Y los suyos cuáles son? —les preguntó a Marc y a Lola, muy interesada.

—El mío es *Proxi* y el de Marc es *Jabba*. *Proxi* viene de Proxy, el nombre de una máquina que actúa
como servidor de acceso a internet pero que almacena
en memoria los contenidos de las páginas para que las
siguientes visitas sean más rápidas. Es como un filtro
que acelera el proceso y que, al mismo tiempo, sirve
para defender al usuario de virus, gusanos y demás
porquería que circula por la red. Yo trabajo en el departamento de seguridad de Ker-Central —se justifi-
có—, la empresa de Arnau. De *Root*. Por eso lo de
Proxi.

—¿Y *Jabba*...? —insistió, mirando al gusano pelirrojo que tenía un amenazador gesto en la cara.

—*Jabba* no significa nada —bufó él, dándole la espalda y adentrándose en el pasillo de la derecha.

—¿En serio? —se sorprendió ella—. ¿Nada?

Lola y yo nos miramos, apurados, y, bajando la voz,
le pedí a la catedrática que no insistiera.

—Pues a mí me suena —comentó ella en un susurro—. Creo que lo he oído antes.

—*La guerra de las galaxias* —musitó *Proxi*, dándole
la pista clave.

—¿*La guerra de las...*? —entonces pareció recordar
de golpe de qué personaje estábamos hablando porque
abrió mucho los ojos y sonrió—. ¡Ah, claro, claro! Ya
lo sé.

—Pues no se lo diga —observé, echando a andar
hacia *Jabba*, que se alejaba molesto. En cuanto le alcancé, le pasé un brazo por los hombros en plan colegas y
le dije a media voz—: No podemos dejar que la catedrática entre en la cámara.

—No seas paranoico, amigo. Aún no sabemos si podremos entrar nosotros.

—¿Crees de verdad que sólo quiere el poder de las palabras para publicar su descubrimiento en una revista?

Jabba pareció pillarlo a la primera y, mirándome con complicidad, movió levemente la cabeza, asintiendo.

El corredor era inmenso. A pesar de hallarnos en un nivel más alto y, por tanto, más pequeño de la pirámide, la cámara central era enorme, de dimensiones descomunales por el tiempo que estuvimos recorriendo la mitad de uno de sus cuatro lados. Allí el suelo era firme y el aire sombrío y difícil de respirar, cargado de partículas invisibles que lo dotaban de peso y consistencia. Pero, mientras avanzábamos lentamente por aquella espaciosa galería de techos altos nos acompañaba la sensación positiva de que estábamos llegando al final, de que al otro lado del muro que quedaba a nuestra izquierda se encontraba el secreto por el cual habíamos cruzado el Atlántico. Mi único motivo de preocupación era Marta Torrent. No se me ocurría cómo podríamos detenerla, cómo cerrarle el paso a la cámara.

—¿Puedo hacerles una pregunta? —dijo ella en ese mismo momento, rompiendo el silencio para dirigirse a los tres.

—Adelante —rezongó *Jabba*.

—¿Cómo han podido aprender ustedes la lengua aymara en tan poco tiempo?

—No hemos aprendido aymara —repuse, sin dejar de resoplar por la caminata—. Utilizamos un traductor automático que encontramos en el ordenador de mi hermano.

—No me lo diga —bromeó la catedrática con un gesto frío en la cara que desmentía cualquier supuesto buen humor—. El «JoviLoom».

—¿Lo conoce? —se extrañó *Proxi*.

Marta Torrent se echó a reír.

—¿Cómo no voy a conocerlo si es mío? —exclamó muy satisfecha.

—Claro, ¿cómo no? —proferí, sarcástico—. Todo es suyo, ¿no es cierto, doctora? El «JoviLoom», el «JoviKey», la Universidad Autónoma de Barcelona... ¿Y por qué no el mundo, verdad doctora? El mundo también es suyo y, si aún no lo es, lo será, ¿no es cierto?

Ella prefirió ignorar mi diatriba.

—¿También tienen el «JoviKey»? Vaya, vaya...

Allí iba a estallar una guerra nuclear. Como se le ocurriera decir que mi hermano Daniel le había robado también aquellos programas, iba a dejarla atada en aquella pirámide para que se muriese del asco.

—¿Saben ustedes lo que quiere decir el nombre de esos programas? —nos preguntó desafiante.

—¿El «Telar de Jovi»...? —respondió *Proxi*, ásperamente—. ¿La «Llave de Jovi»?

—Sí, en efecto —dijo ella—, de Jovi. Pero de Joffre Viladomat, mi marido.

Una fuerte campanada tañó dolorosamente en mi cerebro y me detuve en seco, tambaleándome como si hubieran usado mi cabeza por badajo.

—¿Joffre Viladomat? —balbucí. Aquél era el nombre que el sistema de casa me había mostrado en la pantalla cuando la doctora Torrent me había llamado por teléfono.

Todos se detuvieron para observarme y la que lo hacía con mayor satisfacción era la catedrática, que no podía disimular una cruel sonrisilla de triunfo.

—Joffre Viladomat. Jovi para los amigos desde los años de universidad.

351

—¿Su marido es programador? —desconfió *Jabba*.

—No, mi marido es economista y abogado. Tiene una empresa en Filipinas que actúa como intermediaria entre las Zonas de Producción de Exportaciones del Sudeste Asiático y las compañías españolas.

—Creo que no lo he comprendido —masculló Marc.

—Joffre compra productos fabricados en el Sudeste Asiático y los vende a las empresas interesadas. Podría decirse que es una especie de intermediario que facilita a las firmas españolas la adquisición de mercancías de bajo coste de producción. Su despacho está en Manila y, desde allí, compra y vende material tan variado como pantalones vaqueros, electrodomésticos, balones de fútbol o programas informáticos. Yo le pedí hace dos años un par de aplicaciones para traducir el aymara y para proteger con clave mi ordenador portátil. Joffre encargó los programas a una empresa filipina de *software* y, al cabo de unos cuantos meses, me envió el «JoviKey» y el «JoviLoom», que habían sido diseñados siguiendo mis indicaciones y con mis bases de datos.

—O sea, ¿lo que está diciendo es que su marido —silabeó lentamente *Proxi*, que se había puesto roja de rabia— compra productos fabricados en condiciones infrahumanas por trabajadores-esclavos del Tercer Mundo y los vende a conocidas marcas españolas que, de este modo, se ahorran los costes y los impuestos de una fábrica en nuestro país y el pago de la Seguridad Social de los trabajadores españoles?

Marta sonrió con una mezcla de ironía y pesar.

—Veo que conoce usted el panorama económico mundial. Pues sí, Joffre se dedica a eso exactamente. Y no es el único, desde luego.

Hubiera podido fijarme en que su rostro y su voz indicaban sutilmente la existencia de algún tipo de historia personal complicada detrás de sus palabras, pero no estaba yo para sutilezas en aquel momento. De hecho, me sentía tan hundido y destrozado que nada que no fuera la horrorosa pesadilla de haber descubierto que mi hermano había robado aquellos programas informáticos (y quién sabía si también la documentación que habíamos encontrado en su despacho, tal y como la catedrática había sostenido siempre), nada, repito, podía traspasar las barreras de mi mente. Era increíble, impensable que Daniel hubiera hecho algo semejante. Mi hermano no era así, no era un ladrón, no era un tipo que cogiera cosas que pertenecían a otra persona, no sabía robar, nunca lo había hecho y, además, no lo necesitaba. ¿Por qué iba a querer llevarse a escondidas un material de investigación de otra persona, de su jefa, si tenía una fantástica carrera por delante y podría conseguir mucho más en unos pocos años con su propio y único esfuerzo? Porqués y más porqués... ¿Por qué había tenido que coger aquellos dos malditos programas y, ahora, hacerme dudar de él y de su honradez mientras permanecía enfermo e incapaz de defenderse en una cama de hospital? ¡Maldita sea, Daniel! ¡Yo hubiera podido darte aplicaciones mucho mejores que esas dos porquerías «Jovi», buenas para nada! ¿Necesitabas un traductor automático de aymara? ¡Pues habérmelo pedido, habérmelo pedido! ¡Hubiera removido cielo y tierra para conseguírtelo!

—Arnau.

¡Te lo dije muchas veces, Daniel! Pídeme lo que necesites. Pero tú, no, no, que no necesito nada. Vale pero si lo necesitas, pídemelo. Que sí, que te lo pediré.

Jamás habías aceptado mi ayuda de buen grado, siempre habías puesto ese gesto tan tuyo de fruncir el entrecejo y quedarte callado. Pero, ¿por qué habías tenido que coger esos dos programas? ¡Tu hermano era programador y tenía una empresa de informática, joder, y docenas de programadores trabajando para él! ¿Tenías que ensuciarte las manos robando el *software* de tu jefa, de esa Marta Torrent a la que tanto criticabas? ¿Y por qué la criticabas, eh? ¡Eras tú quien le estaba robando a ella! ¿Por qué, por qué la criticabas? ¿Por qué la acusabas de aprovecharse de tu trabajo si eras tú quien se estaba aprovechando del suyo?

—¡Arnau!

—¡Qué! —grité—. ¡Qué, qué, qué!

Mi voz golpeó las paredes de piedra y desperté. Frente a mí tenía a Marc, a Lola y a la catedrática, mirándome con caras preocupadas.

—¿Estás bien? —me preguntó Lola.

Por costumbre, supongo, efectué automáticamente un chequeo rápido. No, no estaba bien, estaba mal, muy mal.

—¡Pues claro que estoy bien! —aseguré, revolviéndome hacia ella.

Marc se interpuso.

—¡Eh, tú! Para, ¿vale? ¡No hace falta que le hables así!

—¡Tranquilos los dos! —vociferó Lola, alejando a Marc con una mano—. No pasa nada, Arnau, no te preocupes. Vamos a calmarnos, ¿de acuerdo?

—Quiero largarme de aquí —dije con asco.

—Lo siento, señor Queralt —murmuró la catedrática, impidiéndome el gesto de regresar hacia la escalera. Un gesto tonto, porque, en realidad, no había camino de vuelta. No había salida. Pero, en aquel momento, me daba lo mismo. No sabía bien lo que hacía ni lo que decía.

—¿Qué es lo que siente? —repliqué, disgustado.

—Siento haberle hecho daño.

—Usted no tiene la culpa.

—En parte sí, porque estaba deseando que descubriera la verdad y no he dejado pasar ni una sola ocasión para lograrlo, sin pararme a pensar que podía herirle.

—¿Y usted qué demonios sabe? —la increpé con agresividad—. ¡Déjeme en paz!

—Podrías controlarte un poco —dijo *Jabba* desde mi espalda.

—Haré lo que me dé la gana. Dejadme en paz todos —y, soltando la bolsa, me derrumbé como un pelele, resbalando despacio hasta el suelo con la espalda apoyada contra el muro de la cámara—. Sólo necesito unos minutos. Seguid sin mí. Ya os alcanzaré.

—¿Cómo vamos a dejarte aquí, *Root*? —se preocupó *Proxi*, arrodillándose frente a mí y echando una mirada alrededor, hacia unas sombras ásperas e inquietantes—. ¿Recuerdas que estamos a muchos metros bajo tierra, encerrados dentro de una pirámide precolombina de cientos o miles de años de antigüedad?

—Déjame, *Proxi*. Dame un respiro.

—No seas niño, *Root* —me amonestó con cariño—. Ya sabemos que esto ha sido un golpe bajo, que estás hecho polvo, pero no podemos dejarte aquí, compréndelo.

—Dadme un respiro —repetí.

Ella suspiró y se puso en pie. Al cabo de unos instantes, los oí alejarse y sus luces se perdieron de vista.

Me quedé allí solo, con mi foco por toda iluminación, sentado en el suelo con los brazos sobre las rodillas dobladas, pensando. Pensando en el idiota de mi hermano, en ese descerebrado (y nunca mejor dicho) que había sido capaz de cometer una imbecilidad semejante. De repente sentía que no le conocía. Siempre había pensado que tenía sus rarezas y sus abismos, como todo el mundo, pero ahora sospechaba que eran más grandes y oscuros de lo que creía. Me pasaron por la cabeza montones de imágenes suyas, fragmentos de conversaciones mantenidas a lo largo de los años y, misteriosamente, las impresiones incompletas y parciales se fueron fraguando en ideas concretas que se ajustaban mejor a los detalles que nunca me había entretenido en analizar. Daniel riéndose de mí porque había conseguido todo lo que tenía sin pisar la universidad; Daniel proclamando delante de la familia que yo era la prueba viviente de que no estudiar era mucho más rentable que dejarse los ojos en los libros, como hacía él; Daniel siempre sin un euro en el bolsillo a pesar de su magnífica carrera y con una pareja y un hijo a su cargo; Daniel aceptando a regañadientes dinero de nuestra madre y rechazando sistemáticamente cualquier oferta mía de ayuda... Daniel Cornwall, mi hermano, el tipo a quien todo el mundo apreciaba por su cordialidad y por su imborrable sonrisa. Sí, bueno, pues estaba claro que aquel tipo siempre había querido tener algo parecido a lo que yo tenía y quería tenerlo sin esforzarse tanto como se esforzaba por mucho menos, por casi nada, en la universidad. ¿Qué otra explicación podía haber? Ahora que, desgraciadamente, me daba cuenta, recordaba que Daniel siempre había sido el primero en apoyar esa estúpida opinión que tenía mi familia sobre mí según la cual la fortuna me había sonreído siempre y la suerte me había acompañado toda la vida.

Si lo pensaba bien, en realidad él sólo había querido acelerar un proceso que le resultaba pesado y acercar un futuro que le parecía lejano. Por eso había aprovechado la ocasión que le brindaba su jefa con aquella investigación sobre los quipus en quechua. De algún modo había descubierto el material de Marta Torrent sobre los tocapus y el aymara y se había dado cuenta de que podía obtener de manera más rápida lo que, igualmente, el destino le tenía reservado para unos cuantos años después. Él también era un triunfador, un tipo avispado que sabía aprovechar la suerte cuando ésta se le presentaba, como yo, el listillo que se había hecho rico sin un título universitario en el bolsillo. Casi podía imaginarlo hablando con nuestra madre, alimentando uno y otra esa leyenda por la cual yo no hacía nada que valiera realmente la pena, a pesar de lo cual, ya ves, tenía una buena estrella envidiable. ¿Cómo, si no, podía explicarse lo de la compra de Keralt.com por el Chase Manhattan Bank? ¿Qué era eso sino un azaroso golpe de suerte en el que nada tenía que ver el valor del negocio ideado, desarrollado y expandido por mí trabajando como un mulo y robándole horas al sueño durante años? Hasta ese momento no me había importado que mi familia lo viera de ese modo. Me fastidiaba un poco, claro, pero pensaba que todas las familias tenían sus manías y que no valía la pena molestarse ni luchar contra esa falsa imagen. Conque mi abuela supiera y reconociera la verdad tenía suficiente. Ahora ya no. Ahora la historia adquiría sus proporciones correctas, puesto que había generado un problema mucho mayor: la infelicidad de mi hermano. Era Daniel el que tendría que vérselas con una denuncia por robo en cuanto a Marta Torrent le diera la gana presentarla; era Daniel el que tendría que enfrentarse al final de su carrera como docente e investigador; era Daniel el que tendría que soportar la vergüenza delante de nuestra madre, nuestra abuela, Clifford, Ona y, en el futuro, si nadie lo remediaba, también delante de su hijo. Eso sin contar con que no tuviera que pasar una buena temporada en la cárcel, lo que terminaría de hundir su vida para siempre.

Miré el círculo de luz que proyectaba mi frontal sobre el suelo del corredor y la pared de enfrente y tomé conciencia de dónde estaba y por qué. Recuperé el contacto con la realidad después de la embestida del cabreo y, desde luego, mi primer pensamiento fue para preguntarme por qué demonios tenía yo que pasar por todo aquello para ayudar a un imbécil como Daniel, pero, por suerte, recapacité: ni siquiera él se merecía quedarse el resto de su vida convertido en vegetal. A pesar de todo, había que intentar salvarle. Ya llegaría el momento de clarificar las cosas y de negociar con Marta lo que hubiera que negociar. ¡Y yo que pensaba ponerle un pleito mayúsculo en cuanto volviéramos a casa! Iba a tener que tragarme mis palabras, mis intenciones y mis pensamientos. Ahora bien, en cuanto Daniel estuviera en condiciones, él y yo íbamos a tener una larga conversación que le dejaría marcas para el resto de su vida.

Con un suspiro me incorporé y cargué mi pesada bolsa al hombro. En ese momento, tres focos se encendieron a pocos metros de distancia.

—¿Estás mejor? —preguntó la voz de *Proxi*.

—Pero, ¿no os habíais marchado? —inquirí.

—¿Cómo nos íbamos a ir? ¡Tú estás tonto! —señaló Marc—. Hicimos como que nos íbamos, pero apagamos los frontales y nos sentamos a esperarte.

—Pues venga, vámonos —dije, acercándome a ellos.

Los negros nubarrones no se fueron del todo de mi cabeza ni tampoco mi humor mejoró, pero reanudamos la caminata, en silencio, y, de algún modo, supe que todavía era importante continuar con aquello.

Poco después encontramos la esquina que liquidaba el corredor y que nos llevaba hacia la izquierda por un nuevo pasillo. Cuando topamos con la primera y gigantesca cabeza de puma sobresaliendo del muro de la cámara, supimos que íbamos bien ya que, según el mapa del dios Thunupa, aquella parte de túnel tenía cuatro de aquellas cabezas, dos de las cuales (las centrales), flanqueaban el acceso a la cámara de la serpiente cornuda. De todos modos, nos quedamos un rato examinándola por si las moscas, pero no, allí no había tocapus, tan sólo un impresionante y aterrador relieve que, por las orejas y el morro, daba la impresión de ser un puma pero que, en realidad, parecía una extraña combinación de payaso de nariz redonda con una cabeza de serpiente por boca.

—Pues yo creo —observó *Jabba*—, que es un tipo con un antifaz de puma. ¿Sabéis lo que quiero decir?

Por supuesto, todos dijimos que no.

—Había un dios antiguo que se ponía una cabeza de león como si fuera un casco y la piel del lomo le colgaba por la espalda.

—Hércules —señalé—. Y no era un dios.

—Bueno, da igual. El caso es que la cabeza del animal le cubría sólo hasta la nariz y le dejaba la boca y las mandíbulas al aire. Pues eso es lo que parece este bicho: un tipo que lleva puesta una cabeza de fiera que le deja media cara al aire. Como un antifaz.

Y sí, tenía razón. Lo cierto es que todo aquel arte taipikalense, o como quiera que se llamase, era muy raro. Podías mirarlo desde varios puntos de vista y encontrar distintas interpretaciones, todas igualmente válidas. La pesada de *Proxi* disparaba su cámara una y otra vez como si tuviera una capacidad ilimitada para guardar imágenes. De hecho, debía de llevar la tarjeta de memoria más grande del mercado porque, si no, no se entendía que pudiera seguir disparando.

Al cabo de unos minutos reanudamos nuestro viaje magallánico en torno a la cámara del Viajero. A pesar de mi estado de ánimo, no me pasó desapercibido el detalle de que la doctora Torrent iba muy callada y abstraída. Se me ocurrió que, quizá, podía acercarme a ella para pedirle disculpas por todas las barbaridades que le había dicho desde el día que me presenté en su despacho de la Autónoma, pero me quité rápidamente la idea de la cabeza porque no era ni el momento ni el lugar y porque no tenía ganas. Bastante fastidiado estaba ya con lo mío como para cargarme con más historias.

Por fin, al cabo de unos doscientos metros vimos sobresalir del muro izquierdo la segunda cabezota de puma.

—¡La entrada! —exclamó *Proxi*, radiante.

Cuando llegamos a la altura del bicho vimos que, a continuación, había una puerta gigantesca —o algo que se parecía a una puerta, porque era una inmensa y rectangular losa de piedra pulida que caía desde el techo hasta el suelo y que tendría unos cuatro metros de alto por dos de ancho.

—Y allá está la otra cabeza —señaló la doctora Torrent.

En efecto, el portalón de roca tenía una cabeza de puma a cada lado y éstas eran exactamente iguales a la primera que habíamos examinado.

—¿Y el panel de tocapus? —preguntó mi amigo.

—A lo mejor está bajo las cabezas —comentó *Proxi*—, como en el primer cóndor. Echémonos al suelo.

—¡Eh, tú, para! —la frenó *Jabba* sujetándola por el brazo precipitadamente para que no se le escapara—. Esta vez te vas a portar bien, ¿vale? Yo me tiraré al suelo.

—¿Y eso, por qué?

—Porque me apetece. Estoy harto de tener que rescatarte de catástrofes varias. Ya llevamos dos y dicen que a la tercera va la vencida, así que déjame a mí y apártate.

Proxi se puso al lado de Marta mascullando disparates y vi que la catedrática sonreía. Debía de estar diciendo algo gracioso, pero no lo entendí. Sin embargo el gesto de su cara cambió a una velocidad vertiginosa y yo volví la cabeza hacia la puerta, siguiendo su mirada y la luz de su frontal. En el centro mismo de la puerta había un recuadro con algo dentro.

—Espera, Marc —exclamé, acercándome—. Aquí hay algo. Mira.

El recuadro quedaba unos diez centímetros por encima de mi cabeza, así que tuve que ponerme de puntillas con las botas para verlo bien. Mi amigo, apenas un poco más bajo que yo, también pudo apreciar los diminutos tocapus que mostraba aquella especie de grabado, pero *Proxi* y Marta Torrent (sobre todo esta última) no hubieran podido verlo ni saltando sobre una cama elástica. Se trataba del panel de tocapus más pequeño que habíamos encontrado hasta entonces y situado, además, a una altura realmente incómoda.

—Dame los prismáticos, *Jabba* —oí decir a *Proxi*.

—Están en tu bolsa. Pero no lo intentes; no funcionará. El zoom no te dejará reducir tanto. Estás demasiado cerca.

—Es verdad.

—Déjame tu cámara, *Proxi* —dije—. Sacaré una fotografía y lo veremos en la pantalla del ordenador.

—Buena idea —exclamó ella, pasándome el diminuto aparatejo.

Disparé varias instantáneas, enfocando por intuición, y, luego, empecé a descargar el contenido de la tarjeta de memoria en el portátil. *Proxi* había hecho sesenta y dos fotografías, ni más ni menos, y, encima, en alta resolución, así que estuvimos un buen rato esperando hasta que, por fin, pudimos contemplar el contenido del nuevo panel en el monitor. Sin recordar que Marta leía el aymara perfectamente, me puse a pensar que tendría que copiar aquellos tocapus uno a uno en el «JoviLoom» y que eran muchos pero, entonces, cuando ya iba a expresar mi intención en voz alta, la escuché empezar a traducir el texto:

—«¿No escuchas, ladrón? Estás muerto porque jugaste a quitar el palo de la puerta. Llamarás a gritos al enterrador esta misma noche...»

—Deténgase, Marta —exclamó *Proxi*, alarmada, cerrando el portátil de golpe.

La doctora se sobresaltó.

—¿Qué ocurre?

—Esas palabras son las que Daniel estaba traduciendo justo cuando cayó enfermo —le expliqué yo.

—Oh, vaya...

—Puedo decirle el resto, si quiere —continué—, lo tengo traducido aquí —y abrí de nuevo el portátil para buscar la copia del documento.

—¿Entonces usted conoce también el secreto del aymara, de la lengua perfecta? —se apresuró a preguntar *Jabba* a la catedrática mientras yo saltaba de un subdirectorio a otro.

—Claro que lo conozco —respondió ella, pasándose una mano por la frente—. Mi padre, Carles Torrent, lo descubrió. Después de muchos años de trabajar con los aymaras en las excavaciones, ellos le contaron en secreto que los antiguos yatiris poseían el poder de sanar o enfermar con las palabras, de hacer que la gente tocara instrumentos musicales sin haber aprendido o de convertir a los malos en buenos y viceversa. Según los indios, podían cambiar desde el estado de ánimo hasta el carácter o la personalidad de cualquiera. Eran leyendas, claro, pero cuando descubrí el sistema de escritura mediante tocapus encontré muchas alusiones a ese poder y supe que aquello que mi padre había tomado por fantasías era cierto. Los Capacas, los sacerdotes tiwanacotas, conocían el antiguo *Jaqui Aru*, el «Lenguaje humano», que era, prácticamente sin alteraciones, la lengua aymara que se hablaba hasta la conquista del Altiplano por los incas y por los españoles y que no había variado porque era sagrada para los aymarahablantes. Por desgracia, desde aquel momento empezó a recibir pequeñas influencias del quechua y del castellano. No es que cambiara, ni mucho menos, pero tomaron algunas palabras nuevas de aquí y de allá.

—Aquí está —la interrumpí—. «¿No escuchas, ladrón? Estás muerto, jugaste a quitar el palo de la puerta. Llamarás al enterrador esta misma noche. Los demás mueren todos por todas partes para ti. ¡Ay, este mundo dejará de ser visible para ti! Ley, cerrado con llave.»

—No está terminado —le aclaró *Proxi* a la doctora—. Daniel no pudo acabar. A partir de entonces desarrolló el síndrome de Cotard y la agnosia.

—Es decir, a partir de entonces cree que está muerto —añadí yo—, pide a gritos que le entierren y no reconoce ni a nadie ni nada.

—Ya veo —afirmó ella—. Es como una maldición para cualquiera que abra esa puerta con ánimo de robar. La pregunta inicial ya da una idea del propósito: «¿No escuchas, ladrón?» Es un mensaje para los ladrones, para aquellos que saben que su intención es apoderarse de lo que hay detrás de la puerta. Los indios de estas tierras jamás cerraban sus casas ni sus templos. No es que desconocieran las llaves y las cerraduras; es que no las necesitaban. Sólo las empleaban para proteger documentos de Estado muy importantes o el tesoro de la ciudad. Nada más. De hecho, se sorprendieron mucho cuando vieron que los españoles usaban trancas y pestillos y pensaron que tenían miedo de ellos. Aún hoy, cuando un aymara sale de su casa, coloca un palo sobre la entrada para indicar que no está y que la vivienda se encuentra vacía. Ningún vecino o amigo osaría entrar. Si alguien quita ese palo es porque va a robar, de ahí la expresión utilizada en la advertencia. Creo que este texto es como una alarma antirrobo: si vienes para llevarte lo que no es tuyo, te pasarán todas esas cosas, pero si tu intención no es la de robar, entonces la maldición no surtirá efecto, no te hará nada. Piensen que está escrita con tocapus, así que, con bastante seguridad, quería impedir la entrada de los propios ladrones aymarahablantes.

—Eso no tiene por qué ser necesariamente así —objeté; estaba molesto con la idea de que aquella maldición pudiera afectar sólo a los ladrones, es decir, a gente como Daniel—. Los paneles anteriores también estaban escritos en aymara y con tocapus y se trataba de acertijos o combinaciones para abrir las cabezas de los cóndores o hacer bajar escaleras.

—Nosotros tenemos otra teoría, doctora Torrent —le explicó *Jabba*, que había captado lo que se escondía detrás de mi objeción—. Creemos que afecta a cualquiera que sepa aymara, como Daniel y usted. Es un tipo de código que funciona con sonidos naturales, esos endiablados sonidos de la lengua perfecta que escuchamos al llegar a Bolivia y que van desde chasquidos con la lengua a gorgoteos y explosiones guturales, unos sonidos que Daniel y usted sí pueden producir y entender, incluso aunque sea dentro de su cabeza, leyendo en silencio, pero nosotros no, por eso no nos afecta.

Ella pareció meditar unos segundos.

—Miren —dijo, al fin—, creo que se equivocan. Llevo mucho más tiempo que ustedes estudiando este tema. De hecho, por eso le encargué a Daniel que llevara a cabo la investigación de los nudos, los quipus, en quechua: yo no tenía tiempo para ello. Desde hacía veinte años, me dedicaba al aymara y a los tocapus. Deduzco que también conocerán la historia de los documentos Miccinelli, así que no entraré en detalles. Baste decir que, desde mi punto de vista, como jefa del departamento, Daniel era el investigador mejor dotado para trabajar con Laura Laurencich, mi colega de Bolonia, y, además, era inteligente, brillante y ambicioso. Le di algo que cualquiera hubiera deseado para su currículum, confié en él antes que en otros profesores más antiguos y con más derechos adquiridos, pero creía en él, en su gran talento. Lo que no se me pasó por la cabeza fue que pudiera aprovecharse de su libre acceso a mi despacho y a mis archivos para robarme un material que me había costado muchos años de trabajo y que, además, estaba bien protegido. O eso creía yo... Jamás hubiera esperado algo así de Daniel, por eso me quedé helada cuando usted, señor Queralt, se presentó delante de mí con documentos que nadie, salvo yo, había visto nunca.

Se detuvo unos instantes, sorprendida por haber abordado aquel tema casi sin darse cuenta, de manera indirecta, y me miró con una cierta culpabilidad.

—Pero, volviendo a nuestro asunto —prosiguió—, por mi experiencia en el tema, obviamente mucho mayor que la de Daniel y la de ustedes, estoy convencida de que los yatiris no generarían maldiciones universales, maldiciones que pudieran afectar incluso al redactor del texto. ¿Lo entienden? —Nos miró como si fuésemos sus alumnos y ella estuviera impartiendo una clase magistral—. Los paneles de las cabezas de cóndor, señor Queralt, no podría decirse que fueran *El Quijote*, ¿no es cierto? En la primera, eran breves textos de cinco tocapus que, además, se repetían en el panel siguiente y también en el que había debajo del pico para introducir la solución. Se trataba de unos sencillos conjuntos de figuras que, no sé si les dio tiempo a observarlo, incluso visualmente (analizando su orden y repetición), llevaban a dar con la respuesta correcta aunque se desconociera el aymara. Lo mismo pasaba con los grandes paneles de la segunda cabeza: visualmente el enigma era solucionable analizando con cuidado la disposición de las figuras en las dos líneas que formaban la equis. Aquí, por el contrario, tenemos un texto completo que empieza con una advertencia a los ladrones que puedan leer aymara. Si, como usted dice, Marc, el contenido afecta a cualquiera que sepa pronunciar y entender los sonidos de este lenguaje, los propios yatiris y sus Capacas hubieran caído bajo sus efectos. Créanme si les digo que este extraño poder no funciona así. Es tan completo que puede diferenciar perfectamente al receptor específico de un mensaje de los que no lo son. Por eso opino que deben dejarme leer el texto. Obviamente, no explicará la manera de abrir la puerta, pero puede que diga algo interesante. —Suspiró profundamente y pareció quedarse pensativa durante unas décimas de segundo—. De todas formas, lo peor que podría ocurrir es que ustedes tuvieran razón y que, por lo tanto, después de leerlo, yo sufriera los mismos síntomas que Daniel —entonces soltó una sorprendente carcajada—, en cuyo caso, por favor, busquen el remedio con ahínco para su hermano y para mí, señor Queralt.

Estábamos apabullados tras el largo discurso. ¿Qué podíamos alegar para quitarle la razón? Cruzamos miradas de duda y de conformidad y, tras un gesto afirmativo de *Jabba*, volví a poner en pantalla la fotografía del panel de la puerta y le entregué el ordenador a la doctora que, sin la menor vacilación, retomó la traducción donde la había dejado:

—Veamos: «Por todas partes los demás mueren para ti y, ¡ay!, el mundo dejará también de ser visible para ti. Ésta es la ley, la que está cerrada con llave, la que es justa. No debes molestar al Viajero. No tienes derecho a verle. Ya no estás aquí, ¿verdad? Ya suplicas que te entierren y no reconoces ni a tus parientes ni a tus amigos. Que estas palabras protejan nuestro origen perdido y nuestro destino.»

¡Qué fuerte!, pensé examinando atentamente a la doctora (y, como yo, *Jabba* y *Proxi* hacían lo mismo). Pero allí estaba ella, tan contenta. No le había sucedido nada y nos contemplaba triunfante.

—Genial, ¿no les parece? —preguntó—. Sigo bien. El poder ha adivinado que mi intención no es robar. O quizá es que yo sé que no tengo intención de robar y por eso no me ha afectado.

¿Y si no iba a robar para qué estaba allí? Todos habíamos llegado hasta esa puerta con la intención de apropiarnos de algo que no era nuestro y que no iba a ayudar a ninguna humanidad en apuros sino sólo a salvar a uno de aquellos ladrones contra los que la maldición protegía. A pesar de estar acostumbrado a seguir la lógica de cualquier complicado desarrollo de código, tanta ambigüedad me desconcertaba. Sólo cabía una explicación: que fuera la propia conciencia la que determinara los efectos de las palabras y, de ese modo, daba igual el resto de consecuencias posibles. Lo que también parecía dar igual ya era mi vieja sospecha sobre la doctora: el que estuviera allí, como una rosa, indicaba que su ambición era únicamente académica. Todo aquello de controlar el mundo como los malos de los cómics era falso. Si ésa hubiera sido su intención, el robo puro y duro para aprovecharse del poder, habría terminado como Daniel y, por desgracia, Daniel había terminado así porque tenía claro que había robado el material de Marta con ese fin, aunque desconociera que la maldición auténtica, que probablemente había encontrado en alguna tela (y vaya usted a saber quién había copiado el diseño y de dónde lo había sacado sin entenderlo), se encontraba en la misma puerta de la cámara del Viajero. La conciencia intranquila de mi hermano era la que le había jugado la mala pasada.

—En fin... —masculló *Jabba*, mirando de reojo la inmensa losa de piedra pulida—, el problema es que seguimos sin saber cómo abrirla.

—Yo sí lo sé —declaró *Proxi*, levantando ambas manos en el aire y agitándolas como molinillos de feria.

—¿Lo sabes? —pregunté boquiabierto.

—¡Bah, ni caso! —exclamó *Jabba* con gesto de resignación—. Se está quedando con nosotros. Pasando.

—¡Mira que eres tonto! ¿Cuándo has visto tú que yo haga bromas con estas cosas?

Ahora fue *Jabba* quien la miró sorprendido.

—¿Quieres decir que sabes de verdad cómo abrir la puerta?

—¡Pues claro! —dijo muy satisfecha pero, en seguida, frunció los labios mostrando menos convicción—. Bueno, al menos creo que lo sé.

—¿Por qué no nos lo explica, Lola? —le preguntó la catedrática, muy interesada.

Pero *Proxi*, en lugar de responder, fijó sus ojos en mí y los entornó misteriosamente. Yo me quedé paralizado.

—Arnau lo sabe. Habla, oráculo.

—¿Que yo lo sé? —balbucí—. ¿Estás segura?

—Segurísima —confirmó—. ¿Qué tienes en esa bolsa tuya que pesa tanto?

Enarqué las cejas, pensando, y en seguida recordé.

—La tableta de piedra llena de agujeros.

Marta Torrent puso cara de interrogación.

—Cuando pasamos la primera cabeza de cóndor —le explicó *Proxi*, mientras yo abría la bolsa para sacar la pieza—, encontramos una plancha de piedra del mismo tamaño que ese panel de la puerta, llena de agujeros que también vienen a coincidir, más o menos, con el tamaño de los tocapus del panel. Me da en la nariz que, colocándola encima, averiguaremos lo que necesitamos saber.

—Bien pensado —convino la catedrática—. ¿Me la deja? —me pidió a mí, tendiendo la mano. Muy grosero hubiera tenido que ser para negársela—. Ya veo. Es cierto que tiene el mismo tamaño que el panel y también que los agujeros miden más o menos lo mismo que los tocapus.

—De modo —dije— que o bien actúa como una plantilla y deja a la vista algunos tocapus que nos dirán algo o habrá que pulsar los tocapus que queden libres.

—¿Y cómo sabremos cuál es la orientación correcta? —preguntó *Jabba*.

—No lo sabremos hasta que no la pongamos encima —afirmé.

Pero no resultaba nada fácil. Yo podía poner la plantilla de piedra sobre el panel, pero, entonces, nadie podía ver los tocapus, y si era *Jabba* quien sujetaba la pesada tableta entonces lo poco que yo veía no servía de nada porque no lo entendía. Era demasiado arriesgado pulsar los tocapus sin antes saber si decían algo o no. Quizá pasara como en la prueba anterior y el suelo comenzara a hundirse o, quizá, el cielo se derrumbara sobre nuestras cabezas. Así que optamos por regresar al viejo y seguro método de la fotografía. *Jabba* dibujó un punto diminuto en la parte inferior de la piedra con un bolígrafo, para marcar la orientación, y luego la puso sobre el panel y yo disparé la cámara levantando los brazos en el aire. A continuación, le dimos la vuelta y repetimos la operación. En cuanto descargamos las dos imágenes en el portátil, Marta se puso manos a la obra.

—La primera fotografía no tiene sentido —comentó, escudriñando concienzudamente el monitor—, pero, en la segunda, el texto aparece con toda claridad: «Quita el palo de la puerta y será visible para ti lo que está cerrado con llave, el Viajero y las palabras, origen y destino.»

—Vale —murmuré con fastidio—, ¿y cómo quitamos el maldito palo de la puerta? ¡Menuda ayuda! No veo ningún palo.

—Tranquilo —me dijo *Jabba*—, que no hace falta el palo. Vamos a pulsar los tocapus.

—¿Y si el suelo se hunde?

—No hay recompensa sin riesgo —observó *Proxi*—. ¿Usted qué dice, doctora?

—Probemos. A la menor señal de peligro, echamos a correr.

—O nos agarramos a las cabezas de puma —apuntó *Jabba*.

Por ser el más alto, me correspondió a mí el honor de oprimir uno tras otro los símbolos aymaras que la plantilla dejaba al aire. No bien hube acabado de pulsar el último, escuché, a la altura de mi ombligo, un chasquido como de aire comprimido liberado de golpe. Bajé velozmente la cabeza, asustado, y pude observar cómo un listón vertical de piedra, tan ancho como el mango de una escoba y tan largo que llegaba hasta el suelo, se separaba del resto de la puerta emergiendo hacia mí.

—¡Menudo susto! —exclamé, con el corazón desbocado—. Creí que todo se venía abajo.

—Aparta, Arnau —dijo *Jabba*—. Déjanos ver.

—Una prueba más de la maestría de los tiwanacotas —murmuró con admiración la doctora Torrent—. Jamás había visto una perfección semejante en el ensamblaje de piedras. Esta pieza era invisible hasta hace sólo un segundo.

El largo puntal aparecía fijado en su centro por una pequeña barra, también de piedra, que sobresalía del hueco.

—¿Y ahora, qué? —preguntó *Jabba*—. ¿Lo hacemos girar, tiramos de él o lo empujamos de nuevo hacia adentro?

—«Quita el palo de la puerta y será visible para ti lo que está cerrado con llave» —recitó la doctora.

—Dejadme a mí —pidió *Proxi*, colocándose delante y moviendo los dedos como un pianista o, mejor, como un ladrón antes de empezar a buscar la combinación de una caja fuerte.

Pero, para su congoja, apenas cogió el listón de piedra y tiró blandamente de él, éste se soltó de su trabazón y se le quedó en las manos, que se balancearon por el inesperado lastre. Todavía lo estaba mirando perpleja cuando la losa de piedra de la que había salido empezó a chirriar y a quejarse mientras una fuerza mecánica la hacía subir despacio hacia las alturas. La cámara del Viajero se estaba abriendo para nosotros.

Sin darnos cuenta, formamos una línea compacta frente a la creciente abertura, uno al lado de otro, callados, expectantes, dispuestos a enfrentarnos a lo más inaudito o extraño que hubiéramos visto en nuestras vidas. La doctora Torrent, que fue la primera en ver el recinto, exhaló una exclamación de sorpresa. Mi cara todavía se enfrentaba a la piedra y, aunque hubiera podido agacharme para mirar, estaba como paralizado, y no sólo por el aire frío que salía a borbotones de allí. Cuando, por fin, la luz de mi frontal penetró en la cámara y se perdió en la profundidad de las sombras, yo también dejé escapar un gruñido de sorpresa: un mar de oro brillante se prolongaba desde apenas unos metros por delante de nuestros pies hasta el invisible fondo de aquel almacén preincaico de polígono industrial. Planchas y más planchas de oro de, aproximadamente, un metro de alto por más de metro y medio de largo se apoyaban unas en otras formando hileras perfectas que se adentraban hacia el recóndito fondo, dejando un estrecho pasillo en el centro. Era imposible saber cuántas filas de aquellas habría de izquierda a derecha porque tampoco distinguíamos los extremos. Sólo veíamos que era enorme, que traducir todo aquello costaría años de duro trabajo y que haría falta la colaboración de mucha gente para sacar de allí una historia completa. ¿Cuántas planchas habría a la vista, sólo a la vista? ¿Cincuenta mil, cien mil...? ¿Quinientas mil? ¡Era una barbaridad! ¿Dónde estaba el principio? ¿Y el final? ¿Estarían clasificadas mediante algún sistema desconocido o por temas, por épocas, por Capacas...?

La doctora Torrent fue también la primera en avanzar hacia el interior. Dio un paso dubitativo, y luego otro y se detuvo. Su cara reflejaba las chispas doradas que los frontales arrancaban de aquel océano de oro sobre el que no parecía haber caído en quinientos años ni una mezquina mota de polvo. Estaba fascinada, emocionada. Extendió la mano derecha para tocar la primera lámina que tenía delante pero, como aún quedaba lejos, dio un paso más con inseguridad y siguió caminando como una barquita en mitad de un tifón hasta que por fin apoyó la palma sobre el metal. Casi vimos surgir de ella el rayo azulado de un arco voltaico que se irradió hasta el techo, pero sólo fue una impresión. Dobló las rodillas y se puso en cuclillas, pasando la mano por los tocapus allí grabados con la misma delicadeza con que acariciaría el cristal más frágil del mundo. Para ella era la culminación de toda una vida de búsqueda y estudio. ¿Qué podría sentir aquella extraña mujer, me pregunté, frente a la biblioteca más completa y antigua de una cultura perdida que había investigado durante tantos años? Debía de ser una sensación incomparable.

Yo fui el siguiente en entrar en la cámara, pero, al contrario que la doctora, no me detuve admirando aquellos textos escritos en oro. Seguí caminando en línea recta por el pasillo acompañado por Marc y Lola, que miraban fascinados a un lado y a otro. El frío aire del recinto olía como a taller mecánico, a una mezcla imposible de grasa y gasolina.

—¿Qué dice eso que está usted examinando, doctora? —le preguntó *Jabba* al pasar junto a ella.

Con aquella peculiar voz de violonchelo, Marta Torrent respondió:

—Habla del diluvio universal y de lo que sucedió después.

No pude evitar reírme. Era como si yo le hubiera preguntado a Núria, mi secretaria, qué tal había pasado el fin de semana y ella, tranquilamente, me hubiera confesado que había estado cenando en la Estación Espacial Internacional y visitando la Muralla China. Por eso me entró risa, una risa incontenible, por la desproporción entre la pregunta y la respuesta, pero ¿qué otra cosa cabía esperar de una situación como aquélla?

—¿De qué te ríes, Arnau? —quiso saber Lola, poniéndose a mi lado y disparando fotografías a diestro y siniestro como la reportera gráfica que era.

—De las cosas que nos pasan —repuse sin poder parar.

Entonces ella se rió también y Marc la imitó y, al final, hasta la doctora Torrent, que ya venía detrás de nosotros, se contagió de la risa tonta y nuestras carcajadas resonaron y se perdieron en la cámara de la serpiente cornuda, que, naturalmente, sólo era un poco más pequeña que los larguísimos pasillos que la rodeaban, por eso me recordaba a un almacén industrial de tamaño gigantesco. Al cabo de un buen rato de transitar entre aquellos millones de planchas de oro, una inquietud me sacudió por dentro: ¿dónde estaría exactamente el remedio para los ladrones como Daniel? ¿En cuál de aquellas láminas doradas se explicaría la forma de devolver la cordura a alguien que se creía muerto y que no reconocía nada de lo que le rodeaba? Me dije que todavía era pronto para preocuparse porque, quizá, la doctora sería capaz de localizar las planchas en las que se hablaba del poder de las palabras, pero la intuición me decía, en vista del panorama, que lo que yo había pensado que sería cuestión de nada después de tanto esfuerzo por llegar hasta allí, iba a convertirse en un arduo trabajo de muchos años y, encima, sin garantías de éxito. ¿De dónde demonios nos habíamos sacado nosotros que el remedio para curar a Daniel se escondía en aquella maldita cámara? De momento, que se supiera, sólo una persona en el mundo —la doctora Torrent— sabía leer el aymara y ni en sus mejores sueños sería capaz de completar una tarea de semejante envergadura, y sólo para introducir aquellos datos en una montaña de ordenadores que utilizaran una versión mejorada del maldito «JoviLoom», haría falta la población entera de Barcelona trabajando a destajo durante varios lustros. Sentía que el alma se me caía lentamente a los pies, así que resolví no deprimirme antes de hora y seguir caminando hacia el final de aquel pasillo por si los yatiris habían decidido dejar el remedio farmacéutico un poco más a mano.

En mitad de aquella nave, parecíamos náufragos que bogan a la deriva durante una eternidad, pero, por fin, al cabo de unos pocos minutos, divisamos un muro lejano, una pared al fondo, y eso nos animó a apretar el paso porque, con la ayuda de las pequeñas y potentes linternas Mini-Maglite, nos había parecido divisar, al pie de la pared, algo parecido a un contenedor con muchas cajas encima.

La cercanía nos fue despejando la imagen pero no por ello adivinábamos de qué se trataba; no se parecía a nada que pudiéramos identificar de un simple vistazo. Ni siquiera cuando estuvimos a un tiro de piedra conseguimos descifrar lo que estábamos viendo. Hizo falta llegar hasta allí, subir el escalón de piedra e inclinarnos sobre los bultos para caer en la cuenta de que lo que habíamos tomado por un altar era un monstruoso sarcófago de oro de unos cuatro metros de largo por uno de alto, casi idéntico a los de los faraones egipcios salvo por la pequeña diferencia de que aquí la cabeza del féretro era puntiaguda. Las cuatro cajas que, en un principio, nos había parecido que estaban situadas encima del supuesto altar, eran otros tantos ataúdes de tamaño descomunal colocados sobre repisas de piedra que sobresalían de la pared a distintas alturas. Dos láminas del mismo tamaño que la gran tarima aparecían incrustadas en la pared a uno y otro lado del sarcófago principal; la de la izquierda contenía un texto en tocapus; la de la derecha, el dibujo de lo que parecía un paisaje cubista.

Y, en aquel preciso momento, un rugido ensordecedor nos hizo girarnos a la velocidad del viento hacia el camino por el que habíamos venido.

—¿Qué demonios ocurre? —gritó *Jabba*.

Por un momento temí que todo aquel lugar se viniera abajo, pero el sonido era muy localizado, rítmico, conocido...

—La puerta se está cerrando —voceé.

—¡Corred! —exclamó *Jabba* iniciando una absurda carrera por el pasillo mientras tiraba de la mano de *Proxi*.

Ni la doctora Torrent ni yo les seguimos. Era inútil. La puerta quedaba demasiado lejos. Entonces el ruido cesó.

—Volved aquí —les dije poniéndome las manos en la boca a modo de bocina—. Ya no podemos salir.

Regresaron cabizbajos y furiosos.

—¿Por qué no se nos ocurrió que algo así podría pasar? —murmuró Marc, conteniendo a duras penas su irritación.

—Porque no somos tan listos como los yatiris —le dijo la doctora Torrent.

Pasado el momento de desconcierto, volvimos la vista de nuevo hacia los sarcófagos de oro, pero ahora estábamos serios y preocupados, sin el buen humor anterior. Mirábamos aquellos dorados cajones mientras cada uno se preguntaba en silencio cómo demonios saldríamos de allí.

Por hacer algo, subimos el escalón de piedra y nos quedamos embobados, sin saber qué decir ni qué hacer ante la vista de las siluetas labradas en las cubiertas de los sarcófagos (al menos, del principal y de los dos colocados más abajo). Unas imágenes muy realistas mostraban a unos tipos raros que, si era cierto lo que veíamos, debieron de medir unos tres metros y medio de altura, poseer unas hermosas barbas y haber sufrido la deformación frontoccipital.

—¿Los gigantes...? —murmuró Lola, espantada.

Pero ninguno contestó a su pregunta porque, sencillamente, no nos salía la voz del cuerpo. Si eran los gigantes, la crónica de los yatiris había dicho la verdad. En todo.

—No puede ser... —rezongué, al fin, malhumorado—. ¡Que no, que no puede ser! ¡Ayúdame, *Jabba*! —voceé, colocándome a un lado del sarcófago principal y metiendo los dedos entre la caja y la tapa para empujar ésta hacia arriba. Ambas tenían un tacto suave pero helado.

Marc me siguió como una sombra, mosqueado también, y con la fuerza de la rabia conseguimos levantar aquella pesada cubierta de oro que se deslizó con suavidad al principio para luego caer pesadamente hasta el suelo por el otro lado con un gran estruendo. Una rápida y sorprendente vaharada a gasolina me subió por la nariz. La voz de la doctora nos hizo reaccionar.

—¿Saben la tontería que acaban de hacer? —dijo muy tranquila. Al mirarla, vimos que Lola se había colocado a su lado y que también parecía enfadada—. Pueden haber echado a perder para siempre una seria y delicada investigación sobre este sepulcro. ¿Nadie les ha comentado que nunca debe tocarse nada cuando se hace un descubrimiento arqueológico?

—Acabáis de cometer la estupidez más grande del

mundo —declaró *Proxi*, poniendo los brazos en jarras y fulminando a *Jabba* con la mirada—. No había ninguna necesidad de abrir ese sarcófago.

Pero yo no estaba dispuesto a sentirme culpable.

—Sí la había —aseguré con voz vibrante—. Cuando salgamos de aquí me dará lo mismo que entre un ejército de arqueólogos y que sellen este lugar durante los próximos cien años, pero ahora es nuestro y hemos trabajado muy duro para encontrar un remedio que le devuelva la cordura a Daniel. ¿Y sabes qué, *Proxi*? Que no creo que lo encontremos... No aquí —y estiré el brazo derecho abarcando con mi gesto la nave que teníamos a nuestras espaldas—. ¿O tú serías capaz de localizar las láminas de oro en las que se explica la forma de hacerlo? Si dentro de este sarcófago hay un gigante, quiero, al menos, marcharme con la certeza de que los yatiris decían la verdad y de que hay esperanza. Si no lo hay, podré volver a casa con la conciencia tranquila y sentarme a esperar que los medicamentos y el tiempo surtan efecto.

Nada más terminar de hablar, bajé la mirada para contemplar aquello que habíamos dejado al descubierto. Casi me muero del susto: un ancho rostro de oro me contemplaba con ojos hueros y felinos desde una cabeza de tamaño descomunal de la que sobresalía, hacia arriba, un cráneo cónico cubierto por un *chullo* hecho enteramente de joyas y, hacia ambos lados, unas enormes orejeras circulares también de oro con mosaicos de turquesa. Mi mirada fue descendiendo a lo largo de aquel cuerpo interminable, contemplando un pectoral muy deteriorado de cuentas blancas, rojas y negras que dibujaban rayos solares en torno a la figura del Humpty-Dumpty de Piri Reis y sobre este pectoral descansaba un increíble collar hecho con pequeñas cabezas humanas de oro y plata. Los brazos de la momia estaban al aire y podía verse una piel muy fina y apergaminada bajo la que se adivinaba un hueso casi pulverizado. Sin embargo, sus muñecas estaban cubiertas por anchos brazaletes fabricados con diminutas conchas marinas que el tiempo había respetado, no como a aquellas manos gigantescas, que parecían garras de águila tostadas por el fuego y que descansaban apoyadas sobre un tórax de oro que nacía desde debajo del pectoral. El tamaño de cada uno de aquellos huesos, que parecían dibujados con arena, daba realmente miedo. Noté que junto a mí se colocaban Lola y Marta Torrent y percibí su sobresalto por el gesto de retroceso inconsciente de sus cuerpos. Las piernas del Viajero —pues aquél era, sin duda, el famoso *Sariri* que tanto protegían los yatiris— aparecían cubiertas por una tela con flecos, muy dañada, en la que aún podía verse el diseño original de tocapus, y los pies, los enormes pies, estaban encajados en unas sandalias de oro.

Nos encontrábamos frente a los restos del Viajero, un gigante de tres metros y pico que venía a confirmar lo que contaba, por un lado, el mito de Viracocha, el dios inca, el llamado «anciano del cielo», que había creado, en las inmediaciones de Tiwanacu, una primera humanidad que no le gustó, una raza de gigantes a los que destruyó con columnas de fuego y con un terrible diluvio, dejando, a continuación, el mundo a oscuras; y, por otro lado, corroborando también lo que afirmaba la crónica de los yatiris, en la que se decía que del cielo había venido una diosa llamada Oryana que, de su unión con un animal terrestre, parió una humanidad de gigantes que vivían cientos de años y que, tras construir y habitar Taipikala, desaparecieron por culpa de un terrible cataclismo que apagó el sol y provocó un diluvio, dejándolos enfermos y debilitados hasta convertirlos en la humanidad pequeña y de corta vida que éramos ahora.

Marc expresó en voz alta lo que yo mismo tenía en mente:

—Lo que me mosquea es que, al final, la Biblia va a tener razón con lo del diluvio, precisamente ahora que ya no hay nadie que se lo crea.

—¿Cómo que no, Marc? —exclamó la doctora Torrent, sin dejar de contemplar al Viajero—. Yo sí lo creo. Es más, estoy absolutamente convencida de que ocurrió de verdad. Pero no porque la Biblia judeocristiana relate que Yahvé, descontento con la humanidad, decidiera destruirla con un diluvio que duró cuarenta días y cuarenta noches, sino porque, además, el mito de Viracocha cuenta exactamente lo mismo, y también la mitología mesopotámica, en el Poema de Gilgamesh, donde se cuenta que el dios Enlil envió un diluvio para destruir a la humanidad y que un hombre llamado Ut-Napishtim construyó un arca en la que cargó todas las semillas y las especies animales del mundo para salvarlas. También aparece mencionado en la mitología griega y en la china, donde un tal Yu construyó durante trece años unos enormes canales que salvaron a parte de la población de la destrucción por el diluvio. ¿Quiere más? —preguntó, volviéndose a mirarlo—. En los libros sagrados de la India, el Bhagavata Purana y el Mahabharata, se recoge el diluvio con todo detalle y se repite la historia del héroe y su barca salvadora. Los aborígenes de Australia tienen el mito del Gran Diluvio que destruyó el mundo para poder crear un nuevo orden social, y también los indios de Norteamérica cuentan una historia parecida, y los esquimales y casi todas las tribus de África. ¿No le parece curioso? Porque a mí sí. Mucho.

Bueno, tantas coincidencias no podían ser casualidad. Quizá era cierto que había existido un diluvio universal, quizá los libros y los mitos sagrados necesitaban una revisión científica, una lectura laica e imparcial que desvelara la historia auténtica transformada en religión. ¿Por qué negarles toda validez *a priori*? A lo mejor contenían verdades importantes que nos estábamos negando a aceptar sólo porque olían a superstición e incienso.

—¿Y cuándo se supone que ocurrió? —preguntó *Jabba*, escéptico.

—Ése es otro dato interesante —comentó la doctora mientras se inclinaba para examinar el faldellín con flecos del Viajero—. Podría decirse que casi todas las versiones coinciden bastante: entre ocho mil y doce mil años atrás.

—El final de la Era Glacial... —murmuré, recordando de golpe el mapa del pirata turco, el lenguaje nostrático, la desaparición misteriosa de cientos de especies por todo el planeta (como el Cuvieronius y el toxodonte), etc. Pero la doctora no me escuchaba.

—«Éste es Dose Capaca, que emprendió el viaje a los seiscientos veintitrés años» —leyó en voz alta.

—¿Eso es lo que dice el tejido que cubre las piernas? —se apresuró a preguntar *Proxi*, inclinándose hacia los delicados restos del gigante.

—Sí —respondió Marta Torrent—, pero quizá ese tejido y algunos de los objetos sean varios siglos posteriores al cuerpo. No podemos saberlo.

La catedrática se dirigió a continuación, distraída, hacia la plancha de oro con tocapus que estaba incrustada en el muro, a la izquierda de los sarcófagos. Se plantó delante, levantó la cabeza para iluminar los grabados y empezó a traducir:

—«Habéis aprendido cómo se escribe la lengua de los dioses y estáis leyendo estas palabras. Merecéis conocer también sus sonidos. Venid a buscarnos. Ni la muerte del sol, ni el agua torrencial, ni el paso del tiempo han acabado con nosotros. Venid y os ayudaremos a vivir. Decid: vamos a buscaros porque queremos aprender. No traigáis la guerra porque no nos encontraréis. Queremos que sólo traigáis deseo de conocimiento.»

Su fantástica voz de locutora radiofónica había impreso un tono solemne a las palabras del mensaje, de modo que Marc, Lola y yo nos habíamos quedado con caras de imbéciles.

—Será una broma, ¿verdad? —observé tras hacer un esfuerzo para reaccionar.

—No lo parece, señor Queralt.

—Pero... Es imposible que existan todavía. Esto lo escribieron antes de marcharse y no parece probable que aún permanezcan en algún sitio esperando la llegada de unos visitantes que hayan pasado por aquí y leído su mensaje.

—¡De esos tipos ya no queda nada! —bramó Marc—. Alguien los habría visto alguna vez y lo habrían dicho en los telediarios. Además, el mensaje no tiene sentido. Empieza con una pregunta ridícula que invalida todo lo demás. Esto es la burla de unos estafadores.

—¿Por qué es ridícula la pregunta con la que empieza el mensaje? —quiso saber la catedrática, volviéndose hacia él.

—Porque ¿de dónde sacan que la gente que haya llegado hasta aquí haya aprendido a leer estas láminas de oro? ¡Si ni siquiera sabemos cómo salir de esta pirámide! Si no estuviera usted o no tuviéramos el «Jovi-Loom» de su marido, ninguno de nosotros habría sobrevivido lo suficiente para descifrar esta maldita escritura con tocapus. —*Jabba* parecía realmente enfadado; a pesar de la fresca temperatura, su camisa mostraba grandes manchas de sudor en el cuello y la espalda—. Le recuerdo que estamos encerrados y que hace ya muchas horas que tomamos nuestra última comida. Si no encontramos una manera de volver a la superficie, la palmaremos en unos pocos días, tiempo insuficiente y condiciones físicas nefastas para aprender una lengua sin ayuda.

—No lo crea, Marc —repuso ella, con el ceño fruncido—. Observe el muro. Fíjese en estos dibujos. —Y fue señalando con el dedo unos relieves grabados en los sillares de piedra a lo largo de una banda alta que recorría toda la pared.

Como autómatas empezamos a caminar lentamente examinando las ilustraciones, que se componían de un gran tocapu seguido por una escena de arte tiwanacota en la que se representaba el sentido del mismo, a modo de cartilla escolar para enseñar a leer.

—Observen que el primer tocapu del muro es también el primero que aparece en el mensaje —nos iba explicando Marta Torrent—, y que el segundo y el tercero, que forman, como pueden ver por el dibujo, el verbo entender o comprender con los sufijos de tercera persona y de acción realizada, o pretérito perfecto, son también el segundo y el tercero del texto, etc. Me había llamado mucho la atención, al leer el contenido de la plancha, que el mensaje estuviera escrito exclusivamente con tocapus de contenido figurativo y simbólico. No hay ninguno que represente el sonido de una letra o una sílaba fonética. El mensaje está muy bien estudiado para que pueda representarse en la pared de manera visual. Miren, si no, a este hombrecillo que talla con un pequeño martillo y un fino cincel sobre una lámina. El tocapu previo es la raíz del verbo escribir.

—O sea —dije yo, sin dejar de caminar—, que los yatiris dejan un mensaje que puede traducirse o, al menos, comprenderse parcialmente en poco tiempo. Dan por sentado que deben entregar su invitación a gentes que no conocen su idioma ni su escritura. Lo tenían todo muy bien pensado. Pero, ¿y si hubiesen llegado hasta aquí los conquistadores? Imaginad por un momento que Pizarro entra con su caballo en esta cámara. ¿Creéis que nadie se hubiera dado cuenta de que estos dibujos eran una cartilla litográfica?

—Lo dudo mucho, señor Queralt —me respondió la catedrática, embelesada como yo en las increíbles representaciones grabadas en los muros—. Para empezar, porque los yatiris se tomaron muchas molestias en ocultar este lugar y no creo necesario recordarle todas las cosas que hemos tenido que hacer para llegar hasta esta cámara. Pero, incluso si Pizarro hubiera llegado (lo que, afortunadamente, no hizo porque no quedaría nada de todo esto), no hubiera sido capaz de comprender lo que veía. Él era analfabeto, desconocía las letras y su funcionamiento y, como él, ya supondrá que también su ejército de rufianes y aventureros. Quizá algún sacerdote versado en latines hubiera podido, pero habría llegado después de que todo el oro fuera sacado de aquí y fundido en lingotes para mandarlo a España, de manera que no habría visto ni la plancha de la pared con la invitación ni la otra que representa un mapa y que todavía no hemos estudiado.

Como movidos por un resorte, los cuatro giramos sobre nosotros mismos sin pestañear y emprendimos el camino de vuelta hacia los sarcófagos, lo que nos hizo sonreír hasta que alcanzamos la plancha y nos colocamos delante.

—Oye, *Proxi* —dije pasándole un brazo sobre los hombros—. ¿Por qué no sacas varias fotografías del señor Dose Capaca y de este mapa?

—Del mapa, vale —repuso ella—, pero del gigante no me atrevo. Sé que la luz podría perjudicarle. En los museos no te dejan tomar fotografías.

—¡Pero eso es para que compres las postales a la salida, mujer! —exclamó *Jabba*.

—No, Marc, no —se alarmó la doctora—. Lola tiene razón. La luz concentrada del flash podría alterar las propiedades químicas de la momia, poniendo en marcha procesos biológicos de descomposición. Yo les rogaría, incluso, que volvieran a poner la cubierta en su sitio para no dañar más al Viajero con el oxígeno de esta cámara.

—Hablando de eso... —murmuré, cogiendo a *Jabba* por un codo y llevándomelo hacia el sarcófago para cumplir la orden—. ¿Por qué este sitio huele a gasolina? ¿No lo han notado?

—No se preocupe por eso, señor Queralt. Tiene una explicación lógica. En el proceso de momificación practicada en esta zona de Sudamérica se utilizaba abundantemente el betún, obtenido como residuo de la destilación del petróleo, así como resinas de distintas clases que, unidas al betún y sometidas al proceso de ahumado, producen también un fuerte olor a aceite de motor aun después de cientos de años.

—Después de miles de años, doctora —articuló *Jabba* sin resuello, ayudándome a poner la tapa sobre el sarcófago—, porque eso es lo que tiene este Capaca en los huesos.

Proxi, mientras tanto, iba tomando fotografías del extraño mapa dibujado en la segunda plancha de oro.

—No sé qué decirle, Marc —murmuró Marta Torrent—, no soy bioarqueóloga y mis conocimientos sobre momificación se limitan a las técnicas practicadas durante el Perú incaico. Pero, con todo, sigue siendo sorprendente que este cuerpo se haya conservado así. No soy capaz de imaginar qué artes emplearon los yatiris para lograr que haya durado ocho mil o diez mil años. Me parece absolutamente sorprendente. En realidad, diría que es inaudito.

—Pues inaudito o no —repuse volviendo a su lado—, toda esta gran nave huele a gasolina, a pesar de que los cinco cuerpos están encerrados en pesados sarcófagos de oro.

Ella se quedó callada unos instantes y, luego, se pinzó el labio inferior con el pulgar y el índice en un gesto muy suyo y que me recordaba mucho a mi madre en el momento de interpretar la pantomima titulada *Estoy pensando profundamente*.

—Bueno, cuando encontremos a los yatiris —dijo, al fin, muy tranquila— se lo preguntaremos. ¿Le parece bien?

Jabba estalló en una sonora carcajada que retumbó por toda la nave.

—¡Muy bueno, doctora, muy bueno! —exclamó. Y siguió riéndose como un loco, sin darse cuenta de que Lola, Marta Torrent y yo le observábamos completamente serios.

—¿Qué pasa, eh? —preguntó al fin, sorprendido, secándose las lágrimas de los ojos—. ¿No os ha hecho gracia?

De repente, una luz se iluminó en su cerebro.

—¡Ah, no! ¡De eso nada! —exclamó a pleno pulmón—. ¡No pienso seguiros en esa locura! Pero, ¡si ni siquiera sabemos cómo salir de aquí! ¿Estáis mal de la azotea o qué?

Los tres seguimos mirándole sin sonreír. La verdad es que debíamos de parecer un trío de locos peligrosos que contemplan fríamente a su víctima antes de empezar a caminar lentamente hacia ella con intenciones criminales, pero, afortunadamente, no había ningún testigo que pudiera contarlo, salvo *Jabba*, claro, y a él se le podía hacer callar fácilmente con un buen soborno traducido en sueldo.

—En una cosa tiene razón —matizó *Proxi* sin cambiar ni el gesto grave ni la postura—. Primero tenemos que salir de aquí.

—Vale —fue mi inteligente aportación.

—Pues, venga, vámonos —se burló Marc, sentándose en el escalón de piedra que sostenía el sarcófago—. Es muy tarde y tengo hambre. También estoy cansado y necesito darme una ducha en cuanto lleguemos al hotel. ¡Oh, pero... pero si son las once y media de la noche, hora local! Bueno, pues mejor nos quedamos, ¿qué os parece? Podemos dormir aquí y mañana ya veremos.

—Cállate, Marc —le conminó *Proxi*, tomando asiento a su lado—. ¿No decías que los paneles de tocapus del segundo cóndor habían despertado tu parte de animal informático? ¿Por qué no pones en marcha ese magnífico cerebro de *hacker* y analizas la situación como si fuera un desafío de código?

Yo me dejé caer al suelo, delante de ellos, y solté la bolsa con descuido.

—Siéntese con nosotros, doctora Torrent —le dije a la catedrática—. A lo mejor se nos ocurre algo.

—Podría empezar por llamarme Marta a secas —respondió ella, sentándose con las piernas cruzadas a mi lado. Hacía bastante frío en aquel maldito lugar.

—Bueno, pero conste que a mí me gustaba mucho que me llamara señor Queralt. Nadie me llama así nunca.

Jabba y *Proxi* se echaron a reír.

—Es que no tienes pinta de señor, Arnauet —se burló *Proxi*—. Con esa melena, ese pendiente y esa perilla de caballero decimonónico más pareces un poeta romántico o un pintor que un hombre de negocios.

Las tonterías continuaron durante algunos minutos más. Como otras muchas veces desde que había empezado aquella extraña historia, necesitábamos descompresión. Estábamos demasiado agotados y resultaba agradable olvidar por un momento la realidad que nos envolvía, sarcófagos incluidos. Pero, finalmente, nos quedamos callados.

—No hemos recorrido todo el perímetro de la cámara —comenté después de un rato.

—Cierto —corroboró mi amigo—. Quizá estamos aquí, perdiendo el tiempo, mientras hay una hermosa puerta entreabierta en algún lado.

—No sueñes —le dijo Lola, pasándole una mano por el pelo para arreglarle un mechón fuera de sitio.

—Bueno, pues algo parecido —insistió él—. Un agujero en el techo o algo así. Opino que deberíamos dividirnos. Somos cuatro, ¿no? Pues cada uno se queda con un muro de la nave. Si no encontramos nada...

—El planteamiento es malo —le atajé—. A quien le toque el muro de la puerta tiene que recorrer el pasillo o uno de los laterales para llegar, lo cual es una pérdida de tiempo. Propongo que hagamos dos equipos. Partimos desde aquí, desde los sarcófagos, luego cada equipo recorre un lateral y volvemos a encontrarnos en la puerta. De ese modo averiguamos si aquélla se puede abrir y, si no, volvemos por el pasillo hasta aquí y empezamos de nuevo. Tiene que haber una salida a la fuerza.

Mi idea fue aceptada porque, obviamente, era muy buena, pero no hubo ocasión de ponerla en práctica. Antes de separarnos, nos dio por examinar la tarima de piedra del sarcófago del Viajero y resultó que, justo donde *Jabba* había estado poniendo los pies para quitar y colocar la cubierta, se encontraba un nuevo panel de tocapus. Increíblemente, había estado pisándolo sin darse cuenta y, por suerte, no había ocurrido ninguna desgracia. Si hubiera habido luz ambiental, lo habríamos localizado en seguida, pero al iluminarnos sólo con los frontales, la zona posterior al sarcófago había permanecido todo el tiempo en la más completa oscuridad.

—¿Tiene algún sentido, Marta? —preguntó Lola, inclinándose.

La catedrática le echó un vistazo y asintió.

—«Ya habéis aprendido cómo se escribe la lengua de los dioses. Venid a buscarnos y os ayudaremos a vivir. No traigáis la guerra porque no nos encontraréis. Queremos que sólo traigáis deseo de conocimiento.»

—¿Pero eso no es lo mismo que dice la lámina de oro? —se enfadó *Jabba*.

—No exactamente.

Marta arrugó la frente y se quedó pensativa mirando el pequeño panel.

—Es sólo parte del mensaje original —se giró y estiró el cuello hacia la izquierda para observarlo—. Son frases del mensaje, pero no están todas.

—Bueno —me reí—, ya estamos en marcha de nuevo. Encendamos los cerebros.

—¿Y qué frases son las que faltan? —inquirió *Proxi*.

Marta Torrent, haciendo un repetido ejercicio de cuello, las fue destacando:

—Falta un pedazo de la pregunta inicial, en concreto la parte que dice «... y estáis leyendo estas palabras». Luego falta la siguiente frase completa, «Merecéis conocer también sus sonidos». La siguiente oración la mantiene pero la fusiona con la quinta, componiendo una sola, haciendo desaparecer «Ni la muerte del sol, ni el agua torrencial, ni el paso del tiempo han acabado con nosotros». Falta, asimismo, el sexto enunciado, «Decid: vamos a buscaros porque queremos aprender», y después el resto está igual.

—No tiene ni pies ni cabeza —murmuró *Proxi*, contrariada.

—No creo que la clave esté en lo que falta —repliqué—, sino en lo que han dejado.

—Tampoco tiene ni pies ni cabeza —protestó *Jabba*, sacándose del pantalón los faldones de la camisa para sentarse más cómodamente en el suelo—. ¿Podría repetirlo, Marta?

—«Ya habéis aprendido cómo se escribe la lengua de los dioses —volvió a leer ella con voz apagada—. Venid a buscarnos y os ayudaremos a vivir. No traigáis la guerra porque no nos encontraréis. Queremos que sólo traigáis deseo de conocimiento.»

—Aquí hay gato encerrado —masculló, alisándome la perilla con despecho—. Lo oigo maullar pero no lo veo.

La catedrática se encaminó hacia su mochila y sacó una pequeña cantimplora que desprendió destellos metálicos bajo las luces. De repente descubrí que estaba más seco que un desierto.

—¿Quieren un poco de agua? —nos ofreció—. Llevamos muchas horas sin beber.

—¡Sí, por favor! —dejó escapar *Proxi* con toda su alma.

¡Qué trío de idiotas! ¿Cómo no se nos había ocurrido traernos agua? Mucha brújula Silva de último modelo, mucha navaja multiusos Wenger y mucho prismático Bushnell, pero, a la hora de la verdad, nada de agua ni de comida. Chapó.

—No hay bastante para los cuatro —se excusó la doctora—, así que, por favor, no beban demasiado.

Recuerdo la angustia que sentí mientras el líquido se colaba por mi garganta y me caía, frío, en el estómago vacío. Sólo podía pensar que o espabilábamos o, como había dicho antes Marc, en unas pocas horas estaríamos en unas condiciones físicas nefastas.

—No tendrá algo para comer, ¿verdad, Marta? —le preguntó mi amigo con una expresión en el rostro que indicaba lo muy negros que eran sus pensamientos.

—No, lo siento. Sólo llevo agua. Pero no se inquiete —le dijo, animosa—, no vamos a quedarnos aquí mucho tiempo. Sólo tenemos que resolver un pequeño enigma y hoy ya hemos resuelto muchos, así que no hay de qué preocuparse.

De repente, una luz se encendió en mi cerebro, justo detrás del foco de mi frontal.

—¿Y si también este enigma pudiera resolverse visualmente como usted decía que pasaba con los otros, Marta? —le pregunté—. Usted afirmó que, analizando el orden, la disposición y la repetición de los tocapus podía darse con la respuesta correcta.

Ella arqueó las cejas, sorprendida, y sonrió.

—Puede que tenga usted razón, Arnau.

—Si se trata de código —afirmé, abriendo el portátil—, soy muy bueno.

—¡Y nosotros también! —prorrumpió *Jabba*—. ¿Sacaste alguna foto del texto de la plancha de oro, *Proxi*?

—Están aún en la cámara, con las fotos del mapa.

—Pues saca una de este panel del suelo —le pedí yo— y luego las confrontaremos en la pantalla del monitor. Si hay una estructura lógica, la encontraremos.

Y la encontramos. La catedrática tenía razón. Todos los enigmas de los yatiris podían resolverse tanto por su contenido como por su forma. Aquellos tipos, si aún existían, debían de ser realmente listos y raros. Con la imagen de la lámina a un lado y la del panel del suelo en el otro, descubrimos una repetición (sólo una), que daba la respuesta al problema. Era tan simple y tan limpia que maravillaba por su composición. Hubiera dado un buen montón de pasta por contratar para Ker-Central a el o la yatiri que había aparejado aquel rompecabezas. Se partía de una idea muy sencilla: había una frase que daba la clave, que *era* la clave, y que, al mismo tiempo, contenía la idea fundamental del mensaje, y esta frase era «Decid: vamos a buscaros porque queremos aprender». Eso era todo. Para salir de allí, nosotros sólo teníamos que *decir* «Vamos a buscaros porque queremos aprender». Los tocapus con los que se escribía eran los únicos que aparecían repetidos en el texto, dispersos por aquí y por allá en las frases del mensaje corto. Por eso las habían seleccionado, separándolas del total. «Vamos a buscaros» se formaba con los tocapus que aparecían en «Venid a buscarnos y os ayudaremos a vivir», donde sólo había que invertir los signos que indicaban las personas de los verbos. «Porque» estaba, tal cual, en «No traigáis la guerra porque no nos encontraréis». «Queremos» era el principio de la última frase, «Queremos que sólo traigáis deseo de conocimiento», y «aprender» era el tocapu raíz de «aprendido» en «Ya habéis aprendido cómo se escribe la lengua de los dioses». Simple y limpio, como debe ser el buen código.

Apenas hubimos pulsado ordenadamente los tocapus que formaban la frase, el panel se dividió en dos junto con las partes de lo que, hasta ese momento, había sido un único y gigantesco sillar de piedra y, como las compuertas de una sentina, los lados se hundieron y dejaron a la vista una minúscula escalera de piedra que descendía hacia las profundidades. Aunque pueda parecer extraño, ya no nos impresionaban estas cosas. Estábamos molidos, hechos polvo y, sobre todo, desesperados por salir de la maldita Pirámide del Viajero, a quien ya habíamos tenido el gusto de saludar. Necesitábamos volver a la superficie y ver el cielo, respirar aire limpio, cenar en abundancia y pillar la cama para dormir doce o quince horas sin interrupciones.

Bajamos la escalera sin querer prestar atención al pequeño detalle de que nos estábamos hundiendo aún más en la tierra en lugar de ascender, pero duró poco.

Después de veintitantos escalones nos encontramos en un estrecho pasillo rocoso que avanzaba en línea recta y que siguió en línea recta durante una hora. Y luego, durante dos. Y cuando ya estábamos acabando la hora tercera de rectitud fue cuando nos dimos cuenta de que hacía mucho tiempo que habíamos dejado atrás Tiwanacu-Taipikala y que debíamos de encontrarnos a varios kilómetros de distancia en dirección oeste, según aseguraba la brújula.

Por fin, cerca ya de las cuatro de la madrugada y más muertos que vivos, topamos con otras escaleras que ascendían. Pero antes, claro, no podía faltar la sorpresa final.

Apenas había puesto el pie en el primer peldaño —yo iba el primero—, después de comprobar que estaba limpio de musgo negro y resbaladizo, la voz ronca y deshuesada de *Jabba*, que venía detrás, me sacó del letargo.

—*Root*, te has saltado algo.

Me volví, más para mirarle a él que para saber a qué demonios se refería —parecía un fardo, con ojeras y una horrible sombra rojiza de barba en la cara transparente—, y vi que, sin moverse, señalaba con el dedo una especie de hornacina abierta en la pared a media altura, situada justo donde empezaba la escalinata.

Retrocedí un paso y me puse delante de la cavidad, sacando del bolsillo la pequeña linterna Maglite porque me sentía incapaz hasta de inclinar la cabeza para iluminar el hueco. Allí, como en el atril que descubrimos tras pasar la primera cabeza de cóndor, había otra pieza de piedra que estaba diciendo «cogedme». Era un simple aro, una plancha redonda de unos veinte centímetros de diámetro y cuatro o cinco de alto, agujereada en el centro a modo de gruesa y pesada pulsera. La catedrática, que iba la última, adelantó a *Proxi*, que ni se había inmutado, y se puso al lado de *Jabba* para mirar la pieza.

—¿Se han fijado en que tiene grabada una flecha? —exclamó con voz cansada.

Era cierto. El aro de piedra presentaba una punta de flecha muy simple —dos rayas que convergían en un extremo— tallada en su parte superior.

—¿Nos tenemos que llevar este donut? —preguntó *Jabba*, desdeñoso. Sin duda, tenía hambre.

—Yo diría que sí —respondí—. Pero, esta vez, no me toca a mí cargarlo porque yo ya llevé la otra plantilla.

—Qué morro tienes —se quejó, pero lo tomó con la mano derecha y, al izarlo, un ruido de ruedas dentadas y poleas se escuchó en la parte alta de la escalera. Sin darnos tiempo para reaccionar, un repentino soplo de aire fresco pasó rozándonos y se nos coló por la nariz hasta los pulmones.

—¡La salida! —exclamé feliz y, sin pensarlo más, me lancé escaleras arriba con el corazón a mil por hora. Tenía que salir de aquel agujero.

Lo primero que vi fue el cielo, maravillosamente lleno de estrellas. Nunca había visto tantas. Y, después, mucho campo abierto a mi alrededor, completamente negro, y, luego, sentí un frío de muerte, algo así como si me hubieran metido de repente en un congelador. Empecé a estornudar por el brusco cambio de temperatura y, mientras los demás iban saliendo al exterior y reponiéndose de la claustrofobia, gasté varios pañuelos de papel con aquel súbito catarro. Debíamos de estar a varios grados bajo cero y sólo llevábamos la ropa ligera que nos habíamos puesto el día anterior. Al instante,

Jabba y *Proxi* empezaron también con los estornudos y aquello se convirtió en un concierto. Sólo Marta permanecía íntegra, casi inmune al helado frío nocturno del Altiplano. La vi mirar en una dirección y en otra, tan campante, y, finalmente, decidirse por la segunda.

—El pueblo de Tiahuanaco no está muy lejos —dijo, iniciando la marcha a través de aquella oscura estepa siberiana.

Nosotros, con los pañuelos en la mano, la seguimos como fieles corderillos.

—¿Cómo lo sabe? —le pregunté entre estornudo y estornudo.

—Porque aquel pico de allá —y señaló una inmensa y lejana sombra casi imposible de reconocer en la negrura de la noche— es el Illimani, el monte sagrado de los aymaras, y hacia allí está el pueblo. Conozco bien este lugar. He jugado aquí de pequeña.

—¿En este páramo? —se sorprendió Lola.

—Sí, en este páramo —murmuró sin dejar de caminar—. Con tres meses vine por primera vez a Bolivia con mis padres. Sólo permanecía en Barcelona durante el curso escolar y así fue hasta que me casé, tuve a mis hijos y terminé la carrera. Podría decirse que soy medio boliviana. Mis amigos eran los niños del pueblo de Tiahuanaco y nos dejaban libres para correr todo el día por estos campos. Hace treinta y cinco años por aquí ni siquiera sabíamos lo que era un turista.

Marc, Lola y yo tiritábamos y rechinábamos los dientes mientras seguíamos a la catedrática con paso ligero. Tardamos poco más de media hora en llegar a las afueras del pueblo y nos encaminamos directamente hacia el hotel de don Gastón, que se quedó de piedra cuando, en calzoncillos largos y camiseta de felpa, nos vio aparecer en la puerta de su establecimiento. En cuanto reconoció a Marta, nos invitó rápidamente a entrar y despertó a toda la casa. Nos trajeron mantas y caldo caliente y encendieron la chimenea echando leña como si hubiera que poner en marcha un barco de vapor. Marta le dio a don Gastón unas sucintas explicaciones que el hombre aceptó sin rechistar. Luego, nos acompañó a las habitaciones y nos prometió que nadie vendría a molestarnos bajo ningún concepto. A trompicones, me di una ducha antes de meterme en la cama y luego, por fin, me dormí profundamente.

IV

Me desperté alrededor de las cinco de la tarde y, cuando bajé al comedor, Marc y Lola ya estaban arreglados y listos, esperándome tranquilamente leyendo la prensa boliviana. Según me contaron mientras desayunaba, la catedrática se había marchado después de comer y había dejado una nota para nosotros con un número de teléfono, rogándonos que nos pusiéramos en contacto con ella en cuanto regresáramos a La Paz.

Don Gastón, por ser amigos de Marta, nos cobró sólo la cantidad mínima por la estancia de un día, sin extras ni comidas, y nos facilitó uno de los pocos taxis que había en el pueblo para volver a La Paz. Hicimos el viaje en compañía de dos cholas de trenza negra y bombín que descargaron gruesos hatillos de tela multicolor en el portaequipajes de la movilidad y que no despegaron los labios durante todo el trayecto, probablemente por falta de aire, pues en el asiento de atrás íbamos también *Proxi* y yo (*Jabba* no hubiera cabido).

En cuanto cruzamos las puertas de nuestro hotel, nos sentimos en casa. Resultaba tan extraño pensar en todo lo que nos había sucedido que, simplemente, optamos por no pensarlo. Era como si hubiera un hueco en el tiempo; podían haber pasado meses, o años, porque las horas se habían dilatado de una manera extraordinaria y no resultaba creíble que sólo hubiera transcurrido un día desde que habíamos salido de allí. El hueco también estaba en nuestras mentes. Subimos en el ascensor en silencio y entramos los tres en mi habitación. Marc parecía preocupado:

—¿Qué hago con el donut? —me preguntó nada más cerrar la puerta. Lola se tiró en el sofá y, sin pensarlo dos veces, encendió la televisión. Necesitaba recuperar la cordura y la caja tonta le proporcionaba una cierta sensación de normalidad.

—Vamos a guardarlo en la caja fuerte.

Nuestras habitaciones disponían de cajas fuertes ocultas dentro de los armarios. No es que fueran un dechado de seguridad pero aportaban una mínima garantía para los objetos más valiosos. Antes de irme había guardado dentro mis relojes del capitán Haddock.

—¿Metemos también el portátil y la cámara digital de *Proxi*?

—¿Es que quieres perder de vista las pruebas o qué? —le pregunté mientras tomaba asiento frente al escritorio y encendía la máquina—. Tenemos que descargar todas las imágenes que queden en la tarjeta de memoria de la cámara y después grabar todo el material en un CD. Eso será lo que dejemos en la caja fuerte junto con la rosquilla. El resto del equipo se queda fuera para que podamos seguir trabajando.

—¿Aún tienes ganas de seguir con el rollo? —me preguntó Lola desde el sofá con un tono de voz agresivo.

—No, te aseguro que lo único que quiero es que salgamos a dar una vuelta, que cenemos por ahí, que vayamos a una peña de ésas en las que cantan canciones en directo y, una vez allí, beberme toda la cerveza que tengan en el local.

—La mitad del stock es mía —me advirtió *Jabba*.

—La mitad —accedí—. Sólo la mitad.

—Pero, ¿qué tonterías estáis diciendo? —se extrañó *Proxi*—. ¡Si vosotros no bebéis!

—Querida Lola —le dije—. Me da lo mismo. Pienso emborracharme como sea.

—Yo también —se sumó mi amigo.

Desde luego, no íbamos a hacerlo porque no nos gustaba el alcohol (salvo en ocasiones especiales y fechas señaladas en las que, como todo el mundo, sabíamos disfrutar de una copa de buen vino o de un poco de cava), pero hacer una afirmación semejante en voz alta, de una forma tan contundente y tan propia de hombres audaces y decididos, resultaba un gran consuelo interior, una auténtica reafirmación de nuestro espíritu varonil.

Mientras yo pasaba todas las fotografías, datos y documentos a un disco compacto, mi colega se marchó a su habitación para volver a ducharse y cambiarse de ropa. El único movimiento de Lola era el que hacía con su pulgar derecho para cambiar de canal con el mando a distancia. Cuando cogí el aro de piedra para meterlo en la caja fuerte junto con el CD recién grabado, observé que, en la parte posterior tenía un agujero muy extraño, un vaciado en forma de triángulo con dos lados iguales y, el tercero, más corto y un poco curvado hacia afuera, como un quesito en porciones. Pensé enseñárselo a Lola, pero estaba seguro de que si lo hacía me mordería, de modo que no me entretuve y lo guardé sin más contemplaciones.

Justo antes de salir del hotel, *Jabba* propuso que llamáramos a Marta. Poco a poco nos íbamos recuperando y volvíamos a ser personas, pero seguíamos negando todo lo que había sucedido en las catacumbas de Taipikala.

—No vamos a llamarla hoy —repuse—. Mañana será otro día.

—Pero está esperando. Llámala al menos para decirle que hablaremos mañana.

—Deja de marear.

—¿Quién tiene el número de teléfono? —insistió, cabezota.

—Lo tengo yo —dijo *Proxi*—, y no voy a dártelo. Opino como *Root*: mañana será otro día. Ahora vamos a cenar en el mejor restaurante de La Paz. Necesito aire contaminado, alta cocina, y mucha gente y tráfico a mi alrededor.

—Me apunto —dije, avanzando hacia la calle mientras el portero nos franqueaba el paso.

Pero *Jabba* no cejó en su empeño. Estuvo dando la paliza mientras caminábamos de un lado a otro disfrutando de la zona moderna de La Paz, con sus altos edificios, sus calles atestadas de vehículos, sus semáforos —a los que, por cierto, nadie hacía caso—, sus luces urbanas que se encendieron al poco de iniciar nuestro paseo, sus gentes hablando por teléfonos *celulares*, sus letreros publicitarios luminosos centelleando desde los tejados... En fin, de las maravillas de la civilización. Pero, claro, mi colega no podía consentir que Marta Torrent estuviera esperando nuestra llamada y que ésta no se produjera. A mí, mencionar a Marta no sólo me teletransportaba a la pirámide del Viajero sino también al cabreo por lo de Daniel, así que se me revolvían las tripas cada vez que aquel pesado volvía a sacar el tema. Pero, por fin, desesperado por hacerle callar, saqué mi móvil y, entre plato y plato de exquisita comida europea, marqué el número que había en la nota que Lola me pasó por encima de la mesa. Me contestó la voz de un hombre con fuerte acento boliviano, quien, en seguida, en cuanto me identifiqué y pregunté por Marta, me pasó con ella. Era todo muy surrealista. Apenas hacía unas horas que nos habíamos separado de aquella mujer y la situación resultaba incómoda porque había pasado de aborrecerla con toda mi alma a sentirme culpable frente a ella, con el desagradable añadido de que la experiencia que habíamos vivido juntos había creado unos extraños lazos de familiaridad que para nada me parecían reales en aquel momento. Era como llamar a una antigua novia con la que terminaste a matar y, de pronto, tienes que encontrarte con ella para algún asunto urgente.

—¿Dónde están, Arnau? —fue su primera frase. La voz ya me alteró los nervios.

—Cenando en un restaurante —respondí, quitándome la servilleta de las piernas y dejándola momentáneamente sobre la mesa para sentarme con más comodidad.

—¿En cuál?

—En La Suisse.

—¡Ah, pero si están aquí mismo, en Sopocachi!

—Pues, sí. Cenando.

—¿Les apetecería tomar un café en casa de unos amigos míos cuando terminen?

Tentado estuve de decirle que no con rudeza, pero me controlé. Pulsé la tecla de silencio, miré a mis colegas y les transmití la proposición:

—Marta Torrent nos invita a tomar un café después de cenar. ¿Qué os parece?

—¿Dónde? —preguntó Marc; *Proxi* sólo puso cara de angustia y dijo repetidamente que no con la cabeza.

—En casa de unos amigos.

—Por mí, vale —repuso el gusano que estaba poniéndose ciego de quesos suizos—. ¿Tú qué dices, *Proxi*?

—Llevo una hora diciendo que no. ¿No me has visto zarandear la cabeza?

—Bueno, pues nada. Dile que no, *Root*, que mañana.

Solté el botón de silencio y me pegué de nuevo el móvil a la oreja.

—¿La casa de sus amigos está muy lejos de aquí? —pregunté.

—¡Qué va! Al lado mismo de donde están cenando —repuso Marta.

Proxi me miraba con un interrogante muy grande en la cara.

—Deme la dirección y estaremos allí dentro de una hora. —Miré el reloj—. A las diez y media en punto.

Cuando colgué tenía un cuchillo delante de mi nariz.

—¿No habíamos quedado que hasta mañana no haríamos nada? —inquirió *Proxi* con un brillo amenazador en los ojos negros.

Asentí lastimosamente.

—¿Entonces...? —Y el cuchillo se acercó unos milímetros más.

—Siento curiosidad —me justifiqué con torpeza—. Marc quería ir y yo quiero saber por qué la catedrática tenía tanto interés en quedar esta misma noche. He pensado que podía ser importante. Además —dije bajando la mirada hasta mi plato—, cuanto antes acabemos con esto, mejor. No podemos quedarnos a vivir en Bolivia y mi hermano sigue ingresado.

La mención a Daniel provocó un embarazoso silencio en la mesa.

—Si conseguimos... —balbució *Proxi* al cabo de unos instantes—. Si consiguiéramos...

—¿Curarle? —la ayudé a terminar.

—Sí —murmuró, mirándome a los ojos—. ¿Qué harás? ¿Cómo vas a plantear la situación?

—No tengo ni idea. Supongo que antes tendré que hablar con la catedrática para preguntarle qué va a hacer ella, si le abrirá expediente administrativo o alguna otra cosa por el estilo. Después, ya veremos. En estos momentos —titubeé— no lo sé, no puedo pensar en eso.

—A lo mejor, si entregas una importante cantidad económica a la facultad... —insinuó *Jabba*.

—Marta Torrent no parece una persona que se deje comprar —le atajó *Proxi*.

No, no lo parecía en absoluto. Nos quedamos callados un rato más y, luego, charlamos de cosas intrascendentes hasta que salimos del restaurante. Fuimos paseando hasta la Plaza de Isabel la Católica y torcimos por la calle Pedro Salazar hasta llegar frente a la urbanización San Francisco, un conjunto de viviendas residenciales de estilo colonial que guardaban un cierto aire andaluz, con paredes blancas, ventanas enrejadas y plantas por todas partes.

Cuando llamamos al timbre, la luz de una cámara de circuito cerrado nos iluminó.

—Hola —dijo la catedrática—. Sigan la calle principal hasta el final y, a la derecha, verán la casa. Se llama «Los Jazmines».

La urbanización tenía el aspecto de estar habitada

por gente acomodada. La pequeña avenida por la que circulábamos estaba limpia e iluminada y adornada con macizos de flores a ambos lados. La casa «Los Jazmines» era un pequeño chalet de dos pisos con tejados rojos y una gran puerta de madera de dos hojas, una de las cuales ya estaba abierta dejando ver a Marta con el rostro muy sonriente y una nueva imagen que hacía olvidar a la Indiana Jones de las excavaciones, con aquella blusa blanca llena de bordados rojos y una falda también roja y ceñida que la convertían otra vez en la catedrática de la Autónoma.

—Adelante —dijo con cordialidad—. ¿Cómo se encuentran? ¿Han descansado?

—No lo suficiente —replicó *Proxi* con una sonrisa afable (e hipócrita)—. ¿Y usted?

—¡Oh, yo estoy perfectamente! —comentó cediéndonos el paso. Tras ella, una pareja un tanto estrafalaria nos esperaba con las manos tendidas—. Voy a presentarles. Ella es la doctora Gertrude Bigelow y él es su marido, el arqueólogo Efraín Rolando Reyes, con quien trabajo en Tiwanacu desde hace casi veinte años, ¿verdad Efraín?

—¡O más! —se burló él—. Gusto en conocerles, amigos —añadió. Efraín Rolando era el tipo calvo con el que Marta había entrado en el restaurante de don Gastón el sábado anterior, cuando nos la encontramos por primera vez, aquel con gafas y barbita grisácea. Su mujer, la doctora Bigelow, era una norteamericana alta, flaca y desgarbada, de pelo pajizo y ondulado recogido en un moño y cubierta, porque no se podía decir que vestida, con un largo y veraniego sayo estampado de flores. Ambos llevaban sandalias de cuero.

—Gertrude —añadió Marta— es médico de verdad, de ahí lo de doctora. No como Efraín y yo, que somos doctores en disciplinas humanísticas.

Siempre me resultaba incómodo conocer gente nueva y tener que ser amable con desconocidos. Para mí constituía un auténtico misterio por qué el afán del mundo entero era salir por ahí y relacionarse con unos y con otros, con cuantos más mejor, y presumir de tener muchos amigos como si eso fuera un triunfo —y lo contrario un fracaso, claro—. Hice el esfuerzo habitual y estreché las manos del arqueólogo y de la doctora mientras Marta terminaba con las presentaciones. Luego, nos invitaron a pasar al salón, una amplia habitación abarrotada de extraños y feos objetos de arte tiwanacota. Sobre el largo sofá blanco, una gran fotografía enmarcada de las ruinas, tomada al atardecer y en blanco y negro, daba una idea clara de la pulsión que animaba al tal Efraín.

Nos sentamos en torno a una mesa baja y cuadrada de madera clara —como todos los muebles de aquel salón— y la doctora Bigelow, haciéndole un gesto a Marta para que se quedara con nosotros y no la siguiera, desapareció discretamente por la puerta.

—Voy a ponerles en antecedentes —dijo rápidamente la catedrática—. Efraín y Gertrude ya saben todo lo que hemos descubierto esta pasada noche. Efraín y yo hemos compartido durante muchos años el mismo interés por la cultura tiwanacota y sus grandes misterios, y hemos sido cómplices en esta investigación cuyos documentos, Arnau, encontró su hermano en mi despacho.

—A ese respecto, Marta... —empecé a decir, pero ella levantó una mano en el aire como un guardia de tráfico y me cortó.

—No vamos a discutir este asunto ahora, Arnau. Tiempo habrá para ello. En este momento las dos únicas cosas importantes son, por un lado, devolverle la salud a Daniel, y, por otro, continuar con las investigaciones desde el punto en el que nos encontramos ahora. Vamos a hacer tabla rasa y, puesto que tenemos intereses comunes, vamos a trabajar todos en colaboración, ¿les parece bien?

Asentimos sin despegar los labios aunque, curiosamente, *Jabba*, *Proxi* y yo aprovechamos la ocasión para cambiar de postura al mismo tiempo en nuestros asientos.

—No se sientan mal por lo de Daniel —dijo el arqueólogo—. Sobre todo usted, Arnau. Lo que Marta y yo quisiéramos es que todos laburáramos juntos, dejando este tema al margen. Es muy lindo opinar desde fuera, como hago yo, lo sé, pero les aseguro que recordar este asunto sólo puede enturbiar el proyecto. Mejor nos fijamos en lo importante, ¿les parece?

Volvimos a asentir y a cambiar de postura. En ese momento regresó la doctora Bigelow cargada con una pesada bandeja. Marta y Efraín se inclinaron para quitar de la mesa todos los cachivaches y revistas y los minutos siguientes transcurrieron con el reparto y la asignación de tazas, servilletas, cucharillas, café, leche y azúcar. Cuando por fin todos estuvimos servidos y cómodos, incluida la norteamericana, volvimos a la conversación:

—Este país —explicó la catedrática— está plagado de leyendas sobre civilizaciones antiguas que perviven ocultas en la jungla. La región amazónica ocupa siete millones de kilómetros cuadrados, lo que significa que Latinoamérica es selva casi en su totalidad y que sólo los bordes oceánicos están habitados, de modo que la inmensa mayoría de los países comparten estas mitologías. La existencia de grandes tesoros, de culturas milenarias, de monstruos prehistóricos, forma parte del folclore latinoamericano en general. Sin ir más lejos, no debemos olvidar la leyenda de El Dorado o Paitití, la famosa ciudad de oro, cuya supuesta localización se encuentra, de acuerdo con las nuevas fronteras, aquí, en Bolivia. Por supuesto, nadie cree realmente en estas cosas, no de manera oficial, pero lo cierto es que cada poco tiempo los gobiernos que comparten la jungla amazónica envían expediciones en busca de minas de oro y tribus de indios no contactados.

—¿Y tienen éxito? —pregunté con una sonrisa de ironía en los labios, sonrisa que se cortó en seco en cuanto di el primer sorbo a mi café... ¡En mi vida lo había probado tan fuerte y espeso! ¿Aquél era el maravilloso café de Bolivia o es que en aquella casa les gustaba el cianuro?

—Pues sí —me respondió la doctora Bigelow, sorprendiéndome porque hasta ese momento no había abierto la boca—. Sí tienen éxito. Yo misma he formado parte del equipo médico en un par de ellas y siempre hemos regresado con un material realmente interesante. En ambas se localizaron pequeños grupos de indios de tribus desconocidas que salieron huyendo en cuanto nos vieron tras dispararnos algunas flechas. No quieren contacto con el hombre blanco.

Hablaba con un fuerte acento norteamericano, muy nasal y suavizando mucho las erres, pero sin apenas traza de la dulce musicalidad y de los giros bolivianos. Quizá ambas cadencias fueran incompatibles en su boca a pesar de la fluidez con la que articulaba el castellano.

—Se supone que quedan casi un centenar de grupos de indios no contactados en la selva —nos aclaró el arqueólogo—. De hecho, Brasil, por ser el país que más jungla posee, tiene amplias reservas de territorios donde tanto los buscadores de oro, como las empresas madereras, las petroleras y los cazadores furtivos tienen prohibida la entrada porque se han realizado avistamientos casuales desde el aire de tribus desconocidas. La política actual es la de preservarles del contacto con la civilización para evitar su destrucción, porque, entre otras cosas, les contagiaríamos nuestras enfermedades y podríamos terminar con ellos.

—Bueno, Efraín —objetó su mujer, dejando la taza en la bandeja—, eso de que la creación de reservas consigue alejar a los indeseables no es cierto en absoluto.

—¡Ya lo sé, linda! —repuso él, sonriente—. Pero ésa es la teoría, ¿no es cierto?

La calva lustrosa del arqueólogo lanzaba destellos según movía la cabeza de un lado a otro. Yo todavía sentía en la garganta el amargor del espantoso café y notaba la boca llena de la arenilla que dejan los posos.

—Miren, amigos —continuó Efraín, pasándose la mano por la barba—, la gente, el mundo entero piensa que todo está descubierto, cartografiado y localizado, y nada más falso y alejado de la verdad. Todavía quedan lugares en la Tierra donde los satélites no llegan y donde no sabemos lo que hay, y las selvas amazónicas son parte importante de esos lugares. Vacío geográfico, lo llaman.

—Antes se decía *Terra Incognita* —apuntó Marta, dando un sorbo a su café. Me quedé esperando a que vomitara o hiciera algún gesto de asco, pero pareció encantarle.

—Intenten conseguir un mapa de la zona selvática de Bolivia —nos retó Efraín, que aparentaba unos cincuenta años, más o menos—. ¡No lo encontrarán! ¡Esos mapas no existen!

—Pues yo nunca he visto agujeros..., vacíos geográficos de esos de los que usted habla, en ningún atlas o mapamundi —declaró *Jabba*.

—Convencionalmente, se rellenan del color del territorio que los rodea —le aclaró el arqueólogo—. ¿Ha oído usted hablar de la larga búsqueda de las fuentes del Nilo en el siglo xix?

—¡Claro! —repuso Marc—. He visto cantidad de películas y me he dejado los ojos en viejos videojuegos sobre el tema. Burton y Stanley y toda aquella gente, ¿verdad?

Pero el arqueólogo no respondió a su pregunta.

—¿Sabe usted que, al día de hoy, en pleno siglo xxi, en el Amazonas quedan un montón de ríos de los cuales todavía se desconocen sus fuentes, sus nacimientos? Sí, no se sorprenda. Ya le he dicho que los satélites no pueden verlo todo y si la jungla es muy espesa, como es en realidad, resulta imposible saber lo que hay debajo. ¡El mismo río Heath, sin ir más lejos, ché! Nadie conoce su naciente y, sin embargo, es tan importante que dibuja la frontera entre Perú y Bolivia.

—Pero, bueno —objeté—, todo esto ¿a qué viene?

—Viene a sostener la hipótesis de que los yatiris existen —declaró Marta sin inmutarse—, de que es muy posible que realmente hayan sobrevivido durante todo este tiempo y que, por lo tanto, organizar nuestra propia expedición de búsqueda no es una locura al estilo de Lope de Aguirre. (16)

(16)   Aventurero español del siglo xvi, famoso por su expedición en busca del legendario El Dorado a lo largo del cauce del río Amazonas que terminó con un intento por establecer un reino independiente en plena selva.

—Olvida usted un pequeño detalle, Marta —repuse con sorna—. No sabemos dónde están los yatiris, es decir, no sabemos si están en la selva amazónica. ¿No le parece un poco arriesgado dar por buena una suposición semejante? Quizá se escondieron en alguna cueva de los Andes o entre los habitantes de algún poblado. ¿Por qué no?

Ella me miró inexpresivamente durante unos segundos, como dudando entre hacerme comprender mi ignorancia y estupidez de una forma delicada o no. Por suerte, se controló.

—¡Qué mala memoria tiene, Arnau! ¿Acaso no recuerda usted el mapa de Sarmiento de Gamboa? —me preguntó con una sonrisilla irónica perfilada en los labios—. Trajo usted una copia a mi despacho, así que deduzco que lo habrá estudiado, ¿no es cierto? Yo encontré ese mapa, dibujado por Sarmiento sobre un lienzo que se rompió, en los archivos del Depósito Hidrográfico de Madrid hará unos seis años. ¿Recuerda el mensaje? «Camino de indios Yatiris. Dos meses por tierra. Digo yo, Pedro Sarmiento de Gamboa, que es verdad. En la Ciudad de los Reyes a veintidós de febrero de mil quinientos setenta cinco.» —Me quedé pasmado. Era cierto; mis indagaciones sobre aquel mapa lleno de marcas que parecían pisadas de hormigas me habían llevado hasta el Amazonas, aunque en aquel momento no me había parecido un dato importante porque no comprendía su significado—. Bastaba superponer el mapa roto sobre un plano de Bolivia —agregó Marta, arrellanándose en el sofá con toda comodidad— para descubrir que representaba el lago Titicaca, las ruinas de Tiwanacu y, partiendo desde allí, un camino que se internaba claramente en la selva amazónica. Estoy convencida de que resulta plenamente factible iniciar la búsqueda de los yatiris.

Lola, que, inusualmente en ella, había permanecido incluso más callada que la doctora Bigelow, se echó hacia adelante y dejó su taza sobre la mesa, sin probar el brebaje, al tiempo que ponía una cara de acusado cansancio:

—Eso ya lo pensamos estando dentro de la cámara del Viajero, Marta —recordó—, pero ahora, aquí, en la ciudad, tomando café, las cosas parecen distintas. Le recuerdo que el mapa que encontramos en la lámina de oro sólo era un dibujo hecho con rayas y puntos sobre la nada. Lo siento, pero creo que sí es una locura.

—Todavía no hemos estudiado a fondo ese mapa, Lola —le respondió ella, muy tranquila—. Todavía no hemos revisado todo el material gráfico que usted, acertadamente, tomó en la pirámide. Nosotros, y me refiero a Gertrude, a Efraín y a mí misma, estamos dispuestos a intentarlo. Efraín y yo porque llevamos toda la vida trabajando en este tema y Gertrude porque, como ella les ha contado, conoce el tema de los indios no contactados y conoce la selva, y está convencida de que podríamos encontrar a los yatiris. Si ustedes no quieren venir, les rogaría que nos entregaran todo el material del que disponen.

Me miraba a mí sin parpadear, fijamente, esperando una respuesta.

—A cambio —añadió, ante mi obstinado silencio—, yo olvidaría el asunto de Daniel, aunque, naturalmente dentro de unos límites. Pero podríamos negociar.

Ahora la reconocía. Ahora volvía a ser la Marta Torrent con la que tanto había intimado en su despacho de la universidad. Cuando se mostraba así de cínica me sentía bien, tranquilo, capaz de hablarle en los mismos términos y de compartir la palestra en igualdad de condiciones. Incluso el hecho de verla vestida de nuevo con falda y llevando pendientes y la ancha pulsera de plata que ya le había visto en Barcelona, me ayudaba a colocarla en su lugar.

—Espera, Marta —se me adelantó la doctora Bigelow—. Está bien que olvides lo de Daniel si así lo quieres, pero no les has dejado opinar sobre la expedición. Quizá no haga falta ningún tipo de negociación. ¿Qué dicen? —nos preguntó a los tres.

¿Estaban jugando al poli malo y al poli bueno para desconcertarnos? ¿O era de nuevo mi desconfianza hacia el ser humano en general?

—¿Qué dices tú, Arnau? —me preguntó Lola pero, de nuevo, Marc se me adelantó:

—Nosotros sólo queremos curar a Daniel de la dichosa maldición aymara. Si ustedes pretenden meterse en la selva, es su problema, pero podríamos darles la documentación a cambio de la cura, o sea, que si nos traen el remedio...

—Déjame a mí, Marc —le corté. Mi colega estaba lanzado y, en el fondo, quería evitar a toda costa que nos viéramos envueltos en un extraño viaje a la selva amazónica. Podía entenderle, pero no opinaba lo mismo—. Cuando hemos empezado esta conversación, Efraín y usted, Marta, nos han ofrecido trabajar en equipo. Nos han hablado de colaboración. Ahora veo que lo que querían en realidad era el material y alejarnos de esta historia.

—Eso no es cierto —dijo el arqueólogo—. Se los puedo asegurar. Ya saben cómo es Marta de impulsiva. A priori nunca puede confiar en nadie. ¿Está bueno, comadrita?

414

—Está bueno, Efraín —murmuró ella y, luego, añadió a modo de disculpa—. Me he precipitado. Lo lamento. Suelo adelantarme a los pensamientos de los demás y sé que para ustedes un viaje a la selva resulta impensable. Por eso he llegado a la conclusión de que iban a rechazar nuestra oferta de sumarse a la expedición y he sentido miedo de que se llevaran el material o de que se negaran a compartirlo con nosotros.

Relajé los músculos y me tranquilicé. Yo, en su lugar, hubiera pensado lo mismo. Sólo que no hubiera sido tan directo. Pero podía entender sus sospechas.

—Bueno, ¿qué dicen? —nos preguntó la doctora yanqui—. ¿Vienen con nosotros?

Jabba abrió la boca de manera ostensible para decir algo pero, también ostensiblemente, *Proxi* le propinó un pisotón tremendo que me dolió incluso a mí. Mi amigo, claro, cerró la boca de golpe.

—Yo sí que voy —dije muy serio—. No me gusta en absoluto la idea pero creo que debo intentarlo. Es mi hermano quien necesita ayuda y, aunque estoy seguro de que ustedes harían todo lo posible por traer el remedio que necesita, yo no me podría quedar tranquilo esperando. Además, y perdónenme si soy demasiado sincero, si por casualidad no lo trajeran, siempre pensaría que fue porque yo no les acompañé, porque ustedes no pusieron el interés necesario o porque, al no ser su objetivo principal, lo dejaron pasar por alto sin darse cuenta. De modo que debo ir, pero no puedo hablar por boca de mis amigos porque ellos ya han hecho mucho y tienen que tomar su propia decisión. —Miré a Marc y a Lola y esperé.

Jabba, con el ceño fruncido, permaneció mudo.

—¿Nos descontarías el tiempo de nuestras vacaciones? —me preguntó Lola, recelosa.

—¡Por supuesto que no! —respondí, ofendido—. No soy tan cabrón, ¿no es cierto?

—Perdona, Arnau, pero siempre hay que desconfiar de los jefes y mucho más de un jefe que también es amigo. Ésos son los peores.

—No sé de qué planeta vienes tú, hija mía —repuse muy molesto—, pero no creo que tengas motivos para quejarte de mí.

—No, si no los tengo —afirmó muy templada—. Pero mi madre me enseñó desde pequeña que toda precaución es poca y como experta en seguridad informática lo ratifico. Bueno, pues si no nos vas a descontar el tiempo de las vacaciones, entonces te acompañamos.

—¡Yo también tendré algo que decir, ¿no?! —protestó *Jabba*, imponiéndose a *Proxi*—. No estoy de acuerdo con esta decisión que se ha tomado en mi nombre. Yo no quiero ir a la selva. ¡Ni muerto pienso entrar en un lugar tan peligroso! Me gusta mucho la naturaleza, eso es verdad, pero siempre y cuando sea una naturaleza normal, europea... sin animales salvajes ni tribus de indios que disparan flechas al hombre blanco.

Proxi y yo nos miramos.

—Arnau es más cobarde que tú —le animó ella— y va a ir sin protestar.

—Él tiene a su hermano enfermo y yo no.

—Está bien —dijo Lola, dándole de lado—, pues no vengas. Iremos *Root* y yo. Tú puedes volverte a Barcelona y esperarnos.

Eso pareció hacer mella en él. La idea de ser separado del grupo, marginado, devuelto a Barcelona como un paquete y, sobre todo, el hecho de que Lola vagabundeara por el mundo sin él, corriendo el riesgo de caer en brazos de otro (la selva, ya se sabe, es muy afrodisíaca y los salvajes, muy delgados y atractivos), era más de lo que podía soportar. Puso cara de huérfano arrepentido y una mirada perdida y lastimera.

—¿Cómo voy a dejar que vayas sin mí? —protestó débilmente—. ¿Y si te pasa algo?

—Alguien me echará una mano, no te preocupes.

Marta, Efraín y Gertrude nos miraban desconcertados. Todavía no estaban seguros de si la escena que tenía lugar ante sus ojos era un conflicto serio o una bobada normal. Con el tiempo llegarían a acostumbrarse y a no darle la menor importancia, pero en aquella primera entrevista se les notaba perdidos. Había que hacer algo. Tampoco era plan alargar una situación violenta para nuestros anfitriones.

—Bueno, deja de hacer el idiota, anda —le dije—. Te vienes y en paz. Ya sabes que Lola jamás admitirá que le da miedo ir sin ti.

—¡Qué! —se sorprendió ella—. Arnau, tú sí que eres idiota.

Le hice un significativo movimiento de cejas para que comprendiera mi maniobra, pero no pareció darse por enterada.

—Vale, iré —concedió Marc—. Pero tú corres con todos los gastos.

—Por supuesto.

Marta, que ya había tenido ocasión de conocer (un poco) a *Jabba* dentro de la pirámide, fue la primera en reaccionar:

—Muy bien. Entonces, decidido. Iremos los seis. ¿Les parece que quedemos aquí mañana para empezar a trabajar sobre el mapa de oro?

Yo asentí.

—Pero, ¿y sus excavaciones en Tiwanacu? —pregunté.

—Suspendidas hasta nuestro regreso por trámites burocráticos —dijo Efraín con una gran sonrisa en los labios—. Y, ahora, ¿les apetece un buen trago de aguardiente de Tarija? ¡No lo habrán probado mejor en sus vidas, se los prometo!

Cargados con todo nuestro equipo informático y con el material que sacamos de la pirámide (rosquilla incluida), cogimos al día siguiente una movilidad y nos presentamos a media mañana en casa de Efraín y Gertrude. Por lo visto, Marta se alojaba allí siempre que se encontraba en Bolivia, así que era como su segunda residencia pues, según nos contó, pasaba en Bolivia al menos seis meses al año. Yo me pregunté qué tipo de matrimonio era el suyo, con el marido viviendo en Filipinas y ella paseándose de un extremo a otro del mundo en la dirección contraria, pero, en fin, aquél no era asunto mío, aunque no por eso *Proxi* se abstuvo de especular abundantemente sobre el tema durante unos cuantos días.

Aquel miércoles, 12 de junio, salió fresco y otoñal así que no nos importó sacrificarlo trabajando en el dichoso plano cubista de la cámara. Teníamos que encontrarle un sentido y, para ello, Efraín había recurrido desde buena mañana a todos sus conocidos y amigos en los ministerios y en el ejército con el fin de encontrar la cartografía más detallada de Bolivia que existiera en ese momento. Un par de becarios de Tiwanacu y un conscripto (17) la trajeron al poco de llegar nosotros y nos

(17)   En Bolivia, recluta, quinto.

quedamos impresionados al ver la enorme cantidad de zonas del país —especialmente de la Amazonia boliviana— que aparecían vacías y con el rótulo «Sin datos». Aquéllos, por supuesto, no eran mapas de andar por casa ni mucho menos. Eran los mejores y más detallados mapas oficiales del país, de modo que no se andaban con chiquitas pintando de colorines los vacíos geográficos. Resultaban especialmente penosas las ampliaciones de las zonas selváticas que había pedido Efraín. Fue entonces, viendo aquellos agujeros blancos, cuando comprendí lo que él nos había dicho la noche anterior: el mundo no está totalmente explorado, ni totalmente cartografiado, ni los satélites lo vigilan todo desde el cielo por mucho que se empeñen en hacernos creer lo contrario.

Aumentamos tanto las imágenes del plano de la lámina de oro como las del plano de Sarmiento de Gamboa y para ello utilizamos también los ordenadores y las impresoras de Efraín y de Gertrude —y, de paso, les ajustamos un poco los sistemas operativos Windows, dejándoselos más estables y eficaces de manera que no les aparecieran las famosas pantallas azules de errores supuestamente graves—. El resultado de dichas ampliaciones fue un acoplamiento perfecto entre los puntos significativos de ambos mapas con la inesperada sorpresa de que, donde terminaba el de Sarmiento, terminaba también el de la plancha de oro, que mostraba apenas un poco más de camino pero sólo para concluir abruptamente en un triángulo idéntico al quesito en porciones de la parte posterior de la rosquilla. Rápidamente les conté mi descubrimiento del día anterior y saqué el aro de piedra de mi bolsa para mostrarlo.

—No entiendo qué relación puede tener —objetó

Marta, abandonándolo con cuidado sobre la mesa después de examinarlo—. Debe de ser una especie de tarjeta de presentación. El final del camino significa que aquí es donde están los yatiris —y puso el dedo en la porción del mapa de oro—. Sólo tenemos que colocar este croquis sobre los planos del ejército y comprobar la ubicación del refugio.

No era tan fácil de hacer como de decir. Los planos cartográficos del ejército eran grandes como sábanas y, en comparación, nuestras ampliaciones parecían servilletas, de modo que tuvimos que volver a imprimir a un tamaño superior, y por partes separadas, el boceto sacado de la lámina de la cámara para no volvernos locos ni quedarnos ciegos. Cuando, por fin, logramos nuestro objetivo, tuvimos que poner una lámpara en la parte inferior de la gran mesa de comedor, que tenía la superficie de cristal, para poder apreciar bien la ruta y dibujarla con un lápiz sobre el mapa militar. Claro que resultó mucho más sencillo, por la claridad, en cuanto entramos en una de las zonas blancas de vacío geográfico más grandes de Bolivia, porque se veía perfectamente la raya negra del boceto que avanzaba sin misericordia hacia el interior de aquella nada para ir a detenerse en el perfectamente visible triángulo abolsado; una pirámide minúscula en un desierto gigantesco.

—¿Qué territorio es éste? —pregunté, desalentado.

—¡Pero, hijo, Arnau! —me amonestó Lola—. ¿Es que no ves con suficiente claridad el aviso «Sin datos» que hay en el centro?

—Claro que lo veo —declaré—. Pero, aun así, esta zona del país recibirá algún nombre, ¿no es cierto?

—Bueno, claro —me respondió Efraín, calándose las gafas e inclinándose sobre la mesa—. Está al noroeste del país, entre las provincias de Abel Iturralde y Franz Tamayo.

—¿Es que aquí las provincias llevan nombres de personas? —se extrañó Marc.

—Muchas, sí —le aclaró Gertrude con una sonrisa—. Algunas fueron bautizadas a la fuerza durante la dictadura. Franz Tamayo era, hasta 1972, la famosa tierra de Caupolicán.

—¡Ah, carajo, ya lo veo claro! —exclamó de pronto el arqueólogo, incorporándose—. Nuestro camino de indios yatiris se interna en el parque nacional Madidi, una de las reservas naturales protegidas más importantes de toda Sudamérica.

—¿Entonces por qué está en blanco todo esto? —preguntó Lola señalando el enorme vacío geográfico—. Si se trata de un parque nacional, debería conocerse el interior.

—Se lo acabo de decir, Lola —insistió el arqueólogo—. Es una reserva natural protegida de unas dimensiones descomunales. Mire lo que pone aquí: diecinueve mil kilómetros cuadrados. ¿Sabe cuánto es eso? Muchísimo. Una cosa es que, sobre plano, se marquen límites figurados y otra muy distinta, que se haya puesto el pie allí. Además, no toda esta *Terra Incognita* forma parte del parque, observe que, a la fuerza, un parque nacional boliviano debería terminar en sus fronteras con otros países pero aquí se ve con toda claridad que el territorio desconocido se extiende también hacia el interior de Perú y Brasil. Y vea, fíjese en este fino ribete al comienzo del parque que se encuentra fuera del vacío geográfico. Esa zona sí se conoce.

—Ahí sólo se ve selva —objetó Marc.

—¿Y qué otra cosa quiere en un parque natural

amazónico? —le respondió Marta señalando a continuación Tiwanacu sobre el mapa del ejército—. De modo que los yatiris se marcharon de Taipikala en torno a 1575, fecha en la que Sarmiento de Gamboa tiene acceso, no sabremos nunca cómo, a la información de su ruta de huida. Antes de eso, estaban muriendo a causa de las enfermedades que los españoles habíamos traído de Europa y vivían repartidos y ocultos en las comunidades agrícolas del Altiplano, confundiéndose con los campesinos. —El dedo de la catedrática fue perfilando con delicadeza la línea dibujada por el lápiz en el mapa del ejército—. Se marcharon en dirección a La Paz, pero no llegaron a entrar, encaminándose hacia los altos picos nevados de la cordillera Real y cruzándolos aprovechando la cañada formada por la cuenca del río Zongo hasta su desembocadura en el Coroico, que les llevó hasta las minas de oro de Guanay. Desde allí continuaron el descenso hacia la selva siguiendo el cauce del río Beni. Quizá utilizaron embarcaciones o quizá no, es difícil de saber, aunque la ruta, desde luego, está trazada siguiendo siempre cursos de agua.

—Pero los conquistadores hubieran descubierto fácilmente un grupo de barcos cargados de indios —comentó Lola.

—Sin duda —convino Marta, y tanto Efraín como Gertrude asintieron con la cabeza—. Por eso es difícil imaginar cómo pudieron hacerlo, si es que realmente lo hicieron. Además, recordemos la frase de Sarmiento de Gamboa: «Dos meses por tierra.» Quizá se marcharon a pie, simulando una caravana comercial para justificar las llamas cargadas de bultos, o quizá lo hicieron en pequeños grupos, en pequeñas familias, aunque eso hubiera sido mucho más peligroso, sobre todo en el interior de la selva. Vean cómo la ruta abandona aquí el río Beni y se interna en plena jungla, en territorio desconocido.

—Toda esa zona está dentro del Parque Nacional Madidi —comenté yo—. ¿Se puede entrar allí?

—No —dijo tajantemente la doctora Bigelow—. Todos los parques tienen una normativa muy estricta respecto a ese punto. Para poder entrar se necesitan unos permisos especiales que sólo se consiguen por razones de estudio o investigación. Ahora están abriendo un poco la mano porque el ecoturismo y el turismo de aventura en estas zonas naturales empiezan a ser unas fuentes importantes de recursos incluso para las comunidades indígenas, pero los visitantes sólo pueden entrar con autorización y únicamente para recorrer unas rutas prefijadas que no se adentran demasiado en la jungla y que no presentan excesivos peligros.

—¿Qué tipo de peligros? —quiso saber Marc, con interés patológico.

—Caimanes, serpientes venenosas, jaguares, insectos... —enumeró Gertrude sin inmutarse—. ¡Ah, por cierto! Van a tener que vacunarse —dijo, mirándonos a los tres—. Deberían ir ahora mismo a una farmacia a comprar las jeringas y, luego, acercarse al Policlínico Internacional, que no está muy lejos, para que les pongan las vacunas contra la fiebre amarilla y el tétano.

—¿Tenemos que comprarnos las jeringuillas? —se asombró mi amigo.

—Bueno, las vacunas son gratuitas, pero las jeringas hay que llevarlas en mano.

—¿Y tenemos que ir ahora? —me desmoralicé.

—Sí —repuso Gertrude—. Cuanto antes, mejor. No sabemos cuándo tendremos que marcharnos, así que no conviene demorarnos. Yo les acompaño, si quieren. Estaremos de vuelta en treinta minutos.

Mientras recogíamos nuestras cosas y, conducidos por la doctora Bigelow, salíamos de la casa en dirección a una farmacia, me volví para mirar a Efraín y a la catedrática:

—Vayan pensando cómo demonios vamos a explicar la investigación que queremos hacer en el Parque Madidi para que nos den los permisos de entrada.

—Pues, se lo crea o no —me respondió el arqueólogo calvo—, eso era lo que tenía en mente.

Nos dejamos pinchar como benditos en el Policlínico Internacional, un sitio que me dio muy mala espina hasta que comprobé que las medidas higiénicas eran aceptables. Entonces estiré el brazo convencido de que no moriría de una infección o un absceso, aunque muy poco seguro respecto a los efectos secundarios de las vacunas. La del tétano ya me la había puesto un par de veces a lo largo de mi vida (aunque sólo la primera dosis), y no recordaba que me hubiera provocado reacción, pero la de la fiebre amarilla me preocupaba bastante, incluso después de saber que sólo podía causarnos un poco de dolor de cabeza y algunas décimas. De hecho, me sentí enfermo el resto del día, aunque debo admitir que sólo cuando lo pensaba.

Volvimos a casa de Gertrude y Efraín y, como ya era casi la hora de comer, fuimos a un restaurante cercano. Cuando ya íbamos por el segundo plato —carne de llama estofada—, volví a plantear el problema que me martilleaba la cabeza:

—¿Han pensado cómo vamos a obtener los permisos?

Marta y el arqueólogo se miraron de reojo antes de responder.

—No vamos a pedirlos —indicó él, dejando los cubiertos apoyados en el plato.

Fue su mujer, Gertrude, quien saltó como si la hubiera picado un escorpión:

—Pero... ¡Por Dios, Efraín! ¿Qué estás diciendo? ¡No se puede entrar sin permiso!

—Lo sé, linda, lo sé.

—¿Entonces...? —el tono de la doctora Bigelow era apremiante.

—No se ponga usted así, ché —le respondió él, utilizando de pronto un extraño tratamiento de respeto que, en realidad, en Bolivia era la forma más cercana e íntima para dirigirse a un familiar—. Ya sabe que no nos los darían.

—¿Cómo que no? —objetó ella, utilizando la misma fórmula—. Sólo tiene que contar a sus amigos del ministerio la investigación sobre los yatiris.

—¿Y cuánto tiempo cree que tardaría en salir en la prensa? Usted sabe igual que yo cómo son las cosas aquí. Antes de que nosotros llegáramos a la entrada del parque, ya habría cien arqueólogos rastreando la zona y la historia de los yatiris sería portada en todos los periódicos.

—Pero, óigame, Efraín, no podemos meternos en la selva sin que nadie lo sepa. ¡Es una locura!

—Estoy de acuerdo contigo, Gertrude —apostilló Marta, interviniendo en la conversación—, y ya se lo he dicho a Efraín. Además, necesitaríamos guías indígenas que conocieran la jungla y ellos tres —e hizo un gesto con la barbilla hacia Marc, hacia Lola y hacia mí—, no han estado nunca allí, no saben lo que es el «Infierno verde». Nosotros podríamos defendernos, pero ellos no. Serían vulnerables a todo.

—No si les protegemos bien, comadrita —la cortó el arqueólogo, echándose hacia adelante para hablar más bajo—. Oigan, ¿acaso no se dan cuenta de lo importante que es esto? Cualquier filtración acabaría con nuestro trabajo y no sólo eso: ¿se imaginan que los conocimientos de los yatiris cayesen en manos de gentes sin escrúpulos? ¿Se han planteado que si esos sabios están de verdad en la selva su poder podría convertirse en un asunto de seguridad nacional o, aún peor, en una mercadería a la venta como las armas de destrucción masiva?

El arqueólogo me caía bien. Era un tipo que hablaba claro y que no se andaba por las ramas. Aquel mismo peligro lo había detectado yo estando en la Pirámide del Viajero, cuando creía que Marta tenía unos intereses distintos a los académicos en su búsqueda del poder de los yatiris de Taipikala. Efraín había llegado a una conclusión fría pero real: manejábamos material sensible, uranio enriquecido, y, si no llevábamos cuidado, podíamos provocar una situación catastrófica que escaparía sin remedio de nuestro control.

—Pero eso será lo que ocurra cuando nosotros les encontremos —dijo Marta, volviendo a la carne de llama que se enfriaba en su plato.

—¡No, porque nosotros lo daremos a conocer con el mayor respeto del mundo, desactivando la espoleta del peligro y a través de revistas científicas de difusión internacional! Si consentimos que este asunto se nos vaya de las manos, los yatiris podrían acabar en algún lugar terrible, como la base militar de Guantánamo, convertidos en cobayas de laboratorio y nosotros, los seis, desaparecidos en algún accidente misterioso. —Hizo el gesto en el aire de poner comillas a la palabra—. ¿Me entienden lo que les quiero decir o no? El poder de las palabras, del lenguaje, el control del cerebro humano a través de los sonidos es algo demasiado atractivo para cualquier gobierno. Y esto es un trabajo de investigación histórica y arqueológica, por eso debemos tomar todas las providencias posibles y no decírselo a nadie.

—No sé si estás exagerando, Efraín —murmuró Marta—, o si te acercas demasiado a la verdad. En cualquier caso, la prudencia me parece una buena medida siempre y cuando no suponga poner en peligro nuestras vidas.

—Lo más peligroso es la selva, comadrita —le dijo él afectuosamente—, ya lo sabes, y el único problema sería, si hacemos lo que yo digo, llevarlos a ellos tres al «Infierno verde». Pero te repito lo que he dicho antes: podemos protegerles.

Sin embargo, yo no estaba muy seguro de eso. Por encima de todo quería ayudar a mi hermano, pero si hacerlo significaba convertirme en pienso para pumas, poco salíamos ganando él y yo.

—¿Y por qué no contratamos guías indígenas como ha dicho Marta? —pregunté, dando un largo trago a mi vaso de agua mineral. Tenía la garganta seca.

—Porque ninguno querría venir con nosotros si no tenemos los permisos oficiales —me explicó Efraín—. Piense que las comunidades indígenas de las zonas naturales son las que abastecen de guardaparques al Sernap, el Servicio Nacional de Áreas Protegidas. ¿Quién puede conocer mejor que los indios la selva que deben proteger? Cualquier guía que pudiésemos contratar sería el primo, el hermano, el tío o el vecino de un guardaparque del Madidi, así que no iríamos muy lejos, no le quepa duda. Además, son comunidades muy pequeñas, pueblos de unos pocos cientos de habitantes. En cuanto alguno de ellos se ausentase, todos sabrían adónde ha ido, con quién y para qué.

—¿Aunque los sobornásemos con una buena cantidad de dinero? —insistí.

—En ese caso sólo conseguiríamos a los guías menos dignos de confianza —apuntó Gertrude, hablando con mucha seguridad—, aquellos que nos abandonarían en la jungla el día menos pensado llevándose todo el material y los alimentos que pudieran cargar. No vale la pena intentarlo.

—Pero, no podemos ir sin guías, ¿verdad? —preguntó Marc angustiado—. Sería un suicidio.

—¡Pero si tenemos la mejor guía que podríamos desear! —exclamó Efraín muy ufano, echándose hacia atrás y sacando pecho—. ¿Tú qué dices, Marta?

La catedrática hizo un gesto de asentimiento al tiempo que miraba a la doctora Bigelow con una sonrisa, pero no me pareció que estuviera plenamente convencida de lo que afirmaba.

—¿Se te ocurre alguien mejor que ella? —insistió el arqueólogo.

Marta denegó repetidamente con la cabeza, pero yo seguí percibiendo una sombra de duda detrás de sus parcos gestos y sonrisas.

La doctora Bigelow, intentando justificar el entusiasmo de su marido, se volvió hacia nosotros y, con naturalidad nos explicó que había pasado los últimos quince años de su vida trabajando para Relief International, una ONG norteamericana que procuraba médicos itinerantes a las comunidades indígenas aisladas de todos los países del mundo. Ella, además de coordinar los equipos médicos que trabajaban con las comunidades rurales situadas en las estribaciones de los Andes, formaba parte de uno de ellos, viéndose obligada en multitud de ocasiones a internarse en los bosques tropicales para llegar hasta algún grupo indígena apartado. Por eso la Secretaría Nacional de Salud del Ministerio de Salud y Previsión Social había recurrido a sus servicios para las dos expediciones oficiales que el gobierno boliviano había enviado a la Amazonia en busca de indios no contactados dentro de sus fronteras.

—Y, precisamente por mi experiencia, puedo garantizar —señaló para terminar— que yo sola no sirvo como guía de una expedición que va a internarse en territorio desconocido con tres personas que no han puesto el pie en la selva en toda su vida.

—¿Ni aunque les vigilemos constantemente? —preguntó un defraudado Efraín.

—Habría que vigilarles constantemente y mucho más —dijo ella—. No podríamos perderlos de vista ni un instante.

—Cada uno de nosotros se hará cargo de uno de ellos —resolvió su marido, poniendo ambas manos sobre la mesa con firmeza—. No les quitaremos la vista de encima y procuraremos enseñarles todo lo que sabemos sobre los peligros potenciales de la selva. Me comprometo a traerlos de vuelta sanos y salvos.

La idea de que nos cuidaran como a niños de guardería, con atención personalizada, me pareció un buen motivo para tranquilizarme. Vi el mismo alivio en la cara de Marc y de Lola.

—Hay otro problema, Efraín —objetó de nuevo la doctora—. Creo que no te has parado a pensar que, si nos descubren dentro del parque, lo pagaremos muy caro. Será un escándalo muy grande.

—Bueno... —dije yo, metiéndome por medio—, si nos descubren será porque han decidido eliminar vacíos geográficos y no creo que eso vaya a ocurrir en este preciso momento, ¿verdad? Y en cuanto al escándalo, doctora Bigelow, creo que ya está incluido en el precio de la entrada. Si nosotros nos la vamos a jugar por ayudar a mi hermano, ustedes también tienen sus propios e importantes intereses para buscar a los yatiris. Marta lo explicó muy bien ayer: Efraín y ella llevan toda la vida trabajando en este tema y usted, Gertrude, mantiene la fe en encontrar a unos yatiris no contactados por ningún ser humano desde hace quinientos años. Ése es su precio.

La doctora sonrió.

—Se equivoca, Arnau —dijo con acento misterioso—. Eso es sólo una parte pequeña de mi precio.

Marta y Efraín intercambiaron miradas y leves sonrisas.

—¿De qué habla, Gertrude? —le preguntó Lola, muy interesada. Su instinto de mercenaria había despertado.

—Desde que entré a formar parte del secreto de los yatiris —empezó a explicar la doctora, abandonando los cubiertos en el plato y arreglándose discretamente el pelo ondulado—, me obsesionó lo que ustedes llaman el poder de las palabras, la capacidad del lenguaje aymara para producir extraños efectos en los seres humanos a través de los sonidos. Como médica, sentí una gran curiosidad y he pasado los últimos años conciliando mi trabajo en Relief con la investigación científica sobre la influencia del sonido en el cerebro. Tengo mi propia teoría sobre el asunto y mi precio, Lola, es descubrir si estoy en lo cierto.

El silencio se hizo alrededor de la mesa.

—Y... ¿cuál es esa teoría? —me atreví a preguntar, intrigado. Aquello prometía.

—Es demasiado aburrido —se excusó ella, desviando la mirada.

—¡Oh, venga, linda! —protestó su marido—. ¿Acaso no ves que se mueren por saberlo? Tenemos tiempo.

—Cuéntaselo, Gertrude —apuntó Marta—. Lo entenderán perfectamente.

La doctora Bigelow empezó a jugar con unas migas que había sobre el mantel.

—Está bien —dijo—. Si no comprenden algo me lo preguntan.

Con un gesto rápido, cruzó los brazos sobre la mesa y tomó aire.

—Verán —empezó a explicar—, durante los últimos cincuenta años se han realizado grandes avances en el estudio del cerebro humano. Apenas sabíamos nada y, de pronto, todo el mundo empezó a estudiar las cosas que este órgano tan perfecto es capaz de hacer. Actualmente continúa siendo un gran misterio y seguimos utilizando solamente el cinco por ciento de su inmensa capacidad, pero hemos avanzado mucho y somos capaces de trazar un mapa bastante completo de las distintas áreas y funciones. También sabemos que la inmensa actividad eléctrica del cerebro, que emite infinidad de tipos de ondas, provoca que neuronas individuales o grupos de neuronas emitan ciertas sustancias químicas que controlan nuestros estados de ánimo y nuestros sentimientos y, por lo tanto, los comportamientos provocados por los mismos. Estas sustancias, o neurotransmisores, aunque circulan por todas partes, pueden operar en lugares bastante específicos con resultados muy diferentes. Se conocen más de cincuenta neurotransmisores, pero los más importantes son siete: dopamina, serotonina, acetilcolina, noradrenalina, glutamato, y los opiáceos conocidos como encefalinas y endorfinas.

—¡Un momento! —exclamó Marc, alzando la mano en el aire—. ¿Ha dicho usted que esas sustancias que circulan por nuestro cerebro son las causantes de nuestros sentimientos?

—En efecto, así es —confirmó Gertrude.

—¡Pero eso es fantástico! —se entusiasmó—. Somos máquinas programables como los ordenadores.

—Y el código que nos maneja son esos neurotransmisores —añadí yo.

—Exacto —confirmó él, cuyo cerebro de ingeniero iba y venía a velocidades cuánticas—. Si escribiésemos con neurotransmisores podríamos programar a las personas.

—Déjenme seguir —nos pidió la doctora Bigelow, con un acusado acento yanqui—. Lo que les estoy diciendo no es una teoría: está científicamente comprobado desde hace muchos años y hoy en día aún sabemos mucho más. ¿Qué le parecería, Marc, si yo le dijera que, estimulando eléctricamente una zona del lóbulo temporal de su cerebro y, por lo tanto, activando ciertos neurotransmisores, puedo provocar que usted tenga una profunda experiencia mística y que esté convencido de que ve a Dios? Pues esto es cierto, está empíricamente comprobado, como también lo es que no se ha encontrado ninguna zona del cerebro donde radique la felicidad, aunque sí las hay para el dolor, tanto físico como anímico, y para la angustia. Si la dopamina circula por su cerebro, usted sentirá placer, pero sólo durante el tiempo que ese neurotransmisor esté activo. Cuando deje de estarlo, la sensación o el sentimiento desaparecerá. Si está muy atareado o muy concentrado en alguna tarea, una parte de su cerebro llamada amígdala, que es la responsable de generar las emociones negativas, permanecerá inhibida. Por eso dicen que mantenerse ocupado cura todos los males. En fin, la cuestión es que tanto el miedo como el amor, la timidez, el deseo sexual, el hambre, el odio, la serenidad, etcétera, nacen porque hay una sustancia química que se activa por una pequeña descarga eléctrica. Siendo más concreta, hay una clase especial de neurotransmisores, los llamados neurotransmisores peptídicos, que trabajan de una manera mucho más precisa y que pueden hacer que cualquiera de nosotros odie el color amarillo, tenga ganas de escuchar música o de leer un libro, o se sienta atraído por los pelirrojos —y terminó mirando a Lola con una sonrisa.

—O tenga miedo a volar —añadió Marc.

—En efecto.

—O sea, que el aymara contiene algún tipo de onda electromagnética —aventuró *Proxi* con cara de no estar muy segura de ello— que los yatiris saben utilizar.

—No, Lola —denegó Gertrude, agitando su pelo pajizo al mover la cabeza—. Si mi teoría es cierta, y es lo que quiero descubrir con este viaje, se trata de algo mucho más sencillo. Yo creo que el aymara es, con diferencia, la lengua más perfecta que existe. Efraín y Marta me lo han explicado muchas veces y, aunque apenas la entiendo, sé que tienen razón. Pero lo que yo creo es que, en realidad, se trata de un *vehículo* perfecto para bombardear el cerebro con sonidos. ¿Han visto la típica escena de película en la que una copa de cristal estalla cuando se produce cerca un sonido muy fuerte o muy agudo? Pues el cerebro responde de la misma manera cuando se le bombardea con ondas sonoras.

—¿Estalla? —bromeó *Jabba*.

—No. Resuena. Responde a la vibración del sonido. Estoy convencida de que lo que hace el aymara es propiciar que un determinado tipo de ondas puedan ser producidas por los órganos fonadores de la boca y la garganta y que lleguen al cerebro a través del oído disparando los neurotransmisores que provocan tal o cual estado de ánimo o tal o cual sentimiento. Y si lo que activa son los especializadísimos neurotransmisores peptídicos, entonces puede conseguir casi cualquier cosa.

—Pero, ¿y el aymara que se sigue hablando hoy en día? —pregunté, intrigado—. ¿Por qué no produce los mismos efectos...?, ¿por las pequeñas influencias del quechua y el castellano de los últimos quinientos o seiscientos años?

—No, no lo creo —rehusó la doctora—. Mi teoría, como les he dicho, es que el aymara es el vehículo perfecto para producir los sonidos que alteran el cerebro, pero ¿en qué orden o secuencia hay que producirlos para que provoquen el efecto deseado? ¿Un solo sonido de la maldición que afectó a su hermano fue el que lo causó todo o se trató, más bien, de una combinación determinada de sonidos? Creo que lo que hacen los yatiris es pronunciar las palabras precisas en el orden necesario.

—En resumen: las fórmulas mágicas de toda la vida —apuntó Lola con retintín, como quien ve confirmada su teoría—. No es por trivializar, ni mucho menos, pero ¿se han planteado que la vieja expresión de los cuentos de brujas, el famoso *Abracadabra*, podría contener los principios de la teoría de activación de neurotransmisores?

—¡Sería interesante hacer un estudio sobre eso! —señalé yo.

—¡No sigas, que te conozco! —exclamó Marc, preocupado—. Y eres capaz de dejarlo todo para meterte de cabeza en el asunto.

—¿Cuándo he hecho yo eso? —me indigné.

—Muchas veces —confirmó Lola con indiferencia—. La última, el día que descubriste un papel misterioso con unas palabras en aymara que parecían tener relación con la enfermedad de tu hermano.

La doctora Bigelow, Marta y Efraín nos escuchaban perplejos.

—Bueno, la cuestión es que sería interesante —insistí, molesto. No estaba dispuesto a dar mi brazo a torcer.

—Estoy de acuerdo con usted, Arnau —dijo, sonriendo, la doctora Bigelow—. Por eso voy a seguir a Efraín y a Marta en esta loca aventura. Averiguar si mis teorías son ciertas es mi único precio —terminó.

Efraín sonrió satisfecho y nos miró henchido de orgullo.

—Entonces, ¿qué? —preguntó—. ¿Nos vamos a buscar a los yatiris?

Todos asentimos sin titubear, incluso Marc. Sabíamos que estábamos dando el sí a la mayor chifladura de la historia pero era esa cualidad de insensatez y disparate lo que la convertía en un reto irrechazable.

—¿Cuándo nos iríamos? —preguntó *Proxi*, alzando en el aire su taza de espeso, amargo y arenoso café boliviano. Reconocía aquel brillo peculiar en sus ojos negros: era el mismo que asomaba siempre que tenía un desafío delante. Sinceramente, hubiera preferido que el desafío pudiera afrontarse con un teclado y un monitor pero, como era imposible, más valía dejarse arrastrar por el subidón de adrenalina de una aventura tan extravagante como aquélla.

—Si logramos preparar el material, estudiar la zona, agenciarnos transporte y darles a ustedes un cursillo acelerado de supervivencia en la jungla —bromeó Efraín—, podemos salir el día lunes.

Con una lista en las manos más larga que un día sin pan (elaborada entre todos la tarde anterior, al regreso del restaurante), Lola y yo salimos el jueves por la mañana del hotel dispuestos a hacer la compra. Llevábamos también un catálogo de comercios donde adquirir los materiales, que iban desde tiendas de campaña, hamacas, sacos y mosquiteras, hasta platos, filtros y pastillas depuradoras para el agua, papel higiénico o repelente para insectos. Estuvimos todo el día de arriba para abajo, encargando que todo lo que comprábamos fuera llevado a nuestro hotel, desde donde partiríamos al lunes siguiente después de dejar nuestras cosas en casa de Efraín y Gertrude y de pagar la cuenta para que no salieran en nuestra busca por morosos. Pasamos un gran apuro cuando tuvimos que pedir los machetes para abrir trochas en la selva, pero el vendedor, con toda tranquilidad, nos mostró distintos modelos, a cual más afilado, grande y peligroso, y nos recomendó una marca alemana que, según él, fabricaba las mejores hojas de acero. Mientras nosotros nos dejábamos la piel y el dinero del fondo en las compras, Marta se dirigió a El Alto, el barrio más elevado de la ciudad donde se encontraba el aeropuerto en el que habíamos aterrizado a nuestra llegada a La Paz. Allí estaba también la terminal de la TAM (Transporte Aéreo Militar), la única compañía que ofrecía vuelos entre La Paz y Rurrenabaque, pueblo que servía de punto de partida para visitar el Parque Nacional Madidi. La otra alternativa para llegar hasta allí era la tristemente famosa carretera de los Yungas, más conocida como Carretera de la Muerte por los numerosos accidentes de tráfico que se producían en sus terribles cuestas y curvas pero, aparte de este obvio motivo para no utilizarla, existía también el problema del tiempo: se necesitaban unas quince o veinte horas para llegar hasta Rurrenabaque. Y eso en la estación seca del año, porque en la de lluvias ni se sabía. Hubo suerte y, aunque hasta última hora no pudimos estar seguros, Marta consiguió los seis pasajes para el lunes 17 de junio porque, al encontrarnos en plena época turística, se habilitaban vuelos suplementarios debido a la gran demanda. En total, nos costaron unos setecientos euros más un adelanto a cuenta para la reserva de los billetes de regreso. No sabíamos la fecha con certeza, pero suponíamos que sería hacia finales de mes, de modo que, si no queríamos quedarnos sin vuelo a La Paz en plena operación de salida y llegada, debíamos dejar la reserva apalabrada.

Gertrude no lo tuvo nada fácil para conseguir el material médico del botiquín. Incluso su posición como coordinadora de Relief International en Bolivia resultó más un estorbo que una ayuda. De los distribuidores que servían a su ONG consiguió los productos más básicos, como el suero, los analgésicos, las vendas, los antibióticos, las jeringuillas y las agujas desechables, pero no encontró la forma de adquirir, sin llamar la atención, el antídoto contra el veneno de serpiente, el llamado suero antiofídico polivalente, ni tampoco la jeringa-pistola necesaria para inyectarlo. En estas cuestiones y otras similares ocupó todo el jueves, el viernes y el sábado, mientras Efraín y Marc estudiaban la zona del Madidi y la forma de entrar en el parque sin ser descubiertos.

Una de las primeras cosas que encontraron sobre el parque, navegando por la red, fue una entrevista hecha a un tal Álvaro Díaz Astete, conocido de Efraín y Marta, que había sido director del Museo de Etnografía de Bolivia y era el autor del único mapa étnico de este país. En ella, Díaz Astete afirmaba que estaba seguro de que existían tribus no contactadas en la región del Madidi, en las desconocidas nacientes del río Heath y en el valle del río Colorado. Pero lo más sorprendente era que alguien como él aseguraba que uno de esos grupos no asimilados era el de los Toromonas, una tribu misteriosamente desaparecida durante la guerra del caucho del siglo XIX que, según la leyenda, fue una gran aliada de los incas a los que ayudaron a desaparecer en la selva con sus grandes tesoros tras la derrota sufrida contra los españoles. Estos datos históricos, al parecer ciertos, habían fraguado la leyenda de la ciudad perdida de El Dorado o Paitití, oculta en el Amazonas. Sin embargo, los Toromonas se daban por desaparecidos desde hacía más de un siglo y constaban como oficialmente extinguidos, por eso las declaraciones de Díaz Astete sobre la posibilidad de que continuaran subsistiendo entre los grupos no contactados del Madidi reforzaba nuestra convicción de que los yatiris podían perfectamente encontrarse en una situación parecida. En realidad, nadie sabía lo que había en esos vacíos geográficos y eran famosas las infortunadas expediciones del coronel británico Percy Harrison Fawcett en 1911 (el hombre encargado de dibujar las fronteras de Bolivia con Perú, Brasil y Paraguay) o del noruego Lars Hafskjold en 1997, de los que no había vuelto a tenerse noticias tras internarse en la zona.

El Madidi era, pues, un agujero negro geográfico calificado por la revista *National Geographic* (18) y por un informe de Conservation International (19) como la mayor reserva mundial de biodiversidad, en la que, por ejemplo, podían encontrarse más especies de aves que en todo el territorio de Norteamérica.

Los descubrimientos informativos que Marc y Efraín le iban arrancando a la red y que nos contaban por la noche, cuando nos reuníamos todos a cenar, dibujaban un panorama cada vez más amplio y tremendo de la loca expedición en la que nos habíamos embarcado. Todos guardábamos silencio, pero yo, como los demás, me preguntaba si no estaríamos equivocándonos, si no acabaríamos como ese coronel británico o ese explorador noruego. La necesidad de no romper el cordón umbilical con la civilización me llevó a comprar, el último día y en el último momento, un pequeño equipo compuesto por un GPS (20) para conocer nuestra ubi-

(18)   Marzo de 2000, edición en castellano.

(19)   *A biological Assessment of the Alto Madidi Region and adjacent areas of Northwest Bolivia*, 1991.

(20)   Global Position System, o Sistema de Posicionamiento Global. Los receptores GPS permiten determinar la posición en cualquier lugar del planeta mediante las señales de una red de satélites denominada NAVSTAR, propiedad de EE. UU.

cación en cualquier momento y un cargador de baterías para el móvil y el ordenador portátil —que pensaba llevarme a la selva fuera como fuese—. No quería morir sin mandar al mundo un último mensaje indicando dónde podían encontrar nuestros cuerpos para repatriarlos a España.

La noche del domingo llamé a mi abuela y estuve hablando con ella durante bastante tiempo. Si había alguien capaz de comprender la barbaridad que estábamos a punto de llevar a cabo, esa persona era mi abuela, que no se sorprendió en absoluto de lo que le conté y que, encima, me alentó con gran entusiasmo. Estoy por jurar que le hubiera encantado cambiarse por mí y jugarse el pellejo en el «Infierno verde», la única expresión que Efraín, Marta y Gertrude utilizaban para referirse a la selva amazónica. Me pidió que fuera muy prudente y que no corriera riesgos innecesarios pero en ningún momento me dijo que no lo hiciera. Mi abuela era pura energía y hasta su último aliento seguiría siendo la persona más viva de todo el planeta Tierra. Acordamos que ella no le diría nada a mi madre y yo le prometí ponerme en contacto en cuanto me fuera posible. Me contó que estaban pensando llevarse a Daniel a casa, puesto que continuar con la hospitalización no servía para nada y, en ese instante, estuve a punto de confesarle lo del robo de material del despacho de Marta. No lo hice por un instinto egoísta y absurdo: si nos ocurría algo malo durante la expedición, el delito de mi hermano prescribiría en ese mismo instante, de modo que no valía la pena hacer sufrir a mi abuela por cosas que, si no tenía más remedio, ya le contaría cuando volviera a Barcelona.

El domingo, con todo el material preparado y almacenado en el hotel, Marc y Efraín seguían recopilando información sobre el Madidi que Gertrude, Marta, Lola y yo leíamos brevemente pasándonos las hojas de uno a otro conforme iban saliendo de las impresoras. El parque fue creado por el gobierno boliviano el 21 de septiembre de 1995, haciendo coincidir sus lindes con los de otros parques nacionales (el Manuripi Heath, el Área Natural de Manejo Integrado Apolobamba y la Reserva de la Biosfera Pilón Lajas). Su clima era tropical, cálido y con una humedad del ciento por ciento, lo que convertía en una pesadilla cualquier esfuerzo físico. Los reconocimientos aéreos y las fotografías por satélite revelaban que su parte sur se caracterizaba por valles profundos y altas pendientes, mientras que la región subandina presentaba serranías con altitudes que podían alcanzar los dos mil metros. De modo que, por lo poco que sabíamos de nuestra ruta, tendríamos que dejar esas sierras a nuestras espaldas para internarnos en primer lugar por zona de llanos, siguiendo la cuenca del río Beni y, luego, desviarnos hacia los valles y las pendientes del sur.

—Hay algo que no encaja —comentó Lola, levantándose del sofá y acercándose con gesto de preocupación a los mapas militares que todavía teníamos desplegados sobre la mesa—. Si, como hemos calculado, la distancia entre Taipikala y el punto final del trazado del plano de oro es de unos cuatrocientos cincuenta kilómetros y, en una marcha por la montaña, sin apurarse demasiado, se pueden recorrer a pie unos quince o veinte kilómetros al día, algo falla, porque se tardaría menos de un mes en llegar al triángulo y, sin embargo, Sarmiento de Gamboa habla de dos.

—Bueno, por nuestro bien espero que te equivoques

—le dijo Marc, mosqueado—. Recuerda que sólo hemos comprado víveres para quince días.

—Tampoco podríamos acarrear más —argüí.

Nuestra reserva de alimentos había sido estimada descontando los kilómetros que haríamos en avión desde La Paz hasta Rurrenabaque. Una vez allí, el recorrido que nos separaba del triángulo del mapa era de poco más de cien kilómetros, de manera que, contando con la inexperiencia de Lola, Marc y mía, los posibles accidentes y el tener que abrirnos camino a machetazos, habíamos decidido ser generosos y repartir entre los seis la provisión de comida para un par de semanas, es decir, contando también con los cien kilómetros de vuelta. Estábamos convencidos de que no nos haría falta más y de que, incluso, regresaríamos con latas en las mochilas, pero preferíamos ser precavidos a pasar hambre ya que, una vez en la selva, lo que no tuviéramos no podríamos adquirirlo en ninguna tienda y sería una experiencia muy desagradable ver a mi amigo Marc mordisqueando los troncos de los árboles o dando un bocado a la primera serpiente que se le pusiera por delante.

La noche anterior al vuelo hacia Rurrenabaque no pude pegar ojo. Recuerdo que me pilló la madrugada respondiendo los últimos correos electrónicos de Núria sobre cuestiones de trabajo y que me quedé embobado contemplando cómo se colaba la luz del amanecer por los resquicios de las persianas. Hay veces en que uno no sabe cómo ha llegado hasta donde está, que no puede explicar cómo sucedieron las cosas que le llevaron hasta una situación determinada. Recordaba lejanamente haber organizado un boicot contra el canon de la Fundación TraxSG y que mi cuñada me había llamado para decirme que Daniel estaba enfermo. Hasta ese día mi vida había sido una buena vida. Quizá solitaria (bueno, lo admito, bastante solitaria), pero creía que me sentía a gusto con lo que hacía y con lo que había conseguido. No me permitía tener muchos ratos para pensar, como estaba haciendo en aquel instante, en aquella habitación de hotel a miles de kilómetros de mi casa. Tenía la sensación de haber estado existiendo dentro de una burbuja en la que no sabía ni cuándo ni cómo había entrado. Quizá nací ya dentro de ella y, en el mismo momento en que lo pensé, supe que era verdad. Si todo volvía algún día a la normalidad, me dije, seguiría dirigiendo Ker-Central hasta que me cansara de ella y, después, la vendería para saltar a otra cosa, a otro asunto o negocio que me interesara más. Siempre había sido así: en cuanto algo se convertía en rutinario y dejaba de ocuparme todas las horas del día, lo abandonaba y buscaba de nuevo el corazón de la burbuja con una nueva actividad que me obligara a superar mis límites y que me impidiera pensar, estar a solas conmigo mismo sin otra cosa que hacer que ver salir el sol a través de unas ventanas a medio cerrar como estaba haciendo entonces.

Quizá no regresara de la selva, pensé, quizá nos esperaban peligros demasiado grandes para tres novatos, dos aficionados y una pseudoexperta, pero, en cualquier caso, me sentía mejor de lo que me había sentido en toda mi vida. Estaba fuera de la burbuja, contemplando el mundo real, arriesgándome a mucho más que a recibir un virus en mi ordenador o a perder unos cuantos millones en una mala inversión. De repente intuía que había otras cosas más allá de lo que era mi estrecho mundo virtual, donde sonaba mi música favorita, estaban mis libros y podía contemplar a placer las pinturas que más me gustaban. En el fondo, me dije, tendría que darle las gracias a Daniel cuando se curara —después de partirle la cara, metafóricamente hablando— por haberme dado la oportunidad de salir de mi vida perfecta y cuadriculada. Todo aquel rollo de los aymaras me había roto los esquemas y me había hecho enfrentarme a una parte de mí que desconocía. ¿Acaso había estado alguna vez más vivo que cuando atravesaba aquel pasillo formado por planchas de oro en las tripas de una pirámide preincaica o que cuando ataba cabos como un loco con los datos dejados por los cronistas españoles de la conquista de América en el siglo XVI? No sabía exactamente cómo definir mi sensación de esos momentos, pero me hubiera atrevido a afirmar que era algo muy parecido a la pasión, a una pasión que me aceleraba la sangre en las venas y me hacía abrir los ojos, fascinado.

Cuando Marc y Lola pasaron a recogerme para bajar a desayunar, cerca de las diez de la mañana, me encontraron dormido en el sillón con los pies descalzos sobre la mesa y la misma ropa que llevaba el día anterior.

Esa mañana tenía que hacer algo muy importante: iba a pelarme antes de tomar el vuelo de la TAM hacia Rurrenabaque. Según me había advertido Marta, el pelo largo en la selva era un reclamo para todo tipo de bichos.

El avión despegó a mediodía del aeropuerto militar de El Alto y en los cincuenta minutos que tardamos en llegar, el paisaje y el clima se modificaron radicalmente: del fresco, seco y más o menos urbanizado Altiplano situado a cuatro mil metros de altitud, pasamos a un agobiante, caluroso y selvático entorno tres mil metros más abajo. Yo tenía la firme convicción de que los militares nos detendrían en cuanto nuestros ciento y pico kilos de equipaje atravesaran los controles de seguridad (por los machetes, navajas y cuchillos), pero si pocos aeropuertos del mundo ponían en práctica tales controles ni siquiera después de los atentados del 11-S, en El Alto todavía menos, de modo que aquellas peligrosas armas embarcaron en la nave sin la menor dificultad. Efraín nos explicó que en cualquier vuelo que se dirigiera hacia zonas de selva era inevitable que los viajeros llevaran esas herramientas consigo y que no estaban consideradas como armas. Tal y como esperábamos, tampoco nos pidieron documentación alguna y mejor así porque ni Marc ni Lola ni yo llevábamos encima otra cosa que el DNI español, el documento nacional de identidad, ya que no podíamos arriesgarnos a perder o a estropear en la selva los pasaportes que nos conducirían de nuevo a casa cuando todo aquello terminara. El pobre Marc lo pasó fatal otra vez durante el vuelo y, aunque el viaje fue corto y agradable, con una voz que apenas le salía del cuerpo juró que sólo volvería a España si podía hacerlo en barco. Fue inútil que intentáramos explicarle que ya no había grandes líneas marítimas que ofrecieran viajes en trasatlántico como en la época del *Titanic*: él juró y perjuró que o encontraba una o se quedaba a vivir en Bolivia para siempre. El autobús de la TAM o, como lo llamaban allí, la buseta, nos recogió en plena pista de aterrizaje para trasladarnos hasta las oficinas de la compañía en el centro de Rurrenabaque, aunque llamar pista a la suave pradera cubierta de hierba alta y flanqueada por dos muros de bosque a modo de balizas sólo era un generoso eufemismo. El día que lloviera, observó Lola espantada, aquella franja de tierra se convertiría en un barrizal inutilizable.

Una vez en el centro de Rurrenabaque, rodeados por turistas de todas las nacionalidades que permanecían a la espera de entrar en el parque, nos metimos en uno de los bares del pueblo y comimos algo antes de salir en busca de una movilidad que nos condujera hasta las cercanías del lugar por donde pensábamos colarnos en el Madidi. Tuvimos suerte porque en el embarcadero —centro neurálgico y social de Rurrenabaque— sólo quedaba una desvencijada Toyota aparcada junto al río Beni y conseguimos alquilarla por unos pocos bolivianos a su propietario, un viejo indio de etnia Tacana que dijo llamarse don José Quenevo, quien, con medias e incomprensibles palabras, se comprometió también a llevarnos personalmente hasta donde quisiéramos por un pequeño suplemento adicional. La imagen del Beni era impresionante a esas horas de la tarde: el cauce era tan ancho como cuatro autopistas juntas y, al otro lado, podían verse las casas de adobe con techo de palma del pueblecito de San Buenaventura, gemelo menor de Rurre (como designaban los oriundos a su localidad, para abreviar). Seis o siete canoas de madera, tan largas como vagones de tren y tan delgadas que sus ocupantes iban sentados en hilera, cruzaban de un pueblo a otro acarreando verduras y animales. Por alguna razón, y a pesar del aire sofocante, me sentía fantásticamente bien contemplando el entorno de colinas verdes, el ancho río y el cielo azul cubierto de nubes blancas: la enorme mochila que cargaba a mis espaldas apenas me pesaba y me sentía optimista y ligero como una pluma mientras saltaba a la parte trasera de la sucia camioneta de don José, que no podía tener más barro ni aunque le vaciaran encima una hormigonera. Efraín se sentó delante con el viejo conductor tacana y le pidió que nos llevara hasta la cercana localidad de Reyes, donde pensábamos acampar durante unos días. Sin embargo, antes de que se cumpliese la media hora de camino, tal y como habíamos acordado, empezamos a golpear el techo de la cabina y le dijimos a Efraín en voz alta, para que don José pudiera oírnos con toda claridad, que queríamos bajarnos allí mismo y hacer el resto del camino a pie. Nuestro conductor detuvo tranquilamente la movilidad en mitad de aquel sendero tortuoso que era la carretera a Reyes —no nos habíamos cruzado con ningún vehículo y no se veía un alma por los alrededores— y, antes de abandonarnos en mitad de la nada, nos advirtió que todavía nos quedaba una hora larga de caminata hasta nuestro destino y que nos convendría darnos prisa para que la noche no se nos echara encima. Lo cierto es que aún lucía un sol espléndido, sólo mitigado por las alas de nuestros sombreros, de los que los seis íbamos provistos. Yo llevaba el panamá que me había comprado en Tiwanacu para ocultar mi pelo largo de la vista de Marta y, aunque ahora ese pelo descansaba en algún cubo de basura de La Paz —me lo había cortado al uno—, la verdad era que cumplía perfectamente su auténtico papel resguardándome del sol y de las picaduras de los mosquitos que, como nubes grisáceas, ondeaban a nuestro alrededor a pesar del repelente con el que nos habíamos embadurnado.

Después de infinidad de maniobras para girar su destartalada movilidad y reemprender el camino hacia Rurre, don José desapareció de nuestra vista y, por fin, nos quedamos completamente solos al borde mismo de la selva amazónica. Efraín sacó uno de los mapas del bolsillo de su pantalón y lo extendió en el suelo. Con ayuda de mi receptor GPS descubrimos que, como habíamos previsto, estábamos muy cerca de una de las casetas de control de los guardaparques del Madidi y el plan consistía en esperar ocultos a que cayera la noche para deslizarnos en el recinto pasando bajo las mismas narices de los guardias dormidos. Aquella maniobra resultaba muy peligrosa porque meterse en la selva de noche y a oscuras era exponerse a tropezar con un puma, una serpiente o un tapir furioso, pero sólo pensábamos internarnos lo suficiente para cruzar los lindes del parque sin ser advertidos y, entonces, encontrar un sitio donde dormir y esperar la salida del sol. A partir de ese momento, nos aguardaba una larga semana de caminar sin descanso siguiendo la ruta trazada por el plano de la lámina de oro que yo mismo me había encargado de registrar punto a punto en el GPS, de manera que nos fuera indicando permanentemente el rumbo correcto.

Nos internamos en la parte oeste de la selva que, por no ser muy espesa y estar formada por delgadas palmeras, resultó fácil de atravesar. Además, todos marchábamos muy ligeros y descansados y fue entonces cuando Marta y Gertrude nos explicaron que esa energía que sentíamos era justo el efecto contrario al soroche, ya que ahora había más oxígeno en el aire por el cambio de altitud, y que lo experimentaban todos cuantos descendían desde el Altiplano hasta la selva.

—Nos durará unos cuantos días —añadió Gertrude, que cerraba la marcha—, así que saquémosle todo el partido posible.

El reparto de responsabilidades humanas había sido confeccionado democráticamente la noche anterior: Marc había ido a caer en manos de Gertrude y, por lo tanto, caminaba ahora delante de ella, ocupando el penúltimo lugar; Lola le había correspondido a Marta, así que iba delante de Marc; y yo pertenecía a Efraín, que iba el primero, abriendo camino machete en mano, aunque, como yo era mucho más alto que él, tenía que agachar la cabeza con frecuencia para no herirme en la cara.

Conforme avanzábamos la vegetación iba cambiando imperceptiblemente, de forma que el sotobosque, o sea, las hierbas, matas y arbustos del suelo, se volvía más frondoso y tupido, mientras que las palmeras engrosaban sus troncos, ahogados por plantas trepadoras, y se apiñaban formando con sus copas una cubierta a quince o veinte metros sobre nuestras cabezas que apenas dejaba pasar la luz. El calor pegajoso provocado por la humedad del aire empezaba a pasarnos factura. Suerte que habíamos comprado ropa especial para la selva: todos llevábamos unas camisetas de manga larga que eliminaban el sudor al instante, secaban rápidamente después de mojadas y proporcionaban un inmejorable aislamiento térmico tanto del frío como del calor, y nuestros pantalones eran cortavientos, transpirables e impermeables, además de elásticos, y podían transformarse, en un abrir y cerrar de ojos, en largos o cortos según hiciera falta.

Por fin, una hora y media después de haber abandonado la carretera, nos topamos con un claro en el bosque en el que podía verse un enorme cartel con un largo mensaje de acogida que decía «Bienvenidos-Welcome. Parque Nacional y Área Natural de Manejo Integrado Madidi» y, debajo, el dibujo de un gracioso mono colgando de las letras sobre un fondo amarillo. Justo detrás del anuncio, medio enterrada en la exuberante espesura verde, una caseta de paredes de madera y techo de palma bloqueaba el acceso a la zona protegida, pero, para nuestra sorpresa, la casa parecía estar totalmente abandonada y no se adivinaba la presencia de ningún ser humano en las proximidades, guardaparque o no. Efraín se adelantó hacia Gertrude en silencio y le puso una mano en el hombro, echándola hacia atrás para que no pudiera ser vista desde la casa. Los seis nos agazapamos en la vegetación y, en silencio, nos liberamos de las mochilas y nos dispusimos a esperar hasta que la oscuridad fuera completa. Del suelo sobre el que nos sentábamos parecía brotar el calor de una estufa, con emanaciones de aire tórrido, empapado y mohoso. Todo crujía y crepitaba y, según fue llegando el crepúsculo, los ruidos aumentaron hasta volverse ensordecedores: el zumbido de las cigarras diurnas se sumaba al chirrido agudo de los grillos nocturnos y de los saltamontes, salpicados por extraños ululares que procedían de las copas de los árboles y por la bulla increíble que montaban las ranas del cercano Beni con su croar y tamborilear. Por si algo faltaba para que Marc, Lola y yo, cosmopolitas de última generación, sufriéramos un colapso, la sombría espesura que nos envolvía empezó a llenarse de luces que volaban a nuestro alrededor y que procedían de unos bichos repugnantes que nuestros tres acompañantes cazaban utilizando las manos al tiempo que, con unas voces llenas de ternura, murmuraban: «¡Luciérnagas, qué bellas!» Pues bien, las *bellas* luciérnagas medían algo así como cuatro centímetros, o sea, que eran luciérnagas gigantes, y lanzaban destellos más propios de un fanal marinero que de un dulce insecto comedor de néctar.

—Aquí todo es muy grande, Arnau —me dijo Gertrude en voz baja—. En la Amazonia todo tiene un tamaño desproporcionado y colosal.

—¿Recuerda al coronel británico Percy Harrison Fawcett que desapareció en esta zona en 1911? —me preguntó en susurros Efraín—. Pues resulta que era amigo de sir Arthur Conan Doyle, el creador de Sherlock Holmes. Sir Arthur escribió también una estupenda novela llamada *El mundo perdido* en la que aparecían animales gigantescos y parece ser que estaba inspirada en los relatos del coronel Fawcett sobre sus andanzas por estas tierras.

No dije nada pero me quité el sombrero y, agitándolo, intenté inútilmente espantar a las luciérnagas que, conocedoras de su tamaño y cantidad, decidieron que las estaba invitando a algún juego divertido y se obstinaron en acercarse a mí todavía más. La parte de mi cuerpo que sentía más vulnerable era la nuca, desnuda tras el corte de pelo, y sentía escalofríos sólo de pensar que alguno de aquellos insectos pudiera rozarme con sus alas. Todavía no me había acostumbrado a llevar el cuello al aire. Creo que ésa fue la primera ocasión en que me planteé que tenía que cambiar de actitud. A mi alrededor todo era naturaleza en su estado más puro y salvaje. No se trataba de mi bien cuidado jardín urbano atendido por un jardinero profesional que se preocupaba de que no entraran bichos en mi casa. Aquí yo no tenía el menor poder de decisión, no podía ejercer ninguna influencia sobre el entorno porque no era un entorno domesticado. En realidad, nosotros éramos los intrusos y, por mucho que me molestaran el calor, los insectos y el espeso sotobosque, o me adaptaba o acabaría convirtiéndome en un estorbo para la expedición y para mí mismo. ¿Qué sentido tenía recordar que, a miles de kilómetros, disponía de una casa llena de pantallas gigantes conectadas a un sistema de inteligencia artificial cuyo único fin era hacerme la vida cómoda, limpia y agradable...? Movido por un impulso inconsciente saqué el móvil de la mochila y lo encendí para comprobar si funcionaba. El nivel de la batería era bueno y la señal de cobertura por satélite también. Suspiré, aliviado. Todavía estaba en contacto con el mundo civilizado y esperaba seguir estándolo durante las dos semanas siguientes.

—¿Añoranza de Barcelona? —me preguntó en voz baja la catedrática. No podía verle la cara porque el sol se había ocultado rápidamente y estábamos a oscuras.

—Supongo que sí —repuse, apagando y guardando el teléfono.

—Esto es la selva, Arnau —me dijo ella—. Aquí su tecnología no sirve de mucho.

—Lo sé. Me iré mentalizando poco a poco.

—No se equivoque, señor Queralt —musitó en tono de broma—. Desde que salimos de La Paz ya no hay nada que dependa de su voluntad. La selva se encargará de demostrárselo. Procure ser respetuoso o terminará pagándolo caro.

—¿Nos vamos? —preguntó Efraín en ese momento.

Todos asentimos y nos incorporamos, recuperando nuestros enseres. Estaba claro que allí no había guardaparques de ninguna clase y que, a esas horas, ya no iban a presentarse, así que no corríamos ningún peligro cruzando la entrada.

—¿No es un poco irregular que haya un acceso sin vigilancia? —preguntó Lola, colocándose en su lugar dentro de la fila.

—Sí, claro que es irregular —respondió Gertrude sin bajar la voz y terminando de cargarse la mochila a la espalda—, pero también bastante frecuente.

—Sobre todo en estos accesos secundarios por los que casi nunca pasa nadie —señaló Efraín adentrándose decididamente en la explanada. La oscuridad era tan completa que, a pesar de tenerlo delante de mí, apenas podía verle.

Atravesamos el estrecho paso que circulaba por delante del cartel y del puesto de vigilancia vacío y nos internamos, por fin, en el Madidi. Los sonidos de la selva eran tan sobrecogedores como sus silencios, de los que también había sin que supiéramos por qué. De repente todo callaba de una forma sorprendente y sólo se escuchaban nuestros pasos sobre la hojarasca pero luego, de manera también inesperada, retornaban los ruidos, los gritos y los extraños silbidos.

En cuanto estuvimos a cien o doscientos metros de la entrada —no podía saberlo con seguridad porque medir distancias por intuición nunca había sido lo mío—, Efraín se detuvo y le escuché trajinar hasta que una luz, pequeña al principio y luego intensa y brillante, se encendió en su lumigás y nos alumbró. Marc también encendió el suyo y Marta, que iba detrás de mí, les imitó, de manera que nuestra marcha se hizo más rápida y segura, y, gracias a eso, poco después encontramos un pequeño rincón en la espesura, junto a un arroyo, y decidimos que era el lugar perfecto para acampar aquella noche. Desde que habíamos encendido las lámparas de gas, una nube de polillas merodeaba a nuestro alrededor. Gertrude nos hizo examinar bien el terreno antes de empezar a plantar las tiendas: según nos contó, en la selva existen muchas clases de hormigas bastante peligrosas y debíamos asegurarnos de no encontrarnos cerca de ningún nido ni de ningún termitero, más fácilmente reconocible por su elevada forma cónica. Dispusimos las tiendas en semicírculo frente al arroyo y encendimos un fuego para ahuyentar a los animales que pudieran sentirse atraídos por nuestro olor y el olor de nuestra comida. Según Gertrude, las fieras no eran tan fieras y acostumbraban huir en cuanto detectaban la presencia humana, salvo, claro está, que tuvieran hambre y que el bocado pareciera indefenso, en cuyo caso el drama estaba servido. Pero un buen fuego, afirmó, podía mantenernos a salvo durante toda la noche.

Cenamos en abundancia y, como todavía era pronto —los relojes marcaban poco más de las ocho—, nos quedamos charlando y disfrutando de la buena temperatura. Yo nunca había sido *boy-scout*, ni había ido jamás de campamento, ni pertenecido a ningún club de excursionistas, de modo que era mi primera experiencia de una conversación alrededor de un fuego y no hubiera podido decir que me gustara porque sólo charlamos sobre las cosas que debíamos tener en cuenta los tres novatos para no sufrir un accidente. En cualquier caso, el cielo estaba cargado de unas estrellas grandes y brillantes como no las había visto en mi vida y me encontraba en una situación completamente anómala y extraordinaria por culpa de los tipos esos que conocían el poder de las palabras. Permanecía callado mientras los demás hablaban y miraba las caras de Marc y Lola, iluminadas por las llamas, sabiendo que estaban disfrutando, que encontrarse allí les encantaba y que, de una manera u otra, descubrirían la forma de enfrentarse a las dificultades que pudieran plantearse. En mí, por el contrario, sólo había una determinación racional ante el hecho de vivir aquella aventura en la naturaleza. Aquel lugar, pese a ser un claro junto a un arroyo limpio y de agradable sonido, no era mi sitio y, desde luego, no suponía un gran cambio respecto al pedazo de Infierno verde que habíamos atravesado aquella tarde, donde todo picaba, mordía o arañaba.

Finalmente, alrededor de las diez, nos fuimos a dormir, no sin antes haber dejado a buen recaudo los víveres y haber fregado y limpiado todos los restos de la cena para no atraer a ningún visitante nocturno. Efraín y Gertrude compartían tienda, claro, pero yo dormía con Marc, y Lola lo hacía con Marta, por aquello de que no íbamos a dormir Marta y yo bajo el mismo techo de lona plastificada.

A pesar del buen tiempo y de encontrarnos en la estación seca del año, a medianoche, cuando todos estábamos dormidos o intentando dormir —como era mi caso—, la hermosa noche estrellada se torció y sin que supiéramos de dónde habían salido las nubes portadoras de lluvia, se descargó desde el cielo un aguacero de esos que hacen historia y que venía acompañado, además, por un fuerte viento del sur que a punto estuvo de arrancar las piquetas de las tiendas. El fuego se apagó y no pudimos encender otro porque toda la madera estaba húmeda, de modo que tuvimos que permanecer de guardia para no terminar siendo la cena de cualquier fiera. Cuando, por fin, amaneció y la tormenta siguió su camino alejándose de nosotros, estábamos completamente agotados, mojados y helados, pues la temperatura, según marcaba mi GPS, había descendido hasta los quince grados centígrados, algo insólito para un bosque tropical pero fantástico para la caminata que nos esperaba aquel día, dijo Gertrude muy contenta.

Tomamos un desayuno cargado de alimentos energéticos y emprendimos el camino en dirección noreste, abriendo sendero a machetazos. Aquello era realmente agotador, de manera que hacíamos turnos ocupando el primer lugar para repartirnos el esfuerzo. En la segunda manga, mi mano derecha empezó a inflamarse y, para cuando me tocó la tercera, ya tenía unas dolorosas ampollas que amenazaban con reventar de un momento a otro. Gertrude me las pinchó, aplicó crema y me vendó con mucho cuidado y, luego, tuvo que hacer lo mismo con Marta, Lola, Marc y ella misma. El único que se salvó fue Efraín, que tenía las manos encallecidas por el reciente trabajo en las excavaciones de Tiwanacu. En esas condiciones, con el bosque todavía goteando la lluvia nocturna y el suelo convertido en gachas resbaladizas en las que los pies se nos hundían hasta los tobillos, apenas conseguíamos avanzar, con el agravante de que, quizá por la tormenta, los insectos estaban especialmente agresivos aquella mañana y la virulencia de sus ataques arreció conforme el sol fue subiendo en el cielo para alcanzar el mediodía. Con todo, el auténtico problema no eran los insectos, ni el barro, ni tampoco la maleza, ni tan siquiera los árboles, que ahora presentaban más variedad de especies y ya no eran sólo palmeras; el verdadero problema con el que nos enfrentábamos eran las delgadas lianas que colgaban de las ramas como guirnaldas de Navidad, formando sólidas murallas leñosas que había que talar a golpe de machete. Aquello era una pesadilla, un infierno y, para cuando nos detuvimos a comer, cerca de un riachuelo que, aunque venía señalado en los mapas con una tenue línea azul celeste, no parecía tener ningún nombre adjudicado, estábamos destrozados. Sólo Marc daba la impresión de encontrarse un poco más entero que el resto y, aun así, apenas era capaz de abrir la boca para articular una palabra. Nos quedamos sentados junto al pequeño curso de agua, con las manos extendidas como si estuviéramos pidiendo limosna. De repente, Lola soltó una carcajada. No sabíamos a cuento de qué venía aquello, pero, por la misma regla de tres, todos la imitamos y empezamos a reírnos como locos, sin poder parar de pura desesperación.

—¡Creo que ha sido la peor experiencia de mi vida! —exclamó Efraín, dejando caer la cabeza sobre el hombro de Gertrude para ahogar las carcajadas que le impedían hablar.

—Yo no lo creo —añadió Marta—. Estoy completamente segura.

—Pues imagínense para nosotros —masculló Marc agitando sus manos vendadas en el aire para espantar a las moscas, avispas, mariposas y abejas que nos rodeaban.

—¿Entienden ahora lo del «Infierno verde»? —preguntó Gertrude.

—No sé si podré aguantar dos semanas en estas condiciones —comenté, dándome una palmada en la nuca con la mano vendada para matar un mosquito.

—Nos acostumbraremos —me animó Lola, sonriendo—. Ya lo verás.

—¡Pero si recién comenzamos! —observó Efraín, quitándose la mochila de los hombros y poniéndose en pie—. No se preocupe, compadre, que uno siempre puede mucho más de lo que cree. Ya verá como dentro de un par de días está hecho todo un indio.

—El indio ya lo estoy haciendo ahora —murmuré absolutamente convencido.

Efraín se quitó la camiseta y las botas y, sin pensarlo dos veces, con pantalones y todo, se metió en el agua armando un gran escándalo y salpicándonos a todos.

En realidad, le hacía mucha falta porque se le podía confundir fácilmente con una escultura de barro. Era la una del mediodía y habíamos empezado a caminar a las seis, pero, para mí, aquel tiempo se había dilatado hasta el infinito. Mientras los demás seguían a Efraín en su ataque de locura y se metían también en el agua para limpiarse y pasarlo bien, yo consulté los mapas y el GPS y descubrí, consternado, que sólo habíamos avanzado algo más de seis kilómetros. Nuestra situación era 14° 17' latitud sur y 67° 23' longitud oeste. Ni encontrando una carretera en la selva llegaríamos esa noche al punto previsto para acampar. Lo de recorrer veintitantos kilómetros al día no había sido otra cosa que una estupidez, lo mismo que lo de la energía extra por haber descendido desde el Altiplano y respirar más oxígeno.

—Ánimo, Arnau —murmuré, hablando conmigo mismo—. Las cosas ya no pueden empeorar más.

Al final, como yo también estaba cubierto por una costra seca que se me acumulaba sobre la piel, decidí que necesitaba un baño. Jamás en mi vida había estado tan sucio, mugriento, pringoso y maloliente. Desde luego, era otra nueva experiencia que debía aprender a sobrellevar con valor, pero ésta sí que iba en contra de mis más elementales principios.

La marcha de la tarde no fue mucho mejor que la de la mañana, sólo un poco más lenta porque estábamos cansados y con las espaldas doloridas por el gran peso de nuestras mochilas. Lola llevaba en la mano, además, una bolsa de plástico con un par de caracoles capturados en las cercanías del riachuelo y parecía no importarle acarrear a aquellos dos animalitos cuyas conchas enrolladas sólo eran un poco más pequeñas que una ensaimada mallorquina. Durante la marcha descubrimos anchas columnas de hormigas que avanzaban entre los matorrales. Dado que medían unos dos centímetros cada una, la procesión resultaba impresionante. La columna más extensa con la que tropezamos estaba compuesta por unos individuos de color rojizo que cargaban enormes pedazos de hojas entre sus mandíbulas y que se dirigían hacia un impresionante montículo de tierra de casi medio metro de altitud.

—¿Eso es un termitero? —preguntó Lola.

—No —negó Gertrude—. Los termiteros son mucho más grandes. Es un hormiguero. Lo que pasa es que, a veces, las hormigas fabrican estructuras parecidas para proteger mejor las entradas a sus galerías subterráneas.

Marc emitió un largo silbido.

—¡Deben de ser unas galerías enormes!

La doctora Bigelow asintió.

—Probablemente llevamos bastantes kilómetros caminando sobre ellas sin saberlo.

—¿Éstas son peligrosas? —se apresuró a preguntar Marta.

—Lo desconozco, pero yo no las tocaría por si acaso. Podrías pasarte varios días con fiebres altas y dolores.

Antes de que anocheciera, nos detuvimos por fin en un pequeño espacio entre árboles.

—Aquí vamos a pasar la noche —anunció Efraín, clavando graciosamente el machete en el suelo con un golpe seco de muñeca.

—¿Aquí? —se sorprendió Marc—. Aquí no podemos plantar las tiendas.

—No las plantaremos, señor informático —repuso el siempre animoso arqueólogo—. Hoy dormiremos en las hamacas, bajo las mosquiteras.

—¿Al raso? —me lamenté.

—Al raso. El barro no nos permitiría plantar las tiendas.

—Examinemos primero el suelo —nos recordó Gertrude— y también las cortezas de los árboles. Después veremos si podemos quedarnos.

En el suelo había, efectivamente, hormigas, pero en filas muy pequeñas de individuos menores que avanzaban de uno en uno y que no parecían peligrosos. Cerramos bien las mochilas después de sacar los alimentos para la cena y encendimos las lámparas de gas, preparándonos para la noche. Estábamos agotados. Encendimos también un fuego generoso en el centro para calentar la cena y para protegernos esa noche de los animales salvajes. Recuerdo que estaba medio atontado mientras cenaba, pero no hubo piedad para nadie: al terminar, todos tuvimos que fregar nuestros platos, vasos y cubiertos con el agua de nuestras cantimploras y, luego, enganchar las hamacas en los gruesos troncos a una buena altura, apartando las lianas y anudándolas para que no nos molestaran. Después, colgamos las mosquiteras de las ramas bajas, las dejamos caer sobre nosotros llevando buen cuidado de no dejar ningún insecto dentro, y nos acostamos a dormir. Sin embargo, pese a que la noche anterior no había pegado ojo y a que la marcha del día había sido dura, no me resultó fácil conciliar el sueño: ¿cómo demonios tenía que ponerse uno sobre aquella red para no quedar convertido en un doloroso arco con las lumbares en ángulo recto? Y yo no era el único. Podía escuchar el chirrido de las cuerdas de las hamacas de Marc y Lola al arañar sobre los troncos cuando se balanceaban, revolviéndose tan desesperadamente como yo y emitiendo apurados lamentos de dolor por las magulladuras del día. Pero estaba tan cansado que no podía dirigirles la palabra. Pensé que debía permanecer completamente quieto me doliera el músculo que me doliera porque así lograría quedarme dormido; sin embargo, a la luz de la hoguera, la imagen que vieron en aquel momento mis ojos extenuados al abrirse un instante fue la de seis blancas crisálidas colgando sobre un suelo cubierto de enormes serpientes de color amarillo con manchas negras en forma de rombo sobre el lomo y diminutos ojos brillantes. La sangre se me heló en las venas y pegué un respingo en la maldita hamaca, notando cómo mil agujas se me clavaban por todo el cuerpo.

—Efraín —llamé con la voz más tranquila que pude poner.

Pero Efraín roncaba suavemente, durmiendo el sueño de los justos y no me escuchó.

—Gertrude —insistí—. Efraín.

—¿Qué pasa, *Root*? —me preguntó Lola, girando como un rollito de primavera en el interior de su hamaca para poder verme.

No le dije nada. Sólo señalé el suelo con un dedo para que bajara la mirada y comprendiera. Entonces, abrió la boca, horrorizada, y de su garganta salió un grito agudo e interminable que provocó mil ruidos en la selva, mil chillidos, graznidos, bramidos, trinos, gorjeos, silbidos y aullidos. Pero el suyo era el más fuerte de todos.

Las súbitas exclamaciones de espanto de los que habían sido despertados se sumaron a la batahola.

—¿Qué ocurre? —gritó Gertrude, mientras Efraín, aún adormecido, se quitaba el sombrero de la cara y echaba mano al machete que había dejado clavado en el tronco, dentro de su mosquitera.

Lola seguía gritando y Marc no dejaba de soltar maldiciones demasiado fuertes para cualquier oído humano. Marta fue la única que, aunque despierta y alarmada, no perdió los papeles.

Yo seguía señalando al suelo como un sonámbulo, con un movimiento mecánico del que ni siquiera era consciente. Cuando Gertrude siguió la dirección de mi mano con la mirada, vio por fin a los bichos que, enroscados o zigzagueando alrededor de la hoguera, alfombraban el suelo de nuestro dormitorio.

—Está bueno, está bueno... —dijo muy tranquila—. Cálmense todos.

—¿Pero qué demonios pasa, carajo? —exclamó Efraín, intentando mantener los ojos abiertos.

—Tranquilo, papito —le dijo ella—. Una familia de pucararas ha venido a calentarse al fuego, nada más.

—¿Nada más? —mugió Marc, espantado.

—Mire, Gertrude —añadí yo—, la situación no tiene buena pinta, ¿comprende?

—Claro que lo comprendo. Fíjense bien en ellas porque deben aprender a alejarse sin alarmarlas si vuelven a encontrarse con alguna durante el camino. Son las serpientes venenosas más grandes que existen, de la familia de las cascabel aunque las pucararas no lo tienen, y de ellas sale el antídoto antiofídico que llevo en el botiquín. Pero sólo se alimentan de pequeños animales, no de seres humanos. El calor las ha atraído. Debemos dejarlas en paz. En cuanto el fuego se apague se marcharán.

—La selva está llena de ellas —confirmó Marta con una gran tranquilidad.

—Llena, en efecto. Así que ustedes no se preocupen. Simplemente, no las pisen al caminar, no las molesten. Ahora estamos a salvo en las hamacas. Anoche seguramente también vinieron al campamento, y ¿a que ninguno se enteró?

—¡Pues menos mal que no lo hicimos! —exclamé compungido.

—En cuanto se apague el fuego se marcharán, créanme.

—Bueno —dijo Marc—, pero entonces vendrán los pumas, los leones, las hienas...

—Aquí no hay leones, Marc —le aclaró Gertrude, buscando de nuevo una postura cómoda en la hamaca.

—¿Quiere decir que hay hienas? —se alarmó mi amigo.

—Duérmanse, carajo —farfulló Efraín, que ya era otra vez una crisálida.

Aquella noche, con las pucararas serpenteando bajo mis lumbares, tampoco pegué ojo. Y con ésa ya eran dos. Nunca había sentido tan cerca el peligro. Hasta ese momento, todas las situaciones de riesgo que había atravesado en mi vida habían sido previamente planificadas y sus hipotéticas consecuencias (una caída en los colectores del alcantarillado de Barcelona o una infección en los ordenadores) no implicaban una amenaza mortal. Pero estaba tan cansado que mis recursos mentales no funcionaban y sentía el pánico rezumando por todos los poros de mi piel y mi sonámbulo cerebro no dejaba de fabricar imágenes espantosas que volvían una y otra vez de manera compulsiva.

La hoguera se consumió y las pucararas, efectivamente, se fueron pero, durante las dos horas que aún tardó en amanecer, permanecí en un agitado duermevela sometido como un torturado a las ideas más absurdas que imaginarse pueda. Quería volver a mi casa, quería estar con mi abuela, quería jugar con mi sobrino y ver a mi hermano. Sólo anhelaba esas pequeñas cosas que, desde aquella hamaca, parecían lejanas y muy valiosas. Cuando llegas a un límite y tienes el abismo delante —o te parece que es el abismo lo que tienes delante—, todo lo superfluo desaparece y aquello que de verdad importa se agranda y se vuelve nítido como la luz. Analicé el orden en el que habían surgido mis deseos: primero, mi casa, es decir, mi espacio, mi lugar, la proyección de mí mismo, el refugio donde sentirme seguro, donde estaban mis libros, mi música preferida, mis consolas de videojuegos, mi colección de películas, mi jardín...; después, mi abuela, la persona más especial del mundo y a la que consideraba mi raíz directa con la vida y con mi origen, saltando por encima del triste eslabón de una madre tonta, superficial y débil; a continuación, mi sobrino, ese cabezota gracioso e inteligente que, de alguna manera, me inspiraba ternura y afecto sin ninguna razón especial, sólo por ser mi sobrino y poco más; y, por último, mi hermano, el imbécil de mi hermano, por cuya cordura era capaz de estar tumbado en aquella hamaca en mitad de la selva. ¿Era porque compartíamos una buena porción de genes? Mi cansancio no me permitía entrar tan a fondo en las razones que pudiera tener para quererle a pesar de todo.

—¡Arriba, amigos míos! ¡Hora de desayunar!

Nuestro despertador, el bueno de Efraín, había decidido que, a las cinco de la mañana, ya habíamos dormido bastante. Cuando salté de la hamaca, sentí que tenía agujetas hasta en el carnet de identidad.

Caminamos sin descanso durante siete horas, soportando el calor agobiante con el que nos regalaba aquel nuevo día y abriéndonos camino esforzadamente entre las lianas. Mis manos y las manos de los demás estaban tan magulladas que apenas las sentíamos, pero ¿qué importaba? Los tres novatos nos habíamos convertido en zombis, en autómatas, porque, si yo estaba hecho polvo, había que ver las caras de Marc y de Lola: fantasmas pálidos y sin vida animados por algún encantamiento chapucero para resucitar a los muertos. Si seguíamos así, no íbamos a poder llegar a nuestro destino. Menos mal que disfrutábamos de esos pocos días de energía sin límite que proporcionaba el cambio de altitud, porque, de no ser así, nos hubiéramos muerto.

Aquella noche tampoco pudimos volver a montar las tiendas, así que se repitió la desagradable aventura con las pucararas, pero mi cuerpo dijo que ya estaba bien de tonterías, que tonterías las precisas y ninguna más, y conseguí dormir al fin de un tirón y despertarme por la mañana bastante más descansado. Hubiera sido perfecto de no ser por la espesa bruma que nos envolvía y que no me dejó distinguir qué era aquello que notaba sobre mis piernas y que pesaba como un Gran Danés. Cuando me revolví para incorporarme, pensando que sería una rama o la mochila de alguno de mis compañeros ya levantados, el Gran Danés demostró tener cuatro ágiles y rápidas patas dotadas de afilados dedos que me arañaron a través del pantalón.

—¡Joder! ¿Qué es esto? —exclamé con la adrenalina corriendo a chorro por mis venas mientras pugnaba por distinguir a través de la niebla qué demonios era lo que corría sobre mi cuerpo de aquella manera.

Desde el tronco al que había atado el extremo de mi hamaca, unos ojos cubiertos por una armadura me observaban fijamente: un lagarto más largo que mi brazo y con unos ostentosos colores verdes, pardos y amarillos permanecía inmóvil, en actitud de alerta, con una extraña cola bífida alzada en el aire y una amenazadora cresta erizada tan grande como un abanico.

—Salga de la hamaca muy despacito, Arnau —me dijo Gertrude.

—¿Cómo de despacito? —quise saber sin moverme.

—Pues como si tuviera rotos todos los huesos del cuerpo.

—Ah, vale. Menos mal.

—¿Es venenoso o algo así? —preguntó Lola, angustiada, mientras yo me esforzaba por deslizarme milímetro a milímetro, sin oscilar, hasta el suelo.

—No, en realidad no —respondió Gertrude con voz divertida—. Estos gecos, o lagartos del Amazonas, son totalmente inofensivos.

Me sentí como un auténtico imbécil colgando de la hamaca en una postura realmente ridícula, pero yo también me reí cuando puse los pies en el suelo y mi ritmo cardíaco volvió a la normalidad. El pobre animal había echado a correr tronco arriba tan rápido como un bólido en cuanto salté.

—¿Se han fijado que tenía dos colas? —comentó Efraín, encendiendo un nuevo fuego para preparar el desayuno.

—¡Era repugnante! —exclamó Lola con la grima pintada en la cara.

—Estos gecos suelen tener dos colas —nos explicó el arqueólogo mientras Marta ponía a calentar el agua— porque, como se les cae con mucha facilidad y les aparece otra en seguida, cualquier pequeño corte o rasgadura en la primera hace que les salga la segunda.

—¡Qué asco, por favor! —casi gritó Lola—. ¿Podemos cambiar de tema?

—Vaya manera de empezar el día —dije, solidarizándome.

Marc ya estaba masticando sus galletas de cereales con chocolate.

—Pues a mí me parecía bonito —farfulló—. Me hubiera gustado fotografiarlo para ponerlo de fondo de pantalla en mi ordenador del despacho.

Llevábamos nuestra cámara digital y Efraín había traído también la suya, pero si alguien hubiera sacado alguna de ellas de la mochila para satisfacer el insano deseo del gusano intergaláctico, hubiera sido capaz de matarlo. Las cámaras estaban reservadas para nuestro encuentro con los yatiris y no para fotografiar animales repugnantes.

—Tú no estás bien de la cabeza —le dije a Marc con desprecio—. Sobre tus piernas tenía que haber dormido el lagarto. Ya veríamos el gusto que te daba recordarlo cada mañana al encender el ordenador.

—Yo siempre guardo buen recuerdo de quienes han compartido mi cama —declaró, en broma.

—Sólo habla de mí —nos aclaró Lola, suspirando con aburrimiento.

Aquel día avanzamos a buen ritmo, de modo que completamos un total de veintidós kilómetros. Los dolores musculares desaparecían andando y las manos se iban cubriendo de callos allí donde antes había habido dolorosas ampollas. Mis uñas estaban rotas y negras y la tierra mezclada con el sudor empezaba a tiznarme la piel con un color pardo que ya no se iba ni con el agua de los ríos y lagunas sin nombre que encontrábamos a nuestro paso. Tampoco se notaban ya los pies hinchados dentro de las botas ni el peso inhumano de las mochilas en los riñones y los hombros. A todo se acostumbra uno.

467

El sábado, cuando, según nuestros cálculos, nos encontrábamos ya a pocas jornadas de la meta —habíamos recorrido más de sesenta kilómetros y estábamos en territorio inexplorado—, el paisaje se transformó de manera misteriosa: los árboles se hicieron mucho más grandes, alcanzando los treinta o treinta y cinco metros de altura, formando un toldo impenetrable que nos obligaba a caminar en una penumbra agobiante en la cual todo era frío y oscuro y en la que no había señales de vida animal, aunque era tanta la profusión de plantas trepadoras, lianas y enredaderas que apenas se distinguían los troncos, muchos de los cuales ya superaban los tres metros de diámetro en la base, es decir, que eran unos auténticos gigantes de la selva. Las flores desaparecieron, dejando un paisaje pintado exclusivamente con tonalidades de verde, y el suelo se cubrió con una alta y enmarañada maleza llena de espinos que nos rasgaban la piel y los pantalones, convirtiendo el tejido cortavientos HyVent y el forro antisudor en penosos jirones. Nos atamos pañuelos en las piernas para no herirnos, pero fue inútil, pues las agujas de aquellas plantas eran como hojas de bisturí. Todo adquirió el tono sombrío de una naturaleza a la que no parecían agradarle las visitas, si es que acaso, pensaba yo, se podía utilizar aquella comparación tan humana respecto a algo tan extraño como aquel entorno. Incluso el olor cambió, volviéndose mohoso y con aromas de vegetación corrompida.

El domingo todavía fue peor, puesto que los árboles parecían aproximarse entre ellos buscando la manera de cerrar los caminos. Llevábamos puesta toda la ropa que habíamos traído, e incluso las toallas las habíamos anudado alrededor de la cara, los brazos y, fundamentalmente, las piernas, pero resultaba imposible sustraerse a las heridas. Aquel bosque parecía estar expulsándonos, avisándonos de que nos convenía dar la vuelta y regresar por donde habíamos venido.

Esa noche, sentados en torno al fuego, cubiertos por pequeñas manchas de Betadine como si fuéramos una nueva especie de animal de piel moteada, comentábamos asombrados lo penoso que debía de haber resultado a los yatiris cruzar aquella espesura cargados con todas sus posesiones y acarreando a sus familias. Era casi imposible de imaginar una proeza semejante. Ninguno de nosotros podía explicárselo.

—Quizá nos estamos equivocando de camino —insinuó Marc, removiendo con una ramita verde las brasas de la hoguera. Habíamos trabajado duramente para despejar de maleza aquella pequeña zona de terreno y limpiarla de toda clase de insectos y víboras.

—Te aseguro que seguimos la ruta correcta —le garanticé, comprobando el GPS—. No nos hemos desviado en absoluto del itinerario trazado por el mapa de la Pirámide del Viajero.

Efraín, que todavía conservaba en las manos su plato con parte de la cena (arroz con verduras en conserva), sonrió ampliamente:

—¿Se dan cuenta de que mañana o pasado, a más tardar, nos vamos a encontrar con ellos?

A todos se nos dibujó un gesto de satisfacción en la cara.

—¿Habrán construido una ciudad como Taipikala en mitad de un sitio como éste? —preguntó Gertrude con los ojos brillantes.

—Estoy impaciente por averiguarlo —comentó Marta, dejándose caer cómodamente sobre su mochila—. Si lo han hecho debe de ser un lugar impresionante... y vivo —añadió, demostrando cierta emoción—. Sobre todo, vivo. Creo que sería la satisfacción más grande de mi vida entrar en una Tiwanacu habitada y rebosante de actividad. ¿Qué dices tú, eh, Efraín?

—No sé... —repuso él con una sonrisa pueril en el rostro—. Sí, creo que yo también me sentiría como el rey del mundo: ¡El primer arqueólogo en tener la oportunidad de hacer un viaje en el tiempo! Tiwanacu vivo... No sé, la verdad. La idea me sobrepasa.

—No quiero ser aguafiestas —les interrumpió Lola desatándose los cordones de sus botas—, pero, ¿han pensado cómo hubieran podido traer hasta aquí piedras de cien toneladas? No es por nada, pero dudo mucho que haya canteras de andesita por esta zona.

—Tampoco las hay cerca de Tiwanacu —protestó Marta—. Para construir aquel lugar en el Altiplano tuvieron que transportarlas desde muchos kilómetros de distancia.

—Sí, pero, ¿y la selva? —insistió mi amiga, tozuda—. ¿Y los conquistadores? Alguien hubiera visto pedruscos de dimensiones imposibles internándose en la espesura, sin contar con que tenían que traerlos por sitios como éste.

—Un colega mío —dijo Efraín—, famoso arqueólogo boliviano, expuso una muy buena teoría sobre cómo consiguieron los tiwanacotas mover esas impresionantes rocas. Según los estudios realizados por él, dos mil seiscientos veinte obreros podrían arrastrar una pieza de andesita de diez toneladas utilizando largas cuerdas de cuero fabricadas con no recuerdo cuántas pieles de vicuña y haciéndolas deslizarse sobre un suelo cubierto por unos cuantos millones de metros cúbicos de arcilla.

—¡Ah, bueno! —dejó escapar mi colega Marc, exagerando el alivio que le había producido la noticia—. ¡Entonces todo resuelto! Cogemos a todas las vicuñas del Altiplano, las matamos para obtener el cuero necesario para fabricar larguísimas y recias cuerdas a las que puedan agarrarse dos mil seiscientas veinte personas, que, además, tienen que transportar también arcilla suficiente como para cubrir el monte Illimani más los miles de litros de agua que hacen falta para ir humedeciéndola y, caminando sobre ese barro resbaladizo, arrastran, durante ochenta o cien kilómetros, una roca de diez toneladas de peso, de las cuales había, no una, sino miles en Tiwanacu. —Suspiró y siguió removiendo pacíficamente la hoguera—. Bien, sin problemas. Ahora lo entiendo.

—Esa imagen me recuerda a las películas de Hollywood —dije yo— en las que miles de esclavos judíos arrastraban a golpe de látigo los pedruscos para construir las pirámides de Egipto.

—Bueno, eso es falso —comentó Efraín—. Los descubrimientos más recientes afirman que en Egipto no existió la esclavitud.

Me quedé sin reacción al oír a Efraín. Todavía recordaba a Charlton Heston haciendo de Moisés en *Los Diez Mandamientos* y arrancándole de las manos el látigo al capataz egipcio que golpeaba a los esclavos judíos.

—Pero esas cuentas de los dos mil seiscientos obreros no sirven para las piedras de cien toneladas de Tiwanacu, ¿verdad? —preguntó Lola, insegura.

—No, claro que no —repuso Marta—. Esas cuentas no explican cómo pudieron transportarse ni las de cien toneladas ni las de ciento veinte. Ni siquiera las de cincuenta o treinta. Es sólo una teoría, pero la más aceptada a falta de otra mejor. Aunque no se sostiene mucho.

—Por lo tanto —prosiguió la mercenaria, pensativa—, si realmente nadie sabe cómo las movieron, quizá pudieron traerlas a la selva.

—Bueno, lo cierto es que eso esperamos —convino Marta sonriente.

—Habrá que verlo —murmuré, disimulando un bostezo.

—Ya no queda mucho, compadre —me dijo Efraín con gran convicción.

Y no quedaba. Tras un domingo y un lunes de pelea a brazo partido con los matorrales y los tallos leñosos y flexibles de las plantas trepadoras que unían los árboles entre sí en un abrazo siniestro, el martes a media mañana, repentinamente, el sotobosque se hizo menos denso y los troncos se distanciaron lo suficiente como para dejarnos avanzar sin utilizar el machete. Hasta el sol parecía colarse con facilidad entre las altas copas, tocando el suelo con sus largos y delgados brazos bajo los cuales nos encantaba pasar. Parecían dibujarse caminos frente a nosotros, unos caminos que, aunque nos parecieron anchos y despejados desde el principio, no dejaban de ser estrechas sendas que se fueron engrosando, dirigiéndonos hacia un bosque cada vez más claro.

De repente, tropecé con algo. Extendí los brazos en el aire para mantener el equilibrio y terminé apoyándome en la espalda de Efraín.

—¡Arnau! —exclamó Marta, sujetándome velozmente por las correas de la mochila.

—Casi me mato —gruñí, mirando el lugar donde había perdido pie. El agudo pico de una piedra claramente tallada por mano humana sobresalía del suelo. Todos se agacharon para examinarlo.

—Estamos muy cerca —remachó Efraín.

Apenas cincuenta metros después nos topamos con una muralla baja cubierta por un tupido musgo verde y fabricada con grandes piedras acopladas unas con otras de manera similar a las piedras de Tiwanacu. Los gritos de una familia de monos aulladores nos sobresaltaron.

—Hemos llegado —anunció Lola, adelantándose para colocarse junto a mí.

—¿Y los yatiris? —preguntó Marc.

No se oían otros ruidos que los de la selva y, por descontado, ninguna otra voz humana aparte de las nuestras. Tampoco se veía a nadie; sólo aquella muralla verde derrumbada en alguno de sus puntos. Un negro presagio empezó a rondarme la cabeza.

—Sigamos —masculló el arqueólogo, tomando la senda hacia la derecha.

—Un momento, Efraín —exclamó Gertrude, que había dejado caer su mochila al suelo y la estaba abriendo con gestos hábiles y rápidos—. Espere, por favor.

—¿Qué pasa ahorita? —masculló aquél, con gesto de impaciencia.

Gertrude no le contestó, pero extrajo de su mochila algo parecido a una tarjeta de crédito y la izó en el aire para que la viéramos.

—Pase lo que pase —dijo muy seria—, tengo que grabar las voces de los yatiris.

Y, diciendo esto, se sacó del pantalón un extremo de la camisa y se adhirió la diminuta grabadora gris a la piel lechosa del vientre. Parecía uno de esos parches para dejar de fumar que se ponen los adictos a la nicotina para desengancharse, sólo que un poco más grande.

—Por si no se dejan, ¿verdad? —comentó Lola.

—Exactamente. No quiero correr riesgos. Necesito sus voces para poder estudiarlas.

—Pero, ¿graba con buena calidad?

—Es digital —le explicó Gertrude—, y sí, graba con muy buena calidad. El problema son las pilas, que sólo duran tres horas. Pero con eso tendré bastante.

A pocos metros de distancia encontramos una entrada. Tres puertas idénticas a la Puerta de la Luna de Lakaqullu se unían formando un pórtico de tamaño verdaderamente ciclópeo que se mantenía en perfecto estado. En la parte superior del vano del centro, el más grande —de unos cuatro metros de altura—, podía adivinarse un tocapu a modo de escudo nobiliario, pero el musgo que lo cubría no permitió que ni Marta ni Efraín pudieran identificarlo. El lugar estaba completamente abandonado. Los yatiris se habían marchado de allí hacía mucho tiempo, pero sólo Gertrude se atrevió a expresarlo en voz alta:

—No están —dijo, y fue suficiente para que todos aceptáramos aquella verdad que nos estaba torturando el cerebro.

—Ya puedes guardar la grabadora —murmuró Efraín, contrariado.

No, los yatiris no estaban. La extraña ciudad que se adivinaba al otro lado de la entrada —de factura claramente tiwanacota— era una completa ruina, comida por la vegetación y devastada por el abandono. Sin embargo, pese a saber que en ella no íbamos a encontrar nada, cruzamos la entrada y seguimos avanzando en silencio por una especie de calle a cuyos lados todavía se erguían casas de dos pisos construidas con grandes bloques perfectamente unidos sin argamasa. Muchas estaban desplomadas pero otras conservaban incluso los tejados, fabricados con losas de piedra. Y todo de color verde, un verde brillante que relumbraba bajo la luz del sol por las gotas de humedad.

Seguimos calle abajo hasta llegar a una plaza cuadrada de grandes dimensiones, construida, probablemente, a imitación del templo Kalasasaya. En el centro, un enorme monolito apoyado sobre un pedestal de roca negra reproducía al típico gigante barbudo de Tiwanacu. En esta ocasión, sin embargo, advertimos un mayor parecido con el Viajero que descansaba en la cámara secreta de la pirámide de Lakaqullu: más de tres metros de altura, ojos felinos, grandes orejas adornadas con las piezas circulares y planas que los aymaras y los incas se insertaban en los lóbulos y cabeza en cono provocada por la deformación frontoccipital. Los yatiris habían estado allí, de eso no cabía la menor duda, y habían pasado el tiempo suficiente como para levantar una nueva y hermosa ciudad al estilo de la que abandonaron en el Altiplano. Estelas de piedra como las de Tiwanacu se distinguían también diseminadas por la plaza, mostrando en relieve imágenes de seres antropomorfos con barba que miraban hacia las cuatro calles que se abrían en los ángulos de la plaza, siendo una de ellas por la que nosotros habíamos entrado.

—Hacia allí —ordenó Efraín, encaminándose de nuevo a la derecha.

Mientras seguíamos la dirección señalada por el arqueólogo y nos internábamos por otra vía idéntica a la anterior, me di cuenta de que no había valido de nada el esfuerzo que habíamos hecho cruzando la selva y arriesgándonos a mil peligros: los yatiris no estaban y no sabíamos qué había sido de ellos. El mapa de la lámina de oro terminaba justo en el punto en el que nos encontrábamos, de manera que no teníamos ni idea de hacia dónde dirigirnos y, además, ¿para qué? Quizá los yatiris ya no estuvieran en ninguna parte, como parecía lo más probable, quizá se extinguieron, se desperdigaron, sufrieron el ataque de tribus salvajes y murieron. Aquélla era nuestra estación término, el final de nuestras esperanzas. A partir de ese momento no quedaba nada más por hacer. Bueno, sí: traducir los millones de láminas de oro de la Pirámide del Viajero por si, algún día, aparecía la forma de curar a Daniel, si es que no se había muerto ya o nos habíamos muerto todos. Tanta maldita selva, tanto viaje, tanta picadura de insecto y tantos peligros para nada. Nos habíamos quedado con las manos vacías. Quizá pudiera agilizar el proceso de traducción de las planchas de oro mejorando el «JoviLoom» de Marta y mecanizando el procesamiento de imágenes. Quizá, si aportaba dinero al proyecto —que, sin duda, se pondría en marcha entre España y Bolivia y quedaría bajo la dirección de Marta y Efraín—, las traducciones no tardarían tantos años en estar terminadas y, a lo mejor, la información que necesitaba aparecía justo al principio o poco después. También existía la posibilidad de encontrar en algún lugar del planeta a un equipo de neurólogos capacitado para deshacer el efecto de la maldición con alguna droga o algún tratamiento experimental. ¿Acaso no se habían realizado, durante los años de la Guerra Fría, experimentos de lavado de cerebros, programaciones mentales y cosas por el estilo? Sólo tenía que volver a casa y retomar el asunto desde el principio siguiendo otra dirección. Afortunadamente, el dinero no era un problema y, además, vendería también Ker-Central. Total, ya me estaba aburriendo.

La calle era muy larga y la selva había hecho crecer arbustos tan vigorosos entre los resquicios del empedrado que el suelo se levantaba en muchos lugares. Por fin, encontramos una edificación enorme que, por su diseño, bien podía ser un palacio o una residencia principal. Parecía hallarse en buen estado y Efraín hizo intención de dirigirse a la entrada.

—No irá a meternos ahí dentro, ¿verdad? —preguntó Marc, escamado.

—Debemos averiguar qué les pasó a los yatiris —respondió el arqueólogo.

—Pero quizá no sea seguro —advirtió Marta.

—Precautelando los derrumbes, justamente podremos pasar —insistió él, sin volverse a mirarnos.

En ese momento me pareció ver que algo se movía en la parte superior del edificio. Quizá fue un efecto solar, seguramente la sombra de algún pájaro, porque escuché también un trino muy agudo procedente del mismo lugar, así que no le presté mayor atención. Estaba mucho más preocupado por Efraín que, sin precautelar nada, como él decía, se había metido en el palacio con paso firme.

—¡Efraín, no hagas tonterías! —le gritó Marta—. ¡Sal y sigamos recorriendo la ciudad!

—¡Óigame! —vociferó Gertrude, rodeándose la boca con las manos como si fuera un altavoz—. ¡Salga de ahí inmediatamente, papito! ¡No se lo repetiré!

Pero el arqueólogo no respondió y, extrañados, nos lanzamos al interior temiendo que le hubiera pasado algo. La doctora Bigelow estaba realmente preocupada; en un lugar como aquél, nadie podía estar seguro de nada. Nos encontramos de pronto en una amplia sala con algunas paredes derrumbadas de la que partía una grandiosa escalera por la que comenzamos a subir con mucho cuidado hacia el piso superior, observando el cielo a través de las roturas del techo.

De repente, el arqueólogo apareció en lo alto con una gran sonrisa en los labios.

—¿Saben las maravillas que hay aquí? —nos preguntó y, a continuación, con el mismo aliento, sin hacer una pausa, nos detuvo en seco—. No, no sigan subiendo. El suelo y las paredes están en muy malas condiciones.

—¡Vaya! ¿Ahora tenemos que salir? —se quejó Lola.

—¿De qué maravillas habla? —inquirí, girando sobre mis talones para emprender la bajada.

—Hay unos preciosos relieves en los muros de ahí arriba —explicó Efraín, descendiendo—, y, por debajo de las enredaderas, puede observarse que estaban pintados de verde y rojo, supongo que para recordar los colores predominantes de la andesita de Tiwanacu. Debieron de sentir una gran añoranza de su vieja ciudad. También hay una reproducción de la figura barbuda que hay en el centro de la plaza por la que hemos pasado.

—¿Has tomado fotografías? —le preguntó Gertrude, viendo que llevaba la cámara en la mano. La doctora se había relajado al comprobar que su marido se encontraba bien y ahora le miraba con el ceño fruncido y un cierto aire amenazador. Si yo hubiera sido él me habría preocupado bastante, pero Efraín estaba tan satisfecho que no se daba cuenta de nada.

—Luego las mostraré —dijo—. Ahora salgamos a la calle.

Mi visión periférica recogió la impresión de que

algo grande se deslizaba a la velocidad del viento por el hueco de un murete desmoronado que quedaba a mi izquierda. Giré la cabeza rápidamente pero no vi nada. Empecé a pensar que me estaba volviendo loco y que sufría penosas alucinaciones visuales, pero, como era muy terco y desconfiado, me dirigí hacia allí dispuesto a comprobarlo con mis propios ojos.

—¿Qué pasa, Arnau? —se apresuró a preguntarme Marta al verme cambiar de rumbo.

—Nada —mentí—. Sólo quiero ver qué hay allí detrás.

Pero no había nada. Asomé la cabeza con precaución al terminar de hablar y descubrí que aquel espacio estaba completamente vacío. Ya no cabía la menor duda de que tantos días en la selva me habían trastornado.

Salimos al sol y reanudamos el camino calle abajo al encuentro de otras edificaciones importantes o que, al menos, nos llamaran la atención, pero lo que restaba hasta la muralla exterior yacía en completa ruina bajo una profusa espesura y unos árboles descomunales. Regresamos sobre nuestros pasos y acordamos, puesto que ya era la hora, quedarnos a comer en la plaza y montar el campamento a los pies del monolito del gigante, haciendo de su base de piedra negra el depósito para dejar las mochilas y el resto del equipo. Calentando el agua en el hornillo de gas para preparar una sopa, decidimos que todavía no estábamos dispuestos a tirar la toalla: recorreríamos aquella ciudad de un lado a otro, de un extremo a otro, hasta que lográramos averiguar qué les había pasado a los yatiris y por qué se habían ido, y si, además, conseguíamos descubrir hacia dónde, pues mejor.

—Sí, mejor —puntualizó Marc con sorna mientras abría una lata—, pero no tenemos alimentos suficientes para seguirles. Hemos llegado hasta aquí con un día de retraso sobre el calendario previsto, así que sólo nos queda comida para seis días. Para siete con el excedente, pero nada más.

—Vale, volveremos a casa en cuanto terminemos de explorar este lugar —señaló Efraín.

—No podemos quedarnos —insistió Marc—. ¿No me ha oído decir que no tenemos alimentos?

—Tampoco nos pasará nada porque no comamos mucho el último día —comentó Gertrude—. En cuanto abandonemos el Madidi recuperaremos los kilos perdidos.

—Mire, doctora, no se ría —tronó mi amigo—. Quizá ustedes puedan aguantar un día entero caminando por la selva sin comer, pero yo no, y todo el tiempo que pasemos aquí estudiando este sitio es tiempo perdido.

—Tenemos las coordenadas de este lugar —observó Lola, solidarizándose con Marc, a quien conocía lo suficiente como para saber que, si no engullía la cantidad de comida necesaria, podía convertirse en un peligro para todos—. Podemos volver cuando queramos con un helicóptero.

Efraín y Marta se miraron e intercambiaron gestos afirmativos.

—Está bien —repuso Marta—. En cuanto terminemos de comer recogeremos los bártulos y nos iremos.

—Lo siento, *Root* —me dijo Lola, mirándome con culpabilidad.

—Yo también lo siento —murmuró Marc.

—No sé por qué decís eso —repliqué, pero sí lo sabía; le había estado dando vueltas mientras ellos hablaban. Si en aquella ciudad había algo que indicara que los yatiris seguían con vida en algún lugar, nuestra marcha nos impediría encontrarlo y, por lo tanto, mi hermano tendría que seguir con el cerebro desconectado hasta que regresáramos a bordo de un cómodo helicóptero. Pero también cabía la posibilidad de que no hubiera nada que sugiriera tal cosa, de modo que daba lo mismo. Como Marta me había señalado en algún momento, nada dependía de mi voluntad desde que había puesto el pie en aquella selva o, más concretamente aún, desde que había empezado el problema de Daniel, y ésa era una gran lección que yo, el tipo que siempre quería tenerlo todo bajo control, que no intervenía en nada que no pudiera dirigir y manejar, estaba aprendiendo a bofetones.

—Le prometo, Arnau —dijo Marta muy seria y muy consciente del hilo de mis pensamientos—, que haré todo cuanto esté en mis manos para solucionar el problema de Daniel lo antes posible.

—Gracias —le respondí secamente, más por ocultar mi frustración que por rechazar su promesa, una promesa que no sólo pensaba recordarle cuando llegara el momento sino convertirla también en un proyecto serio de trabajo en el que yo mismo pensaba participar.

—¿Quién lleva la pieza de piedra que sacaron de Tiwanacu? —preguntó Efraín en ese momento, con una mano apoyada sobre el pedestal de la estatua y un gesto raro en la cara.

—Yo —respondió Marc.

—¿Le importaría dármela?

—Debe de estar al fondo de mi mochila —rezongó Marc, poniéndose en pie—. Tendré que vaciarla.

—Adelante, hágalo. Le prometo servirle un buen plato de quinoa después.

A todos nos pareció detectar algo extraño en la actitud del arqueólogo, así que seguimos mirándole mientras Marc revolvía sus pertenencias en busca de la rosquilla.

—¡Está bueno, amigos! ¡Se los voy a explicar! —soltó Efraín riéndose de nuestra expectación—. Vengan y miren lo que he encontrado por casualidad a los pies del gigante.

Gertrude, Lola y Marta ya estaban allí antes de que él hubiera terminado de hablar, contemplando el lugar donde se apoyaba la mano del arqueólogo, y yo me aproximé y me asomé tranquilamente por encima de sus cabezas. Una pequeña protuberancia en la piedra negra, con forma de quesito en porciones y dimensiones muy similares a las del vaciado triangular del donut, se observaba en el centro del zócalo, a los pies del monolito.

Marc se acercó con el aro de piedra y se lo entregó a Efraín, quien lo colocó sobre el saliente, constatando que encajaba a la perfección, pues la rosquilla no se movía ni un ápice. Inmediatamente nos dimos cuenta de que la punta de flecha tallada en la parte superior señalaba sin la menor duda hacia la esquina de la explanada de la que partía una de las calles que no habíamos recorrido, la que quedaba justo entre aquella por la que habíamos llegado desde la entrada y la que bajaba hacia el palacio de los relieves.

Un silbido enorme, agudo y, desde luego, imposible de ser emitido por un animal, brotó desde las alturas. Apenas tuvimos tiempo de levantar las cabezas para buscar con la mirada el origen del desagradable sonido, cuando todos los tejados de los edificios de la plaza se llenaron de alargadas figuras armadas con unas terribles lanzas que apuntaban directamente hacia nosotros. Todo había sucedido con tanta rapidez que ninguno movió un músculo ni pronunció una palabra ni emitió un grito o un sonido. Bloqueados y convertidos en estatuas de sal, contemplábamos aquella escena dantesca en la que decenas de indios desnudos nos amenazaban con sus picas desde las terrazas y tejados de los cuatro lados de la plaza.

Supe, sin ninguna duda, que aquellas varas de punta afilada eran realmente peligrosas. Quizá, si me hubieran amenazado con un rifle o una pistola, la ignorancia, que es muy atrevida (puesto que no había visto un arma de ésas en toda mi vida, salvo, naturalmente, en las películas), la ignorancia, digo, me hubiera impedido sentir miedo. Pero aquellas larguísimas jabalinas que medirían prácticamente lo mismo que sus portadores, me paralizaron de terror; casi podía notar cómo me atravesaban dolorosamente la carne. También influía, supongo, el aspecto fiero de aquellos indios: obviamente, no podíamos verles bien desde donde nos encontrábamos pero parecía que se tapaban las caras con unas terroríficas máscaras negras que helaban la sangre.

Los segundos seguían pasando y allí no se movía ni el aire.

—¿Qué hacemos? —susurré, calculando el tono de voz necesario para que me oyeran mis compañeros pero no los indios de los tejados. Sin embargo, aquellos salvajes debían de tener un oído felino porque, a modo de protesta por mis palabras, o como amenaza, volvieron a emitir el agudo silbido que rompía los tímpanos y que provocaba el silencio más profundo en la selva que nos rodeaba.

Una lanza que no vi pasó con un susurro afilado junto a mi cadera y se clavó profundamente en una de nuestras mochilas. El ruido seco que hizo al incrustarse, rompiendo el tejido impermeable, se repitió varias veces, de modo que supuse que disparaban a nuestros equipajes desde varios ángulos y que, en realidad, lo que pretendían era mantenernos quietos y callados. Desde luego, lo consiguieron: como yo, mis compañeros debieron de sentir un frío mortal subiéndoles por las piernas hasta la cabeza, un frío que, a su paso, dejaba los músculos agarrotados y malherida cualquier intención de respirar. Entonces, apareció frente a nosotros, por la calle que señalaba la rosquilla de piedra, el que debía de ser el jefe de aquella patrulla aborigen, rodeado por cinco guardaespaldas de aspecto bravucón y malencarado. Caminaban con paso lento y digno, como si se sintieran muy superiores a nosotros, pobres extranjeros que habíamos tenido la mala suerte de pisar el suelo equivocado. Me dije que, si por casualidad habíamos topado con una de esas tribus de indios no contactados que mataban a los blancos como aviso para que nadie más entrara en su territorio, como había ocurrido varias veces en Brasil durante los últimos años —eso nos lo había contado Gertrude ya en la selva, cuando no podíamos arrepentirnos y regresar—, estábamos apañados. Nuestros cuerpos sin vida aparecerían en las cercanías de algún lugar civilizado a modo de vistosos y estratégicos carteles de prohibida la entrada.

El jefe, comandante, líder, cacique o lo que fuera, se colocó frente a mí, que por haberme quedado detrás de los demás contemplando por encima de sus cabezas cómo encajaba la pieza en el triángulo, ahora estaba situado en primera línea de fuego. Era un hombre alto y delgado, mucho más alto de la estatura media que yo había observado entre los indígenas de Bolivia y su piel también era de un color diferente, entre rojizo y tostado en vez del habitual pardo cobrizo. Iba descalzo, vestía un largo taparrabos que le llegaba hasta las rodillas y un tocado de vistosas plumas de ave, y lucía un gran tatuaje en la cara —lo que yo había tomado por una máscara— de forma cuadrada y color negro, que empezaba bajo las pestañas de los párpados inferiores y terminaba en la línea horizontal dibujada por la comisura de los labios, llegando hasta las orejas. Desde luego no era pintura que pudiera quitarse con un poco de agua: aquello era un tatuaje en toda regla y sus cinco acompañantes lo exhibían también, aunque de color azul oscuro. Tenía unas facciones talladas con estilete, más parecidas a las esquinas rectas y finas de los aymaras que a las formas redondeadas de las tribus del Amazonas.

El tipo me miró fijamente durante mucho tiempo, sin hablar. Quizá había llegado a la errónea conclusión de que yo era el jefe de aquel grupo de blancos por mi elevada estatura, pero no tenía forma de desmentírselo, así que sostuve su mirada más por terror que por fanfarronería. Luego, cuando se cansó, con el mismo paso lento y digno se dirigió hacia mis compañeros y le perdí de vista. No me atreví a volverme, pero el silencio continuó, así que supuse que no debía de estar ocurriendo nada diferente a lo que había pasado conmigo. De repente, el tipo gruñó algo. Permanecí a la espera, suponiendo que ahora las lanzas nos atravesarían sin misericordia, pero no lo hicieron y, entonces, volvió a repetir las mismas palabras a voz en grito, con un tono más impaciente. En el silencio de la plaza, el eco de su vozarrón rebotaba de un lado a otro. Los monos aulladores volvieron a chillar desde las copas de unos árboles cercanos. Cuando por tercera vez reiteró su mensaje, ya de muy malas maneras, me giré despacito y vi que Marc y Gertrude se volvían también. El comandante levantaba el brazo derecho mostrando en su mano la rosquilla de piedra y, señalándola con el índice izquierdo, repitió por cuarta vez lo que parecía una pregunta grosera.

Fue Gertrude quien, quizá por su experiencia previa en el trato con tribus amazónicas contactadas o no, le respondió en nombre de todos:

—Esa pieza —dijo con una voz muy, muy suave, como si fuera una domadora de fieras que se dirige al peor de sus animales—, la sacamos de Tiwanacu... de Taipikala.

—¡Taipikala! —exclamó triunfante el emplumado y, para nuestra sorpresa, sus hombres, los que le acompañaban y los que permanecían en los tejados, corearon la palabra con el mismo entusiasmo. Luego, como por lo visto no había sido suficiente, volvió a izar el aro de piedra y, dirigiéndose a Gertrude, le soltó otra incomprensible parrafada. Ella le miró sin pestañear y no le respondió. Aquello pareció molestarle y dio unos cuantos pasos en su dirección, hasta quedar a poco menos de un metro de distancia, y volvió a mostrarle la rosquilla y a repetir la enigmática pregunta.

—Dile algo, linda —suplicó Efraín en voz baja—. Dile cualquier cosa.

El cacique lo atravesó con los ojos mientras uno de los guardaespaldas levantaba su lanza y apuntaba al arqueólogo. Gertrude se puso nerviosa. Las manos le temblaban mientras que, con el mismo tono pausado de antes, empezaba a contar la historia completa de la rosquilla:

—La encontramos en Taipikala, después de salir de Lakaqullu, donde estuvimos encerrados dentro de la cámara del Viajero, el... *sariri*.

Pero el jefe no pareció impresionarse por ninguna de las palabras mágicas que la doctora Bigelow se esforzaba en pronunciar.

—Fuimos allí —siguió diciendo Gertrude—, buscando a los yatiris, a los constructores de Tai...

—¡Yatiris! —profirió el tipo levantando de nuevo la rosquilla en el aire con un gesto de satisfacción y sus tropas le imitaron, rompiendo el silencio de la selva.

Por lo visto, aquello había sido suficiente. El jefe y sus cinco hombres pasaron por delante de nosotros de regreso a la calle por la que habían aparecido mientras las hileras de lanceros se esfumaban de los tejados. Pero si alguno de nosotros albergaba la esperanza de que era el final y que se marchaban, se equivocó por completo: los lanceros reaparecieron por todas partes, llenando la plaza, y el comandante se detuvo a medio camino y se giró para volver a mirarnos. Hizo un extraño gesto con la mano y un grupo de energúmenos salió de entre sus filas para lanzarse contra nosotros como si fueran a matarnos, pero nos dejaron atrás y, deteniéndose frente al monolito, cogieron nuestras acribilladas mochilas y el resto de trastos que teníamos por en medio llevándolos ante el jefe, quien, con otro elegante gesto de mano, ordenó que lo destrozaran todo. Delante de nuestros incrédulos ojos, aquellos vándalos rasgaron las mochilas y esparcieron el contenido por el suelo: rompieron la ropa, las tiendas, los cepillos de dientes, las maquinillas de afeitar, los mapas, los paquetes de comida..., machacaron con piedras todo lo que era metálico (cantimploras, vasos, latas, el botiquín de Gertrude con todo su contenido, los machetes, las tijeras, las brújulas...), destrozaron sin piedad, estampándolos repetidamente contra el suelo, los teléfonos móviles, las cámaras digitales, el GPS y mi ordenador portátil y, por si se les había quedado algo a medio descuartizar, mientras algunos de ellos amontonaban a patadas los restos del desastre, otro muy viejo se entretuvo un buen rato frotando un par de palitos que sacó de una pequeña bolsa de piel hasta que empezó a salir humo y consiguió quemar un puñado de hierbas estropajosas con las que prendió fuego a la pira de nuestras posesiones. No quedó absolutamente nada cuando todo aquel salvaje ceremonial hubo terminado, excepto las hamacas, que habían separado cuidadosamente de todo lo demás, dejándolas aparte. Pero sólo ellas y lo que llevábamos puesto, sobrevivieron a la barbarie. Si después de aquello decidían dejarnos con vida, su amable gesto carecería por completo de importancia porque sin comida, brújula o machetes no teníamos la menor posibilidad de regresar a la civilización. Estaba seguro de que los seis pensábamos lo mismo en aquel momento y lo confirmé al oír un llanto sordo a mi espalda que sólo podía proceder de Lola.

A continuación, y con la pira todavía humeando, cada uno de nosotros fue firmemente sujetado por un indio y, siguiendo los pasos del comandante, su séquito y su ejército, fuimos conducidos hacia la salida de la plaza. Sólo entonces mis neuronas empezaron a reaccionar y los cabos sueltos comenzaron a atarse. Quizá fue porque tomamos la calle señalada por la flecha tallada en la rosquilla de piedra —la misma por la que había aparecido el jefe—, pero el caso es que, sumando dos más dos el resultado era cuatro: los indios nos habían estado espiando desde que llegamos a las ruinas, yo mismo les había entrevisto moviéndose subrepticiamente a nuestro alrededor, y, luego, aparecieron de repente en el preciso momento en el que colocamos el aro de piedra sobre el pedestal del monolito. Además, el emplumado había cogido el aro y, con él en la mano, había reaccionado visiblemente cuando Gertrude pronunció las palabras mágicas «Taipikala» y «yatiris». Ahora, tras anular cualquier intento de fuga por nuestra parte, nos llevaban con ellos siguiendo la misma dirección que señalaba la rosquilla. Todos estos datos conducían a dos conclusiones obvias: o bien estos tipos eran los propios yatiris, asilvestrados después de experimentar un retroceso hacia la barbarie como el sufrido por el grupo de escolares de *El señor de las moscas* de William Golding, o bien nos estaban llevando hacia los yatiris, es decir, precisamente lo que nosotros queríamos, aunque no de aquella forma ni en aquel momento.

—Oigan —dijo Efraín armándose de valor e intentando, supongo, transmitírnoslo—, ¿se fijaron que no nos han hecho daño y que nos están llevando en la dirección correcta?

El indio que le sujetaba por el brazo, le zarandeó sin misericordia para obligarlo a callar. Distinto hubiera sido de tratarse de *Jabba*, que sobrepasaba a su centinela en largo, ancho y alto, pero Efraín, teniendo más envergadura que la media de los bolivianos, apenas le llegaba al hombro a su guardián. El mío, siendo también bastante espigado, se me quedaba a la altura del cuello, pero yo no tenía la menor intención de ponerle nervioso, sobre todo ahora que sabía que no iban a matarnos y que nos llevaban a donde queríamos ir.

Mientras abandonábamos la ciudad, saliendo por otra puerta parecida a la de entrada y bajando a continuación unos grandes escalones desiguales y rotos, deduje en silencio que no debíamos de encontrarnos muy lejos de nuestro destino, puesto que habían echado a perder toda la comida que traíamos y ellos no llevaban nada encima además de sus lanzas. El hecho de que hubieran respetado las hamacas podía significar tanto que esa noche tendríamos que dormir en la selva como que, simplemente, se las quedaban para ellos y, por lo tanto, antes del anochecer encontraríamos a los yatiris.

Pero, naturalmente, cuando uno hace una deducción tan especulativa debería estar seguro de contar con toda la información, de poseer todos los datos, porque, si no es así, las conclusiones pueden ser tan erróneas como, al final, resultaron ser las mías: ni encontramos a los yatiris antes del anochecer ni tampoco al día siguiente, ni al otro, ni durante toda la semana; y las hamacas, en efecto, fueron nuestro lecho esa noche y las muchas que vinieron a continuación.

Caminamos toda la tarde siguiendo unos estrechos senderos misteriosamente abiertos en la espesura. Los indios no tenían machetes ni nada afilado con lo que segar la vegetación, así que costaba bastante adivinar el origen de aquellas trochas, pero el caso era que allí estaban y que daban muchas vueltas y giros extraños. Sólo días después aprendimos que eran los animales quienes las producían en su deambular por la selva en busca de agua o comida y que los indios sabían encontrarlas por instinto y aprovecharse de ellas para desplazarse de un lado a otro. Según su visión, era una pérdida de energía abrirse camino a fuerza de machete, existiendo otro método mucho menos cansado.

Estas sendas o trochas solían empezar y terminar en pequeños riachuelos, lagos, fuentes, saltos de agua o zonas pantanosas —que también las había y las atravesamos durante esos días— y aquella primera tarde nos adentramos en un pequeño canal de agua de color entre verdoso y negruzco y lo seguimos en sentido contrario a su curso hasta el anochecer. A cada lado se veían frondas de arbustos y maleza enroscándose en las columnatas de los altos árboles que formaban la barrera entre el agua y la tierra, proyectando una densa sombra sobre nuestras cabezas con sus espesos ramajes entrelazados a una altura increíble. Las raíces aéreas de muchos de aquellos gigantes colgaban a modo de cortinas que nos dificultaban el paso pero, en lugar de sajarlas a cuchillo como habíamos hecho nosotros hasta ese día, los indios las apartaban con las manos sin sentir, aparentemente, los pinchazos de sus espinas, de las que estaban abundantemente cubiertas. El aire era húmedo y pegajoso, y cuando, por alguna razón que desconocíamos, el jefe ordenaba parar un momento la marcha, el silencio de aquel lugar sombrío resultaba abrumador y las voces se escuchaban con eco, como si estuviéramos dentro de alguna cueva.

Atravesamos una zona en la que tábanos del tamaño de elefantes nos acosaban sin descanso y otra de anguilas eléctricas cuyas grandes cabezas, al rozarnos las piernas a través de las roturas de los pantalones, descargaban una corriente parecida a un intenso pinchazo de aguja. De repente, en el lugar más umbrío de aquel canal que llevábamos toda la tarde recorriendo, se escucharon unos gritos estridentes que parecían aullidos de almas en pena. Sentí un desagradable hormigueo en la espalda y la piel se me erizó de puro terror; sin embargo, los indios reaccionaron con gran satisfacción, deteniendo la marcha y ordenándonos con gestos que nos mantuviésemos quietos y en silencio mientras ellos estiraban el cuello hacia arriba buscando no sabíamos qué. Los gritos continuaban de manera discordante y con notas diferentes. Mi guardián se quitó del hombro una correa de la que colgaba una cajita diminuta y dos palos, que unió formando uno solo con gran habilidad; de la cajita sacó una flecha corta que tenía en uno de sus extremos una pequeña masa ovalada y la introdujo por la parte ancha de lo que, sin duda, era la primera cerbatana auténtica —y también falsa— que veía en mi vida. Se colocó el tubo sobre los labios y siguió vigilando intensamente las altísimas copas de los árboles que formaban la bóveda sobre nosotros. Los vigilantes del resto de mis compañeros hicieron lo mismo, así que quedamos temporalmente libres aunque sólo nos atrevimos a intercambiar miradas de ánimo y sonrisas de circunstancias. Los gritos de las almas en pena empezaban a definirse y sonaban como algo parecido a «tócano, tócano». Por fin, algunos de los indígenas descubrieron el escondite del grupo cantor porque se escucharon de repente unos ruidos secos y breves como de disparos de pistolas de aire comprimido y un alboroto en el ramaje provocado por el caer de objetos desde una gran altura. Lamentablemente, uno de aquellos bichos vino a desplomarse a pocos centímetros de mí, levantando una enorme cantidad de agua que me bañó por completo. El animal era un hermoso tucán bastante gordo, con un formidable pico de casi veinte centímetros de largo y un plumaje en la cola de increíbles tonalidades azafranadas. Por desgracia no estaba muerto del todo (tenía la flecha clavada entre el pecho y una de las alas), así que, cuando mi vigía intentó cogerlo, se defendió vigorosamente y emitió unos sonoros lamentos que alarmaron a los indios a más no poder y empezaron a gritarle algo desesperado a mi guardián en tono apremiante. Pero, antes de que éste tuviera tiempo de actuar, millares de pájaros, invisibles hasta ese momento, surgieron de la nada y empezaron a descender hacia nosotros, completamente enfurecidos, saltando de rama en rama con las enormes alas extendidas y emitiendo unos chillidos aterradores que brotaban de sus picos abiertos. Creo que el terror que sentí fue tan grande que hice un gesto involuntario de protección cruzando los brazos sobre la cara pero, por suerte, antes de que aquellos parientes lejanos de los protagonistas de *Los pájaros* de Alfred Hitchcock nos destrozaran, mi guardián consiguió dominar al ave herida y le retorció el pescuezo sin compasión. El final de sus gemidos lastimeros acabó con el ataque de manera súbita y los tucanes desaparecieron en la espesura como si nunca hubieran existido.

Lola estaba pálida y se apoyaba en Marta, que no tenía mejor aspecto, pero que, sin embargo, protegía con su brazo los hombros de Gertrude, atrayéndola hacia sí. Marc y Efraín estaban petrificados, incapaces de moverse o articular un sonido, de manera que, cuando los indios les pusieron los gigantescos animales muertos en los brazos, igual que a mí, continuaron con la mirada perdida sin darse cuenta de lo que transportaban. La selva que estábamos viviendo no tenía nada que ver con la que habíamos conocido hasta entonces. Si, desde que cruzamos a escondidas la entrada en el Madidi, yo había creído comprender la expresión «Infierno verde» que tanto usaban Marta, Gertrude y Efraín, estaba completamente equivocado. Lo que habíamos visto hasta entonces era una selva casi civilizada, casi domesticada en comparación con este mundo salvaje y delirante en el que nos movíamos ahora. La sensación de peligro, de pánico rabioso que tuve al pensar estas cosas se vio mitigada por una idea muy extraña: si en el mundo virtual de los ordenadores la clave para que las cosas funcionaran estaba en escribir un buen código, un código limpio y ordenado, sin bucles absurdos ni instrucciones superfluas, en el mundo real del auténtico «Infierno verde» también debían de existir unas reglas parecidas y quienes conocían el código y sabían escribirlo correctamente para que todo funcionara eran los habitantes de aquel lugar, los indios que nos acompañaban. Ellos, quizá, no sabrían desenvolverse ante un ordenador ni ante un vulgar semáforo pero, sin duda, conocían hasta los más pequeños elementos del entorno en el que nos encontrábamos. Igual que habían previsto el ataque de los tucanes cuando su compañero malherido emitió aquellos lamentos y sabían perfectamente lo que había que hacer (matarlo para obligarlo a callar), del mismo modo allí donde nosotros, los urbanícolas tecnológicamente desarrollados no veíamos nada más que hojas, troncos y agua, ellos sabían descifrar las señales del código que empleaba el «Infierno verde» y sabían responder en consecuencia. Volví a fijarme en aquellos indios tatuados y de aspecto primitivo, y supe a ciencia cierta que éramos iguales, idénticos en todo, sólo que aplicábamos nuestras mismas capacidades al distinto entorno que nos había tocado en suerte. No eran más tontos por no disponer de luz eléctrica o no tener un trabajo de ocho a tres; en todo caso, eran unos privilegiados por tener al alcance de la mano tal abundancia de recursos y saber utilizarlos con tan poco esfuerzo y tanta inteligencia. El respeto que sentí en aquel momento, no hizo más que crecer con el paso de los días.

Aquella noche cenamos tucán asado (que resultó ser una carne muy tierna y sabrosa) con huevos de iguana que nuestros anfitriones sacaron de ciertos huecos en los árboles con la misma facilidad con que los hubieran cogido, envasados, de la repisa de cualquier supermercado. Los imponentes lagartos se quedaban paralizados sobre el tronco, sin moverse, viendo cómo los indígenas se llevaban tranquilamente sus huevos, que eran alargados, de unos cuatro centímetros de longitud, y que resultaban muy apetitosos tanto crudos como asados sobre las piedras calientes de la hoguera. Para terminar, tomamos en grandes cantidades unos frutos muy maduros, del tamaño de manzanas grandes, que, curiosamente, olían y sabían a piña aunque no lo eran, y tenían muchas semillas y muy poca pulpa. Comimos más y mejor de lo que lo habíamos hecho hasta entonces, con toda aquella insípida comida liofilizada, enlatada, envasada o en polvo y, cuando tendimos las hamacas —los indios también tenían las suyas, hechas con delgadas fibras vegetales, que, plegadas, cabían en una mano—, dormí por fin a pierna suelta, sin preocupaciones, y soñé que llegaba con mi coche a la calle Xiprer, para ver a Daniel y a su familia, y que tenía toda la calle libre para aparcar donde quisiera, sin tener que dejar el vehículo sobre la acera. No pude contarles todo esto a mis compañeros de infortunio porque nuestros guardianes no nos dejaron hablar entre nosotros hasta dos días después, cuando consideraron que ya no resultaba necesario vigilarnos porque habíamos comprendido la situación.

En realidad, la comprendimos casi en seguida y, por si algo nos faltaba para aceptarla incluso con asombro y satisfacción, lo descubrimos aquella primera noche, después de la cena, cuando nuestros amables anfitriones, hartos de comida y caminata, se pasaron un buen rato alrededor del fuego contando cosas divertidas que les hacían reír muchísimo y, en ellas, en esas historias o cuentos, había un término que repetían continuamente, la mayoría de las veces señalándose a sí mismos o a la totalidad del grupo presente: ni más ni menos que «Toromonas». A fin de cuentas, me dije después de cruzar una significativa mirada con Marta, aquel tipo, el autor del mapa étnico de Bolivia, ¿cómo se llamaba...? Díaz Astete, sí, pues eso, Díaz Astete había tenido razón al afirmar que todavía podían quedar Toromonas en la región del Madidi, aquella tribu supuestamente desaparecida durante la guerra del caucho del siglo XIX y que, según la historia, había sido la gran aliada de los incas que se escondieron en la selva amazónica huyendo de los españoles (la leyenda añadía que llevándose, además, el mítico tesoro conocido como El Dorado). Pero lo que ni la historia ni Díaz Astete sabían era que los Toromonas no habían ayudado a los incas propiamente dichos, sino a unos ciudadanos del imperio —incas, por tanto, para los cronistas españoles—, que eran los sabios-yatiris, los sacerdotes-Capacas del pueblo aymara, el «Pueblo de los tiempos remotos», que, procedentes de Tiwanacu-Taipikala, «La piedra central», huían de los españoles, de su crueldad y sus enfermedades contagiosas, llevándose con ellos no El Dorado (ése lo habían dejado en la cámara del Viajero) sino el tesoro más importante que poseían: su lengua sagrada, el antiguo *Jaqui Aru*, el «Lenguaje humano», cuyos sonidos eran consustanciales a la naturaleza de los seres y las cosas.

Los Toromonas habían encontrado las palabras mágicas que necesitaban en la plaza de la ciudad en ruinas, pero nosotros dimos también con la nuestra aquella noche y, así, se entabló una relación que iba a durar mucho más tiempo del que en aquel momento nos imaginábamos.

Durante aquella primera semana caminamos sin descanso siguiendo trochas o ríos e internándonos más y más en una selva que cambiaba de aspecto cada pocos días. A veces era amistosa e impresionante, como cuando alcanzamos la cumbre de uno de los picos de una sierra que, finalmente, recorrimos entera, y vimos a nuestros pies, y hasta donde la vista se perdía en cualquier dirección, una alfombra de copas de árboles de colores cambiantes en las que se enredaban unas nubes blancas e inmóviles. En otras ocasiones, sin embargo, era hostil como el peor de los enemigos y había que permanecer en guardia de manera permanente para no sufrir la picadura de las hormigas soldado, de los mosquitos, de las abejas, de las tarántulas..., o la mordedura de las serpientes, de los murciélagos, de los caimanes o de las pirañas, el más abundante de los peces del Amazonas. Vimos pumas y jaguares en multitud de ocasiones, pero jamás hicieron intento alguno de atacarnos, y también halcones, águilas, monos y osos hormigueros (muy ricos, por cierto, con una carne de sabor parecido a la del ganso). Los indios se guardaban las largas garras del oso hormiguero y, durante las paradas para comer o dormir, las afilaban con piedras hasta hacer de ellas auténticos y peligrosos cuchillos. Con el tiempo, Marc, Efraín y yo nos acostumbramos a recortarnos las barbas con esas garras. Observar a los Toromonas y aprender de ellos se convirtió en una obsesión. Si Marc y yo siempre decíamos que el mundo estaba lleno de puertas cerradas y que nosotros habíamos nacido para abrirlas todas, aquellos indios conocían la manera de abrir las puertas del Infierno verde y yo quería aprender a romper las claves del código de la selva. Marc y Lola se burlaban de mí, pero Marta, como buena antropóloga, venía conmigo cuando me introducía discretamente en cualquier grupo de indios que fuera a llevar a cabo alguna actividad curiosa. Ellos nos dejaban deambular sin causarnos problemas, con una mezcla de compasión y sorna muy parecida a la que sienten los padres por sus hijos más pequeños y torpes, pero pronto descubrieron lo auténtico de nuestro interés y nos concedieron un estatus preferente dentro del pequeño ejército, llegando a llamarnos por nuestros nombres cuando encontraban algo que pensaban que podía interesarnos. Hubo una lección, sin embargo, que hubiera preferido saltarme de haber podido.

A los dos o tres días de salir de las ruinas noté que tenía un enorme absceso en la pantorrilla derecha. No hice caso, pensando que sería una vulgar inflamación producida por algunos de los miles de pinchazos y pequeños cortes que nos hacíamos al cabo del día con las plantas, pero poco después empezó a supurar y a hincharse todavía más, provocándome un dolor tan terrible que tenía que andar cojeando. Gertrude empezó a preocuparse bastante cuando otro forúnculo similar me apareció en el dorso de la mano izquierda y se hin-

498

chó tanto que llegó un momento en que más que una mano parecía un guante de boxeo. No teníamos antibióticos ni analgésicos y la pobre doctora Bigelow se sentía incapaz de ayudarme. El día que Marc y Efraín tuvieron que ayudarme a caminar, cogiéndome por debajo de los hombros, los Toromonas cayeron en la cuenta de que algo raro me pasaba. Uno de ellos —el viejo pirómano que prendió fuego a nuestras pertenencias—, hizo que volvieran a dejarme en el suelo y me examinó la mano y la pantorrilla con ojo de médico de pueblo que lleva toda la vida viendo las mismas enfermedades en sus vecinos. Se metió en la boca unas hojas de algo que parecía tabaco y las mascó durante un buen rato, dejando caer hilillos de saliva de color marrón por las comisuras de los labios. Me encontraba tan mal que no pude hacer ni el gesto de retirar la mano cuando el viejo escupió lentamente sobre la dolorosísima inflamación para, a continuación, quedarse mirando atentamente el absceso hasta que se abrió una pequeña boca, un volcán en la superficie y algo que se movía surgió de mi mano. Creo que juré, maldije y blasfemé hasta quedarme ronco, mientras Marc y Efraín me sujetaban a la viva fuerza para que no me moviera. Lola se mareó y tuvo que alejarse con Marta, que tampoco lo estaba pasando bien. Sólo Gertrude permanecía atenta a la jugada mientras yo soltaba por la boca todas las barbaridades que conocía. El viejo indio, con dos dedos, extrajo de mi mano hinchada una larva blanca de unos dos centímetros de longitud, que se dejó sacar sin oponer resistencia, atontada por el jugo de tabaco que tan amablemente había preparado el viejo indio para mí. Sacar la segunda larva costó un poco más porque era más grande y permaneció mucho rato agarrada con fuerza a mi carne. Por gestos, el viejo, que resultó ser el chamán de la tribu, me explicó que eran larvas de tábano y que, por lo visto, como los mosquitos a la hora de chupar la sangre, sentían una predilección especial por unas personas más que por otras. Lógicamente, todo esto despertó la pasión investigadora de la médica y antropóloga aficionada que era Gertrude Bigelow y, desde aquel momento, la doctora se pegó como una lapa al viejo chamán y vivía fascinada con las nuevas cosas que iba aprendiendo.

Después de aquella desagradable experiencia, me pasé el resto del viaje espantando como un loco los tábanos que se me acercaban y también mis compañeros desarrollaron una fuerte aprensión hacia este insecto, de manera que, al final, nos ayudábamos unos a otros en la tarea de alejarlos, pues eran capaces de picar a través de la ropa. Lo único bueno fue que, en cuanto el viejo me sacó las larvas, los abscesos se cerraron y cicatrizaron perfectamente en un par de días con la ayuda de un aceite que los indios sacaban de la corteza de un árbol de hojas color verde oscuro y flores blancas muy parecidas a las del jazmín, aceite que conseguían con sólo clavar una de las afiladas garras de oso hormiguero en cualquier parte del árbol. La forma en la que el chamán me aliviaba el dolor ya era otro cantar: me obligaba a poner los pies descalzos sobre la tierra húmeda que había junto a las charcas y, entonces, me aplicaba las gruesas cabezas de varias anguilas eléctricas en la mano y en la pantorrilla. Ni que decir tiene que aquello provocaba una serie de descargas que, curiosamente, actuaban como anestésico, haciendo desaparecer por completo el dolor durante unas cuantas horas.

Aquellos indios sabían sacarle partido a todo y encontrar en su entorno todo lo que necesitaban. De un extraño árbol que proliferaba en las orillas de los ríos extraían una resina blanca que olía de modo penetrante a alcanfor y que mantenía alejadas a las temibles hormigas soldado y a las garrapatas. Sólo tenían que arrancar un pedazo de corteza y dejar fluir la resina, que luego se aplicaban por algunas partes del cuerpo o por los árboles a los que fueran a atar sus hamacas. Con el tiempo, naturalmente, terminamos imitándoles —que es la mejor forma de aprender que existe— y, por ejemplo, cuando nuestras ropas se convirtieron en andrajos, decidimos que sería buena idea cortar por encima de las rodillas lo que nos quedaba de los pantalones, aguantando como ellos las pequeñas heridas y las contusiones que, en efecto, acabamos por no tener en cuenta.

Lo cierto es que, casi sin reparar en ello, fui sufriendo una importante transformación. Y no sólo yo, sino también mis civilizados compañeros, que terminaron adaptándose perfectamente al ritmo de vida cotidiano en la selva y a las insólitas costumbres de los Toromonas. A pesar de la humedad y de las constantes picaduras de los insectos gozamos de una excelente salud durante todo el viaje, y eso se debía, según nos dijo Gertrude, a que en el Amazonas, por regla general, los lugares pantanosos y enmalezados son más saludables que los secos por la ausencia del calor tropical. Ya no notábamos el cansancio y podíamos caminar a buena marcha durante todo el día sin acabar rendidos al llegar la noche, y aprendimos a comer y a beber cosas inimaginables —Marc, por supuesto, no le hizo ascos a nada en ningún momento— y también a permanecer callados y concentrados durante horas, en estado de alerta frente a las señales de la selva. En mi caso, no obstante, fue una metamorfosis mucho más espectacular porque, de los seis, era el menos aficionado a la naturaleza y el más escrupuloso y maniático. Sin embargo, en aquel breve plazo de tres semanas, llegué a convertirme en un tipo capaz de disparar con cerbatana, de distinguir tanto el árbol de corteza rojiza y rugosa del que extraíamos una bebida muy nutritiva (que, si bien olía a perro muerto, sabía exactamente igual que la leche de vaca), como la liana venenosa que machacábamos y agitábamos en las aguas de los ríos para matar a los peces que nos iban a servir de comida o de cena. También llegué a saber, por propia experiencia y algún tardío consejo toromona, qué hojas eran las que podíamos usar como papel higiénico y cuáles contenían unas toxinas de las que convenía mantenerse alejado y, por supuesto, a reconocer la estela silenciosamente dibujada en el agua por los caimanes o las anacondas mientras nos bañábamos en los ríos.

Claro que todo eso no era nada. Apenas lo básico, lo indispensable para sobrevivir. No se puede aprender en unos días lo que necesita toda una vida de adiestramiento. Yo sólo era un turista privilegiado, no un viajero al antiguo estilo de esos que pasaban meses e incluso años en el lugar que querían conocer, y, como vulgar turista, mi visión de aquel mundo era la misma que recibían los miembros de un viaje organizado al estilo de «Toda Grecia en cuatro días, crucero por las islas incluido». Era consciente de ello pero, igual que la adrenalina fluía a borbotones por mis venas cuando rompía las protecciones de algún lugar con información prohibida o me colaba por las alcantarillas en el Nou Camp para dejar mi *tag* pintado en las paredes de la sala de prensa, ahora no podía resistirme a combatir mi supina ignorancia sobre todo lo que me rodeaba.

Una noche, muy cerca ya de nuestro destino, mientras hablábamos un rato antes de dormir, Lola me miró y se echó a reír de repente.

—Cuando vuelvas a casa —farfulló entre hipos—, ¿vas a seguir pidiéndole a Sergi que te proteja de los pequeños e inocentes bichitos de tu jardín?

Marc, que estaba fastidiado porque la tarde anterior había tocado una polilla y luego, sin darse cuenta, se había limpiado el sudor de la cara con las manos provocándose una urticaria que lo estaba matando, soltó una carcajada que hizo girar la cabeza en nuestra dirección a unos cuantos Toromonas que también permanecían charlando junto al fuego.

—¡Quién te ha visto y quién te ve, *Root*, amigo! ¡Cuando lo cuente en la empresa!

—Tú te callarás la boca —le dije muy serio— si no quieres que te eche a la calle.

—No lo estás diciendo en serio, ¿verdad? —me preguntó Gertrude, preocupada. Habíamos empezado a tutearnos todos al poco de ser sacados de la ciudad en ruinas, sin saber muy bien por qué. Ahora, el usted lo usábamos al estilo de los bolivianos, sólo para las cosas más personales y Marc y Lola, en broma, se habían acostumbrado a utilizarlo para dirigirse el uno al otro cuando discutían. El mundo al revés.

—Por supuesto que lo dice en serio —le explicó Marc, retirándose con mucho cuidado las greñas rojizas de la frente con el dorso de sus doloridas manos—. Ya me ha despedido en más de una ocasión. Ahí donde le veis tan calmado y dueño de sí mismo, tiene un genio de mil demonios cuando se cabrea.

—A mí también me ha despedido un par de veces —recordó Lola, estirando de los hilillos sueltos de lo que quedaba de su carísimo pantalón de tejido HyVent—. Pero lo hace sin darse cuenta. En el fondo, es buen tipo. Raro, pero bueno.

—¿Raro? —se rió Marta.

—Ellos son los raros —observé con gesto impasible—. Mírales y dime si no lo son. Yo los veo rarísimos.

—Nosotros no vendimos un portal de internet al Chase Manhattan Bank por una burrada de millones de dólares con treinta añitos recién cumplidos —arguyó Marc, sacando a relucir la siempre anecdótica parte de mi biografía que más llamaba la atención.

Marta, Efraín y Gertrude se volvieron a mirarme raudos como centellas.

—¿Eso es cierto? —quiso saber el arqueólogo, muy sorprendido—. Nos lo vas a estar aclarando ahora mismo, compadre.

Puse un gesto despectivo en la cara y señalé al gordo pelirrojo con la barbilla.

—¿Sabéis por qué le llamamos *Jabba*?

—¡Eres un...! —empezó a decir Marc, hecho una furia, pero Lola le silenció poniéndole la mano sobre la boca.

—Me vale un pepino por qué le llaman de ese modo —dijo Efraín, usando una expresión muy boliviana—. ¿Es cierto lo del Chase Manhattan Bank? ¡No vas a escaparte traicionando a tu mejor amigo!

La selva también había hecho que perdiéramos los últimos restos de comportamiento social civilizado. Algo había ya de *El señor de las moscas* en nosotros.

—Sí, es verdad —admití a regañadientes—, pero lo

gasté todo construyendo mi casa y montando mi empresa actual, Ker-Central.

Aquello no era del todo cierto, claro, pero siempre me había parecido que hablar de dinero era una incorrección.

—Pues debes de tener una casa impresionante —murmuró Marta abriendo mucho los ojos.

—La tiene, la tiene —suspiró Lola, dando a entender que era la casa de sus sueños—. Tendríais que verla para creerlo, ¿eh, Marc?

—Pero, bueno —protesté—, ¿qué os pasa esta noche?

—¿Y tu empresa es muy grande? —inquirió Gertrude con una enorme curiosidad.

—¡En Bolivia no te conocen! —se burló Marc. Sentí tentaciones de levantarme y darle un buen par de pellizcos en sus gordas, irritadas y picantes mejillas—. Ahí donde le veis, es uno de los pocos genios europeos de internet. Todo el tema de la inteligencia artificial aplicada a la red ha pasado por sus manos.

Nadie dijo nada, pero me pareció escuchar (virtualmente) una exclamación coral de asombro que salía de sus bocas cerradas.

—Pues, mira —le dije a *Jabba* con tono de advertencia—, ya que te has puesto borde te lo voy a contar: quizá ponga a la venta Ker-Central. Me lo estoy pensando.

Marc y Lola se quedaron blancos como el papel.

—¡No digas estupideces! —consiguió escupir el gusano pelirrojo haciendo un gran esfuerzo para reponerse del susto—. ¡A ver si vamos a tener un disgusto esta noche!

—¡Mira en lo que me he convertido! —exclamé, girándome hacia él—. Voy a cumplir treinta y seis años y soy un empresario aburrido, alguien que se pasa el día firmando papeluchos. Necesito cambiar, hacer algo que me guste de verdad. Y no hablo de esa imbecilidad de ser feliz —añadí muy serio—. Como Gertrude nos explicó en La Paz, nuestro cerebro no tiene ninguna parcelita dedicada a algo tan insignificante y vulgar. En realidad estoy hablando de hacer algo que me divierta, algo que forme parte del mundo real.

—Necesitas nuevos desafíos —afirmó Marta.

—Sí, algo así —admití a regañadientes; me sentía enfermo al verme expuesto públicamente de aquella manera—. No quiero ser el administrador financiero de las ideas de otros. No va conmigo.

—¡Pues, si tan sobrado estás, dame a mí Ker-Central, pero no la vendas! Yo también ayudé a crearla, ¿te acuerdas?

—Ya te he dicho que todavía lo estoy pensando. ¿Vale?

—¡Cuídate las espaldas! —me advirtió antes de cerrar la boca de manera definitiva por esa noche.

El tema no volvió a surgir. No hubo ocasión. Al día siguiente, tras atravesar un pequeño valle recortado por unas altísimas montañas que cruzamos salvando un peligroso desfiladero, nos encontramos a primera hora de la tarde en una selva completamente distinta de la que habíamos visto hasta entonces. La penumbra era completa y el suelo era cenagoso y frío y estaba cubierto por unos helechos anormalmente altos y grandes que se abrían dibujando unas estrechas sendas a través de un bosque que, cuando menos, podía calificarse de sombrío. Avanzando por él, nos sentíamos como el pobre Gulliver en el país de los gigantes. Los descomunales árboles, separados entre sí lo imprescindible para no acabar devorándose unos a otros, o caídos en el suelo, derribados por la vejez, tenían entre noventa o cien metros de altura, casi tanto como cualquier rascacielos neoyorquino, pero lo impresionante de ellos eran sus troncos, que, a ojo, podían tener unos veinte o veinticinco metros de circunferencia. Yo había oído hablar de los famosos baobabs africanos, tan gruesos que habían sido utilizados como casas, establos, cárceles y bares en los que podían meterse hasta cincuenta personas a la vez. Incluso, siendo pequeño, había visto en un libro uno de esos baobabs al que le habían hecho un agujero en el tronco para poder construir una carretera sin derribarlo, convirtiéndolo en el único túnel viviente por el que podían pasar grandes camiones sin ninguna dificultad. Pero aquellos colosales monstruos que se apiñaban en aquel rincón perdido del Amazonas eran muchísimo más grandes que los baobabs. Efraín comentó que podía tratarse de secuoyas, los árboles más altos del mundo, pero él mismo se desdijo al recordar que las secuoyas, localizadas de manera casi exclusiva en la costa Oeste de Estados Unidos, podían medir mucho más de cien metros de altura, sí, pero sus troncos no alcanzaban nunca la anchura de los que teníamos a nuestro alrededor. Sus gigantescas raíces se hundían en el lodo blando (que exudaba una ligera neblina con olor a putrefacción) y sus copas se perdían en las alturas de los cielos, imposibles de divisar, ocultas también por el ramaje que se inclinaba debido al enorme peso, y había zonas en las que, entre la apretada alfombra de helechos, los impresionantes troncos apenas separados entre sí, las larguísimas lianas y las trepadoras que colgaban desde no se sabía dónde y que se enredaban en auténticos nudos gordianos, parecía imposible que nada que no perteneciera al reino vegetal pudiera habitar allí. Pero sí lo había, al menos un animal al que no vimos pero sí escuchamos.

Al principio, cuando su canto llegó por primera vez a mis oídos, no pude evitar pensar que había una persona cerca tarareando una preciosa melodía, pero en seguida el tono se hizo más agudo y me pareció estar escuchando una flauta, instrumento que, sin discusión, también precisaba de alguien para sonar. Escudriñé la fría maleza a nuestro alrededor porque se oía muy cerca, casi al lado, pero no vi nada en absoluto. Era una música increíblemente hermosa y, desde luego, procedía de una flauta. Los indios sonreían y comentaban algo entre ellos y mis compañeros exhibían la misma cara de bobos que yo ante el fenómeno del artista cercano e invisible. De repente, las notas lánguidas y dulces de aquella flauta se transformaron en una especie de chirrido y se produjo el silencio. Al poco, el canto humano volvió a empezar para, de nuevo, convertirse en flauta y terminar con aquel desagradable sonido. Cuando la misma composición se oyó desde distintos lugares al mismo tiempo tuvimos que aceptar la realidad: era el canto de un pájaro, extraordinariamente dotado, pero pájaro al fin y al cabo.

Aquél era un mundo de dioses, no de personas, y nuestro grupo parecía una pequeña fila de hormigas ahogándose en la espesura. Finalmente, las sendas desaparecieron de forma abrupta, comidas por la vegetación y los Toromonas se detuvieron. El jefe, que abría nuestra larga comitiva, levantó un brazo en el aire y emitió un grito que reverberó en el bosque y que provocó una algazara en el ramaje. Y, luego, nada. Allí nos quedamos, quietos y a la espera de no se sabía bien qué. Al cabo de unos instantes, se oyó un grito similar que procedía de algún lugar distante y sólo entonces el jefe toromona bajó el brazo y se relajó. Pero no nos movimos y, al poco, Marta, muy serena, metió las manos en los bolsillos de su raído pantalón y dijo en voz alta:

—Creo que hemos llegado, amigos míos.

—¿Llegado...? ¿Adónde? —preguntó el pánfilo de Marc.

—A Osaka, Japón —le dije muy serio.

—A territorio yatiri —le aclaró ella, haciéndome un gesto de reconvención con los ojos.

—No se ve a nadie —murmuró Efraín, preocupado.

—Pues yo tengo la sensación de que nos observan —dijo Lola, con un escalofrío, pegándose a Marc. Sin darnos cuenta, habíamos formado un pequeño corro mientras esperábamos que la marcha se reanudara o que nos dieran alguna indicación.

—Sí, yo también la tengo —apuntó Gertrude, llevándose la mano al estómago y dejándola allí.

—Bueno, es probable que lo estén haciendo —concedió Marta, asintiendo—. Seguramente los yatiris sienten curiosidad por saber quiénes somos y por qué hemos aparecido aquí de repente acompañados por los Toromonas.

Yo denegué, cambiando los pies de sitio porque se me estaban quedando helados.

—¿Qué hacía un ejército tan numeroso de Toromonas escondido en las ruinas de aquella ciudad abandonada en la selva? —pregunté a modo de pista—. ¿Estaban allí por casualidad o les había enviado alguien a buscarnos?

—Venga, Arnau, no irás a decirme que los yatiris les mandaron para recogernos tal día a tal hora, ¿verdad? —objetó Lola.

—No lo sé, pero sí recuerdo haber leído una crónica en la que se afirmaba que los tipos estos, cuando vivían en Taipikala, adivinaron que iban a llegar los incas y los españoles, unos extranjeros que vivían al otro lado del océano, ni más ni menos. A lo mejor son fantasías, pero yo no pondría la mano en el fuego.

—Son fantasías —repitió Marta, asintiendo—. Lo más probable es que el poblado de los Toromonas se encuentre a escasa distancia de aquellas ruinas y que tengan apostados vigilantes por si se acerca alguien con el aro de piedra. Que son aliados de los yatiris es indudable, pero de ahí a que éstos les enviaran a buscarnos porque sabían que íbamos a aparecer, hay mucha diferencia.

Nos quedamos callados de golpe porque, de reojo, todos nos dimos cuenta de que los Toromonas empezaban a moverse. Pero lo extraño era que no avanzaban, sino que nos rodeaban y, eso, a pesar de que la senda entre los gigantescos árboles no era ancha en absoluto. Poco a poco nos encerraron en un círculo estrecho y nosotros, estupefactos, les veíamos hacer sin entender lo que estaba ocurriendo, aunque todos teníamos un cierto sentimiento de alarma que se reflejaba en la inquietud de nuestros rostros. Algo raro sucedía. Cuando vimos acercarse al jefe con el viejo chamán y su guardia de corps, ya no nos cupo la menor duda.

—¿Qué demonios está pasando? —preguntó Marc, alarmado, pasando un brazo sobre los hombros de Lola.

—Eso quisiera saber yo —repuso Marta con la misma voz fría y grave que empleaba cuando estaba enfadada.

El jefe se puso frente a nuestro pequeño grupo, nos

miró de manera inescrutable y señaló la senda por la que había venido. Como no nos movimos, su brazo se alargó en aquella dirección y repitió imperiosamente el gesto. Nos estaba ordenando pasar por delante de ellos y recorrer aquella vereda entre helechos.

—¿Qué hacemos? —preguntó mi amigo.

—Lo que nos mandan —titubeó Efraín, cogiendo a Gertrude de la mano e iniciando el camino.

—Esto no me gusta un pelo —murmuró Marc.

—Si se te ocurre alguna buena alternativa —le dije, cogiendo a Marta por un brazo y animándola a venir conmigo—, te regalo Ker-Central. Palabra.

—¿Vale la de echar a correr como locos? —preguntó con una sonrisa irónica.

—No, ésa no.

—Lo sabía —le dijo a Lola mientras cerraban la comitiva.

Como no las tenía todas conmigo, me giré para mirar a los Toromonas, por si estaban apuntándonos con sus lanzas o algo así, pero los indios seguían inmóviles en mitad de la selva, observándonos sin pestañear. El jefe mantenía un porte digno y el chamán sonreía. Era el fin de otra etapa en aquella increíble aventura. Me pregunté si volveríamos a verlos, pues sin su ayuda nos resultaría imposible regresar a la civilización. Pero, ¿quién podía saber cuál sería el final de aquel extraño viaje?

Treinta metros más allá, la senda se estrechaba como la punta de un lápiz y terminaba abruptamente. Llegamos hasta el final y nos detuvimos, sin saber qué hacer. ¿Se suponía que teníamos que esperar o quizá debíamos regresar con los Toromonas?

Los helechos se removieron un poco a mi derecha y

volví la cabeza rápidamente en esa dirección. Un brazo desnudo apareció de repente apartando las hojas y me encontré a menos de un metro de un tipo tan alto como yo, algo mayor y vestido con una especie de camisa larga y sin mangas, ceñida a la cintura por una faja de color verde. El tipo, que llevaba unos grandes discos de oro insertados en los lóbulos de las orejas, me miró un buen rato, sin alterar el gesto y, luego, examinó uno por uno a todos mis compañeros. Él tenía unos rasgos típicamente aymaras, con los pómulos altos, la nariz afilada y unos ojos lejanamente felinos. Sin embargo, su piel era muy clara, tan clara que, sin ser blanca como la nuestra, tampoco podía decirse que fuera ni remotamente como la de los indígenas.

Por supuesto, nos habíamos quedado petrificados. Petrificados y fuera de combate. De modo que, cuando nos hizo una seña para que le siguiéramos, los seis dimos un respingo de lo más descortés.

Volvió a internarse entre los helechos, que se cerraron tras él haciéndole desaparecer, y allí nos quedamos nosotros, con cara de imbéciles e inmovilizados. Al cabo de unos segundos, reapareció y nos contempló con el ceño fruncido. Era curioso, pero sus cejas seguían direcciones opuestas: ambas dibujaban la forma sinuosa de la tilde de la eñe pero mientras una se inclinaba hacia abajo, hacia la nariz, la otra subía hacia la frente. Y allí estaba, mirándonos desde debajo de aquellas extrañas cejas y esperando a que nos pusiéramos en movimiento y le siguiéramos. Uno detrás de otro fuimos cruzando la verde empalizada e internándonos en aquel mar de hojas inmensas sin decir ni media palabra, abrumados por una situación que, sin embargo, habíamos estado esperando desde hacía mucho tiempo. Yo fui el primero en entrar y a mi espalda venía Efraín. El yatiri —pues no cabía duda de que lo era— caminaba directamente hacia uno de los árboles sin detenerse ni cambiar de dirección y, asombrado, le vi meterse por una abertura, por una puerta muy baja burdamente tallada en el tronco que nos llevó a un corredor oscuro en el que me sentí como debían de sentirse los camiones que atravesaban el túnel del baobab africano. El árbol estaba vivo y la savia circulaba sin duda por su madera, que desprendía una fragancia intensa, un aroma parecido al del cedro. Al fondo del corredor, de unos pocos metros de longitud, se veía luz, así que deduje que allí nos esperaban más yatiris, pero me equivoqué: aquellos tipos habían agujereado el centro del árbol, creando una enorme sala tubular de la que partía una rampa cincelada en las propias paredes del árbol que ascendía en espiral hacia lo más alto. Unos cuencos de piedra llenos de aceite en los que ardía una mecha aparecían colocados a distintas alturas, iluminando fantasmagóricamente aquella extraña chimenea.

—¡*Jiwasanakax jutapxtan!* —exclamó nuestro guía con tono adusto, como si estuviera convencido de que no íbamos a entenderle.

—¿Qué ha dicho? —le pregunté a Marta en un susurro.

—Es aymara —murmuró ella, fascinada.

—Claro —repuse—. ¿Qué esperabas?

—No sé... —susurró sin poder ocultar una gran sonrisa de felicidad. Nunca le había visto un gesto tan agradable pintado en la cara.

—Bueno, pero ¿qué ha dicho? —insistí, sonriendo también.

—Que vayamos con él —me tradujo en voz baja.

El yatiri inició el ascenso por la suave rampa y entonces me di cuenta, al seguirle y pisarla, de que la madera del interior de aquel gran árbol era de una textura muy recia, pues ni siquiera acusó el peso de nuestros cuerpos: no hubo ni un vaivén, ni una sola oscilación por pequeña que fuera. A la luz de las lámparas de aceite, ofrecía un agradable color amarillo surcado por largas vetas de irisaciones marrones, y estaba pulida y barnizada con algún tipo de resina brillante en absoluto resbaladiza. La cornisa por la que avanzábamos salía de la propia pared en forma de cuña (más gruesa en el nacimiento) y terminaba con un pequeño borde ancho y apenas alzado. No había, pues, pasamanos de ninguna clase, así que si alguno quería tirarse por el hueco, podía hacerlo sin obstáculos.

No sé cuánto tiempo estuvimos subiendo, pero fue bastante. Tardamos mucho en llegar hasta el lugar en el que la suave cuesta terminaba directamente en una nueva puerta, que atravesamos tras el simpático yatiri. En cuanto hubimos traspasado otro breve túnel, salimos a un ancho pasillo que conectaba con otra puerta en el árbol de enfrente, a unos quince metros de distancia. Lo más agradable era que estábamos, de nuevo, cerca de la luz del sol ya que, a esa altura, conseguía colarse entre la enramada. Marc se puso a mi lado y detrás venían Marta y Lola, seguidas por Efraín y Gertrude. Me llamó mucho la atención ver que, debajo de nosotros, otro camino en el aire llevaba hasta el tronco que nos quedaba a la derecha y, entonces, fijándome, caí en la cuenta de que, más abajo y también sobre nuestras cabezas, una tupida red de calles similares conectaba los colosales árboles que teníamos a la vista. Y, lo más increíble de todo: estas arterias estaban hechas con las gigantescas ramas que nacían de los troncos, que habían sido moldeadas y ajustadas para llegar de un lado a otro de manera natural: unas subían, otras bajaban, otras se torcían aquí o se nivelaban allá y todas se cruzaban a distinta altura de manera que, si caías —aunque parecía bastante improbable que algo así pudiera suceder por la holgura de las sendas—, sólo sería un par de metros hasta el nivel inferior. Aquellos tipos habían pasado de construir ciudades megalíticas con una técnica que rayaba en la perfección a modelar la naturaleza viva con la misma genialidad para adaptarla a sus necesidades.

Se lo indiqué a Marc por gestos y también a los demás, que asintieron con las cabezas dándome a entender que estaban tan asombrados como yo. Cuando entramos en el siguiente árbol, nos encontramos en una especie de enorme plaza iluminada nuevamente con lámparas de aceite. Un grupo reducido de yatiris discutía a lo lejos, junto a una escalera que parecía subir y descender a otras plantas semejantes. Allí estaban las primeras mujeres que vimos, que, a diferencia de los hombres, vestían unas blusas cortas y sueltas y unas faldas que les llegaban hasta los pies. Todas las ropas que usaban aquellas gentes eran de colores vistosos, como los utilizados por los aymaras de los mercadillos de La Paz y todos llevaban insertados en las orejas los típicos discos de oro, las orejeras supuestamente incas, que, según la leyenda, permitían distinguir a los poseedores de una especial sangre solar de los que no la tenían. Efraín nos comentó que la camisa masculina se llamaba *unku* y que su uso había sido prohibido por los españoles tras la conquista, imponiendo por disposición legal la utilización de pantalones. Hombres y mujeres, sin excepción, calzaban sandalias de cuero y se cubrían con unos mantos que les llegaban hasta las rodillas. Eran muy altos para la media, de piel clara y pelo negro-azulado, ojos oscuros de mirada curiosa y rasgos aymaras, aunque, y éste era un dato que no dejó de llamarnos poderosamente la atención, todos los hombres exhibían en sus caras la sombra oscura de una barba corta. Ninguno hizo el menor gesto de saludo o bienvenida; antes al contrario, como si nos tuvieran miedo se retiraron hacia la escalera e hicieron ademán de cubrirse media cara con sus túnicas.

Había bancos esculpidos en las paredes de aquella gigantesca plaza y, desde ellos, dos hombres y una mujer de bastante edad, que debían de haber estado charlando hasta nuestra llegada, nos examinaron con rostros serios e impasibles. La mujer se dirigió a nuestro guía, levantando la voz:

—*¡Makiy qhipt'arakisma!*

Nuestro yatiri le respondió y siguió caminando hacia la salida, haciendo un gesto de adiós con la cabeza.

—¿Qué han dicho? —quiso saber Marc, volviéndose hacia Marta.

Ella asintió, como una alumna aplicada que ha comprendido perfectamente la lección y, luego, nos miró con los ojos brillantes y dijo, nerviosa:

—La mujer mayor le ha pedido que se diera prisa, que no se retrasara, y él le ha respondido que los Capacas ya nos estaban esperando y que todo se haría muy rápidamente.

Efraín se adelantó para intervenir en la conversación:

—¡Nos llevan con los Capacas, compadres! —exclamó, emocionado—. ¡No puedo creerlo!

—¡A ver si van a realizar algún ritual de sacrificios humanos con nosotros...! —dejó escapar Marc, con una voz cargada de sentimiento.

Cuando salimos de aquel árbol, escuchamos voces y risas que procedían de algún lugar sobre nosotros, pero no vimos a nadie. También oímos ladridos y nos miramos unos a otros con los ojos muy abiertos: ¡había perros en aquellas alturas! Increíble. Pero no tanto si nos fijábamos en las ventanas y puertas que mostraban los troncos cercanos y que parecían pertenecer a viviendas, a casas habitadas por personas que no podíamos ver. La red de ramas convertidas hábilmente en calles se reproducía al otro lado del árbol, y también tras atravesar el siguiente, y el otro, y el otro... Aunque resultaba imposible ver más de un par de troncos gigantes a cada lado, no cabía duda de que aquello era una gran ciudad vegetal de la que habían sido eliminadas las lianas y las trepadoras, y en la que la naturaleza había sido profundamente respetada, pues no se veía ni una sola tarima, ni plataforma artificial, ni tablazón o andamiaje de ninguna clase.

Nuestro guía parecía estar llevándonos por un camino muy bien estudiado para que no nos encontrásemos con nadie. Desde luego, lo consiguió: no nos cruzamos con ningún otro ser humano hasta que llegamos frente a un tocón de descomunales dimensiones hacia el que conducían multitud de pasillos aéreos desde los árboles vecinos, separados de él por una cierta distancia. Era, con diferencia, el tronco más grande que habíamos visto hasta ese momento, pero carecía de ramas y hojas. Daba la impresión de haber recibido el ataque de un rayo que le había segado a partir del punto en el que empezaba su copa. Resultaba imponente verlo así, mutilado y grandioso, y no dudé que aquél era el lugar hacia el que nos dirigíamos, pues tenía toda la pinta de ser un centro importante de poder o administración. Bajamos por una de aquellas calles que se inclinaba levemente, con un giro, hacia el gran portalón de madera del tocón y éste se entreabrió pesadamente como por arte de magia en cuanto estuvimos enfrente. Dos yatiris vestidos con el uniforme habitual surgieron desde el fondo oscuro y esperaron a que nuestro guía, que nos ordenó quedarnos donde estábamos, se adelantase unos pocos pasos hacia ellos. Luego, nos permitieron acceder al interior del árbol mutilado y nos quedamos súbitamente helados no porque hiciera frío, que no lo hacía, sino por la ostentación y riqueza de aquel lugar: inmensos tapices de tocapus separaban los espacios a modo de tabiques, colgando desde el techo, y láminas de oro repujadas con escenas que parecían sacadas de la lejana vida en Taipikala cubrían el suelo. Cientos de lámparas de aceite iluminaban el interior y muebles como arcones, sillones y mesas, fabricados en un estilo desconocido que utilizaba como materiales el oro y la madera, aparecían por todas partes.

El guía nos hizo avanzar un poco y volvió a indicarnos que esperásemos.

—*Mä rat past' arapï* —dijo con muchos humos antes de desaparecer. Si creía que no le comprendíamos, ¿por qué se molestaba en hablarnos y, encima, de aquella manera?

Efraín le tradujo:

—Ha dicho que iba a pasar un momento a no sé dónde.

—No ha dicho el dónde —le aclaró Marta.

—Ya me parecía.

—¿Qué dicen los tocapus? —preguntó Lola, acercándose al que teníamos más cerca. Era un tapiz impresionante, de seis o siete metros de altura.

—Pues éste, en concreto —empezó a explicar la catedrática, examinándolo con atención—, es una especie de invocación a una diosa... Pero no dice el nombre. Seguramente será la Pachamama, la Madre Tierra, porque habla de la creación de la humanidad.

—Pues éste de aquí —señaló Efraín desde el otro lado de la sala— cuenta cómo los gigantes desaparecieron con el diluvio.

—Estos tipos tienen una fijación enfermiza por los mismos temas, ¿no os parece? —comentó Marc, perplejo.

Estuvimos rondando por allí haciendo tiempo, mirando las cosas que teníamos alrededor, pero mi mente estaba muy lejos. Sólo podía pensar que, después de tanto tiempo y de tantas cosas como nos habían sucedido, había llegado por fin el momento en el que tendría que conseguir, como fuera, que aquellos tipos me explicaran cómo sacar a Daniel del letargo.

—¿Estás preocupado? —me preguntó Marta de repente. Se había puesto a mi lado sin que yo me diera cuenta.

—No, preocupado no. Nervioso quizá.

—Observa todo esto —me dijo, hablando desde la cátedra—. Es una ocasión única para recuperar una parte perdida de la historia.

—Lo sé —repuse, mirándola con una sonrisa. La sequedad que la caracterizaba había terminado por gustarme y me encontraba cómodo con sus tonos, a veces demasiado despectivos. En realidad, no se daba cuenta; para ella no tenían el mismo valor que para quien los recibía—. Soy consciente de la importancia de la situación.

—Es mucho más importante de lo que imaginas. Puede ser única.

—Yo quiero una antimaldición mágica —afirmé—. ¿Qué quieres tú?

—Quiero poder estudiar su cultura, que me permitan volver con un equipo de la univesidad para llevar a cabo un trabajo de investigación complementario a la publicación del descubrimiento del lenguaje escrito de la cultura tiwanacota, que sería la primera parte de...

—¡Vale, vale! —la interrumpí, muerto de risa—. Creo que me van a dar lo que pido por la humildad de mi solicitud. ¡Tú lo quieres todo!

Marta se puso muy seria de golpe, mirando detrás de mí: nuestro guía yatiri había reaparecido entre las colgaduras del fondo y nos hacía gestos para que fuéramos con él.

—El trabajo es toda mi vida —dijo ella ásperamente, poniéndose en camino.

Entramos en una sala enorme delimitada por paredes hechas de tapices con diseños de tocapus que ondulaban como si una suave brisa recorriera la pieza. También oscilaban las llamas de las lámparas de aceite y el pelo gris oscuro de los cuatro ancianos, dos mujeres y dos hombres —ambos con bigote—, que nos esperaban acomodados en unos impresionantes sitiales de oro. A una distancia considerable habían colocado para nosotros seis taburetes de madera bastante más humildes. Nuestro guía nos indicó por señas que tomáramos asiento y, con una inclinación de cabeza dirigida a los ancianos, desapareció.

Aquellos eran los Capacas, los gobernantes de los

yatiris, herederos de los sacerdotes-astrónomos que habían regido Tiwanacu, y nos estaban mirando con una indiferencia tan grande que casi parecía que no estuviéramos allí. ¿Acaso no les llamaba la atención ver a seis blancos vestidos de manera extraña que habían aparecido de repente en su ciudad? Y, por cierto, ¿cómo se llamaba aquella ciudad? ¿Taipikala-Dos? ¿Y por qué no tenían la cabeza con forma de cono como sus antepasados? ¿Es que ya no practicaban la deformación frontoccipital? ¡Qué desengaño!

Vi cómo Marta y Efraín intercambiaban miradas, poniéndose de acuerdo para ver quién iba a iniciar la conversación pero, antes de que acabaran de decidirse, un quinto personaje yatiri hizo acto de presencia en la escena, apareciendo precipitadamente por detrás de las colgaduras que quedaban a la espalda de los Capacas. Era un joven de apenas veinte años de edad que entró corriendo e intentó, sin demasiado éxito, pararse en seco para no caer de bruces a los pies de los ancianos; con gran esfuerzo, se balanceó hasta que consiguió mantener el equilibrio. Le vimos murmurar unas palabras con la cabeza inclinada —vestía un *unku* rojo con faja blanca y llevaba en la frente una cinta también roja— y permanecer quieto en esa postura mientras los Capacas deliberaban. Por fin, parecieron consentir en lo que fuera que el joven les decía y éste se incorporó y, poniéndose a un lado, se dirigió a nosotros en voz alta para hacerse oír con claridad a pesar de la gran distancia:

—Mi nombre es Arukutipa y soy indio ladino, y estoy presto a cirvir a sus mercedes para que se entiendan con nuestros Capacas prencipales.

Me quedé de piedra. ¿Qué hacía aquel chaval hablando un castellano antiguo, cerrado de entonación y defectuoso? Y, además, ¿por qué se acusaba a sí mismo de ser una mala persona? Pero Marta, rápida como el rayo, se inclinó hacia adelante, requiriéndonos en conciliábulo, y se lanzó a una explicación rápida:

—El nombre de este niño, Arukutipa, significa, en aymara, «el traductor, el que tiene facilidad de palabra», y afirma ser indio ladino, que es como llamaban en la América colonial del siglo XVI a los indígenas que sabían latín o romance, es decir, que hablaban el castellano. Así que los yatiris nos ofrecen un intérprete para comunicarse con nosotros. ¡Han conservado el castellano que aprendieron antes de huir a la selva!

—Pero, entonces —señaló Efraín, extrañado—, no imaginan que podamos conocer su lengua.

—Espera, voy a sorprenderles —le dijo Marta, con una sonrisa de inteligencia y, volviéndose hacia los Capacas, exclamó—: *Nayax Aymara parlt'awa.*

Los ancianos no movieron ni un músculo de la cara, no se inmutaron; sólo el joven Aruku-lo-que-fuera, hizo un gesto de sorpresa volviéndose hacia los Capacas. No hubo intercambio de palabras, no dialogaron y, sin embargo, Aruku-lo-que-fuera, se giró de nuevo hacia nosotros y habló otra vez en nombre de los ancianos:

—Los Capacas prencipales dizen que sus mercedes son personas cuerdas y savias y muy letradas, pero que, como an de procurar llevar linpio camino y cin grandes pleytos, es bueno que las palabras sean españolas de Castilla y que no rrecresca mal y daño por las dichas palabras.

—Pero, pero... ¿Qué demonios ha dicho? —se indignó Marc, que se había puesto más rojo de lo normal y parecía una caldera a punto de soltar el vapor de golpe—. ¿En qué maldito idioma habla?

—Habla en castellano —le calmé—. El castellano que hablaban los indios del Perú en el siglo XVI.

—No quieren que usemos el aymara —se dolió Efraín—. ¿Por qué será?

—Ya lo has oído —le consoló Gertrude, que, pese a estar más callada de lo normal, tenía un brillo en los ojos que delataba la intensidad de las emociones que se le desbocaban por dentro—. No quieren líos. No quieren problemas con el idioma. Prefieren que nos entendamos en castellano.

—¡Claro, como su lengua no cambia, piensan que las demás tampoco! —se indignó mi amigo—. ¡Pues yo no comprendo lo que dice el crío ese! Para mí, como si hablara en chino.

—Le entiendes perfectamente —gruñó Lola—. Lo que pasa es que no te da la gana, que es distinto. Haz un esfuerzo. ¿Prefieres que Marta y Efraín hablen con ellos en aymara y que los demás nos quedemos fuera de juego? ¡Venga, hombre! ¡Con lo que nos ha costado llegar hasta aquí!

—Los Capacas tienen qüenta de las muchas letras de sus mercedes, pero agora piden saber cómo tubieron sus mercedes conosemiento deste rreyno de Qalamana.

—¡Qalamana! —exclamó Marta—. ¿Esta ciudad en la selva se llama Qalamana?

—Qalamana, señora.

—«La que jamás se rinde» —tradujo Efraín—. Un nombre muy apropiado.

—Los Capacas prencipales piden saber —insistió Aruku-lo-que-fuera— cómo tubieron sus mercedes conosemiento deste rreyno.

—Arukutipa —dijo Marta—, me gustaría saber si

los Capacas nos entienden cuando hablamos en castellano. Lo digo porque va a ser una historia muy larga y, si se la tienes que traducir, no terminaremos nunca.

Arukutipa cambió el peso de su cuerpo de un pie a otro varias veces, indeciso, y volteó la cabeza hacia los ancianos en un par de ocasiones.

—Los Capacas, señora, no os entienden —farfulló, al fin—. No son indios ladinos.

—Bueno, pues, intentaré ser breve... —dijo Marta, tomando la palabra y abordando la narración de la historia que había dado lugar a nuestro *conosemiento deste rreyno* desde que su tío abuelo, Alfonso Torrent, había empezado a trabajar con don Arturo Posnansky en Tiwanacu a principios del siglo xx. Me daba cuenta cada vez más de que la mejor manera de conocer a Marta, de conocerla de verdad, era escuchando su extraordinaria voz, comprendiendo la música misma de la que estaba hecha. Sólo allí, en los sonidos que salían de su garganta, en las entonaciones que les imprimía, en las palabras que seleccionaba y en las frases que construía, se encontraba la verdad de aquella mujer que se ocultaba y defendía como un erizo de mar. Y, tal y como pensé aquel lejano día en su despacho, su voz era su talón de Aquiles, el punto flaco por el que la verdad se le escapaba a borbotones sin que se diera cuenta.

Arukutipa era un traductor simultáneo fantástico porque los ancianos, escuchándole repetir lo que contaba Marta, asentían cuando tocaba, fruncían el ceño en el momento oportuno y ponían gesto de preocupación o complacencia cuando correspondía, apenas Marta estaba terminando de decir lo que podía provocar esas expresiones. No le vi vacilar ni una sola vez. No pidió que se le repitiera ni una sola frase, y eso que nuestro castellano y el suyo diferían bastante y que había términos actuales de difícil explicación para quien no tuviera información sobre lo ocurrido entre los siglos XVII al XXI.

Por fin, Marta empezó a hablar de Daniel. Comentó que, como ella, era profesor en una universidad española y que, trabajando a sus órdenes, había descubierto por casualidad la maldición de la Pirámide del Viajero. Por desgracia, dijo, había caído bajo su influjo y, entonces, se volvió hacia mí, me presentó como el hermano de Daniel y me cedió la palabra para que yo terminara de contar la historia y expresara mi petición.

Desde luego, lo hice lo más elocuentemente que pude, sin perder de vista ni por un momento que aquellos tipos tenían que saber que la maldición sólo podía haber afectado a Daniel porque su conciencia no estaba limpia, pero, igual que Marta, me salté discretamente esa parte y solicité con amabilidad una solución para el problema. Luego, Efraín contó por encima nuestra expedición a través de la selva hasta llegar a Qalamana con los Toromonas.

Arukutipa repetía incansablemente nuestras palabras —o eso debíamos suponer, porque oírle no le oíamos, pero le veíamos prestarnos atención y mover los labios sin cesar— y, cuando terminamos, después de casi una hora de hablar sin parar, el chaval dio un suspiro de alivio tan grande que no pudimos evitar dibujar una sonrisa.

A continuación, nos quedamos callados e inmóviles, pendientes de los murmullos que nos llegaban desde el fondo de la sala. Por fin, Arukutipa se giró hacia nosotros:

—Los Capacas prencipales piden el nombre de la muger bizarra de cavello blanco.

—Hablan de ti, Marta —cuchicheó Gertrude con una sonrisa.

Ella se puso de pie y dijo su nombre.

—Señora —le respondió Arukutipa—, los Capacas se rregocijan de su vecita y dizen que vuestra merced oyrá el consuelo para el castigo del enfermo del hospital, el ermano del gentilhombre alto de cuerpo, y que con esto sesará su mizeria y mal juycio. Pero dizen los Capacas, señora, que ancí, después de aver oydo el consuelo, sus mercedes deverán dexar Qalamana para ciempre y no hablar nunca desta ciubdad a los otros españoles.

Marta puso mala cara.

—Eso es imposible —afirmó con su voz más grave y glacial. El pobre chaval se quedó sin respiración, con cara de pasmarote.

—¿Imposible...? —repitió incrédulo y, luego, lo tradujo al aymara. Los Capacas permanecieron impertérritos. Aquellos tipos no se alteraban por nada.

Y, entonces, pasó la primera de las cosas raras que íbamos a ver aquella tarde. La mujer Capaca que se sentaba en el extremo derecho soltó una pequeña arenga en voz alta y Marta abrió mucho los ojos, desconcertada.

—La anciana ha dicho —murmuró Efraín— que obedeceremos porque, si no, ninguno de nosotros saldrá de aquí con vida.

—¡Vaya, hombre! —exclamó Marc con cara de susto.

Marta respondió algo en aymara a la anciana.

—Le ha dicho —nos tradujo Efraín, bastante sorprendido y escamado— que no hay problema, que ninguno de nosotros hablará nunca de Qalamana con nadie.

—Pero... ¡Eso no puede ser! —dejó escapar Gertrude—. ¿Se ha vuelto loca o qué? ¡Marta! —la llamó; ella se volvió y, por alguna extraña razón, adiviné que había sufrido el mismo tipo de manipulación que Daniel. No podría explicar por qué lo supe, pero en su mirada había algo vidrioso que reconocí al primer vistazo. Gertrude le pidió que se acercara con un movimiento de la mano y Marta se acuclilló frente a ella—. No puedes aceptar este trato, Marta. Tu trabajo de toda la vida y el trabajo de Efraín se echarán a perder. Y tenemos que averiguar en qué consiste el poder de las palabras. ¿Tienes idea de lo que has dicho?

—Por supuesto que lo sé, Gertrude —afirmó con su habitual ceño fruncido, el mismo que ponía cuando alguien o algo la incomodaba—. Pero tenía que aceptar. No podemos dejar a Daniel tal y como está para siempre, ¿verdad?

—¡Claro que no! —dejó escapar Efraín con un tono de voz bastante agresivo—. ¡Naturalmente que no! Pero tienes que regatear como en el mercado, Marta, no puedes ceder a la primera. Esta gente no tiene ni idea de lo que ha pasado en el mundo desde el siglo XVI y, para ellos, los españoles seguís siendo el enemigo del que deben protegerse. Levántate y negocia, comadrita, saca tu genio. ¡Vamos, dale ya!

El anciano Capaca que se sentaba junto a la mujer Capaca del extremo derecho, dijo algo también en voz alta en ese momento. La cara de Efraín cambió; su enfado dio paso a una gran tranquilidad.

—Está bien, Marta —declaró, buscando una postura más cómoda en el taburete—, déjalo. No importa. Seguiremos haciendo lo mismo que hacíamos antes como si jamás hubiéramos pisado esta ciudad. No podemos hacer daño a esta gente.

—¿Qué está pasando aquí? —preguntó Lola, asustada, mirándonos a Marc y a mí.

—Los están reprogramando —afirmé totalmente convencido—. Están utilizando el poder de las palabras.

—¿Cómo se atreven? —bramó Marc, contemplándolos desafiante.

—Olvídalo, Arnau —me dijo Marta. Su mirada volvía a ser totalmente normal, sin ese brillo acuoso que le había notado antes y que chispeaba ahora en los ojos de Efraín.

—Pero, ¡te han manipulado, Marta! —exclamé, indignado—. No eres tú quien está tomando esta decisión. ¡Son ellos! Despierta, por favor.

—Estoy despierta, te lo aseguro —afirmó rotundamente con su genio habitual—. Estoy completamente despierta, despejada y tranquila. Ya sé que han utilizado el poder de las palabras conmigo. Lo he notado claramente. He notado cómo se producía el cambio de opinión en mi interior. Ha sido como un destello de lucidez. Pero ahora, la decisión de poner a Daniel por encima de cualquier ambición es mía, tan mía como la de no estar dispuesta a dejar que nos maten por negarnos a dar nuestra palabra de que no hablaremos nunca sobre esta ciudad. Soy yo quien decide, aunque te cueste creerlo.

—Lo mismo digo —afirmó Efraín—. Estoy totalmente de acuerdo con Marta. Todavía podemos pedirles respuestas para lo que queramos saber, pero no es necesario dar a conocer la información y atraer hasta aquí a todos los investigadores del mundo para acabar destruyendo esta cultura en un abrir y cerrar de ojos.

—¡Esto es de locos! —me enfadé y, volviéndome hacia los Capacas, exclamé—: ¡Arukutipa, diles a tus jefes que el mundo ha cambiado mucho desde hace cuatrocientos años, que los españoles ya no dominamos el mundo, que no tenemos ningún imperio y que no somos un país conquistador ni guerrero! ¡Vivimos en paz desde hace mucho tiempo! ¡Y diles también que utilizar el poder de las palabras para transformar a la gente a vuestra conveniencia no es de personas dignas ni honradas!

Había terminado mi arenga de pie, agitando las manos como un orador enardecido, y mis compañeros me miraban como si me hubiera trastornado. Marc y Lola, que me conocían desde hacía más tiempo, sólo habían puesto cara de susto aunque, seguramente, por el temor a la reacción de los Capacas; pero Marta, Gertrude y Efraín tenían los ojos abiertos como platos por la sorpresa que les había provocado mi enérgico alegato.

Arukutipa había ido traduciendo atropelladamente mis palabras casi al mismo tiempo que las decía, de modo que, en cuanto terminé de gritar, los ancianos ya estaban al corriente de mi mensaje. Por primera vez me pareció detectar una expresión de perplejidad en sus rostros arrugados. De nuevo siguieron con las bocas cerradas, pero el chaval de la cinta roja me transmitió su respuesta:

—Los Capacas piden saber ci acavaron las batallas y los derramamientos de sangre y la pérdida de la gente del rreyno del Pirú.

—¡Naturalmente que sí! —exclamé—. Todo eso terminó hace cientos de años. Los españoles ya no gobernamos estas tierras. Nos expulsaron. Hay muchos países distintos con sus propios gobiernos y las relaciones de todos ellos con España son buenas.

Ahora sí que se notó con claridad la confusión en sus caras. Para mí que entendían perfectamente el castellano a pesar del trabajo de Arukutipa.

—¿Los *viracochas* cristianos no goviernan en el Pirú? —preguntó el traductor con una voz que no le salía del cuerpo.

—¡Que no! —repetí, dando unos pasos hacia adelante para reforzar mis palabras. En mala hora lo hice, porque, oculto tras los grandes tapices, un ejército de yatiris armados con arcos y lanzas y protegidos con unos pequeños escudos rectangulares había permanecido invisible hasta ese momento, cuando se desplegó veloz y ruidosamente como una barrera defensiva entre los Capacas y nosotros, hacia quienes apuntaban sus armas.

—¡Joder, que nos van a matar! —bramó Marc, viendo que aquello iba en serio.

—¿Qué pasa ahora? —le pregunté a Arukutipa, al que, sin embargo, no podía ver.

—Sus mercedes no deven allegarse —se oyó decir al muchacho—. Susedería mortansa por las pistelencias españolas.

—¿Qué pestilencias? —me exasperé.

—Saranpión, piste, influenza, (21) birgoelas...

—Las armas biológicas de la Conquista —declaró Marta con pesar—. Los estudios más recientes indican que en las grandes epidemias ocurridas en el viejo Tiwantinsuyu desde 1525 hasta 1560 pudo morir el noventa por ciento de la población del Imperio inca, lo

(21) Gripe.

que significa la extinción de millones y millones de personas en menos de cuarenta años.

—O sea que, según eso, sólo sobrevivió el diez por ciento —comenté, y una idea me cruzó por la mente—. ¿En qué año se marcharon los yatiris del Altiplano?

—Alrededor de 1575 —me respondió Marta—. Es la fecha del mapa de Sarmiento de Gamboa.

—¡Están inmunizados! —exclamé—. Los que sobrevivieron y llegaron hasta aquí habían producido anticuerpos contra todas esas enfermedades y, por lo tanto, transmitieron la inmunidad genética a sus descendientes. ¡No pueden contagiarse de nosotros!

—Vale, colega. Ahora intenta explicárselo a ellos —dijo Marc—. Cuéntales qué es un germen, una bacteria o un virus y, después, les hablas de los anticuerpos y de cómo funcionan las vacunas y, cuando lo tengan claro, explícales eso de la inmunidad genética.

Suspiré. Marc tenía razón. Pero no perdía nada por probar.

—Oye, chico —le dije a Arukutipa—. Las pestilencias españolas ya no existen. Todo eso terminó al mismo tiempo que las batallas y los derramamientos de sangre. Sé que es difícil de creer, pero te estoy diciendo la verdad. Además, el guía que enviasteis a recogernos cuando llegamos con los Toromonas y que nos condujo hasta aquí estuvo muy cerca de nosotros. Podéis comprobar que no le pasa nada, que está bien.

—Luk'ana murirá por su propia boluntad, señor —aseguró el muchacho con aplomo. Todos dimos un brinco—. Agora está solo y esperando a sus mercedes para sacalles daquí. Luego, ofreserá su vida para no enfermarnos a todos. La ciubdad deverá hazelle merced por su serbicio.

—¡Estos tíos están locos, *Root*! —exclamó Marc con toda su alma—. ¡Vámonos de aquí ahora mismo!

—No será necesario que muera, Arukutipa —silabeó la «muger bizarra de cavello blanco»—. No le pasará nada. Como ha dicho Arnau, el gentilhombre alto de cuerpo, las pestilencias españolas se acabaron. Todo ha cambiado y, sin embargo, vosotros seguís teniendo los viejos miedos de hace cuatrocientos años.

Se hizo el silencio al otro lado de la muralla de soldados hasta que, de pronto, éstos se retiraron aparatosamente y volvieron a su escondite tras los tapices. Por lo visto, la situación se había normalizado y los Capacas se sentían algo más tranquilos.

—¿Verdaderamente no goviernа el bizorrey ni ay corregidores ni alcaldes ni alguaziles? —insistió el joven traductor, todavía incrédulo ante cambios tan grandes e inesperados.

—No, ya no hay Virrey ni corregidores ni encomenderos españoles —respondió Marta.

—¿Y la Santa Ynquicición?

—Desapareció, afortunadamente. Incluso en España ya no existe.

El chaval se quedó callado unos segundos y, luego, se inclinó hacia los ancianos como si éstos estuvieran diciéndole algo.

—Los Capacas piden saber de quién son bazallos sus mercedes.

—¡De nadie! —repuse, cabreado. ¡Vasallos! Pues sólo nos faltaría eso a estas alturas.

—¿Castilla no tiene rrey? —se extrañó Arukutipa—. ¿No ay Sacra Católica Real Magestad?

—Sí, sí hay un rey en España —intervino Lola inesperadamente—, pero no gobierna, no tiene poder como sus antepasados. De todas formas, vosotros no dejáis de hacernos preguntas sin darnos ninguna información a cambio. Podemos contaros todo lo que queráis pero nosotros también queremos saber cosas.

Hubo un revuelo tanto al fondo de la sala como en nuestra zona. Estábamos perplejos por la osadía de la mercenaria.

—Es que ya me estaban tocando las narices con tanta preguntita —aseguró ella en voz baja como explicación.

Arukutipa se incorporó y la miró.

—Los Capacas prencipales piden el nombre de la muger de narises larga y de talle flaca.

—Ahora están hablando de ti, Lola —volvió a bromear Gertrude.

—Ya te tocará, doctora —repuso ésta, poniéndose en pie y declarando su nombre como si estuviera en un juicio.

—Doña Lola —empezó a decir Arukutipa—, los Capacas dizen que pregunte su merced lo que quiera que ellos rresponderán con verdad lo que saven.

—¡Un momento, un momento! —se alteró Efraín, cogiendo a Lola por un brazo para obligarla a girarse hacia nosotros—. Vamos a ponernos de acuerdo sobre lo que vas a preguntar. Quizá no tengamos otra ocasión.

—Está claro, ¿no? —repuso Marta, sin alterarse—. Tenemos dos grandes incógnitas: una, el poder de las palabras y, otra, la historia de los gigantes, los restos de uno de los cuales tuvimos el gusto de contemplar en Taipikala.

—Eso son dos preguntas —argüí.

—Bueno, podemos probar —aventuró Efraín—. Quizá respondan a las dos.

—Por favor —murmuró Gertrude con voz suplicante—, primero lo del aymara y su poder. Eso es lo más importante.

—Ambas cosas lo son, linda —comentó Efraín.

—Hacedme caso, por favor. Primero, lo del aymara.

—Está bien —dijo Lola, volviéndose de nuevo hacia el traductor y los Capacas—. Quiero saber —les dijo— cómo es que tenéis la capacidad de manejar a la gente, de cambiarla, sanarla o enfermarla utilizando las palabras.

El pobre Arukutipa debía de estar sudando sangre mientras traducía la petición de Lola porque, a pesar de la distancia, se le distinguía la agonía en el rostro y no paraba de sujetarse las manos y de frotárselas como si tuviera que controlar el temblor.

Su conversación con los Capacas fue más larga de lo normal. Hasta ese momento no les habíamos visto intercambiar más que dos o tres frases aunque el chico soltaba luego largas parrafadas o preguntas, pero en esta ocasión el debate se prolongó durante varios minutos. Mi impresión fue que no discutían acerca de la conveniencia o inconveniencia de contarnos su secreto, sino más bien sobre cómo o cuánto o qué contar exactamente. Algo iban a decirnos, no me cupo duda de ello, pero ¿todo?, ¿una parte...?

—Las palabras tienen el poder —exclamó de pronto Arukutipa, encarándose hacia Lola, que se mantenía de pie, esperando. Luego, dio un paso hacia atrás y se retiró, dejando el espacio a los Capacas. Los cuatro ancianos se pusieron de pie y, cerrando los puños, los apoyaron, cruzados, sobre sus hombros. Entonces empezaron a canturrear una extraña salmodia en aymara. Al principio, Marta y Efraín se quedaron tan impresionados que ni respiraban pero, lentamente, terminaron por serenarse sin apartar ni un segundo la vista de los Capacas. Marta, bajo la sugestión del canturreo, empezó a traducir para nosotros, con voz monocorde, lo que los viejos decían, pero hubiera dado lo mismo que no lo hiciera porque, de algún modo inexplicable, les estábamos comprendiendo. No, no estoy diciendo de ninguna manera que lo que nos ocurrió fuera una especie de milagro como el don de lenguas que recibieron los Apóstoles del Espíritu Santo en Pentecostés. Todo lo contrario. La verdadera razón de que pudiéramos entender lo que salmodiaban los viejos Capacas estaba contenida en la propia historia que la cancioncilla narraba. Al final, confundía la voz de Marta con lo que *oía* dentro de mi cabeza y no hubiera sabido diferenciar un murmullo de otro. Eran distintos pero decían lo mismo y ambos resultaban hipnóticos.

Al principio, la Tierra no tenía vida, decían los ancianos, y un día la vida llegó desde el cielo sobre unas grandes piedras humeantes que cayeron por todas partes. La vida sabía qué formas tenía que crear, qué animales y plantas, porque lo traía todo escrito en su interior con el lenguaje secreto de los dioses. Y todo se llenó de seres vivos que ocuparon la tierra, el mar y el aire, y apareció el ser humano idéntico a como es ahora salvo por su limitada inteligencia, apenas superior a la de una hormiga. No tenía casa, ni oficio y vestía con pellejos sobados de animales y con hojas de árboles. En aquel primer tiempo todo era muy grande, de colosales dimensiones. Hasta los hombres y las mujeres eran grandes, mucho más grandes que en la actualidad, pero sus cerebros eran muy pequeños, tan pequeños como los de un reptil, porque la vida se había equivocado y no había leído correctamente las instrucciones. Entonces, los dioses vieron que lo que habían hecho era bueno, pero que no todo estaba bien ni iba como debía ir, así que mandaron a Oryana.

Oryana era una diosa que procedía de las profundidades del universo. Era casi como una mujer de las que poblaban la Tierra, pues la vida escribía lo mismo en todas partes aunque aparecieran pequeñas diferencias pero, a veces, como había pasado con los seres humanos, se equivocaba, y, entonces, los dioses tenían que intervenir aunque no les gustase. Oryana se diferenciaba de nosotros sólo en un par de cosas: tenía unas orejas muy grandes y su cabeza era cónica. Cuando llegó a la Tierra, mezcló su vida con la de algunos seres de aquí y lo hizo reescribiendo la forma que debía tener la inteligencia humana. Dio a luz setenta criaturas, todas ellas con un cerebro muy grande, un cerebro perfecto, idéntico al suyo, capaz de cualquier logro y proeza, y enseñó a sus hijos e hijas a hablar. Les dio el lenguaje, *su* lenguaje, y les dijo que era sagrado y que, con él, podrían reescribir la vida y manejar esa mente perfecta que ahora poseían. Les dijo que les había creado iguales en todo a los dioses y que debían conservar aquella lengua, el *Jaqui Aru*, sin cambiarla ni alterarla porque era de todos por igual y que a todos tenía que servir para manejar la gran inteligencia de la que ahora disponían. Mientras enseñaba éstas y otras muchas cosas a sus hijos, ellos construyeron, allí donde habían nacido, una ciudad para vivir a la que llamaron Taipikala, decorándola como les decía su madre que era la ciudad de la que ella venía. Aprendieron a fabricar bebidas procedentes de la fermentación de las nuevas plantas que, como el maíz, Oryana les había dado, a producir miel de otro animal que también trajo ella y que antes no estaba, la abeja, a trabajar los metales, a hilar y tejer, a estudiar el cielo, a calcular, a escribir... Y, cuando todo estuvo bien encauzado, doscientos años después de su llegada, la diosa Oryana se marchó.

Transcurrieron los milenios, y los descendientes de Oryana —u Orejona, como habían pasado a llamarla en recuerdo de sus grandes orejas—, poblaron el mundo, creando ciudades y culturas por todo el planeta. Hubo muchas eras, pero conservaron el *Jaqui Aru* sin modificarlo y todos sabían usar el poder que contenía. Sin embargo, a pesar de la prohibición, acabaron apareciendo variaciones en lugares distintos que llevaron a la incomprensión entre los pueblos y a la pérdida de los viejos conocimientos. El ser humano, en general, dejó de utilizar los grandes poderes de su cerebro perfecto, unos poderes que, en definitiva, nunca había llegado a conocer en toda su vastedad. Pero en Taipikala se mantuvo la lengua de Oryana y, por respeto, siguieron insertándose orejeras de oro en los lóbulos y deformándose el cráneo hasta dejarlo de forma cónica, como el de ella. Por eso la ciudad se convirtió en un lugar muy importante y los yatiris en los guardianes de la vieja sabiduría.

En aquel viejo mundo, decían los Capacas, no había ni hielos ni desiertos, ni frío ni calor; sencillamente, no había estaciones y el clima era siempre templado. Una cubierta de vapor de agua envolvía la Tierra por todas partes y la luz llegaba de forma tenue y difusa. El aire era más rico y las plantas crecían durante todo el año, de manera que no era necesario sembrar ni cosechar porque siempre había de todo en abundancia. Y existían todos los animales, no faltaba ninguno, y eran mucho más grandes que ahora, igual que las plantas, que también estaban todas según el proyecto de la vida. Hasta que, un día, siete rocas tan grandes como montañas se precipitaron desde el cielo, golpeando la Tierra con tanta furia que ésta bailó y las estrellas cambiaron de lugar en el firmamento. Enormes nubes de polvo saltaron al aire, oscureciendo el sol, la luna y las estrellas, y envolviendo al mundo en una lóbrega noche. Los volcanes estallaron por todo el planeta, desgarrando el suelo y expulsando grandes cantidades de humo, cenizas y lava, y hubo terribles terremotos que derribaron las ciudades y que no dejaron en pie ninguna construcción humana. Un torbellino de ascuas que quemaban la piel, provocando llagas que no sanaban, tiñó de rojo la tierra y el agua, envenenándola. El fuego abrasó los árboles y la hierba y algunos ríos se evaporaron, dejando secos sus cauces. Huracanes ardientes avanzaron impetuosamente devastándolo todo, consumiendo en un instante bosques enteros. Los hombres y los animales, desesperados, buscaron refugio en las cuevas y en los abismos, huyendo de la muerte, pero muy pocos lo consiguieron. Entonces, apenas unos días después, sobrevino de golpe un frío intenso, desconocido, seguido por grandes lluvias e inundaciones que, afortunadamente, apagaron los incendios que aún seguían asolando el mundo. Y apareció la nieve. Y todo esto ocurrió tan rápido que muchos animales quedaron encerrados en el hielo mientras huían o parían o comían. El barro lo ahogó todo. Precedidas por un tremendo fragor, las olas gigantes de los mares, avanzando como sólidos muros de agua que ocupaban el horizonte, cubrieron la tierra, arrastrando hasta las cumbres de las montañas los restos de los animales marinos muertos. Había empezado lo que los pueblos del mundo llamaron el diluvio.

Llovió durante casi un año sin descanso. A veces, cuando el frío era muy intenso, la lluvia se convertía en nieve y, luego, volvía a llover y el agua seguía inundándolo todo. Desde el día que había empezado el desastre no había vuelto a verse el sol. La catástrofe fue global. Se perdió el contacto con los demás pueblos y ciudades. No volvió a saberse nunca más de ellos, como tampoco volvieron a verse muchas especies de animales y de plantas que antes eran extraordinariamente abundantes. Se extinguieron para siempre durante aquel período. Sólo quedó su recuerdo en algunos relieves de Taipikala y, en muchos casos, ni eso. Los pocos supervivientes que lograron ver el final de aquella larga y catastrófica noche lo hicieron enfermos y débiles, llenos de terror. Pero ni siquiera tuvieron el consuelo de recuperar su mundo como era antes. La Tierra había sido destruida por completo y se hacía necesario volver a crearla de nuevo.

Cierto día, después de mucho tiempo, la nube oscura que cubría el mundo se retiró y la suave cubierta de vapor de agua que envolvía la Tierra se marchó con ella. Dejó de llover y los rayos del sol llegaron entonces a la superficie con toda su potencia, produciendo terribles quemaduras y consumiendo el suelo hasta dejarlo seco. Lentamente, los seres vivos se fueron adaptando a aquella nueva situación y la vida volvió a escribir sobre lo que había quedado según sus eternas instrucciones. Sin embargo, ahora los años eran cinco días más largos que antes porque la Tierra se había inclinado sobre su eje (como indicaba claramente la nueva orientación de las estrellas en el cielo), apareciendo, por tanto, las estaciones anuales que obligaban, si se quería comer, a sembrar y a cosechar en épocas concretas. De modo que hubo que modificar muchas cosas, entre ellas los calendarios y la forma de vida. También se reconstruyeron las ciudades, Taipikala entre ellas, pero los seres humanos estaban muy débiles y el trabajo les resultaba agotador. Los niños que nacían lo hacían enfermos y con grandes deformaciones, muriendo la mayoría sin llegar a crecer. Aunque la Tierra se rehízo con relativa facilidad y la naturaleza tardó poco en reconstruirse a partir de sus propios restos, a los hombres y a las mujeres, e incluso a algunos animales, les costó siglos recobrar la normalidad y, mientras esos siglos pasaban, se dieron cuenta de que sus vidas se iban haciendo más y más cortas y de que sus hijos y nietos no llegaban a desarrollarse con normalidad.

Los yatiris tuvieron que tomar las riendas de la situación desde el principio, al menos en su territorio. Lo que hubiera pasado más allá de sus fronteras era algo que no podían controlar. Se imponía recuperar la autoridad para acabar con el caos y el terror, con la barbarie en la que había caído la humanidad. Inventaron ritos y nuevos conceptos, explicaciones sencillas para calmar a la gente. Con el tiempo, sólo ellos conservaron el recuerdo de lo que había existido antes y de lo que sucedió. El mundo volvió a poblarse, aparecieron nuevas culturas y nuevos pueblos que tenían que volver a empezar sin nada y luchar duramente para sobrevivir. Muchos se volvieron salvajes y peligrosos. Los yatiris y su gente pasaron a ser los *aymaras*, «El pueblo de los tiempos remotos», porque sabían cosas que los demás no comprendían y porque conservaban su lenguaje sagrado y su poder. Hasta los Incap rúnam, cuando llegaron a Taipikala para unirla al Tiwantinsuyu, conservaban en parte el recuerdo de quiénes eran aquellos yatiris y los respetaron.

El canturreo de los Capacas acabó ahí. Una de las ancianas pronunció unas cuantas palabras más, pero ya no las entendí. El hechizo o lo que demonios fuera aquello, había terminado.

—El resto de la historia —dijo Marta para terminar, traduciendo a la Capaca—, ya lo conocéis.

Me sentía completamente tranquilo y calmado, como si en lugar de estar sentado en aquel taburete oyendo una historia sobre la destrucción del mundo hubiera estado escuchando música en el salón de casa. Algo le habían hecho a mi cabeza aquellos tipos mientras nos hablaban de Oryana y de todo lo demás. Marc, Lola y yo habíamos llegado a la errónea conclusión de que si no se sabía aymara se estaba a salvo de aquellas raras influencias, pero no era cierto: el poder de las palabras traspasaba la barrera del idioma y se colaba en tus neuronas, hablaran éstas el idioma que hablaran.

Como había supuesto Gertrude, el aymara era un vehículo para el poder, una lengua perfecta, casi un lenguaje informático de programación, que permitía la combinación de sonidos necesarios para revolverte el cerebro. El aymara —el *Jaqui Aru*—, era el teclado que había permitido programar los cerebros perfectos de aquellos primeros hijos de Oryana, dotándolos de las aplicaciones necesarias para vivir. Lo que fuera que aquellos tipos me habían hecho en la cabeza, me estaba permitiendo establecer una serie de relaciones que no se me hubieran ocurrido a mí solo ni en un millón de años. Montones de ideas cruzaban por mi mente, y todas eran distintas, desconcertantes y, desde luego, imposibles de compartir con los demás en aquellos momentos. De repente, disfrutaba de una claridad mental increíble y sentía como si aquellos Capacas siguieran jugando dentro de mi cabeza, dibujando nuevos caminos de comprensión.

Experiencias similares a la que yo estaba teniendo las vivieron también mis compañeros, por eso cuando acabó la salmodia de los ancianos el silencio se prolongó durante mucho tiempo. No éramos capaces de hablar porque estábamos muy ocupados intentando atrapar al vuelo los pensamientos. El canturreo de los Capacas contenía, con toda probabilidad, montones de sonidos capaces de alterar nuestros cerebros, de despertarlos. Quizá habíamos pasado de utilizar el cinco por ciento a usar temporalmente el seis, o el cinco y medio, y éramos conscientes de ello. Entonces comprendí también lo que me había dicho Marta cuando la acusé de haber sido manipulada por los yatiris para que consintiera en no hablar nunca de Qalamana: yo también tenía claro que habían utilizado el poder de las palabras conmigo y, sin embargo, no sentía que hubiera sido invadido por ideas o pensamientos ajenos. Estaba, como dijo ella, despierto, despejado y muy tranquilo y sabía que todo lo que había en mi cabeza era mío. Era yo, y sólo yo, quien ocupaba mi mente y quien, como Marta, veía ahora con claridad lo innecesario de sacar a la luz todo aquello, de meter los focos y las cámaras en Qalamana o, lo que era aún peor, de arrebatar aquel poder a los yatiris para ponerlo en manos de unos cuantos científicos que trabajasen al servicio de gobiernos armados o de grupos terroristas, de los que el mundo estaba lleno en una época en la que todas las ideologías y todos los sistemas se habían corrompido.

—O sea... —murmuró Lola, llevándose las manos a la cabeza como si necesitara sujetarla o comprimir lo que tenía dentro— que de una Era Glacial de dos millones y medio de años, nada. Todo ocurrió en muy poco tiempo... Por eso los mamuts aparecen todavía congelados en los hielos de Siberia, tan frescos que han alimentado con su carne a generaciones de esquimales. (22)

Su voz nos devolvió la capacidad de hablar.

—Esto es de locos —balbució Marc, agitando la cabeza en sentido negativo, intentando desechar algún pensamiento que no parecía ser de su agrado.

—Creo que todos tenemos demasiadas cosas en la cabeza —dije yo, incorporándome con dificultad para estirar el cuerpo y la mente. Me pilló casi por sorpresa descubrir que ahora sí sabía lo que quería hacer con mi vida cuando volviera a Barcelona, a casa, a esos lugares que parecían remotos e inexistentes en aquella situación pero que, sin duda, volverían a convertirse en realidad en no mucho tiempo.

Lentamente, fuimos saliendo de ese estado de concentración profunda en el que nos había sumido el canturreo. Mi cabeza empezó a reducir su velocidad y las ideas dejaron de atropellarse.

—La vecita de sus mercedes a terminado —dijo la voz de Arukutipa desde el fondo de la sala—. Deven partirze agora de Qalamana y no bolber.

A Marta se le agrió el gesto.

—Hemos aceptado no hablar de su ciudad ni de ustedes ni del poder de las palabras para mantenerles a salvo de... —titubeó—, de los otros españoles, pero no comprendo esa prohibición de regresar. Ya les hemos dicho que no gobernamos en estas tierras y que no queda nada de las pestilencias, de modo que, si no supone-

(22)   Richard Stone, *Mamut. La historia secreta de los gigantes del hielo*, Grijalbo, Barcelona, 2002.

mos un peligro, ¿por qué no podemos volver? Algunos de nosotros quisiéramos aprender más cosas sobre su cultura y su historia.

—No, doña Marta —rehusó el chaval—, sus mercedes no deven ser desubedentes y soberbiosos. Se vayan y no buelban atrás y regrésense cin pendencia con los Toromonas hasta la ciubdad de Qhispita, en la selva, y, quando estén en Taipikala, debuelban la piedra que tomaron para allegarse desde Qhispita hasta Qalamana.

—Qhispita significa «A salvo» —nos tradujo Efraín amablemente.

—¿Está diciendo —se alarmó Marc, haciendo caso omiso del arqueólogo— que tenemos que volver a entrar en Lakaqullu, recorrer otra vez toda la pirámide y pasar aquellas pruebas de nuevo para dejar la rosquilla de piedra en el lugar donde la encontramos, que estaba justo al final del camino?

—No te preocupes —le animó Marta en voz baja—. Nos hemos comprometido a no hablar de Qalamana y de sus habitantes, pero aún tenemos que decidir por nuestra cuenta qué haremos con la rosquilla y con la Pirámide del Viajero y sus láminas de oro. En cualquier caso, recuerdo perfectamente el sitio por el que salimos a la superficie así que, si decidimos devolverla, bastará con entrar en sentido contrario.

—Parece que ellos esperan que respetemos lo que dejaron allí —murmuré.

—No se olvide, Marta —dijo Efraín mirándome mal y estrechando sus dos manos en un gesto de súplica—, que soy el director de las excavaciones que se están realizando en este momento en Tiwanacu y que usted forma parte de mi equipo. No podemos echar a perder esta oportunidad única, comadrita. Usted misma obtu-

vo, por sus influencias, una autorización especial para excavar en Lakaqullu.

—Su merced deve retraerse de su herronía —le ordenó en ese momento Arukutipa a Efraín— y ací mereser nuestra honrra y rrespeto para ciempre. Y tanbién doña Marta debe retraerse.

—Vuestra antigua ciudad —repuso ésta, poniéndose en pie para que la escucharan con claridad, aunque, en realidad, nos escuchaban perfectamente pues habíamos estado hablando en susurros y, sin embargo, conocían el contenido de nuestra discusión—, vuestra antigua ciudad de Taipikala está siendo estudiada y sacada a la luz, quitando la tierra que se ha acumulado sobre ella durante cientos o, mejor, miles de años. Si no lo hacemos nosotros, otros lo harán, otros que no tendrán tanta consideración ni miramientos. No podéis pararlo. Hace mucho tiempo que las ruinas de Taipikala, o Tiwanacu como disteis en llamarla cuando os invadieron los Incap rúnam, atraen a los investigadores de todo el mundo. Somos vuestra mejor opción. Vuestra única opción —recalcó—. Si Efraín y yo seguimos trabajando allí como lo estábamos haciendo hasta ahora, podremos impedir que os encuentren y dar a conocer lo que hay en la Pirámide del Viajero desde un punto de vista neutro y científico, y, por qué no, también ocultando la información comprometida, de manera que nadie sepa nunca de vuestra existencia. Si son otros quienes, ahora o dentro de cien años, llegan hasta Lakaqullu, estaréis perdidos, porque será cuestión de días que aparezcan por aquí, por Qalamana.

El muchacho, que ya había traducido la arenga de Marta, se retiró para dejar que los ancianos pensaran su respuesta. Al poco, dio un paso y recuperó su lugar. Ninguno había pronunciado una sola palabra.

—Los Capacas prencipales están muy preocupados por Taipikala y por el cuerpo de Dose Capaca, el Viajero —manifestó—, y acimismo por lo que a dicho doña Marta de los investigadores del mundo y por las muchas liciones, dotrinas y testimonios que quedaron en el oro, pero piensa ellos que don Efraín y doña Marta pueden hazer el travajo ancí como a dicho doña Marta y faboreser deste modo a los yatiris de Qalamana. Los Capacas darán agora el consuelo para el castigo del enfermo del hospital y, después, sus mercedes deverán dexar Qalamana para ciempre.

—¡Qué manía! —bufó Marc.

Pero yo estaba pensando en lo muy confiados que eran los yatiris: unos tipos raros y contagiosos, entre los que había peligrosos españoles, se presentaban de sopetón ante su puerta y les decían que todo aquello por lo que se escondieron ya no existía y los muy listos de los yatiris, en lugar de ponerlo en tela de juicio, iban y se lo creían sin discutir y, encima, los tipos raros les hacían creer que, por su bien, debían entregarles las llaves de su antigua casa. No me entraba en la cabeza que una gente tan especial pudiera ser tan inocente y boba. Aunque, claro, me dije sorprendido, quizá, sin que lo supiéramos, nos habían sometido a algún tipo de prueba con el poder de las palabras y, como le pasó a Marta con la maldición que había enfermado a Daniel, la habíamos superado porque, en realidad, les habíamos contado la verdad.

—Y ancí, doña Marta, prestad atención y se os proveerá del consuelo para el enfermo.

La anciana de la izquierda se incorporó antes de decir:

—*Jupaxusutaw ak munta jinchu chhiqhacha jichhat uksarux waliptaña.*

Miré a Marta y vi que tenía las cejas levantadas en un gesto de indescriptible sorpresa.

—¿Ya está? —balbució—. ¿Sólo eso?

—Sólo eso, doña Marta —repuso el joven Arukutipa—. Pero tenello en la cavesa bien guardado porque acina lo tendréis que repetir.

—Creo que lo he memorizado aunque, por si acaso, me gustaría decirlo una vez. Me asusta la idea de equivocarme cuando estemos allí.

—No a menester, pero si queréis...

—*Jupaxusutaw ak munta jinchu chhiqhacha jichhat uksarux waliptaña* —pronunció muy despacio.

—¿Qué significa? —le pregunté a Efraín bajando la voz.

—Una tontería, compadre: «Él está enfermo y esto quiero: que el viento que penetra los oídos le sane desde ahora.»

—¿Ya está? —me sorprendí.

—Lo mismo dijo Marta —repuso él, volviendo a poner su atención en la conversación con Arukutipa y los Capacas.

Pero la conversación había llegado a su fin. El traductor, inclinando la cabeza, se estaba despidiendo de nosotros y los Capacas se incorporaban solemnemente dando por terminado el encuentro. Un poco desconcertados, les imitamos. Por detrás del gran tapiz que quedaba a la izquierda apareció nuestro guía, el simpático Luk'ana, con la misma cara de desprecio y las mismas cejas raras que tenía cuando se marchó. Quizá ya sabía que le habíamos salvado la vida, o quizá no, pero, en cualquier caso, su rostro no demostraba el menor agradecimiento ni el menor alivio por no tener que morir esa noche.

—Salgan en pas desta ciubdad de Qalamana —se despidió de nosotros Arukutipa. Los Capacas no se molestaron ni en eso; se limitaron a marcharse por donde habían venido con la misma gran indiferencia con la que habían entrado en aquella sala dos o tres horas antes.

Luk'ana nos hizo un gesto con la mano para que le siguiéramos y, tras él, volvimos al inmenso recibidor de aquel grandioso tocón. Yo casi me había olvidado del extraño mundo en el que nos encontrábamos y su realidad me sorprendió de nuevo cuando pisamos el vestíbulo, que ahora estaba vacío de guardias. El guía cogió una de las lámparas de aceite que descansaban encendidas sobre las mesas y se la entregó a Lola y, luego, le dio otra a Gertrude y, así, hasta que todos tuvimos en las manos una de aquellas salseras luminosas de piedra. Entonces, con un pequeño esfuerzo, abrió él solo las dos pesadas hojas del portalón y nos dimos cuenta de que, afuera, todo estaba oscuro y de que el aire que entraba era frío, casi gélido. Se había hecho de noche mientras hablábamos con los Capacas.

Recorrimos a la inversa el mismo laberinto aéreo de ramas que habíamos seguido para llegar hasta allí sólo que, ahora, caminábamos más despacio, observando con curiosidad las luces que salían por las ventanas de las viviendas construidas dentro de los árboles. Era una imagen sobrenatural, casi arrebatada, más propia de un dibujo de Escher que de una selva tropical, de modo que, a falta de una cámara con la que robarle al tiempo aquel instante, hice un esfuerzo por retener en mi memoria todos los detalles, hasta los más pequeños, porque, probablemente, nunca regresaría a aquel lugar y nadie, además de nosotros, sabría de su existencia, así que sería un recuerdo único al que, con toda seguridad, volvería a lo largo de mi vida en multitud de ocasiones.

Atravesamos la inmensa plaza iluminada, ahora desierta, y cruzamos el último puente vegetal hasta el tronco del árbol que conducía a la salida. Descendimos en silencio por la rampa y llegamos a la sala tubular inferior donde Luk'ana, deteniéndose, nos hizo un gesto imperioso para que dejásemos las lámparas en el suelo y entrásemos en el túnel oscuro que nos devolvería a la selva. Entonces, Marta se volvió y le dijo a nuestro guía:

—*Yuspagara.*

El otro ni se inmutó.

—*Yuspagara* —insistió ella, pero Luk'ana mantuvo su cara de póker—. ¿Podéis creeros que le estoy dando las gracias?

—Déjalo, anda —le dije, cogiéndola por el codo y empujándola suavemente hacia el túnel—. No vale la pena.

—¡Chau, carajo! —escuché decir a Efraín casi al mismo tiempo.

Y los seis nos introdujimos en la negrura del túnel sin que, en esta ocasión, se viera ningún tipo de luz al fondo. Aquella salida a oscuras fue nuestra despedida del mundo de los yatiris.

Cuando llegamos al exterior, apartando con las manos los helechos gigantes que ocultaban el acceso, avanzamos como ciegos hacia el camino que habíamos abandonado a primera hora de la tarde, marchando en línea recta para no perdernos. Pero, en cuanto separamos las últimas hojas plumosas, la tenue luz de unas hogueras nos deslumbró, haciéndonos parpadear. Segundos después, vislumbramos en la distancia a los Toromonas sentados en torno a varios fuegos, charlando animadamente y esperándonos.

Nos recibieron con gestos sobrios y grandes sonrisas. Parecían estar indicándonos que habíamos recibido un gran honor al ser acogidos en aquel mundo arbóreo y que, por ello, ahora éramos más dignos de respeto. El jefe toromona nos llamó por gestos y nos invitó a sentarnos con su grupo de cabecillas y el viejo chamán, y él mismo nos ofreció las partes más suculentas del gran mono aullador que se tostaba lentamente al fuego.

Dormimos allí aquella noche y pasamos un frío terrible. Por suerte, los indios habían utilizado una madera especial para hacer las hogueras que ardía liberando mucho calor y que mantuvo milagrosamente encendidas las llamas hasta el amanecer del día siguiente, cuando emprendimos el largo camino de vuelta hacia la ciudad en ruinas que ahora sabíamos que se llamaba Qhispita y que fue, probablemente, un asentamiento yatiri que sirvió de cabeza de puente hacia Qalamana cuando decidieron huir del Altiplano. No teníamos ni idea de cómo iríamos desde Qhispita hasta la salida del Parque Nacional Madidi, pero estábamos seguros de que se nos irían ocurriendo soluciones a medida que nos fuéramos acercando al problema. Resultaba sorprendente la nueva forma que teníamos de afrontar las cosas; perdíamos a la velocidad de la luz los restos de nuestro antiguo pelaje de urbanícolas.

Aquella mañana era la del martes 16 de julio y hacía exactamente treinta días que habíamos salido de La

Paz. Todavía teníamos otro mes por delante para hacer el camino de regreso hasta la civilización, pero fue un tiempo que se pasó volando, sobre todo las tres semanas que tardamos en llegar a Qhispita, porque durante el día seguíamos aprendiendo multitud de cosas útiles de los Toromonas y, por la noche, sosteníamos largas conversaciones junto al fuego recordando y analizando la tarde que habíamos pasado con los Capacas de los yatiris. Durante los primeros días nos resultó imposible comentarlo. Los seis sufríamos una especie de bloqueo que no nos permitía aceptar lo sucedido. Nos resistíamos a reconocer públicamente la vergonzante idea de que habíamos vivido una experiencia inexplicable desde el punto de vista racional. No era fácil admitir algo así. Sin embargo, como buenos hijos del Positivismo Científico, acabamos por afrontarlo desde la perspectiva menos deshonrosa.

Cada uno de nosotros había retenido fragmentos distintos de la historia que nos había sido transmitida mediante el extraño cántico y, por lo tanto, la primera polémica que sostuvimos fue acerca de la forma en la que habíamos comprendido el mensaje los que no entendíamos el aymara. Sólo cabían dos explicaciones posibles: una era la telepatía y otra la voz de Marta, que estuvo traduciendo sin parar todo lo que los ancianos revelaban. Sabíamos que la telepatía no era una patraña, que, durante todo el siglo xx y, especialmente, durante la Guerra Fría entre EE. UU. y la URSS, el tema había sido estudiado muy en serio y su práctica estaba más que comprobada, pero, aun así, sonaba demasiado mal, demasiado circense, más propio de adivinos de feria que de trabajo de laboratorio, así que finalmente optamos por quedarnos con la versión políticamente correcta: fue la voz de Marta, superpuesta al cántico, la que nos transmitió realmente el contenido de la historia. No mencionamos en ningún momento la falta de comunicación verbal entre Arukutipa y los Capacas, dejando el asunto de lado como si no nos hubiéramos dado cuenta. De manera inconsciente, estábamos haciendo lo mismo que los investigadores a los que tanto habíamos criticado por no afrontar valientemente los enigmas de Taipikala.

Con el pasar de los días, sin embargo, empezamos a analizar el mensaje. Lola, como siempre, fue la primera en hacerlo:

—No es por incordiar —se disculpó de antemano una noche, mientras nos sentábamos junto al fuego—, pero no puedo quitarme de la cabeza la idea de que, según los Capacas, la última Era Glacial no duró dos millones y medio de años sino que fue el resultado de una catástrofe más o menos breve ocurrida por el choque de gigantescos meteoritos contra la superficie de la Tierra.

—No podemos creernos eso —murmuró Marc—. Va contra toda la geología moderna.

—Daría cualquier cosa por un cigarrillo —murmuró Marta.

—No has vuelto a fumar desde que salimos de La Paz, ¿eh? —le dijo Gertrude satisfecha.

—¿Estáis cambiando de tema? —les preguntó Lola con la mosca detrás de la oreja.

—No, en absoluto —replicó Marta, incorporándose a medias y mirándola—. Sabía que, antes o después, tendríamos que hablar de todo aquello. Precisamente por eso necesito un cigarrillo.

—Pues yo estoy convencida de que hay mucha verdad en la historia que nos contaron —manifestó Gertrude de repente.

—¿También la parte que hablaba de que la vida llegó en piedras humeantes desde el cielo? —preguntó Marc, irónico.

—No te creas que es tan raro —objeté yo, arrancando una hierba del suelo y comenzando a enredarla entre mis dedos—. Eso es exactamente lo que afirman las últimas teorías sobre la aparición de la vida en la Tierra. Como no hay forma de explicar cómo demonios se originó, ahora dicen que vino de fuera; que el ADN, el código genético, llegó a lomos de un meteorito.

—¿Lo veis...? —sonrió Gertrude—. Y si seguimos escarbando, encontraremos muchas más cosas así.

Lola carraspeó.

—Pero, entonces... —dijo, insegura—. ¿Qué pasa con eso de que la vida creó a todos los animales y plantas del mundo al mismo tiempo? ¿Nos cargamos también la Teoría de la Evolución?

Ahí estaba mi tema favorito, me dije cargando rápidamente baterías. Pero Gertrude se me adelantó:

—Bueno, la Teoría de la Evolución ya no es aceptada por mucha gente. Sé que suena raro pero es que, en Estados Unidos, es un asunto que lleva muchos años investigándose por motivos religiosos. Ya sabéis que en mi país hay una fuerte corriente fundamentalista y esa gente se empeñó hace tiempo en demostrar que la ciencia estaba equivocada y que Dios había creado el mundo tal y como dice la Biblia.

—¿En serio? —se sorprendió Marc.

—Perdona que te lo diga, Gertrude —comentó la mercenaria con su habitual aplomo—, pero los yanquis sois muy raros. A veces tenéis cosas que... En fin, tú ya me entiendes.

Gertrude asintió.

—Estoy de acuerdo —admitió sonriendo.

—Bueno, pero ¿a qué venía lo de los fundamentalistas? —pregunté.

—Pues venía a cuento de que, bueno... En realidad se llaman a sí mismos creacionistas. Y, sí, encontraron las pruebas.

—¿Las pruebas de que Dios había creado el mundo? —me reboté.

—No, en realidad, no —repuso ella, divertida—. Las pruebas de que la Teoría de la Evolución era incorrecta, de que Darwin se equivocó.

Efraín parecía conocer bien el asunto porque asentía de vez en cuando, pero no así Marta, que se revolvió como si la hubiera picado una pucarara.

—Pero, Gertrude —protestó—, ¡no puede haber pruebas contra la evolución! ¡Es ridículo, por favor!

—Lo que no hay, Marta —dije yo—, son pruebas de la evolución. Si la teoría de Darwin hubiera sido demostrada ya —y recordé que le había dicho lo mismo a mi cuñada Ona no hacía demasiado tiempo—, no sería una teoría, sería una ley, la Ley de Darwin, y no es así.

—Hombre... —murmuró Marc, mordisqueando una hierbecilla—, a mí nunca terminó de convencerme eso de que viniéramos del mono, por muy lógico que parezca.

—No hay ninguna prueba que demuestre que venimos del mono, Marc —le dije—. Ninguna. ¿O qué te crees que es eso del eslabón perdido? ¿Un cuento...? Si hacemos caso a lo que nos contaron los Capacas, el eslabón perdido seguirá perdido para siempre porque nunca existió. Supuestamente los mamíferos venimos de los reptiles, pero de los innumerables seres intermedios y malformados que debieron existir durante miles de millones de años para dar el salto de una criatura perfecta a otra también perfecta, no se ha encontrado ningún fósil. Y pasa lo mismo con cualquier otra especie de las que hay sobre el planeta.

—¡No puedo creer lo que estoy oyendo! —me reprochó Lola—. ¡Ahora va a resultar que tú, una mente racional y analítica como pocas, eres un zopenco ignorante!

—Me da igual lo que digas —repuse—. Cada uno puede pensar lo que quiera y plantearse las dudas que le dé la gana, ¿o no? A mí nadie puede prohibirme que pida pruebas de la evolución. Y, de momento, no me las dan. Estoy harto de oír decir en la televisión que los neandertales son nuestros antepasados cuando, genéticamente, tenemos menos que ver con ellos que con los monos.

—Pero eran seres humanos, ¿no? —se extrañó Marc.

—Sí, pero *otro tipo* de seres humanos muy diferentes a nosotros —puntualicé.

—¿Y qué pruebas eran esas que encontraron los fundamentalistas de tu país, Gertrude? —preguntó Lola con curiosidad.

—Oh, bueno, no las recuerdo todas de memoria ahorita mismo. Lo lamento. El que estemos hablando sobre lo que nos contaron los yatiris me ha hecho refrescar viejas lecturas de los últimos años. Pero, en fin, a ver... —Y se recogió con las manos el pelo ondulado y sucio, sujetándoselo sobre la cabeza—. Una de ellas era que en muchos lugares del mundo se han encontrado restos de esqueletos fosilizados de mamíferos y de dinosaurios en los mismos estratos geológicos (23), cosa imposible según la Teoría de la Evolución, o huellas de dinosaurios y seres humanos en el mismo lugar, como en el lecho del río Paluxy, en Texas (24). Y otra cosa que recuerdo también es que, según los experimentos científicos, las mutaciones genéticas resultan siempre perjudiciales, cuando no mortales. Es lo que decía antes Arnau sobre los millones de seres malformados que harían falta para pasar de una especie bien adaptada a otra. La mayor parte de los animales mutados genéticamente no permanecen con vida el tiempo suficiente para transmitir esas alteraciones a sus descendientes y, además, en la evolución, harían falta dos animales de distinto género con la misma mutación aparecida en sus genes por azar para asegurar la continuación del cambio, lo que es estadísticamente imposible. Ellos admiten que existe la microevolución, es decir, que cualquier ser vivo puede evolucionar en pequeñas características: los ojos azules en lugares de poca luz o la piel negra para las zonas de sol muy fuerte, o que se tenga mayor estatura por una mejor alimentación, etc. Lo que no aceptan de ninguna manera es la macroevolución, es decir, que un pez pueda convertirse en mono o un ave en reptil o, simplemente, que una planta dé lugar a un animal.

(23) «El origen de los mamíferos», *National Geographic*, abril de 2003. *La Vanguardia Digital*, edición del 4 de junio de 2002, sección «La Vanguardia de la Ciencia», artículo de la Agencia EFE, «Un yacimiento en Rumania aporta nuevas pruebas sobre la coexistencia de dinosaurios y mamíferos en Europa.»

(24) Hans-Joachim Zillmer, *Darwin se equivocó*, Timun Mas, Barcelona, 2000.

Todos escuchábamos con atención a Gertrude, pero, a hurtadillas, vi la cara de Marta con ese gesto terrible que amenazaba tormenta de rayos y truenos:

—¡Se acabó! —atajó de forma brusca—. Puede haber muchas explicaciones para lo que nos contaron los Capacas. Cada uno es muy libre de quedarse con lo que quiera. Es absurdo discutir sobre esto. Me niego de todas todas a continuar. Lo que debemos hacer es estudiar a fondo la documentación de la Pirámide del Viajero y cumplir lo que prometimos: Efraín y yo iremos publicando nuestros descubrimientos y, luego, que los científicos, los creacionistas y los paganos investiguen por su cuenta lo que quieran.

—Pero es que hay algo más, Marta —musitó enigmáticamente Gertrude.

—¿Algo más...? ¿A qué te refieres? —preguntó ella, distraída.

Gertrude sacó del bolsillo trasero de su pantalón la pequeña grabadora digital que nos había enseñado el día que llegamos a la ciudad en ruinas.

—No queda mucha batería, pero... —y, a continuación, pulsó un diminuto botón y se oyó muy lejanamente la voz de Arukutipa diciendo: «Las palabras tienen el poder.» No nos dejó escuchar más; apagó la diminuta máquina y volvió a guardarla antes de que los Toromonas pudieran verla.

Los demás nos quedamos mudos de asombro. ¡Gertrude tenía grabada la entrevista con los Capacas! Aquello abría un mundo de posibilidades infinitas.

—Necesitaré vuestra ayuda —nos dijo a Marc, a Lola y a mí—. No puedo pasar esta grabación a nadie para que la estudie, pero vosotros tenéis ordenadores para realizar un análisis de frecuencias de las voces de los Capacas.

Aquello estaba justo en la línea de mis nuevos proyectos.

—Cuenta conmigo —afirmé muy sonriente.

Conversaciones muy parecidas a ésta las sostuvimos noche tras noche durante las semanas que tardamos en llegar hasta Qhispita. De vez en cuando, saturados, cambiábamos de tema y entonces charlábamos sobre nosotros mismos y sobre nuestras vidas. Marc, Lola y yo les hablamos de nuestro «Serie 100», oculto en un andén olvidado bajo el suelo de Barcelona, y les explicamos el uso que hacíamos de él, de manera que, por primera vez, compartimos con otras personas nuestras actividades como *hacker*s. Marta, Efraín y Gertrude nos escuchaban sin pestañear, con caras de asombro y de perplejidad por las cosas que ni remotamente imaginaban que pudieran hacerse con un simple ordenador. La diferencia de diez años, más o menos, entre ellos y nosotros suponía un abismo generacional en materia informática, abismo ampliado por el rechazo —incomprensible desde mi punto de vista— que los eruditos en humanidades gustan de exhibir como distintivo de clase. Marta y Efraín se defendían con el correo electrónico y con algunas aplicaciones básicas, pero eso era todo.

Lo cierto fue que llegamos a conocernos bastante bien los unos a los otros durante aquellas semanas. En otra ocasión se reveló, por fin, el secreto del matrimonio de Marta que tanto había intrigado a Lola. El famoso Joffre Viladomat, por cuestiones de trabajo, se había marchado al Sudeste Asiático cinco años atrás, dando al traste con lo poco que quedaba de su matrimonio con Marta Torrent. Los dos hijos de ambos, Alfons y Guillem, de diecinueve y veintidós años respectivamente, vivían en Barcelona durante el curso pero, en cuanto llegaban las vacaciones, salían corriendo hacia Filipinas para estar con su padre y con Jovita Pangasinan (la nueva compañera de su padre). Según Marta, Jovita era una mujer encantadora que se llevaba muy bien con Alfons y Guillem, de manera que las relaciones entre todos ellos eran cordiales. Lola dio un largo suspiro de alivio cuando escuchó el final de la historia y no intentó disimular su viejo interés por el asunto.

También durante una de aquellas noches, Marc, Lola y yo cerramos un acuerdo sobre el futuro de Ker-Central, que pasaría a convertirse en sociedad anónima. Yo me quedaría con la mitad de las acciones y ellos dos se repartirían el resto, financiando la compra con préstamos bancarios. A partir de ese momento, yo sería libre y ellos dirigirían *de facto* la empresa. El edificio seguiría siendo mío, Ker-Central me pagaría un alquiler por él, y, naturalmente, mi casa continuaría estando en la azotea.

Todos querían saber a qué pensaba dedicarme cuando me «jubilara», pero mantuve la boca cerrada y no lograron arrancarme ni una sola palabra. Como buen pirata informático, yo dominaba el arte de guardar muy bien mis secretos hasta el momento de entrar en acción (y aún más, después). Preguntaron con mucha insistencia y quizá, sólo quizá, hubiera dado alguna pista si no hubiera sido porque, aunque tenía claro lo que deseaba hacer, necesitaba una ayuda muy concreta para averiguar la mejor manera de llevarlo a cabo y porque, rizando el rizo, desde hacía algunas semanas estaba fraguando un plan para piratear, mientras conseguía esa ayuda, el lugar aparentemente inexpugnable y supuestamente muy bien protegido que la contenía.

Una tarde, a las dos semanas más o menos de haber

iniciado el regreso, los Toromonas se detuvieron en un claro y nos indicaron que permaneciésemos allí mientras ellos se organizaban en grupos y desaparecían en la jungla siguiendo diferentes direcciones. Estuvimos solos durante un par de horas, un tanto sorprendidos por aquel extraño abandono. Daba la impresión de que los Toromonas tenían algo que hacer, algo importante, pero que volverían en cuanto hubieran acabado. Y así fue. Poco antes del anochecer, regresaron portando extraños objetos en las manos: pedazos de gruesos troncos huecos, unos pequeños frutos redondos que parecían calabazas, ramas, piedras, leña y un poco de caza para la cena. El chamán era el único que se había marchado solo y que reapareció igual que se había ido, llevando únicamente su bolsa de remedios colgada del hombro. Rápidamente, los hombres se repartieron las tareas y, mientras unos encendían los fuegos para preparar los alimentos, otros empezaron a vaciar los frutos, tirando al suelo la pulpa y las semillas, y limpiando y cortando las ramas en fragmentos del tamaño de un brazo. Algo estaban organizando pero no podíamos imaginar qué.

Por fin cayó la noche sobre la selva y los indígenas estaban muy animados mientras cenábamos. Por el contrario, el chamán se mantuvo al margen, un poco alejado de nuestros grupos, al borde de la vegetación y en la penumbra, de manera que apenas podíamos verle. No comió nada ni bebió nada y permaneció inmóvil en aquel rincón sin que nadie se dirigiera a él ni para ofrecerle un poco de agua.

En cuanto el último toromona acabó de cenar, un espeso silencio fue cayendo poco a poco sobre el campamento. Nosotros estábamos cada vez más desconcertados. El jefe dio de pronto unas cuantas órdenes y los hombres se pusieron en pie y las hogueras fueron apagadas. La oscuridad nos envolvió porque la luz de la luna apenas era un reflejo blanquecino en el cielo; sólo se mantuvieron encendidas algunas ramas que los indígenas sostenían en alto. Entonces, los hombres nos levantaron del suelo cogiéndonos por un brazo y nos obligaron a sentarnos de nuevo formando un círculo amplio en el centro del claro, quedándose todos ellos a nuestro alrededor. Sabíamos que no iban a hacernos daño y que aquello obedecía a alguna ceremonia o espectáculo, pero era imposible no sentir un cierto nerviosismo porque parecía que lo que fuera a pasar estaba directamente relacionado con nosotros. Yo temía que Marc soltara en cualquier momento alguna barbaridad de las suyas, pero no lo hizo; se le vio muy tranquilo todo el tiempo e incluso diría que estaba encantado con aquella nueva experiencia. Entonces apareció el chamán en el interior del círculo. Clavó una caña en el suelo y, con una afilada garra de oso hormiguero, le hizo dos cortes profundos en forma de cruz en la parte superior. Luego separó los cuatro lados de manera que sujetaran en el centro un cuenco en el que dejó caer un puñado de tallos y de hojas que extrajo de su bolsa de remedios. Con la garra lo fue cortando todo en tiras muy pequeñas, como si fuera a preparar una sopa juliana, y, cuando terminó, cogió un puñado y apretó con fuerza. Un líquido resbaló por su mano y cayó en el cuenco. Repitió la operación muchas veces, hasta que sólo quedó una pasta seca que lanzó con fuerza hacia la vegetación de la jungla. En ese mismo instante, un toromona empezó a golpear con un palo uno de los troncos huecos que habían traído de la selva produciendo un sonido grave y regular.

El viejo chamán sacó el cuenco de entre los pedazos de caña y se bebió muy despacio el contenido. Entonces, de golpe, la escena se aceleró: alguien sacó la caña del suelo y la hizo desaparecer mientras cuatro de los cinco guardaespaldas del jefe rodeaban al viejo, que se estaba tumbando en el suelo, y le sujetaban fuertemente los brazos y las piernas. El ritmo del tambor se incrementó. El chamán comenzó a agitarse, intentando ponerse en pie, pero los forzudos se lo impidieron. El viejo peleó como un león, gritó como un animal herido, pero todos sus esfuerzos por liberarse resultaron inútiles. Luego, se calmó. Se quedó completamente quieto y los hombres le soltaron y se alejaron en silencio. Parecía que en el mundo sólo quedaba aquel anciano muerto y nosotros seis rodeándole. El sonido del tambor se hizo más y más lento, como los latidos de un corazón tranquilo.

Aquella situación se prolongó durante mucho tiempo, hasta que, lentamente, el chamán se levantó. Estaba como drogado y tenía los ojos en blanco. Alguien le acercó un objeto pequeño y se lo puso en la mano. Era uno de aquellos frutos que habían estado vaciando antes de cenar y que, por lo visto, habían convertido en una especie de maraca rellenándolo con guijarros o semillas. El chamán empezó a bailar delante de nosotros, agitando la maraca al ritmo del tambor. Cantaba algo ininteligible y brincaba de vez en cuando como si fuera un mono. En un momento dado sacudió endiabladamente la maraca delante de la cara de Gertrude, que se echó hacia atrás con cara de susto, y se quedó quieto como una estatua. Luego, se arrodilló delante de ella y con la mano libre trazó unos símbolos en la tierra. Volvió a ponerse en pie haciendo sonar el instrumento y dio otra vuelta completa al círculo, saltando y cantando, para ir a detenerse frente a Marc, a quien tampoco le hizo gracia que le batieran delante de la cara aquel sonajero. La escena de los dibujos en el suelo se repitió igual que con Gertrude y fue haciendo lo mismo frente a cada uno de nosotros. Cuando llegó mi turno, el viejo me miró fijamente con sus espantosos ojos en blanco, agitó de nuevo la maraca y se agachó para garabatear. Pero no, no eran rayas caprichosas lo que hacía, sino que su mano en trance dibujó lo que sin duda era un pájaro.

La ceremonia terminó cuando, con cuatro bruscos golpes de tambor, el chamán se desplomó en el suelo. Los forzudos del jefe lo cogieron y se lo llevaron al interior de la selva, de donde no volvió hasta la mañana siguiente, justo a tiempo para reanudar la marcha hacia Qhispita. Parecía encontrarse mejor que nunca y nos sonrió desde lejos cuando nos vio. Para entonces ya sabíamos que lo ocurrido la noche anterior había sido un regalo que nos habían hecho los Toromonas. Nos dimos cuenta cuando, por fin, pudimos ver todos los dibujos. A Efraín, el chamán le había dibujado una pirámide de tres escalones en cuyo interior se distinguía una culebra. Marta recibió la misma pirámide pero, sobre ella, el chamán le dibujó un pájaro idéntico al mío. A Marc y a Lola les tocó la misma cabeza humana con varias aureolas unidas por radios que, más que halos de santo, parecían resistencias de bombillas incandescentes. Gertrude creyó al principio que su dibujo era un candado pero luego descubrió que se trataba de una bolsa de remedios como la del chamán porque éste había añadido el pequeño adorno de plumas que colgaba de la suya. Aquéllos eran nuestros futuros, las cosas que nos interesaban y a las que pensábamos dedicarnos: Efraín y Marta a Lakaqullu, la pirámide de tres pisos con su cámara de los tesoros; Marc y Lola a Ker-Central, una empresa promotora de proyectos de inteligencia artificial; Gertrude a ejercer la medicina entre los indios del Amazonas pero desde una nueva vertiente un poco más curandera y chamánica; y yo... Bueno, ¿qué demonios significaba el pájaro que nos había tocado tanto a Marta como a mí? No pensaba explicarlo. Fingí ignorancia y guardé silencio. Deliberadamente, dejé que los demás, Marta incluida, se devanaran los sesos intentando averiguarlo.

Por fin, el lunes 5 de agosto llegamos a Qhispita y nos detuvimos ante la misma puerta por la que habíamos salido como prisioneros. Los Toromonas se despidieron de nosotros en ese momento. El jefe nos puso las manos en los hombros a los seis, uno detrás de otro, pronunciando amistosamente unas palabras que no comprendimos y, después, él y sus hombres se internaron de nuevo en la selva y desaparecieron. No eran gentes de grandes expresiones. Pasados unos instantes, entramos en la ciudad y ascendimos lentamente en dirección a la plaza. Avanzábamos aturdidos: en comparación con las seis semanas pasadas en la selva, aquellas ruinas nos parecieron el colmo de la civilización, con sus calles empedradas y sus casas con paredes y tejados.

Alcanzamos la explanada y, en silencio, contemplamos los vacíos edificios y el solitario y enorme monolito central, el que reproducía al gigante barbudo con los rasgos del Viajero de Lakaqullu, muy cerca de cuyo pedestal de roca negra todavía podían verse los restos calcinados de lo que fueron nuestras posesiones. Como mendigos hambrientos revolvimos las cenizas en busca de algo que hubiese sobrevivido, pero no quedaba nada. Todo lo que teníamos eran nuestras hamacas, un par de cerbatanas y algunos colmillos afilados. Eso y la gran cantidad de conocimientos adquiridos junto a los Toromonas.

Durante las últimas noches habíamos estado discutiendo acerca de cómo podríamos regresar solos hasta Rurrenabaque. Recordando los mapas incinerados, sabíamos que, caminando siempre en dirección oeste, acabaríamos encontrando el gran río Beni y que, desde allí, sólo tendríamos que seguir el cauce hacia su nacimiento para alcanzar antes o después las localidades gemelas de Rurrenabaque y San Buenaventura. A la ida habíamos seguido fielmente las indicaciones de los mapas de Sarmiento de Gamboa y de la lámina de oro, pero ahora tendríamos que ingeniárnoslas por nuestros propios medios.

Cuando comprobamos en qué dirección se ponía el sol, iniciamos la marcha a través de la selva. Ya no éramos las mismas seis personas que llegaron hasta aquella ciudad abandonada cargadas de modernas tecnologías y alimentos de diseño. Ahora sabíamos cazar, despellejar, hacer un fuego, protegernos de los peligros que entrañaban desde los pumas a las hormigas soldado, pasando por los tábanos y los tucanes, así como seguir las sendas abiertas por los animales, arrancar una liana y beber su contenido de agua si teníamos sed o curarnos un absceso con grasa de serpiente o de lagarto. No, ya no éramos en absoluto las mismas seis personas (tres *hackers*, una médica, un arqueólogo y una antropóloga), que habían llegado con sus mochilas de tejido impermeable y alta transpirabilidad hasta las ruinas de Qhispita.

Tardamos dos días y medio en alcanzar el Beni y, desde allí, dos días más hasta encontrar un minúsculo poblado llamado San Pablo en el que sólo vivían tres o cuatro familias indígenas que, por supuesto, no tenían teléfono ni sabían lo que era, pero sí disponían de unas magníficas canoas en las que se ofrecieron a llevarnos hasta otro asentamiento llamado Puerto de Ixiamas, cincuenta kilómetros río arriba. Habíamos previsto la reacción que nuestro desastrado aspecto y nuestra súbita aparición podían producir en cualquiera que nos viera, de modo que contamos una truculenta historia sobre un accidente de avioneta en el que lo habíamos perdido todo y una dramática historia de supervivencia en la selva. Aquella gente, que tenía un aspecto incluso peor que el nuestro, nos miraba sin entender muy bien lo que les estábamos contando (era gente sencilla que sabía poco castellano) pero, con todo, nos dieron de cenar, nos permitieron dormir en el interior de una de sus cabañas de madera y, al día siguiente, nos llevaron hasta Puerto de Ixiamas, que resultó no ser mucho más grande que San Pablo pero con teléfono, un teléfono que sólo tenía línea cuando se conectaba un viejo generador de gasolina y que, aun así, ofrecía pocas garantías de funcionamiento. Después de un par de horas de infructuosos intentos a través de varias centralitas locales, Efraín pudo ponerse en contacto con uno de sus hermanos y contarle, aproximadamente, nuestra situación. Su hermano, que era un pacífico profesor de matemáticas poco dado a semejantes sobresaltos, reaccionó con bastante sangre fría y se comprometió a esperarnos en la última localidad ribereña antes de Rurrenabaque, Puerto Brais, dos días después con ropa y dinero.

Estábamos en los confines del mundo, en unos rincones perdidos de la selva donde jamás llegaba nadie y donde no tenían costumbre de ver a blancos ni oír hablar castellano. Seguíamos rozando la *Terra Incognita* pero, a bordo de las canoas de las gentes del río, llegamos en la fecha prevista hasta Puerto Brais, a unos quince kilómetros de nuestro destino, donde, en efecto, el hermano de Efraín, Wilfredo, con la confusión pintada en la cara, nos recibió con grandes abrazos y una maleta. No pudimos pasar muy desapercibidos en aquel pequeño embarcadero, ni tampoco en el barucho en el cual nos aseamos y nos cambiamos rápidamente de ropa, pero cuando subimos en la última embarcación con destino a Rurre parecíamos tranquilos turistas que regresaban de un agradable paseo por las cercanías.

Como habíamos perdido las reservas que dejamos pagadas a la venida, Wilfredo había tenido que comprar en El Alto los siete pasajes para el vuelo de regreso a La Paz que salía aquella misma noche (seguían habilitando vuelos especiales para los turistas), de manera que pasamos la tarde sentados primero en un bar y, luego, en un parque, intentando no llamar excesivamente la atención. A la hora prevista, caminamos tranquilamente hasta las oficinas de la TAM desde donde partía la buseta con destino al aeródromo de hierba.

Aterrizamos, por fin, en El Alto a las diez y pico de la noche y nos despedimos de Wilfredo antes de montarnos en dos radio-taxis que nos condujeron hasta la casa de Efraín y Gertrude. Jamás había sentido una conmoción tan fuerte como la que sufrí atravesando en el interior de un vehículo las calles de La Paz. La velocidad me sorprendía. Era como haber estado mucho tiempo en otro planeta y haber vuelto a la Tierra. Todo me parecía nuevo, extraño, rápido y demasiado ruidoso, y, además, hacía un frío seco e invernal al que ya no estaba acostumbrado.

Gertrude y Efraín se acercaron hasta el domicilio de unos vecinos que tenían una copia de las llaves de su casa por si ocurría algo. Con ellas abrieron la puerta y sólo entonces, allí, comprendimos que habíamos regresado de verdad. Nos mirábamos y sonreíamos sin decir nada, tan perplejos como un grupo de críos en su primer día de colegio. Las maletas de Marc y Lola y las mías estaban en el cuarto de invitados, de modo que nos duchamos, nos pusimos nuestras propias ropas, nos sentamos en sillas normales en torno a la mesa del comedor y, usando platos, cubiertos y servilletas, tomamos una magnífica cena que nos trajeron desde un restaurante cercano. Luego, aún algo atontados por el cambio, encendimos el televisor y nos quedamos pasmados contemplando las imágenes que salían en la pantalla y escuchando las voces y la música. Todo seguía siendo muy raro pero lo que a mí más me sorprendía era ver a los otros bien peinados, con las manos y las uñas aseadas y vestidos con pantalones largos, faldas, blusas y jerseys limpios y sin desgarrones. Parecían distintos.

Había algo, sin embargo, que no podía posponer más. Hacía casi dos meses que me había despedido de mi abuela con la promesa de ponerme en contacto con ella en cuanto me fuera posible, pensando que sería cuestión de un par de semanas. De modo que la llamé. En España eran las seis de la tarde. Como cualquier abuela del mundo, la mía no lo había pasado bien durante el tiempo que había estado sin saber nada de mí pero, pese a su preocupación (que estuvo a punto de hacerla llamar a la policía boliviana al menos en un par de ocasiones, según me contó), había conseguido mantener a mi madre bajo control convenciéndola de que yo estaba bien y de que llamaba con frecuencia.

—¿Y dónde le has dicho que estoy? —le pregunté—. Es para no meter la pata cuando vuelva.

—Ya sabes que yo no miento nunca —repuso con firmeza.

¡No, por favor!, pensé horrorizado. ¿Qué demonios les habría contado?

—Que te habías ido a la selva del Amazonas a buscar unos remedios naturales para curar a Daniel. Unas hierbas. ¡No quieras saber la cara que puso tu madre! En seguida empezó a contárselo a todas sus amistades como si fuera algo muy *chic*. Tienes a media Barcelona esperándote muerta de curiosidad.

Hubiera querido matarla de no haber sido porque me sentía feliz de oírla y de regresar, en cierto modo, a la normalidad.

—¿Las has conseguido, Arnauet?

—¿Que si he conseguido qué?

—Las hierbas... Bueno, lo que sea. Tú ya me entiendes. —Emitió un largo suspiro y me dio la impresión de que lo que hacía en realidad era disimular la exhalación del humo de un cigarrillo—. Lo he tenido que contar tantas veces por culpa de tu madre que casi he llegado a creérmelo.

—Es posible, abuela. Lo sabremos cuando volvamos.

—Pues tu hermano está en su casa. Nos lo llevamos del hospital hace mes y medio. No ha mejorado nada; el pobrecito sigue igual que cuando te marchaste. Ahora ya ni habla. Espero que eso que le traes sirva para algo. ¿No quieres decirme de qué se trata?

—Estoy llamándote desde casa de unos amigos y es

una conferencia internacional, abuela. Te lo contaré cuando esté allí, ¿vale?

—¿Cuándo vuelves? —quiso saber.

—En cuanto consigamos los billetes para España. Pregúntale a Núria. Voy a llamarla ahora mismo para que se encargue de todo. Ella te mantendrá informada.

—¡Qué ganas tengo de verte!

—Y yo a ti, abuela —dije sonriendo—. ¡Ah, por cierto! Hay una cosa que tengo que pedirte. Busca el momento adecuado para que pueda quedarme a solas con Daniel. No quiero a nadie en la habitación mirando, ni en el salón esperando, ni en la cocina preparando la cena. La casa tiene que estar vacía. Además, iré con alguien.

—¡Arnau! —se escandalizó—. ¡No se te ocurrirá traer a un chamán indio a casa de tu hermano, ¿verdad?!

—¡Pero cómo quieres que lleve a un chamán! —me sublevé—. No. Se trata de Marta Torrent, la jefa de Daniel.

Se hizo un largo y significativo silencio al otro lado del hilo telefónico.

—¿Marta Torrent...? —dijo, al fin, con voz vacilante—. ¿Ésa no es la bruja de la que habla Ona?

—Sí, esa misma —admití, mirando a Marta a hurtadillas y observando cómo Lola y ella se reían de algo que veían en el televisor—. Pero es una gran persona, abuela. Ya te la presentaré. Verás como te gusta. Ella es quien va a curar a Daniel.

—No sé, Arnauet... —titubeó—. No veo claro eso de traer a Marta Torrent a casa de Ona y de tu hermano. Ona podría ofenderse. Ya sabes que considera a Marta responsable de la enfermedad de Daniel.

—Mira, abuela, no me obligues a contarte ciertas cosas en este momento. —Me enfadé; recordar las estupideces que mi hermano y mi cuñada decían sobre Marta me ponía de mal humor—. Tú haz lo que yo te digo y déjame a mí el resto. Busca la manera de que la casa se quede vacía y de que Marta y yo podamos entrar sin que nadie se entere.

—¡Me pones en cada aprieto, hijo mío!

—Tú vales mucho, nena —bromeé.

—¡Naturalmente que valgo mucho! Si no fuera así, no sé qué habría sido de esta familia. Pero insisto en que me sigues poniendo en una situación muy difícil con tu cuñada.

—Lo harás bien —la animé, zanjando la conversación—. Te veré dentro de unos días. Cuídate hasta que yo vuelva, ¿vale?

Cuando me despegué el auricular de la oreja después de hablar con mi abuela y con Núria, ya no era la civilización la que me resultaba extraña sino el recuerdo de la selva. Como por arte de magia, había recuperado los hábitos normales de conducta y sentía que volvía a ser el mismo Arnau Queralt de antes. Pero no, me dije. Seguramente, no del todo.

EPÍLOGO

Dos días después, el viernes, 16 de agosto, subimos al avión que nos llevaría hasta Perú. En esta ocasión, como viajaríamos en sentido contrario al sol, llegaríamos a España dos días después, el domingo 18, aunque el total del viaje duraría las mismas veintidós horas y pico. Nos despedimos de Efraín y Gertrude en El Alto con grandes abrazos e intercambiando compromisos de vernos pronto en un país o en otro. Marta regresaría a Bolivia a principios de diciembre para continuar con las excavaciones en Lakaqullu durante la Navidad y yo llevaba conmigo la grabación de Gertrude de la conversación con los Capacas.

—Cuéntame todo lo que hagas —me pidió por enésima vez— y tenme al tanto de lo que vayas encontrando.

—¡No sea usted tan pesada, por favor! —le reprochó Efraín estrechando con fuerza mi mano.

—No te preocupes, doctora —le dije—. Vas a saberlo todo minuto a minuto.

Antes de despegar, Marc se tomó unas pastillas que le entregó Gertrude y que le dejaron fuera de juego incluso antes de que el avión se alzara en el aire. Nos costó trabajo despertarlo cuando aterrizamos en el aeropuerto de Lima y también en los sucesivos aeropuertos en los que tomábamos tierra y volvíamos a despegar. Las pastillas de Gertrude (de las que iba bien provisto) le mantuvieron en estado de coma hasta llegar a España y, según reconoció más tarde, aquel viaje fue el más agradable que había hecho en toda su vida.

—¿Qué mejor manera de morir —farfullaba somnoliento en el aeropuerto de Schiphol— que hacerlo sin enterarse?

Antes de que cada uno de los aviones en los que embarcábamos encendiera los motores y las pastillas hicieran de nuevo su efecto, se despedía amargamente de *Proxi*, de Marta y de mí (especialmente de *Proxi*, claro) «por si no volvíamos a vernos». La cosa llegó a tal punto que juré por lo más sagrado que no viajaría con él en avión en lo que me quedaba de vida. Lola no tenía más remedio que aguantarse, pero yo podía ahorrarme tranquilamente aquellas dramáticas situaciones.

Por fin, durante el último vuelo, el que nos llevaría desde Holanda hasta Barcelona, Marta y yo nos sentamos tres filas más atrás que Marc y Lola. Era el momento que había estado esperando para hablar tranquilamente con ella sobre el problema de Daniel:

—¿Has tomado ya alguna decisión respecto a mi hermano? —le pregunté poco después de que nos sirvieran la bandeja del almuerzo, apenas media hora después de despegar. Hasta entonces habíamos estado charlando sobre ordenadores y me había pedido con mucho interés que le enseñara mi «casa robótica», según sus propias palabras.

No respondió a mi pregunta inmediatamente. Permaneció callada durante unos largos segundos aparentando que ponía toda su atención en los manjares de plástico que teníamos delante. Hubiera preferido, con diferencia, un buen trozo de tucán asado antes que aquellas porquerías. Marta carraspeó.

—Si se cura —murmuró llevándose el tenedor con un poco de ensalada seca a la boca—, me gustaría hablar con él antes de hacer nada.

—Creo que temes que te pida que no le denuncies.

—Estoy segura de que no harías eso.

Sonreí.

—No, no lo haría —confesé, apartando la bandeja y girándome hacia ella todo lo que el estrecho espacio me permitía para poder mirarla—. Pero me gustaría saber qué opciones tienes.

—El robo de material de investigación de un departamento es algo muy serio, Arnau. No creas que me va a resultar fácil tomar una decisión. Todavía no puedo creer que Daniel fuera capaz de coger documentación de mis archivos. Me he preguntado mil veces por qué lo haría. No consigo entenderlo.

—Pues, aunque te cueste creerlo, lo hizo por mí —le expliqué—. No, no por mi culpa ni tampoco por hacerme un favor. Yo también he estado dándole muchas vueltas al asunto y, aunque todos somos ciegos cuando se trata de nuestra propia familia, creo que mi hermano siempre ha sentido una gran rivalidad hacia mí. Celos seguramente, o envidia. No sabría precisar.

—¿Anhelo de la primogenitura...? —insinuó ella medio en broma medio en serio.

—Anhelo de triunfo fácil, de dinero rápido.

—¿Ése es tu caso? —se extrañó.

—No, en absoluto. Pero él siempre lo vio así. O quiso verlo así. O se equivocó y lo entendió así. ¿Qué más da...? Lo que cuenta es que para conseguir un gran triunfo con el descubrimiento del poder de las palabras te robó el material de Taipikala.

—Efraín y yo no íbamos tan adelantados como él —admitió, abandonando también la comida después de un par de infructuosos intentos por tragarla.

—Daniel es muy inteligente.

—Lo sé. Los dos hermanos lo sois. El parecido no es sólo físico. Por eso confiaba tanto en él y en sus posibilidades. Pero no puedo pasar por alto lo que hizo. Entiéndelo, soy la jefa del departamento y uno de mis profesores cometió una infracción que, algún día, podría volver a repetir.

—Quizá no —insinué.

Ella volvió a quedarse callada.

—Quizá no —admitió al cabo del rato—, pero soy desconfiada por naturaleza y lo que no puedo ignorar es esa parte del cerebro de Daniel que le permitió entrar en mi despacho y robar el material de mis archivos. Puede que no vuelva a hacerlo, es cierto, pero ¿no hay algo dentro de él que funciona de manera equivocada, algo que siempre que desee alguna cosa ajena a sus posibilidades le diga: «Adelante, ya sabes cómo conseguirlo»?

—Necesitará ayuda —declaré.

—Sí, sí la necesitará. Tiene que volver a aprender que hay reglas y límites, que no todos nuestros deseos son alcanzables y que no hay atajos ni trenes de alta velocidad para llegar hasta donde queremos, que siempre cuesta un gran esfuerzo conseguir las cosas.

—Todos cometemos errores alguna vez.

—Cierto. Por eso necesito saber qué hay en su cabeza antes de tomar cualquier decisión. Quizá también tú deberías sentarte con él y explicarle detalladamente lo mucho que te ha costado tener lo que tienes.

Consideré sus palabras. Claro que pensaba hablar con mi hermano, pero no para contarle mi vida sino para explicarle con contundencia lo que pensaba de la inmensa estupidez que había cometido. Aunque tal vez Marta tenía razón. Quizá resultase más efectivo hacer lo que ella decía, pero ¿cómo sentarme con mi hermano para hablar así de esas cosas? No tenía claro que supiese hacerlo.

—Cambiando de tema... —dijo ella, girándose también todo lo posible en su butaca para quedar encarada hacia mí—. ¿Has pensado que sería mejor que estuviésemos a solas con Daniel cuando tenga que repetirle la frase que me enseñaron los yatiris?

—La recuerdas, ¿verdad? —me alarmé.

—¡Pues claro que la recuerdo, no seas tonto! ¿Cómo iba a olvidar algo tan importante? Bueno, ¿qué dices de lo de estar a solas con él? Es que creo que me resultaría muy violento ejercer de bruja de la tribu en presencia de tu familia.

Me eché a reír a carcajadas.

—Tranquila —dije al fin—, mi abuela ya se ha encargado de explicarle a todo el mundo que fui al Amazonas a buscar unas hierbas mágicas. También sabe que tiene que encontrar un momento en que la casa de Daniel esté vacía para que podamos ir tú y yo. Ese asunto ya está resuelto.

—¿Cuántos años tiene tu abuela? —se extrañó—. Debe de ser muy mayor.

—Bueno, ¡ya la conocerás!

Tomamos tierra en Barcelona a las dos del mediodía. La madre de Lola nos estaba esperando en el aeropuerto. Ni Marta ni yo aceptamos su ofrecimiento de llevarnos hasta nuestras casas en su coche. Marc estaba francamente mal y necesitaba acostarse cuanto antes. Nosotros compartiríamos un taxi.

—¿Nos dirás cómo responde Daniel a la frase de los yatiris? —me preguntó Lola en voz baja mientras nos despedíamos.

—Os llamaré en cuanto lo hayamos hecho. Vaya bien o vaya mal.

—No te olvides de lo que acordamos sobre Ker-Central —articuló costosamente Marc con los ojos vidriosos.

—Mañana mismo pondré el asunto en manos de los asesores —le respondí—. Procura descansar esta noche porque das pena.

—Lo sé, lo sé... —murmuró mientras seguía a la madre de Lola como un corderillo, arrastrando el carrito con el equipaje.

—Llámanos, *Root* —insistió *Proxi* con gesto preocupado—. Cuando todo haya pasado quedaremos un día los cuatro a cenar, ¿de acuerdo? —preguntó mirando a Marta.

—Por supuesto —dijo la catedrática sonriendo—. ¿Os habéis dado cuenta de que, mientras estuvimos en la selva, dejasteis de llamaros por vuestros apodos de internautas?

—¡Qué pena que no seas *hacker*! —le respondió *Proxi*, abrazándola y alejándose después con paso lento tras el maltrecho *Jabba* y su madre—. Pero, a lo mejor, cuando visites la casa de Arnau, te aficionas.

—¡Y el «100»! —dijo Marta ampliando la sonrisa—. También quiero conocer el «100».

Proxi levantó una mano en el aire a modo de despedida.

—Bueno —anuncié—, es hora de coger un taxi.

Yo llegué a casa antes que Marta, que vivía en la zona alta, en la Bonanova, de modo que la vi alejarse dentro del vehículo, que dobló por passeig de Gràcia hacia arriba.

—Llámame cuando tengamos que ir a ver a Daniel —me dijo antes de despedirnos con la misma cara seria y tranquila de siempre.

Mientras subía en el ascensor me pregunté cuándo la llamaría, cuándo sería el mejor momento para hacerlo. Bueno, me dije, la respuesta era fácil: en cuanto consiguiera poner fin a la bienvenida familiar que me esperaba arriba. La invitaría a cenar esa misma noche... ¿O sería pronto? Bueno, ¿y qué? La llamaría. Quería saber qué pensaba ella de mis proyectos y qué me decía sobre la forma de llevarlos a cabo. De momento, en cuanto se abriera la puerta del ascensor, tendría que afrontar el asunto de las hierbas medicinales.

Por lo que pudiera ser, al día siguiente de hablar con mi abuela por teléfono desde La Paz, me acerqué hasta el Mercado de los Brujos y compré un potingue asqueroso que, según el yatiri que lo vendía dentro de unos mugrientos frasquitos de cristal, provocaba la pasión en la mujer amada. A mí me daba lo mismo, cualquier cosa me hubiera servido con tal de que pareciera realmente una fórmula magistral preparada especialmente para mi hermano, y aquel líquido espeso y marrón lo parecía. De manera que, después de saludar a Clifford y de abrazar a mi abuela, cuando mi madre terminó por fin con la sarta de besos cacofónicos le entregué solemnemente los sucios envases y le dije que, sin duda, después de consultar con todos los chamanes amazónicos registrados en el censo boliviano, una infusión con unas gotas de aquel producto por la mañana y por la noche devolverían la cordura a Daniel. No quería que ella esparciera entre sus amistades más fantasías de las necesarias, de modo que abrevié los detalles y me limité a hablar sobre las comunidades indígenas visitadas a lo largo del río Beni durante nuestro viaje. Clifford, como buen inglés, parecía reacio al experimento, pero no se atrevió a abrir la boca delante de mi madre, que se mostraba entusiasmada con los exóticos frasquitos. Inmediatamente se colgó del teléfono y se puso a contarle a Ona toda la aventura y yo, aprovechando la coyuntura, hice mutis por el foro y me fui a mi habitación, donde me duché, me cambié de ropa y me rasuré la barba, dejándome de nuevo la perilla. Mi abuela me había comentado que estaba más delgado, más guapo, y moreno por primera vez en mi vida, lo cual era cierto. Tenía el pelo aún bastante corto y seguía conservando mi pendiente que, ahora, destacaba mucho más sobre la piel curtida por el sol y el aire. De aquel rostro alargado, pálido y urbano que tenía cuando me marché quedaba muy poco.

Pero había otros cambios. Lo descubrí cuando fui a abrir la boca para pedirle al sistema que me pusiera en contacto con Marta y me di cuenta de que no sabía cómo dirigirme a él porque ya no tenía ni idea de cómo hablar con una máquina dotada de una inteligencia quizá tan artificial como la nuestra. Me quedé de piedra por este descubrimiento. Lo que Gertrude nos había contado sobre el cerebro y los neurotransmisores, lo que habíamos aprendido sobre el poder de los sonidos para programar y desprogramar la mente, e, incluso el ejemplo del chamán, entrando en trance con los golpes rítmicos del tambor y la maraca, me habían dejado una duda que podía resumirse en la típica pregunta del mundo informático: ¿qué diferencia hay entre sumar dos y dos, que es lo que hacemos los humanos, y *aparentar* que se suman dos y dos, que es lo que hacen los ordenadores? El resultado sigue siendo el mismo, cuatro, se llegue por el camino que se llegue, y, en este caso, mi sorpresa era que el camino, básicamente, resultaba ser el mismo: infinito número de conexiones eléctricas, veloces como la luz, que viajaban a través de neuronas, en nuestro caso, o de silicio en el caso de las máquinas.

Muchas cosas habían cambiado dentro de mí durante aquellos últimos dos meses y medio de extraños aprendizajes y, ahora, para mi sorpresa y casi contra mi voluntad, le daba al sistema sin nombre que controlaba mi casa una personalidad propia que jamás se me hubiera ocurrido que pudiera llegar a tener. Y que, de hecho, no tenía, me dije enfadado, sacudiendo la cabeza para alejar ideas absurdas de mi mente. Sabía que debía darle las órdenes con un tono de voz tajante para que interpretara que estaban dirigidas a él y no a Magdalena, pero de mi boca sólo salía una voz educada que quería pedir las cosas con un «por favor» totalmente improcedente. Tuve que hacer un esfuerzo y obligarme a recordar la forma programada de comunicación con él pero, después de un par de intentos sin que me hiciera caso, empecé a mosquearme: ¿acaso se había vuelto autónomo o se había estropeado? Por suerte, se me ocurrió mirar la pantalla gigante y allí estaba su mensaje: «Número telefónico bloqueado. ¿Desactivar bloqueo y marcar?» Me reí de mí mismo y de mi despiste, y sólo después de unos segundos caí en la cuenta de que el sistema estaba intentando decirme algo importante. ¿Bloqueado el número de Marta...? ¿Cómo bloqueado?

—¡Pero qué demonios me pasa! —exclamé en voz alta—. ¡Estoy atontado!

Había recordado de pronto que la tarde de aquel lejano domingo que Marta me había llamado para reclamar su material sobre Taipikala y los aymaras, le había ordenado al sistema que rechazara todas las llamadas de ese número y todas las que procedieran del titular de ese número, e, incluso, las del departamento de la universidad.

—¡Desbloquear! —voceé.

Apenas unos segundos después, escuché la voz de Marta.

—¿Sí?

—Marta, soy Arnau.

—Hola, Arnau. ¿Qué pasa? ¿Tenemos que ir ya a casa de Daniel?

—No, no... —Me reí—. ¿Te apetece que quedemos a cenar esta noche? Me gustaría hablar contigo de unas cuantas cosas.

Se hizo un sorprendido silencio al otro lado.

—Claro que sí —respondió al fin.

—¿Te parece un poco pronto? —le dije mientras terminaba de ponerme el reloj—. ¿Prefieres que quedemos mañana o pasado?

—No, en absoluto. Por mí, estupendo.

—¿A qué hora paso a recogerte?

Aquella conversación resultaba increíble. Yo jamás había hecho antes un intento tan descarado por acercarme a otro ser humano. En semejantes ocasiones me sentía como si tuviera que abandonar mi tranquilo planeta para relacionarme con entes a los que no comprendía y por eso no lo hacía y no confraternizaba con nadie. Pero con Marta era diferente. Había convivido casi dos meses con ella día y noche y la estaba invitando a cenar con una absoluta tranquilidad y confianza.

—Ven cuando quieras —respondió—. En realidad, no estoy haciendo nada. Me acababa de sentar en el sofá dispuesta a encender el primer cigarrillo de los últimos dos meses.

—Pues no lo hagas —le dije—. ¿Qué más te da?

—Me gusta fumar, así que no voy a privarme de este pequeño placer. No me sermonees, ¿vale?

—Vale. Entonces, ¿puedo ir ahora?

—Pues claro. Ya deberías estar aquí.

Aquello me gustó. También me gustó volver a subir en mi coche y sujetar con fuerza el volante mientras conducía. Eran poco más de las seis y media de la tarde y, a pesar de llevar veinticuatro horas metido en aviones y de haber atravesado el Atlántico, me sentía el rey del mundo. Mi madre me había echado en cara que saliera «con una amiga» sin pasar antes a ver a mi hermano y a mi sobrino, pero hice como que no la oía y me metí disparado en el ascensor. Afortunadamente, si el «consuelo» que nos habían dado los Capacas funcionaba, me iba a librar de todos ellos mucho antes de lo que se imaginaban. Cada uno en su casa y Dios en la de todos, ¿no era eso lo que decía la sabiduría popular? A mi hermano ya lo visitaría cuando tocase y en cuanto a mi sobrino, apenas un momento antes había sacado de la maleta el pequeño muñeco que le había comprado en el Mercado de los Brujos de La Paz para dárselo a romper en cuanto le viera.

Tuve suerte de encontrar un sitio para dejar el coche justo en una callejuela cercana a su casa, una de esas ca-

sas antiguas de dos pisos y desván con la fachada enne-
grecida por la contaminación y un pequeño jardín.
Marta me abrió la puerta.

—Este edificio no tiene micrófonos ni sensores ni
cámaras —me advirtió con sorna nada más entrar—.
Lo digo por si te sientes incómodo. Si das un grito, no
hay ningún ordenador que te responda. Lo lamento.

Era una casa muy grande, con suelos de parqué, techos altos y muebles antiguos. Había libros por todas
partes, hasta en los pasillos, en grandes librerías de madera que no dejaban ver las paredes. No hubiera esperado otra cosa distinta: la casa era a Marta como Marta
era a la casa.

—¿Y tampoco tienes una consola de videojuegos?
Ya sabes, una Playstation o una Gameboy —le pregunté mientras entrábamos en el salón, cuyas altas ventanas
daban al jardín.

—De eso sí tengo —reconoció sonriendo, dejándose caer en el sofá. Aunque el entorno era extraño, ella
volvía a ser la misma Marta de Bolivia, o eso me pareció, con la diferencia de que allí iba con ropa de invierno y aquí llevaba un sencillo vestido de tirantes—.
Las habitaciones están en el piso de arriba. En las de
mis hijos puedes encontrar alguna si la necesitas. No te
reprimas.

Me senté en un sillón frente a ella, aunque sin ponerme cómodo. Estaba nervioso, así que comencé a jugar con un mechero de plástico que encontré junto a un
cenicero de piedra en el que había varias colillas.

—¿No habías dicho que ibas a fumarte *un* cigarrillo? —pregunté sorprendido.

—Bueno, necesitaba nicotina para recuperar los
meses perdidos.

Decidí no andarme por las ramas.

—Necesito tu ayuda, Marta. Tienes que explicarme... O sea, yo quiero trabajar con vosotros en Tiwanacu.

Ella soltó una carcajada.

—¿Eso es lo que ocultabas cuando te preguntábamos qué querías hacer cuando te jubilaras?

—Más o menos.

—Eres un poco impreciso. Cuéntame más.

—Quiero colaborar, quiero ser parte del equipo —me estaba explicando como un libro abierto—. El problema es que no tengo ningún tipo de preparación académica. Soy empresario, un empresario de internet. ¿Cómo puedo trabajar con vosotros en una excavación, en calidad de qué? De entrada, había pensado proporcionaros a Efraín y a ti los programas informáticos y los ordenadores que necesitéis para traducir las láminas de oro de la Pirámide del Viajero. Yo mismo los escribiría o mejoraría los que te dio Joffre. Volvería a ser programador —sonreí— como cuando tenía veinte años. Pero quisiera participar de alguna otra manera, no sólo como informático.

—Bueno... —titubeó ella—, no lo sé. Tendría que pensarlo. Por supuesto, si dependiera sólo de mí no habría el menor problema. Creo que me gustaría mucho trabajar contigo. Pero las excavaciones están financiadas por el gobierno boliviano...

—Y por empresas privadas —la atajé.

—Sí, y por empresas privadas que buscan desgravar impuestos y hacerse una buena imagen, no convertirse en parte integrante de la excavación.

—Vale. Entonces, ¿qué debo hacer?

—Si sólo es esto —se burló—, entonces me decepcionas. Creí que ocultabas algún secreto interesante.

—Bueno, puede que tenga algún secreto —admití, inclinándome hacia adelante para acercarme más a ella—. O, quizá, dos. ¿Qué te parece?

—Eso está mejor —sonrió abiertamente.

—Mi primer secreto es éste: trabajaría con vosotros sólo mientras tú estuvieras en Bolivia. El tiempo que pasaras aquí en Barcelona, en la universidad, me iría a recorrer el mundo. Voy a convertirme en cazador de leyendas sobre el origen de la humanidad.

—¡Pero eso es lo que hacen los creacionistas de los que hablaba Gertrude! —se espantó.

—No. Ellos coleccionan pruebas contra la Teoría de la Evolución. Que se encarguen de esa tarea puesto que llevan mucho tiempo haciéndolo. Yo hablaré con gente tan rara como los yatiris. Iré a África, a Asia, a Norteamérica, a Sudamérica, a Australia...

—Ahora entiendo el dibujo que te hizo el chamán de los Toromonas —dejó escapar con los ojos muy abiertos—. ¡El pájaro, naturalmente!

¿Recordaba que a ella le hizo también el mismo dibujo...? Ya veríamos.

—Buscaré por todas partes —continué yo con entusiasmo—, buscaré hasta debajo de las piedras para recoger todas las leyendas que hablen sobre la creación del mundo y de los seres humanos. Estoy convencido de que seré capaz de hacer un estudio muy serio con todo lo que encuentre y de que descubriré coincidencias muy significativas y podré establecer paralelismos interesantes. No olvides que he sido programador de código durante muchos años y que he aprendido a extraer datos a partir de fragmentos dispersos de información. Pero mi problema es que, cuando tenga todo el material, cuando vuelva a Barcelona para trabajar sobre ello, no sabré cómo hacerlo. Volvemos a lo de antes: carezco de la preparación académica. Habrá que sistematizar, ordenar, escribir... Manejo varios lenguajes de programación y puedo escribir millones de instrucciones con ellos, pero no soy capaz de redactar un pequeño ensayo histórico o científico.

Marta me miraba absolutamente sorprendida. Había llegado el momento:

—¿Por qué no trabajas conmigo, Marta? ¿Por qué no te vienes conmigo?

Ya lo había soltado. Noté que el sudor me resbalaba por la nuca.

Su boca se abrió de par en par.

—¿Has dicho que me vaya contigo? —balbució al fin.

—Pasaríamos todo el tiempo necesario con Efraín y Gertrude en Bolivia para llevar adelante la excavación de Lakaqullu y ocuparnos del material de la Pirámide del Viajero. Yo podría encargarme de las tareas, digamos, clandestinas —sonreí—, como sacar el cuerpo de Dose Capaca y ocultarlo en algún lugar elegido por vosotros, que conocéis la zona —hablaba sin respirar, sin hacer pausas; hablaba como mi madre—, o de eliminar de la cámara del Viajero toda referencia a la huida de los yatiris a la selva o también de cerrar el túnel de salida donde encontramos la rosquilla de piedra que se ha quedado Efraín. Quizá sería buena idea que pidieras una excedencia en la universidad, o una beca de esas que os dan para investigar. No sé, como tú lo vieras mejor. Así podríamos viajar y visitar a los dogones, los hopi, los navajos... a todos esos pueblos que conservan viejas leyendas sobre el diluvio y la creación del mundo. Medio año en Bolivia y medio año por ahí, recopilando información.

—Pero...

—Además, de este modo, también podría trabajar con Gertrude en el asunto de la cinta con las voces de los Capacas de Qalamana. He descubierto que me intriga mucho el funcionamiento del cerebro, igual que, en su momento, me intrigó el funcionamiento de los ordenadores. De nuevo, claro, carezco de las herramientas necesarias. No soy médico. Pero tampoco sabía nada cuando empecé a programar con un Spectrum y mira cómo he terminado, así que creo que puedo aprender mucho con Gertrude y, si estoy en Bolivia, trabajaremos mejor.

—Arnau...

—Otra cosa que se me ha ocurrido es que podríamos pasar el verano trabajando en Taipikala y el invierno en los otros lugares, de manera que, entre viaje y viaje, tuvieras ocasión de volver a casa para estar con tus hijos. ¿O todavía te necesitan y no puedes dejarlos solos? Porque eso cambiaría un poco los planes y...

—¡Cállate!

Me quedé mudo de golpe.

—Escucha —dijo ella, llevándose las manos a la cabeza—, creo que estás loco. No sé si entiendo muy bien lo que quieres decir. Hablas en clave y estoy hecha un lío.

Permanecí en silencio, con los labios apretados para que viera que no pensaba decir ni una sola palabra más. En realidad, ya había hecho mi jugada. Un auténtico *hacker* no revela nunca sus secretos pero, cuando llega el momento de actuar, actúa con firmeza.

—¿Qué tal si nos vamos a cenar —propuso taladrándome con la mirada— y lo hablamos todo tranquilamente desde el principio mientras nos sirven un montón de cosas que no hemos comido desde hace mucho tiempo? Hay un restaurante muy bueno cerca de aquí.

—Vale —dije—. Pero es un poco pronto. Sólo son las ocho menos cuarto.

—No para nosotros, que todavía vamos con el horario de Bolivia y allí es la hora de comer. Además, te recuerdo que esta mañana, en el avión, no tocamos las bandejas.

Eso era cierto. Pero yo no tenía hambre. Acababa de hacer una de las cosas más difíciles de mi vida y, por lo visto, los problemas aún no se habían terminado. ¿Es que quería que se lo dijera en aymara o qué?

—El chamán de los Toromonas nos dibujó a ambos el mismo pájaro.

—Voy a por mis cosas —dijo, dando un paso rápido hacia la puerta del salón—. Espérame.

Se iba a estropear.

—Escucha —la detuve.

—No, ahora no —rehusó.

—Sí, ahora sí —insistí—. Ven conmigo a buscar viejas historias que pueden contener alguna verdad. Estoy seguro de que nos iría bien. Formamos un buen equipo.

Me miró escrutadoramente, con un gesto de exagerada desconfianza en la cara.

—Y, si no funciona —seguí—, pues lo dejamos y volvemos a ser sólo amigos. Yo continuaré viajando y tú me ayudarás cuando vuelva.

—Estás loco de remate, ¿lo sabías? —me espetó—. Además, ¿crees que puedes presentarte en mi casa y decirme todas estas tonterías sin avisar? ¡Vaya maneras! Escúchame, te llevo nueve años de adelanto y puedo garantizarte que eres el tipo más frío y menos ingenioso que he conocido en mi vida. ¿Sabes las estupideces que has dicho?

Bueno, ya no podía acosarla más o acabaría echándome a la calle.

—Piénsalo, ¿vale? —repuse—. Y, ahora, vámonos a cenar. Venga, sube por tus cosas. Te espero.

Estuvimos completamente solos en el restaurante durante un par de horas. Los turistas de agosto no llegaban hasta aquella zona y los nativos habían abandonado masivamente la ciudad. Eso sin contar con que, en verano, nadie en su sano juicio saldría tan pronto a la calle salvo que quisiera morir derretido sobre el asfalto. Llegué a casa cerca de la una de la madrugada, cansado del largo viaje, del cambio de horario y de utilizar mis mejores recursos y encantos personales para atrapar a Marta en la red que tejí lentamente ante sus ojos intentando que no se diera cuenta. No, no me empeñé en contarle mi vida ni en aburrirla con los cuatro detalles divertidos de mi existencia. Me limité a escucharla, a mirarla y a escucharla, y a descubrir las cosas que le importaban porque, para romper las protecciones de un lugar seguro que se quiere piratear, lo primero que hay que hacer es conocer los puntos débiles del sistema y tratar de averiguar los códigos de acceso. Cuando, por fin, volví a casa y me dejé caer sobre la cama, aunque quería pensar sobre lo que habíamos estado hablando para mejorar mi estrategia, no fui capaz: me quedé dormido en cuestión de segundos y no me desperté hasta doce horas después. Pero cuando abrí los ojos al día siguiente, me sentí eufórico y satisfecho: estaba seguro de haber abierto una brecha, pequeña, en la muralla defensiva. El mundo estaba lleno de puertas cerradas y yo había nacido para abrirlas todas. Y no tenía la menor duda de que Marta era un desafío que valía la pena.

Después de desayunar, holgazaneé un poco por la casa y el jardín y disfruté de la agradable sensación de haber vuelto. Aunque no me encontraba cansado, por pura vaguería caminaba arrastrando los pies como si fuera un viejo y avanzando casi a la misma velocidad, pese a lo cual, la mala suerte me hizo llegar, por fin, hasta el estudio y me obligó a sentarme frente a uno de los ordenadores para comprobar el correo electrónico. No me interesaban en absoluto los mensajes de trabajo, de modo que sólo miré la dirección personal y, aunque creía que la bandeja de entrada iba a quedar saturada, sólo tenía diez miserables mensajes, cinco de los cuales eran de *Proxi* y los cinco de aquella misma mañana. Me llamó la atención el curioso detalle de que vinieran cifrados, así que tuve que desencriptarlos antes de entender por qué se había tomado tantas molestias: *Proxi* había extraído del CD en el que habíamos grabado todo el material de Lakaqullu una selección de fotografías de las mejores cosas de la Pirámide del Viajero y, sinceramente, sentí un nudo en la garganta al volver a ver los cascos de guerreros de las losas que marcaban las entradas a las chimeneas, los grandes ojos redondos y los afilados picos de piedra de las cabezas de cóndor, los relieves con los paneles de tocapus de las pruebas, la escalera que se había desprendido del techo y que colgaba de dos gruesas cadenas de oro, las cabezas de puma que custodiaban la inmensa puerta que daba acceso a la cámara, el panel con la maldición original que había afectado a Daniel y que yo mismo fotografié para poder verlo en la pantalla del portátil, las hileras interminables de láminas de oro llenas de tocapus, el inmenso sarcófago dorado de Dose Capaca con su cabeza puntiaguda por la deformación frontoccipital, el mural con los dibujos que ayudaban a comprender la invitación para ir en busca de los yatiris, la lámina con el mapa que conducía hasta Qhispita...

Me quedé mucho rato atontado delante del monitor, contemplando las imágenes una y otra vez. Afortunadamente, en casa no había nadie más que yo, así que pude pasar algunas de ellas a las pantallas gigantes y disfrutar con su visión a tamaño casi real mientras mi mente regresaba a aquellos fantásticos momentos y a las cosas que nos pasaron estando allí. Por desgracia, los Toromonas habían quemado la cámara de *Proxi* y no nos quedaba más recuerdo de nuestra estancia en la selva y en Qalamana que la grabación de Gertrude con las palabras de los Capacas que yo mismo guardaba. Por un momento sentí la tentación de escucharla, de comprobar qué efecto produciría el poder de las palabras en aquella habitación de mi casa. Pero no lo hice. Si finalmente mis proyectos salían bien, ¿por qué no darle a Gertrude la satisfacción de trabajar juntos en el tema mientras Marta y Efraín se despellejaban las manos en Tiwanacu? Además, antes de nada, debía llamar a la catedrática.

—¿Tienes un ordenador en casa con conexión a internet? —le pregunté a bocajarro en cuanto me descolgó.

—Lo normal es saludar primero y, después, preguntar —me respondió con aquella voz grave y armoniosa que me atravesó como una descarga.

—Hola. ¿Tienes un ordenador en casa con conexión a internet?

—Naturalmente.

—Pues dame tu dirección de correo electrónico. Voy a mandarte algo que te va a gustar.

—¿Sabes que, a veces, eres más raro que aquel desgraciado de Luk'ana que nos guió por Qalamana?

—Sí, es verdad —admití rápidamente, sin hacerle caso; la indiferencia formaba parte del plan—. Por cierto, ¿qué vas a hacer esta tarde?

Se quedó callada.

—¡Ah, espera, lo había olvidado! —le dije, riendo—. Primero saludar y, después, preguntar. Hola de nuevo, ¿qué vas a hacer esta tarde?

Supe que sonreía.

—Pensaba terminar de sacar las cosas de la maleta y poner un poco de orden. Me he despertado tardísimo y te recuerdo que ayer no tuve tiempo de hacer nada.

—Es que había pensado que podrías venir a ver mi casa. Me han dejado completamente solo. ¿Qué dices?

—¿Quieres mantenerme en secreto? —preguntó con evidente doble intención. Pero yo ya disponía de algunas claves sobre su forma de reaccionar y, desde luego, como ella sabía muy bien, eran otras cosas las que tenía en mente.

—En realidad, lo que estaba pensando...

—No sigas —me cortó de prisa y corriendo—. Mándame eso que querías que viera y, luego, volveremos a hablar. Dame un respiro.

Anoté cuidadosamente su dirección de correo electrónico y colgamos. Mientras terminaba de enviarle las fotografías, me llamó mi abuela.

—¿Arnauet? Oye, estoy en casa de Daniel.

—Dime.

—Tendrías que venir un rato para quedarte con tu hermano. ¿Cómo te viene?

¿Que cómo me venía...? ¡Me venía fatal, horrible, peor imposible! Tenía cosas muy importantes que hacer esa tarde y no quería renunciar a ellas por nada del mundo. Pero, cuando estaba a punto de soltar una andanada de bufidos y palabras desagradables, caí en la cuenta de que mi abuela debía de tener gente alrededor y que por eso no hablaba con claridad. Seguramente, pretendía dejarme solo con mi hermano.

—¿Quieres decir que has encontrado la manera de llevártelos a todos?

—Sí, lo siento. Tendrías que quedarte con él al menos dos o tres horas. Ya sé que estarás cansado todavía del viaje, pero... —Se oyó de fondo la voz de mi madre diciendo que, si estaba cansado, sería por haberme ido de marcha nada más llegar—. En fin, Arnauet, es que hemos pensado que, ya que has vuelto, podemos aprovecharnos un poco de ti. Nosotros estamos agotados. Lo entiendes, ¿verdad? Si te quedas con tu hermano, Clifford, tu madre, Ona, Dani y yo podremos irnos a dar una vuelta, a comprar algo de ropa para el niño y a tomarnos algo por ahí. Lo necesitamos, Arnauet.

—Eres única, abuela.

—¡Venga, no protestes! —me regañó, y mi madre, con un tono que no dejaba lugar a dudas, voceó que me quedaría con mi hermano tanto si protestaba como si no.

—Dile a tu hija que la estoy oyendo.

—Ya lo sabe —repuso mi abuela muy divertida—. Lo ha dicho cerca del teléfono para que te enteraras. Bueno, entonces, ya está. ¿Cuánto tardarás en llegar?

—Una hora. Tengo que recoger a Marta.

—Ya que vas a venir solo —puntualizó mi abuela para dejarme claro que era mejor que Marta esperara en el coche hasta que ellos se hubiesen marchado—, acuérdate de coger el muñeco ese tan feo que has traído para Dani y que nos enseñaste anoche.

—Es un dios.

—Me da lo mismo. Sigue siendo de muy mal gusto. Hala, adiós. No te retrases.

En fin, mis magníficos planes para aquella tarde acababan de volatilizarse. Habría que esperar y, francamente, no me hacía ninguna gracia. Algo me decía que Marta sí que hubiera venido a casa. Bueno, podía comprobarlo. Todavía teníamos la noche por delante. La llamé.

—Hola, ¿has visto las fotos? —le pregunté en cuanto descolgó.

—Estoy mirándolas —podía notar en su voz la sonrisa que, sin duda, dibujaban sus labios—. Parece increíble, ¿verdad?

—Verdad. Yo he sentido lo mismo.

—Es un material fantástico. Lola hizo un gran trabajo. ¡Resulta curioso contemplar todas estas cosas desde aquí, desde casa!

—Hablando de casas...

—He estado pensando —anunció de sopetón—. Creo que prefiero dejar la visita para después de curar a Daniel. Hagamos las cosas bien hechas.

—De acuerdo —acepté, muy tranquilo.

Se quedó en silencio, sorprendida.

—¿«De acuerdo...»? Creí que ibas a insistir.

—No, en absoluto. Si tú quieres aplazarlo hasta después de curar a Daniel, me parece bien. Por cierto —dije muy serio—, mi abuela acaba de llamarme. Tengo que quedarme con Daniel un par de horas porque la familia al completo se va de compras.

Ella tardó unos segundos en reaccionar y, luego, soltó una carcajada.

—¡Está bien! ¡Tú ganas! —dijo sin parar de reír—. Vayamos a casa de tu hermano y, luego, ya veremos.

Mientras me dirigía a buscarla con el coche, me reproché tanta confianza estúpida en la dichosa frase de los Capacas. Si no funcionaba, si aquel sortilegio, maleficio o encantamiento no cumplía su cometido, Daniel seguiría siendo un vegetal durante mucho tiempo o, en el peor de los casos, el resto de su vida. Se lo dije a Marta en cuanto subió al coche y, durante el resto del trayecto hasta la calle Xiprer, estuvimos discutiendo nerviosamente las alternativas: traducir a la mayor velocidad posible las láminas de oro de la Cámara del Viajero, intentar encontrar de nuevo Qalamana sobrevolando la inmensa zona probable, hacerle oír a Daniel la cinta grabada por Gertrude... En fin, supongo que estábamos nerviosos por muchas cosas pero íbamos a enfrentarnos a la peor de ellas de manera inmediata.

—Recuerdas la frase, ¿verdad? —le pregunté por enésima vez mientras salíamos del vehículo, aparcado, como siempre, sobre la acera del chaflán.

—No seas pesado, Arnau. Ya te he dicho que la recuerdo perfectamente.

—Por cierto... —la llamé mientras se alejaba hacia la cafetería en la que le había pedido que esperara mi llamada; ella se volvió y en sus ojos vi algo que me gustó—. ¿Sabes que no tengo tu número de móvil?

Con una sonrisa se acercó a mí y me lo repitió un par de veces mientras yo intentaba grabarlo en mi teléfono sin equivocarme. Luego, se alejó despacio y me quedé observándola hasta que giró en la siguiente esquina y desapareció. Me costó lo mío ponerme en marcha y caminar hacia el portal de la casa de mi hermano.

Me abrió mi madre desde arriba y, mientras atravesaba la entrada y subía los tres o cuatro escalones que daban acceso al ascensor, vi, esperando su llegada, la espalda de uno de esos tipos enormes y pelirrojos que tanto se parecían a *Jabba*. Algún día, me dije, algún día vendré a esta casa y se habrán marchado todos a su planeta y no volveré a encontrarme con ninguno de ellos. Me reí con la boca cerrada y el tipo me miró de reojo, pensando, supongo, que estaba como una cabra.

Ona me recibió en la puerta y me dio un fuerte abrazo. Tenía mucho mejor aspecto que cuando me marché a Bolivia. Había recuperado la sonrisa y se la veía otra vez animosa y contenta.

—¡Anda, entra, chamán de la selva! —se burló—. ¿Te han dicho que estás peor que tu hermano? ¡Mira que largarte al Amazonas de un día para otro y volver dos meses después con una pócima milagrosa!

—Pues le está sentando divinamente —sentenció mi madre, que venía por el pasillo con su nieto en los brazos—. Yo diría, incluso, que le veo como más *vivo*, no sé... ¿Verdad, Clifford? Clifford y yo lo estuvimos comentando esta mañana después de darle la primera infusión con las gotas, ¿verdad, Clifford? En seguida noté algo raro en Daniel, algo distinto.

Ona me hizo un gesto con los ojos para que no me creyera ni media palabra de lo que decía mi madre (¡como si hubiera podido!), mientras yo cogía a Dani y lo levantaba hasta el techo. Hacía un calor infernal en aquella casa. Aun así, mi sobrino llevaba, como siempre, su toquilla fuertemente agarrada.

—¡Mira lo que te he traído! —le dije, enseñándole el Ekeko.

—Desde luego, *Arnie*, no comprendo cómo has podido comprarle algo así al niño. ¡Con la de cosas bonitas que tiene que haber en la selva! Este muñeco es espantoso.

En ese momento, mi sobrino lo lanzó por los aires con gran alegría y me pateó para que lo dejara en el suelo y, así, poder seguir destrozándolo a gusto.

—¿Ves lo que te decía? —continuó mi madre—. ¡Le va a durar diez minutos! Si es que tienes la cabeza en las nubes, hijo. Deberías haberle traído algo que pudiera conservar hasta que fuera mayor, como recuerdo del viaje de su tío. Pero, ¡no, claro!, le traes un muñeco horrible que el niño va a romper antes de que nos vayamos.

Mi sobrino jugaba al fútbol con el Ekeko por el pasillo. A veces la pierna se le iba un poco hacia un lado o hacia otro y, entonces, no conseguía que el dios avanzara hacia el salón como era su propósito, pero en el siguiente intento, el sucesor del Dios de los Báculos, de Thunupa, recorría un metro más limpiando el suelo. El crío estaba encantado de la vida. El regalo había sido todo un acierto.

—Hala, venga, marchaos —dijo una voz débil y temblorosa desde el sofá del fondo—. Os van a cerrar las tiendas.

Era mi abuela. ¿Por qué tenía esa voz tan rara?

—¿Pero es que tú no te vas con ellos? —le pregunté con una mirada inquisitiva, mientras saludaba a Clifford, quien, como Ona, había mejorado bastante desde la última vez. El tiempo hace que nos acostumbremos a todo, incluso a las experiencias más dolorosas.

—A tu abuela acaba de darle ahora mismo un mareo —anunció mi madre—. Por eso no nos ha dado tiempo a llamarte. Pero como la pobre no quiere estropearnos la tarde, se ha empeñado en que nos vayamos sin ella. ¿Podrás cuidarla, *Arnie*? Te dejamos a cargo de tu hermano y de la abuela, así que tienes doble trabajo. Si se pone peor... —dijo, cogiendo su bolso y alargándole a Clifford la bolsa de Dani, con los pañales, los biberones, las mudas y toda esa increíble cantidad de cosas que necesitan los niños para ir a cualquier sitio—. ¿Me estás oyendo, Arnau?

—Claro que te oigo, mamá —murmuré distraído, echándole disimuladamente a mi abuela una mirada de esas que hubieran asustado al miedo.

—Te estaba diciendo que si la abuela se pone peor que me llames inmediatamente al móvil. ¿Estarás bien, mamá? —le preguntó, inclinándose hacia ella para darle un beso de despedida.

Mi abuela, poniendo cara de circunstancias, se dejó besar y suspiró con tristeza.

—No os preocupéis por mí. Pasadlo bien.

Salieron todos otra vez por el pasillo en dirección a la puerta y mi madre giró la cabeza para hablarme en susurros:

—No te impresiones cuando entres en la habitación y veas a tu hermano. La cama consume mucho, ya lo sabes. Está muy flaco y demacrado, pero es normal. Tómalo con calma. Y no pierdas de vista a la abuela. ¡Tenía que pasar antes o después! ¿Verdad, Clifford? —Clifford asintió sin decir nada—. Fíjate, la pobre, con las ganas que tenía de que nos fuéramos todos juntos a pasear y, en el último momento, se ha puesto fatal. Pero es que, le guste o no le guste, ya es muy mayor y estas cosas le pasan a la gente de su edad. ¡Mucho ojo con ella, Arnau!, a ver si va a pasarle algo y tenemos un disgusto. Cuida de los dos, ¿eh, hijo? Luego, cuando volvamos...

—Eulàlia —la llamó Ona desde el rellano, con la puerta del ascensor abierta.

—Bueno, nos vamos, pero lo que te iba a decir —yo empujaba la puerta del piso suavemente para obligarla a largarse—, lo que te iba a decir era que esta noche cenaremos todos juntos aquí. Toda la familia reunida. ¿De acuerdo?

«¡Ni muerto!», pensé. «¡Tengo otras cosas mucho más interesantes que hacer esta noche!»

—Eulàlia —insistió Ona—. Están llamando al ascensor desde otros pisos.

—¡Ya voy, ya voy! Bueno, acuérdate de todo lo que te he dicho, *Arnie.*

—Sí, mamá —y cerré la puerta de golpe, volviéndome hacia la mentirosa más grande del mundo dispuesto a decirle cuatro cosas bien dichas. Pero ella ya se había levantado del sofá, fresca como una rosa, y me esperaba en pie y sonriendo. Podía ver su excelente aspecto gracias a la luz de la tarde que entraba por el balcón.

—¿Sabes que eres una tramposa y que vas a tener que confesarte muchas veces por lo que has hecho esta tarde? —le grité, avanzando hacia ella con pasos de gigante.

—¡Calla, que van a oírte! —me pidió con cara de susto, llevándose un dedo a los labios—. Ven aquí. ¿Creías que iba a perdérmelo? ¡De ninguna manera! Además, me lo debes. He estado encubriéndote durante dos meses. Por cierto, ¿dónde está Marta?

—En la cafetería que hay al doblar el chaflán en el que siempre aparco el coche.

—Espero que no la vean.

—Sólo la conoce Ona y no creo que se fije —repuse, tomando asiento y mirando las plantas que mi cuñada tenía en la terraza. En el espacio más pequeño que se pueda imaginar se amontonaban decenas de macetas con todo tipo de flores.

—¡Tendrías que oír las cosas que Ona dice de ella! ¡Si llega a enterarse de que ha venido a su casa, nos matará a ti y a mí!

—Tengo algo que contarte, abuela —dije con toda la pena del mundo, cogiéndola de la mano y obligándola a sentarse a mi lado. Sabía que lo que iba a explicarle sobre su nieto Daniel le iba a hacer mucho daño, pero no tenía otro remedio; ella era la más lúcida de la familia y, si curábamos a mi hermano, necesitaría su ayuda para afrontar lo que, necesariamente, vendría después. Además, las tonterías que decía mi familia sobre Marta debían terminarse. Empecé poniéndola en antecedentes sobre la investigación de los quipus y los tocapus, aunque sin entrar en detalles para no embrollarla. De la manera más suave y breve que pude le referí lo del robo del material del despacho de la catedrática y lo que había pasado con la maldición. Y mientras le aclaraba qué era lo que habíamos ido a buscar de verdad a la selva y lo que habíamos encontrado allí, llamé a Marta para que subiera.

Mi abuela se vino abajo cuando supo la verdad. Era la mujer más fuerte que conocía (bueno, Marta era igual de fuerte, pero a mi abuela la había visto afrontar problemas muy serios en esta vida y resolverlos con absoluta entereza), sin embargo, cuando supo que su nieto Daniel había robado documentos importantes del despacho de su jefa, se hundió y empezó a llorar. Nunca, hasta ese día, la había visto derramar una sola lágrima, así que me quedé helado y hecho polvo. Afortunadamente, reaccioné y la abracé con fuerza. Le dije que entre ella y yo haríamos lo posible y lo imposible por ayudar a Daniel. En ese momento se oyó el timbre y la dejé un momento para ir hasta el telefonillo y abrir la puerta de abajo. Luego, mientras Marta subía, corrí de nuevo a su lado pero, para mi sorpresa, la encontré recuperada y con los ojos totalmente secos.

—¿Y esta mujer, la catedrática —me preguntó con recelo—, viene a ayudar a Daniel después de lo que él le hizo?

—¡Abuela! —la recriminé, saliendo disparado otra vez hacia el recibidor; acababa de sonar el timbre de nuevo—. Marta es una buena persona. Tú también lo harías... Cualquiera lo haría.

—Supongo que sí —la escuché decir mientras abría la puerta. Allí, con un gesto serio en la cara, estaba la mujer por la que cada uno de los miembros de mi familia sentía algo distinto y polémico. Incluido yo.

—Pasa, por favor —le pedí. Mi abuela ya se acercaba por el pasillo para recibirla—. Abuela, ésta es Marta Torrent, la jefa de Daniel. Marta, ésta es mi abuela Eulàlia.

—Gracias por venir —le dijo mi abuela con una sonrisa.

—Encantada de conocerla. Supongo que Arnau ya le habrá explicado, más o menos, la tontería que pensamos hacer.

—No pasa nada por intentarlo, ¿verdad? Te agradezco mucho que estés aquí. Y, por favor, háblame de tú. Cuando se tienen más de ochenta años el usted se lleva mal.

Marta sonrió y los tres avanzamos despacio hacia el fondo de la casa. La puerta de la habitación de mi hermano, que estaba entornada, quedaba justo entre la entrada del salón y el extremo cercano del sofá, frente a la pequeña mesa redonda de comedor.

—¿Queréis tomar algo antes de...? —empezó a decir mi abuela sin saber cómo acabar.

—Yo no quiero nada —rehusé, nervioso.

—Yo tampoco, gracias. Prefiero ver a Daniel primero. Si... —Marta titubeó—. Si no sale bien, entonces sí que necesitaré un café bien cargado. Y, desde luego, un cigarrillo.

—¡Yo también soy fumadora! —exclamó mi abuela con la alegría de una hermana de cofradía que encuentra a otra.

—¿Vamos, Marta? —le dije, abriendo la puerta y mirándola. Ella asintió.

Las persianas estaban levantadas y las ventanas abiertas, aunque parcialmente cubiertas por las cortinas. La habitación era un horno a aquellas horas de la tarde. Frente a nosotros quedaba el pequeño vestidor que Daniel y Ona habían construido en un rincón del cuarto. Dando un par de pasos hacia la izquierda, se llegaba a lo que había quedado de habitación después de la obra, ocupada casi por entero por la enorme cama en cuyo centro estaba mi hermano. Su visión me sobrecogió.

Daniel parecía un auténtico muerto. Estaba destapado y llevaba una camiseta y unos pantalones cortos de pijama. Había perdido al menos quince o veinte kilos y, como me había dicho mi madre, parecía consumido. En ese momento tenía los ojos abiertos, pero no se volvió a mirarnos cuando entramos. Permanecía inmóvil, ausente. Los brazos le caían desmadejadamente sobre la sábana. Mi abuela se acercó a él y, cogiendo un dosificador de la mesilla de noche, le puso un par de gotas en cada ojo.

—Son lágrimas artificiales —nos explicó—. No parpadea lo suficiente.

—Deja que Marta se ponga donde tú estás, anda —le pedí.

Mi abuela nos miró con una tristeza infinita. Supongo que seguía doliéndole lo que le había contado acerca del robo pero, también, como la mujer pragmática que era, le dolía su propia lucha interna para no hacerse ilusiones respecto a lo que podía pasar. Le arregló el pelo a Daniel y arregló también la almohada sobre la que apoyaba la cabeza y, luego, muy serena, salió del rincón y vino hacia mí, que contemplaba la escena desde los pies de la cama. Marta la sustituyó junto a mi hermano y se quedó callada, observándolo. Me hubiera gustado saber qué estaba pensando. En realidad, ellos dos se conocían desde mucho tiempo atrás y habían trabajado juntos varios años. Él la desprestigiaba y criticaba delante de Ona, pero, ¿y Marta?, ¿qué opinaba Marta de Daniel, además de reconocer lo muy inteligente que era? Nunca me lo había dicho.

—Espero, sinceramente, que salga bien —murmuró ella, levantando de pronto la cabeza para mirarme—. Ahora mismo no le encuentro sentido a todo esto, Arnau. Me parece un absurdo terrible.

—No te preocupes —la animé—. Daño no va a hacerle y él no podría estar peor de lo que está, así que adelante.

—Venga, hija. Inténtalo.

604

Marta se inclinó hacia Daniel y se pasó una mano por la frente, intentando alejar las últimas dudas.

—*Jupaxusutaw ak munta jinchu chhiqhacha jichhat uksarux waliptaña* —dijo muy despacio, alzando la voz y sin dejar de observarle.

Mi abuela, discretamente, me obligó a bajar la cabeza y, al oído, me preguntó qué querían decir esas extrañas palabras.

—Es una fórmula —le expliqué—. Lo importante no es lo que dice sino los sonidos que emite al pronunciar la frase.

Y Daniel movió un brazo. Lo izó muy despacio en el aire y lo dejó caer sobre su abdomen. Marta se echó hacia atrás, impresionada, y mi abuela se llevó las manos a la boca para ahogar una exclamación de alegría que se le escapó a borbotones por los ojos. Casi sin interrupción, Daniel giró la cabeza sobre la almohada y fijó su mirada en nosotros. Parpadeó un par de veces, frunció el ceño y se humedeció los labios secos igual que si despertara de un largo sueño, y, a continuación, intentó decirnos algo, pero la voz no le salió de la garganta. Marta, todavía incapaz de creer lo que estaba viendo, salió del rincón para dejar el sitio a mi abuela, que se había acercado rápidamente mientras Daniel la seguía con la mirada, volviendo a girar la cabeza. Esta vez, además, intentó levantarla, pero no pudo. Mi abuela se sentó en el borde de la cama y le pasó la mano por la frente y el pelo.

—¿Puedes oírme, Daniel? —le preguntó con ternura.

Mi hermano carraspeó. Luego, tosió. Probó de nuevo a levantar la cabeza y lo consiguió un poco.

—¿Qué pasa, abuela? —fue la primera frase que

dijo. Su voz sonaba rara, como si estuviera acatarrado, con faringitis.

Mi abuela lo abrazó, estrechándolo fuerte entre sus brazos, pero Daniel, haciendo un esfuerzo, la sujetó y la apartó. Ella sonreía. Antes de que pudiera decirle nada, mi hermano se volvió hacia Marta y hacia mí. Los músculos de su cara, todavía rígidos por la falta de uso, intentaron una mueca irreconocible.

—Hola, Arnau —dijo con su rugosa voz—. Hola, Marta.

—Has estado muy enfermo, hijo —le explicó mi abuela, obligándolo a dejar caer la cabeza de nuevo—. Muy enfermo.

—¿Enfermo...? —se sorprendió—. ¿Y Ona? ¿Y Dani?

Marta permaneció donde estaba mientras yo rodeaba la cama y me sentaba en el lado opuesto a mi abuela.

—¿Cómo te encuentras? —le pregunté. Daniel, haciendo gestos de dolor como si tuviera agujetas por todo el cuerpo, apoyó los brazos y se incorporó lentamente para quedar a mi altura, dejando caer la espalda contra el cabezal.

—Pues me encuentro confuso —dijo, al fin; la voz se le iba aclarando poco a poco—, porque hace un momento estaba trabajando en el despacho y ahora resulta que decís que he estado muy enfermo. No entiendo nada.

—¿En qué estabas trabajando, Daniel? —le pregunté.

Él arrugó la frente, intentando recordar, y, de pronto, se hizo la luz en su cerebro. Su cara expresó temor y sus ojos saltaron por encima de mi hombro para ir a posarse en su jefa, en la catedrática.

—¿Qué haces aquí, Marta? —le preguntó, acobardado.

Pero antes de que ella pudiera responderle, yo atraje su atención poniéndole una mano en el brazo:

—Has estado enfermo tres meses, Daniel, por culpa de una maldición aymara —le dije muy serio, clavándole la mirada; él se sobresaltó—. Ya sabes de lo que te hablo; no hacen falta más explicaciones. Marta ha venido a curarte. Ella te ha despertado. Nos ha costado mucho encontrar el remedio que necesitabas. Dentro de unos días te lo contaré todo. Ahora debes descansar y reponerte. Ya hablaremos cuando estés mejor. ¿De acuerdo?

Mi hermano asintió despacio, sin borrar la expresión de alarma de su cara. Le palmeé tranquilizadoramente el brazo y me levanté, yendo hacia Marta, que permanecía grave y silenciosa contemplando a Daniel.

—Nosotros nos vamos ya —anuncié—. Dentro de poco tendrás aquí a mamá, a Ona, a Dani y a tu padre. Han salido a dar una vuelta pero, en cuanto la abuela les llame para darles la buena noticia de tu recuperación, volverán en seguida. ¡Ah, otra cosa! No le digas nada a la familia sobre la maldición ni sobre los aymaras. ¿De acuerdo?

Mi hermano bajó la mirada.

—De acuerdo —murmuró.

—Adiós, Daniel —se despidió Marta—. Ya nos veremos.

—Cuando quieras —le respondió él.

No era conveniente que nos quedáramos más. Nuestra presencia, ahora que sabía lo ocurrido, no le beneficiaba en absoluto. Se le veía apurado y nervioso. Ya llegaría el momento de hablar cuando se encontrara mejor. Le di un beso a mi abuela, que nos despidió con una mirada de comprensión, cogí a Marta de la mano y salí con ella del cuarto.

—Ha funcionado —dijo sonriendo y levantando mucho las cejas para demostrar su perplejidad.

—Ha funcionado —repetí absolutamente satisfecho.

Sí, había funcionado, pero a partir de ese momento, a mi hermano le esperaba un largo rosario de pruebas médicas y, lo que era aún peor, la solícita atención de nuestra madre. Todos se asombrarían de su recuperación igual que se asombraron de su repentina enfermedad. Pero nosotros sabíamos la verdad y esa verdad pasaba por el extraño poder de las palabras, por esa extraordinaria capacidad de los sonidos para programar la mente. Teníamos mucho trabajo por delante, pero era un trabajo apasionante: el cerebro, el diluvio, los yatiris, las antiguas leyendas sobre la creación del mundo y de los seres humanos... Sin embargo, a pesar de nuestros nuevos proyectos, de los grandes cambios y de las muchas selvas que todavía nos quedaban por explorar, lo más importante era haber comprendido que algunas modernas tecnologías y algunos recientes descubrimientos científicos se vinculaban de manera inexplicable con la vieja magia del pasado, con los mitos de las antiguas culturas. Pasado, presente y futuro misteriosamente entrelazados.

—Has estado poco afectivo con Daniel —me dijo Marta mientras salíamos.

—He estado como podía estar. Me hubiera resultado imposible actuar de otra manera.

Era cierto. Las cosas ya no volverían a ser como antes y estaba bien que así fuera, pensé mirando a Marta y recordando el día que me presenté en su despacho de la facultad y a ella, tan seria y circunspecta, se le escapó la risa al ver mi cara de horror cuando descubrí la momia reseca y las calaveras colgantes. ¿Habría surtido efecto mi estrategia de *hacker*? ¿Se vendría conmigo o echaría tierra sobre el asunto...?

—Bueno, Marta —le dije, cerrando la puerta de la casa—. Ya hemos curado a Daniel. Ahora...

—¿Qué quieres hacer? —me atajó con un tonillo burlón.

Sonreí.

—¿Te apetece conocer el «100»?